우리는
사랑을
발명한다

우리는

사랑을
발명한다

김건형 평론집

문학동네

책머리에

그간 써온 글들을 돌아보니 글 속의 나는 분노가 많은 사람인 것 같다. 분노가 많다는 것은 두려움이 많다는 뜻이기도 하다. 무정하고 무서운 세계 앞에서 미리부터 걱정하고 온종일 근심하다가 지쳐버리기 일쑤였다.[1] 그렇게 지쳐버리기 전에 무엇이 왜 불만인지를 스스로 알고 싶어서 글을 쓰기 시작했다. 정확하게 분노하면 두려움보다 내가 커질 수 있을 테니까. 그런데 정확하게 쓰는 방법을 배우면서 나는 가능한 한 사적 감정을 지우고, 특히 '나'를 지워야 한다는 글쓰기 규범을 익혔다. 따옴표를 치지 않고 나, 라고 쓰는 일은 일기가 아닌 다음에야 피할수록 좋은 것이라는 글쓰기 규범을 성실하게 따랐다. 이 책에 실린 글들 역시 대부분 그런 규범에 충실한 편이다. 하지만 그

---

1) 그래서 이 글을 쓰느라 온통 난리를 치며 머리를 쥐어뜯는 동안에도, 바로 뒤에서 코를 골면서 새근새근 잘 자고 있는 천하제일 태평한 라쿤에게 특히 사랑을 전한다. 그는 논리적 무오류성에 대한 집착이 그저 과잉된 자기애임을("네가 어버이 수령님이냐?"), 세계에 대한 분노와 걱정이 때로 과도한 통제욕임을("네가 고민한다고 다 해결할 수 있을 것 같지?") 알려주었다.

글들을 모아놓고 보니 지워진 내가 어렴풋하게나마 보이게 되었다. 그러니 적어도 이 책을 펴내는 글에서는 나를 숨길 수 없다는 것도 알게 되었다.

이 책의 제목에서 사용하기도 한 '우리'에도 어떤 규범이 작동하고 있다는 것도 안다. 우리는 나를 포함하여 내가 소속감을 느끼는 복수의 존재를 지칭하는 대명사지만, 대개 '우리 사회'나 '우리나라'와 같이 규범적 당위와 소속된 지위를 강조하기 위한 수사로 사용된다. '우리가 지켜야 할 가치'나 '우리의 자연'과 같이 관리, 감독할 대상을 지칭하면서도 표면적으로는 '나'의 소유욕을 복수형으로 분산시키는 수사로도 자주 사용된다. 그런 점에서 '우리'라는 말을 자주 쓰는 (특히 한국 인문학의) 문어적 관습을 따르는 글을 신뢰하지 않는다는 말을 종종 듣곤 했다. '우리'는 자연스럽게 중립적이고 보편적인 주체를 문장의 주어로 상상하게 하지만, 그 중립적이고 보편적인 주체란 다름 아닌 지식인 이성애자 비장애인 성인 남성이 아닐 수가 없다고. 그렇다면 한국적 집단주의 문화를 담은 '우리'의 정겨움 속에 지극히 정치적인 권력이 움직이고 있다는 것이다.

물론 현상적으로 동의하지 않을 수 없는 통찰이지만, 여기에는 어느 정도 타율적인 면이 있다고 생각했다. '우리'가 정치적인 주권 권력을 담고 있다면 정확히 바로 그 때문에 다른 권력을 생산하도록 (재)배치할 수 있다고 믿는다. 우리는 다른 당위와 다른 소속감을 생산할 수 있지 않을까. 이를 위해 우리라는 주체를 재배치하지 않고는 읽을 수 없는 문장을 만들고 싶었다. '우리는 사랑을 발명한다'라는 이 책의 제목은 여기에서 시작했다. 누가 우리인지, 발명해야 할 사랑은 무엇인지, 우리가 사랑할 대상과 방법은 어떠해야 하는지에 대해서 그저 분석하고 해명하기보다는 수행하고 선언하고 싶었다.

마찬가지의 이유로 이 책에 실린 글들은 '지금'에 관심이 많다. '지금'이란 수학적으로 따지면 사실상 무수히 쪼개지는 무한을 의미할 터이지만, 그렇기 때문에 내게 '지금'은 자기 명령문에 가깝다. 어떤 시간을 '지금'이라고 판별하는 주체(들)는 누구인지, 그 주체에게 '지금'과 그 이전/이후를 구분하는 판단 기준은 무엇인지, 역사로부터 특정한 시간을 떼어내 '우리 시대'라고 명명하는 바로 그 순간은 언제인지를 언제나 새로 정해야 하기 때문이다. 그렇기에 문학비평에서의 '지금'은 문학의 규율과 아름다움의 기준에 대한 상시적 갱신을 의미한다. '지금'의 문학과 그 인근의 움직임은 무엇을 생산하고 파괴하는가, 그 역학은 어떤가를 해명하고 싶었다. 동시에 설명에서 그치지 않고 그 움직임 속에서 '우리'와 '우리 시대'를 재배치하고 싶은 열망도 포함하고 있다.

그런 점에서 나는 비평이 발명이라고 생각한다. 이야기의 아름다움과 개념을 해석하는 새로운 언어를 발명하는 일은 새로운 감정을 발명하는 일이자 기존의 아름다움과 개념이 가진 권력의 틈을 여는 일이다. 기존의 언어를 재해석하는 경우에도, 비평은 감정의 계보를 발굴해 우리 시대로 잇는 일을 한다. 그리고 갱신된 아름다움과 역사가 우리와 우리 시대를 다시 정의한다. 작품을 위해 비평이 복무하는 것은 아니냐는 항간의 우려가 나는 무용할 뿐만 아니라 틀렸다고 생각한다. 언제나 비평은 작품을 매개로 조금쯤 달라진 아름다움과 언어를 개발하는 수행이다. 성취 여부와는 별개로, 적어도 그러한 열망이 이 책에 실린 글들에 녹아 있다는 점만은 확신할 수 있다.

1부에는 퀴어 문학사와 페미니즘 문학장/담론장에 대한 논의를 다룬 글들을 모아두었다. 2부에는 주로 작가론과 작품론을 통해 동시대 한국 퀴어 소설의 서사적, 장르적 고유성을 담아낼 수 있는 독해 도구들을 개발하고자 했던 글을 담았다. 3부는 우리 시대의 대표적인 정동이 되어버린 혐오의 현황을 짚고, 여성혐오와 계급적 불화를 다룬 소설에 담긴 감정 정치를 읽는다. 4부에는 한국적 남성성이 구축하려는 자기 동일시의 윤리와 서사 미학을 퀴어 페미니즘의 관점에서 비판적으로 분석하고, 이를 젠더적, 퀴어적으로 전유하는 시도를 모아두었다.

상대적으로 짧은 시간이 지났을 뿐인데도, 다시 읽는 동안 어느새 낙차가 보여서 새삼 얼굴이 붉어진다. 처음 글을 지면에 발표할 때는 비판받을 것이라는 두려움이 앞섰지만, 이제는 누군가 읽어주기라도 한다면 감사한 일이라는 것을 깨달을 만큼 시간이 지났다. 물론 여전히 그 두려움에서 벗어난 것은 아니다. 다만 새로운 대화의 계기를 기대하는 기쁨을 더 많이 배웠다.

'책머리에'를 쓰는 일이 이렇게 오래 걸리는 일일지 미처 예상하지 못했다, 라고 쓰는 것이 책을 펴내는 지금 가장 솔직한 심정일 것이다. 타인의 텍스트를 나름의 방식으로 해석하고 배치하고 분류하는 일을 기꺼워했던 기질이, 실은 자기 자신을 그렇게 들여다보지 못하기 때문은 아닌가 하는 어쭙잖은 분석을 해볼 만큼 막막하다. 그간 써온 글들을 묶으면서도 그래서 결국 하고 싶은 말이 뭔지 스스로 정리가 되지 않는 (어쩌면 하지 못하는) 탓이다. 그동안 원대하고 탄탄한 기획을 머릿속에 숨겨두고 써왔는데, 그 얼개를 이제야 공개한다고 정리할 수 있다면 좋으련만. 좌충우돌 일희일비하며 한 편 끝맺기에 급급했던 터라 주제별로 막연한 방향성만 어렴풋이 보일 뿐이다. 그렇다면 남은 방법은 단 한 가지, 책임을 미루는 것인데…… 나 자신의 (당연히 사후적이고 임시적일) 기획 의도로 글들을 깔끔하게 모아내지 않고, 날것인 채로 성글게나마 내밀고 싶다. 이 책을 나름의 방식으로 해석하고 배치하고 분류할 당신을 통해서 결국 나는 내가 하고 싶은 말을 발견할 것이다. 그렇게 발견된 내가, 당신이 하고 싶은 말과 대화할 수 있을 만한 의미와 목소리를 지니길 바랄 뿐이다.

책장 한편에서 자신과 비슷한 분노와 두려움을 발견할지도 모를 어떤 독자를 상상하는 일이 도리어 내게 큰 위로가 된다. 부디 당신이 함께 오래 읽어주시길.

봄비가 내리는 3월 밤
맥주와 함께 김건형 드림

1부

페미니즘 독자와
퀴어 비평이 지금

2018, 퀴어 전사 – 前史 · 戰史 · 戰士

1. 비장한 자기희생의 감성 극장에서부터

한국문학은 어떤 결절점을 맞고 있는 것 같다. 페미니즘이 새로운 독자와 미감을 조우하게 한 만큼이나 퀴어 서사 역시 새로운 분기를 만들어내고 있다. 문학사에서 산발적으로 돌출하던 퀴어 서사는 최근 폭발하다시피 증가했다. 평단에서도 이에 발맞춰왔지만, 주로 시의적인 의제와 결합하거나 개별 작품을 해설하는 독법이었다. '애도' '명랑' 같은 어젠다를 통해 당대의 한 징후를 예증하면서 담론의 지리학에 배치하는 독해거나 혹은 퀴어(일지라)도 독자에게 호소하는 '보편'적 가치가 있으니 일독할 만하다는 입증인 것이다. 평단의 찬사는 빈번했으나 퀴어 영화와 광장의 정치를 경유하는 방식이 아닌 퀴어 서사 자체를 정면으로 다루는 독해는 찾아보기 어려웠다.[1] 그

---

[1] 차미령의 선구적인 논의는 '퀴어 서사'에 나타난 동시대 퀴어의 사회학적 위상을 스케치하고 있는데, 퀴어(성) 재현 원리 역시 좀더 독해될 필요가 있을 것이다. 차미령, 「너머의 퀴어—2010년대 한국소설과 규범적 성의 문제」, 『창작과비평』 2017년

에 비해 창작의 영역에서 퀴어 서사는 보다 농밀해졌는데, 장르적으로 정착해 퀴어 작가로 자임하는 작가를 확보할 정도다. 페미니즘 성정치가 문학적인 것, 미학적인 것 자체를 다시 묻고 있는 지금의 맥락 역시 그간 퀴어 서사를 읽어온 미학을 탐문하게 한다. 이제 한국문학의 퀴어성과 퀴어의 재현 자체를 읽는 독해가 긴요하지 않을까.

한국문학에서 본격적으로 퀴어의 이름을 호명한 재현은 채호기의 「게이」 「슬픈 게이」(『문학과사회』 1992년 겨울호)부터로 보인다. 그러나 시적 화자의 '게이' 용법은 현재와는 전혀 다르다. '게이'를 "내 몸이/내게 맞지 않다"(「게이」)라는 트랜스섹슈얼로 이해하고 있다. 이 퀴어적 범주에 대한 무지, 무의식은 시적 화자가 '남성적 특권'으로부터 자발적으로 이탈한 이유를 드러내준다. 그는 매니큐어를 칠하고 브래지어, 스커트를 입고 "너를 연기하는 배우가 아냐./네가 되어 너의 삶을 살아가는 거지"(「슬픈 게이」)라며 죽은 연인을 추체험한다. 남성 시적 화자가 죽은 여성 연인을 기억하거나 다시 만나는 방법이다. 나는 "거울 속에 살아난 너"와 만나려고 하는 것이다. 요컨대 후대의 독자들에게는 크로스드레싱cross-dressing으로 보이는 시적 화자의 행동("나의 남성을 가지치고/너의 여성을 둥지친다", 「슬픈 게이」)을 게이라는 범주로 지칭한다. 자신의 성별 정체성과는 무관하게 시스젠더 이성애 남성이 여장을 하는 행위를 '게이'라 자처한다.[2] 이 여장을

여름호.

2) 1990년대 본격적인 성소수자 인권 운동의 도약 이전 '게이'는 트랜스젠더, 크로스드레싱과 혼용되기도 했다. 당시 퀴어 전문 잡지는 채호기의 『슬픈 게이』(문학과지성사, 1994)를 통해 '게이' 개념의 역사를 (반)정립하기도 한다. "불행히도 그의 시를 읽고 동질감을 느낄 게이는 하나도 없"지만, 당시엔 대중적으로 범주의 명칭이 혼용되었음도 인정한다. "어차피 시인이 시를 적었을 시절엔 트랜스젠더가 게이였고 게이가 호모였던

통해 죽은 연인은 무덤에서 나와 "추억의 네가 아닌/바로 지금! 네가/삶의 싱싱함으로/살아온다"(「슬픈 게이」). 남성 화자가 여성 연인을 애도하고 죽음을 초극하는 전략인 것이다. 이런 여장은 다만 죽은 여성을 추체험하는 방법론적 수사다. 천운영의 「엄마도 아시다시피」(『문학동네』 2012년 가을호)에 이르기까지도 죽은 여성을 이해하기 위한 여장 서사가 이어진다. 중산층 중년 남성이 모친의 사후, 갑자기 그간 어머니가 챙겨주던 손수건이 없다는 사실에 충격을 받는다. 그는 어머니의 쇳소리 섞인 목소리를 그리워하며 같은 목소리를 가지려고 애쓰다가 결국 어머니의 한복을 입고 어머니처럼 화장을 한 채 그녀의 목소리로 노래를 부르는 극적 장면으로 나아간다. 가족은 그의 여장을 연민하는 한편 기괴하게 여긴다. 그는 여장을 통해 어머니가 다녀간 듯 따뜻함을 느끼고, 비로소 어머니의 생애와 슬픔을 이해하는 결말에 도달한다. 이러한 여장은 모성을 그리는 사모곡의 강렬도를 결정짓는다.

더 나아가 여장이 죽은 여성을 경유해 남성이 세계를 이해하기 위한 방법임을 김연수의 「구국의 꽃, 성승경」(『현대문학』 1997년 8월 호)[3]이 잘 보여준다. 서사는 연세대 예술대에서 분신 후 투신한 '성승경'을 이해하려는 '재민'과 '승진'을 병치한다. 영화 〈구국의 꽃, 성승경〉을 제작중인 재민은 성승경이라는 사람이 아니라 구세대적 운동권 영웅에 집중하는 서술을 요구받고 제작을 거부한다. 승진은 죽은 누나(성승경)를 이해하기 위해 여장을 하고 거리를 배회한다. 승진은 누나의 죽음 이후 성장을 멈추고 외로워진다. 승진은 남자들에게 여

시절이었으니." 「게이가 게이가 아니었던 시절의 시」, 『BUDDY』 1999년 가을호, 58쪽.
3) 이하 인용시 본문에 쪽수만 밝힌다.

장을 한 "호모새끼"(211쪽)라는 이유로 (성)폭력을 당하면서, 자신이 전경들에게 쫓기던 누나와 같다는 추체험을 하고 폭력 앞에서 누나를 되살리겠다고 다짐한다. 여장을 해서 당한 폭행과 그에 대한 복수를 "90년대를 위한 기념비"(213쪽)라고 생각한다.[4] "단지 세상 사람들과 다른 생각을 하고 있다는 이유만으로"(212쪽) 죽은 누나를 이해하기 위해 '다른 존재'가 되려고 여장을 한 것이다. "사회주의 리얼리즘의 원칙"(213쪽)이 더이상 통하지 않는 "이미 죽은 자들의 시대"(같은 쪽)인 1990년대 "자본주의 사회의 공허감을 그대로"(215쪽) 그리는 수사로서 여장이 복무한다. 크로스드레싱과 트랜스 정체성에 대한 혐오 폭력이 성(별) 정체성의 문제라기보다는 남성의 입장에서 세계의 폭력과 불가해한 죽음을 이해하기 위한 수사인 것이다. "새로운 생명이 태어나면서 이 세계는 새롭게 바뀌게"(218쪽) 된다고 믿는 "승진은 아기를 낳고 싶"(같은 쪽)어서 남자의 몸을 거부한다. "매달 피가 흘러 그 뜨거운 피로 세상을 물들이고"(같은 쪽) 싶어서 여장을 하고 생리대를 산다. 그리하여 재민에게 여장한 승진은 성승경의 화신, 새로운 시대정신의 화신이 된다.

이러한 여장은 이성애자 남성이 여성/세계의 죽음을 이해하기 위한 노력이다. 여성의 죽음 이후에야 이들은 자신이 평소 전혀 느끼지

---

4) 가해자 남성들의 트랜스포비아와 혐오 폭력은 갑자기 "누나를 쫓던 전경들"(212쪽)의 폭력으로 전환되면서 민주화 운동의 탄압과 등치되어 정치적 상징성으로 환원된다. 여성의 상실을 '환원'하면서 남성 주체는 세계의 폭력적 원리를 자각하고, 상실당하는 자신의 위치를 부조한다. "죽은 누나의 옷을 입고 있는 동안만은 승진도 편안함을 느낄 수 있었다. 자기가 누나가 됨으로써 동생인 자신을 위로할 수 있었기 때문이다."(204쪽) 누이나 여자친구를 갑자기 상실하고 방황하는 김연수의 남자들은, 타인/여성의 삶을 재구하기보다는 자기의 상실을 연민하는 미감을 구축하려 한다.

못한/않은 여성의 삶에 돌연 빙의하려 시도한다. 남성 화자의 일방적인 기억과 재구성만으로 추모한다는 공통점은 이 여장이 남성 주체의 죄의식의 산물임을 드러낸다. 이는 젠더 규범 자체를 '교란'하는 타자 재현이 아니라, 자신이 상상한 여성(성)이라는 (내게 필요한) 타자의 '소환'일 뿐이다. 엄마/누나/연인을 향한 가족주의의 안온한 애도 구도 역시 남성 화자의 성정체성을 의심받지 않게 해주며 그들의 진정성에 서사가 복무하도록 해준다.

남성적 지위와 특권을 기꺼이 버리고 스스로 임사 체험(여장)을 택하는 남성 화자들의 노력은 불가해한 것(여성이라는 죽음!)을 향한 비장한 돌진이다. 그래서 여장이 가장 극적으로 승화되는 장면은 늘 실패하지만, 그 실패야말로 진정성을 입증하므로 남성 화자들의 죄의식은 끝내 위로받는다. 타자를 이해/애도하는 노력의 자기 응시와 그것의 필연적 실패로 인한 연민의 구도. 이는 비단 크로스드레싱뿐만 아니라 퀴어적 인물을 설정/독해할 때의 서사적 욕망의 구도를 시사한다. 젠더 규범이나 성정체성이 비어 있는 퀴어 재현들은 보편자의 세계 재인再認을 위해 봉사하는 자기 연민의 감상적 원리라는 의혹을 갖고 더 읽어 들어가보자.

2. 청춘의 성장 의례와 순정한 합일의 후일담

삶의 길을 잃고 헤매던 젊은 날이 있었다. 그 시절을 돌아보면 덧없는 꿈이니 고독한 환상이니 화염 같은 고통이니 하는 말들이 두서없이 떠오른다. 하지만 그렇게 길을 잃었었기 때문에 어쩌면 사랑이 가능했고 가까스로 삶의 길을 찾을 수 있었던 게 아니었을까.(윤대녕, 「반달」, 『문학사상』

2013년 4월호, 120쪽)

이러한 감상적 원리가 여성을 경유해 자기를 응시한 것처럼, 남성 동성애 서사도 남성 자신의 성숙을 뿌듯하게 응시한다. 대표적인 이 야기꾼으로 꼽히는 김영하, 성석제, 윤대녕을 나란히 읽을 때 동성애 를 둘러싼 '성숙'한 미감이 강렬해진다. 김영하의 『검은 꽃』(문학동네, 2003)에서 일포드호의 여정은 근대국가의 시민 주체로 나아가는 소 년의 성장 의례다. 소년 '김이정'은 일본인 주방장 '요시다'를 만나고, 그의 애정을 이용해 선원들의 세계와 주방의 질서라는 근대를 구축하 는 남성 동성 사회의 체계로 들어간다. 요시다는 근대적 질서로 진입 하기 위해서는 도둑질이 아니라 남성적 노동의 질서에 들어와야 함을 알려준다. 이 의례로서의 역할을 다하면 요시다는 사라진다. 애처로 운 요시다의 시선을 무시하고 신대륙에 내릴 때, 김이정은 남성 주체 로 성장한다. 피억압 민족을 대표하고 사랑하던 여자를 구하고 나아 가 '신대한'을 세우는 건국의 아버지가 된다. 요시다는 김이정이 근대 세계에서 노동과 전투를 통해 얼마나 독립적인 남성 주체가 되었는지 를 확인하기 위해 훗날 재회할 뿐이다. 근대적 남성의 성장 서사에서 동성애적 친밀성은 그것으로부터 거리 두기에 성공한 남성적 주체로 의 성장의 담보물로서, 그것을 지양하는 한에서만 가능한 것이다.[5]

---

5) 동성 사회성은 여성혐오와 동성애 혐오를 통한 남성성의 나약한 구성을 보여 주는 개념으로 주목받고 있다. 흔히 동성애 혐오적 남성 연대(male bonding)라 고 생각하는 동성 사회적 욕망(homosocial desire)은 모순적이게도 동성애적 욕 망(homosexual desire)과 단절적이지 않은 연속체다. Eve Kosofsky Sedgwick, *Between Men*, Columbia University Press, 1985, pp. 1~5. 그러면서 그것을 배제 할 때 비로소 가부장적 권력을 이양받는 성인이 된다. 여기서 살펴보는 낭만적 남성

이러한 '성장'의 동성애는 성석제의 「첫사랑」(『내 인생의 마지막 4.5초』, 강, 2003)[6]에서 한 전형이 되어, 남학교의 거칠어 보이는 '일진'에게서 숨겨진 사춘기 소년의 순정을 찾는다. 순정한 첫사랑에 들뜬 소년은 좋아하는 소년이 여탕을 훔쳐보는(!) 것을 도와주면서까지 마음을 전달하려 한다. "사람 마음을 이렇게 모르냐."(77쪽) 계속해서 거절하는데도, 심지어 다른 대상을 좋아하는 것까지도 견디면서 끝까지 좋아하는 마음을 간직하는 거친 남자의 순정. 졸업이라는 입사入社로 헤어지기 직전에야 허락해준 단 한 번의 포옹으로 "나는 비로소 내가 사내가 되었다는 것을 깨달았다."(93쪽) 그리고 성인이 되기 전에만 가능한, 순수하고 조건 없는 청춘의 사랑 장면을 화자는 기억한다. 남성 주체의 성장과 입사 의례를 떠받치는 서사 구조의 핵심은 이 '회고'다.

윤대녕의 「반달」[7]은 동성애 후일담을 가장 아름다운 문장으로 만들었다. 화자는 인간의 고독을 인정하는 성숙의 과정에서 동성애를 경험한다. 고독을 견디지 못해 자꾸 남자를 만나던 어머니가 자신의 유년을 망쳤다며 원망했지만, 그는 군대라는 남성으로서의 입사를 통해 비로소 인간의 근원적 외로움에 맞서는 절실함을 깨닫는다. 이 고독을 채우기 위해 "전우였던 두 남자가 제대 후 다시 만나 새우잡이배를 타고 바다로 나가는"(108쪽) 영화를 따라 섬 출신의 대학 동기와 새우잡이배를 탄다. 뱃사람들의 순박하고 거친 남성 세계에서 '나'는 그와 밤바다의 별을 올려다보며 일생일대의 가장 아름다운 사

작가들에게도 동성애는 은근하고 미학적인 배제를 통해 성숙의 담보물이 된다.

6) 이하 인용시 본문에 쪽수만 밝힌다.

7) 이하 인용시 본문에 쪽수만 밝힌다.

랑을 나눈다. 울도 출신의 동기생이 "바다는 언제나 고독한 계절이지. 별이 쏟아지는 밤에 배 위에 누워 있으면, 바다와 하늘의 구분 따위는 곧 사라지지"(107쪽)라고 삶의 고독과 그것을 뛰어넘는 어떤 합일을 말하자, '나'는 그를 사랑하기 시작한다. "별들의 행로"(114쪽)를 바라보며 "하얀 달 위에 우리 둘만이 외롭게 남아 있"(115쪽)었기에 두 사람은 바다 위의 배에서 "애타게 사랑을 나누"(같은 쪽)게 된다. 미려하고 서사시적인 이 남성 간 동성애 장면은 "이제 와서야 말할 수 있지만, 별들의 생성과 소멸처럼 우리도 어느 순간 파괴되면서 동시에 다시 태어나는"(116쪽) 합일의 순간으로 '기억'된다. 그러나 두 사람은 다시는 만나지 않고 각자 결혼하여 '성숙한 남자'로서의 삶을 산다. 그리워하되 재회는 없이. 그제야 '나'는 사랑을 할 능력과 태도를 갖출 수 있었고 "가까스로 삶의 길을 찾을 수 있었"(120쪽)다.

"저 많은 별들 중의 하나가 앞으로 내 삶의 방향을 가리켜줄 수 있"(119쪽)었던 순정한 시절을 상실했으면서도, 별빛 아래의 순정한 사랑만은 기억하는 윤대녕의 화자는 루카치의 문장을 암송한다. "우주와의 경이로운 일체감 속에서만 가능한"(116쪽) 순정한 사랑은 별빛이 길을 밝혀주던 복된 시대의 충만한 기억과 같다. 물론 타락한 시대인 이제는 닿을 수 없는 별빛이다. 그 찬란한 청춘의 포에지를 잃어버린 후, 이를 체념하면서 추구할 때 "소설은 성숙한 남성성의 형식"[8]이 될 수 있다. 세계의 타락도 알지만 그렇다고 순진하게 달려들지도 않는 성숙한 남성의 서사 양식에서, 미성숙한 동성애는 입사 의례 이전의 순정함을 간직할 내면 공간을 확보해준다. 거기에 '성숙한

---

8) 게오르그 루카치, 『소설의 이론』, 김경식 옮김, 문예출판사, 2007, 98쪽.

남성'의 멜랑콜리가 자리잡는다. 그러므로 이는 입사 의례 전에만 가능하다. 소년이 남자가 되는 순간 상실되어야 하는 것은 순정한 동성애이며, 그것을 과거로 만들면서 소년은 '사내'가 된다. 그러면서도 과거의 순정한 애정은 여전히 마음속에 포에지로 남는다. 이 동성 사회의 포에지를 간직하면서도 현실원칙과 타협할 때, 진정한 남자로 성장한다.

그래서 「반달」에서 남성 간 성애 장면은 "저쪽 심연 아래를 내려다보"(115쪽)는 달 위의 시점으로 서술된다. 몽환적이고 아름다운 문장들은 동성애를 낭만화하고 역으로 비현실적이고 먼 간극을 강조한다. 이러한 장면은 소년, 청년기의 사건일 수밖에 없다. 그 낭만적인 일체화는 이성애-결혼이라는 지상의 것이 아니어야만 한다. (성석제 소설이 자주 냉소하고 윤대녕이 따뜻하게 되짚듯이) 여성과의 관계/연애란 수컷들의 몸집 부풀리기와 경제적 사회적 지위 과시로 이어지기 마련인데, 결혼 제도가 이성애 남성 간 '여성 거래'이기 때문이다.[9] 남성적 조건을 부풀릴 필요 없던 시절의 동성애는 조건 없는 순정한 감정 그 자체로 작동했다.

이 순정함의 미학적 거리는 회고의 시점으로만 작동한다. 절대 서로 재회하는 일 없는 한에서 아름다운, 성숙한 남자들의 회한. "너 혹시 성적性的으로 무슨 문제가 있는 건 아니냐?"(98쪽)라는 어머니의 걱정이 이성 결혼이라는 성숙으로 봉합된 이후, 두 남자는 서로 만나

---

9) 게일 루빈은 레비스트로스를 경유해 섹스/젠더 체계를 교환의 관점으로 보면서 여성이 선물로 거래되는 과정에서 남성 권력의 친족 체계가 여성에게 강제되고, 강제적 이성애가 발생함을 논파했다. 게일 루빈, 「여성 거래」, 『일탈—게일 루빈 선집』, 신혜수 외 옮김, 현실문화, 2015, 134쪽. 여성 거래에 동참하는 이성애 남성이 되어야 비로소 '주체'가 된다.

지 않고 비밀을 간직한 채 가을마다 생선을 주고받을 때만 아름다울 수 있다. 쉽사리 현재의 누구에게도 말할 수 없고, 다만 서로를 간직하는 이 내면 공간. 금기 위반에서 유래하는 이 비밀스러운 내면이 상실된 순정함이라는 신화를 강화한다.

　동성애의 미학적 장면들이 '운명'으로 이해되는 것은 이 순정함에 대한 회고가 '보편적'인 성숙한 자의 서사 양식으로 독해되어왔기 때문이다. 타락한 현재와 과거 사이의 거리가 낳는 미학들: 멜랑콜리, 애틋함, 황홀했던 합일에 대한 미련, 그리고 그것을 산출한 성숙의 기회비용에 대한 애도. 퀴어 서사에서 특정한 미학적 보편성을 주문하는 요구들은, 이 남성적 후일담의 순정한 미감에 익숙해져 있기 때문일지 모르겠다. 홀연히 사라짐으로써 아름다워질 미숙한 존재/사건이라는 기대 지평의 전사前史가 여기에 있다.

3. 담론 퀴어와 그 적들: 애도로 살아남는 퀴어 안티고네

　그는 상상하고 있었다.

　문이 열리고, 텅 빈 납골당으로 들어서는 사람, 눈사람과도 같은 거인, 그의 등과 머리에 쌓인 눈, 체온의 냄새. 한 발 한 발 전진해 갈 때마다 그는 그에 관한 꿈을 꾸었다. 그에 관한 꿈으로 완전에 가까워지고 있었으므로 그는 갈 수 있었고, 살 수 있었다. (……)

　그대는 이 기록을 눈 속에서 발견할 것이다.(황정은, 「뼈 도둑」, 『문학사상』 2011년 5월호, 88쪽)[10]

---

10) 이하 인용시 본문에 작품명과 쪽수만 밝힌다.

순정한 별빛이 성숙에 대한 멜랑콜리의 미학과 낭만을 동원한다면, 그 반대편에는 강경한 적과 대치하다 패배하는 윤리적 숭고함이 자리한다. 황정은의 「뼈 도둑」과 윤이형의 「루카」(『자음과모음』 2014년 여름호)[11]는 퀴어 서사의 새 지평으로 주목받았다. 흥미로운 점은 비장한 상실의 서사를, 강렬한 적대감의 정동이 추동하게 만드는 서사 구조의 상동성이다. 두 작품 모두 기독교를 믿는 가족에 의해 연인을 상실한 화자가 그를 애도할 권리를 두고 그의 가족과 경쟁한다. 그래서 서사는 가족의 박탈로부터 연인을 기억하는 작업을 촉발시켜 병치한다. 저들에 의해 퀴어의 사랑이 어떻게 장렬하게 패배하는지, (사회적) 죽음을 무릅쓰고 홀로 얼마나 비장하게 그의 시신으로 달려가는지 기록한다.

"그대가 부르고 싶은 대로 나를 부르라"(「뼈 도둑」, 71쪽)거나 "너는 루카다. 내가 딸기인 것처럼. 오직 하나뿐인 진짜 이름 같은 건 세상에 없다"(「루카」, 77쪽)라는 첫대목을 겹쳐 읽어보자. 두 서사는 처음부터 이름의 획득에 관한 인정 투쟁에 대한 전기戰記임을 고지하고, 일인칭의 고백적 목소리로 서사 공간을 가득 채운다. 부재하는 수화자narratee[12] 대신 내포 독자의 자리를 마련해, 그 기록의 목격자가 되기를 요구하는 것이다. 마찬가지로 인물들은 담론의 담지자의 형상을 띨 수밖에 없다. '루카'와 '딸기' 같은 인권 운동 단체의 (아우팅을 예

---

11) 이하 인용시 본문에 작품명과 쪽수만 밝힌다.

12) 수화자(그대, 루카)가 명확하지만 서사에서 대답 없이 간간이 화자의 명명으로만 환기된다. 이 선명한 독백 상황은 속임수나 아이러니 없이 '나'의 내면을 빈틈없이 드러내게 하여 화자의 말에 신뢰도와 감정적 연루를 강하게 부여한다. 시모어 채트먼, 『이야기와 담론—영화와 소설의 서사구조』, 한용환 옮김, 푸른사상, 2003, 301~305쪽.

비한) 활동가 이름이거나 '조'와 '장'처럼 개별적이지 않은 호칭이다.

퀴어 화자들이 맞서야 하는 것은 연인의 상실처럼 보이지만, 실은 그 상실을 초래한 적들이다. 「루카」의 루카도, 「뼈 도둑」의 장도 모태 신앙으로 교회를 다니던 중 화자와 사랑을 시작한다. 교회의 동성애자 혐오 발화는 이들로 하여금 사랑을 지키기 위해 가족과 교회를 끊어 내게 하지만, 그러길 기다렸다는 듯 루카와 장은 서사에서 사라진다. 그 애도의 시간에 루카의 아버지와 장의 누나는 화자가 애도할 자격 을 박탈한다. 이 박탈이 화자들의 진정한 위기다. 기독교와 이성애 가 족주의가 연합한 서사의 구도는 담론적으로 가장 완벽한 퀴어의 적이 며, 그로 인해 겪는 사랑의 상실은 가장 완벽한 패배의 형태다. 이 구 도에서 화자들은 연인의 가족이 자신의 연인을 애도할 권리를 독점하 고 있음을 깨닫는다. 루카의 아버지는 루카의 (상징적) 죽음을 자신의 책임으로 만들어버려 그를 애도할 권리를 전유하며, 장의 누나는 그들 이 동거하던 집과 그들의 물건들을 모두 박탈하고 장례식과 뼈라는 애 도의 매개들에도 전권을 행사한다. 이러한 적대적 이항 구도에서 퀴어 화자들, 딸기와 조는 연인을 죽인 교회의 혐오 발화와 애도를 박탈한 연인의 가족이라는 적에 응전하는 배역을 맡는다. 한참 기울어진 구도 에 던져졌음에도 화자들이 애도할 권리를 둘러싼 경쟁에 필사적으로 응전하는 것은, 퀴어의 죽음을 누가 애도할 것인가의 문제가 실은 그 주체의 지위를 건 인정 투쟁이기 때문이다.[13]

---

13) 고인과의 관계를 계속 물으며 "죽음을 애도하고 기억하는 행위, 즉 장례 절차는 고인의 젠더를 끊임없이 환기하고 또 고인을 특정 젠더로 환원하는 과정이다". 장례 식은 근대 국민국가가 개인의 성을 일평생 단선적 서사로 유지하게 만드는 기획의 최 종 과정이다. 루인, 「규범적 슬픔, 젠더의 재생산—장례식, 트랜스젠더, 그리고 감정 의 정치」, 『진보평론』 2013년 가을호, 239~240쪽.

"그대는 이 기록을 눈 속에서 발견할 것이다. 나는 눈에 갇혔다."(「뼈 도둑」, 71쪽) 장의 죽음 이후 장의 누나에게 집을 빼앗긴 조에게 세계는 종말과 같다. 묵시록적인 한파에 유폐된 조의 상황은 퀴어에게 상시적인 세계의 박탈을 의미한다. 이 절대적 박탈 속에서 조는 자신에게 남은 단 하나의 과업이 연인에 대한 애도임을 기억하고 장의 뼈를 훔치러 눈을 헤치고 엿새를 걸어가려 한다. 창세기의 엿새에 대응하는 이 길 위에서, 조는 세계의 문을 닫는 최후의 순례자가 된다. "한 발 한 발 전진해 갈 때마다 그는 그에 관한 꿈을 꾸었다. 그에 관한 꿈으로 완전에 가까워지고 있었으므로 그는 갈 수 있었고, 살 수 있었다."(88쪽) 연인의 뼈를 훔치러 가는 조의 숭고한 순례에 의해 퀴어의 사랑은 다시 문학적으로 완전에 가까워진다. 그러니 이 눈 속의 기록은, 사랑을 추방한 세계에서 마지막 남은 사랑의 가치를 지키려는 퀴어 영웅의 분투와 그 몰락에 대한 신화적 만가輓歌다. 오르페우스가 연인의 죽음을 부정하기 위해 죽음으로 걸어들어갔다면, 조는 연인의 죽음을 제 입으로 노래하기 위해 죽음으로 걸어간다. 연인의 죽음을 완결 지을 자격을 적들로부터 회복하기 위함이다.

애도를 통해, 잃은 사랑의 자격을 재건하는 구도는 「루카」에서도 동일하다. '나'는 연인이었던 루카와 헤어진 뒤, 목사인 루카의 아버지로부터 고해를 듣게 된다. 그는 퀴어 아들이라는 "그 죄는 자신에게서 온 것이라고, 제대로 된 아버지 모습을 보여주지 못했"(96쪽)던 탓이라며 작열하는 황야에서 대속代贖을 빈다. 그러나 아들이 죽었다는 착각이 퀴어를 인정할 수 없던 자신의 착란임을 깨닫고, 살아 있는 퀴어 아들을 이해하기 위한 순례로서 '나'를 찾아와 루카에 대해 묻는다. 이제라도 "나와 같은 사람들에게 미안하다는 말을 하고 싶었다"(102쪽)

라면서. 아버지는 게이 아들의 죽음을 대속하는 순례에서 방향을 전환해 이해의 순례에 나선다. 서사의 반전이 여기에 있다. 어쩌면 가족과의 아름다운 화해에 도달할 수도 있었을 장면이지만 "그 말을 듣는 순간 나는 솟구치는 화를 아무래도 누를 수가 없"(같은 쪽)다. 죽은 아들을 애도하는 순례가 결국 아들을 잘못 키운 죄를 짊어지는 대속의 주체가 되게 하는 작업이었던 것과 마찬가지로, '나'를 찾아와 퀴어의 고통을 한번 들어보고 이해하겠다는 이 작업 역시 여전히 고통을 대속하는 작업이다. 그간 퀴어를 추방했던 아버지-목사가 반성 없이 손쉽게 화해와 용서를 담지하는 자격을 자임하기 때문이다. 루카의 연인이었던 '나', 딸기는 "그렇게 간단하게 침묵의 대가를 치르고 너라는 존재를 복원하려"(102쪽)는 아버지의 애도에 맞서 진정한 애도의 방법을 찾아야만 한다. 그래서 딸기의 서사는 루카를 상실한 연원이 아버지가 아니라 '나'에게 있었음을 확인하는 데 몰두한다. 목사-아버지가 관대한 아버지로 전환되면 루카를 애도할 권리를 다시 빼앗기게 되므로 그의 애도를 "이해해버리면 끝장"(같은 쪽)이다. 딸기는 아버지와는 달리 자신을 반성한다는 차이를 강조하면서, 교회/가족의 혐오보다는 자신에게서 상실의 이유를 찾으려 한다. 혐오의 맥락을 가진 모든 것, 가족과도 철저한 거리를 강요했던 자신의 결벽적인 퀴어 운동 노선 때문에 루카가 상처를 입었다고 반성하는 것이다. "나 역시 내가 사랑하지 않는 너의 어떤 부분을 사랑한다고 말하면서 그저 시들게 놓아두기만 한 사람"(같은 쪽)이라고 반성하면서 고유한 죄/책임을 다시 찾아냄으로써 루카를 애도할 자격을 회복한다.

「루카」가 외부의 폭력이 아니라 내부적 차이로 인한 실연이라며 보편적 연애담으로 확장하는 독해(이수형)와, 퀴어의 내부적 차이가 퀴어적 정동을 드러낸다는 발견(오혜진)도 중요하지만 동시에 애도할 자격을 수복하면서 주체가 되는 담론-퀴어의 서술 방법 역시 문제적이다. 거칠게 분류하자면, 루카와 딸기가 서로의 차이로 헤어지는 보편적 연애담으로 읽힌다는 독해는 차이의 중첩이라는 실연의 형식(소설 미학)에 기인한다. 작가 역시 그 같은 독해에 기운 것처럼 보인다. 작가는 "그래도 어쨌거나, 평범한 사랑 이야기를 써보고 싶었다"라며 "서로의 차이를 대하며 미지의 신에게 보내는 기원 같은 소중한 마음을 품게 했던 바로 그 감정이 전혀 다른 일을 하라고 자꾸만 부추기는 상황을 생각했"다고 한다.[14] 그에 비해 루카와 딸기의 차이는 커밍아웃과 가족과의 관계를 대하는 태도 차이에서 오므로 환원 불가능한 동성애자의 것이라는 독해는 실연의 내용에 기운 게 아닐까. 이런 형국에서는 연애담의 서술 형식 역시 '보편적'이지 않음이 문제가 될 것이다.

「루카」와 「뼈 도둑」은 연애를 '애도담'으로 서술한다는 점, 그 애도가 퀴어와 가족의 경쟁 구조 속에서 출현한다는 점에서도 특정한 서사 구조를 만든다. 가족과 교회의 잔인한 말에 의해 벌거벗은 생명이 되었음에도, 짐짓 이를 애도하면서 또다시 주권 권력을 획득하는 저들에 맞서 화자들은 자신이 직접 애도를 수행하는 퀴어 안티고네가 된다. 저들이 침탈할 수 없는 애도의 양식을 발굴할 때 서사는 비극을 숭고한 복수극으로 전환한다. 이 무대 위에서 교회/가족은 담론적 살

---

14) 이수형, 「심사평」, 윤이형 외, 『2015 제5회 문지문학상 수상작품집』, 문학과지성사, 2015; 오혜진, 「'순정한' 퀴어 서사를 읽는 방법」, 「루카」 해설, 정지돈 외, 『2015 제6회 젊은작가상 수상작품집』, 문학동네, 2015; 윤이형, 「사랑, 두려움」, 같은 책, 153~154쪽.

해자라는 악역이, 루카와 장은 무고한 희생자가 되면서 딸기와 조는 애도의 배역을 수행한다. 그러므로 이 연인들의 대사와 지문은 현실적인 지상의 동성애 장면보다는 가상의 영화 시나리오와 교회에 대한 비판 담론으로 구현된다. 이들이 담론-퀴어의 배역을 맡은 이상, 서사 속 퀴어는 박탈당하는 수난과 비극의 형상으로 등장해 세계사적인 패배로 나아간다.

　그러나 패배의 장면이야말로 실제로는 윤리적 승리의 장면이다. 독자 층위에서 이 패배는 그 적들을 초과하기 때문이다. 목사-아버지는 그가 초래했던 박탈에 대한 책임을 충분히 지지 않았으며, 교우들은 이웃을 "사랑하지 않으면서 사랑하지 않는다고 말하지 않고 사랑한다고 말하는데 그건 사랑하지 않는 것보다 나쁘다"(「뼈 도둑」, 80쪽). 가족이 찬탈한 애도와 교회의 위선을 대신할 진정할 사랑을, 화자들은 좀더 마땅한 애도의 방식으로 끝까지 고수해낸다. 이 애도하는 영웅이라는 배역을 맡기 위해 딸기는 자기반성의 처연함으로, 조는 신화적 죽음으로 독자의 연민을 받는 데 성공한다. 그에 관한 꿈으로 완전에 가까워지고 있었으므로 그는 (애도를 하러) 갈 수 있었고, (그리하여 주체로 다시) 살 수 있었다. 호모 사케르라는 위치가 선행하고, 애도의 탁월함이 윤리적 주체의 자격을 입증하면서 후행할 때, 퀴어의 존재 형식이 가까스로 되살아난다.

4. 청년 레즈비언의 생존과 가족이라는 유토피아

　해민과 나 둘뿐이었다면 견뎌내지 못했을 것이다.
　도리와 지나가 주고받는 눈빛과 미소의 깨끗한 표정 속에서 마치 내가 보호받는 기분이었다. 그들과 함께 있을 때는 공기가 달라졌다. 살인과 폭력과 치욕과 체념에 둔감해지지 않을 수 있었다. 온갖 나쁜 것 속에서도 다르게 존재할 수 있다는 가능성을 잊지 않을 수 있었다. 해민에게 좋은 말을 해줄 수 있었다.(최진영, 『해가 지는 곳으로』, 민음사, 2017, 165쪽)[15]

애도의 찬탈에 맞서 담론-퀴어 배역을 맡았던 게이 서사에 비해 최근의 레즈비언 서사들은 생존-퀴어의 모습을 하고 있다. 이 레즈비언 커플들은 재난적인 상황에서 오직 서로만을 부둥켜안고 생존하며 '가족'을 문제삼는다. 최근의 퀴어 서사가 경제동물 청년의 형상을 통한 알리바이를 취하고 있다는 적확한 지적[16]을 바탕으로, 레즈비언 서사들을 좀더 밀도 높여 읽어도 될 것 같다. 레즈비언의 사랑이 위기 상황과 묶여 서사화될 때 문제는 생존이 된다. 알 수 없는 바이러스와 폭발, 뒤이은 전쟁 속에서 기존의 질서와 원리가 자임하던 최소한의 '치안' 기능도 증발해버리고 만다. 살인과 약탈, 성폭행이 일상적인 세계에서 가장 근본적인 재난은 생존하려는 다른 인간이다.

---

15) 이하 인용시 본문에 쪽수만 밝힌다.
16) 오혜진, 「퀴어 서사와 아포칼립스적 상상력」, 한겨레, 2017. 8. 6. 오혜진은 『해가 지는 곳으로』를 성소수자의 일상적 재난에 대한 은유로 읽으며, "사회경제적 불안정이 비규범적 성정체성이 초래하는 삶의 무게를 압도하는 것으로 재현될 때에만 비로소 '보통 사람'으로서 대사회적 발언권을 부여받는" 우려를 짚었다. 이에 대해 김신현경은 중요한 것은 "사회경제적 불안정과 구분된 어떤 정체성의 가정이라기보다 불안정이 구성하는 정체성의 움직임"이라 응답하며 사회경제적 불안정과 분리한 성정체성, 특히 레즈비언 재현을 거부한다(김신현경, 「실은, 어머니에 대하여」, 김혜진, 『딸에 대하여』 해설, 민음사, 2017, 213쪽). 이 글은 재난(경제 위기)을 통한 '보통 사람' 담론과 생존 문제가 주로 레즈비언 연애 서사와 결합한다는 점을 고려하면서도 레즈비언의 특정한 '위기'가 그로 인해 촉발된 가족적 유토피아에 대한 열망과 연관 지어 재현된다는 점을 더 읽어보고자 한다.

그런데 그 생존경쟁의 악다구니가 사실 인물들에게 낯설지 않다. 최진영의 『해가 지는 곳으로』에서 부모를 잃고 동생을 데리고 피난을 가는 도리는 한국에서 살던 일상이 지금과 크게 다르지 않음을 안다. "약육강식. 각자도생. 승자독식. 바이러스가 세상을 뒤덮기 전에도 숱하게 들어온 말들."(123쪽) 바이러스 출현 전이나 후나 청년들의 삶의 목표는 '존버', 생존 그 자체인 지 오래다.

생존은 다분히 젠더적이다. '도리'와 '지나'에게 재난은 가족적 폭력과 야만적인 남성들이다. 지나의 아빠와 친척 남자들은 도리가 생존경쟁에 방해가 된다고 판단하자 거리낌없이 성폭행한다. 그들에게 여성은 교환 대상이다.[17] 지독한 생존 이데올로기는 이성애 가족의 가부장을 생존 주체로 만든다. 아빠는 생존할 수 있는 힘을 찾아 무장 단체에 합류한다. 그런데 그 힘은 여성에 대한 조직적인 착취와 폭력에 근거한다. 이성애 정상 가족의 생존을 위협하는 존재들은 강간당하거나 추방당하거나 살해당한다. 그 배제의 과정만이 '가족'을 의미화해준다. 그래서 무장 단체에 납치되어 조직적 강간을 당하는 지나에게 아빠는 말한다. "그래도 굶지는 않잖아. 그렇지? 말만 잘 들으면 살 수 있지. 기다리다보면 분명 좋은 날이 올 거야. 우리는 새로운 국가의 주인이 될 수 있어."(140쪽) 생존/재난으로부터 가부장-가족을 지키기 위해 조직적 여성혐오/착취에 동참하는 '새로운 국가의 주인'은, 최근 생존은 물론 가부장이 될 가능성도 위협받으며 열패감에 빠진 이성애자 청년 남성(성)과 얼마나 다른가. 이런 남성-가족에 의존하게 하는 '생존'을 초월하는 사랑의 형태로, 젊은 남녀인 건지와

---

17) "이런 세상에서 몸 좀 대주는 게 무슨 대수라고, 아니 그럼 공짜로 트럭을 탈 생각이었던 것이냐……"(최진영, 같은 책, 82쪽)

지나도 아니고 성숙한 중년 부부인 류와 단도 아닌 지나와 도리가 선택됨은 당연한 것일지도 모르겠다.[18] 지나와 도리는 모든 시련을 뚫고, 성인의 초상화와 십자가 아래에서 극적으로 재회한다. 남성적 폭력과 치욕으로부터 다소 급작스레 탈출하며, 다른 모든 가족 형태를 선도하는 레즈비언 커플은 "온갖 나쁜 것 속에서도 다르게 존재할 수 있다는 가능성"으로 압도적 지위에 오른다.

이 생존의 '노력'은 강화길의 「방」(2012년 경향신문 신춘문예 당선작)에서 좀더 자발적인 도시 청년 노동자의 형상을 띤다. 첫번째 재난은 후쿠시마를 연상시키는 폭발과 원인 모를 전염병이다. 그러나 '재인'과 '수연' 커플에게 더 크게 육박해오는 것은 '방'이다. 재난 이전부터 두 사람은 고시원의 열악한 주거 환경에서 벗어나 밝고 따뜻한 방을 마련하려 고투해왔다. 좀더 좋은 방에서 방해받지 않는 사랑을 나누고 싶다는 가족 구성의 욕망이 이 커플을 추동하는 원동력이다. 그래서 정부가 제시한 좀더 높은 임금을 받기 위해 도시로, 재난 안으로 직접 이주해 왔다. 국가는 국가의 위기를 청년들의 임금 경쟁으로 전가하여, 재난의 피해자들을 생매장하는 일을 맡긴다. 그 속에서 청년들은 스스로의 생존법, "조금만 버티면"을 체화한다. 아무리 일해도 저축 목표액은 멀어져만 가고, 곰팡이가 피는 옥탑방에 무력하게 누워 석회질 수돗물만을 마실 수 있는 재인은 돌덩어리로 변해

---

18) 그런 점에서 "더할 나위 없이 순정한 그들의 퀴어 로맨스를, 이성애나 동성애 어느 한쪽의 우위를 말하기 위해 그려낸 것은 분명 아닐 것이다. 오히려 소설은 (……) 어떤 사랑도 사랑이라 불릴 자격이 있음을 보여주려는 것 같다"라는 전소영의 해설은 사실상 어떤 우위가 읽힌다는 고백에 가깝다. 전소영, 「비로소 사랑하는 자들의 모든 노래가 깨어나면」, 같은 책 해설, 201쪽. 레즈비언 서사가 '퀴어' 로맨스보다는 초월적 사랑의 보편적 증례로 독해되는 셈이다.

간다. 재인과 수연 커플에게 재난은 생존경쟁에서의 탈락과 초라한 옥탑방으로의 유폐다. 여성에게 그 유폐는 이중적이다. 재인은 임금을 결정하는 팀장에 의해 성매매를 강요받고 결국 일을 그만둔다. 불안정한 노동, 퀴어 가족을 위한 주거 지원의 부재, 의료와 저축의 접근 불능, 일상적 성폭력이 '레즈비언 생존 서사' 그 자체다. 그 점에서 이들에게 위기는 한국 그 자체이고 우리 당대다.

위기를 보다 일상적인 배경으로 옮겨가면, 이 생존 능력의 격차는 레즈비언 연애의 양태를 결정짓는다. 최은영의 「그 여름」(『21세기문학』 2016년 겨울호)[19])에서 '수이'와 '이경'은 고등학생 때 연인이 되어 생생한 감각으로 서로를 느끼며 사랑을 시작한다. 그러나 성인이 되자 "둘의 계급적 다름은 젠더적 같음을 압도"[20])하게 된다. 이경이 서울의 대학을 다니며 용돈을 받는 동안 수이는 자동차 정비를 배우며 신체적으로, 정신적으로 남성적 폭력에 늘 노출되어 있다. 대학 교육을 누릴 수 있는 레즈비언 친구들과 달리 옷차림도 교양도 허술한 수이에게 이경은 점차 실망하고 결국 둘은 헤어진다. 김혜진의 「아는 언니」(『현대문학』 2016년 8월호)[21]) 역시 레즈비언 커플의 버거운 경제 상황과 주거의 문제를 결부시킨다. 그로 인한 갈등이 아는 언니의 방문으로 비화되어 결별에 이른다. 엄마의 신용카드를 쓰며 집을 소유

---

19) 이하 인용시 본문에 쪽수만 밝힌다.

20) 서사의 핵심이 차이를 극복하는 사랑의 혁명적 힘이며 "젠더적 같음은 분명 둘의 우연한 만남으로부터 사랑을 이끌어내는 놀라운 계기임에 분명하다"라는 것은 레즈비언의 에로스나 성적 끌림이 '젠더'로 축소 독해됨을 시사한다. 이은지, 「사랑이라는 역설」, 「그 여름」 해설, 임현 외, 『2017 제8회 젊은작가상 수상작품집』, 문학동네, 2017, 272~273쪽.

21) 이하 인용시 본문에 쪽수만 밝힌다.

한 '너'와 아르바이트를 하며 석사 논문을 써야 하는 '나'의 자본 격차가 이 연인의 운명을 결정한다. 두 작품 모두 자신들의 사랑의 '평범함'을 화자가 추억하는 결말에 도달한다. 그런 사회경제적 차이들로 인해서 얼마든지 헤어질 수 있는 "남들과 다를 바 없는, 흔하고 흔해 빠진 연인이었다"(91쪽). 사랑의 평범성을 환기시키는 「아는 언니」의 이 마지막 문장은 중층적으로 읽힌다. 우선 표면적인 레즈비언 연인들이 처한 거주와 경제 위기가 '남들의 흔함'과는 다를 수밖에 없다는 것이다. 계급과 문화 자본의 문제가 청년들의 연애를 조건 짓는다는 현상은 물론 상식적이기에 '보편적' 이성애 서사 구조에 의존한다는 의혹을 받았지만[22] 레즈비언 서사가 지속적으로 이 경제적 생존의 위기를 문제삼는 것은 증상적이다. 이는 레즈비언들이 노동시장, 거주, 안전, 학력과 문화 자본 등에서 청년, 여성으로서 다중적으로 열악한 지위이며 성소수자로서 국가/가족이라는 재생산 제도의 '보호' 밖의 상시적 전장戰場에 던져져 있음을 반영한다. 특히 비슷한 시기의 게이 서사보다 레즈비언의 사랑이 유난히 생존 위기와 가족구성의 열망으로 배치된다는 점은 이를 더 심화시킨다.

한편 이러한 레즈비언 서사가 결과적으로 경제적 (격차와) 위기에 배치된 레즈비언 커플의 고투로서 사랑의 동일함을 입증하는 것처럼 읽힌다면 이는 문제적이다. 이는 퀴어가 박탈된 청년 세대를 은유하는 한 형태일 때 문학적/담론적 공감을 얻을 수 있다는 '입증'을 암시

---

22) "역시 다소 안전한 이야기, 모든 사람들이 크게 불편함을 느끼지 않을, 어떤 보편적 연애 서사에 의존"하는 의혹이 있거나, 성적 취향이 달라도 평범한 첫사랑 이야기처럼 보인다는 독해다. 최은영·강동호 인터뷰, 박민정 외, 『2017 제7회 문지문학상 수상작품집』, 문학과지성사, 2017, 351쪽; 김종욱, 「이토록 평범한 첫사랑 이야기」, 한국현대소설학회 엮음, 『2018 올해의 문제소설』, 푸른사상, 2018.

하는 듯이 보인다. 특히 레즈비언의 생존 수단이 '가족'의 문제로 기울어질 때, 이는 퀴어 담론의 지위가 처한 위기일 수 있다. 그러니 김혜진의 『딸에 대하여』(민음사, 2017)[23]에 레즈비언 딸과 딸의 연인이 가족과 동거하기 위해서는 필연적으로 생존을 위협받는 청년으로 재현되어야 했던 셈이다. 그 이전에는 '동성애자' 딸은 어머니인 '나'에게 나타날 방법을 찾지 못했을 법하다. 불법 해고를 감당해야 하는 청년 비정규직이 아니고, 주거비를 감당하지 못하는 상황이 아니었다면 애초에 두 사람은 어머니와 만날 일이 없었을 것이다. 퀴어의 공적 발화로 인한 대학에서 해고당한 딸 '그린'의 투쟁 서사 역시 레즈비언의 생존 투쟁을 격화시킨다. 그런데 그 생존 투쟁의 과정에서 레즈비언 서사가 끝끝내 붙드는 것이 가족이라는 점은 유의할 만하다. 『딸에 대하여』의 화자인 어머니의 동성애에 대한 반응은 처음부터 죄의식이나 혐오라기보다 가족으로서, 서로의 생애를 보증하는 진지한 관계로서 구속력이 있겠느냐는 가족 '기능'에 대한 걱정에 더 가까운 것이었다. 실은 자신의 노후에 대한 문제의식이다.[24] 딸 그린과 딸의 연인 '레인'에 대해 주어지는 서술자의 정보 역시 만남의 계기나 일상적 사랑의 장면보다는 두 사람이 칠 년씩이나 얼마나 진지하게 만났는지, 얼마나 진정하게 상호 부양을 해왔는지를 증명하는 서술이다.

---

23) 이하 인용시 본문에 쪽수만 밝힌다.

24) "남편이고 아내고 자식이라니. 너희들이 뭘 할 수 있니? 결혼을 할 수 있니? 새끼를 낳을 수 있니? 너희가 하는 건 그냥 소꿉장난 같은 거야. 서른이 넘어서까지 소꿉장난을 하는 사람들은 없다."(같은 책, 106쪽) "그 말을 하는 동안 나는 젠이 아니라 나를 생각하고 있는지도 모른다. 내가 아니라 딸애를 생각하고 있는지도 모른다. 그러니까 이건 세상의 일이 아니고 바로 내 일이다. 바로 코앞까지 다가온 나의 일이다."(같은 책, 131쪽)

그렇기에 『딸에 대하여』의 서사에서 어머니가 딸의 연인에 대한 모종의 이해에 도달하기 위해서는 '젠'이라는 인물이 필요했다. 성공한 지식인이자 나눔을 실천했던 여성이지만 이성애 가족 제도에 속하지 않는다는 이유로 요양병원에서 방치되는 젠을 돌보면서, '나'는 노후를 돌봐줄 가족이 없다는 것에 큰 공포를 느낀다. 이에 맞서 '나'는 젠을 요양병원에서 데리고 나가기로 한다. 가족관계가 아니면 돌볼 수 없다는 병원 직원에게 "아무 관계도 아니에요"(176쪽)라고 쏘아붙인 말은 가족관계가 아님에도 불구하고 젠을 돌보는 관계가 가능하다는 전환을 가져온다. 딸의 연인이 젠의 임종을 지켜준 덕에 '나'는 '승인'에 도달하게 된다. 생존케 하는 '가족'의 기능 입증에 성공하자, 어머니는 레즈비언 가족의 가능성을 비로소 수긍한다.

『해가 지는 곳으로』가 초월하고 『딸에 대하여』가 열망하던 '가족'은 박민정의 「아내들의 학교」(『문예중앙』 2014년 겨울호)[25]에서 완성된다. 그린, 레인 커플이 실현이 "불가능한 유토피아"(70쪽)로 꿈꾸었을 동성 결혼의 합법화가 이루어진 것이다. 가족 구성권을 쟁취한 '설혜'와 '선'은 아이를 키우며 유기농 식단과 육아법을 공유하는 '단미 협동조합'을 다닐 정도로 안정적인 중산층의 삶을 누리고 있다. 그러나 이 레즈비언 부부 역시 여전히 생존경쟁 안에서 살아간다. 선은 〈톱 모델 서바이벌 코리아〉에 참가해 매주 생존 게임을 펼치고 설혜는 이를 TV로 지켜보고 있다. 그런데 이 생존은 선의 능력이 아니라 시청자들에게 제공하는 '드라마'에 의존한다. 선이 "아직도 그곳에 있는 까닭"은 "그런 캐릭터이기 때문"(64쪽)이다. 처음에는 나이

---

25) 이하 인용시 본문에 쪽수만 밝힌다.

든 신인이라는 캐릭터가 그녀의 드라마를 제공한다고 생각했지만, 결국 레즈비언 '가모장'으로 비춰지길 기대했음이 드러난다. 선은 자신의 정체성을 시청자들에게 감동의 드라마로 제공할 때에만 비로소 자신이 상품 가치가 있음을 너무나 잘 이해한다. "그게 사람들이 나한테 바라는 드라마라고. 이거 안 하면 나 1등 못해."(81쪽) 사회적 약자로서의 레즈비언 가족의 전시 가치와 생존을 교환하는 장면은, TV 속에 재현된 '서바이벌'이 현실세계의 '생존' 질서와 동질적임을 보여준다.

"굳이 페미니스트까지 겸업할 필요는 없잖아. 야, 너는 애인 있잖아. 등록금 내주다가 때 되면 집 사줄 부모도 있고. 그런데 네가 약자냐?"(78쪽)라던 선배의 반문은 TV 쇼의 요구와 본질적으로 같다. 퀴어는 열악한 지위임을 입증할 때에 비로소 재현의 시민권을 얻을 수 있다. 처음부터 아이를 가지고 싶어했고, 남편과 아내의 역할을 확신할 수 있는 부부관계를 선호했던 쪽은 설혜였다. 설혜는 "다른 부모들이 만드는 균형 잡힌 가정"(25쪽), 평등주의적인 가족이 가져다줄 유토피아를 믿었던 것이다. 반대로 선은 결혼이란 "어떻게든 정상 시민이 되고자 발악하는 헤테로들에게나 필요한 것"(70쪽)이라고 단언했지만, 자신의 정체성과도 같은 붉은 머리를 포기하고 "아무렇게나 밀어놓은 시커먼 머리카락과 레이스가 잔뜩 달린 웨딩드레스"(77쪽) 차림으로 결혼식을 연기하며 울어야 했다. 결국 선은 생존을 위해 아이를 키우는 '정상 가족'으로 재현되어야 한다는 계약에 승복한다. 계약 조건은 두 가지다. 1항, 유사하되 완전히 똑같지는 않아야 한다. 2항, 그러면서 '정상성'을 향해 '노력'해야 한다. 감동의 '드라마'로 비치는 한에서, 선은 재현 대상으로서 생존할 수 있다. 동일성의 관대함을 확인시켜주지만 동일성을 위협하지 않는 재현 안에서의 생존. 「아내들의 학교」의 동성혼은 자본과 가족 규범의 공모로부터 양가적인 구속을 받는다.[26] 설혜는 단미 협동조합의 '계급'을 통해 규범적 아내가 되려 했고, 선은 TV 속 '토큰 퀴어'가 되어 가시화되려 했다. 방송 매체든 정치 담론이든 간에 퀴어는 동일함을 갈망함으로써 동일성의 자기만족을 위해 복무하면서, 동시에 조금 부족해서 보호해주는 쿼터 안에 포섭되어 위협이 되지 않아야 재현 대상이 될 수 있는 것이다.

이제 역으로 이 평등한 가족 제도가 기이하다고 느끼는 것은 설혜다. 설혜는 "그래도 저에게는 가장 소중한 가족"(82~83쪽)이고 "저희와 같은 가족들에게 힘이 되고 싶"(83쪽)다고 인터뷰해야 한다. 이성애 가족 제도를 위협하지 못하도록 순치되어야만 경쟁에서 살아남을 '정체성 쿼터'를 배정받을 수 있다. 이런 평등주의가 부여한 가족 구성권은 오히려 이 생존경쟁을 유지하는 담보물이 된다. '그래도'와 '같은'으로 지불해야 하는 이 평등주의 유토피아의 청구서. 기꺼이 이 쿼터 속 배역을 수긍하거나, 아니면 생존경쟁에서 도태되거나를 선택할 것.

생존경쟁 안에서 담론적 평등을 분배받는다는 기획의 도달 불가능

---

26) 인아영은 "동성혼을 합법화하면서도 그것을 자본주의적으로 소비하는 사회의 모순과 기어이 한 몸이 되려는 몸짓"을 통해 "가상의 유토피아를 전유하여 나름의 방식으로 뒤집고 비트는" 박민정의 반어적 의도를 흥미롭게 짚었다. 또한 「아내들의 학교」의 동성혼이 규범적 가족관계를 답습한다는 점은 차미령이 지적한 바 있다. 인아영, 「유토피아에서 있었던 일에 대해 알아보려고 합니다—박민정론」, 2018년 경향신문 신춘문예 당선작; 차미령, 같은 글. 레즈비언의 '펨-부치'가 이성애적 성 역할 구분이라는 비판이야말로 백인 중산층 지식인적 여성성의 강요이며, 지배 규범의 '각색물'임을 간과한다는 반론도 진작부터 제기되었다. 게일 루빈, 같은 책, 487쪽.

성을, 설혜는 절감하게 된다. "잊지 마. 이것이 내가 원한 유토피아였다는걸."(83쪽) 이런 유토피아가 등장한다면, 이를 자본과 가족 제도가 갑자기 기부할 리 없고, 평등한 시민권을 얻으려는 열망이 생존 가족으로의 편입을 쟁취해낸 형태가 될 것이다. 그렇다면 문제는 가족의 형상이 그 열망과 맺는 관계가 된다. '가족'이라는 열망을 성취한 이후 이것이 다시 생존경쟁의 구심력이 된다면, 잠시 질문을 되돌려야 하지 않을까. '가족'이라는 평등주의적 생존 기획을 쿼터 안에 배치하려는 TV 쇼와 선배에게로 말이다. 우리 사회의 가장 새로운 주체라고 할 법한 퀴어조차, 생존하려고 분투하는 '가족'으로 재영토화하는 이 평등한 생명 정치에 대한 (무의식적) 기대야말로 위기일 수 있다. 가족의 형상으로 토큰 퀴어가 TV에 등장하기 시작한 우리 사회[27]에 미리 던지는 박민정의 질문이 이것이다.

5. 퀴어 예술가가 삶을 쓸 때, 아무것도 아닌 자들이 짧은 농담을 할 때

상경 후, 내적 갈등을 끝낸 스물네 살 겨울 이후로 나는 단 한순간도 내가 게이라는 사실을 잊고 산 적이 없었다. 과장이 아니라 내가 바라보는 모든 사물과 사람과 사실과 사정과 사건이 내가 게이라는 걸 지시하거나 게이가 아님이 아님을 지시했으니까. 나는 그 생각에서 벗어나 사고한다는 것 자체가 불가능했다. 그건 좋았다. 정말 좋았다. 그게 내 기쁨이었다.(김봉곤, 「라스트 러브 송」, 『창작과비평』 2017년 겨울호, 157쪽)

---

27) 김경태, 「벽장 밖으로 나온 동성애자들, 브라운관에 갇히다」, 『문화/과학』 2015년 가을호; 조서연, 「〈인생은 아름다워〉에 나타난 TV 드라마의 동성애」, 『한국극예술연구』 35집, 2012.

지상의 퀴어에게 자신의 존재는 격정적 연애담도 아니고 더 큰 것으로 환원되는 것도 아니다. 그것은 언제나 매일 아침부터 밤까지를 지배하는 문제고 자신을 규정하는 근본적인 지평이다. 벗어날 수 없는, 아니 그럴 필요를 제기할 필요조차 없는 존재 조건이다. 시에서 김현이 수다스러운 퀴어의 입을 열었다면(『글로리홀』, 문학과지성사, 2014), 서사에서 그 몫은 김봉곤과 박상영이 '재현을 재현'하는 퀴어 예술가들로 이어받았다.[28)]

이들은 세계를 게이라는 인식론을 거쳐서 바라본다는 뚜렷한 자의식을 가지고 있다. 이 확고한 제1원리는 다시 존재를 증명하는 법을 결정짓는다. 그래서 화자들은 "나의 동성애 중심적 사고"(「Auto」)를 가지고 "퀴어 된 도리를 다하기"(「자이툰 파스타」, 200쪽) 위한 사건을 만들어간다. "바라보는 모든 사물"에 대한 게이의 인식론은 자신이 "게이라는 걸 지시"(「라스트 러브 송」, 157쪽)하는 것, 즉 자신을 재현하는 문제로 이어진다. 성정체성을 고통스레 묻고 탐색할 필요도 없는데, 이미 당연한 자신의 일상이기 때문이다. 그 인식론은 고통의 되새김질이 아닌 일상적 기쁨이기도 하다. 김봉곤과 박상영은 퀴

28) 여기에서는 김봉곤과 박상영의 다음 작품을 읽는다. 김봉곤, 「Auto」(2016년 동아일보 신춘문예 당선작); 「디스코 멜랑콜리아」(『실천문학』 2016년 겨울호); 「여름, 스피드」(『악스트』 2017년 7/8월호); 「컬리지 포크」(『문학동네』 2017년 여름호); 「라스트 러브 송」(『창작과비평』 2017년 겨울호); 「조각보 만들기」(『문학과사회』 2017년 가을호); 「시절과 기분」(『21세기문학』 2018년 봄호). 박상영, 「중국산 모조 비아그라와 제제, 어디에도 고이지 못하는 소변에 대한 짧은 농담」(『현대문학』 2016년 12월호, 이하 「제제」); 「알려지지 않은 예술가의 눈물과 자이툰 파스타」(『문학동네』 2017년 가을호, 이하 「자이툰 파스타」); 「#부산국제영화제」(『현대문학』 2018년 5월호). 이하 인용시 본문에 쪽수만 밝힌다.

어 연애 서사(라는 장르)가 존재한다는 입증보다는, 그 연애를 어떻게 쓸 것인가, 어떻게 쓰여왔는가에 대한 재현의 방법 문제에 좀더 천착한다. 이제 재현되는 퀴어가 아니라 '퀴어(성) 자체를 재현하는 퀴어'들이 등판한다.

> 국립국어원에서 '이성 간의 그리워하고 좋아하는 마음'을 '사랑'으로 정의하더라도 우리의 사랑은 존재한다. 나 역시 도저히 사랑이 아니라고 할 수 없는 그것을 하고 있으며, 나와 나의 남자친구는 이 세계에서 여전히 사랑하며 살아갈 것이다. 하지만 이런 군색한 상태로 내버려둘 수는 없는 노릇이다. 그렇다면 사랑처럼 사랑을, 사랑이라는 단어를, 그 어떤 속박에서부터 해방시키는 것이 시작이어야 하지 않을까? 사랑이 언제나 재발명되어야 하듯, 사랑에 대한 정의도 재발명, 재정의될 필요가 있다.(「Auto」)

김봉곤이 원점으로 삼는 문제의식은 분명히 존재하는 자신과 남자친구의 사랑을 더이상 사랑이라고 부르지 못하게 된 언어의 상실이다. 이름을 상실하고, 존재의 재현을 위한 담론을 빼앗긴 문제의 원점에 퀴어 예술가들이 응전한다. 이는 이성애 규범적 언어와의 전면적인 재현-전쟁이 된다. 사랑을 "군색한 상태"의 "속박에서부터 해방시키는 것이 시작"이므로, 김봉곤의 소설가 '나'들은 사랑을 퀴어화하고 언어를 재발명하는 쓰기를 선포한다.

한편 박상영은 좀더 전면전을 편다. 「자이툰 파스타」는 아예 재현을 재현하고 있다. (퀴어에 대한) 재현에 대해서 (퀴어가) 재현하는 메타 재현으로, 이성애자들의 대상화된 재현에 응전한다. 화자인 '박감독'에게 문제적인 것은 퀴어라는 소재가 아니라 그 재현의 의도와 방법이다.[29] 박감독이 보기에 이성애자의 소비욕을 만족시켜주는 방법에는 두 가지가 있다. 동성애자들의 극단적인 고통을 동정하게 하는 방법과 동성애자들도 보편적 사랑의 형식을 따른다는 것을 확인시켜주는 방법이다.

이성애자 '오감독'은 "사회적 약자를 대상화해 선정적으로 소모"(217쪽)한다. 그의 동성애 재현이 필연적으로 신파와 정치에 복무하는 이유는, 강렬하고 특수한 타자의 고통에 연민하는 윤리적 시혜의 위치에 섰을 때의 자기만족을 팔기 때문임을 박감독은 간파한다. 「아내들의 학교」가 지적했던 '드라마'의 생존경쟁이다. 애초에 동성애를 고통과 연결 짓지 않으면 다만 과잉 성애화일 뿐이라는 오감독 일행의 비판은 정치적, 윤리적 상품성 없이는 게이의 일상/성애를 재현하지 않겠다는 의미다. 특히나 남성 간 성애는 (여성에 대한 성적 대상화와 달리) 이성애자 남성이라는 비평 권력과 주류 담론에 판매할 수 없기에 더욱 가시화의 명분이 중요하다. "퀴어를 등장시키려면 무조건 합당한, 그러니까 보통의 사람들을 설득할 수 있는 치명적인 '지점'이 있어야"(222쪽) 한다는 말은 퀴어의 특수한 고통을 강조하는, 담론-퀴어로 재현하겠다는 말이다.

---

29) 노태훈은 퀴어의 일상은 특별할 게 없지만 예술은 특별해야 한다는 괴리, 정체성과 예술이 동등하게 중요하다는 전제로 「자이툰 파스타」를 독해했다. 그런 예술가적 자의식에 대한 서사라서 보편적 예술이라는 것이다. 노태훈, 「깨어 있는 꿈」, 「자이툰 파스타」 해설, 박민정 외, 『2018 제9회 젊은작가상 수상작품집』, 문학동네, 2018, 328쪽. '예술가의 정체성'은 중요한 독법이다. 다만 박감독은 처음부터 "퀴어 된 도리를 다하기 위해" 퀴어 영화를 봤고, '나'의 현실과 다른 재현에 분개하여 "순전히, 세상에 없는 퀴어 영화를 만들기 위해서"(「자이툰 파스타」, 200쪽) 영화를 시작했다. 박감독의 재현은 퀴어 인식론에 비춰 봤을 때 '나쁜' 재현에 대한 반응으로부터 촉발했다.

평론가 김은 심사평에서 오감독의 영화를 두고, 성적 소수자의 고통을 잘 형상화해 동성애를 보편적 사랑의 경지로 끌어올린 수작이라고 평했다. 그들은 모두 보통 사람들이 누구이며 그들이 하는 보편적인 사랑이 뭔지 너무 잘 알고 있는 눈치였다. 동성애자들이 뭐 얼마나 특별한 사랑을 하고 산다는 건지, 동성애자인 나조차도 알 수 없는 일이었다. 아무튼 이성애자가 연루되면 뭐 하나 제대로 되는 일이 없었다.(「자이툰 파스타」, 221쪽)

오감독과 평론가 '김'은 한동안 문학 담론이 퀴어 서사를 보편적 연애담으로 끌어올려 읽던 맥락을 상기시킨다. 온갖 난관을 뚫고 사랑의 위대함을 증명하는 이성애 연애담(보편적 사랑)의 형식을 유지하면서, 그 난관의 자리에 퀴어의 고통을 '끌어올린'다. 퀴어의 특수한 고통을 비극화하는 재현은, 고통의 강렬도를 통해 보편적 연애담의 영원불멸 신화를 강화한다.[30]

그러므로 "퀴어 영화들은 하나같이 과잉된 감정에 사로잡힌 신파이거나 투명할 정도로 정치적인 목적을 드러내고 있었고, 남성 동성애자의(즉, 나의) 현실과는 거리가 멀었다"(200쪽). 이에 맞선 박감독의 과제는 다음과 같다. 퀴어라는 소재를 '보편적 미학'의 소켓에 접속하는 데 만족해 사유를 멈추지 않고 새로운 재현 형식을 만들 것.[31] 결

30) 근대적 플롯 패턴이 결코 중립적이지 않고 여성에게 남성적 감옥(인 동시에 놀이터)이었다면(리타 펠스키, 『페미니즘 이후의 문학』, 이은경 옮김, 여이연, 2010, 170쪽) 퀴어에게도 보편적인 플롯이란 이성애적 감옥(이자 놀이터)이지 않을까.

31) "더 약자를, 더 소수자를 재현하는 것만으로는 정치적으로 올바른 텍스트가 될 수 없다. 문학이 정치적 올바름을 사유하기 위해서는 어떻게 재현할 것인가의 문제를 놓쳐선 안 된다."(허윤, 「로맨스 대신 페미니즘을!—'김지영 현상'과 '읽는 여성'의 욕망」, 『문학과사회 하이픈』 2018년 여름호, 50쪽)

국 박감독은 동정의 재현과 보편적 (이성애) 연애담의 형식에 모두 맞서야 하는 것이다. 박감독은 이 원인을 "이성애자가 연루되"(221쪽)기 때문이라고 분석하고, 동성애자인 자신을 재현할 언어와 담론을 이성애자들에게 빼앗겼다며 전선을 명확하게 만든다. 이에 맞서 주류 담론의 소켓으로 '끌어올리지' 않은 개별적인 재현의 형식을 개발할 것. 이는 동시에 "이성애자가 연루되"지 않은 재현의 주체를 만들어야 가능하다. 박감독은 "평범하고 발랄한 동성애자"(222쪽)의 일상, "일기나 다름없는"(221쪽) 자신의 삶으로 응전한다. 그러니까 담론-퀴어의 특수한 비극의 형식과 보편적 연애담의 형식을 모두 넘은 '나'의 현실, 일상을 통한 반격이다. "동성애를 훈장처럼 전시하지도, 대상화해 신파로 소모해버리지도 않는 순도 백 퍼센트의 퀴어 영화를 만들리라"(201쪽)는 다짐은 박감독이 어떤 재현으로 맞서려고 하는가를 보여준다. 이제 퀴어는 순정한 사랑의 장면이나 숭고한 희생의 담지자 같은 신화적 상징에서 세속적인 일상으로 내려온다. 낭만화와 비극화를 모두 넘은 퀴어의 세속화인 것이다. 담론 퀴어와 애도의 자리가 상정하던 미학적 아우라를 잃은 퀴어는 그 아우라가 주던 윤리적 권위도 잃은 것처럼 보인다.[32] 동성애를 '별빛'이나 '애도'로 재현하는 것을, 이 퀴어 예술가들은 이해할 수 없다. "심지어는 주인공들이 섹스하다 울기까지 하네? 아니 남자랑 섹스하는 게 좋아서 욕먹어가며 동성애하는 건데 왜 울고불고 난리를 쳐대는 건지."(221쪽) 이로써 퀴어 '나'의 좋아서 하는 섹스, 세속적인 일상/성애 자체가 새로운 재현의 전략이 된다. 박감독이 만든 영화는 퀴어인 왕사에게 "맨날 술이나 처먹

---

32) 조르조 아감벤, 『세속화 예찬』, 김상운 옮김, 난장, 2010, 113쪽.

고, 섹스나 하고 그런 거. (……) 영화 보는 내내 꼭 네가 나한테 말을 걸고 있는 것처럼"(241쪽) 보인다. '나'의 일상으로 자기를 재현하기, 그리고 그 자기 재현을 다시 재현하는 퀴어 작가와 이를 보는 퀴어 독자라는 새로운 퀴어 서사의 구도가 등장한 것이다.

이런 퀴어의 자기 재현을 붙잡기 위해서 박상영과 김봉곤은 공히 소설가와 영화감독들을 내세운다. '박상영 감독'[33]과 왕샤 역시 아무것도 아닌 '나' 자신의 삶을 재현하는 예술가 퀴어라는 새로운 퀴어 인물에 해당한다. 이제 퀴어의 자기 재현의 (불)가능성이 서사적 과제다. 특히 김봉곤은 등단작 「Auto」부터 자신의 소설이 오토픽션 auto-fiction임을 고지하는데, 작가 자신과 이름(곤씨, 봉감독), 고향, 체형, 외모, 학력과 직업 등이 유사한 게이(소설가/영화감독)들을 화자로 설정해왔다. 이러한 자기 재현은 재현의 방법일 뿐만 아니라 재현의 윤리 그 자체기도 하다. 세월호 속 인물을 일인칭 시점으로 설정해 소설을 쓰라는 창작 수업의 과제를 "맛이 갔다고" 결연히 거부하는 「Auto」의 '나'는 "타인의 고통을 제 것으로 삼아 내 목소리인 척 말하지는 않겠다고 다짐"[34]하는 작가 김봉곤과 같은 목소리를 낸다. "너를 죽다"라는 말을 믿지 않고 서사에 "타인이 개입되는 순간, 참을 수 없는 부끄러움과 당착을 느끼"는 소설가들이다. 재현의 한계에 대한 확신은 타자의 죽음을 추체험하는 재현 방식에 대한 확고한 거리감이다. 김봉곤 특유의 "Auto를 위한 변명"이자 "나만의 엄격"은 타자의

---

33) 유명 펜싱 선수(박상영)와 이름이 같은 화자 '박감독'이 작가의 담론적 분신임을 짐작게 한다. 「자이툰 파스타」, 219쪽.

34) 「조각보 만들기」, 221쪽. 작가는 기존 퀴어 서사가 "자발적 소수자일 뿐이면서 타인의 소외감을 손쉽게 할인하고, 동일시하며 자신도 말할 자격을 가졌다 믿는 사람들"을 단호히 문제삼는다. 같은 글, 226쪽.

고유성을 쉽게 동일시하지 않겠다는, 퀴어 당사자성의 표명이다.

　그러므로 김봉곤과 박상영의 서사에서 우선 눈에 들어오는 것은 지극히 게이적인 취향과 성애로 구성된 세계다. 패션 취향부터 동성애자 전용 앱과 업소, 가라오케 문화와 술 번개 같은 하위문화들, 가벼운 만남들과 성 노동, 데이트의 전개 방식, 성기의 외양에서 SM에 이르는 요소들은 단순한 배경이 아니라 인물과 사건을 결정짓는다. 게이가 아니면 성립되지 않는 이 사건들은 일종의 독립된 인류학을 보여준다. 이를 통해 환원되지 않는 고유한 종족성을 재현할 공간을 확보한다. 더 중요한 것은, 그 세태소설적 서술이 욕망을 욕망인 상태 그대로 정견正見하게 만들어준다는 점이다.

　이 공간 위의 사랑은 한결같은 실연담이다. 박상영의 인물들은 공허하지만 끊을 수 없는 섹스를 반복한다. 「제제」에서 유부남이거나 자신을 이용하기만 하는 고객같이 "가당치 않은 대상들을 골라 사랑하는 재주"(90쪽)를 가진 '제제'처럼 풋사랑을 반복하거나 '나'처럼 "매일 모르는 남자를 만나 섹스를 하"(86쪽)는 피카레스크들이다. 반면 김봉곤의 화자들은 좀더 드라마틱하다. 사랑의 가능성을 미리 점치다가 마음이 기우는 순간 영락없이 차이거나 상실하고 만다. 제대로 사랑을 확신하지 못하는 퀴어 인물들의 태도는, 사랑을 드러내는 것이 위태롭기 때문이다. 「컬리지 포크」의 에하라 교수가 자신의 성적 취향과 페티시를 동성애자 전용 앱에 올리자 구애求愛가 위협으로 돌아오는 아우팅 장면이 대표적이다. "누군가를 만나는 것도 누군가를 위협하는 것도 너무나 손쉬웠다. 손쉬운 만큼 너무 위험했다. 그리고 그도 나도 한없이 나약했다."(162쪽) 그러니 앱이 아닌 '현실'에서 사랑을 만나는 것은 거의 불가능해 보인다. 「제제」의 화자 '나'가 매일 밤 악몽으로 재회하듯이 군軍 내 동성애자의 연약한 지위는 자살로 치닫고, 퀴어의 데이트들은 언제나 "이반들의 통행 및 음란 행위 금지"(「여름, 스피드」, 169쪽)라는 공중의 시선을 의식하면서 이루어진다. 이 실연의 서사들은 퀴어의 존재를 드러내는 연애 자체가 연약한 지반 위에 서 있는 까닭에 일어나는 사태다.

그런데 이 실연은 교회의 혐오나 가족의 배반과 전연 무관하다. 이들의 실연은 적과의 외면적 전투보다는 퀴어의 불안정한 발화 위치를 조명하기 위함이다. 김봉곤과 박상영이 실연들을 통해 드러내는 것은 퀴어들이 서로를 대하는 관계성이다. 퀴어에겐 연애 자체가 자신의 퀴어성을 드러내는 재현 행위이며, 이는 연이어 존재를 위협한다. 박상영의 화자들이 사랑을 전면적으로 불신하고, 김봉곤의 화자들이 사랑의 예감부터 종결까지를 미리부터 점치는 태도는 여기에서 기인한다. "이번에는 다르겠지 또 속는다 속아본다 제발 좀 속여봐라"(「디스코 멜랑콜리아」, 188쪽)라는 화자들의 내면은 기대와 실패를 동시에 준비해야 하는 것이 필연적인 연애의 전개도임을 보여준다. 퀴어들에게 사랑은 서로에 대한 전적인 신뢰와 드러냄을 전제로 하지만 그런 기적은 드물다. 그런 의미에서 「라스트 러브 송」은 사랑의 자기 증명이 퀴어의 숙명임을 말해준다. 죽은 연인의 장례식장으로 가면서 자신이 알던 남자가, 그에게 들은 이름 '김혁상'이 맞는지, 다른 사람들이 아는 남자와 같은지를 확인하는 방식의 애도다. 퀴어의 사랑은 손쉽게 순정해지지 않고, 관계 자체의 자기 증명과 부단한 관계에 있다. 「여름, 스피드」에서 다시 친구가 되어달라는 옛 연인의 요청에 '나'가 혼란에 빠져 번민하며 흔들리는 내면에 주목하는 것도 섹스와 연애가 아닌 방식으로 서로가 존재하는 것이 생경하기 때문이다.

그 사랑의 실패 끝에 남는 것은, 그 실패를 다시 응시하는 '나'다. 김봉곤의 결말 장면들은 퀴어 예술가들로 하여금 자신의 실패를 실패로 재현하게 한다. '소설가 화자'들은 자신이 겪은 실연을 그대로 소설로 다시 쓰겠다는 결말을 반복한다. "나는 소설을 쓸 것이다. 소설을 쓰던 중 그와 그에 대한 기억을 떠올리다, 여전히 형섭을 사랑했었다는 사실에 나는 경악하게 될 것이다."(「컬리지 포크」, 174쪽) 그 실연을 겪고 쓴 소설이 마치 「컬리지 포크」 자체처럼 보인다. '말'을 잃은 퀴어들은 실패/실연의 반복으로서만 존재한다. 모든 것이 패배한 뒤에 소설을 쓰기 시작하겠다는 이 퀴어 예술가들은 무엇을 할 수 있을까?

박상영은 가장 절망적일 때 던지는 끈질긴 농담으로 이 질문에 답한다. 「자이툰 파스타」에서 박감독 자신의 삶을 담은 자전적 영화는 오히려 "나는 정말 아무것도 아니다"(240쪽)라는 것을 확인시켜준다. 재현의 수복은 어렵기만 하다. 그런데 그 아무것도 아닌 '나'로부터 이들의 서사가 다시 출발한다. 박감독은 언어를 빼앗겨 "동성애자이면서 제대로 동성애를 하지도 못했고 그것도 모자라 이성애자들로부터 마이크 하나조차 제대로 훔치지 못했다"(245쪽)라는 재현의 철저한 박탈을 자백한다. "우리는 웃고 떠들고 술 먹고 섹스하다 죽을 줄이나 아는 동성애자들일 뿐, (……) 정말, 아무것도 아니다."(같은 쪽) 박감독과 왕샤가 술에 취해 몸을 점처럼 웅크리고 우리는 아무것도 아니라며 서로의 실패를 조롱하고 낄낄대며 추는 마지막 춤 장면은 압도적이다. 정말, 아무것도 아니도록 세속화된 퀴어에게 남은 것은 아무것도 아님을 마침표로 체득하는 춤이다. 아니, 한 가지 더 남아 있다. "Q는 죽었고 나는 살아서 오줌을 쌌다. 또 무슨 얘기가 있더라. 그래. 짧은 농담들이 있었지."(「제제」, 110쪽)

규범의 언어가 "보통의 사람들을 설득할 수 있는 치명적인 '지점'"
으로 퀴어를 재현하는 것은, 사실 치명적으로 취약한 존재가 되라는
명령이다. 버틀러에 따르면 이는 사실 상대를 취약한 존재라고 부를
수 있는 수행적 권력을 "보통의 사람들"에게 부여하는 혐오 발화의
구조와 같다. 그러므로 '너는 아무것도 아니다'라는 규범 언어의 재
현은 상대를 취약하게 만드는 순간, 상처를 주는 순간에만 그 힘을 발
휘할 수 있다. 취약한 존재라는 호명을 가볍게 인정할 때, 혐오 발화
를 내재화하는 수치심을 무화시킬 때 규범 언어의 수행적 효과는 무
너진다. '우리는 정말, 아무것도 아니다'라고 패배를 유희하는 농담
은, 그 아님을 넘어서는 힘을 가진다. 퀴어 예술가들이 '나'의 상실과
패배들을 선취해 재현할 때, "치명적인 지점"으로 퀴어를 재현하던
반복적인 인용으로부터 벗어난다.[35]

한편 박상영의 농담이 가진 전투력에 비하면 김봉곤은 보다 온화
한 것처럼 보인다. 그러나 김봉곤은 아무것도 아님의 자리에 보다 깊
이 투신한다. '나'의 서사가 "언제나 문학과 남자로 수렴되고 마는 나
의 편협함"(「Auto」)임에도 독자에게 건너갈 가능성이 있을까? 그 편
협함이 실은 퀴어의 불안과 취약함의 고백이며, 게다가 그것이 내포
작가 김봉곤 자신의 것이라는 점은 더 문제적이다.

전적으로 나에 기대어, 나를 재료 삼아 쓰는 글쓰기, 나를 모르는 사람
은 배려하지 않는 배타성, 그 배타적임으로 생기는 내밀함을 나는 놓치고
싶지 않았다. 그럼에도 때로는 한계를 벗어난 곳에서 설명 없이 설명되기

---

35) 주디스 버틀러, 『혐오 발언─너와 나를 격분시키는 말 그리고 수행성의 정치학』,
유민석 옮김, 알렙, 2016, 102쪽.

를, 오해로 이해되기를.(「Auto」)

    김봉곤에게 배타적인 쓰기는 한계처럼 보이지만, 동시에 그것이 가지는 내밀함은 고유한 힘이 된다. 온전히 '나'를 재료 삼는 내밀함이기 때문이다. 독자가 이 내밀한 이야기의 세계로 기꺼이 들어올 때 비로소 한계를 벗어나 이해될 수 있다는 가능성을 꿈꾼다. "나의 글쓰기만큼 내밀한 사랑을 당신이 이해해줄 수 있을까?"(「Auto」) 그렇다면 이런 재현의 서사는 당신, 독자의 몫에 의존한다. 작가의 '독재'적 창조물에서 독자에게 (조건 없이) 내미는 이야기의 증여로, 서사의 지위 역시 옮겨가게 되는 것이다. 설명'하는' 것이 아닌 설명'되기'를 기대하는 작가의 새로운 위상이기도 하다.[36] '나'가 증여하려는, 그 배타적이어서 숨김없고 내밀해서 세속적인 '나'의 이야기들은 퀴어 작가 김봉곤의 삶 그 자체로서의 쓰기다. 존재를 온전히 내밀고 기다리는 증여의 이 강도強度/剛度라니.

    여기서 이 작가들이 날것을 내밀면서 드러나는 어떤 균열의 조짐들도 우리는 면밀히 읽을 필요가 있겠다. 2018년에 「#부산국제영화제」가 다소 상투적인 '된장녀'와 인스타그램의 언어를 결합시켰을 때 여성 화자의 위상은 문제적으로 읽힐 수밖에 없다. 그것이 게이 문화의 자조의 언어와 연계된다고 할 때, 더욱 부단하게 근래의 성 정치

---

36) 특히 '페미니즘 리부트' 이후 독자가 텍스트를 통해 작가의 서술 이상으로 세계와 접하는 양상이 주목받는다. 이 변화된 독자의 지위는 문학성을 저자/평론가의 독점으로부터 독자의 영역으로 퍼트려, 참여하는 독자의 자리에서 문학성에 주목하게 한다. 백지은, 「텍스트를 읽는 것과 삶을 읽는 것은 다르지 않다」, 『문학과사회 하이픈』 2018년 여름호. 작가/재현의 독점을 벗어나 텍스트를 통해 세계를 읽는 독자들이야말로 퀴어의 취약함까지 읽어줄 것이라고 기대를 거는 것이다.

문제를 인용하게 되기 때문이다.[37]「자이툰 파스타」에서 '왕샤'가 이성애자인 '미자'에게 상처를 주던 말에 남는 의혹,「시절과 기분」에서 '나'가 '혜인'에게만은 커밍아웃을 직접 해야겠다고 하는 대목에서 남녀의 위계가 복원되는 것이 아니냐는 의혹[38]은 이제 퀴어와 여성의 정치적 역학이 필연적인 독해의 지평이 되었음을 시사한다. 퀴어 서사가 재현을 문제삼을 때 자신의 언어 역시 문제적임을 고려해야 할 국면이 온 것 아닐까.

배타적이어서 세속화된 '나'들이 여전히 재현의 언어를 탐문한다는 점에 희망을 걸고자 한다. 김봉곤의 화자가 작가 '나'를 묶어 자신들의 실연과 실패들을 적나라하게 구구절절 늘어놓을 때 그것은 잠재적으로 존재론적인 증여가 된다. 박상영의 '나'는 패배를 딛고 서서, 정말 아무것도 아니라고 먼저 말하고 낄낄 웃으며 퀴어(queer, 괴상한)라는 멸칭을 이름으로 변화시킨다. 정말 아무것도 아닌 '우리'의 패전에 대한 짧은 농담을 할 때, 사랑을 다시 쓸 힘이 생겨난다. 그러면 퀴어 예술가들은 "오늘밤은 쓰지 못할 것이다. 그러나 내일 밤, 나는 쓸 수 있다. 나는 다시 시작해야 한다"(「콜리지 포크」, 175쪽).

(2018)

---

37) 2018년 5월 '익선동 야간개장' 게이문화축제가 사용했던 은어 '보갈(갈보)'에 대한 비판과 해명은 의미심장하다. 언어를 박탈당한 게이 문화가 자조적으로 여성혐오적 언어를 전유했다는 역사적 맥락을 인정하더라도, 재조정해야 한다는 반론도 있다. 최근 '래디컬 페미니즘'의 게이/트랜스 혐오와 게이 문화의 (이성애) 여성혐오가 공조하는 상황에서 어떤 전선(戰線)이 (이미) 형성중이기도 하다.
38) 강지희,「광장에서 폭발하는 지성과 명랑」,『현대문학』2018년 4월호, 352쪽; 소영현·박인성·이은지 좌담,「세상의 행간(行間)과 소설의 자간(字間)」,『자음과모음』 2018년 여름호, 415쪽.

소설의 젠더와 그 비평 도구들이 지금

1. 제국의 언어

"요즘, 비평이란 비평가란 무엇인지 톺아보고 향후를 모색하"기 위해 "비평 공동체의 체험과 모색을" 자유롭게 살펴봐달라는 기획[1]을 듣고 가장 먼저 생각한 것은 '비평 공동체'라는 수상한 단어가 어떻게 가능할까 하는 궁금증이었습니다. '비평(가) 공동체'라는 기묘한 공간/관계가 문단 권력이나 남男 교수 카르텔이 아닌 방식으로 가능하다면 그것은 대화로서만 존재하고 그것을 위해서만 유의미할 것입니다. 비평은 원래 대화로서 기능하는 것이겠지만, '요즘 비평'은 특히 독자의 감성 구조와 면밀히 대화해오고 있는 것처럼 보입니다. 페미니즘 리부트 이후 청년 여성 독자들과의 공동감common sense 속에서 비평의 입지를 길어왔던 맥락이 (물론 여전히) 중요했던 것 같습니다. 오혜진의 'K문학'에 대한 재규정을 필두로, 조연정의 「문학

---

[1] 『문학과사회 하이픈』 2019년 가을호 '기획의 글'에서.

의 미래보다 현실의 우리를」(문장 웹진 2017년 8월호)이 확장시킨 지평에서, 독서장에 접속하는 효과(김미정), 독자·공동체의 공동 해석(백지은), 읽는 여성의 욕망(허윤), 공론장의 활용(김나영) 등의 논의들을 곧바로 떠올릴 수 있었는데요. 이 지도를 그리는 메타비평은 여기서 감당할 몫은 아니지만, 독자/시대와 구별된 순수문학을 고수해야 한다는 원론의 재연이 얼마나 불가능한지를, 실은 그 순정한 문학이 이미 젠더화된 개념이자 수행이었음을 드러낸 논의였다는 점은 짚어도 될 것 같습니다. 이는 '텍스트↔독서(독자)↔현실'의 틀을 중심으로 '문학(성)'을 재명명하는 작업이었습니다. 비평을 고립되고 정체된 개념으로 한정하지 않으려는 절박하고 절실한 담론적 수행이었습니다. 문학사의 '중립적' 기술이 내포해온 남성 편향을 향한 적극적인 재독과 근대문학 정전의 재창작[2]은 서사의 분화와 전개를 읽어내는 비평적 도구의 개발에 대한 기대감을 낳았고 그 산개된 시도들은 비평 전문지 『크릿터』가 '페미니즘'을 제호로 걸면서 갈무리되기도 하였습니다.

동시에 문학(성)이란 개념에 대한 논의로 집중되는 동안 문학을 읽는 유용한 도구를 되레 잃는 것은 아니냐는 항간의 우려도 감당해야 했습니다. 정치적으로 올바른 수사에 매몰되어 '정체성 정치'(라는 만만치 않은 이론과 투쟁의 역사를 '역차별'로 축약하기 위해서) 그 이외의 문학적 독해의 도구를 만들지 못할 것이라는 우려였는데요. 사회

---

2) 『문학을 부수는 문학들—페미니스트 시각으로 읽는 한국 현대문학사』(권보드래 외, 민음사, 2018)에 대한 주목이 생각납니다. 『릿터』 2018년 8/9월호의 '여성-서사'는 한국문학 정전을 여성 서사로, 『사랑을 멈추지 말아요』(이종산 외, 큐큐, 2018)는 세계문학 고전을 퀴어 서사로 변용하는 작업이었습니다.

적 현장의 '소재'를 곧바로 해석에 도입해서는 안 된다는 경계심이야 말로 실은 어떤 소재는 비문학적이라는 규범의 선별과 반복 이상의 독해 도구를 신설하지 않기 위한 편의적인 노력에 가까워 보였습니다. 독자들의 단순한 정치적 구호와는 질적으로 다른 문학만의 미학적 규준과 기법을 분할하기 위한 노력이야말로, 기성의 문학/미감의 도구들(과 실은 그것을 독점한 지적 권력)을 영구 보존하려는 정치적 운동이었습니다. 기존의 도구들을 잃음으로써만 새로운 도구를 얻을 수 있다는 점을 정확하게 간파하고 바로 그것을 거부했습니다.[3]

특히 문학이 정치의 '시녀'가 된다는 우려가 가장 기이했습니다. 제게 문학은 한 번도 정치가 아니었던 적이 없기 때문입니다. 「진달래꽃」이나 「운수 좋은 날」을 배우던 시절부터 문학은 민족의 정한이거나 계급의 비극이었습니다. 높임말을 썼으니 여성적 어조이고 진정한 사랑의 희생적 경지라고 필기를 하면서 묘한 괴리를 느끼거나, 죽어가는 아내를 욕하며 술을 사 먹는 아이러니에 밑줄을 그으며 가장의 참사랑을 추측해 연민해야 한다는 교훈을 들을 때 문학(비평)은 '이데올로그'였습니다. 제게 친근하지 않은 정치였을 따름입니다. 실은 한국어를 쓰는 순간이면 단 한 번도 지역, 계급, 학력, 신체, 문화, 젠더, 섹슈얼리티, 연령, 장애성 등의 위계와 이질감을 감안하지 않은

---

3) 오혜진은 「비평의 백래시와 새로운 '페미니스트 서사'의 도래」(『지극히 문학적인 취향―한국문학의 정상성을 묻다』, 오월의 봄, 2019)에서 '정치적 올바름'이 비문학적이라는 프레임이 자기 지시적인 반복이라고 짚습니다. 조연정도 「같은 질문을 반복하며」(『릿터』 2018년 8/9월호)에서 '매 맞는 아이'를 도입해 페미니즘의 억압을 주장하는 복도훈의 항변이 실은 "그 자신의 심리를 설명하는 데 더 정확"(39~40쪽)하다고 지적합니다. '소설적인 것'='문학성의 자율적이고 보편적인 세계'를 고수해야 한다는 명제에는, 발화하는 자신의 위치와 그 권력의지가 강력히 작동하고 있습니다.

적이 없었는데요. 문학으로부터 위협받지 않고 온전히 자신의 쾌락의 도구로 향유할 수 있었던 어떤 복된 시대를 저로서는 상상하기가 어렵습니다. 이성애자 시스젠더 대학 출신 지식인 남성의 생애와 그들의 동성 사회로서의 한국사회를 설명하기 용이할수록 보편타당하고 중립적인 지식/미감으로 간주된다는 점, 그 중립적인 공용어를 훈육하기 위해 공·사교육이 매진한다는 점은 변하지 않았는데, 왜 문학의 복됨으로부터 이탈하는지 이해할 수 없다는 그 안타까움은 마치 냉담해진 신도들을 보는 마음일까요? 언제나 당사자가 아닌 입장에서 그들의 문학 언어를 공용어로서 배워 번역적 "해석 노동"[4]을 해야 했지만, 이미 자신의 국어라서 자유롭게 세계를 누비는 당사자들은 의아한 눈으로 왜 훌륭한 우리말이 이미 있는데 활용하지 않느냐고 되물었습니다. 수세에 몰린 남성적 문학 언어는 자국어가 특수한 것이 아니라 보편적인 것이라며, 모두가 '공영권'을 누리는 문학 제국어의 아름다운 공정함을 새삼 강조합니다. 당사자가 아니면 이제 독서/비평할 수 없냐는 그 불만이야말로, 자신이 당사자였던 호시절로 회귀하자는 정치적 선동입니다.

문제는, 복되고 충만하고 모두에게 중립적인 '문학(성)'을 만들어준 것은 정확히 문학이 그러하다는 믿음의 효과이자 수행이었다는 점을 모두가 이제 알아차렸다는 점입니다. 복된 당사자를 위해 유용

---

4) 남성 젠더적 문학 형식과 인물에 대한 이물감을 극복하고 향유하려는 여성 독자가 스스로를 중성화해야 하는 '기이한 해석 노동'(김미정, 「'한국-루이제 린저'와 여성교양소설의 불/가능성—1960~1970년대 문예공론장과 '교양'의 젠더」, 『움직이는 별자리들—잠재성, 운동, 사건, 삶으로서의 문학에 대한 시론』, 갈무리, 2019)은 헤테로 규범적 사랑과 젠더 이분법적 삶의 언어에 대해서 퀴어 독자가 항상 해야만 했던 해석 노동과 닿을 것입니다.

했던 인식/쾌락 도구인 문학이 다시 복된 당사자의 세계 장악을 확인해주는 그 선험적 순환 구조에서 벗어나기 위해서, 이제 읽고 쓰는 '나'들의 자리에서부터 문학(성)을 '후험적'으로 말하려고 하는 것 같습니다. 선험적·미학적 규준을 확인하는 것보다는 서사가 촉발한 사건으로부터 독해의 도구를 다시 길어올리는 것. 이것이 문학비평이 지금 마주한 일이 아닐까요.

2. 서정시의 일

한편 이러한 전개는 대중/독자의 정동에 의한 비평적 재구再構의 과정이기도 했습니다. 이는 몇 년간 독서장의 도움닫기를 축적한 성과라고 생각되는데요. 앞서 언급한 근래 비평의 성과들은 주로 독자의 반응에 대한 논의로부터 문학(성)의 개념적 갱신의 근거를 찾아왔습니다. 이러한 논의를 통해서 비평은 대중/독자가 감각하는 혐오와 박탈의 정동과 접속하고, 그것이 물질화된 사건(성)으로서 문학을 인식하는 과정에 익숙해졌습니다. 그런 점에서 근래의 '정동적 전회'는 문학의 정치성에 대한 논의와 맞물리는 사건처럼 등장했습니다. 페미니즘과 퀴어 담론이 제기한 정치적 변화에 대한 비평적 반응이 정동적 전회를 '요청'했다는 점은 다소 필연적이었을지도 모르겠습니다. 텍스트를 읽은 후의 '정서'라는 개별 반응적 쾌락을 넘어서서 텍스트가 생산한 것의 운동성과 관계를 강조하는 '정동'으로의 전환은 (이론 수용사적 맥락을 넘어서) 독자로부터 출발한 독해가 필요했던 맥락과 접속한 것처럼 보입니다. 이제 비평적 독해에 필요한 작업 역시 마주하고 있는 텍스트의 전후에 자리하는 정동과 그것이 수행하(고자 하)는 것을 집약하고, 텍스트와 결부시켜 언어화하는 작업이어야 한다고 생각됩니다.

세월호-광장과 페미니즘으로 이어지는 정동-쓰기의 '연결적 문학론'에 힘입어 자기 갱신의 노력을 하는 문학장의 변화 앞에서, 논리정연하게 '문학'에 대한 의심을 차단하는 신속 정확한 대응의 일관성은 놀라웠습니다. 문학(성) 자체는 본디 무해하므로 문제적 작가의 인격이 문제라는 결론에 도달하게 되는데요. 이는 독자/시대의 가변적인 정동이 아닌, 문학 자체의 구조에 근거해야 한다는 논리입니다. '문학적인 것'으로 나아가는 변증법적 담론 구조가 무엇을 대자적 대상으로 지시하는지를 귀납하다보면 다소 신학적인 전제에 도달합니다. 작가/시대와 문학을 분리하라는 신비평의 계명을 되새기는 반응들은, 문학적인 것을 보편타당하고 '선험적인 형식'으로 간주하는 것처럼 보입니다. 개개의 인간과도, 가변적인 시대와도 무관하게 자동적으로 선한 문학적 원리라는 강고한 믿음에 기인하는 것 같습니다.

『문학3』의 창간사가[5] "독자의 욕구에 부응하는 새로운 잡지를 만들지 않을 수 없었다는 핑계"로 등장한 마케팅의 수사학이면서 "오늘날 문학 저널리즘"이 "사회의 귀환을 강변"하는 증거로 보는 비판은 인상적이었습니다.[6] 이는 독자-독서를 연결하려는 문학론에 대한 거부가 『82년생 김지영』(조남주, 민음사, 2016) 논쟁의 이면부터 있었음을 제게 새삼 알려주었습니다. "문학은 바로 그러한 경험될 수 없는 것을 미적인 경험으로"(서동진, 292쪽) 만드는 것인데, "오늘 세월

---

5) 김미정, 「'나-우리'라는 주어와 만들어갈 공통성들—2017년, 다시 문학의 공공성을 생각하며」, 『문학3』 2017년 1호.
6) 서동진, 「서정시와 사회, 어게인!」, 『문학동네』 2017년 여름호, 282쪽. 이하 인용시 본문에 필자명과 쪽수만 밝힙니다.

호 이후의 문학은 그런 미적 경험을 생산하기 위한 노력보다는 재난과 그로부터 비롯된 전율을 이야기하는 데 바쁘다"(같은 쪽)라고 지적합니다. 같은 글을 비판하기 위해 "내가 쓰는 것이 아니라 귀신이 쓴다고 해도 무방하겠다. 문학평론가는 앞으로 누가 아프다고 쓰면 아프다고 부르르 떠는 사람이어야 하겠다"[7]라는 말 역시, 페미니즘 서사/비평이 생산하는 정동적 전이와 공유에 대한 강한 불신을 보여줍니다. 정동적 연결을 이토록 강력하게 불신하는 근거를 정동 이론 자체의 한계에 대한 검토보다는 문학적 재현의 목적에서 찾는 점은 특기할 만한데요. 문학이 경험을 매개해 "깊이 천착되어야 할 문제"(서동진, 287쪽)를 사유하지 않고 "순식간에 뛰어넘으려, 사유되지 않은 채 포착되고 장악된 판단을 전달"(같은 쪽)한다는 비판의 구조는 "상상과 숙고에 대한 헤아림보다는 긴급한 전언과 그것의 전파에 가치를 부여"[8]한다는 비판과 궤를 같이합니다. "정치의 충만한 언어는 자신의 몇 안 되는 어휘로써 모든 사태를 규정하고 판단하고 설명하"는 "반면 문학의 결락된 언어는 그 결락으로서 말의 가능성들을"[9] 개방한다는 이분법은 성급한 정치적 정동과 다른 문학 언어만의 고유한 목적을 분리합니다. 문학 언어가 세계/타자에 대한 전율, 감응, 설명이기보다는 천착, 숙고, 결락의 메타 응시를 지향한다는 것인데요. 여기에서 저는 자기 내면을 보는 진정성의 변증법이라는 문학의 목표와

---

7) 복도훈, 「유머로서의 비평—축제, 진혼, 상처를 무대화한 비평의 10년을 되돌아보기」, 『문학과사회 하이픈』 2018년 봄호, 112~113쪽.

8) 복도훈, 「'정치적으로 올바른' 소송의 시대, 책 읽기의 어려움」, 『쓺』 2017년 하권, 101쪽.

9) 정과리, 「문학과 정치 사이의 '어떻게'—점점 더 정치의 시녀가 되어가는 문학을 근심하며」, 『쓺』 2017년 하권, 63쪽.

이를 통해 자아를 보존해온 주체의 형상을 상상해봅니다.

　"새로운 시대의 문학을 요청하며 정동론에 의지하려는 위태한 몸짓을 비판"(서동진, 285쪽)하고 대안으로 제시하는 것은 "거리를 두고 판단하는 능력"[10]입니다. 이는 지시와 의미의 불일치, 의도와 재현의 불일치를 반성하는 서사의 기본적 난관을 반복하고 있습니다. 동시대 독자의 정동과 접속함으로써 갱신된 새로운 문학성을 단호히 거부하고, 경험의 종류와 형식을 선별하기 위함처럼 보입니다. '천착'하고 '숙고'하는 '결락'으로 회귀하기 위해 "문학에서의 형식이라는 문제를 추방"(서동진, 294쪽)해선 안 된다는 논의는 공통적으로 그 내면성을 드러내는 문학 형식에 대한 믿음 위에서만 가능한 것 같습니다. "경험의 사회적 원천을 드러내기 위해 우리에게 필요한 것은 재난의 문학, 파국의 문학이 아니라 어쩌면 서정시"(같은 쪽)라는 결론은, 감각의 분할이라는 원점을 연상시킵니다.[11] 서정시라는 문학적 형식으로 돌아가자고 할 때, 직접 반영의 언어와 다른 '거리'라는 원래적인 문학의 목표로 재귀할 때, 저는 다시 문학 수업을 생각하게 됩니다.

　"문학은 써먹을 수가 없다. 그럼에도 불구하고 문학을 한다면 도대체 문학은 무엇을 할 수 있는가?"[12]라는 자문으로부터 시작하는 유명한 문학론은 하필이면 "내가 사랑을 이해하게 되자마자, 여자들은 먹

---

10) 복도훈, 「유머로서의 비평」, 113쪽.

11) 한편 이러한 비평은 감각을 분할하는 도구로서의 문학의 원형을 환기하는 '중립적인' 제언의 형식을 취하면서도, 현재 이미 정동을 분할중인 서사와 비평은 '진정한' 감각의 분할이 아니라고 말함으로써, 분할에 적극적으로 인력을 더했습니다. 여기에서 '정동의 분할'과 '감각의 분할' 사이의 거리는 독자와 비평가의 거리 같아 보입니다.

12) 김현, 「문학은 무엇을 할 수 있는가」, 『한국 문학의 위상』, 문학과지성사, 1977, 17쪽. 이하 인용시 본문에 쪽수만 밝힙니다.

허기를 기다리는 고깃덩어리이기를 그치고, 장미꽃 핀 화원을 드나드는 천사들이 되었다. 문학은 그 고깃덩어리와 천사 사이를 왔다갔다하게 만드는 매개체이다. 문학은 인간을 총체적으로 파악하게 만드는 것이다"(25쪽)로 끝맺는데요. 문학의 '역할'에 대한 이 선언은 여전히, 너무도 우리 당대적입니다. 무용해서 억압하지 않고, 비판정신을 환기하기에 유용한 문학이란 결국 '여자 고깃덩어리'를 '여자천사'로 바꾸는 일을 해온 것일까요? 다만 시대적 낙차를 지적하려는 것은 아닙니다. "이렇게 좋은 글을 못 읽는 사람이 있다니!"(24쪽) 놀라며, "문학을 이해하지 못하는 사람이 있다는 것을, 다시 말해서 무지를 추문으로"(23쪽) 간주하는 문학론은 인식론적 격차에 대한 자의식에 가까워 보입니다. 억압에 무지했던 자신의 기만을 날카롭게 고발하는 이 문학론 자체가, (타자를 재빨리 거쳐) 자기 인식으로 도달한 자기 고양이 세계의 변혁과 같을 수 있는 위치에 이미 선 특권적 인간을 위한 서사입니다. 무용하기 때문에 유용하다는 '문학(성)'의 선험적 보편성에 대한 보장이야말로, 실은 그것을 말하는 인간의 위치에 필연적으로 종속되어 있다는 점이 중요해 보입니다. 지식인 남성의 욕망을 화원으로 개화하고 자신의 무지를 교양하기 위한 사랑. 그 보편적 사랑의 방법으로서의 문학. 그 일방적인 이성애자 남성의 쾌락원칙을 매개함으로써 비로소 삶을 미학적으로 인식하게 하고, 세계를 그 사랑으로 점유하는 제국주의가 고작 문학의 소용이라면, 그 폭력적인 것은 이제 없어도 되지 않을까요? 그게 아니라면 문학이 권력과 무관해서 무용하고 그래서 보편타당하다는 전제 조건이 허구일 것입니다. 어쩌면 이제라도 무용하고, 그래서 중립적이고, 그래서 보편적 교양이라고 자부하는 거짓말을 멈추어야 하는 것이 아닐까요. 그러므로 그 책의 한 페이지 뒤 "문학은 억압하지 않는다"(「문학은 무엇에 대하여 고통하는가」, 같은 책, 26쪽)라는 문장 앞에 '어떤'을 넣어 읽어야만 합니다. 지금의 사랑의 형식과 언어가 영원토록 불변한다는 신화를 걷어내는 일을 가장 두려워하는 이들은, 그것의 가장 큰 수혜자입니다. 적어도 우리 시대엔 누구에게 무용/유용한지 의심하는 문학, 재현(비평)하는 자의 위치/권력을 다시 문제삼는 문학, 교양을 교양하는 문학이어야 할 것입니다.

서정시가 원형적 정치로서의 사랑을 매개하는 언어라고 할 때, 그 문학은 누구를 억압하지 않는 사랑/정치가 될까요. 혹시 그 서정시/사랑의 형식을 젠더링/퀴어링해서 활용하겠다면, 오히려 그것은 지금 당대의 경험, 그러니까 지금 쓰고 읽는 정동에 정확히 발 딛고서야 비로소 가능한 작업이 아닐 수 없습니다.

3. 대화하는 비평, 여성 인물의 계열들

그 점에서 가장 최근의 흥미로운 사례로 서영인의 「우리는 불편하게 함께 살고 있지만, 괜찮습니다」(『문학동네』 2019년 여름호)[13]가 우선 떠오릅니다. 작가론적 명명과 독해 도구에 대한 자기 갱신의 과정을 먼저 드러내는 전략이 무척 흥미로운 글이었는데요. 서영인은 김세희 소설을 경유해 비평적 도구를 갱신하는 독서 과정 자체를 비평하는데, 이를 위해 인아영의 '여성 청년'을 인용하고 있습니다.[14] 김세희 소설을 열악한 노동조건 속에서 고군분투하는 청년 세대의 보편적 초상으로 독해했던 자신의 독법을 비판적으로 돌아보면서, 그

---

13) 이하 인용시 본문에 쪽수만 밝힙니다.
14) 인아영, 「여성 청년들의 민족지 혹은 생존기」, 『문학과사회』 2019년 봄호.

청년 노동자가 실은 매우 젠더화되어 있다는 것을, 인아영의 명명을 인용하면서 발견할 수 있었다고 강조하고 있습니다.

최근 어느 좌담에서 나는 김세희의 소설을 모든 것이 시스템화된 세계에서의 노동에 관한 이야기라고 읽었다. (……) '결국은 시스템'이라는 판단이야말로 가장 게으른 명분이었을지도 모른다는 생각을 했다.

여성 청년으로 주체화된 인물들을 통해 우리는 '차이'를 통한 다른 감각을 얻는다. 물론 그 감각은 '청년' 주체의 이야기들 속에서 차이를 발견하면서 '여성 청년'들을 주체화했기 때문에 얻을 수 있는 감각이다.(84~85쪽)

이 작업은 신자유주의 시대의 노동의 문제와 헬조선의 주체로서 자주 호명되어온 '청년'이라는 독해 도구가 실은 '남성 청년'이었으며 그것을 보편적이고 중립적인 주체의 형상으로 간주해왔던 비평장의 경향을 드러내고 있습니다. 이러한 범주의 상대화를 통한 인식의 재정립(젠더링/퀴어링)은 특히 요즘 비평에서 매우 긴요한 작업이라고 생각됩니다. 그간 남성을 보편적이고 중립적인 주체로 간주하고 이성애자 남성의 경험과 생애 주기에 대한 특권화가 이루어져왔음을 '청년'이라는 세대적 개념을 상대화함으로써 밝힙니다. 그리하여 서영인은 여성 청년이라는 새로운 개념을 도입했을 때, 같은 소설에 대한 독해가 어떻게 더 풍부해지는지를 명징하게 설명합니다. 이는 보편으로 간주되어온 범주를 상대화하는 순간의 인식론적 전환의 효과를 스스로 입증하고 있습니다. 인용을 통한 독해의 보충이야 당연한 비평의 일이겠지만, 기존의 독해 도구가 은폐하고 있던 남성 규범성에 비평가 자신이 무감했다는 것을 드러내기 위해서 사용하는 인용은 비평적 '대화'를 잘 보여주는 예일 것입니다. 이는 "계보의 바깥에서 계보 안을 보면서 또다른 계보와 경로를 알게 되는 어떤 이해의 연쇄"(83쪽)로서의 비평이기도 합니다. 이는 이미 '비평적 연결성'을 의식하면서 여성 서사를 읽는 독해의 계보를 만들고 확장하는 전략처럼 보였습니다.[15] 서영인의 비평적, 학술적 궤적을 염두에 둔다면 '여성 청년'이라는 명명을 정말로 처음 들었을 리는 만무하다는 의심(?)은, 여성 청년이라는 젠더적 독해 도구를 여성 청년 평론가에게서 추출하고 그것을 받아안아 서사에 대한 기존의 독해 도구 자체를 반성하고 다시 여성 청년 서사로 의미화하는 과정이 다분히 지금을 염두에 둔 비평적 기획임을 방증합니다.[16] 여성 서사에 대한 새로운 명명을 개발하면서 동시에 여성 비평의 계보를 창안하는 이 사례는 최근 여성 서사가 다양하게 분화되는 양상과 그에 대한 비평적 호명이 내포한 상호 대화적 공동성을 집약해서 보여주는 것 같습니다.

서영인의 이러한 시도는, 최근 비평장에서 여성 서사와 퀴어 서사를 적극적으로 명명하고 분화하는 독해 도구를 개발하려는 성실한 시도들을 좀더 다룰 필요를 제기하고 있습니다. 지방-여성 서사(신

---

15) 이러한 자기 갱신의 계보적 비평은, 반여성적이었던 과오를 변호하기 위해 자신의 비평이 생산하는 문제성을 짚고 새로운 도구를 생산하기보다는, 비평 장을 '격투장'으로 상정하더니 그 '진행자'를 자임하며 이름들을 낱낱이 불러들여 유사한 혐의를 제기했던 비평적 관성과의 대조점이기도 합니다. 황현경, 「필드와 데스크―다시, 요즘 소설 감상기」, 『자음과모음』 2019년 봄호.

16) 그런 점에서 이 기획이 선행 연구와 대중 정치에서 진작부터 활발히 제기되어온 '여성 청년'의 맥락을 충분히 검토한 것은 아닙니다. 청년 세대 담론의 젠더화와 '여성 청년' 명명의 정치적 전략에 대해서, 페미니즘 문화비평과 사회과학 영역으로부터 문학장이 받은 영향과 상호작용을 보다 면밀하게 살펴 페미니즘 이론·운동의 계보를 축적해야 할 것입니다.

샛별)라는 명명을 바탕으로, 인아영은 장애 여성과 기혼 여성, 노년 여성, 여배우와 할머니, 여고 섹슈얼리티, 여성 청년과 자기혐오 등의 명명을 통해 여성 서사를 균질적인 것으로 보지 않고 지금 얼마나 생산적으로 분화되고 있는지를 면밀하게 (재)감지하는 작업을 축적해 왔습니다. 이는 개별 텍스트를 읽는 방법이면서 동시에 최근 여성 서사의 분화와 심화라는 동시다발적 현상의 동력을 여성 인물의 계열화로 집약하는 비평적 기획이었습니다. "계급 정치로부터 분리된 정체성 정치의 영토에서 치안의 논리로 작동하는 것이 오늘날의 정치적 올바름"이므로 지금 문단이 "(페미니즘적) 정체성의 인정 투쟁으로 점철되어" 있다는 염려는 페미니즘을 단일한 정체성의 호칭으로 상상할 때만 가능한 것처럼 보입니다.[17] 그와 달리 여성 서사들의 결을 면밀하게 파악하고 있는 지금의 비평적 기획들은 '어떤 인물'에게 '어떤 힘'들이 작용하는지를 대면하고자 합니다. 여성에게 작용하는 권력이 소위 '가부장제'의 폭력이라는, 손쉽고 추상적이라서 아무도 적발하지 않는 하나의 적으로 정리될 수 없으며, 그 가부장의 형상과 작동 역시 인물의 위치에 따라 다르게 다가온다는 점을, 게다가 그것은 남성적 폭력과 겹친 다양한 층위의 권력들의 복합물로 교차해 온다는 점을, 각각의 여성 인물마다의 고유한 위치에서 읽어내고 있습니다.

그런 점에서 (다른 구성 요소보다도) '인물'의 중요도가 최근 여성 서사에서 커졌으며, 서사의 응집도 역시 인물의 (세계 속에서의) 자기 인식에 달려 있기에 인물의 내면이나 자기 서술이 증가한 것처럼 보

17) 이은지, 「정체성 정치의 시대에 비평을 한다는 것 — 복도훈과 강동호의 논의를 중심으로」, 〈요즘비평포럼〉 발제문, 2018. 3. 29.

입니다. 물론 퀴어 서사에서도 마찬가지로 발견되는 공통적인 추세라는 점도 중요합니다. 이러한 경향을 읽기 위해 여성 서사와 퀴어 서사에서 가칭 '인물의 장르화'라는 명명이 유의할 만한 독법처럼 보입니다. 여성 서사를 폭넓은 인물-장르의 스펙트럼으로 열어내면서 페미니즘적 비평이 단순히 정치적 올바름의 구호로 멈춘다는 항간의 우려를 이미 초과하고 있습니다. 이는 사회학적 현상의 문학적 재인일 뿐만 아니라 인물의 감정과 서사 세계의 구조 및 그 상호성을 더 정확하고 풍부하게 의미화해줍니다. 그런 독해 도구는 지금 비평(가)에게 긴요한 일이겠지요. 다만, 여기에서 각각의 정체성을 더 다양하게 '확정'하는 것을 목표로 삼는다면 다시 규범적 전형을 불러오는 일에 불과하겠습니다. 유동적이고 잠정적인 도구로 한정한다는 전제 위에서, 지금 제가 보고 싶은 것은 이러한 분화를 통해서 서사 내부에서 인물이 가지는 인력과 현실 독자의 층위가 만나는 양상입니다.

물론 이러한 인물의 포착이 소재주의적인 혐의로 비판되어온 맥락도 감안할 필요가 있겠습니다. 『82년생 김지영』을 중심으로 사회학적 현상을 소설로 옮기기만 해서는 미학적 요건을 갖출 수 없다는 논의가 다수 제기됐는데요. 저로서는 '소설 미학'에 대한 '요구'가 사실상 강의실에서 배운 어떤 선험적인 서사성의 반복이라는 점이 인상적이었습니다. 서사학이 기본적으로는 비평의 한 도구이지 그 자체가 목적일 수는 없다는 점에서 비평의 영역을 다소 축소하는 것은 아닐까요. 현실과 텍스트를 제대로 읽고 설명하기 위해 애써야 할 비평이, 역으로 독자/현실이 '소설적인' 수준에 미진하다고 말할 때, 비평적 자의식은 어디에 존립하는 것일까요. 이미 독자들은 그 정도의 미학적 규준을 감안/참조하고 읽어왔다는 점에서, 그로부터 촉발된 세계를 읽고 문학을 변혁하기보다는 선험적인 문학 이론을 반복하는 비평적 반응은 독자들의 불순한 침투에 맞서, 고립된 학문적 영역을 지켜내려는 권력투쟁처럼 느껴집니다.[18] 저로서는 문학 독자가 주목하고 접속하고 있는 것을 떠난 문학은, 한때 번성했으나 이제 문학사적 연구 대상으로만 잔존하는 장르로만 상상할 수 있습니다. 현실을 잘 읽는 독해 도구의 개발이야말로 문학(성)의 새로운 영역을 창안하며 새로운 미학과 문예이론을 만드는, 그래서 정확히 문학적인 작업이겠지요. 오히려 사회학적 현상에 대한 더 적극적인 문학적 재인이 필요하다고 말하고 싶어집니다. 문학의 범주와 속성이 귀납적이고 역사적이며 합의에 의해 변한다고, 저는 문학사 수업을 통해 (성적은 안 좋았지만) 배웠습니다.

4. 문학성의 퀴어링

고백하자면 문학(성) 개념 자체에 대한 논의가 축적되는 동안, 쏟아지는 여성 서사, 퀴어 서사를 적절하게 호명하고 독해하기 위한 비평의 도구들이 상대적으로 부족한 것 같다는 갈증을 가지고 있었는데요. 그 지연을 기성의 독해 도구들로 채우면서 도리어 텍스트와 비평 사이의 공백이 생겨나는 장면들을 보아왔기 때문인 것 같습니다. 새로 등장한 여성 서사와 퀴어 서사를 기성의 도구로 읽는 일이 어떤

---

18) 독자의 욕망과의 접속을 단절함으로써 문학성을 고수하는 태도에 내포된 '기획'이 있습니다. '정치적 올바름'이라는 프레임'은 "세월호 광장, 페미니즘 경향 모두를 지목"함으로써 개별적 사안의 의미를 지우는 일률적 관점입니다(김미정, 「흔들리는 재현·대의의 시간—2017년 한국 소설의 안팎」, 『움직이는 별자리들』, 54~55쪽). 기존의 언어/규범으로 구성된 미학을 전범으로 만들어 주권을 연장하고 있습니다. 어떤 '미학적 프레임'이 비평의 기득권과 언어를 고수하려는 정치적 기획임을 짐작게 합니다.

간극을 만들어냈는지를 세세히 짚는 일은 다른 지면을 필요로 할 것 같습니다만, 몇 가지 패턴을 우선 언급해둘 수 있겠습니다.

가령 김봉곤 소설을 소수자에 국한되지 않는 사랑의 고백으로(만), 박상영 소설을 상품성과 물신화의 리얼리티로(만) 읽어온 일련의 독해가 (물론 타당하면서도) 그 텍스트의 퀴어적 정동과 정치성을 읽어내는 적절한 도구를 개발하기보다는 기성의 도구를 재활용하는 것에 가깝지 않은가 하는 아쉬움을 갖고 있습니다. 소설로부터 새로운 표현은 빌려오되 이미 익숙한 담론들로 결국 재귀하는 패턴이 보였기 때문입니다.[19] 그런 점에서 공교롭게도 두 작가의 첫 소설집 해설들이 근대문학의 고전과 견주며 시작해 그 문학성을 회수하는 패턴도 기억에 남습니다.

『금색야차』와 가라타니 고진을 경유해, 근대문학과 그 윤리의 종언을 재확인하기 위해 독해되는 퀴어는 상품처럼 물신화된 사회의 비극으로 국한됩니다. "퀴어 아이"에서 "수단과 목적이 전도된 인정 욕구"만을 읽을 때, 여성과 퀴어 인물들을 '피상적인 삶'으로 예증해 한국사회의 양극화를 비판할 때, 최선을 다해 그런 세계를 인식하고 대응하는 여성과 퀴어 인물들의 정동은 거의 독해의 대상으로 가시화되지 못하는 것 같습니다.[20] 이는 인물과 텍스트가 새로 제기하

---

19) 그간의 비평이 정치적 급진성을 소거하고 "윤리적 테두리로부터 벗어나지 않는 길을 택하면서 스스로 '퀴어 비평'의 가능성을 차단해버린 적은 없었는지 고민할 필요가 있다"(55쪽)는 지적이 여기에 닿을 것입니다. 양경언, 「미래(彌來), 미래(美來), 미래(未來) ― 퀴어 비평의 가능성과 조건들」, 『크릿터』 1호, 2019.

20) 윤재민, 「캡사이신 폭탄에 치즈를 곁들인 '빨간 맛'을 음미할 줄 아는 고독한 미식가들을 위한 알려지지 않은 케이팝 모음집」, 박상영, 『알려지지 않은 예술가의 눈물과 자이툰 파스타』 해설, 문학동네, 2018, 338쪽.

는 지금의 정치적 문제를, 기성의 근대성·문학성과 다르게 인식조차 되지 않게 만드는 것은 아닐까요. 한편 게이 화자의 사랑의 글쓰기를 '보이지 않는 너'에 대한 근원적인 "소설적 진실"로 읽는 경우는 사랑의 탐구 일반으로 기우는 경향을 보입니다.[21] 물론 퀴어의 사랑은 그 베일이 두 겹이라고 지적하며 차이를 언급하지만, 이는 주제 전달에 유리한 독창적 설정과 다르지 않은 위상입니다. 퀴어의 "외설성"을 언급하면서도 그 내용을 성적 실천이나 관계의 정치성이 아니라 사회와 무관하게 사랑을 우선하는 태도로 기울이는 결론은, 퀴어 서사를 사랑의 인식론을 강화하는 경유지로 삼는 것처럼 보입니다. 보편적 사랑(이성애)을 인식론으로 비유하며 마지막 남은 윤리를 모색해온 한국 소설의 흐름과 멀지 않겠습니다.

작품론·작가론적 층위에서의 정확도와는 별개로, 그러한 독해들로 전체 비평장이 지금 어디에 무게를 싣고 있는지가 제게는 더 주목할 만한 문제로 보입니다. 보편적 문학사와 보편적 독자에게 설득력 있는 자리를 마련해주기 위한 비평적 노력이 결과적으로 어떤 패턴을 보이는 것인데요. 텍스트가 지금 빛을 발하며 힘주어 말하는 지점이나 퀴어 인물/독자들이 뿜는 정동의 강렬도보다는 어떤 문학적 원론에 대한 회수 같습니다. 사랑의 수사학 혹은 속물성(가짜 욕망)/진정성(진짜 사랑) 담론을 읽는 구도는 퀴어 서사의 정치적 정동들을 우회하는 경로가 아닌가 생각되기도 했습니다. 사랑하는 방법에 대한 비평적 매혹이야 필연적인 일이겠지만, 그것이 보편/특수한 사랑이라는 단어와 결부되는 순간부터 한없이 낡아버리는 것도 사실입니다. 사랑

---

21) 권희철, 「사랑의 글쓰기」, 김봉곤, 『여름, 스피드』 해설, 문학동네, 2018, 264쪽.

을 소수자의 것만으로 한정하지 말고 모두의 것으로 확장하자는 지극히 선한 독해에서, 보편적 이성애의 기율을 보편화/자연화하는 정치적 효과가 발생할 수 있기 때문입니다. 보편적 미감으로의 흡수라는 이러한 패턴이 누락하(려)는 것은 퀴어 서사가 지금 만들어내고 (독자에게 읽히고) 있는 '나'의 정치적 정동처럼 보입니다.

마찬가지로 유독 퀴어 서사에서 작가의 삶과 인물을 직접 대응하는 시도들이 끊임없이 미끄러지면서도 반복되는 것도 작가의 정체성을 '규정'하는 것만으로도 충분한 독해의 도구가 된다는 자신감 어린 방임에서 기인했던 것 같습니다. 불편하지만 그래서 재미있는 타자의 진솔한 사랑 고백을 보라는 프레임의 시혜적 명명[22]이 여전히 보여주듯이 퀴어를 이채로운 스펙터클의 대상으로 삼는 것과 멀지 않아 보입니다.

그런 글들의 상당수가 (가령 각주를 덜 사용하는 패턴으로) 퀴어-페미니즘 분야는 별다른 이론 없이도 설명 가능한 손쉬운 영역으로 간주한다는 인상도 받습니다. '정치적 올바름'이나 '정체성 정치'가 가진 투쟁의 역사와 다양한 맥락을 간과하고 손쉽게 '검열'로 한정하는 것처럼요. 아마 지금 비평장에서 무엇이 상식이나 교양으로 간주되는가의 문제에 따라 이 배치도가 결정되겠지요. 독서의 배경에 자리한 지식 생태계도 이미 정치적인 문제겠습니다.

요컨대 제 의문은 새로운 서사라는 비평적 찬사가 새로운 독해 도구를 개발하기보다는 기존의 도구들을 재활용하는 방식으로 이루어지는 이 비평적 증상이 무엇을 의미할까 하는 것입니다. 그럼에도 불

---

22) 신준봉, 「불편한데 빠져드네… 자전 색채 동성애 소설」, 중앙SUNDAY, 2019. 7. 6.

구하고 이어지는 호평은 사실 무엇에 대한 찬사인지를 의문스럽게 합니다. 창작과 독자의 열기를 의식하면서도, 그것을 서사의 독해로는 체화하지 못하고 있는 비평장의 지체는 아닐까요? 새로운 텍스트에 적합한 독해 도구를 찾기보다는 '좋은 소설'이나 '소설적인 것'을 충족한다는 찬사는 여전히 선험적인 문학성에 기대는 것 같습니다. 퀴어 서사와 여성 서사의 문학사적 (재)진입이 일시적인 상황일 것이라는 관망에 기대어 '소나기'가 그치길 기다리고 있다는 의혹도 들고 말았습니다. 일시적인 유행이 아님이 확인된 이후에는 혹시 퀴어·여성 서사/비평에 일정 영역을 할당한 뒤, 그 안에서 분리하여 전시하는 전략이 기다리고 있는 것은 아닐까요. '존재'를 인정하면서도 문학의 '본류'로부터는 분리하여, 페미니즘 평론가가 전담하는 하위 장르화나 '특집 기획'으로의 게토화가 지금(도) 일어나고 있는 것은 아닐까요. 페미니즘의 어떤 국면이나 퀴어의 어떤 지점이라는 기획 없이 페미니즘이나 퀴어 그 자체를 '특집'으로 통칭하는 단계도 이제는 넘어가야 하지 않을까 싶기도 합니다. 또한 페미니즘과 퀴어가 (필연적으로 긴밀하게 연동될 수밖에 없으면서도) 거의 동의어나 하위 범주처럼 묶여 편집 및 기획되는 양상은, 사실 서로와 맺는 관계를 상상할 기회를 누락하는 동시에, 독자적인 문예이론으로서의 전망을 누락할 수도 있지 않을까요. 그것은 퀴어 서사와 여성 서사에 내재한 정치성을 읽어냄으로써 한국 문학/비평의 '규범성 자체'를 재독하는 독해 도구들을 개발하지도 공유하지도 않으려는 어떤 비평장에 대한 아쉬움이기도 합니다.

5. 서사의 젠더링

"'청년'으로 지칭돼오던 세대적 보편성을 '여성 청년'으로 다르게 호명"(서영인, 76쪽)하여 "누락되거나 배제되어 미처 감각하지 못했던 삶의 다른 국면들에 주목"(같은 쪽)하기 위해 여성 서사를 세분화하는 도구의 개발만으로도, 보편적 명명의 남성 젠더성 자체를 탈은폐하는 효과가 생겨납니다. 하지만 '남성 서사'라는 명명의 개발을 통해 그간 누리던 지배적 보편의 지위로부터 좀더 정확하고 직접적으로 탈각시켜야 할 필요는 없을까, 생각이 들기도 합니다. (물론 이것이 여성혐오의 편의적인 대립물로서 남성혐오라는 불가능한 개념을 상기시켜 확신하기는 어렵습니다만, '남경男警'이나 '남의사男醫師' 같은 명명이 제기하는 상징체계의 편향에 대한 가시화가 문학비평에서는 어떻게 가능할까요?) 여성 서사가 '서사'의 하위 범주라면, 그 '서사'가 남성(성)과 등가교환되던 기제가 남는 건 아닐까요. 보편 규범으로서의 남성성의 지위를 내버려두는 것이 아니라 젠더화된 개념으로 상대화시키는 명명을 통해 남성성을 보편으로 특권화하는 체계에 대한 정확한 '청산'이 더 필요하진 않을까 싶기도 합니다. 어떤 면에서는 남성성을 여전히 (적대적이긴 하지만 그래서) 보편성으로 남겨두고 넘어가는 유예가 되지는 않을까 하는 것인데요.

일제히 여성 서사에 대한 찬사로 급격하게 반전된 비평장의 양상이 별다른 자기반성 없이 문학사적 분기를 다만 넘어가려는 증상일지도 모른다는 우려가 남습니다. 메타 비평으로 종종 찾아볼 수 있었지만, 지금의 이성애/남성 규범적 서사에 대한 비판적 독해가 잘 보이지 않는 것 같습니다. 좋은 작품에 대해 논하는 것만으로도 비평 지면이 이미 부족한 탓일까요.

여전히 기울어진 운동장에서 여성 서사와 퀴어 서사를 읽는 일이 더 필요한데, 남성 서사를 읽는 일이 결과적으로 정치적 퇴행이 되지 않을까 하는 고민이 남기는 합니다. 그럼에도 퀴어 서사와 여성 서사를 독해하고 담론화하기 위해서라도 필연적으로 남성 동성 사회(성)가 생산하는 퀴어·여성혐오와 이성애 규범성의 관계를 다뤄야 할 필요가 남는다는 생각입니다. 그런 점에서 지금의 '남성 서사'들에 대한 정확한 응시도 필요해 보입니다. 가령 몰락한 남성(성)의 자기 숭고화가 중견과 신진을 막론하고 여전히 '남성 서사'의 특징으로 잔존하며 복귀하는 것에 대한 비평적 독해가 필요하지는 않을까 싶습니다. 몰락의 '진정성'에 대한 믿음을 비극적으로 증명하는 최신 버전으로서 주목될 필요는 없을까요. 진정성이 내포한 젠더성에 대한 문학사적 연구들과 더불어, 지금의 텍스트에 대한 독해 도구의 개발도 병행되어야 하는 것 같습니다. 그것으로부터 지금, 일어나고 있는 일이기 때문입니다.

그런 점에서 저는 페미니즘과 퀴어의 정치적 수행으로 인한 '세계 남성의 사적 패배'라는 박탈감을 진정성 있게 토로하는 남성 청년 인물/서사들의 정동에 관심을 두고 있는데요. 박민규 소설에서 여성혐오적이고 동성애 혐오적인 남성 청년들이 '젠더 패전 서사'를 통해 주체가 되는 양상은 특히 지금 한국사회의 어떤 정치와 문제적으로 접속하고 있습니다.[23] 장강명의 소설은 구세대 아버지의 생계 부양자 모델과 달리, '가정 경영의 주체'로서 자신을 입증하려는 '정상 남편'에 대한 열망을 보여줍니다. 이성애 젠더 규범이 만들어낸 '남편'이라는

---

23) 이 책에 수록된 「포스트 한남 문학의 기점과 상상력의 젠더」를 참조.

지위가 경쟁 시스템을 자연화하는 '통치술의 젠더'와 결합하고 있다는 이지은의 중요한 논점[24]에 유의하고자 하는데요. '알바생'이나 '다문화 가정'의 안타까운 사연을 듣고 경쟁자가 아닌 예외적 동정의 대상으로 판정하는 '직조'가 문제적이라는 지적은, 문학(성)의 형식/언어가 중립적이지 않다는 것을 다시 상기시켜줍니다. 신자유주의 시대의 노동과 인간성의 조건에 대한 모색이 필연적으로 이성애 가족 제도를 경유한 주체로 형상화되는 이 '남편 서사'의 패턴들은 문학의 보편적 주제가 누구를 중심으로 작동하는지를 다시 보게 합니다. 기성 남성 지식인 세대가 만들고 강요해온 헬조선의 세대론에서 문학장 역시 자유롭지 않다면, 정확히 그 세대론의 내면을 보충·계승하면서 정치적 주체가 되어가는 어떤 남성 청년의 문제적 형상에 대한 책임을 페미니즘 이론/비평으로만 할당하는 과묵함은 이상한 일이라고 생각합니다. 이 지점에서 '아저씨 독자'를 대망하던 '남성 문단'이 실은 '장편 남성 서사'를 통해 한국 근현대사라는 '보편 역사'의 주체를 가부장에게 할당하는 패권적 남성 연대였다는 오혜진의 지적을 환기할 만하겠습니다. "누구도 순정한 영웅일 수 없는, 모두가 유죄인 세계에서 유일한 자기 보존의 원리로 작동하는 남성 연대를 재현하는 것이 세계에 대한 성실한 보고이자 가장 신랄한 자기 풍자라고 합리화"[25] 한다는 지적을, 지금 윤리적 성찰을 전시하며 자기 고양하는 문학적 진실의 구조에 대한 설명으로 갈음해도 무리가 없겠습니다.

---

24) 이지은, 「남편과 사파리 파크와 '산 자들'」, 문장 웹진 2019년 7월호.
25) 오혜진, 「누가 민주주의를 노래하는가─신자유주의시대 이후 한국 장편 남성서사의 문법과 정치적 임계」, 같은 책, 151쪽.

6. 스스로 말하는 자들의 음성

앞서 '인물의 장르화'가 여성 인물에게 밀려오는 폭력의 위계와 겹들을 파악하고 교차적인 자신의 위치를 보는 전략이라고 했는데요. 이는 최근 일인칭 소설의 우세 속에서도 여성 서사와 퀴어 서사가 특히 인물이자 화자인 '나'를 중심으로 전개된다는 경향을 감당하기 위한 것이었습니다. 재현의 문제야 어느 때나 중요한 소설의 모티프였으나, 최근의 여성 서사와 퀴어 서사는 공통적으로 어떤 대상/타자의 재현의 (불)가능성 앞에서 감정이입하는 내적 윤리를 문제삼기보다는, 그간의 재현 언어가 자신을 어떻게 제한해왔는지 보고, 그에 맞서 고투하고 있는 것처럼 보입니다. 자신의 안팎에서도 작동하는 기존의 언어와 대면하는 것은 어려운 일이지만, 스스로 다르게 재현하려는 소설가형 인물/화자들은 활력을 가지고 움직이고 있습니다. 요컨대 자기 서사 연작의 목소리가 두드러지고 있는 것입니다.[26]

가령 김혜진과 박민정의 소설은 다소 느슨한 연작소설로 여성을 바라보는 재현 언어나 공동체의 인식을 변주하고 있습니다. 마을 공동체에서 한부모 여성과 레즈비언 연인들은 자신의 비규범적 삶이 어떻게 호명되고 분할되는지를 보는 동시에 그 불안과 공포로 인해 침윤돼버리는 자신도 냉철하게 되돌아보고 있습니다.[27] 아이돌을 꿈꾸던 사촌 '리사'의 삶에 대한 소설을 쓰는 '나'는 리사를 남성적 재현 산업의 일방적 피해자로 그려내던 자신의 재현 언어를 붙들고 고민

---

26) 이에 대해 이야기 나눌 자리를 마련해주신 〈요즘비평포럼: 1인칭의 역습〉 주최 측 및 함께 대화해주신 소유정·인아영 문학평론가와 청중들께 감사드립니다.

27) 김혜진은 근래 여성 화자들이 공동체 내/외에서 자신의 위치를 응시하는 '동네' 연작들을 발표하고 있습니다. 「동네 사람」 「자정 무렵」 「우리는」 「불과 나의 자서전」이 대표적입니다.

하기 시작합니다.[28] 퀴어 소설가 '나' 연작들은 내포 작가로 상정되는 '나'를 구체적인 형상으로 만들어, 스스로 자기를 재현하는 퀴어의 수행성(과 그 실현 과정) 자체를 재현합니다. 김봉곤의 오토픽션 연작은 퀴어의 사랑을 쓴 소설(『여름, 스피드』)로 발표된 후 이성애 규범적 세계와 가족을 거쳐 돌아오는 파장을 다룬 공동적 오토픽션으로 갱신되고 있습니다(「그런 생활」, 『문학과사회』 2019년 여름호).[29] 박상영의 소설에서 퀴어를 비극적 타자로 소진하던 이성애 규범과 대결하던 영화감독의 자기 재현은(「알려지지 않은 예술가의 눈물과 자이툰 파스타」), 지금 여기에 서서 스스로 체현한 '대도시의 사랑법'을 쓰는 소설가 화자 '나'의 자기 재현 연작으로 이어집니다. 그것은 퀴어에 대한 혐오의 최전선인 HIV에도 굴하지 않는 '나'의 탄성과 농담을 확인합니다.

그리하여 인물/화자들은 연속적인 서사를 통해 자신이 어떤 세계에 던져져 있는지를 스스로 보고 자신의 언어로 그것을 해석해냅니다. 중요한 것은 그 자기 인식과 자기 재현 과정을 (소설로 쓰거나 회상하면서) 스스로 재인식하면서 생겨나는 인물/화자의 태도인데요. 그런 '나'에게 재현/언어의 문제는 더이상 '거리 두기'를 통해 대의代議되는 것이 아닙니다. 화자 자신의 눈으로 보고, 인물 자신의 목소리로 세계에 대해 직접 말하려는 발언권에 대한 의지이자 정치적 자기 수행입니다. "훔쳐보거나 뒤져보지 않고, 당사자에게 정정당당하게 물어보기로" 한 화자들에게 인물들이 "자신이 원하는 자기 이야기"

---

28) 박민정의 소설 「나의 사촌 리사」에서 소설가 화자가 관찰하던 리사는 「나는 지금 빛나고 있어요」의 화자가 되어 자신의 삶을 스스로 이야기합니다.

29) 김건형, 「소설가 봉곤씨의 일일」, 웹진 과자당 1호.(사이트 운영 종료)

를 털어놓습니다.[30] 목소리를 가지게 된 리사는 단순히 피해에 움츠러든 모습이 아니라고 말하고 그 속에서 남성적 재현 산업과 국가 폭력에 나름의 저항과 협상을 모색합니다. 살아 움직이는 주변 여성 청년들의 능동적이고 적극적인 대응과 고민을 말합니다. 그리고 그간 문학이 속삭여왔던 것과 달리 연대만으로 자본과 남성의 공모를 단번에 넘지 못하는 자신의 현실도 연속해서 말하기 시작합니다.[31] 그런 세계 속에서 "치열하게 2000년대를 살아낸 한 명의 청춘으로서"의 절실함을 썼다는 소설의 말 걸기는 "우리의 얘기를, 나의 얘기를 써주어 고맙습니다"[32]라는 독자들의 응답을 통해 돌아옵니다. 여성 청년과 퀴어 청년들의 정치적 정동이 문학을 매개로 하여 순환하고 있음을, 그것을 지극히 의식하고 지금 문학장이 작동하고 있음을 명징하게 보여줍니다.[33]

근래 여성 서사와 퀴어 서사의 일인칭 화자(와 초점 화자)들이 특히 청년으로 재현/호명된다는 점은 특히 주목할 만합니다. 자신의 눈과 입을 의식적으로 사용하여 대의되지 않고 자기 서사를 발화하려는 인물/화자들이 주로 '청년'으로 재현/호명된다는 점도 지금 여성 청년과 퀴어 청년 독자/대중들의 직접 반영의 열망과 접속하게 합니

30) 박민정, 「나의 사촌 리사」, 『창작과비평』 2018년 겨울호, 131쪽.
31) 박민정, 「나는 지금 빛나고 있어요」, 『현대문학』 2019년 5월호.
32) 박상영, '작가의 말', 『대도시의 사랑법』, 창비, 2019, 338쪽.
33) 이에 대해 문학평론가 강지희는 '지금' 광장에 선 여성과 퀴어의 목소리가 어떤 지리학 속에 배치되어 어떤 정치적 글쓰기를 생성하는지를 계열화한 바 있습니다. 이는 정치적 정동의 정확한 포착이 적확한 독해 도구와 다르지 않음을 보여줍니다(강지희, 「멜랑콜리 퀴어 지리학」, 박상영, 『대도시의 사랑법』 해설; 강지희, 「광장에서 폭발하는 지성과 명랑」, 『문학은 위험하다─지금 여기의 페미니즘과 독자 시대의 한국문학』, 민음사, 2019).

다. 그것은 자신의 목소리로 자신의 세계를 지금, 다르게 만들겠다고 요구하는 목소리와 겹쳐집니다. 포스트 대의제의 시대에 "모이고 스스로를 표현하는 사람들"로서 적극적으로 문학과 재현에 대해 말하는 독자들은 자신이 어떤 위치와 맥락, 어떤 공정 속에 있는지를 다분히 의식하고 있습니다.[34] 그런 독자가 읽는 '나'의 소설이 말하는 정동이 지금 무엇을 하는지 더 다뤄져야 할 것입니다. 어쩌면 독자의 반응으로부터 문학(성) 자체의 개념을 길어오던 '단계'에서 이제 본격적으로 독자와 연관 지어, 그로 인해 분화된 서사 장르들의 특징과 구성을 독해하는 '단계'로 진행되는 것처럼도 보입니다. 이제 그 새로운 문학(성) 위에서 새로운 독자와 서사를 함께 읽을 적절한 독해의 도구가 필요해 보입니다. 지금, 우리의 시대는 다르다[35]고 스스로 말하는 자들의 음성을 듣고 있습니까.

(2019)

---

34) 김미정, 「움직이는 별자리들—포스트 대의제의 현장과 문학들」, 『크릿터』 1호, 13쪽.
35) 황인찬, 「우리의 시대는 다르다」, 『문학동네』 2019년 여름호.

비평의 젠더와 그 사적 패턴들이 지금

지금의 문학을 설명하기 위해 비평장은 '페미니즘 리부트'라는 단어를 자주 호출하고 있다. '문학성' 자체를 갱신해가는 페미니즘의 맥락을 지칭하는 이 단어는 그러나 한편으로 페미니즘에 '다시$_{re}$' 주목하도록 만든 역사가 함축되어 있기에, 페미니즘이 애써 이룬 성과가 누락(으로 간주)되었던 일이 반복될지도 모른다는 염려를 품게 한다. 그러니 앞서의 비평장이 여성 문학을 어떻게 명명/기획했는지 다시 들여다본 뒤 지금의 명명/기획을 살펴보는 일이 필요하다. 페미니즘 리부트가 한국사회의 백래시에 맞서며 페미니즘적 문학/현실을 직접 만들어가는 '수행'이라는 점에서, 기존의 페미니즘 비평을 재독하고 다시 명명하는 일은 페미니즘 리부트에서 중요하다. 이 글은 지금의 페미니즘 비평의 전사$_{前史}$로서, 본격적으로 '여성 문학'이라는 단어를 사용한 1990년대 문예지들의 특집 기획으로부터 어떤 비평적 패턴을 도출해보려고 한다. 이는 지금의 페미니즘 비평의 전후를 짚는 일이기도 하지만, 최근 다시 새롭게 기획되기 시작한 '퀴어 문학'

에 대한 비평에서도 그와 유사한 패턴이 반복되고 있다는 진단과도 이어져 있다. 그 패턴으로부터 비평이 어떤 식으로 페미니즘/퀴어 문학을 읽고 명명하는지 그 수행을 살펴볼 수 있지 않을까. 아울러 이 글은 상대적으로 자원이 빈약한 퀴어 비평이 그간 산재됐던 자신의 뿌리를 페미니즘 비평사에 에둘러 의탁하려는 시도이기도 하다.

환멸의 시대정신과 모성 영웅이라는 문학의 구원

『문학동네』 1995년 가을호는 '여성, 여성성, 여성 소설'이라는 주제로 특집을 꾸린다.[1] 네 편의 글은 1990년대 여성 작가들의 수적 증가와 그에 대한 대중/독자들의 관심을 환기하면서도 그 현상의 중핵을 "세기말"(우찬제, 81쪽)이라는 "탈근대적 전회"(황종연, 42쪽)를 맞이한 시대 인식에서 찾는다. "현실사회주의권의 몰락과 함께 찾아온 세계사의 격변 속에서 우리는 지금 느닷없는 혹은 이미 예견했던 거대한 환멸에 휩싸여 있다"(신수정, 62쪽)라는 고백이 내밀한 기획 취지에 가까워 보인다. 깊은 환멸에도 불구하고 여전히 문학을 읽고 쓰는 동력이 여성 문학에는 남아 있는 상황. 이 간극을 해명하는 일이 당시 비평의 우선 과제였던 셈이다.

여성 문학이 하필 이러한 시기에 대두되었다는 인식은 "근대의 문학이 인간 보편의 의미와 가치들을 추구하고 함양한다는 명분 아래 실제로는 문학을 철저하게 남성 권력의 기구로 삼아왔다는"(황종연,

---

1) 박혜경의 「사인화(私人化)된 세계 속에서 여성의 자기 정체성 찾기」, 황종연의 「여성소설과 전설의 우물」, 신수정의 「환멸의 사막을 건너는 여성적 글쓰기의 세 가지 유형」, 우찬제의 「타나토스/에로스/에코스—90년대 여성소설의 징후 읽기」로 구성되어 있다. 이하 인용시 본문에 필자명과 쪽수만 밝힌다.

같은 쪽) 자성으로 이어진다. 이는 '탈이념'과 '탈근대'라는 시대정신에 젠더를 부여한다. "이성과 이데올로기의 시대였던 지난 연대와는 달리 많은 분야에서 여성들의 활약은 괄목할 만"(우찬제, 같은 쪽)해졌다. 그런 상황에서 "훼손 이전의 살아 있는 유기적 전체를 그리워하는 여성성"(우찬제, 82쪽)은 사실 "인간의 삶을, 제도화된 억압적인 관계가 아닌, 충일하고 조화로운 원초성의 관계로 감싸안는 제도권 너머의 둥그런 모성"(박혜경, 37쪽)과 이어진다. 물론 이것이 근대/자연, 역사/원초, 남성/여성의 상투적 이분법을 수사적으로 역전시킨 것일 뿐, 여성성에 대한 본격적인 고찰 없이 생물학적인 본질주의를 유지하고 있다는 비판은 당대에도 이미 제출된 바 있다.[2]

역사적·사회적 의식을 바탕으로 여성을 바라보는 것 같지만, 실은 그 현실적 조건과는 유리된 원형적 여성성에 기대는 이러한 논법은 당시 비평에서 자주 발견된다. 1990년대 여성 작가들이 "역사적, 혹은 정치적 삶의 층위로부터 벗어나 고독한 사인성私人性의 세계 속에 남겨진 개인들의 삶"에 주목할 때, 그들이 그리는 가족과의 갈등과 마찰은 역사/정치와 무관한 개인의 "존재론적인 성찰"이라는 측면에서 해석된다(박혜경, 24쪽). 그러면서 "그녀들이 거시적인 대사회적 관계망을 통해서 조망되는 세계보다는, 사인화된 체험"(박혜경, 26쪽)을 통해 "견고해 보이는 남성적 힘의 논리가 지닌 근본적인 허구성을 들여다"(박혜경, 36쪽)봄으로써 '이념적 현실'을 초과하고 '남성적 타자'를 극복할 수 있다고 말한다. 다소 형용모순처럼 들리는 이러한 논지를 지탱하는 것은 "남성 중심적인 욕망이 지배하는 삶의 현실"과 그것

---

2) 김은하·박숙자·심진경·이정희, 「90년대 여성문학 논의에 대한 비판적 고찰」, 『여성과사회』 10호, 1999.

과 본질적으로 다른 "여성적 사인성"의 분할이다(박혜경, 같은 쪽). 현실의 구체적인 조건은 남성 중심적으로 타락했으므로 여성성을 그것을 초월하는 관념적 순수의지와 같은 것으로 배치하는 것이다. 이는 여성성을 현실원칙을 초월하는 윤리적인 태도와 결단의 의지로서 읽어내려는 비평적 의도를 보여준다. 현실 속 여성이 처한 조건을 배제하고 본질주의적인 여성성을 추구함으로써 "문학적 가부장제의 지배 아래서 스스로 창조성을 입증해야 하는 과제를 짊어지고 있는 여성 문학"(황종연, 61쪽)에 주목하는 것이다. 문학의 종언을 유예하고 그 정당성을 다시 입증하기 위한 구도에서 여성 문학은 지난 시기 노동문학이 맡았던 역할을 승계하게 된다. 즉, 이때의 여성 문학은 부정되어야 할 시대성을 드러내고 극복되어야 할 대상을 지양하는, 근대문학의 역사적 종언에 저항하는 문학 정신을 담지한다.[3]

그런 점에서 황종연의 글이 루카치의 소설론을 젠더적으로 재의미화하면서 시작하는 것은 주목할 만하다. 황종연은 서사시가 불가능한 시대에도 삶의 유기적 전체성을 열망하는 소설 형식이 기실 '탐색quest' 이라는 남성적 서사성에 기대왔음을 짚으면서, "여성적 경험에 잠재된 소설의 가능성을 부정하는 방식으로 소설의 보편을 규정"(황종연, 44쪽)한 루카치를 역전하는 방식으로 1990년대 여성 서사를 읽는다. 당대 여성 인물이 표면적으로는 "도시 여성의 라이프 스타일을 보여주지만 그녀의 내면적 삶은 모성적 사고의 면면한 세습"의 영향 아래

---

3) "발전의 신화를 앞세우는 사회의 여타 부분을 따라가지 못하는, 혹은 따라가지 않음을 자신의 존재론적 기반으로 삼고 있는 문학의 심미성과, 사회에 대한 높은 관심과 지적 훈련에도 불구하고 그에 합당한 공적 지위의 수여가 용이하지 않은 소외된 여성성이 서로를 강하게 끌어당김으로써 이러한 현상이 생긴 것은 아닐까."(신수정, 64쪽)

있으므로, 여성 인물은 "모성적 보살핌 속에 있는 것과 흡사한 몰아적沒我的 융합의 상태를 타인과의 관계에서도"(황종연, 48쪽) 찾으려고 한다는 것이다. 그간 여성은 "남성들의 나르시시즘적이고 여성혐오적인 담론으로 인하여 그들 자신의 경험으로부터 소외"(같은 쪽)되어왔지만, 도시의 차가운 개인주의에 맞서 유기적인 삶을 복원하는 이러한 모성적 태도를 통해 "자기로부터의 소외"(황종연, 46쪽)를 극복할수 있게 된다. 그러므로 이 모성적 태도는 인간의 유한성과 세계의 상실에 응전하고 '삶의 전체성'에 대한 '선험적인 향수'를 열망하는 서사적 형식이다. "「옛 우물」의 여주인공이 덧없는 소멸의 운명으로부터스스로를 구원하기 위해 전설의 우물을 들여다보듯이, 여성 문학은 여성 고유의 문화에 잠재되어 있는"(황종연, 61쪽) '모성적 영웅'을 되살려야 한다. "여성의 삶은 일회적인 존재의 경험을 넘어서 그것의 시원에서 그것의 궁극까지 무한히 펼쳐진 시간적 과정에 참여"(황종연, 60쪽)하는 운명이므로. 마땅히 가야 할 길을 알고 있던 지난 세대의 남성영웅을 반전한 모성 영웅이 문학(성)을 구원할 새로운 별자리로 떠오른다. 이 모성 영웅은 남성적 폭력과 자기소외를 모두 지양하여 분열된 세계를 통합함으로써 포스트 이념 시대에도 문학적 절대정신을 간직하는 방법이었던 것이다.

그렇다면 1990년대 개인의 윤리는 여성적 경험 중에서도 주로 모성과 관련된 것을 추출하여 생성되었다고 할 수 있지 않을까. 여성학이론이나 당대 여성의 경험을 구체적으로 참조하기보다 타락한 세계에 대한 대응 태도로서의 미학적 모성을 강조한다는 점에서 이를 추론해볼 수 있다. 남성적(이라고 간주된) 이념 공동체에서 탈피해 핵심적 비평 개념이 되기 시작한 '개인'을 수용하면서도 원초적인 관계성은 고수하는 모성을 대안적인 윤리로 호명하기 시작한 것은 아닐까. 모성이 현실의 여성들에게 억압으로 작용하는 동시에 돌봄의 즐거움을 주기도 하는 복합적인 젠더 테크놀로지라는 정치성이 소거됨으로써 문학적 윤리로 미학화된 셈이다.

그런 문학적 원리로 작동하기 위해서 모성은 현실적 영역을 떠나 세계와의 대립을 포용하여 자기를 실현하는 변증법적 원리가 되어야 했다. 섹슈얼리티는 물론 출산이나 육아 같은 구체적인 경험을 고려하지 않는 이 모성의 핵심은 폭력을 지양하는 '결단'에 있다. 여성은 "폭력에 대한 폭력을 넘어선 정녕 인간적인 문제"를 고민함으로써 "그 모든 문제를 감싸안을 모성적 대지성을 일구어"야 한다(우찬제, 103쪽). 이는 페미니즘(의 재현) 자체에 대한 문학사적 기획이기도 하다. "지금까지 페미니즘의 관점을 표방한 작품들이 대부분 여성 문제를 여성=피해자, 남성=가해자라는 극히 대립적이고 피상적인 도덕적 대결 구도의 차원에서 접근하거나, 남성 지배적인 사회 속에서 여성이 겪는 피해 의식이나 사회적 불이익의 부당성을 극히 감정적이고 일방적인 방식으로 표출하는 경향을 강하게 보여왔다는 점"(박혜경, 31~32쪽)을 여성 서사의 결함으로 지적하면서 그 대안으로 모성적 윤리를 내세우는 것이다. "모성성의 세계는 남성성의 세계와 끊임없이 부딪치고 갈등하면서, 그리고 그 세계의 모순과 한계를 첨예하게 인식하면서, 궁극적으로는 그 세계의 온갖 상처와 균열을 깊은 포용의 힘으로 감싸안는 둥근 원의 세계이다."(박혜경, 39쪽)

비평은 타락한 시대에 유효한 문학성을 만들기 위해 여성 문학을 포용적 모성(성)으로 기획하여 윤리적 개인(성)이라는 보편적 문학 원리를 창안한다. 이는 새로운 문학적 현상과 텍스트를 충실하게 독해하면서도, 이념이라는 선험적 별빛이 사라진 시대에 문학 고유의 역할을 확보하려는 절실한 시도였다. 그러나 이러한 '포용적 여성성'은, '본래적 타자로서의 여성(성)'을 통해 남성 주체 자신을 인식하는 후대의 정신분석적 비평의 거울처럼 보인다. 젠더 이분법에 갇힌 페미니즘과 그렇지 않은 페미니즘을 나누고 그 속에서 더 총체적이고 대승적인 윤리를 선별하려는 기획은 특정한 여성성을 미학화하는 방식을 통해 이루어진다.[4] 일상에서 여성들이 겪는 "피해 사례들을 그 소재로 하는 작품들과는 다소 다른 차원의 접근 방식"(박혜경, 33쪽)인 포용적 모성성으로 남성 인물을 감싸안길 요구하는 독해는 최근 『82년생 김지영』(조남주, 민음사, 2016)을 계기로 재연됐다.[5] 젠더적 분노를 바탕으로 여성의 사회적 현실 인식을 드러내고 현실에 저항하는 방식보다는 "절제된 균형감각"(박혜경, 32쪽)을 통해 포용 정신을 발휘하는 것이 더 문학적이라는 논법은 여성 문학이 문학장의 '주류'로 승인될 때부터 잠재되어온 것이 아니었을까. 그러나 제도화된 성의 폭력을 넘어서는 것은 성적 권력에 대한 적확한 인식과 더 많은 민주주의이지, 모성성과 같은 특정 젠더 테크놀로지에 대한 선별적

4) 급기야 "자신을 성폭행했으며, 동거하다 야비하게 배신한 하현규의 의식과 행위까지 감싸려는 태도"(우찬제, 102쪽)가 여성 서사의 미덕이라는 진단으로까지 나아간다. 최근에도 'N번방 사건'을 둘러싸고, 남성을 모두 적대시하지 말고 여성운동의 '조력자'로서 온건하고 친절하게 대해야 한다는 요구들이 있다. '포용적 페미니즘'이 '더 나은' 혹은 '진정한' 페미니즘이라는 논리가 통용되는 지금에 이르기까지 문학의 윤리는 어떤 역할을 했을까.

5) 이처럼 페미니즘, 소수자 운동의 언어를 '선별'하여 더 건설적이고 보편적인 미학을 만들어달라는 지속적이고 꾸준한 요구는, 다시 타자성을 깨닫는 윤리적 주체를 복권하려는 정치적 움직임이다. 오은교, 「손절과 벤딩—최근 여행 서사에서 나타난 동행의 장면들」, 『문학3』 2019년 3호, 49쪽 참조.

인 미학화일 수 없다.

여성 문학에서 세계와 자아의 대립을 모두 포용해 자기실현적 변증법을 체현하는 영웅적 원리를 도출해내는 이러한 비평적 패턴은 지금 퀴어성을 둘러싼 비평장에서 재연된다는 점에서 주목할 만하다. 여성의 구체적 경험을 배제하고 세계를 구원하는 윤리로 모성이 신성화된 것처럼, 퀴어(성)는 사랑에 대한 세속적 절망을 뛰어넘는 포용적 원리로 독해된다.[6] 페미니즘 리부트 이후 젠더 권력이 가시화되면서 불가능해진 '보편적 사랑'의 미학을 지속하기 위해, 문학(성)은 퀴어의 정체화의 수행성과 성애의 테크놀로지 등을 누락해 퀴어의 사랑에서 '사랑' 본연의 원리/윤리만을 추출하는 패턴을 보인다.[7] 박탈된 자신의 위치/정체성에 갇히지 말고, 세계를 포용하고 서로 사랑하라는 문학적 정언명령을 수행하는 영웅으로 퀴어(성)를 기획하

6) 김녕은 「라스트 러브 송」(김봉곤)에 대해 "'게이만의' 무엇이라는 특권화를 거부했다는 것은 그 나름의 성과"라고 짚으며 이 작품에서 "강조되는 것은 '다르지 않음'"이라고 말한다(김녕·안지영·이지은·한설, 「소복한 밤과 우정의 동상이몽」, 『문학동네』 2018년 봄호, 569쪽). 김녕은 '퀴어 혐오를 제거할 순 없으므로 대신 차이가 가시화되는 농도를 줄여야 한다'고 기획하고 「시절과 기분」(김봉곤)을 읽는다. "정체성 자체를 수성(守城)"하는 대신 "'게이'라는 정체성은 얼마간 희석되어버릴"지라도 "자연스러운 동질함"과 "현저한 유사성"을 추구해야 한다며 포용적 화해를 강조한다(김녕, 「선명(鮮明)에서 창연(蒼然)으로─혐오에 응수하는 최근 퀴어 텍스트들에 대한 스케치」, 『실천문학』 2018년 여름호, 179~180쪽). "사랑에는 애초에 정체성 같은 범주가 썩 중요하지 않"(같은 글, 175쪽)으므로 "'사람과 사람의 사랑'이라는 감각"(같은 글, 179쪽)을 회복하자는 논리는 퀴어의 생애사와 욕망, 세계로부터 배제된 퀴어의 현실적 조건을 누락함으로써 역설적으로 포용적 사랑이라는 미학성만을 추출해낸다.

7) 전소영, 「비로소 사랑하는 자들의 모든 노래가 깨어나면」, 최진영, 『해가 지는 곳으로』 해설, 민음사, 2017; 이은지, 「사랑이라는 역설」, 최은영, 『그 여름』 해설, 임현 외, 『2017 제8회 젊은작가상 수상작품집』, 문학동네, 2017; 권희철, 「사랑의 글쓰기」, 김봉곤, 『여름, 스피드』 해설, 문학동네, 2018.

는 것이다. 이것은 이성애/남성적 운명에 저항하면서도 그것을 보완하는 문학적 원리로서 존재(재현될 가치)를 입증해야 하는 이중의 과제를 퀴어(성)에 부과하는 것이기도 하다. 그럴 때 비평은 여성/퀴어의 구체적인 경험에 발 디딜 필요가 있다.

여성의 경험에 대한 역사화 기획과 상업성이라는 징후

『문학동네』 1995년 가을호 특집 기획에서 신수정은 모성이 아니라 여성의 구체적인 경험에 집중하여, 도시적 소비 형태로서의 상품 이미지를 자본주의의 속물성을 위악적으로 반영하는 인상화이자 탈이념 시대의 방법적 부정으로 읽는다. 여성 서사와 상품성 간의 구체적인 관련성을 해명하지는 않았지만, 노동 소외에서 상품 소외(물신)로 무게 추를 이동시킴으로써 시대적 환멸에 응전하는 전략임을 능히 짐작할 수 있다. 이러한 기획은 생산과 공적 노동만이 아닌 소비와 사적 공간에서의 여성 경험을 문학사에 (재)기입하려는 시도로, 여성 문학 비평의 중요한 분기점이다. 그런데 여기에서 여성 인물의 당대 경험으로 시대의 부정성을 예증하는 독해는 텍스트에 대한 양가적인 긴장을 드러낸다. 가령 신수정은 배수아의 『푸른 사과가 있는 국도』(고려원, 1995)를 읽으며 "차에서 내릴 때 선영의 구두에 와닿는 아스팔트는 오븐에서 갓 꺼낸 피자치즈 같은 느낌이었다"라는 문장에서 "지금 이곳의 시공을 뛰어넘는 작가의 상상력과 감수성에 갈채를 보내기 이전에 먼저 일단의 당황스러움에 직면"(신수정, 68쪽)하게 된다고 말한다. "지금 여기의 현실을 그릴 때 필연적으로 나타날 수밖에 없는 개념을 구성하는 언어와 구체적인 현실 사이의 낙차를 보다 선명하게 드러내"(같은 쪽)지 않은 탓이다. 환멸을 명확하게 적시하지 않으면

"이미지의 모방에 중독된 자들의 쓸쓸한 삶의 행태가 그것을 묘사하고 있는 언어에서도 동일"(같은 쪽)해질지 모른다. 물신에 대한 관찰은 고평하면서도 "사회의 허구성과 작위성을 드러내기 위한 충격"이어야 할 문학(성)이 "자본주의의 상품 논리 속으로 텍스트를 끌어가는 촉매제가 되"(신수정, 73쪽)거나 "새로운 물신성"(신수정, 78쪽)이 될 수 있다고 염려하는 데서 1990년대 문학의 위기의식을 읽을 수 있다. 비평이 여성 문학을 읽으며 가장 경계하는 건 문학이 상업화·통속화라는 함정에 빠져 문학의 역사적 자기실현에 미달하는 것이다.

『실천문학』1999년 여름호의 특집 기획인 '90년대 여성 작가, 무엇을 남겼나'는 여성 문학을 '역사화'했다는 점에서 주목할 만하다.[8] 이 기획에서 필자들은 90년대 여성 문학의 중심 개념으로 사랑의 탈낭만화, 자기분열의 고백과 모성 등을 선별하여 사랑과 모성성이 "개인적으로 체험되는 감정이지만 감정의 구조 역시 한 시대의 제도와 이념을 반영하는 내밀한 변화들을 담"(이선옥, 28쪽)고 있다고 읽는다. 그러면서 여성성을 "고유한 초역사적인 본질로 해석"(심진경, 62쪽)하는 것을 거부하고 그것이 사회적인 구성물임을 확인한다. 여성성은 "여성들이 발 딛고 있는 현실적 체험에 근거"(같은 쪽)하는 것이기 때문이다. 필자들은 "한국사회의 격랑을 여성으로서 힘겹게 헤쳐 나온 경험"을 "적극적으로 의식하며 창작"하는 작가 의식에서 여성 문학의 특성을 찾는다(이상경, 44~45쪽). "여성 문학의 미적 특성이 여성의 성적 정체성을 매개로 발현"(심진경, 61쪽)된다는 점에 주목하

---

8) 이선옥의 「사랑의 서사, 전복인가 퇴행인가」, 이상경의 「시대의 부채의식과 여성적 자의식에서 출발한 1990년대 여성소설」, 심진경의 「여성성, 육체, 여성적 시쓰기」로 구성되어 있다. 이하 인용시 본문에 필자명과 쪽수만 밝힌다.

는 이 기획은 포용적 태도 같은 문학의 내적 원리보다는 여성의 '현실 경험'을 입구로 삼아 논지를 펴나간다는 점에서 사회적인 맥락을 풍부하게 반영하고 있다. 특히 1990년대 "자본주의적 삶 속에서의 여성의 육체가 갖는 모순적 의미와 그 가능성"(심진경, 77쪽)을 내포하는 경험을 형상화함으로써 "여성성의 원리를 언술 방식이나 주제의 차원에서 추구"(심진경, 62쪽)하는 여성적 언어를 찾아낸다. 이처럼 이 기획은 여성의 사회적 위치와 문학적 재현 언어 사이의 관련성이라는 중요한 관점을 제안하며, 당대 여성의 경험을 문학장에 등록하고자 하는 비평적 전략을 보여주었다.

하지만 이는 동시대 여성의 경험과 수행을 자본주의적 소외로 인해 발생한 고통과 그로 인한 증상적 반응으로 의미화하는 경향을 만들기도 했다. 특집에 실린 각각의 글이 '여성성'이 역사적·사회적인 조건 하에서 만들어진다는 도입부를 거쳐 자본주의에 대한 여성의 부정적 경험을 주로 선별하는 구성을 공유한다는 점도 이것이 어떤 '여성 문학'을 창출하려는 기획이었는지를 보여준다. 그런 점에서 이 기획이 여성의 사회적 경험을 강조함에도 불구하고 도리어 당대 여성 독자의 구체적인 수행과 그 가능성을 누락했다는 서영인의 비판은 정확해 보인다. 현실 사회의 폭력적 조건에서 여성성이 생성되었다는 지적은 중요하지만, "여성의 존재 조건을 결정하는 경제적 토대"로서 자본주의를 이미 거론했던 1980년대 담론을 반복했으며, 1990년대 여성의 새로운 현실로 등장한 "소비사회에서의 여성의 타자화나 상품화" 및 "1990년대 페미니즘의 세례를 받은 여성 독자와의 공감과 소통"을 구체적으로 짚지는 못했다는 지적이다.[9]

여성 문학의 상품화와 통속화에 대해 우려하며 글이 종결되는 것도 이 기획에 독자성讀者性이 부재함을 보여준다. "로맨스 문화산업의 힘은 사랑의 서사가 지니는 다양한 전복의 가능성을 모두 무화시킬 만큼 강력"하므로 "소설이 상품으로서 상품화를 극복해야 하는 모순적 운명"은 여성 문학에서 더욱 문제적이다(이선옥, 41쪽). 당대 여성 작가의 작품을 다룰 때 "각각의 차이보다는 비슷비슷한 여성 작가로서의 특성이 강조"되고 작가의 사진과 같은 곁텍스트 역시 "개성보다는 아름다움이나 낭만성을 강조"해 "미모의 삼십대 작가가 아니면 상품성이 없다는 우스갯소리"까지 나온다는 자조는 여성 문학이 유달리 상품화되었다는 인식을 바탕으로 한다(이선옥, 같은 쪽). 그러면서 탈낭만화의 조짐에도 불구하고 여성 서사에서 낭만적 사랑에 대한 미몽이 결국 재생산된다고 비판하는데, 이는 낭만성을 판매하는 가부장제 문화 자본에 수동적으로 길들여진 여성 독자를 전제하는 것이다. '로맨스 문화산업'의 성장을 여성 작가, 페미니즘이라는 '공간·매체'를 창출하고자 하는 당대 작가 및 독자들의 교섭·참여로 해석하지 않고 여성에 대한 성적 상품화의 측면에서만 해석하는 것은 다소 의아하다. 여성 독자(혹은 출판 매체)들이 동세대 여성 작가들을 통해 어떤 여성상을 창출하고 어떤 여성 서사를 선택적으로 독서하는지와 같은 수행성은 정치적인 것이 될 수 없을까. 사랑에 대한 비판적 자의식을 통과한 이후에도 여성 주체/독자의 관계/사랑에 대한 상상은 문화 자본에 기만당하는 물신의 증상이기만 할까.

이상경도 여성 문학이 여성의 생산 활동과 공적 영역의 문제를 다루지 않고 소비적 일상과 일탈만을 다루게 되면 문학성을 상실한다

---

9) 서영인, 「1990년대 문학 지형과 여성문학 담론」, 소영현 외, 『문학은 위험하다―지금 여기의 페미니즘과 독자 시대의 한국문학』, 민음사, 2019, 81~82쪽.

고 지적하면서, "생산 활동과 사회적 관계 맺음으로부터 차단당한 고립된 여성의 권태로운 일상"(이상경, 57쪽)의 반복을 여성 문학의 문제로 지목한다. "이십대 후반의 직장여성, 삼십대의 신세대 주부"(이상경, 47쪽) 등의 여성 인물들은 1980년대의 경제성장과 고등교육 기회의 증가에도 불구하고 여성의 사회 진출이 원활하지 않아 주체성을 재구성해야 하는 상황에서 내면을 성찰하는 경향을 보이는데, 그런 "내면의 부채의식이 안이한 감상주의와 결합하여 통속화"되고 "고립된 여성의 심리적 유폐감의 묘사에 치중"(이상경, 53쪽)함으로써 여성의 사회적 조건을 누락했다는 비판이다. 이는 "중산층 주부의 무기력함"과 "은밀한 불륜의 심리"와 같은 일탈적인 감정을 '여성적인 것'으로 간주해서는 안 된다는 경고로 이어진다(이상경, 55쪽). 그리고 그러한 문제의 원인으로 1990년대 여성 작가들이 처한 역사적 조건이 지목된다. 애초에 여성 작가들이 사회 진출의 장벽을 피해 문학 창작으로 뛰어든 것도, 문학 창작이 자본이 가장 덜 집약된 산업이기 때문이었다는 것이다. 이는 "문화에서 주변부화되어 여성 작가들의 자족적인 세계에서 폐쇄적인 글쓰기로 치달을 우려"(이상경, 56쪽)를 만든다. 여성 문학의 이런 사회적 조건은 "작가들이 개인적으로 결혼과 이혼, 출산, 육아 등 가장 복잡하고 숨가쁜 생활의 고비를 거치면서 자기의 문제로부터 시야를 넓히는 여유를 아직 가지지 못한"(이상경, 55쪽) 상황과도 연결된다. 생산노동과 유리된 사회적 조건에서 여성 서사의 내성화 경향이 생겨났다고 하면서도, 다시 그러한 내성화 경향을 극복하는 사회적 재현을 요구하는 순환논법인 것이다.

이는 여성의 경험을 문학사에 등록하기 위해 '리얼리즘'을 선택한 비평적 전략이 필연적으로 맞닥뜨리게 된 아이러니가 아닐까. 여성

의 경험을 역사화하기 위해 재현의 인정 투쟁을 벌여야 하는 상황에
서 역사적/공적 영역으로의 진출이 제한된 여성의 욕망과 정동은 다
소 손쉽게 통속적인 것으로 간주하는 일종의 타협책인 셈이다. 젠더
화된 자본주의라는 현실에 주목함으로써 여성(성)을 역사화시켜 문
학사에 등록하는 대신, 새로운 페미니즘적 공간과 질서를 만들어내
는 당대 여성 인물/독자의 주체적 수행은 간과하는 것이다. 소설의
여성 인물(과 그런 인물을 읽는 독자)들이 자기를 구성하려는 취향이
자본주의적 통속화의 징후로서 독해될 때, 당대 여성의 문화적·미학
적 수행이 갖고 있던 정치성은 무화된다. 이것은 공적·재생산 영역
에 있지 않은/못한 하위 주체들의 수행을 비생산적 소비와 일탈로 간
주하여 그것을 자기파괴적 물신 증상으로서 문학사에 기입하는 비평
적 패턴이다. 2000년대 정이현 소설을 거치면서 '칙릿'과 여성의 연
애/섹슈얼리티 경험에 대한 논의가 본격화되기 전까지, 낭만적 사랑
이나 상품 소비에 얽힌 여성의 정동이 다소 금욕적인 측면에서 비판
되던 맥락은 시사하는 바가 많다.

　여성의 욕망과 정동에 대한 정치적 독해와 전유가 문학성을 위해
지연되어온 역사는 여전히 반복되고 있다. 퀴어의 욕망과 정동 역시
소비의 자기소외와 신자유주의적 물신화의 증례라는 맥락을 거쳐 문
학사에 기입된다.[10] "자신의 육체와 정신적 소양을 자본주의적 테크
놀로지로 완전히 치환"해버린 "이 시대의 독자들"로 인해 문학(성)

___

10) 윤재민, 「캡사이신 폭탄에 치즈를 곁들인 '빨간 맛'을 음미할 줄 아는 고독한 미식
가들을 위한 알려지지 않은 케이팝 모음집」, 박상영, 『알려지지 않은 예술가의 눈물
과 자이툰 파스타』 해설, 문학동네, 2018. 이하 인용시 본문에 쪽수만 밝힌다. 퀴어 서
사의 속물성과 정치 미학에 대해서는 이 책에 수록된 「'퀴어 신파'는 왜 안 돼?—퀴어
서사 미학을 위하여」를 참조할 것.

의 윤리가 해체된 지금, 그러한 "한국사회의 특정한 국면을 독창적인 인물의 시선으로 포착"하는 것이 퀴어 인물의 기능으로 해석되는 것이다(330쪽). 퀴어의 수행은 패션과 라이프 스타일과 같이 외양에 집착하는 측면에서만 의미화됨으로써 퀴어성은 피상적인 욕망만이 남은 신자유주의적 타락의 증상이 된다. 그러한 기획 안에서 퀴어 서사는 "사랑을 빙자한 즉흥적인 육욕과 소비자의 나르시시즘"(334쪽)이라는 내성화된 재현으로 축소되며, 퀴어의 일상은 "오늘날 한국사회의 황폐화된 내면과 윤리적인 파탄을 반영하는 인간형"(331쪽)에 대한 핍진한 리얼리즘이 된다. 동시대 퀴어 인물/독자들의 구체적인 문화적·미학적 경험과 정동을 누락하여 자본주의의 필연적인 실패를 증명하는 '근대문학(성)'의 응시만이 남는 것이다. 이는 여성/퀴어의 일상적 경험에 대한 정치적 고찰 없이 (실은 그 구체성이 없기에 가능해지는) 통속성 재현을 문학(성)의 목표로 삼는 비평적 패턴이다. 여성의 속물적 외양 과시에서 시대적 부정성을 읽어내던 근대 비평의 독법을 퀴어 서사에 재적용하는 글의 구성 역시 이러한 기획을 잘 보여준다. 타자의 경험을 역사화하려는 비평적 기획이 생산노동과 공적 영역으로의 진입을 중시하는 리얼리즘의 윤리를 방법론으로 삼을 때, 아직 공적 영역에 진입하지 못한 타자들의 일상 속 문화적 수행은 의미화될 공간을 상실하게 되는 것이다.[11]

---

11) 그런 점에서 박상영 소설의 여성과 퀴어 인물이 상품성과 연루됨으로써 "물화에 정확히 대립되는, 철저히 주관적이고 개별적인 관계 맺기"를 창안한다는 독해는 매우 적확해 보인다. 그런 인물의 열망은 "기존의 분류에 간단히 포섭되지 않는, 오롯이 개별적인 관계를 고안"하길 반복(해야)하는 일상적 수행에서 비롯되는 감정 구조이기 때문이다. 김녕, 「상품과 사랑의 변증법─박상영 소설의 대체 불가능하고 도대체 불가능한 것들에 대하여」, 『문학동네』 2018년 겨울호, 128~129쪽 참조.

복수적 젠더, 경계를 넘는 퀴어라는 미학적 원리

여성의 경험을 '여성성'이라고 명명하면서 그 경험이 상업화/통속화될 수 있다고 염려하는 논리는, '진정한 여성(성)'으로 설정할 만한 특정한 경험이 있다는 것을 전제한다. 심진경은 "신비주의적인 초현실의 세계에서 새로운 여성 언어를 모색"하는 게 아니라 "일상 속에 스며 있는 여성적 현실의 부정성"을 보는 "여성 육체에 대한 체험적 인식"을 통해 여성의 경험을 역사화한다(심진경, 81쪽). 문학적 변증법에서 여성의 구성적 체험으로의 전환은 구체적인 여성의 삶을 전제한다는 점에서 단연 주목할 문학사적 전환이다. 그런데 임신과 출산, 육아에 대한 개별적 신체 경험의 재현으로부터 "여성적 삶의 연속선상에서 일어나는 전체 여성의 삶의 역사로 확장"(심진경, 77쪽)하는 이 기획은 생물학적 본질주의를 경계해야 한다고 전제함에도 불구하고 사실상 재생산/모성을 둘러싼 여성의 생물학적 신체 경험을 보편화함으로써 여성의 언어를 창안하는 것이다. 물론 이것은 그간 문학사적으로 누락되거나 신비화되어온 여성의 신체 경험을 정치적으로 의미화하는 동시에 공동의 경험에 기반한 여성 주체를 생성하기 위한 전략이었으나, 이성애자-기혼-유자녀 여성의 생애 주기에 따른 (임신, 출산, 육아 등의) 모성적 신체 경험을 특권화·영구화하는 결과를 낳기도 했다.

이렇듯 여성성을 모성적 신체 경험에 기반해 읽어냈던 비평은 1990년대 여성 문학에 대한 관심이 소강된 2000년대를 돌아볼 때 반성해야 할 대상이 된다.[12] 그간 여성 문학 비평은 생물학적 여성 작가들의 자전적 체험을 여성적 글쓰기라고 이해하는 "제한된 성격의 여

---

12) 심진경, 「2000년대 여성 문학과 여성성의 미학」, 『여성과 문학의 탄생』, 자음과모음, 2015. 이하 인용시 본문에 쪽수만 밝힌다.

성성을 강조"(223쪽)했을 뿐, 여성성 자체를 문학의 미학적 원리로서
고려하지 않았기에 게토화되었다는 자성이다. 1990년대 문학장이 이
념적 거대 서사의 몰락을 메울 미시적이고 사적인 영역으로 여성 문
학을 주목한 것은 "근본적으로 남성과 여성을 구분하는 기존 생물학
적 성 구분의 도식을"(같은 쪽) 반복하여 여성성을 남성/공적 영역과
의 대타적인 관계 속에 위치시켰다는 정확한 비판이다. 그리고 이는
생물학적 성 구분을 따라 이분화된 "남성 혹은 여성이라는 단수적 젠
더gender를 고집하기보다 복수적 젠더'들'"로 나아가야 "새로운 여성
적 영역'들'을 발견"할 수 있다는 중요한 관점의 변화로 이어지면서
시대적 분기점을 만들어낸다(231쪽).

하지만 여성성/여성 문학의 고립을 극복하기 위해 젠더 이분법을
해체해야 한다는 기획은 도리어 인물의 욕망을 '여성적 욕망'과 '남
성적 욕망'으로 나누어 그것을 비평적 기준으로 삼는 일을 반복한다.
가령 배수아 소설에서 젠더적 정보를 가려 탈젠더적 양상의 인물을
만들어낸 경우, 이것은 "성적 차이의 삭제 내지 은폐"이며 "기존의
가부장제적 젠더 이데올로기에 대한 직접적 비판이라기보다" 개별적
인 자아주의의 옹호에 가까운 것으로서(232쪽), 성차를 재현해 남성
중심적 가치에 대한 비판적 자의식을 드러내지 않기에 "오히려 반여
성주의적으로 해석될 여지"(234쪽)마저 있는 것으로 해석된다. 반대
로 천운영의 경우, 그로테스크한 신체와 동물적 식욕을 가진 여성 인
물들은 남성적 욕망을 통해 상징 질서를 교란한다는 이유로 고평된
다. 그 과정에서 여성의 몸을 훔쳐보는 여성 화자(「월경」, 『바늘』, 창
비, 2001)의 욕망은 레즈비언적 응시가 아니라 전통적 "남성적 성도
착의 하나로 간주되어온 관음증을 전유"해 "남성의 욕망을 모방하는

유사 남성"이 되어 아버지의 금지를 넘어서 (이성애) 여성의 향유를 회복하는 것으로 독해된다(236쪽). '남성적인 권력'을 전유하기 위한 '성차'의 재현이 새로운 여성성/여성 문학의 전략이 되는 것이다. 그러므로 젠더적 규범을 넘는 존재와 실천은 "여성성에 대한 고정관념이나 문학적 관습과는 다른 자리에서 생겨나고 있는 여성성"(241쪽)을 만들기 위한 경계 넘기의 전략으로 해석된다. 황병승 시집 『여장남자 시코쿠』(초판: 랜덤하우스중앙, 2005)의 "자궁의 가변성에서 촉발된 가변적 주체에 대한 시적 상상력은 이 세계의 명명법으로는 이름 붙일 수 없는 낯선 복수적 존재들을 만들어"내는 것으로 이해되는데, 이 시집에 "자주 등장하는 트랜스젠더나 드래그 퀸, 크로스 드레서와 같은 존재들을 새로운 성적 주체성으로 규정할 수 없는" 것은 그것들이 "사회적 정체성을 거부한 채 환유적으로 대체되거나 삭제"되기 때문이다(239쪽). "그들은 오히려 '모든 것을 선언한 뒤 알 수 없는 사람'이 될 뿐"(같은 쪽) 어떠한 이름으로도 불리지 않고 죽어 사라진다. 물론 트랜스젠더를 비롯한 퀴어들에게 젠더 수행의 유동성과 가변성은 중요한 전략이다. 하지만 이름과 정체성을 가질 수 없도록 사라지게 만들어 가변적인 수사 전략으로만 미학화하는 것은 도리어 그 이름을 얻고자 노력하는 구체적인 삶들을 사라지게 하는 것이 아닐까. 퀴어적 인물/재현을 매개로 기성의 규범을 심문할 수는 있지만, 이를 위해 퀴어 인물/주체들의 고유한 욕망과 생애까지 무화하는 것은 곤란한 일이다. 경계 넘기를 위해 호명되는 퀴어는, 구조 밖에서 구조를 유지하는 '구성적 외부'로서 자리할 때만 가까스로 문학장에 기입되는 것은 아닐까.

퀴어성과 퀴어적 수행들을 성차 고정관념을 넘는 미학적 수사로 환원하는 것은 "'여성성'의 범주를 좀더 탄력적으로 재구성"(247쪽)함으로써 범주(의 구성력) 자체를 다시 고정하는 결과를 낳기도 한다. 여성의 범주를 생물학적 모성으로 제한했기에 1990년대 여성 문학이 위기를 맞았다는 분석은 "정체성의 정치학에서 여성성의 미학화로"(246쪽) 나아가는데, 이는 사실상 '성차/경계'를 넘는 여성의 경험을 '선별'하는 장치로 보인다. 이성애적 젠더 양분 구도를 유지하면서 '기성 남성성'을 흡수하는 경험들을 더 나은 여성성에 귀속시키는 것이다. 기성의 성차 규범보다 확장되었다는 점에서 중요한 전략임에는 틀림없지만, 여전히 젠더를 양분하는 구도는 고수되기 때문에 문제적이다. '여성성의 축소'라는 이유로 트랜스젠더와 젠더퀴어를 배제하는 형식논리가 고착되어가는 최근의 사태를 돌이켜볼 때, 그간 여성성을 '확장'했던 문화 담론이 역으로 여성성을 '유지'하는 틀로서 기능해온 것은 아닌지 새삼 점검할 시기라고 느끼게 된다. 트랜스젠더와 젠더퀴어가 기성 여성성을 고착시킨다는 혐오 발화가, '슈트'를 입고 남성적 경제 권력을 전유한 생물학적 '여성 영웅'에 대한 선망과 같은 담론/정동에서 발현되고 있기 때문이다.

지금의 퀴어 서사, 특히 레즈비언을 통해 대안적 주체를 모색하는 독해도 여전히 '확장된 여성성'에 대한 미학적 기획 아래 있는 것 같다. "최은영, 천희란, 박민정의 레즈비언 서사에서 시도되는 여성 간의 낭만적 사랑 이야기는 어쩌면 남자와의 사랑을 공포로 받아들이는 시대의 불가피한 징후일지도 모른다"[13]라는 독해는 레즈비언의

---

13) 심진경, 「새로운 페미니즘 서사의 정치학을 위하여」, 『창작과비평』 2017년 겨울호, 47쪽. 「그 여름」을 "사랑에 관한 어떤 사회적 통념에도 기대지 않는, 어리지만 그래서 더 순수한 관계와 사랑의 또다른 이름"(심진경 외, 「미투 시대에 페미니즘 문학

욕망보다는 (이성애 여성을 기준으로) '더 나은 여성성'을 우선 읽어내려는 비평의 기획을 드러낸다. 레즈비언 재현이 폭력적 젠더 규범에 대한 여성의 대타적 인식에 따른 '결심'의 상징으로, 보다 진취적인 젠더적 대응으로 해석되는 것이다.[14] 하지만 이러한 기획은 레즈비언의 고유한 사회문화적 경험과 욕망을 누락하여 레즈비언을 윤리적이고 무욕적인 주체로 그려냄으로써 완전무결한 '여성 영웅'을 다시 미학적 원리로 추출한다. 하위 주체로서의 정치적 위상(의 효과)과 (젠

은 어떻게 전개되는가?」, 『자음과모음』 2018년 여름호, 332쪽, 심진경의 발언. 이하 인용시 쪽수만 밝힌다)으로 읽는 독해는 유독 남성 퀴어 서사에서는 '경계 넘기'를, 여성 퀴어 서사에서는 '대안적 젠더'를 읽어내는 패턴과 연결되는 것이기도 하다. 작품에 "레즈비언이 등장하고 레즈비언 커뮤니티가 다뤄"져도, 성적 정체성에 대한 고투가 없으니 "레즈비언 서사라기보다는 사랑에 관한 서사"(336쪽)라는 식의 환원적인 독해다. 이는 레즈비언의 욕망과 관계는 이성애적 사회의 대안적 여성성으로 추출하고, 동시에 퀴어 서사의 미학적 규준은 정체성(경계)의 고투에서 찾으려는 양가적 목표를 지향하기 때문으로 보인다. 심진경에 따르면 사회문화적 조건을 환기하는 성정체성을 드러내야만 문학적 가치를 가지므로 "퀴어 소설에서 중요한 것은 퀴어적 정체성에 대한 고민"(같은 쪽)이다. 현장에서의 "페미니즘 운동이 여전히 남성/여성 간의 젠더 전쟁의 양상을 띠면서 전개"되는 "이성애 중심적인 프레임"(334쪽)임을 적확하게 분석하고 페미니즘과 퀴어/트랜스 이론의 접합을 요청하면서도 유독 '여성/퀴어 서사'의 핵심적인 미학적인 규준만은 '경계'에 의한 고통의 재현으로 한정하는 것이다. 그러면서 심진경은 지금 여성 작가의 소설에서 여성의 사회문화적 경계(성차)에 대한 질문이 없는 데 반해 퀴어 서사는 성정체성을 중심으로 섹스/젠더의 경계를 심문하고 있으므로, "지금의 퀴어소설은 1990년대 여성 문학의 자기발견적 서사"(340쪽)의 젠더 감수성을 연상시킨다고 호평한다. 이때의 퀴어는 '여성성의 미학화'가 여성성을 확장하는 동시에 그것을 고정시켰던 것과 같이, '경계'를 연성화하면서 '경계'의 구성적 외부로 붙잡힌다.

14) 레즈비언의 사랑을 폭력적 가부장제에 대한 대안으로서 낭만화하여 독해하는 패턴은 레즈비언의 구체적 경험보다는 현재 선호되는 담론에 퀴어를 귀속하는 비평적 커버링이다. 오혜진, 「지금 한국문학장에서 '퀴어한 것'은 무엇인가— 한국 퀴어서사의 퀴어 시민권/성원권에 대한 상상과 임계」, 『지극히 문학적인 취향— 한국문학의 정상성을 묻다』, 오월의봄, 2019.

더적 조건/수행으로서의) '여성성'을 섬세하게 구분하지 않고 타자성을 겹쳐 역설적으로 대안적인 주체상을 마련하는 것은 새로운 세대의 서사 원리였던 '모성적 영웅'이 밟았던 전철을 반복하는 것이 아닐까. 남성적 폭력과 거리를 둔 여성성을 드러내기 위해 퀴어성이라는 차이보다는 여성으로서의 젠더적 동질성을 압도적으로 강조하는 경우 레즈비언은 더 나은 여성성을 예증하는 원리로 환원된다.[15]

　이는 퀴어와 여성의 관계/위상을 특정하게 설정한다는 점에서도 문제적이다. 젠더 문제를 단일한 주체의 단일한 과제인 것으로 설정하면 '여성성'에 얼마나 근접하느냐를 기준으로 새로운 정치적 계급이 생겨난다. 생물학적인 여성성을 가장 많이 가진 인간에게 페미니즘의 주권자라는 지위를 주는 비평은 이미 도래해 있다. 게이와 여성의 고통을 경쟁시키며 남성 퀴어와 페미니즘 사이의 거리를 벌릴 때,[16] 페미니즘 비평사가 그간 트랜스젠더 여성의 재현을 간과했다며

---

15) 그러므로 레즈비언 서사에서 '더 미학적인 여성성'을 추출하기보다는, 레즈비언과 여성이라는 조건이 복합적으로 작용하는 양태를 그들의 욕망과 함께 논의해야 한다. 이에 대해 천희란은 퀴어 문학 창작/독서의 영역에 작용하는 젠더성과 섹슈얼리티에 대한 탐색을 제안한다. "왜 남성 작가보다 다수의 여성 작가가 퀴어 서사를 쓰고, 여성들이 자신의 성 지향을 복잡하게 느끼는지에 더 많은 이야기를" 하기 위해서 "여성 퀴어 서사가 남성의 그것과 다르게 구성되고 읽히는 지점과 그럴 수밖에 없는 사회문화적 조건들에 대해서도 논의"해야 한다는 것이다. 천희란, 「퀴어가 되는 것과 퀴어로 읽는 것」, 무지개책갈피, 『퀴어 문학포럼 자료집』, 2019, 47쪽.
16) 황현경은 남성 소설가의 남성 퀴어 서사라서 레즈비언 독자에게 젠더적으로 '불편'하다는 독자의 한 인상평을 무책임하게 인용하며 그 퀴어 서사를 페미니즘적인 면에서 '부족'하다고 비판한다. 그러면서 "'게이의 사랑'과 '퀴어의 사랑' 간의 거리는 '퀴어의 사랑'과 '보편의 사랑' 간의 거리에 비하면 무시해도 되는 정도인 걸까"(황현경, 「필드와 데스크─다시, 요즘 소설 감상기」, 『자음과모음』 2019년 봄호, 241쪽)라고 묻는다. 퀴어 일반으로 환원할 수 없는 젠더 권력과 격차에 대한 논의는 필수불가결하지만, 퀴어 내부의 주체들을 경쟁시키거나 퀴어와 페미니즘을 경합하는 구도를

페미니즘 비평에 '원죄'를 부과할 때[17] '여성성'에의 근접도가 '진정한 페미니즘'의 자격을 부여하는 기준이 되어버린다. 퀴어와 페미니즘의 역사적 관계를 간과하는 이 분리주의는 비평 자신의 수행을 통해서만 작동한다. 퀴어 내부의 젠더적 위계와 권력의 차이에 대한 비판적 성찰은 당연히 긴급한 과제이지만, 퀴어 간의 위상/재현을 경쟁시켜 남성 퀴어, 트랜스젠더와 페미니즘의 거리를 벌리는 기획은 위태로운 결과를 낳는다. 남성 퀴어와 트랜스젠더는 마치 젠더적 억

만들어낸다는 점에서 황현경이 제기하는 질문의 의도/효과는 문제적이다. 남성 퀴어 중심적인 퀴어 담론과 이성애 중심적인 젠더 담론을 모두 넘는 방법은 경쟁이 아니라 교차성이다.

17) 한영인은 비평이라는 예외를 제외하면 한국사회 전반에서 퀴어와 페미니즘의 연대가 위태롭다고 우려하는데(여러 문화예술, 시민사회에서 이어지는 퀴어 청년들의 페미니즘 창작/운동을 염두에 둔다면 이 위기의식이야말로 생경하다), 이를 토대로 "'퀴어'와 '페미니즘' 사이의 건널 수 없는 간극을 앞질러 예견"(한영인, 「소급될 수 없는 기원?」, 『자음과모음』 2019년 겨울호, 315쪽. 이하 인용시 쪽수만 밝힌다)하는 것은 다소 의아하다. 퀴어 페미니즘의 적(敵)은 "페미니즘 내부에서, 그러니까 페미니즘과 퀴어를 한사코 분리해내려는 급진적 경계 짓기에서 올 가능성이 크다"(316쪽)고 할 때, 이 '페미니즘 내부'라는 명명은 어떤 담론적 범주/층위인지 더 명료해져야 하지 않을까. 퀴어의 박탈을 명분으로 내세우지만 이는 실은 페미니즘을 '가해자'로 뭉뚱그리고 은연중에 생물학적 여성만을 페미니즘의 주권자로 한정하는 반지성주의를 '페미니즘 일반'으로 전제하는 것이기도 하다. "페미니즘과 퀴어가 유기적으로 결합된 이상적인 상태가 아니라 그 둘 사이의 선명한 분리를 가속화하는 급진적인 언설과 그에 대한 반비판의 순환"(같은 쪽)으로 문학의 미래를 진단할 때, 혹시 비평은 자신의 개입/역할을 비워두는 것은 아닐까. MTF 트랜스젠더를 향해 '여성성'을 고착시킨다고, FTM 트랜스젠더를 (생물학적) 여성의 '배신자'라고 비판하는 백래시가 현존하는 지금, '페미니즘 일반'으로 환원하는 것은 페미니즘의 영역을 축소하고 페미니즘과 퀴어의 분리를 가속화하는 결과를 낳는다. 그리고 이는 트랜스젠더와 함께해온 한국 페미니즘의 역사와, 페미니즘과 함께해온 한국 퀴어 문화/운동의 역사를 누락하는 것이기도 하다. 어떤 페미니즘과 어떤 퀴어 사이의 혐오와 박탈의 정동은 한국사회의 특정한 정치사회적 수행에 의해서만 유지된다.

압과는 무관하며, 퀴어와 페미니즘은 각자 전혀 다른 문제를 상대하는 것으로 분할하는 기획이기 때문이다. 그리고 이는 퀴어와 페미니즘을 분리함으로써 그중 한쪽에 우위를 부여하는 비평적 자격/권력을 갖는 것에 더 열중하는 것이 아닐까. 그런 비평은 차이에도 불구하고 생겨나고 지속되는 퀴어 간의 관계, 퀴어-페미니즘의 연대와 공통감각(의 현황과 역사)에 대해서는 유독 관심이 없다. '젠더'와 '동성애'를 경합시키는 맥락 위에서, 페미니스트 게이나 젠더퀴어는 가시화되지 못하고 만다. '더 나은 여성성'을 미학화하는 비평은 (의도와 달리) 트랜스젠더가 수행하는 젠더성을 (매일의 그 정치적 투쟁을 소거해) 심문의 대상으로 간주하게 만드는 데 일조한 것은 아니었을까. 요컨대 퀴어적 수행이 젠더 이분법적 경계를 유동화하는 미학적 전략으로서만 소모되는 사이 사태가 여기에 이른 셈이다.

어떤 경험/재현을 선택하여 역사화하거나 미학화하는 일 자체는 비평의 과업이지만, 그러한 기획이 당대 문학/인간에게 미치는 정치적 수행성은 언제나 고려되고 갱신되어야 한다. '완벽한 여성성'이나 '완전한 퀴어성'이라는 것을 상정할 수 없다면, 문학이 어떤 경험을 미학적 원리로 세우는 일 역시 항상 임의적이고 임시적이어야 한다. 마찬가지로 퀴어의 유동적인 '되기'를 본래적 문학성이나 시적 언어 본연의 기능과 유비하는 최근의 비평 역시 같은 위험을 내재하고 있는 것은 아닌지 점검해볼 필요가 있다. 문학성을 세우기 위해서 여성적/퀴어적 범주를 도입하는 것보다는, 구체적인 텍스트와 현실의 존재들을 향해 한 발자국 나아가는 비평이 더 절실하지 않을까. 나는 그것이 지금 비평이 처한 곤혹이자 비평을 쓰는 매혹이어야 한다고 생각한다.

(2020)

「2020, 퀴어 역학－曆學·力學·譯學」을 위한 설계 노트 1[1]

이 년 전 저는 "김봉곤의 화자가 작가 '나'를 묶어 자신들의 실연과 실패들을 적나라하게 구구절절 늘어놓을 때 그것은 잠재적으로 존재론적인 증여가 된다"[2]라고 썼습니다. 퀴어 예술가 화자의 자기 재현에서 퀴어 당사자성에 입각한 수행성을 읽고, 그것이 "재현의 방법일 뿐만 아니라 재현의 윤리 그 자체"[3]이기도 하다고 평했습니다. 이는 무조건적 환대나 타인에 대한 (불)이해의 미학을 위해 비참하게 죽는 것으로써만 재현되던 퀴어성을 전복해나가는 새로운 경향에 대한 호명이었습니다. 대의되지 않고 스스로를 재현하는 예술가 주체로서의

---

1) 이 글은 김봉곤의 다음 작품을 읽습니다. 「Auto」(2016년 동아일보 신춘문예 당선작); 「컬리지 포크」(『문학동네』 2017년 여름호); 「시절과 기분」(『21세기문학』 2018년 봄호); 「엔드게임」(『문학동네』 2018년 가을호). 인용시 본문에 작품명과 쪽수만 밝힙니다.

2) 이 책에 수록된 「2018, 퀴어 전사－前史·戰史·戰士」의 52쪽 참조.(이하 「2018, 퀴어 전사」)

3) 같은 글, 46쪽.

삶과 그런 행위자 주체성을 바탕에 둔 퀴어 서사를 살핌으로써 리얼리즘 인식론/미학론에서 파편화된 세계의 '증상'으로 간주되어온 퀴어 재현이 아니라 퀴어가 '주체'로서 스스로 재현하는 힘에 주목해보려 했습니다.

이 기획은 일상에 균열을 일으키는 '특별한' 성적 행동을 '감행'하는 퀴어의 남다른 '의지'를 통해 문제적 개인의 절박함을 강조하는 서사적 구도가 이 수행들을 개별적인 행동으로만 다루면서 퀴어적 젠더/섹슈얼리티의 정치성을 '개인(성)의 윤리' 범주로 제한해왔다는 문제의식 때문이기도 했습니다. 더 관대한 인간이 되기 위한 성찰의 계기로서의 (고립무원의 이성애적 우주에서 혼자 몰락하는 퀴어 영웅의 비장함 같은) 퀴어 재현의 명분을 제거하고 퀴어의 자기 재현을 퀴어 욕망/신체의 세속화로 읽는 독법은 다분히 '문화/제도'를 지향합니다. 그래서 김봉곤 소설이 이미 선행하는 게이 공동체, 담론, 관계모델 등의 세속적이고 현실적인 문화적 구성물 속에서 자신을 인식하는 인물과 그런 자의식에 대해 쓰는 데에 주목한 것입니다. 여기에는 퀴어적 행동(과 정동)이 '문제적 개인'의 징표가 아니라 문화/제도적 구성물로서의 섹슈얼리티와 연계되어 있음을 재현하는 김봉곤 소설을 통해 윤리에서 정치(적 퀴어 주체)로 이행하는 에너지를 만들 수 있지 않을까 하는 기대가 있었습니다. 또한 잠재적으로는 여러 퀴어 공동체의 정체성과 문화적 차이를 읽는 도구들로 이어보려는 기획이기도 했습니다. 이성애적 욕망을 대의하는 서사 구조에 매이지 않는 인물로부터 일회적이고 개별적인 행위(자) 이상의 퀴어 공동체/연속체에 대한 재현을 읽고 이에 대한 비평을 시도해볼 수 있으리라는 기대였습니다.

그간의 서사 속에서 퀴어(의 개별적 행위)들은 일상적 시간과 정상적인 공간을 초과하는 '파괴적인 정동'이나 '돌출적인 용기'로서 자주 배치되었습니다. 이는 서사 안에서 '파국'을 초래하고 서사의 얼개를 깨뜨리는 기능을 퀴어(적 행위)에게 할당하고, '비-퀴어'(초점) 화자/내포 독자에게 그것을 회수하는 책임 주체로서의 서사적 지위를 부여하는 '정치'적 작업입니다. 퀴어적 행위/경험을 파국 – 회수의 서사 구조 속에 배치하는 한 이러한 근본적인 분할이 전제되지 않는가 하는 생각에서, 그것이 불가능한 혹은 그것을 방해하는 서사 구조로서 퀴어 예술가 화자의 '오토픽션'을 퀴어성과 서사성이 맺는 다른 관계를 지향하는 한 방법으로 독해하고자 했습니다. 퀴어 예술가 화자가 자신의 정체성과 경험을 오토픽션 작법으로 연작화한다는 점에 착안해, 이를 이성애 욕망 경제와 그에 따른 서사성에 의탁하지 않는 고유한 서사성으로 귀납해보려 한 것입니다.

물론 여기에는 작가 본인의 커밍아웃이라는 수행이 선행함으로써 당사자성에 입각한 오토픽션 작법과 상보적 관계를 이루고 있던 상황도 큰 작용을 했습니다. 애초에 커밍아웃 자체가 소수자에게 필요한/가능한 것이라면, 그 수행이 서사에 통사론적으로든 의미론적으로든 영향을 미친다는 전제를 따른 것이기도 합니다. 김봉곤식의 오토픽션이 내포 작가 – 화자 – 인물 '나'를 통합하면서 서사적 위기를 발생시키는 (인물의) 경험과 그것을 회수하려는 (화자의) 재현을 모두 퀴어성이라는 원리로 순환하게 하는 경향을 보인다고 읽은 것입니다.[4] 김봉곤

---

4) 가령 이 책에 수록된 「퀴어 테크놀로지(들)로서의 소설 — 김봉곤식 쓰기/되기」와 김녕, 「선명(鮮明)에서 창연(蒼然)으로 — 혐오에 응수하는 최근 퀴어 텍스트들에 대한 스케치」(『실천문학』 2018년 여름호)는 서로 방향은 다르지만 같은 지점에서 출발합

소설에 대한 그간의 여러 비평 역시 '경험 주체'와 '재현 주체' 사이의 서사적 거리/격차를 해명하기보다는 이를 통합하여 의미화하는 '나'의 구심력으로부터 정치성과 미학성을 읽어왔습니다.[5] 이는 퀴어 재현이 서사의 '파국'을 초래하는 대신 도리어 그것을 안정화시키고 퀴어적 정동만으로도 성립되는 서사 주체를 마련해 퀴어 재현의 도구를 늘리려는 전략이었습니다. '완성'된 퀴어적 소설 형식(이란 것은 완성되지 않음에도)을 제안해보려는 비평적 기획이기도 했습니다.

*

오토픽션의 미묘한 자기모순은, 재현을 서사로 응집하는 동력으로서의 인격체(서술 대상)가 동시에 인격체가 아닌 '서술하는 기능'이기도 하다는 형식적 모순에 있습니다. 소설쓰기를 자각하는 소설가 '나'에게서 강력한 수행적 에너지를 읽은 여러 비평이 그간 덜 다루었던 점이 여기에 있는 것 같습니다. 제 경우에는 퀴어 소설가 화자의 자기 반영적 서술과 연작적 서술 방식을 퀴어적 서사 테크놀로지

니다. 모두 「시절과 기분」의 화자가 전에 사귀었던 여자친구와 재회하면서 과거 자신을 반추하게 되는 현재의 멜랑콜리에 주목하는데, 각각 이를 정체성의 재형성과 균열로 다르게 읽지만 과거와의 재회라는 위기와 이를 회수하는 현재 '나'의 통합성을 서사의 중핵으로 파악한다는 점에서는 같은 구도입니다.

5) "'나'의 끊이지 않는 리비도의 발현은 (……) 세계의 혐오에 응수하고 절대로 뒤로 물러서지 않겠다는 결기에 가까운 것"(노태훈, 「'나'로부터 다시 시작하는 문학사— 최근 한국소설의 징후」, 『문학들』 2018년 가을호, 46쪽)이라거나 "'퀴어-되기'는 '진정한 나-되기'와 다르지 않다"(인아영, 「퀴어-되기를 위한 주제와 변주—김봉곤론」, 『문학과사회 하이픈』 2018년 가을호, 169쪽)는 식으로, 많은 비평이 김봉곤 소설 속 '나'의 강렬한 재현 의지에서 정치적 에너지를 읽어냈던 것 같습니다.

의 하나로 명명하고자 했지만, 이 서사를 통합하는 핵심 원리가 화자의 경험이라는 점에서 필연적으로 이것은 인격체로서의 '나'에 연루되는 것이었습니다. 사실상 일인칭은 서술적 특성이기보다는 한 인격체를 구축함으로써 한 게이의 생애를 산출하는 것이었습니다. 그것이 남성 동성애 규범적 '모범 시민'으로 고정될 수도 있는 부작용(효과)을 경계해야 한다는 조심스러움은 있었으나, 정작 그 인격체가 '작동 원리'라는 점에는 주목하지 못했습니다. 퀴어의 존재를 선언하는 화행/기능으로부터 수행성을 귀납하고자 했지만, 실은 경험과 재현을 통합하고 의미화하는 개별적인 인격체에 다시 의존한 것입니다. 자기실현적 화행의 반복을 통해 생성되고 그 반복을 통합하는 구심력이라는 서사 원리가 인격체와 구분되(어야 하)는 것인지를 세밀히 탐구하지 못했습니다. 그러니까 '일인칭'의 자기 서술과 '일인분'의 실존적 선언 사이의 거리를요.

여러 비평이 작가가 직접 발화하(는 것 같은 효과를 내)는 김봉곤 소설의 서술에서 한국문학의 재현 원리나 작법이 확장될 가능성을 찾기도 했습니다. 소영현은 "자전적 허구의 이름으로 대표성을 걷어내고 확보한 개별성의 서사화"의 일환인 김봉곤 소설이 "독자로 하여금 '오토' 여부를 맥거핀 삼아 '오토'를 규정하는 불확정성 자체를 즐기"게 만들어 "독서에 게임적 성격을 부여한다"라고 짚었습니다.[6] 박혜진은 "소설 안에 이미 '김봉곤'이라는 작가가 들어가 있"는 "액자식 화자"의 화법이 이제 익숙해진 "모바일 환경에서 사용하는 문체"이기에 김봉곤 소설이 공적인 매체 안에서 "최대한의 사적 감

---

6) 소영현, 「퀴어의 – 비선형적인, 복수의 – 시간」, 『크릿터』 1호, 2019, 77~79쪽.

각을 경험"하게 한다고 짚었습니다.[7] 박인성이 독해한 SNS 시대의 경험적 스키마의 축약성과 지시성[8]이나 노태훈의 "날것 그대로의 '몸의 언어'"[9]라는 평 역시 같은 맥락입니다. 이렇듯 동시대적 문화 현상(독자의 독서 게임, SNS의 서사성)에 주목하는 독법 역시 단일한 인격체(의 자기 발화)에서 서사적 통합의 구심력을 읽는 것처럼 보입니다.

*

이러한 '인격체'에 대한 암묵적인 의존/전제는 남성에 대한 욕망과 관능에서 "일종의 독립된 인류학"[10]의 정치성을 찾는 독법에서 가장 대표적으로 확인됩니다. '나' 자신을 스스로 규정하는 서사적 실천과 그에 이미 전제된 게이 정체성-문화 코드가 순환적으로 서로를 보증한다는 점(그러한 자기 통합성은 실제 작가의 실천에 일정 부분을 의탁하여 만든 일인칭 주체의 실존성을 강화하기도 합니다), '자기'에 대한 발화가 '자기 종족'에 대한 발화를 전제한다는 점에 바탕해 인류학적 인격체에서 오토픽션의 서사성을 묶을 구심점과 정치적 주체의 가능성을 동시에 찾은 것입니다.

'나'와 내포 작가 사이의 좁혀진 거리를 매개로 현실의 층위와 서사의 층위를 밀착시키는 비평은 퀴어 당사자의 솔직한 욕망의 재현

---

7) 박혜진, 「증언소설, 기록소설, 오토(auto)소설」, 같은 책, 104~105쪽.
8) 박인성, 「얄팍하고 한갓된 세계로의 귀환」, 『문학과사회 하이픈』 2018년 겨울호.
9) 노태훈, 같은 글, 46쪽.
10) 이 책의 「2018, 퀴어 전사」, 47쪽.

에서 비롯되는 미학적 쾌락과 자기 수행적 언어에서 비롯되는 정치학을 결합해갔습니다(물론 당사자만이 발언할 자격이 있다는 '당사자주의'와 '당사자성'은 다르다는 전제 위에서요). 이는 오토픽션의 고백체(서술 형식)와 커밍아웃의 정치학(서술 주체)을 결합하려는, 주류화 전략의 문학적 기획이었습니다. 화행의 주체로서 '인격체(의 역능)'를 여전히 부정하지 않는 한, 종족적/민족적 모델을 바탕에 둔 정치학을 (암묵적으로) 계속해서 참조하게 되는 것 같습니다. 오토픽션에서 개별적인 '나'를 창안하는 쓰기의 수행성을 추출해 이를 '민족지'에 기반한 정체성 정치와 연결해온 것입니다. 후술하겠지만 이는 동성애자의 정체성 영역을 안정적으로 확보하고 그것을 반복 노출함으로써 퀴어-시민(권)을 획득할 수 있으리라는 정치적 가정과 은연중에 연동됩니다.

게이 화자의 관능적 성애 경험과 그에 대한 고백이 이처럼 민족지로서 주목받은 맥락에 관해서는 (여전히) 퀴어성이 기성 문학 담론으로부터 누락/선별당해온 역사를 고려하지 않을 수 없습니다.[11] 그 때문에 자신의 취약한 위치를 잘 알면서도 이를 숭고한 순교가 아닌 세속적인 쾌락과 동성애자의 자기 형성으로 고백하고 노출하는 서사가 ('기성 문학장'에 한정하여) 새로운 문학 주체로 주목받은 것입니다.

---

11) 주류 규범에 부합하지 않는 정체성을 감추는 '커버링'이 "최근 퀴어 문학이 게토화되지 않으면서 주류 문학장으로 편입하기 위해 선택하는 문학 전략을 사유하는 데 시사하는 바 크다"라는 지적을 상기해야겠습니다. 오혜진, 「지금 한국 퀴어 문학장에서 '퀴어한 것'은 무엇인가 (1) ─ 한국 퀴어 서사의 시민권/성원권에 대한 상상과 임계」, 『문학과사회 하이픈』 2018년 겨울호, 94쪽.

*

(물론 사후적이고 외부적인 계기를 통해 가능해진 입각점이지만) 이렇듯 개별적인 경험의 실존성에서 유적類的 존재론을 도출하는 전략이 간과한 점을 생각해보아야 하겠습니다. 먼저, 누구의 경험이든 그것은 온전히 그 경계를 구분할 수 없이 타인과 공유되며, 특히 자전적 서사라(는 '명명'을 통해 미학성을 강조한다)면 그 경험은 물질성을 더 강하게 띠므로, 그 인용/적시의 방법을 더 고려할 필요가 있었습니다.[12] 경험의 주체와 상황, 발화의 주체와 상황, 채록의 주체와 상황에 대한 구체적인 정보를 적시함으로써만 성립되는 구술사/생애사 연구에서 참조해볼 점이 있을 것 같습니다. 물론 연구의 방법/윤리를 바로 창작의 방법/윤리에 대입할 수야 없겠으나, 경험에 대한 정보를 인용/적시하는 방법에 대한 구체적인 논의를 다시 한번 갱신된 독자의 감각으로부터 시작할 시점이겠습니다. 문학의 장르와 규범은 선험적인 것이 아니라 언제나 경험적으로 얻어지는 것임을 새삼 다시 생각합니다.

구체적 경험을 인용하는 인물/화자에 대해서는 역사소설이나 대하소설을 중심으로 논의가 많이 축적되었으나, 이것은 민족/계급사를 연역적으로 구현하기 위한 대표자(실은 시대 의식의 담지자)에 대

12) 가령 에이드리언 리치는 자신의 시에 '시간'을 부여했다고 말하며 '한 편의 시'는 완성된 후라도 캡슐로 싸여 영구불변하는 것이 아니며 도리어 그런 기대는 유해하다고 이야기합니다. "우리는 정치적인 시라고 하면 (……) 단순하고 독설을 퍼붓는 글이 될 수밖에 없으며, '저항문학'을 쓰는 순간—다시 말해 남성이나 백인이나 이성애자나 중산층의 관점으로 쓰지 않으면—'보편성'을 희생시킬 수밖에 없다고 배웠다. (……) 1956년부터 내가 쓴 시마다 연도를 써넣기 시작했다. 시를 캡슐로 감싼 하나의 사건, 그 자체로 완전한 하나의 예술작품으로 여기길 그만두었기 때문이다." 에이드리언 리치, 『우리 죽은 자들이 깨어날 때』, 이주혜 옮김, 바다출판사, 2020, 347쪽.

한 논의에 가까웠습니다. 반면 많은 한국 퀴어 서사의 '소문자' 인물/화자에 대한 논의는 역사적 공리보다는 그 존재 자체에 대한 인정 투쟁에 주로 힘을 기울여온 것 같습니다. 물론 그 역사적 축적이 강제로 중단되었다가 다시 시작하길 반복했다는 이유가 가장 크겠지만, 그것이 은연중에 현재 퀴어의 경험/발화 양식을 사회문화사적 산물로 역사화하기보다는 마치 자연적인 것으로 간주하여 독해해온 면이 있는 것 같습니다. 퀴어적 경험/발화 양식의 계보학을 성립해가는 퀴어 문학 비평이 참조해야 할 점 중 하나일 것 같습니다.

*

자신을 노출하고 고백하는 퀴어 화자는 자신이 재현하는 세계/대상과 조금 다른 관계를 맺는 것 같습니다. 퀴어의 노출의 쾌락은 소수자의 열악한 현실을 더 핍진하게 재현하고자 하는('대상'을 포착하려는) 리얼리즘의 열망이 아니라 그러한 현실을 통과하고 있는 자신을 재현하는 '행위'를 포착하는 화자의 메타적 자기 인식에서 옵니다. 이 노출은 재현(물) 그 자체보다는 세계로부터 거리를 두는 자신을 응시하는 데서 오는 자괴감과, 그럼에도 불구하고 그런 자신을 드러내는 행위를 자신이 전적으로 통제하고 관리한다는 자신감 사이에서 유동하면서 주체가 스스로 자기 통합성을 구축하려는 전략에 가깝습니다. 대상보다는 대상에 의해 촉발된 자신을 향하는 시선입니다.

그런 점에서 '퀴어 리얼리즘'을 가정해볼 수 있다면, 그것은 '세계'라는 대상이 아니라 세계와 불화하고 응전함으로써 세계를 초과하는 '자신'을 보는 것을 목적으로 할 것입니다. 퀴어 리얼리즘의 주체는 세계를 관찰하여 세계의 핵심 원리를 찾는 리얼리즘의 서사의 주체에서 벗어나 자기감정의 원리를 추구합니다.[13] 그럴 때 퀴어 화자는 동일시에 실패하는 자기 경험을 회상하고 직조함으로써 자신을 세계로부터 확실히 분리해내고 자신을 전적으로 소유하려는 수집가가 됩니다. 그 경험의 수집물로부터 (이성애/시스젠더적) 평면 세계와는 다른 자신을 직조해내는 데 성공하는 순간 '나'가 형성되는 것입니다. 이 서사 모델에 따라 세계의 소실점 기능을 포기하는 대신 도달하는 생애(사) 수집가로서의 퀴어 화자를 상상해볼 수 있습니다. 그리고 이는 퀴어 공동체 문화 형성의 패턴과 연결될지도 모르겠습니다. 자신을 형성하는 경험을 수집, 분류, 삭제함으로써 자신을 형성하는 주체/공동체. 평평한 공간으로부터 자신을 분리해줄 '경험'이라는 다른 시간으로 향하는 원심력과, 그 아카이브를 공유하는 공동체의 '원경험'과 자신의 경험을 유비하는 구심력으로 움직이는 우주. 공간의 팽창보다 시간의 팽창으로서 형성되는 우주.

　김봉곤 소설의 경우에는 이러한 퀴어적 자기 인식/아카이빙을 위

---

13) 한국 퀴어 서사(나 영화)에서 실연의 경험을 매개로 하는 '신파'적 서사성과 감정을 자주 발견할 수 있다면 그것은 '문학사'적인 어떤 징후이지 않을까 하는 생각도 해봅니다. 근대 초기의 청년 인물들이 '사랑'이라는 정동에 그토록 매진했던 것을 상기해볼 수 있겠습니다. 그것은 가문이나 국가 공동체 내의 유기적인 삶과 단절되어 개별적이고 독존적인 주체가 되라는 명령을 맞닥뜨린 이 청년들이 자유연애라는 (특수한 근대적 이성애 경험/발화) 양식을 통해서 자신을 인식하고자 했기 때문이었을 것입니다. 자본주의적 교환경제에 맞는 삶의 양식을 터득하기 위해 자신과 상대의 감정의 가치를 파악하고 교환하는 감정 경제가 절실했던 것이 아닐까요. 그럴 때 '이수일과 심순애'로 대표되는 이성애적 '신파' 서사는 사랑과 실연을 매개로 자기 자신의 감정을 파악하려는 역사적 경험/발화 양식이 됩니다. 그렇다면 '퀴어 신파' 역시 어떤 사적(私的/史的)인 경험/발화 양식이지 않을까요. 이 책에 수록된 「'퀴어 신파'는 왜 안 돼? ─ 퀴어 서사 미학을 위하여」에서 좀더 다루어보았습니다.

해 '시제'를 중요한 도구로 사용했던 것 같습니다. 세계의 총체성이 아닌 경험의 통합성을 위해, 공간(과 자신의 거리)보다는 시간(에 대한 자아화)에 집중하기 위해, 과거는 현재 소설을 쓰는 화자 '나'의 정동을 설명하거나 이해하기 위해서 도입됩니다. 김봉곤 소설에서 지난 연애와 성애의 경험들이 어떤 시점에서 서술되는지에 대해서는 이미 여러 논자들이 짚은 바 있습니다. 소설가 화자가 현재 시점에서 자신의 과거 경험을 씀으로써 과거의 '나'가 지금의 '나'와 연동되는 순간을 기록하는 미묘한 시제가 결말부에서 두드러지는데, 이는 과거의 경험을 현재 '나'의 정동으로 일체화시키는 것으로 볼 수 있습니다. 과거의 경험을 수집하여 이를 통해 현재 쓰는 '나'의 정동을 창출시키는 이러한 과정을 두고 논자마다 선택적으로 특정한 부분을 강조했다는 점은 짚을 필요가 있겠습니다.

그러므로 오토픽션의 화자가 지닌 현재의 서술 욕망과 경험의 아카이빙이 갖는 물리적 구성력을 구분하여 그 사이의 거리를 (물론 연속적이지만) 확인할 필요가 있을 것 같습니다. 가령 저는 김봉곤 소설의 화자가 자신의 신체와 시간에 대한 아카이브를 독자에게 날것으로 내미는 용기(에 대한 자의식)에서 존재를 구축하는 원리를 읽었는데,[14] 그러면서 저는 퀴어-아카이빙의 형태로 등장한 텍스트의 서사

---

14) "김봉곤 서사에서 '나'들은 현재의 퀴어성과 밀접한 과거를 선택적으로 소환하는데, 이는 소문자 퀴어의 삶 자체의 역사화 원리와 근접하지 않을까. (……) 그 믿음직스럽지 못한 사관의 현재 기분에 의해서 결정되는 과거의 시절은 무수한 세초(洗草)와 정정을 반복한다. 퀴어의 '시절과 기분'은 현재의 사관(史觀/史官)에 의해 상시적으로 작동한다."(이 책의 「퀴어 테크놀로지(들)로서의 소설」) 퀴어(적) 시간의 아카이빙에서 독해되는 역사화 '원리'와 이를 쓰는 사관이라는 '인격(체)' 사이의 거리에 대한 명명이 더 필요했던 것 같습니다.

성이나 서사적 규약을 다루지는 못한 것 같습니다. 메타적 서술 자체의 역학보다는 여러 텍스트로부터 '인격체'를 추출하여 그 인격체가 지닌 정치적 주체로서의 가능성에 집중했고요. 물론 그러한 작업도 필요하지만, 이것을 서사성과는 구분해야 할 것 같습니다. 아카이빙의 정치적 의미는 망각으로부터 '작은' 주체를 가시화하고 보존하는 것뿐만 아니라 주체(들) 내부의 모순적인 운동성까지 포괄하여 '복잡계'를 드러내는 데에 있기 때문입니다.

과거의 연애 경험을 현재 시점에서 쓴다는 것을 드러냄으로써 과거의 시간을 잃지 않고 계속 간직하겠다는 소유의 욕망을 고백하는 동시에 현재 그것이 실패했을 뿐만 아니라 미래에도 여전히 유보적임을 짐작하는 것이 김봉곤 소설의 주된 서사적 패턴이기도 합니다. 재현을 통해 자신의 과거를 소유하려는 시도는 언제나 미끄러지면서 그 미완을 음미하는 멜랑콜리를 만드는데, 특히 다시 쓰기를 다짐하는 결말의 장면들에서 서사의 내적 시간을 정지시켜 화자의 서정적 자기 인식으로 경험을 통합하는 시제가 두드러집니다. 이는 시간에 대한 미학적 점유이기도 합니다. 과거를 소유함으로써 현재의 '나'를 창안하는 회상의 기법과 고백체를 통해 자신의 전체를 노출하겠다는 의지는 서로 밀접합니다. 미래에도 과거의 경험을 놓지 않을 것임을 확언하는 것 또한 자신의 미래를 지금 결정하고 소유하겠다는 통합에의 의지이기도 할 텐데, 이는 모두 자신의 시간과 몸, 정동에 대한 확고하고 단정적인 소유욕이기도 할 것입니다.[15] 시간을 소유함으

---

15) "그 감정은 글을 쓸 수 있겠다, 글이 될 수 있을 것 같아, 어 글을 쓰고 싶어, 였으며 다른 무엇보다 그럴 수 있는 내가 있었다. (……) 시간의 팔랭세스트(palimpseste)/ 기억의 팔랭세스트/누더기가 되어가는 시간과 기억/새로운 시간과 기억의 탄

써 혹은 소유하기 위하여 생성된 아카이빙은 그동안 설명할 언어를 충분히 갖지 못했던 게이 화자의 정동에 연속적인 자기 서사를 부여해줍니다. 이로써 아카이빙의 서사성은 자신의 시간을 통합하는(데 실패하는) '나'의 멜랑콜리를 산출하는 전략이 되는데, 여기서 서사를 조직하는 방법인 아카이빙을 인격체로 환원하게 만드는 '소유(욕)'의 측면에 대해서는 충분히 논의되지 않았던 것 같습니다.

의미화되지 못하고 잊힐 위험에 처한 퀴어 경험을 보존함으로써 '나'의 실존을 지키려는 노력뿐 아니라, 일상의 이성애/시스젠더적 권력 속에서 살아남은 '생존' 서사에 역사적 의미를 부여하는 아카이빙의 서사적 재현 전략도 어떤 선별을 거칩니다. 퀴어-'나'의 생애를 복원하는 서사는 독자/관객의 맥락에서 번역되고 큐레이팅되면서 퀴어 역사로 확장 구현되므로, 그러한 번역-큐레이팅 과정 자체가 이미 '나' 재현물에 원천적으로 포함되어 있을 것입니다. 이로 인해 인물 층위에서는 생애-실존의 구성력을 유지하기 위해 자신의 생애를 선별적으로 기억하고, 서사 층위에서는 역사-번역의 공감력을 만들기 위해 역사적 가치가 있을 법한 퀴어 생애를 선별적으로 재현하는 과정을 거칠 것입니다. 이 이중의 선별 속에서 진행되는 아카이빙은 자신의 시간과 퀴어의 공간에 대한 소유욕을 그 동인動因으로 삼게 되는 것일까요. "위반을 전면화시키지 않음으로써 퀴어 주체의 역사성이 보증되는 아이러니"인 셈입니다.[16] '나' 아카이빙이 중층적이고 모순

생"(「Auto」) "하지만 그 시간이, 내가 열 수밖에 없을 그 시간이 미칠 듯이 갖고 싶다."(「엔드 게임」, 86쪽)

16) 김지혜, 「역사와 기억의 아카이브로서 퀴어 생애―『나는 나의 아내다』(I Am My Own Wife) 희곡과 공연 분석」, 『여성학논집』 30집 2호, 2013, 229쪽.

적이고 복합적인 경험의 여러 측면을 재현하기보다 자기 서사의 일관성을 입증하려는 (사후적인) 소유욕에 장악될 때, 이것은 우리의 몸은 유동적이고 수행적인 효과라는 퀴어적 명제와 상충되는 것 같습니다.

*

자신의 몸에 대해서 누구도 온전한 소유권을 주장할 수 없습니다. 코로나19 시국인 지금 우리가 타인의 호흡에 대해 강렬하게 공포를 느끼고 있는 것처럼요. 마찬가지로 자신의 시간에 대해서도 누구도 단일한 소유권을 주장할 수 없습니다. 그런데 고백체는 그런 불가능한 소유권을 스스로에게 부여하는 언술이기도 합니다. 여기에서 저는 고백(체)이 주체화의 원리를 바꾸었다는 크리스테바의 독법(『공포의 권력』)을 오독하고 있습니다. 유대교적 주체는 오염을 유발하는 불경하고 혐오스러운 외부의 타자(주로 월경과 출산)를 만들고 그에 대한 금기와 (여성)혐오를 생산함으로써 성립되었습니다. 하지만 그리스도는 여성, 이교도, 환자 들과 손을 마주잡고 빵을 나누어 먹음으로써 오염을 외부가 아닌 주체 자신에 내재하는 '죄'에서 비롯되는 것으로 반전시켰습니다. 외부의 비천한 대상이 주체의 정체성을 위협한다는 공포에 근거한 주체를 무너뜨리고, 자신의 내부에서 죄/비밀을 스스로 판단하여 이를 외부에 고백하는 주체를 탄생시킨 것입니다. 오염에 대한 공포가 자신과 밖이라는 공간에 대한 것이라면, 고백은 죄와 정죄라는 자기 내부의 시간에 대한 것입니다. '안/밖'을 '시간'으로 전환해내는 고백의 특성으로부터 급진적인 주체가 형성됩니다. 가장 죄 많은 자, 그래서 스스로의 죄를 가장 많이 고백하는 자야말로 자신을 가장 많이 알고, 자신의 시간을 가장 많이 가질 수 있다는 역설입니다. 죄 많은 자가 가장 아름다울 수 있고, 가장 고백을 많이 하는 자가 사랑받을 수 있다는 것입니다. 여기에 일인칭 서사와 고백체를 접목해볼 수 있을 것 같습니다. (악덕을 반복하는 고전적 사소설과 일인칭 소설을 포함하여) 고백체 서사에서 아름다움에 대한 자의식과 사랑에 대한 갈망이 두드러지는 것은, 자신에게 '시간'이라는 존재론적 권능을 부여하기 위한 전략일지도 모르겠습니다.

물론 김봉곤 소설의 화자 '나'가 '죄(는 애초부터 아니니까)'를 고백하는 것은 전혀 아닙니다. 대신 '나'는 퀴어에 대한 사회적 금기/혐오를 의식하면서도 자기 내부의 취약함을 자발적으로 기꺼이 드러내는 데에 집중합니다. 자신의 신체가 비천해지길 강요하는 외부의 압력에 맞서 자신을 형성하기보다는, 자기 내부의 욕망과 실패를 고백하는 것에 주력하는 방식으로 퀴어 주체를 형성한다는 점에서 김봉곤 소설은 일정 정도 고백체의 수행적 효과를 전유하는 것 같습니다. 자신이 '비밀'로서 비천하게 취급받음을 알고 도리어 스스로 그것을 발화함으로써 성립하는 주체. '비非/非-비밀'의 말하기. 그렇게 사랑의 실패와 재현의 미완에 집중하는 고백은 퀴어의 존립 근거를 외부(에 대한 정의로운 분투)가 아니라 내부(의 욕망)에서, 그리고 자신의 화행에서 찾으려는 시도이면서, 한편으로는 위협을 외부가 아니라 자신에게서 비롯되는 것으로 바꿈으로써 충분히 맞설 만한 수준으로 만드는 것은 아닐까요. 김봉곤 소설에 대한 여러 비평이 주로 오토픽션 기법 혹은 일인칭과 퀴어 화자의 결합에 주목해온 것도 고백체를 통해서 퀴어 주체가 적대적인 세계를 자신의 힘으로 전유하는 장악력을 읽어내기 위한 것은 아니었을까 생각해봅니다.

그렇다면 고백체가 자신의 시간에 대한 전면적인 소유권을 주장하는 것이자 더 나아가서 그러한 독점적 소유의 대상으로서 '나'를 등재하려는 감성적 형식/전략이라고 보면 어떨까요. 즉 외부 세계에 휘둘리는 자신을 분리하여 스스로에 대한 독점적 권리를 요구하는 전략으로요. 그럴 때 고백은 혐오받을 만한 것으로 간주되던 '죄/비밀'을 도리어 자신을 구성하는 것으로 바꿔 자신에 대한 소유권을 회복하는 전략이 됩니다. 이러한 자기 노출은 권력의지와 밀접해 보입니다. 자신을 소유하기 위해서는 자신(의 시절과 그때의 기분)을 미적 관조의 대상으로 위치시킬 필요가 있는데, 이를 통해 '나'는 이성애 규범적 사회가 퀴어에게 잘 부여하지 않았던 소유 형식 즉, '응시'의 권력을 얻게 되기 때문입니다. 따라서 자신을 응시의 대상으로 용감하게 노출하려는 고백의 강도는 자신에 대한 소유권을 확인하고자 하는 권력의지의 강도와 비례하게 됩니다. 이처럼 일인칭을 통한 자기 형성이 세계로부터의 분할을 추구하는 동시에 세계에서 분리된 자신을 독점하려는 이중적인 운동임에도, 지금까지는 주로 전자에 대해서만 논의해온 것 같습니다. 자신의 경험/시간을 소유하기 위한 응시가 주변 사람들의 경험/시간을 침해하게 된 데에는 이러한 소유욕이 크게 작동했던 것 같습니다. 우리의 경험과 시간이란 언제나 타인의 그것과 혼재됨으로써만 존재한다는 점을 더 고민해야 하겠습니다. 그러니 타인의 경험에 대한 소유/인용의 권한 문제로부터 촉발된 이번 사태를 해석하기 위해서는 서술 주체의 태도/윤리 문제뿐 아니라 '응시'와 '소유'의 역학에 대한 탐구로까지 나아가야 할 것 같습니다. 경험과 시간에 대한 소유권, 소유 관계, 소유 방법, 소유욕 등을 분리하기란 어려운 일이겠지만, 자신을 독점하려는 '응시의 구조'가

작동하면 자동적으로 자신의 경계를 넘은 영역에까지 그 자장이 미
친다는 점에 대해 좀더 고민해야겠습니다.[17]

*

저로서는 특정 장르/픽션의 규칙을 반복하는 것보다는 소유의 감
성 형식이 만드는 정치적 역학에 더 관심이 갑니다.[18] '나'라는 서사
적 주체는 현실 원칙보다는 주관의 원리를 통해 응시의 대상과 소유
의 주체를 통합하면서 생겨나므로 서사 안에서 무제한의 지배력을
갖게 됩니다. 소유와 지배의 형식으로 구축한 이 정체성의 물리학에

---

17) 이러한 생각이 사후적이고 외부적인 계기에 의해 생겨난 것임을 잘 알고 있습니
다. 하지만 바로 그 점이 분기점을 마련해주기도 할 것 같습니다. 그동안 문학사에서
사소설이나 오토픽션 작가의 무단 인유나 독점에 대한 문제 제기가 없었던 것은 아니
지만, 지금은 매체/환경의 변화로 경험의 소유권에 대해서 훨씬 더 빠르고 넓게 문제
를 제기할 수 있게 되었습니다. 단순히 피해 당사자의 발언권이 증진되었다는 것이 아
니라, 공간에 대한 일원적인 소유권이 무너지고 그에 얽힌 권력의 언어 자체가 달라진
것처럼, 매체의 변화가 우리의 경험 세계 자체를, 그와 연루되고 상호작용하는 방식의
속도와 범주를, 그에 대한 응시와 소유의 개념과 권한 자체를 바꾸고 있다는 것입니
다. 퀴어를 재현하는 여타의 매체(의 변화)들과도 비교하여 응시와 경험의 소유 문제
에 대해 정립해갈 필요가 있겠습니다.
18) 이번 사태의 핵심 중 하나는 자전적 서사가 타인(과)의 경험에 대해서도 그러한
소유권을 가질 수 있느냐는 질문일 텐데, 서사 장르의 자기 규율이나 자기 성찰을 강
조하는 것은 중요하지만 그것은 또한 어렵지 않게 도출할 수 있는 즉각적 실천이기
도 합니다. 사태를 '손절'과 '삭제'로 무화하지 않기 위해서라도 더더욱 그 배후에 있
는 미학적 동인을 파악하는 작업들이 필요할 것 같습니다. 우선 저로서는 자신의 비평
에 대한 비평이 선행되어야 한다고 생각했습니다. 그간의 (퀴어) 비평에 대한 성찰 이
후에(혹은 그와 더불어) 좀더 본격적으로 비평 장/제도에 대한 논의가 이어질 수 있을
것입니다. 비평장과 문학(시)장에 대한 제도적 고민도 이어가야겠습니다. 물론 이는
개별 작가론이나 작품론이 아니라 넓은 기획을 통해 해나가야 할 것 같습니다.

대해 더 생각할 필요가 있는 것 같습니다. 그 지배력이 서사 내부의 '다른 인물의 정체성'에 어떤 힘을 미치는지, '나'의 실존(을 구성한다는 미감)을 '증여'받은 내포 독자의 정체성에 따라 어떻게 그 힘이 다르게 작동하는지, 서사 안에 통합되지 않고 남은 정체성의 잉여는 없는지, 단선적인 목소리 말고 다성적인 목소리는 (필요) 없는지, 자기 소유의 형식이 언어를 개발하려는 퀴어의 발화 욕망에 어떤 굴절을 가져오는지 같은 것들에 대해서요.[19]

그러면 퀴어 서사 비평/읽기는, 서사 안에 재현물로서 존재하는 퀴어와 (재현) 행위의 주체로서 서사 밖에 존재하는 퀴어 모두를 포괄하는 작업이어야 하는 것 같습니다. 작가의 정체성, 서술상의 인격체의 정체성이라는 '소재'를 포함하면서 동시에 그것을 넘어서는 형식/발화라는 까다로운 난관을 거쳐야 할 텐데, 우선은 퀴어 텍스트가 문학의 전통을 붙잡고/붙들리면서 공전하는 동시에 그에 저항하면서 스스로 자전한다는 두 가지 역학을 살펴보아야 할 것 같습니다. 그러니까 재현하는/되는 주체(의 퀴어 정체성)라는 '입자'와 더불어 매체(독서 환경과 문화사)를 통해 전달되는 '파동'을 읽어내는 전환이 필

---

19) 그런 점에서 근래 일인칭 서사들이 '리얼'한 '실재'를 보여주는 데 몰입한다는 비판적 분석은 다소 소재적인 측면에 국한된 독해일지 모르겠습니다. 문학 비평(가)에게(만) 낯선 소재라서 '리얼'한 것으로 보이는 것은 아닐까요. 가령 퀴어 독자 사이에서도 김봉곤 소설이 '수기' 같다는 의견만큼이나 익숙한 '신파'나 '동화' 같다는 비판도 다수 제출되었던 것 같습니다. 그렇다면 일인칭 서사의 현실감은 일인칭 화자가 구현하는 자기 인식과 수행의 '원리'가 자기 경험을 발화한다는 감각과 만날 때 생겨나는 것 같습니다. "축자적이고 지시적인 방식으로 드러나는 삶의 단면들이 (……) 문학 텍스트에 있어서의 '실재(the real)'"를 환기하는 "기술적(技術的)인 매개물"이라 설득력이 있다기보다는, "자신들에게 필요한 이야기를" 스스로 만드는 발화 원리의 상동성에서 힘을 갖는 것 같습니다. 박인성, 같은 글, 38, 40쪽.

요하겠습니다.[20]

애초에 문학적 장르 규범이 완전히 새로운 것일 수 없고, 우리의 미감이 그간 훈육된 계보에서 갑자기 뚝 떨어져나올 수 없는 것이라면, 우리의 과제는 그 잔존물을 다시 마주하고 정당하게 인식하고 비트는 것이 아닐까요. 입자이면서 동시에 파동인 이야기들을 분광分光해서 볼 수 있는 도구가 더 필요할 것 같습니다.

*

김봉곤 소설은 고백의 서술 시간을 기준으로 이전과 이후의 시간이 분할됩니다. 「컬리지 포크」나 「엔드 게임」처럼 과거의 '비밀'을 고백할 미래의 자신에 대해서 쓰는 현재의 '나'가 혼재되어 있는 방식으로요. 서술 주체인 '나'는 이 모든 시간을 동시에 응시하고, 이를 소유하는 주체로서의 '나'의 권력을 산출합니다. 과거를 통합하려는 (전 여자친구에 대한) 고백을 유예했다고 (자신에게) 고백하는 「시절

---

20) 가령 김멜라의 「적어도 두 번」(『적어도 두 번』, 자음과모음, 2020)에서 레즈비언 화자는 자신의 정체성을 고백하는 데에서 출발하여 자신의 윤리적 과오를 밝히는 고백체의 남성적 계보와 그 감성 구조를 패러디하는데, 그러면서 주로 여성에 대한 성적 폭력이나 위악적 기행에 대한 자기 고백(체)을 통해 남성들의 윤리적, 미학적 자의식을 축적하던 문학사를 인용합니다. 그런 인용을 거쳐 레즈비언 여성 청년이 여성 청소년을 향한 자신의 성적 욕망과 감정을 고백/변명함으로써 고백의 문체가 어떤 주체의 것이었는지를 드러내는 점이 흥미롭습니다. 김멜라는 고백체를 여성 퀴어라는 매질을 통해 굴절시켜 이때 발생하는 입자와 파동을 동시에 마주합니다. 그동안 퀴어 서사에서의 고백체 역시 주로 일인칭 남성 화자의 몫이었습니다. 이때 소재 차원에서의 젠더적 권력에 대한 비평적 지적은 종종 있어왔으나 그것이 문체 차원으로까지는 연결되지 못했던 것 같습니다.

과 기분」은 그렇게 (자신의) 과거를 소유하는 데 실패했음을 자인하는 고백체가 산출하는 멜랑콜리를 잘 보여줍니다. 이러한 멜랑콜리의 미학은 사건의 시간을 정지시켜 그때의 정조와 분위기를 응시하고 만끽하는 자신을 다시 응시하는 미적 쾌락입니다. 소유의 실패를 고백함으로써 창출되는 멜랑콜리가 실은 현재의 자신을 독점하게 한다고 할까요.[21]

이 '재현-응시-소유'를 자기 확장의 무한한 순환운동(힘에의 의지)으로 봐야 할지, 정체성 스펙트럼을 반복적으로 갱신해가는 수행(성) 모델의 서사적 구현으로 봐야 할지, 혹은 둘 모두인지(혹은 모두 틀린 생각인지) 아직은 단언하기 어렵습니다. 그래도 확실한 것은 '재현-응시-소유'가 세계의 '총체성'을 위한 높은 시점을 형성하지 않고 세계로부터의 분리를 유발하고 주관적으로 자신을 종합하는 '정체성'의 밑바닥에서 목소리를 형성한다는 점 같습니다.

정체성에 대한 대개의 담론은 참된 본질/진실이 있다는 믿음을 전제합니다. '가장 민족적인 것'과 '가장 세계적인 것'을 나눔으로써 자신의 자리를 마련했던 한국문학의 전통 역시 참된 본질을 전제하고 있을 것입니다. 참된 본질이 전체뿐 아니라 이를 미분한 개별적인 입자에도 내재한다는 관점은 자신에 대한 설명을 수월하게 해준다는 이점이 있습니다. 많은 퀴어에게도 특정한 문화 코드가 자신의 신체와 정동을 인식하는 언어적/문화적 영토를 제공합니다. 그러나 정체성이라는 전체의 영토에 입장/거주할 자격을 얻기 위해서는 자신의 정체성을 입증해야 하고, 이는 특정 문화 코드에 입각해 자신의 정체

---

21) "또 한번 내가 될 시간이었고, 나의 농도를 회복하기에 음악은 제법 효과적일 것이었다."(「시절과 기분」, 80쪽)

성을 탐색하고 있다는 진정성(에 대한 자의식)으로만 증명할 수 있을 것입니다. 그리고 그 진정성은 특정한 자기 응시와 그에 대한 의식적 자기 재현이라는 수행을 통해 보장되는 것이겠고요. 제가 「2018, 퀴어 전사」에서 '진정성'의 젠더링/퀴어링에 대한 이야기에서 시작하여 퀴어 예술가 화자의 자기 재현에 대한 열망을 언급하며 글을 맺었던 것도 이와 무관하지 않습니다.

*

그런데 어째 좀 익숙한 논리 같기도 합니다. 결국 이질적인 경험/세계를 통합하는 자신의 내적 원리를 다시 응시함으로써 단일한 주체로 (재)순환하는 것일까요. 어쩌면 진정성을 부인하면서 다시 번역하는 것일지도 모르겠습니다. 새로운 주체의 익숙한 형식인 셈입니다. 패배로써 전위에 도달하는 퀴어의 윤리적 탁월함은 거부했지만, 이를 서사 밖에 존재하는 '고백하는 화자'의 메타 인식론적 탁월함으로 대신한 것이었을까요.[22]

---

22) 저는 종종 퀴어 재현을 '전위'적으로 읽기 위한 시도가 퀴어가 '정체성'과 '물질성'을 가진 인간이라는 사실을 간과하는 것이 아닌가 하는 의문을 갖곤 했습니다. 이는 구성적 외부를 강제받음으로써 조건 지어지는 퀴어성과 문학 언어 본래의 기능성을 등치시켜 미학적 전복성을 추출하는 독법에 대한 저항감이기도 했습니다. 그것이 현실의 '물질적 인간'으로서 퀴어의 행위자 주체성을 강조하는 시도로 이어진 것입니다(이 책에 수록된 「비평의 젠더와 그 사적 패턴들이 지금」을 참조). 파동으로서만 재현/독해된 퀴어성이 입자로서도 실존하는 인간을 기입하여 양면성을 구축할 때, 윤리에서 정치로의 이행이 가능하다고 생각했기 때문입니다. 윤아랑의 「애매한 어둠 속에서 살며」(『자음과모음』 2020년 여름호)는 개별 입자의 정체성으로 고착되거나 반대로 운동에너지로 휘발될 위험 사이에서 유동(해야)하는 퀴어의 존재 조건을 최근의

결국 '진정성'의 부활로 귀결되고 마는 것일까요. 그렇다고 단정하기 위해서는 우선 기존의 진정성의 작동 원리가 모두에게 균등하게 작용하는 문학적 원리임을 입증해야 할 테지만, 근래 많이 운위되는 바와 같이 특정 시기의 문학성에는 특정한 몸과 권력이 내재되어 있으므로, 이 진정성의 원리 역시 각각의 주체에게 얼마나 상이하게 작동하는지, 혹은 얼마나 상이하게 감각되는지 그 고유한 역학을 밝혀내는 일이 필요할 것 같습니다. 내면성이라는 한국문학의 관습/기계가 그것을 운용하는 다른 몸과 담론에 의해 어떻게 다르게 번역되고 작동하는지 밝히지 않고서는 이를 손쉽게 '같은 내면성'의 귀환이라 선언하기는 어렵다고 생각합니다. 저는 자신의 정체성을 경유한 내면성의 원리가 기존과 동일하다고 보는 것은 무용하거나 다소 폭력적인 데가 있다고 생각합니다.

*

강보원의 「아주 조금 있는 문학」과 강동호의 「비평의 시간—김봉곤 사건 '이후'의 비평」은 공통적으로 일인칭 퀴어/페미니즘 서사(에 대한 비평)를 경유해, 근래의 비평이 스스로 부정하고 싶어하는 '근대문학 본래의 새로움에 대한 강박'을 도리어 보존하는 것이 아니냐는 질문을 던집니다.[23] "눈여겨봐야 할 것은 2015~16년 이후로 제기된

비평적 사례를 통해 흥미롭게 전해줍니다.

23) 강보원, 「아주 조금 있는 문학」, 크리틱-칼, 2020. 7. 6.(www.critic-al.org/?p = 5905); 강동호, 「비평의 시간—김봉곤 사건 '이후'의 비평」, 『문학과사회』 2020년 가을호. 이하 강동호 글 인용시 본문에 쪽수만 밝힙니다.

비평적 논쟁이 1980년대부터 이어져온 비평사적 논쟁사의 흐름으로부터 완전히 이탈해 있지는 않"(강동호, 408쪽)으며, 지금의 퀴어/페미니즘 비평이 기존의 문학성에 대한 "상대화를 통해 정립하고자 하는 문학성이 단절을 전제한 새로움에 의존"(강보원)하고 있다는 지적입니다. 두 글은 공통적으로 지금의 비평이 '근대문학의 내면성' 혹은 '1990년대적 진정성'과 단절하고자 하지만 사실 그것은 '새로움을 향한 단절'이므로 그 구조는 같다고 우려하는 것입니다. 이 사적 패턴에 대한 지적은 분명 참조해야 할 중요한 비평적 지표입니다. 그런데 "더 많은 비평적 대화와 메타비평들을 통해"서 도달할 "비판의 세속적 지평"(강동호, 439쪽)에 대한 구조적 (재)인식은 왜 하필 구조에 무지한/복역하는 '후배 세대'를 분리한 뒤 그들을 경유해 도입될까요? 지금의 비평을 유독 "새로운 운동으로서의 문학"(강동호, 411쪽)적 '단절'로 인식한다는 점이 제게는 도리어 세대(론)적 징후처럼 보입니다. 이러한 구도는 근래의 퀴어/페미니즘 비평의 기획을 신구를 나누는 오랜 세대론으로 치환합니다. 이를 위해 유독 기존 문학과의 '단절'을 선별하여 추출해 문학(적인 것) 내외를 나누는 구조주의적 기획으로 연결시키는 것 같습니다.

두 글은 지난 세대의 '진정성'과 지금의 '정체성(에 대한 내면성)'의 구조가 상동적이라는 전제를 공유합니다. 지금의 '구세대 비판' 역시 기존의 구세대가 그 이전의 구세대를 향해 행하던 단절과 같다는 일종의 역 '막대 구부리기' 기획으로, (문학적) 구조주의 특유의 순환적 무시간성에 기반해 '문학성'과 '문학성의 바깥'이라는 상호의존적이고 자기 반복적인 이분법의 구도로 문제를 축약하는 것입니다. 이는 퀴어/페미니즘 비평이 구축하려는 다방면의 벡터와 역사적 차이를 축적하기보다는 본질적 구조의 반복으로 무화시키는 근본주의적 태도처럼 보이기도 합니다. 그런 선별은 최근의 기획 속에서 선행하는 퀴어/페미니즘 비평사를 계승하고 연결하고자 하는 노력을 유독 누락시키는데, 이는 그간 누적된 퀴어/페미니즘 비평사가 '문학사의 내부'가 아니라는 분리를 (본의와 다르겠지만) 재생산하는 것이 될 수도 있습니다.

그럴 때 문학성이라는 '원리'로부터 문학의 '주체(의 젠더와 권력)'를 분리하는 동시에 다시 절합하는 퀴어/페미니즘 비평의 구체적이고 다양한 기획은 '문학성이라는 내적 원리'와 '문학성의 외부로서의 사회'의 대결로 용해되고, 문학 본래의 내적 변증법이 지속됩니다. 그러한 구도가 지속되는 한에서 "'새로움'이라는 텅 빈 기표를 향해 속도전을 벌이는 비평"(강동호, 421쪽)이라는 독해가 가능해지는 것 같습니다. '단절과 새로움'에 초점을 두는 세대론은 퀴어/페미니즘 비평을 (문학의 '본래적' 내부와 명확히 구분되는) '문학 바깥을 향한 운동'으로 제한함으로써 대타적인 '본질적 문학성'을 복권시킵니다. 이러한 '단절의 세대론'은 구조가 권력을 재생산해온 오랜 구도의 다른 형상은 아닐까요.[24]

하지만 바로 그 세대론에 따른다면, 세대에 따라 문학(성)의 의미값이 달라지고 다른 경험이 축적되는데 문학성의 구조가 결국 같다고 할 수 있을까요. 내용이 달라지면 형식 역시 바뀔 수밖에 없을 텐데요. 타자성에 대한 미학적 체험을 경유해 세계를 장악하려는 윤리

---

24) 지금의 퀴어/페미니즘 비평을 향한 구조주의적 독해 속에 젠더적/세대(론)적 징후가 내재되어 있다는 점은 이 책에 수록된 「구조가 우리를 망쳐놨지만, 그래도 상관없다」에서 조금 더 이야기해보았습니다.

적 '진정성'과, 자신을 미학화함으로써 정체성을 세계에 기입하려는 수행의 '(정체성에 대한) 내면성'은 같은 형식/구조일 수 있을까요. 근대문학사의 '일인칭/진정성'과 지금 퀴어·여성의 '일인칭/정체성'은 구분하지 않아도 될 만큼 동일한 정치적·미학적 효과를 생산할까요. 그것을 같은 발화로 독해하는 것은 누구에게 더 필요한 일일까요.

*

퀴어를 포함한 소수자에게 자기 자신을 응시하고 분석하면서 동시에 자신을 창안하는 이중적인 작업에서 '내면성과 유비될 어떤 운동성'이 강요되거나 채택되는 것은 여러 측면에서 검토할 문제임이 틀림없습니다. 자신의 정체성을 명명하는 언어적 기준과 미학적 틀을 도구 삼아, 어떤 시간을 재료로 자신의 몸을 짜는 동시에 다른 시간으로부터는 자신을 파내는 작업이니까요.

특히 한국 퀴어 문학이라는 직조물/조각물은, 기존의 문학 형식과 규범을 번역하는 동시에 기존의 퀴어/정체성 담론을 번역하는 작업임을 더 이야기할 필요가 있을 것 같습니다. 서구의 커밍아웃 전략이 선행하는 법적 평등권이라는 원리를 각자가 마주한 개별적인 시공간에 재확장하는 것이라면, 근래 한국사회의 커밍아웃 전략은 퀴어라는 미정형의 기의를 구체적인 현실의 시공간에 붙잡아 기표를 스스로 생성하(여 주)는 일에 가까운 것 같기도 합니다. 가령 최근 한국 유튜브에서 폭증한 퀴어의 일상 브이로그처럼요. 이것은 그간 한국 문학장에서 미학적인 성취를 위해 종종 용인되어온 일탈적이거나 개별적인 동성애·드래그 '행위'들을 갈무리하여 LGBTQIA……라는 구체적 '존재'의 문화사로 바꾸는 과정이며, 이를 통해 자신이 부유하는 일탈적 입자가 아님을 증명하고 공동체적인 연속성(시간)을 갖기 위한 인정 투쟁이겠습니다.

커밍아웃의 정치성은 규범에 대한 인정과 불복이라는 이중적 약속을 전제할 때에만 가능한 것 같습니다. 이는 충격/파열의 계기를 만들면서 그 충격파를 통해 질서의 재구축을 추구하는 양가적인 전략입니다. 김봉곤 소설의 고백체 역시 이러한 양가적인 전략을 차용한 면이 있습니다. '나'의 내밀한 내력을 사후적으로 귀납하는 화행은 인정 투쟁의 발화 주체를 스스로 만들어내는데, 이러한 자전적 화행은 그 필요와 형식이 특정한 섹슈얼리티라는 정체성(의 언어/코드)을 확보한 현재로부터 도출된다는 점에서 연역적이기도 합니다. 이 순환적 동력은 개별적인 경험을 특정한 섹슈얼리티/젠더의 전체적 본질로 묶어내는 민족지적 서사의 문형과도 상통합니다. 일종의 암묵지暗默知로서 작용하는 이 문형은 자신의 욕망을 세계에 기입하기 위해 현재의 '나'가 일시적인 '행위'가 아니라 더 깊은 층위에 기반한다는 존재론적 보증을 필요로 하는 것이고, 이것이 쓰기-주체의 일치성을 어떤 방식으로든 담보하려는 전략으로 이어진 것은 아닐까요. 진실로서의 자신을 입증해야만 존재할 수 있다는 욕망과 부담감. 이것은 문학적 퀴어 시민권을 안정화하고자 하는 열망이기도 할 것입니다.

하지만 이 주체성이 '나'의 선언과 인식에 근거한다는 것만큼이나 동시에 사회적 언어/관계의 내력 속에서만 성립된다는 것을 살펴야 하겠습니다. 그러므로 '나'가 수행하는 자기 구성의 말하기가 어떤 언어/관계를 형성하는지, 그 언어/관계의 구조와 자장에 대해서 살필 필요가 있습니다. 좀더 나아가 우리가 물어야 할 것은, "정치가 정체성에 근거하는가? 정체성이 정치에 근거하는가?"[25]라는 질문이 아닐까요. 저 역시 여전히 문학에서 인격을 가진 주체를 읽는 데 익숙하지만, 어쩌면 물리학으로서의 문학 읽기가 가능하지는 않을까요. 특히 퀴어는 정체성 범주에 근거하는 것이 아니고, 그렇다고 그 외부의 어떤 공간에 따로 존재하는 것도 아니기 때문입니다. "퀴어는 정체성이라기보다는 정체성에 대한 비평에 가깝다"[26]는 말처럼요.

*

한편 김봉곤의 소설에서 화자가 반복해서 노출하는 취약한 경험들은 주로 연애의 실패(유예)나 커밍아웃의 실패로 귀결되는데, 이 실패를 반추하는 멜랑콜리는 (다소 비약하자면) '동성애 규범성'[27]을 상

---

25) 애너매리 야고스, 『퀴어이론―입문』, 박이은실 옮김, 여이연, 2012, 148쪽에서 재인용.

26) 같은 책, 205쪽.

27) 모범 국민이 되어 시민권을 할당받는 '규범적 동성애(자)'의 이미지는 이성애 연인/가족과 같은 기능임을 입증하는 방식('다소'의 내용적 차이에도 불구하고 생산적이고 배타적인 사랑이라는 형식은 같기에)일 것입니다. 그런 면에서 유성원의 산문집 『아무도 만나지 않고 무엇도 하지 않으면서 2014~2016』(봄끼책방, 2019), 『토요일 외로움 없는 삼십대 모임』(난다, 2020)과 같은 글쓰기는 '문란한 게이 크루징'의 자전적 경험을 통해 '평등한 결합과 안정적인 커밍아웃' 같은 주류적 이미지에 적극적으로 의문을 제기하고 그 자리에 불온한 몸과 정동을 기입합니다. 이는 공적인 커밍아웃을 한 퀴어 소설가의 오토픽션을 읽던 그간의 독법이 실은 게이의 사생활에 대한 은밀한 '관음증'을 부추기지 않았느냐는 비판을 상기시킵니다. 오히려 유성원의 작업이 매우 노골적으로 퀴어인 '나'를 노출함에도 불구하고 이러한 글쓰기에 대해서는 게이의 노골적인 성생활에 대한 은밀한 관음증적 욕구를 충족시킨다는 식의 독법이 가능하지는 않은 것 같습니다. 그 차이가 '나'의 '노출' 강도에서 비롯되는 것이 아닌 셈입니다. 어쩌면 그 차이는 소설 장르 고유의 ('배타적 연애 감정'을 특권화하는) 쾌감을 충족하

기시킴으로써만 가능한 것일지도 모르겠습니다. 모노아모리적 연애에 충실하고, 주변 가족과 친구들에게 커밍아웃을 하고, 직장생활과 퀴어 생활을 모두 적절히 병행하는, 자신의 정체성을 안정적으로 긍정하는 규범적인 '퀴어-시민(권)'의 형상/이념으로부터 미끄러지는 자신을 보는 것일 수도 있겠습니다. 완전히 미끄러지진 않았기에 다시 한번 도전할 수 있기도 하고요. 혹은 '정상적인' 감정 경제와 유사한 목표를 지니고 있으나 사회적 환경 때문에 미끄러지는 화자를 보여줌으로써 독자에 대한 커버링의 범위를 확대하는 전략이라고 볼 수도 있지 않을까요.

가혹하기 짝이 없는 이런 독해는 실은 단선적이고 발전론적인 퀴어상을 의심 없이 전제할 때만 가능한 것입니다. 논의의 편의를 위해 단순화하자면, 영미권 퀴어 문화/운동사의 흐름을 (뒤늦게) 따라 한국사회의 담론 역시 '동성연애/호모'에서 '동성애자/트랜스젠더'로, 다시 '퀴어'로 (그나마) 갱신되어가고 있는 듯합니다. 물론 담론장에 따라서는 이 모두가 섞여 있기도 하지만요. 한국사회에서 (기성 문학장의) 비평 역시 모종의 단선적 전개를 전제하고 있었고, 그러한 사회-문학의 도식에 따라 서사를 배치해온 것은 아닐까요. '그나마'와 '뒤늦게' 사이의 간극은 학습된 기대에 미달하는 담론적 식민지인 한

느냐 혹은 노출되는 퀴어성이 독자의 준비된 쾌감을 충족시키느냐는 기준에 달린 것은 아닐까요. 혹은 둘 다거나요. 그렇다면 '관음증'이라고 비판적으로 명명되는 재현/독서는 실은 '규범적 사랑'과 '규범적 퀴어성'에 대한 기대/명령과 모종의 관련을 맺고 있는 것은 아닐까요. 그러니까 이 '관음증'은 예비된 독자(성)와 관련해서만 가능한 명명일지도 모르겠습니다. 노파심에 덧붙이자면 타인의 삶/말에 대한 무단 인용이 아니라, 유독 퀴어/여성의 자전적 서사를 향해 '관음증적 쾌락'이 유발/연계된다는 식의 평가가 시대를 격해 계속 제기되는 데 대해 말하는 것입니다.

국에서 퀴어 문학을 읽고 쓰는 작업이 처한 필연적인 곤혹/조건일지
도 모르겠습니다. 혹 담론적 '탁란'이 우리의 조건이라면, 퀴어 서사
와 비평을 쓰고 읽는 일은 어떠해야 할까요. 각자가 생각하는 '현황'
이 '역사적 발전 단계'의 어디쯤에 해당하는지 밝히면 될까요. 도움
이 될지도 모르겠지만 어쩐지 이상합니다. 우리에게는 어떤 도구가
있는 걸까요.

*

역사학, 문화학, 미술 등의 분야에서 비단 지금의 퀴어 담론/개념
에 국한되지 않는 퀴어적 수행성/운동성의 계보를 그려가는 작업이
진행되고 있다는 점은 고무적입니다. 사회학 분야에서 한국 퀴어 운
동/담론의 '번역사' 연구 역시 진행되고 있고, 근현대 한국 미시문화
사에서 퀴어적 모멘텀들을 연결하는 작업 역시 근래 들어 본격적으
로 진행되고 있습니다.[28] 이러한 한국 퀴어 연구들을 연결하는 비평
적 작업과 관점이 지금의 창작을 위해서도 긴요한 것 같습니다. 남은
과제 중 하나는 문학 고유의 작품론/작가론을 포함하면서도 그것을
넘어서는 문화사/수용사적인 재독이 아닐까 생각합니다. 교차 작업

---

28) 가령 『문학을 부수는 문학들』과 『원본 없는 판타지』가 학계 외의 많은 독자들에게
도 호응을 받는 이유 중 하나는, 과거의 사례 연구가 지금의 창작/현상과 이어지는 면
면을 밝혀 한국적인 퀴어-페미니즘 문화 수행의 계보를 창출하기 때문인 것 같습니
다. 특히 분과 학문의 틀이 아니라 다양한 문화 수행 주체들을 교차시키는 시각이 중
요해 보입니다. 권보드래 외, 『문학을 부수는 문학들—페미니스트 시각으로 읽는 한
국 현대문학사』, 민음사, 2018; 오혜진 외, 『원본 없는 판타지—페미니스트 시각으로
읽는 한국 현대문화사』, 후마니타스, 2020.

이 생산하는 힘에 대해서, 그간 문학(비평)장이 상대적으로 간과해왔던 것은 아닐까요.

그런 의미에서 서구적/현대적 개념어로 충분히 포괄하지 못하는 한국사회에서의 다양한 퀴어적 수행과 그들의 문화사를 담은 근래의 기획들에 관심이 갑니다. 미술과 연극, 웹툰 등의 장르에서 상대적으로 먼저 퀴어(적) 문화사를 그려온 궤적을 고려해보면, 이제 ('순문학') 소설 장르에서도 이러한 교차적 역사 쓰기가 등장하는 것 같습니다. 그간의 퀴어 문화사 전반과의 연속성 속에서, 그러한 퀴어 아카이빙의 축적에 바탕한 물리학적인 문학비평도 가능하지 않을까요. 우리는 한국 페미니즘 문학사가 분야를 넘어 그것들을 서로 연결하는 비평적 작업으로부터 큰 에너지와 많은 도구를 얻어온 것을 보고 있습니다. 그런 비평적 작업은 여성 정체성이라는 입자를 놓치지 않으면서도 매체의 역학과 문화사적 시간의 파동을 그려내고 있고요. 저는 그로부터 용기를 얻습니다.

(2020)

구조가 우리를 망쳐놨지만, 그래도 상관없다[1]

그런데, 이러한 구조적 한계에 집착한 나머지 어떤 착시 효과가
나타나는 것은 아닐까. 절망과 포기를 지나치게 강조함으로써 젊은 세대의
능동성과 의지를 평가 절하하는 한편, 현실에 대한 책임을 새로운 세대에
전가시키는 이중의 착시 효과 말이다. 만약 우리가 포기하게 된 것이
세계에 대한 전망이 아니라, 기성세대의 상상력이라면?
새로운 세대의 싸움이 부재하는 것이 아니라, 단지 기존의 상상력으로
포착될 수 없는 종류의 것이라면? 그렇다면, 우리가 체감하고 있는
위기는 어떤 새로운 시작을 알리는 징후가 될 수는 없을까?[2]

---

1) 이민진의 『파친코』 첫 문장을 빌렸던 전시 주제 '역사가 우리를 망쳐놨지만, 그래
도 상관없다(History has failed us, but no matter)'를 다시 변용했다(2019년 58회
베니스 비엔날레 한국관, 김현진 예술감독 총괄, 남화연·정은영·제인 진 카이젠 작
가 참여). '올바른 역사'적 인식 범주/주체로부터 추방되었지만 스스로 흥미로운 삶/
서사의 주체가 되었던 여성과 퀴어들의 계보를 비평적으로 재현하는 전시였다. 역사
적으로 '올바른 비평'의 구조와 무관하게 스스로 역사를 형성해가는 비평(가)의 주제
문이지 않을까.
2) 강동호, 「새로운 싸움을 모색하며」, 『문학과사회』 2016년 가을호, 33쪽.

지금, 구조에 대해 말할 때 어떤 일에 일어나는가. 문학평론가 강동호는 '구조'에 대해서 이야기할 때, 그 내부에 세대(론)적 분할과 호명을 경유한 비평적 권력의지가 작동할 수 있다는 점을 적확한 문장으로 짚은 바 있다. 얼마 전 '김봉곤 작가의 무단 인용' 사태를 전후하여 비평(장)은 자신의 '구조'에 대한 논의를 다시 개진하고 있다. 그런데 그 논의의 한편에 다시 한번 '세대(론)'가 개입되고 있다는 점은 오랜 패턴처럼 보인다.

강동호의 「비평의 시간—김봉곤 사건 '이후'의 비평」[3](『문학과사회』 2020년 가을호)은 지금의 문학장과 비평 시스템에 대한 여러 중요한 의제를 제안한다. 특히 "새로운 세대의 대표 작가"를 호명하려는 "당대적 욕망"과 "비평의 인식 구조"(404쪽)를 분석하여 "'비평의 무능'을 초래한 구조적 원인"(405쪽)을 분석하고자 한다. "2015~16년 이후로 제기된 비평적 논쟁이 1980년대부터 이어져온 비평사적 논쟁사의 흐름으로부터 완전히 이탈해 있지는 않"(408쪽)다는 관점이다. 지금의 비평들 역시 "한국 문학비평사의 유구한 전통 속에서 반복되는 '주체론'"(같은 쪽)인 것이다. 이 비평적 구조의 회귀를 설명하기 위해, 근래의 페미니즘/퀴어 비평가(의 일부)를 '세대'로 분할하여 오래된 비평사적 구도에 재배치한다는 점은 특기할 만하다. "젠더, 퀴어, 계급 사이의 교차성"(같은 쪽)을 중심으로 "새로운 비평가들이 제시했던 어젠다가 폭넓게 공유되"(409쪽)어 생긴 "비평가들의 분명한 세대 인식을 토대로"(410쪽) "새로운 운동으로서의 문학"(411쪽)

---

3) 이하 인용시 본문에 쪽수만 밝힌다. 비평(가) '세대'의 구분법 역시 강동호의 분류를 준용했다.

을 표방했다는 분석이다. 이처럼 김건형, 노태훈, 인아영, 요즘비평포럼을 비롯한 근래 비평가(세대)의 움직임에서, 이전의 비평과의 단절을 선언하는 자의식을 찾아낸다.

그런데 이러한 세대론적 구조화는 "1980년대의 낯익은 이분법(운동으로서의 문학 vs 문학으로서의 운동)을 상기시키는 측면"(411쪽)을 짚기 위한 것으로 보인다. 특히 '지식인 이성애 남성'의 문학적 진정성을 젠더링, 퀴어링하는 비평적 논의[4]가 "세대론의 단절 인식과 목적론적 속도주의"(415쪽)에 종속되어 있다고 지적한다. 즉, 지금의 비평이 남성적 문학주의/진정성을 비판하는 구도가, 1980년대 문학을 향해 1990년대 문학주의가 비판했던 것과 같은 구조라는 것이다. '1990년대의 진정성'이라는 규범을 다시 단일한 기원으로서 실체화·실정화하는 역설적인 재강화가 일어날 수 있다는 문제의식이다. "비평의 자기 갱신을 위한 목적으로 다소 부당하고 손쉬운 방법으로 호출되었던 다양한 유사$_{pseudo}$적"들을 가상의 "스파링 파트너"(같은 쪽)로 나열하는 기성의 비평적 인식구조와 다르지 않다는 지적이다. "'한국'문학의 '현재'를 통해 '미래'와 '새로움'이라는 텅 빈 기표를 향해 속도전을 벌이는 비평의 관행을 여전히 닮아"(420~421쪽) 있기에, 이 목적론적 비평의 구도는 결국 속도주의에 침윤되어 비평 자신을 성찰하지 못했다는 비판이다. 결국 강동호는 이러한 세대론적

---

4) 강동호의 글이 주로 인용하는 '후배 세대'의 평론은 다음과 같다. 노태훈, 「'나'로부터 다시 시작하는 문학사—최근 한국 소설의 징후」, 『문학들』 2018년 가을호: 이 책에 수록된 「2018, 퀴어 전사—前史·戰史·戰士」「소설의 젠더와 그 비평 도구들이 지금」; 인아영, 「시차(時差)와 시차(parallax)—2010년대의 문학성을 돌아보며」, 『문학과사회 하이픈』 2019년 가을호: 인아영, 「눈물, 진정성, 윤리—한국문학의 착한 남자들」, 『문학동네』 2019년 겨울호.

'단절'의 구조가 비평의 상업주의로 이어진다고 비판한다.

현재 젊은 작가들에 편중된 비평과 독자들의 반응은 일각에서 제기하는 자본주의적 소비 주체 형성과 구별되는가? 문학 운동, 비평 운동은 수많은 불평등을 야기하는 문학장 안에서의 재생산 경제 시스템을 어떻게 근본적으로 해체하는가? 지금도 엄연히 작동하고 있는 소수 작가들을 중심으로 한 스타 시스템의 속도주의는 결과적으로 작가에 대한 신화화와 더불어, 작가와 독자 사이의 위계 관계를 강화하는 것은 아닐까? 그러한 지형도에서 이루어지는 독서 행위, 소비 행위를 과연 정치적이라고 평가할 수 있을까?(419쪽)

그런데 이러한 근본주의적 문제 제기는 수많은 질문을 도출한다. 페미니즘과 퀴어 비평이라는 (그의 분류에 따라) '젊은 세대'의 비평 담론에게, 왜 갑자기 (당연히 전 지구적 정치경제학 구조에서 파생된) 기성의 출판 자본의 문제를 뛰어넘으라고 '전가'하는 것일까. 비평 담론과 출판 자본·산업구조 대한 논의를 구분 없이 일치시켜 전개함으로써 어떤 '실패'를 생산하는 것은 아닐까. 이 혼재는 '근본적인 문학/운동'에 도달하지 못한 세대적 패배를 '호명'하기 위한 것은 아닐까. 새로운 '세대'의 비평이 근본적인 구조의 문제를 보지 못한다는 비판은, 이를 제기하는 자신의 초월적 지위 이외의 어떤 것을 생산할 수 있을까.

근현대의 어떤 예술장이 자본주의적 산업구조 외부에 따로 존재했을까. 어떤 황금기의 어떤 독자가 충분히 비자본주의적인 탈소비주체로 존재했을까. 왜 지금 세대의 문학 운동과 비평 운동은 출판 경제/교육/아카데미/산업/시스템을 인식하지 못한다고 확언되는가. 지금 비평가들이 소수 작가들을 중심으로 한 스타 시스템에 복무한다면, 문학사의 어떤 순간이 그러한 '편중'이 없는 전성기였을까. '젊은' 비평과 독자들은 정말 작가의 생물학적 '연령'을 기준으로 관심을 가졌던 것일까. 지금의 '젊은 비평가'와 '비평장'은 정말로 독자들을 강제할 만큼의 상업적 영향력을 보유하고 있을까. 반대로 어떤 작가들에 대한 편중 현상이 독자의 선택과 협상을 거친 사회 공동체의 문화정치적 수행의 결과인 것은 아닐까. 담론적, 정치적, 미학적 이유로 인한 '선택/협상'으로서의 독서-수행은, '근본적인 독서'와 어떻게 다를까. 근본적인 문학/운동이란 무엇이고 어떻게 독존하는 것일까. 혹은 그것은 애초에 가능할까. 그(렇게 도래하지 않음으로써 지속되는 환상적) 기율은 누구를 위해 필요한가.

역으로 중장년 남성 작가/교수들의 아카데미적 매체에 편중되었던 (문학사 거의 대부분의) 시대는 괜찮았던 것일까. '젊은' 여성/퀴어 서사가 아닌 '중장년' 여성 작가의 작품에 대한 현재 독자들의 관심은 여기에서 다시 누락된 것은 아닐까. 인물 단위로 구축된 우리의 문학사에서 오히려 지금이 가장 덜 편중된 시간은 아닐까. 문학계의 어떤 '편중'의 개념에 대해서 지금처럼 강렬한 자의식을 가지고 창작/독해되던 시기가 있었을까. 이 '편중'의 혐의가 근래 제기되는 '역차별'의 문학적 버전은 아닐까.

요컨대 어떤 운동은 사태의 근본을 해결하지 못한다는 근본주의적 비판은, 그간 페미니즘과 퀴어 운동을 향해 주기적으로 제시되어온 문제 제기의 패턴과 크게 다르지 않아 보인다. 만약 새로운 세대의 작가/비평가들의 싸움이 부재하는 것이 아니라, 단지 기존의 구조주의로 포착될 수 없는 성질의 것이라면?

*

　강동호의 핵심적인 전제는 '문학사적 주체(의 존재 형식)에 대한 젠더링과 퀴어링이라는 비평적 담론'을 '세대적 단절을 향한 반복의 구조'로 치환하는 것이다. 이는 비단 강동호뿐 아니라 구조적으로 접근하는 근래 메타 비평론의 가장 중요한 전략처럼 보인다는 점에서 주목할 만하다. 가령 문학평론가 강보원도 지금의 페미니즘, 퀴어 비평을 근대문학의 기원부터 반복되던 '단절을 통한 새로운 풍경에 대한 강박' 구조라고 갈무리하고 있다(「아주 조금 있는 문학」). 이 역시 주체의 문제를 원래적 '구조'와 '반구조'의 대립으로 치환한다는 전제 위에서만 성립된다. 이러한 현상은 문학계가 다소 관습적으로 계승하는, 문학은 자신이 발 딛고 있는 현실 외부에 존재한다는 관념적 인식의 발현처럼 보인다. 구조로부터의 포박 자체를 거부하기 위한, 무위의 저항이 매력적이었던 시기가 있었다. 그러나 그 무위의 문학성은 자신이 다시 구조가 될 때를 대비하진 못했던 것 같다.

　문학 담론과 비평의 젠더링/퀴어링이 곧 모든 시간과의 '단절'은 아니다. "속도의 페미니즘"(김주희)[5]과 같은 표현으로, 페미니즘/퀴어 문학이 과거와의 단절을 추구한다고 간주할 때, 이것은 지금 이전의 시간/역사/문학을 다시 이성애자 남성의 것과 등치하는 암묵적인 전제를 드러낸다. 지금 페미니즘/퀴어 비평이 '과거'와 단절하려 한

---

5) 김주희, 「속도의 페미니즘과 관성의 정치」, 『문학과사회 하이픈』 2016년 겨울호.

다는 평가는, 그 '과거'를 이성애자 남성의 것으로 한정할 때에만 가능한 것이다. 김건형이 연결하려는 이전 퀴어/페미니즘 비평의 역사에 대해서는, 인아영이 언급하는 과거 여성 비평사에 대한 지금 독자들의 관심은, 다시 한번 누락되고 있다. 그가 인용한 글들 속에서 양립하는, (남성성의 문학성에 대한) 단절과 (페미니즘/퀴어 비평사에 대한) 연루됨 사이에서 무엇이 더 추출되고 있는가에 주목할 필요가 있다. 이 '세대론적 단절'이 드러내는 것은 기실 '구조' 자신의 젠더적 단절 선언이다.

일인칭적 서술 주체와 페미니즘 리부트 이후의 독자성에 대해서 먼저/동시에 다루어왔던 (그래서 강동호가 분석하는 '후배 세대'의 글들에서 자주 인용되는) 강지희, 김미정, 박혜진, 백지은, 서영인, 소영현, 신샛별, 이지은, 오혜진, 조연정, 차미령, 허윤 등의 논의 역시 세대적 단절론이었던 것일까. 근접한 담론/주제/작품에 대해 다루었음에도 어떤 비평(가)들을 다른 세대라고 분류하는 기준은 무엇인가? 그런 '혼란'을 감안한다면, 이 '세대'는 무엇을 기준으로 어떻게 가능한 개념인가? 이 '단절론'이야말로 페미니즘/퀴어 비평 담론을 향해 시대를 격해 (언제까지?) 계속해서 제기되는 '구조'다.

'2010년대의 문학성'의 젠더를 돌아보는 김건형과 인아영의 글에서 하필 '1990년대'와의 단절론을 유독 추출하는 현상은, 실제로 한국 사회에 장기 지속되는 지적 권력과 인식의 구조가 있음을 방증한다. 남성적 진정성에 대한 비판은 (이제 너무 먼 1990년대와의 단절보다는) 여전히 이어지고 있는 한국문학의 남성적 담론/감성 구조에 대한 비판을 위한 것이다. "백여 년 전에 제출된 루카치의 남성 중심적 소설론 같은, 그 한계가 너무나도 명확한 대상"(422쪽)이 여전히 거론되는 것은 루카치가 손쉬운 적이라서가 아니라, 백여 년째 그것을 계승/훈육하는 한국문학의 체질을 탐문하기 위함이다.[6] 조금 더 정확히는 1990년대 남성적 진정성을 학습하고 (그것과 적대함으로써) 계승하고 있는 문학장의 2000년대적 '유순한 남성 선배'를 향한 분리다.

현재의 작품을 토대로 과거를 비판하는 것은 비판으로서의 효력을 사실상 무화시키며, 비판 대상의 영향력이 닿지 않는 외부의 공간이 있다는 믿음과 환상을 낳을 수 있다. 그리고 가장 나쁜 경우 그것은 세대론적 인정 투쟁의 분리주의를 반복하는 형태로 문학주의적 통치성의 문법을 재생산할 위험을 내장한다.(436쪽)

그러므로 이는 현재의 작품을 토대로 과거를 비판하는 것이 아니라, 과거로부터 여전히 영향을 받아 잔존하는 현재에 대한 말하기에 가까울 것이다. 현재의 작품을 기준으로, 현재를 창출하려는 노력에 대해서, 그것은 이미 과거부터 있던 것이라는 영원회귀의 프레임을 씌우는 것은, 어떤 싸움의 효력을 사실상 무화시키려는 권력의지일 수 있다. 담론의 작동 방식을 뭉툭하고 큰 단위로 잡아버린 만큼, 역사의 변이도 뭉툭하고 크게 잡힌다. 과거와 지금의 싸움 사이의 '차이'를 없애는 것은, 외부의/기존의 어떤 상태를 '건강'한 근본으로 전제한다. 본질적인 싸움(거대한 통치성의 정치!)이 여전히 굳게 남아

---

6) 그러한 탐문과 대응의 연장선으로서, "다양한 방식으로 재출현하는 진정성의 징후들의 문학사적 의미"(422쪽)를 해석하고, 1990년대 여성 작가들의 내면적 글쓰기 및 미래파 담론과 근래의 일인칭 글쓰기를 비교하자는 강동호의 유의미한 제안은 향후 중요한 지향점이 될 것으로 보인다.

있고 여전히 중요하다는 믿음은 그렇게 유지된다.

　과거와의 상동성을 토대로 지금을 비판하는 것은 정치적 수행으로서의 효력을 사실상 무화시키며, 지금의 '병적 오염'이 닿지 않는 외부에 '본질적이고 초월적인' 문학이 있다는 믿음과 환상을 낳을 수 있다. 그리고 가장 나쁜 경우 그것은 투쟁의 역사적 내용(의 축적과 형성)을 누락하고 형해화된 관념주의 혹은 관념적 초월성을 반복하는 형태로 구조주의적 통치성의 문법을 재생산할 위험을 내장한다.

*

　Q: "90년대 문학주의에 대한 비판을 비평적 입각점으로 설정한 최근 비평들의 선명한 세대적 선 긋기 작업은, 80년대를 '정치의 시대'로 대타화함으로써 '문학의 시대'로 나아가려 했던, 80년대와 90년대 사이의 역사적 단절을 선언했던 90년대 비평의 인식구조와 근보적으로 다르다고 할 수 있을까? 그들의 인식 속에서 '문학주의'는 90년대 이후의 비평이 자기 갱신의 논리를 위해 동원했던 그 수많은 적의 형상과 어떻게 다른가?"(421쪽)

　A: 모든 면에서. 적이 달라지면 세계가 달라진다.

*

　적을 명명함으로써 자신을 설명할 수 있는 언어가 더 생기는 사람들, 어떤 언어를 발명/인지하자 비로소 일상의 질서를 다르게 대할 수 있는 사람들이 역사를 구축해왔다. 그리고 지금의 문학은 그 언어를 공유함으로써 자신의 역사를 만들어가고 있다.

e.g. '이성애중심주의' '빴았다' '디지털 성범죄' '나중에' '비장애·
건강중심주의'.

*

Q: "90년대 문학주의에 대한 비판을 비평적 입각점으로 설정한 최
근 비평들의 선명한 세대적 선 긋기 작업은, 80년대를 '정치의 시대'
로 대타화함으로써 '문학의 시대'로 나아가려 했던, 80년대와 90년대
사이의 역사적 단절을 선언했던 90년대 비평의 인식구조와 근보적으
로 다르다고 할 수 있을까? 그들의 인식 속에서 '문학주의'는 90년대
이후의 비평이 자기 갱신의 논리를 위해 동원했던 그 수많은 적의 형
상과 어떻게 다른가?"(421쪽)

A: 전혀. 문학에 영원불멸하는 가치와 선험적 주체가 있다는 믿음
을 유지하는 한.

*

그 수많은 적의 계보가 조금씩의 차이만을 보일 뿐 달라진 것이 없
어 보인다면, 부럽게도 한 번도 치명적인 적을 가져본 적이 없는 것
이다.

cf. 시간의 상대성 이론: 단절에 대한 이 공포와 거부는 다른 문제
에 대한 의문보다 왜 이렇게 신속할까? 한국문학의 현재와 미래가 그
저 "'새로움'이라는 텅 빈 기표를 향해 속도전"(421쪽)을 벌이는 것

이라고 할 때, 그 공간은 누구에게 텅 빈 것처럼 보이고, 누구에게 지나치게 빠른 것처럼 느껴지는 속도감인지 확인해야만 그 벡터를 측정할 수 있다. 그 '새로움의 텅 빈 형식'이, '후배 세대'에게는, 그리고 어떤 사람들에게는, (다른 장르/담론을 통해 선행했기에) 익숙한 충만함의 뒤늦은 도착으로 측정되기 때문이다.

*

Theory 1: 대학원 석박사 코스워크를 충실히 밟아 이미 대학에서 강의를 하고 있는 특정 비평가 세대가 자신의 '후배'들로부터 '생존주의'라는 패배를 발견하는 현상은 어떤 구조의 증상일까.

e.g. 비평가 처우 개선의 문제 속에서, 주로 생계유지비에 대한 종속의 증례로 수치화되는 '후배 세대'의 글. 주로 비평(가) 정신의 시대적 몰락을 개탄하는 데 쓰임.

e.g. 오랜 가계도를 지속하기 위해 출신 잡지 지형도로 재배치되는 '후배 세대'의 글. "1980년대부터 이어져온 비평사적 논쟁사의"(408쪽) 역사적 구조는 어떻게 자신을 재생산하고 있는가. 1990년대 이래의 비평적 모델/진영론을 2020년대의 비평에 대입하는 것은 가능/유용한가.

*

Theory 2: "비판하지 않는 주례사 비평이라는 형상"이 "'침묵'으로 대신하는 비판의 구성적 외부화"(432쪽)라는 메타 비판은, 새로운 대상을 향한 새로운 비판의 실존을 효과적으로 누락하는 전략은 아닐까. 지금 기획되고 제출되고 고민되는 문제의식들이 얼마나 날카롭고 생산적인지를 굳이 확인하지 않는 구도를 반복하고, 이미 알던 선험적 담론장을 새삼 회복하는 방법은 아닐까. 사태의 모든 측면을 이미 익숙한 '문단 구조론'에 대한 문제틀로 귀납하는 효과를 생산하기 위함은 아닐까. 익숙한 적의 계보는 누구에게 다시 발화 권력을 돌려주는 것일까. 지금의 열악함에도 불구하고 제출된 글들을, 제도의 편승이나 무지의 산물로 무력화하는 것은 아닐까.

e.g. '주례사 비평'이라는 고어古語로 축약되고 마는 '후배 세대' 비평가들의 리뷰(속에 담긴 기획).

e.g. 그 '주례사 비평'을 쓰게 만드는 기제: 리뷰 대상 작가와 작품을 미리 정한 짧은 작품 리뷰 지면을 주로 '후배 세대'에게 분배하는 문예지·학술장의 권력 구조. 그런데 그 결정 구조가 여전히 세대적으로 편중되어 있음.

*

Theory 3: "특정한 스타일의 글쓰기(비판 없는 섬세한 독해)"(433쪽)의 비평이 정점에 이르렀던 시대는 지금이 아니라 혹시 2000년대는 아니었을까. "상업주의, 혹은 신자유주의라는 이름으로 개진되었던 평론가"(436쪽) 세대의 무기력했던 기억을 지금으로 투사하는 것은 아닐까. 그렇다면 "비판 없는 섬세한 독해"를 반복할 뿐, 저항하고 싸우지 않는 비평이라는 현황 진단이 혹시 지금 '후배 세대'가 하고 있는 기획과 수행에 대해 무감한 덕분은 아닐까. 이미 제출된 '후배 세대'의 글(에서 비판되는 작품, 작가, 담론 들)이 충분히 비판적이지 않았다는 확신은 어디에서 오는 것일까. '후배 세대' 평론가들이 서로의 글 속에서 퀴어 미학과 페미니즘 미학의 개념과 독법을 두고 싸우고 갱신하는 장면들은, 그리고 그 글을 둘러싼 현장들은 실은 중요한 싸움이 아니라고 보기 때문은 아닐까. 이는 혹시 비평가들조차 비평을 두루 읽지 못한다는 점만을 입증하는 것은 아닐까.

cf. 우리에게 '쪽글'이나 리뷰는 정말로 시장을 위해 소모되는 글로만 자각될까. 주제나 대상이 이미 정해진 신간 리뷰는, 상대적으로 낮은 고료만을 받는 쪽글은 비평가로서의 내게 무용했던 것일까? 주어진 작품과 분량이라도, 가능한 한 젠더링, 퀴어링할 수 있는 방향으로 협상하고 대화하고자 애썼던 나는 순진하게 희생과 착취를 알아차리지 못했던 것일까? 문학평론가 선우은실, 전기화는 흩어진 글들에 번호를 붙여 별자리를 만들어 리뷰 자체에 대한 장르론을 전개한다. 문학평론가 노태훈, 한설은 각자의 SNS에서 자신의 단평을 아카이빙해 대화의 장을 만들고 있다. 요즘비평포럼 팀은 동시대 문학(장)에 대한 적극적 개입을 위한 협업이라는 비평의 새로운 모델을 찾고 있다. 이러한 비평은 그간 비평(가)이 자신을 찾아주지 않는 독자를 은밀히 경원敬遠하던 것과 달리 비평(가) 스스로에 대한 효능감과 자긍심을 만들고 있다. 이것은 제도의 한계를 넘어 자신의 관점을 축적하는 기획일 수 없을까. 이것은 여전히 생존주의를 향한 자발적인 가속이자 자기 착취일 뿐일까. 설사 그렇다고 하더라도 그 구조 위에서 우리의 기획은 빈틈없이 구조에 회수되고 실패로 끝날까.

cf. "1990년대 이후 유력한 헤게모니를 확보한 문학에 대한 이념적 에피스테메"(408쪽)라는 대결 구도 자체에 대해, 우리가 대단한 적의도 없고, 사실 그렇게까지 관심이 없다면? 그것의 종언을 선언하는 것 자체가 우리의 목표가 아니라면? 실은 그 적대적 공생 구도를 질료로 삼아 장기 지속되는 권력의 형상에 대해서 더 많은 관심이 있다면?

*

문학은 사회의 담론을 홀로 선도하거나, 그러한 낭만주의를 지탱할 만한 장르가 아니다. 수많은 서사와 이미지와 매체와 경합하고 협상하고 있다. 독자들도 문학에만 관심을 두는 독자가 아니라, 수많은 매체 중에서 오늘은 문학을 택했을 따름이다. '독자성'으로 명명되는 최근의 독자는 다른 나라의 퀴어 팬덤이나 여성적 전유의 문화적 코드들을 이미 보고 생산하고 전파한다. 문학만이 아니라 넷플릭스와 왓챠의 여성 서사(성)에, 유튜브의 퀴어적 일상(성)에 상대적으로 능숙한 독자다. 한국문학은 (다소 담론적으로 느리기까지 한) 그저 하위 장르의 일부일 뿐이다. 도리어 그런 시대적 감각에 기인해 새로운 관계성과 서사성, 다른 미학이 요구받는 현상을 비평이 '독자성'으로 포착했다. 그것은 "'독자로부터 시작된 변화'를 무조건적으로 추인"(425쪽)하는 "독자 중심주의라는 신비주의적이고 목적론적인 이념"(같은 쪽)에 대한 추종이라기보다는, 한국문학 특유의 '보수적 미학성'에 응전할 지렛대를 도입하는 정치적·미학적 수행에 가까웠다. 지극히 보편적이고 아름다운 연애 서사가 어떤 독자 집단에게 폭력적이고 강압적인 욕망의 강요로 느껴진다는 것을, 이해시키기 위한 기획에 가까웠다. 아무런 성적 긴장감이 없는 관계에서 노골적인 동성애적 욕망을 추출해내는 데 능숙한 독자의 미감을 문학장에 도입하여 새로운 독해 도구를 얻기 위한 수행이었던 것이다. 누구에게나 보편타당하고 누구에게나 같은 주제와 미감을 전달한다는 '텍스트' 중심적인 권력 훈육에 능한 한국문학장을 (그래도) 포기하지 않고, 독자의 응시와 위치성으로부터의 새로운 의미 값을 열기 위한 수행이었다. 그러한 작업이 선행되고 있는 장르들과의 교섭과 교류를 위한 초대장에 가까웠다. 그런 의미에서 지금의 문학비평(가)은 여러 장르를 넘나드는 독자들을 향해서는 미학적 협상가의 역할을 하고, 한국문학장 내부의 폐쇄적 기율을 향해서는 담론적 운동가의 역할을 하는 것 같다. 독자와 경합하고 양보하고 강요함으로써 미감을 (재)생산/(재)전파하는 정치적 활동을 하고 있는 것이다.

근래의 비평이 이전의 비평 담론과 대결하기 위해 새로운 독자/담론에 맞춰 비판 없이 상찬의 대상을 바꿔왔다는 강동호의 진단은 비평(가)의 현황에 대한 과소평가이자, 비평 장르에 대한 과대평가일 수 있다. 비평이 작가와 작품을 소개/보호하는 수단이 아니라 고유한 장르로서 고유한 기획과 역학과 범주를 가진다는 점을 간과할 수 없다. (더하여 '담론'이 반복적으로 교체되고 만다는 현상은, 서구 지식 수입상으로서 기능하는 한국 아카데미의 고질적인 구조와 연계되어 설명되어야 한다.) 독자(를 경유해 도입되는 새로운 상품성)에 대한 비평의 패배라는 고전적 이분법/위계 구도가 아니라, '독자성'은 비평이 무엇을 도입하고자 하는 수행인지를, 비평이 독자와 협상하고 경합하는 역학이 어떠한지를 더욱 면밀히 관찰하고 이에 대하여 대화해야 한다.[7]

---

7) 한국 비평장을 진단하는 같은 지면의 같은 특집에서 강동호는 과도하게 독자 중심적이라고, 이소연은 독자의 눈치를 보지 않아 문제라고 말한다.(「소금이 짠맛을 잃으

"문학이 대안 권력을 상징했던 빛나던 과거"(440쪽)에 미련을 품거나 "'지식인-비평가'가 결합되었던 저 영광스러운 과거의 시간이 다시 도래하지는 않을 것"(같은 쪽)이란 아쉬움조차 별로 느껴본 적은 없다. 그 지식인의 영광과 문학의 권력이 남긴 상흔이야말로 내가 맞서야 할 대상이기 때문이다. 내게 문학은, 그리고 비평은 권력과 구분되는 외부성이 아니라 권력 비판의 한 기제인 동시에 권력 생산의 한 도구로 감각된다.

*

우리 세대의 '문학-정치-하기'는 왜 계속해서 '패배'로 낙인찍히는 것일까? 왜 자율적 자기 통치의 은폐와 기만의 병례病例로 해석되는 것일까? 자기 통치라는 외재론적 반성이 이제 역으로 극도로 세련된 자기 통치술로 기능하는 (세대가 있는) 것은 아닐까? 실은 그 주권의 지속을 위해 끊임없이 실패를 발명해야 하는 것은 아닐까?

하지만 우리는 실패의 순간을 실패로 구조화하지 않고 몸짓으로 지속하고 있다. 구조 안에서 의미의 교환에 실패하더라도 그래도 상관없이 남는 몸짓들로 말한다. 「알려지지 않은 예술가의 눈물과 자이툰 파스타」(박상영)의 결말처럼. 규범의 언어를 전유하려는 노력에 실패한 퀴어들이 몸을 웅크렸다가 뛰어오르는 춤으로 자신의 살아

면―비판 정신과 비평의 책무」, 『문학과사회』 2020년 가을호, 461쪽) 상반된 판단이 양립하는 것 자체가 우리가 비평의 현황을 제대로 파악하고 있는지를 되묻게 한다. 페미니즘 리부트 이후 제출되었던 '독자성'에 대한 논의가 비평가들 사이에서도 축적되지 못한 것일까.

있음을 확인하는 것처럼. 「에로즈 샐라비」(은모든)의 결말처럼. 젠더적 매력 자본을 판매하라는 산업구조의 전복에 실패한 여성들이 대신 서로를 돌보는 퀴어적 정동을 자각하게 되는 브이로그처럼. 너희는 실패를 반복함으로써, 상품 교환 구조와 기만적 의미 경제를 굽어보라는 '문학적 명령'에 정확히 실패하는 순간, 도래하는 동작들. 구조에 대한 인식에 실패함으로써 그 내부에서 서로를 돌보는 몸짓들.

이 순진한 낙관주의자들의 춤은 실패로 끝날까? 그럴 것이다. 그런데 그 실패라는 명명이 우리의 몫은 아니다. 우리는 중층적 구조(의 외부)에 대한 집착에서 벗어나, 서로를 돌보는 실천과 몸짓을 실재로 잇고 있을 따름이다. 아직 이름을 갖지 못했더라도, 우리는 그 몸짓을 좀더 많이 읽고 많이 한다.

비평장에 지금 필요한 것이 "복수의 시간성"(440쪽)이라는 말은 정말인데, 그래서 더욱 서로의 비평을 읽어야 한다. '후배 세대'가 구조에 질식하고 있다는 말은 참말이겠지만, 우리가 그저 환자인 것은 아니다.

(2020)

2부

**퀴어 서사의
미학과 테크놀로지**

'퀴어 신파'는 왜 안 돼?
─ 퀴어 서사 미학을 위하여[1]

1. '신파'라는 증상 혹은 이성애 서사성의 문학사

숨을 참는 동안 내가 너무나도 좋아했던 그가 더이상 이 세상에 없다는 사실을 깨달았다. 그를 좋아했던 시절의 나, 그의 뒷모습을 바라보고 있던 나조차도 이미 이 세상에는 없는 존재라는 것도 알 수 있었다. 그때의 우리가 느꼈던 감정은 모래바람처럼 한순간에 우리를 휩쓸고 지나가버린 것이었다. 생각이 거기에 미치자 정말 눈물이 날 것 같았지만 울지는 않았다. 신파는 영화로 족했다.(205쪽)

---

[1] 이 글은 박상영의 다음 작품을 읽는다. 『알려지지 않은 예술가의 눈물과 자이툰 파스타』, 문학동네, 2018. 「알려지지 않은 예술가의 눈물과 자이툰 파스타」(이하 「자이툰 파스타」), 「중국산 모조 비아그라와 제제, 어디에도 고이지 못하는 소변에 대한 짧은 농담」(이하 「제제」), 「부산국제영화제」를 주로 읽는다. 『대도시의 사랑법』(창비, 2019)의 수록작은 「재회」 「우럭 한점 우주의 맛」 「대도시의 사랑법」 「늦은 우기의 바캉스」이다. 이하 인용시 본문에 작품명과 쪽수만 밝힌다.

퀴어 서사 리부트의 한 축을 이룬 박상영의 「알려지지 않은 예술가의 눈물과 자이툰 파스타」는 메타적 퀴어 재현으로 일찍부터 주목받았다. 이 소설에서 두드러지는 감각은 일인칭 화자가 '신파적 서사성'과 부단히 견주는 거리감이다. 신파적인지를 고민하는 '나'의 자기 응시가 이 소설 전체를 직조한다. 특히 자신의 삶과 퀴어 재현(퀴어 영화)을 견주는 장면들에서 두드러진다. 「자이툰 파스타」의 미학이 "차라리 비극의 통속성 안으로 끝까지 밀어붙이고 그로부터 시간적인 거리를 두고 바라보는 시선에 있다"[2]라는 지적은 이 소설이 '퀴어(의) 신파'에 대한 중층적인 응시로 구성되어 있음을 보여준다.

퀴어 서사에 대한 비평 담론 역시 신파와 밀접하다. 특히 소설집의 해설은 신파의 기원인 근대문학(성)을 서두에 전제하며 박상영의 소설을 현대적 신파로 읽는다.[3] 이는 신파가 다시 문제적이게 된 맥락을 적확히 도출한다. 해설은 한국인의 심상 속에서 대표적인 신파로 자리한 '이수일과 심순애(『장한몽』)'의 원작 『금색야차金色夜叉』로부터 시작한다. 박상영의 소설 속 여성/퀴어 인물들의 예술 및 상품 물신화가, 물질주의에 대한 사랑/윤리의 패배를 증명한다고 호평한다. 이수일과 심순애에 대한 일반적인 심상에서 연상되듯, 신파(적 감정 과잉)는 근대 초기부터 자본주의적 가짜 욕망에 휩싸여 '사랑'을 배신한 자들의 천형이자 총체적 세계 인식을 저버린 비윤리적 인간형을 향한 저주에 가까운 개념임을 상기할 필요가 있다. "'근대문학'

2) 강지희, 「광장에서 폭발하는 지성과 명랑」, 소영현 외, 『문학은 위험하다—지금 여기의 페미니즘과 독자 시대의 한국문학』, 민음사, 2019, 309쪽.

3) 윤재민, 「캡사이신 폭탄에 치즈를 곁들인 '빨간 맛'을 음미할 줄 아는 고독한 미식가들을 위한 알려지지 않은 케이팝 모음집」, 『알려지지 않은 예술가의 눈물과 자이툰 파스타』 해설. 이하 인용시 본문에 쪽수만 밝힌다.

적 윤리와 멀어지고 있는 자본주의적 생활 세계의 의식이 절대다수가 된 한국사회의 특정한 국면을 독창적인 인물의 시선으로 포착한다"(330쪽)라는 독해는 퀴어 인물을 근대적 리얼리즘의 한 독창적인 설정으로 읽는다. 소설 속 퀴어와 여성 인물들의 사회문화적 조건과 문화적 수행의 정치 미학적 전유를 꾸준히 누락하는데, 그로써 "사랑을 빙자한 즉흥적인 육욕과 소비자의 나르시시즘에 의지한" "자기파멸"에 도달한다.(334쪽) 진정한 사랑/윤리보다는 피상적 외양 과시만을 택해버린 "오늘날 한국사회의 황폐화된 내면과 윤리적인 파탄을 반영하는 인간형"(331쪽)을 읽는 것이다. 이처럼 퀴어의 사회적 조건은 자본주의적 물신을 입증하는 리얼리즘의 소도구로 독해되고, 퀴어의 정동은 신파적 파탄으로 독해된다. 사회의 병리적인 증례로서의 퀴어성과 그 고통을 관찰하는 리얼리즘의 새로운 설정으로서의 퀴어 서사인 것이다. 퀴어 인물의 감정들을 신파로 읽으면서 근대문학 일반의 리얼리즘을 재확인하는 이 안도감은 어떤 비평적 징후가 아닐까. 같은 맥락에서 게이 연인의 장례식장에 참석하여 애도의 자리를 고민하는 소설 「라스트 러브 송」(김봉곤, 『여름, 스피드』, 문학동네, 2018)을 "성 정체성을 지우고 읽는다면, 이 소설은 '참사' 이후의 고통을 직접적으로 '토로'하는 흔한 소설에 머무르는 것"[4]이라는 독해도 상기할 수 있다. 성 정치적 문제를 누락하자마자 진부한/익숙한 반복으로 읽히는 셈이다. 여타의 퀴어 정동들은 가능한 한 과소 독해하면서도 고통만은 과잉 추출해 '보편'의 리얼리즘에 복무하는 서사로 읽는 패턴은, 퀴어를 사회적 부정성과 죽음 충동의 체현물로 읽기

---

4) 김녕·안지영·이지은·한설, 「소복한 밤과 우정의 동상이몽」, 『문학동네』 2018년 봄호, 69쪽, 김녕의 발언.

위함이다. 문학평론가 오혜진은 이를 "자신에게 이해 가능한 것으로 번역되지 않는 존재들의 세계"에 대한 구조적 부인이며 "비규범적 세계가 기존의 규범화된 앎의 세계로 편입되거나 번역될 때에만 그것에 문학적 시민권을 발급"하는 비평적 커버링으로 분석했다.[5] 이것은 퀴어 서사가 놓인 정치적 위계를 짚는다. 퀴어적 정동을 근대문학의 반복으로 규정하는 비평은 퀴어의 수행과 정동을 기성의 이성애 규범적 재현/정동으로 흡수하는 규범적 문학사를 재구축한다.[6] 세계를 재현하는 미학(적 인식론) 자체를 재배치하기보다는 소수자를 기존 재현 체계에 포섭하고 등재함으로써 '보편'의 소재만을 확장하는 패턴은 페미니즘 서사를 향한 비평적 독해를 다시 연상시킨다. 여전히 이 체계가 안전하게 남는다면, 우리에게 필요한 것은 새로운 미학적 틀이 아닌가. 다르게 재현한 것을 익숙하게 읽는 것이 문제인 상황이라면 아예 노골적으로 '퀴어 신파' 혹은 '퀴어 리얼리즘'이라는 미학적 개념을 제안해보면 어떨까.

---

5) 오혜진, 「지금 한국문학장에서 '퀴어한 것'은 무엇인가—한국 퀴어 서사의 퀴어 시민권/성원권에 대한 상상과 임계」, 『지극히 문학적인 취향—한국문학의 정상성을 묻다』, 오월의봄, 2019, 409쪽.

6) 퀴어 서사를 호평하며 '보편 문학사'에 등재하는 독해들이 퀴어성 및 퀴어 인물의 수행을 서사(성)와 분리/누락하는 패턴은 주목할 만하다. 가령 노태훈은 '소수자'로 국한하지 않겠다는 의도를 밝히며 "어떤 것이 예술인지 끊임없이 그 보편성을 탐색"하는 소설로 「자이툰 파스타」를 의미화한다. 소설 결말의 "아무것도 아니라는 말은 결국 '보편적'이라는 의미와 같"은데, 실패한 예술가가 "화해에 실패하고야 마는 이 이야기는 그 자체로 보편적인 예술이 된다"라는 것이다. 자본주의라는 사회적 부정성을 강조하지 않(아 퀴어를 대상화하지 않)겠다는 선의 역시 예술이 소설이라는 보편 문학사로의 '인정'으로 귀결된다.(노태훈, 「깨어 있는 꿈—예술가의 정체성, 퀴어라는 장르」, 「자이툰 파스타」 해설, 박민정 외, 『2018년 제9회 젊은작가상 수상작품집』, 문학동네, 2018, 330~331쪽)

이를 위해 우선 원래의 신파가 대중적 비평 개념으로 오래 살아남은 맥락을 잠시 상상해볼 필요가 있다. (서구의 멜로드라마에서 유래해 일본을 거쳐 번안된 근대 초기 장르 '신파극'에서 확장된) '신파'는 흔히 어떤 서사가 부자연스럽게 눈물을 짜낸다는 비판적 의미로 사용된다. 그 안에는 특정한 서사 구조가 특정한 정동을 생산/유발하는 구조에 대한 인식과 이로부터 촉발된 독자·관객 자신의 감정에 대한 메타적 인식이 전제되어 있다. 어떤 재현의 규율을 인지하며 재현된 감정에 대한 감정을 평가하는 독자(성)로부터 출발하는 비평적 도구인 셈이다. 소설, 드라마, 영화 등 장르를 막론하고 '신파적'이라는 평가는 주로 사랑(하는 자신의 정동을 인식하는 고통)의 재현 방법에 집중된다. 관객·독자의 눈물을 자아내는 (가난에 의한 실연과 모자 상봉 같은) 특정한 서사 구조를 '신파조'라고 할 때, 이는 이성애 연애·가족의 (위기와 회복에 관한) 문법을 향유하는 정동과 쾌락을 읽는 비평 언어다. 근대문학이 청년기 이성애자 남녀의 일부일처 성애와 경제적 교환으로서의 계약혼을 중심으로 한 사랑을 발명해온 역사 속에서 신파는 근대적 개인이 연애하는 자신의 감정 구조를 '자각'하는 언어/코드로서 발명되고 유포되었다. 신파적 서사(성)는 사랑이라는 정동을 감지하고 재현하는 방법을 훈육해온 것이다. 물론 차츰 그 이성애 연애의 문법과 구도가 정착되고 정형화됨에 따라 '신파적'이라는 말은 서사의 진부함과 정동의 통속성(최루성)을 의미하는 대중적 개념이 되었다. 하지만 단순히 지겹다는 관용적 표현으로만 넘길 수 없다. 이 '신파'라는 말을 둘러싸고 이성애 연애/가족 서사의 문법이 문화적 규범이자 미학적 스키마schema로 정립되고 공증되어왔기 때문이다. '신파'가 이성애 규범적 주체를 공고하게 자리잡게 한 서사성과 그 정동으로부터 유래했다면, 이것은 그저 서사의 진부함이나 감정의 통속성을 의미하는 수사에 그치는 것이 아니다. 진부해질 정도로 반복된 재현 규범이 (재)생산하는 서사(성)와 미학을 전제해야만, 신파는 비평적 의미값을 가지기 때문이다. 여전히 이성애 신파는 장르를 막론하고 변주되면서 대중들의 미감과 쾌락을 생산하고 사랑에 대한 정치를 수행하고 있다. 그간의 이성애 신파 역시 사랑과 관계에 대한 '감정 교육'이었다는 것을 환기한다면, 마찬가지로 퀴어 신파는 이에 대응하면서 퀴어(와)의 관계 맺음을 발명하고 감정 구조를 분화하는 개념이 아닐 수 없다.

2. 진정한 리얼리즘이 퀴어를 소환하는 자리

이성애 신파가 이미 장악한 재현 규범은 화자 '박감독'이 퀴어 영화를 직접 만들어야겠다고 결심한 계기였다. "나는 퀴어 된 도리를 다하기 위해, 한국에서 개봉하는 거의 모든 퀴어 영화를 챙겨봤으나 번번이 큰 실망에 사로잡혔다. 퀴어 영화들은 하나같이 과잉된 감정에 사로잡힌 신파거나 투명할 정도로 정치적인 목적을 드러내고"(「자이툰 파스타」, 147쪽) 있었다. 이는 앞서 살펴본 퀴어의 정동을 신파로 읽거나 퀴어의 사회적 조건을 자본주의로 읽는 리얼리즘이라는 문법을 연상시킨다. 이성애 규범에 특화된 재현 문법에서는 "동성애를 훈장처럼 전시"하는 리얼리즘이거나 퀴어의 정동을 "대상화해 신파로 소모"하는데, 이는 "남성동성애자의(즉, 나의) 현실과 거리가 멀"기에 "영화를 보다 없던 혐오감"마저 느끼게 한다(같은 쪽). "이성애자 감독들이 그리는 동성애 섹스는 하나같이 (……) 과장된 모습"(178쪽)이다. 기성 퀴어 재현에서 '신파'의 작동을 읽어내는 박감독은 이성애 문법과 정동으로 재현한 서사가, 퀴어 관객으로서 자신의 쾌락과 향유를 위해서는 제대로 작동하지 않음을 짚어낸다. 분개한 박감독은 "세상에 없는 퀴어 영화를 만들기 위해서" 스스로 퀴어 미학을 발명해 "태초의 무언가가 되기로 마음먹"는다(147쪽).

그런 박감독의 도전은 끊임없는 이성애 신파의 견제를 받는다. 박감독은 영화 배급사에서 일하는 친구 '미자'를 돕기 위해 영화감독 'K'의 20주기 회고전 상영회에 참석한다. 평론가들의 찬사를 오래 받아온 영화 〈연인〉은 박감독에게는 "과장된 어조의 대사"로 점철되어 "상투적이고 피상적인 질문"(168~169쪽)만을 유발하는 전통적인 이성애 신파일 따름이다. 심지어 이 회고전은 동성애 루머를 은연중에 이용하는 "세상에서 동성애를 가장 잘 이용하는 이성애자"(173쪽)인 '오감독'에게 문화적 권력을 배분하는 자리이기도 하다. 일찍부터 오감독은 "사회적 약자를 대상화하는 최루성 상업 장편영화"(143쪽)를 찍어왔다. 화자는 그런 오감독의 재현에서 신파의 문법을 읽어낸다.

그의 영화는 성소수자를 심하게 대상화하고 있었고, 80년대 퀴어 서사에나 적합한 신파 코드로 점철되어 있었다. 익숙한 게 좋다 이거겠지. 평론가 김은 심사평에서 오감독의 영화를 두고, 성적 소수자의 고통을 잘 형상화해 동성애를 보편적 경지로 끌어올린 수작이라고 평했다. 그들은 모두 보통 사람들이 누구이며 그들이 하는 보편적인 사랑이 뭔지 너무 잘 알고 있는 눈치였다. 동성애자들이 뭐 얼마나 특별한 사랑을 하고 산다는 건지, 동성애자인 나조차도 알 수 없는 일이었다. 아무튼 이성애자가 연루되면 뭐 하나 제대로 되는 일이 없었다.

박감독 작품이 별로였다는 건 아냐. 근데 뭐랄까. 좀 현실적이지 못해.

네? 갑자기 무슨 말씀이신지. (일기나 다름없는데.)

아니 생각해봐. 주인공들이 너무 발랄해. 깊이가 없어.

깊이요?

응. 캐릭터들이 자기가 동성애자라고 우기기는 하는데 가슴속에 우물이 없어. 그게 말이 안 돼.

무슨 (좆같은) 말씀이신지.

박감독 세대는 어떨지 모르겠는데, 우리는 동성애자가 그렇게 별 고통 없이 정체성을 받아들이는 게 너무 이상하고 어색하게 느껴진다고. 너무 나이브하지 않나. 사회적으로 고립된 소수자들이 왜 그런 말투를 쓰는 건지.(「자이툰 파스타」, 178~179쪽)

박감독 자신의 일기처럼 만든 영화를 향해, 기성의 비평 담론은 퀴어의 고통을 잘 형상화하지 않았기 때문에 보편적 경지에 이르지 못했다고 단언한다. 이 '리얼리즘'은 지금 살아가고 있는 동성애자의 현실이 아니라 "동성애자들에 대한 감독의 성찰"(180쪽)에서 현실성을 찾는다. 사회적 타자의 고통을 진지하게 성찰해 '가슴 속 우물'을 갖춰야 한다. "보통의 사람들을 설득할 수 있는 치명적인 '지점'"(같은 쪽)이 '깊이' 재현될 때, 비로소 진정성에 도달하기 때문이다. 타자는 진지한 감정인 '고통'을 제공할 때 어색하지 않고 진지한 재현의 대상에 도달한다. '보통 사람'의 인식론은 타자를 인식 대상으로 번역하는 리얼리즘을 통해, 그런 타자성을 인식해'주는' 윤리적/미학적 위치를 생산한다. 타자를 인식하는 자기의 진정성을 확인하는 쾌락. 박감독은 이 재현 규범이 "동성애자인 나"와는 사실 무관하며 "이성애자가 연루되면"서 일어나는 사태라고 정확하게 지적한다. 퀴어를 소환하는 리얼리즘이 실은 자기 응시임을 본다. 이성애 규범적 신파 서사(성)는 퀴어를 포획하여 인식의 주체를 재생산하는 정치 미학인 것이다.

오감독의 최근작이 "전형적인 한국형 신파 문법에 양념처럼 아동성폭행 소재를 얹어놓은 영화였다"(172쪽)라는 '나'의 분노한 평은 신파 문법과 그 감정 구조가 이성애자 남성 지식인에게 이미 미학적 규준으로 정립되어 있으며, 그로써 타자의 고통을 인식하는 쾌락과 향유가 이 세계의 근본 미감임을 보여준다. 세계를 관찰하는 진정성이 이성애 규범적 리얼리즘 미학의 목표인 셈이다. 이미 세계의 주인인 주체에게는 타자의 고통을 투명하게 재현하고 인식할 수 있다는 믿음이 있다. 그 투명한 리얼리즘은 타자를 재현함으로써 세계의 고통을 파악하는 단단한 총체성의 주체가 되는 방법이기도 하다. 이 재현의 주체는 자신의 재현 자체가 다시 세계를 구성하고 자신의 언어가 다시 타자의 환경을 조성한다는 점을 간과한다. 총체성의 누빔점이기에 자신이 어디에 서서 무엇을 하는지 보지 않아도 되는 이성애자 남성 지식인에게 당연한 세계 원리인 리얼리즘은, 이 '객관성'에 기반한다. 이러한 진정성의 윤리로서의 리얼리즘은 그간 한국문학장에서 자주 운위되어온 특정한 '문학성'이 감춰온 젠더적 인식틀과 상통한다.[7] (비-남성인) 퀴어/여성을 사회의 죽음 충동과 자기 파멸로 읽는 리얼리즘은 여전히 강고하다.[8] "박상영은 도덕과 윤리를 결여한 채 타인 지향의

---

7) 이 책에 수록된 「소설의 젠더와 그 비평 도구들이 지금」을 참조할 것.

8) 소영현은 박상영 소설의 인물들이 "소비 자본주의의 낭비와 탕진의 이미지로 감싸여 있"는 것을 "합법적이고 합리적이며 생산적이고 미래 지향적인 성실한 삶에 대한 열망"에 대한 저항으로 읽는다. 사회의 부정성을 예증하는 현상으로 퀴어를 읽던 독법을 뒤집어, 재생산을 전담하는 이성애 규범이 자부하는 '재생산 미래주의'에의 거부로 읽는다. 퀴어에게 주어진 규범이라는 조건에 대한 반응이자 생산적인 파괴로 독법

평평한 자의식에 갇힌 군상들의 시선을 빌려 오늘날 절대다수의 한국인에 의해 물질적으로 구성된 '한국적인 것'의 한 측면을 어떤 사회과학적 통찰보다 정확하게 형상화한다"(331쪽)라는 해설 역시 퀴어/여성 인물의 조건과 수행에서 자본주의의 타락을 추출해 이를 통찰하는 진정성의 윤리, 리얼리즘의 문학성에 도달하고 있다.[9]

그러니 사실상 이 리얼리즘은 윤리적으로 타락한 시대의 독자를 통찰하는 애통함을 자신의 미학으로 삼는다. "'근대문학'의 해체는 절대다수의 대중들이 더이상" "'근대문학'적 윤리"에 관심을 두지 않기 때문이다(330쪽). "이 시대의 독자들은 간이치와 오야마의 후예들"(『금색야차』의 연인)로서 "자신의 육체와 정신적 소양을 자본주의적 테크놀로지로 완전히 치환한 호모 에코노미쿠스의 중우정치"에 사로잡혔다(같은 쪽). 그런 대중들의 신파적 감성구조와 자의식 과잉은 '문학의 종언'으로 독해되지만, 정작 소설은 그런 독자(성)로부터 다른 퀴어 미학을 도출해낸다.

을 바꾼 것이다. 이러한 정치성을 바탕으로 퀴어 재현을 재구성하기 위해서는 "퀴어 재현물이 그간 누구를 독자로 상정했는가라는 날카로운 질문"이 필요하다. 소영현, 「퀴어의-비선형적인, 복수의-시간」, 『크릿터』 1호, 2019, 87, 95쪽.

9) 그런 점에서 가라타니 고진의 『근대문학의 종언』을 소환함으로써, 여성의 성적 실천에 내재한 젠더적 조건 혹은 규범에 대한 대응을 부정하고 대신 자본주의의 세기말적 승리라는 현실을 읽어내는 리얼리즘을 퀴어 서사의 독법으로 제시한다는 점은 증상적이다. 『금색야차』의 "오미야처럼 자신의 상품가치를 생각해 좀더 비싸게 팔려고 하는 여성은 오늘날에도 널려 있으며, 남녀 모두 처녀성 따위에는 신경을 쓰지도 않습니다. 수년 전에 '원조 교제'라고 불리는 10대 소녀의 매춘 형태에 혁명적인 의미부여를 하려고 했던 사회학자가 있었습니다. 그러나 그것은 자본주의가 보다 깊숙이 침투했다는 것을 의미할 뿐입니다. (……) 오늘날에는 그런 자본의 본성이 전면에 등장해 있습니다."(윤재민 해설, 329쪽, 재인용) 이는 비규범적 섹슈얼리티를 자본주의적 병적 폐해로 흡수하는 안도감이다.

3. 자기중심적인 퀴어 독자들의 미학

오감독은 뻔뻔하게 관객을 향해 예술과 창작이란 "자위행위"(「자이툰 파스타」, 171쪽)라고 대답하며 자기 욕망을 전시할 수 있지만 박감독에게는 그런 자족적 재현 언어가 제공되질 않는다. 그러므로 박감독은 어렵게 겨우 상영한 자전적 영화 〈알려지지 않은 보편의 사랑〉이 결국 실패했다고 자인하게 된다. "주인공이 게이라는 것 말고는 아무런 특색도 가치도 없는 그런 영화"(207쪽)라고 신랄하게 자평하는 박감독은 퀴어성을 보편적인 재현 언어로 다시 쓰려는 시도가 결국 새로운 언어의 창출에 이르지 못했다고 좌절한다. 이성애 신파는 이십 년이 지나도 재평가되고 끊임없이 반복·변주되지만, 퀴어 서사는 언제나 새롭지 않으면 존재 가치를 증명하기가 어렵다.

그런데 자신의 영화가 "쓰레기"(209쪽)라고 자조하는 그를 향해 관객 '왕샤'가 다가와 말한다. "뭔 소리야. 난 재밌게 봤어."(같은 쪽) 왕샤는 "캐릭터들이 맨날 술이나 처먹고, 섹스나 하고 그런" "영화가 꼭 너 같다고"(같은 쪽) 말한다. "영화 보는 내내 꼭 네가 나한테 말을 걸고 있는 것처럼 느껴졌다면 너무 자기중심적인 생각인가."(같은 쪽) 너의 일상, 그리고 나의 일상 같아서 재밌다고, 그 일상들이 연결되는 대화적 향유가 자신에게 미적 쾌락을 제공했다고, 퀴어 관객 왕샤는 퀴어 감독에게 말한다. 이로써 퀴어 미학에 관객성·독자성이 연루되어 있음이 제시된다. 규범적 언어와 단절하고 온전히 새로운 재현의 언어를 선보이겠다고 장담하던 박감독의 목표가 간과한 것은, 이 '너무 자기중심적인' 수용자의 향유 층위로부터 생성되는 미학(성)이다.[10]

---

10) 오혜진은 '퀴어 판타지'라는 독자성을 퀴어 서사의 미학(성)으로 제안한다. 작가의 정체성에 기대는 관행, 플롯이나 응시 같은 본질주의적 개념에 대한 기대가 불가능

실은 퀴어 관객 왕샤는 이미 퀴어적 문해력을 갖고 있다. 박감독이 철저하게 부정했던 이성애 신파 〈연인〉을 보고도 왕샤는 "한 여성의 이뤄지지 못한 사랑에 관한 대서사시"라고 평하며 "젖은 눈빛"으로 "자기감정에 취해"버린다(169쪽). 이성애 신파의 정동을 자신의 것으로 전유하는 왕샤의 '자기중심적인' 독법은 그간 이성애 규범적 서사와 남성적 문화 속에서도 다른 자원을 적극적으로 찾아온 여성/퀴어 독자들의 '기묘한 해석 노동'[11]을 연상시킨다. 퀴어 서사를 읽고 쓰는 과정은 이러한 퀴어적 자원의 인용과 상호텍스트성 속에서 재현되고 독해되기 마련이다. 「자이툰 파스타」는 그 퀴어 독자성 자체가 퀴어 재현에 작용하는 양상을 재현한다.

이성애 신파인 〈연인〉을 보던 화자는 스르륵 잠이 들고, 그 영화가 들어갈 자리는 왕샤와 '나'의 만남과 사랑과 우정의 시간으로 대체된다. 일종의 액자 구조를 통해 이성애 신파 대신 왕샤와 사랑에 빠진 '나'의 과거사라는 퀴어 신파로 대체함으로써, 독자에게 자신들의 퀴어 연애를 내민다. 이는 두 사람이 자신의 주변 공간과 맥락을 어떻게 바꾸어왔는지 보게 한다. 왕샤가 자신의 정체성을 본격적으로 고민

하다고 지적한 뒤, 일견 무관해 보이는 서사를 자신의 욕망으로 번역하여 즐기는 레즈비언 관객성에 주목한다. 본질적으로 다른 '응시'가 작동한다기보다는 퀴어의 문화적 자원과 재현의 전통을 '참조'하는 능력에서 기인하는 미학이다. 서사에 퀴어 독자의 욕망과 쾌락, '판타지'를 위한 장소가 존재할 때 퀴어적 향유가 발생한다. 오혜진, 「'퀴어 판타지'를 발명하는 영광」, 핀치, 2019. 11. 20. https://thepin.ch/think/x7nu3/daydream-7

11) "'그녀'들은, 카프카와 만과 조이스와 카잔차키스 소설의 주인공들과, 그것을 읽는 자아를 애써 일치시키고자 할 때에도 필시 이물감을 느꼈을 것이고, 그럼에도 결국에는 기이한 희열을 맛보는 '해석 노동'을 해보았을 것이다."(김미정, 「여성교양소설의 불/가능성: 한국-루이제 린저의 경우-(1)」, 『문학과사회 하이픈』 2016년 겨울호, 84쪽)

하면서 자신의 역사와 욕망을 고백하려는 순간, '나'는 즉각 "사실은 지금껏 너를 좋아해왔다. 태어나서 이런 감정은 처음이다, 뭐 이런 식의 BL물 같은 전개"(163쪽)와 눈앞의 상황을 견주기도 한다. 이미 읽은 동성애 규범적 서사 코드들에 신속하게 접속함으로써, 군대와 전쟁터라는 동성 사회적 공간에서도 틈새를 끝내 찾아내 다른 쾌락과 관계성을 찾아낸다. 이처럼 퀴어 신파의 서사성은 가장 불가능해 보이는 이성애 규범적 일상의 맥락을 부적절하게 파열시키며 퀴어(한) 정동으로 대체한다.

두 사람은 자신의 존재를 입증하기 위해 세계적 예술가가 되고자 했지만, 연이어 실패한 끝에 자이툰 부대로 오고 말았다. 자신의 존재를 입증하는 데 실패한 왕샤는 자신의 몸에서 냄새가 나는 것 같은 강박에 시달려, '왕샤넬'이라는 이름을 얻을 정도로 향수에 집착한다. 언제나 샤넬을 뿌리는 이유가 뭐냐는 질문에, "그냥 이름만 들어도 알 수 있는 거. 다른 걸로 대체될 수 없는 것들"(156쪽)이 좋기 때문이라는 전유의 갈망은 곧바로 "우리 쪽 사람 같다는 생각이 퍼뜩 들"(같은 쪽)게 한다. 자신을 설명한 언어와 이름을 갖고자 하는 욕망은 퀴어 예술가들의 자기재현을 추동한 맥락이기 때문이다. 「대도시의 사랑법」에서 "내게 닥친 현실을 받아들이기 위해 가장 먼저 내가 가장 잘하는 일"을 하고 그것은 바로 퀴어적 독해와 전유다. "독창적 별명 짓기"(「대도시의 사랑법」, 193쪽)는 일찍부터 왕샤와 박감독이 일상을 일구어온 방법이었다. 왕샤는 전쟁터와 인접한 군부대에서 "이정현의 테크노 넘버"를 들으며 아이들과 노래하고(「자이툰 파스타」, 199쪽), "성매매 안 했다고 이리 푸대접을" 하는 노래방에서 여성 아이돌이 되어 군무를 춘다.(191쪽) 여성혐오적인 이성애 규범적 남성 동성 사회성으로 구축된 공간은, 여성 아이돌의 율동과 가사를 전유해 젠더 규범의 강제력에서 벗어난 왕샤의 향유에 의해 순식간에 허물어진다. 황량한 전쟁터에서도, 차가운 도시 복판에서도 느닷없이 '샤넬 노래방'이 도래한다. 거창한 단절과 새로운 언어의 창안보다는, 세속적인 전유와 맥락 없는 도둑질로부터, 세계를 가장 통속적이고 비루하게 읽는 욕망으로부터 왕샤의 쾌락이 온다. 여기에 박상영 서사의 가장 통쾌하고 전복적인 미감이 있다. 재현 언어를 가지지 못한 퀴어 예술가들이 "이성애자들 진짜 안 되겠네. 다 죽여버려"(191쪽) 욕하며 마이크를 훔칠 때, 여성의 자유로운 섹슈얼리티를 병리화하는 의료 담론 앞에서 자궁 모형을 훔쳐 달아날 때(「재희」), 그 절도는 문명의 기원마다 자리한 "상징 게임의 도둑질"[12]을 반복한다. 자신의 비루한 강아지를 '패리스 힐튼'이라고 부르고(「패리스 힐튼을 찾습니다」), 자신의 몸에 '샤넬'이라는 이름을 뿌리고(「자이툰 파스타」), 혐오의 명분인 HIV를 "카일리 미노그로 다르게 만들면서 '나'는 자기연민과 자기혐오를 넘기 위한 최소이자 최대의 용기를" 내어 "퀴어 헤테로토피아"를 창출한다[13](「대도시의 사랑법」). 이러한 욕망들은 물론 통속적이지만 그 덕분에 자신의 신체와 욕망을 장악한 규범의 미시적인 지배력을 읽어내고 정지시킬 수 있다. 속물적인 향유와 전유는 욕망을 규율하는 이성애/젠더 규범의 지배력으로부터 자신의 몸을 '세속화'하여 자신의 삶을 다르게 만드는 정동을 주장한다. 거대 담론들에 패배해 자신의 신체로, 섹스로, 노래로, 춤으로 돌

12) 오은교, 「취향과 목소리」, 『모티프』 4호, 2019, 118쪽.
13) 김건형·김녕·이지은·한설, 「예민한 소설들, 그 미세한 기울기」, 『문학동네』 2019년 여름호, 531쪽, 김건형의 발언.

아가는 서사의 패턴은 가장 세속적인 정동과 쾌락으로부터 자신이 딛고 선 공간을 바꿀 자원을 찾아낸다.

'대도시의 사랑법' 연작은 서울을 중심으로 퀴어의 공간 읽기와 다시 쓰기를 보여준다. 사회인으로 성장한 친구들 속에서 이 화자들은 장소의 부재를 느낀다. 만나자마자 "이성애 연애담을 서로 공유하고 지랄"(「대도시의 사랑법」, 205쪽)이거나, 남성의 여성 '편력'을 자랑하거나, "아무도 묻지 않은 군대 얘기를 꺼내"(206쪽)는 남성 동성사회성의 규범에 맞게 자신을 패싱하는 일은 힘들고 무의미한 일이다. "무덤과도 같은 이곳"(194쪽) 서울은 퀴어에게 자신이 "어울리지 않아"(206쪽)서 "매 순간 내 일상을 휘감는 이질감"(같은 쪽)을 느끼게 한다. 그런 퀴어의 신체를 둘러싼 공간의 규범을 읽고 이를 전유하는 전략이 '대도시의 사랑법'이다.

> 시간은 새벽 4시 20분. 근데 있잖아. 어디론가 가고 싶은데 집은 싫어. 떠오르는 곳은 오직 하나. 이태원. 거짓말처럼 주황색 택시가 내 앞에 멈춰 섰고 나는 무작정 문을 열고 올라타 아저씨 이태원 소방서요, 외쳤다. 가로등 불빛과 네온사인 간판이 원래 이렇게도 찬란했었나. 갑자기 왜 이렇게 서울이 아름답지. 아무것도 아닌 모든 것들이 특별하고 대단하게만 느껴지지.(「대도시의 사랑법」, 207쪽)

퀴어(친화)적 공간인 이태원으로 가는 길은 일상과 다른 미학적 경험을 환기시킨다. 여기에서 게이 남성들은 그간의 이성애적 젠더 규범과 다른 '티아라'가 되어 낄낄댄다. 부박한 춤과 노래와 술과 웃음이라는 가장 세속적인 도구로 퀴어는 사랑과 우정을 나눌 공간을 스스로 만들어낸다. 그 순간 퀴어 헤테로토피아가 아름답게 명멸한다. "Don't be a drag, Just be a queen."(188쪽)의 네온사인이 빛나는 동안 서울이 퀴어의 정동으로 전유된다. "나를 보며 웃는 그의 맨질맨질한 이마에 조명이 반사되고 나는 이상하게 그가 나의 서울인 것만 같다. 아름다운 서울시티".(209쪽) 퀴어 신파는 지금 여기에 퀴어 헤테로토피아를 창출한다.

그러나 물론 전유만으로 모든 규범을 산뜻하게 초월할 순 없다. 헤테로토피아는 이내 회수당하며 절도는 들통나고 만다. "우리 완벽히 졌어. 마이크 하나 제대로 훔치지 못했어."(「자이툰 파스타」, 213쪽) 박감독과 왕샤가 이성애자들로부터 훔쳐낸 마이크는 다시 빼앗겨버리고 역으로 속아 돈만 날려버리고 말았다. 실은 퀴어만 전유하는 것이 아니라 이성애 규범과 주류 언어 역시 재전유해가고 있음을 단적으로 보여주는 장면이다. 여성이 전유한 페미니즘의 언어를 다시 회수해가는 문학 언어가 그래왔듯이. 두 사람은 혐오의 흔적을 완전히 제거하고 새로운 자긍심으로만 가득한 공간/언어를 갑자기 창안하는 일이 곤란한 일이라는 것을 절감한다. 그럴 때 소수자의 언어와 운동이 혐오의 역사와 폭력의 맥락 바로 그 위를 딛고 서 있음을 인정하는 것이 필요하지 않을까. 소수자 정치의 필요가 실은 혐오의 정치로부터 촉발되었다는 점을 새삼스럽게 상기한다면,「자이툰 파스타」의 결말은 지속적인 재전유의 작동을 명확히 읽어내고 그것을 단단히 딛고 선 자신의 정동을 읽는 것처럼 보인다.[14]

---

14) 퀴어적 접근은 '수치심'을 단순히 반대항인 '긍지'로 대체하기보다는 변용적인 수용력을 강조한다. 수치심은 (그 자체로 퀴어 혐오를 의미하던 시대를 넘어) 도리어 퀴어 주체로 하여금 현재 이성애 규범의 지배와 퀴어의 몸이 공명하는 양상을 알

절망한 "왕샤를 위로하는 방법은 언제나 하나였다. 예술"(214쪽).
퀴어 감독과 관객은 나란히 "유채영의 테크노 넘버"로 실패의 순간
을 재현한다. 몸을 한껏 웅크렸다가 하늘로 뛰어오르는 이 "작품의
제목은, '나는 세상의 아주 작은 점이다'"(같은 쪽).

> 칸영화제를 가기는커녕 제대로 된 퀴어 영화를 찍지도 못했고, 현대무
> 용가가 되지도 못했다. 보란 듯이 사랑을 하지도 못했고, 내가 누구인지 어
> 떤 감정을 느끼는지조차 제대로 알지 못한 채 어영부영 나이만 처먹었다.
> 동성애자이면서 제대로 동성애를 하지도 못했고 그것도 모자라 이성애자
> 들로부터 마이크 하나조차 제대로 훔치지 못했다. 이토록 철저한 실패는
> 영화에서도 찾아보기 힘들 정도다. 우리는 망했다. 망해먹은 채 아무것도
> 되지 못했다. 우리는 웃고 떠들고 술 먹고 섹스하다 죽을 줄이나 아는 동
> 성애자들일 뿐, 그 이상의 아무것도 되지 못했고, 되지 못할 것이다. 우리
> 는 애초에 아무것도 아니었고, 아무것도 아니며, 그러므로 영원히 아무것
> 도 아니다.(「자이툰 파스타」, 215쪽)

박상영의 인물들은 재현을 전유하려던 퀴어의 노력이 어떻게 실패
했는지, 동성애자의 성적 향유가 어떻게 이성애 규범으로 위태로워
지는지 보고 수치를 자조로 바꾼다. 실패를 스스로 선언하고 실패의
정동을 함께 재현한다. 이로써 패배에 불복하고 다시 퀴어 공동체를

아차리도록 장려한다. 긍정적인 정동뿐만 아니라 수치심을 통해서도 퀴어들은 공유
된 경험과 공감을 통한 공동체를 창조할 수 있다. Clare Hemmings, "INVOKING
AFFECT: Cultural theory and the ontological turn", *Cultural Studies*, 19:5,
2005, pp. 549~550.

정초한다. 끝내 남은 것은 "우리는 웃고 떠들고 술 먹고 섹스하다 죽을 줄이나 아는 동성애자"라는 통속적인 향유와 세속적인 쾌락이다. 그 이상의 아무것도 되지 않겠다고 선언하며, 최소이자 최대의 언어인 맨몸으로 춤추는 퀴어의 정동이 다시 이들의 전략이다. 왕샤가 박감독의 자전적 영화에서 읽었던, "캐릭터들이 맨날 술이나 처먹고, 섹스나 하고 그런" 자신과 정확히 같은 퀴어의 욕망과 정동을, 서사는 다시 독자의 몫으로 내민다. 그렇게 박상영의 퀴어 서사는 퀴어 자신의 현실을 직접 읽고 이를 갱신하는 과정 전체를 재현함으로써 퀴어 리얼리즘이 된다. 박감독의 자전적 영화는 기성 리얼리즘의 재현 언어를 대체하지는 못했지만, 그 신파를 읽어내는 퀴어 독자(성)와의 공동 창작으로써, 퀴어적 정동을 재현하는 이 서사(성) 자체는 성공한 셈이다. 그런 퀴어 신파를 읽고 쓰는 과정의 재현 자체가 '퀴어 리얼리즘'이 된다. 그것은 재현되는 대상이 아니라 재현하는 자신의 행위에 대하여, 그로 인해 자신과 주변의 세계가 어떻게 달라지는지를 바라보는 리얼리즘이다. 재현 자체가 이미 주어진 기성의 담론/재현과의 착종 속에서 일어날 수밖에 없음을 지극히 의식하게 되는 퀴어 리얼리즘은 세계의 총체적인 형상을 파악하는 일이 아니라 '나'의 일상을 향한다. 박상영의 퀴어 소설들은 기성의 퀴어 담론/재현과 화자의 자기 응시를 교차시키고 이를 반복해왔다. 문예비평, 이성애 결혼제도, 종교와 이념 등의 기성 담론이 퀴어를 어떻게 재현하고 제한하는지를 적극적으로 서사 안으로 끌어들이면, 소설가(감독) 화자는 이를 읽고 타협/저항하는 자신(의 퀴어 테크놀로지)에 대해 쓴다.

기성의 '리얼리즘'이 보편적 언어로 번역된 타자의 고통을 '진정'하게 인식하는 주체의 자족감에서 미학적인 가치를 찾는 반면, 퀴어 신파는 규범에 의해 제한된 언어로 주관적 감정을 발화하면서 자기 세계를 변혁하는 데서 미학적인 가치를 찾는다. 이성애 신파는 이성애/젠더 규범이라는 '진정한' 세계 원칙에 의거하기에 자신이 느끼는 감정에 대해서는 의심할 필요조차 없고 그 강도만을 문제삼으면 된다. 하지만 퀴어 되기는 자신의 신체와 욕망을 응시하고, 규범과 다른 자신을 되물으면서 촉발되는 사태이며, 주변의 물질적 관계와 자신을 조율해가는 지속적인 수행 과정에 가깝다. 규범의 언어와 자기(의 감정과 인식) 사이의 거리를 부단히 읽어내는 문해력이 퀴어 되기의 방법이다. 그런 점에서 퀴어 신파는 자신을 끊임없이 되묻는 (과잉) 독해를 통해서 자기의 (과잉) 인식에 이르고 있다.

4. 자기감정을 관찰하는 퀴어 신파, 관계 맺기를 실험하는 퀴어 신파

『대도시의 사랑법』에서 퀴어 신파는 자신을 둘러싼 다른 관계성을 모색하는 방향으로 확장되어간다. "과잉되어 있는 이 감상적 언어들은 사회에서 좀처럼 의미화되지 못하는 관계의 폭발적인 친밀성을 전달하며, 그 관계를 상실했을 때 애도할 방법을 묻는다."[15] 이는 감정 과잉이 서사 미학을 위협한다는 상투적인 독해를 넘어 퀴어 신파의 정치적 효과를 드러낸다. 퀴어 '나'의 감정을 응시하(려)는 서사 구조는 자아의 크기(진정성)로 세계를 통합하는 서정이 아니라 자신과 세계가 괴리되는 균열을, 그 균열이 '나'에게 어떤 것인지를 끊임없이 돌아본다. "나는 나와 관련된 모든 생각을 멈추기로 했다. 자의식 과잉은 병이니까"(「재희」, 58쪽). 자신의 감정을 응시하고 자각

---

15) 강지희, 「멜랑콜리 퀴어 지리학」, 『대도시의 사랑법』 해설, 318쪽.

하면서도 그에 대한 자족만은 주저하는 시선이다. 감정 과잉을 자각하고 거리를 두면서 자신의 감정을 자연화하지도 보편화하지도 않는다. 지극히 상황적이고 맥락적인 조건에 결부된 것임을 서사에 반복 각인한다. "그 시절 나는 나 자신을 냉면집의 발깔개 정도로 여기고 있었다. 대충 발이나 털고 지나가버리면 그만인, 그런 존재."(같은 글, 18쪽)

이를 "객관적인 자기 판단 능력"(14쪽)이라고 하면서 짙게 배어나는 자조와 냉소의 문체는, 자기 불신과 자기혐오를 드러낸다. 이 청년 퀴어는 불안정한 예술 노동자이거나 "최저시급 인생"인 "모래 한줌만도 못한 수드라"(「대도시의 사랑법」, 194쪽)다. 친구 '재희'가 "인문계열의 여성이라는 (취업시장에서의 공공연한) 핸디캡을"(「재희」, 47쪽) 갖고 주거 안전과 의료 문제에서 여성으로서의 억압을 받고 있다는 것도 잘 알고 있다. 이들이 사회경제적 조건에 예민할 수밖에 없는 것은 퀴어와 여성의 생존 수단이 달린 문제기 때문이다. 우리 시대의 퀴어/여성 청년 독자들에게 사랑할 능력을 믿지 못하(게 하)는 자기혐오는 익숙한 감각이기도 하다. 섹슈얼리티와 젠더 자체가 일종의 사회적 계급으로 작동하는 탓이다. 퀴어의 존재를 적극적으로 가시화하지 못하고, 퀴어의 관계를 향유하는 사회적 언어가 부족하다는 한국적 맥락마저 겹쳐지면 사랑할 용기와 자긍심을 갖는 일은 더 어려워진다. 이 퀴어 화자들은 "언제부터인가 어느 것에도 열광하지 않는 심드렁한 사람이 되어버렸으므로"(「제제」, 27쪽) 자신의 미래에 대한 긴 전망을 갖지 않는다. 그래도 "별로 불안하지는 않았다. 불안해지지 않는 비결은 별다른 기대를 하지 않는 것"(같은 글, 20쪽)이기 때문이다. 사랑하던 연인의 자살을 악몽으로 기억하거나(「제제」) 대낮의 거리에서 존재를 드러내는 일이 상시적인 공포인 연인을 지켜봐야 했다(「우럭 한점 우주의 맛」). "자존감이 낮고, 주기적으로 자살 충동을 느끼며, 학창 시절에 따돌림을 당해본 적이 있고 꼴에 예술영화나 책 같은 것을 즐겨 보"(「재희」, 48쪽)는 화자들은 반자동적으로 관계와 사랑을 불신함으로써 자신을 보호해왔다. 상대를 믿지 않기로 굳게 결심해놓고서는 자신의 속내를 털어놓는 남자들에겐 유달리 취약한 것도 이 때문이다. 광어처럼 투명한 '형'이나 계곡물처럼 투명한 '규호'가 자신의 취약한 역사를 먼저 드러내면 "조금 특별한 기분"에 빠지고 만다. "짧지 않은 시간 동안 이쪽 생활을 하면서 자기 자신에 대해서 포장하지 않고 한없이 진실에 가깝게, 정말로 투명하게 치부까지 다 드러내는 사람"(「대도시의 사랑법」, 216쪽)을 보는 일이 어렵다는 것을 알기 때문이다. "나는 그런 외로운 마음의 온도를, 냄새를 너무 잘 알고 있었다."(「우럭 한점 우주의 맛」, 90쪽)

자기불신과 혐오를 넘어 돌진해 오는 사랑과 관계들을 예상치 못한 이 로맨스 소설 화자들은 이내 압도당하고 만다. 사랑에 대한 불신을 비약적으로 넘어오는 관계(성) 앞에서 화자들은 버려질 것이라는 공포를 미리 앓는다. 소라가 태혁의 적극적인 마음 앞에 어찌할 바를 모르고(「부산국제영화제」), 자신을 기다려달라는 규호의 요청에 부러 어깃장을 놓듯이(「대도시의 사랑법」). 사랑할 역능을 확신하지 못해 번번이 상실하고 마는 서사적 패턴으로부터 박상영식 신파가 작동한다. 결말의 짙은 박탈감과 상실감은 지나온 사랑과 관계를 끝까지 바라보고 있는 자신을 자각할 때 생기는 반응이다. 기대를 하지 않음으로써 자신을 지키려던 마음이 실은 자기혐오임을 뒤늦게 응시하는 것이다. 비로소 '나'는 자신의 주변을, 누구와 어디서 어떻게 만나왔는지를, 자신과의 관계 맺음(인 정동)을 본격적으로 알려 한다.

이성애 규범적 젠더의 규율과 병리화에 함께 맞서던 재희와 '나'가 서로의 담배와 냉동 블루베리를 살뜰히 챙겨주는 마음은 여성과 게이가 함께 딛고 선 혐오의 구조를 알게 했다. 재희가 이성애 가족 제도를 향해 떠나는 모습을 쓸쓸히 바라보며 그 아름다운 시절을 애도하는 신파는, (기혼) 여성과 퀴어가 관계 맺는 법을 더 멀리 내다보며 묻는다. 이는 가족/재생산의 시간과 퀴어의 시간이 맺는 관계를 새로 제기한다(「재희」). 민족이라는 이념에 갇힌 선배 세대의 퀴어와, 정상 가족이라는 종교에 갇힌 엄마를 보는 복잡한 마음은 퀴어를 구획하는 세대적 담론이 어떻게 퀴어의 마음에 영향을 미치는지 보여준다. 그럼에도 모든 것을 단번에 끊어내지 못하고 끝까지 남는 애증은 퀴어의 르상티망을 드러낸다. 지극히 한국적인 맥락이 만든 당대 한국 퀴어의 상흔이다(「우럭 한점 우주의 맛」). 가족-국민 주체의 '안전한 영토'를 만들려는 국가의 생명 통치는 일상에서 퀴어를 상시적으로 검열하고 배제한다. 유독 HIV를 걸러내는 국경이 더 나은 일자리와 삶의 가능성을 차단하자 '나'는 남자친구 규호를 국경 너머의 가능성으로 보내주려고 부러 모질게 헤어지고 만다. 홀로 쓸쓸히 서울로 되돌아오는 '나'는 단독자들의 세계인 대도시에서도 사랑을 확언할 수 없는 자기혐오를 다시 절감한다(「대도시의 사랑법」).

그 감정들의 끝에 화자들은 사랑하고 관계 맺던 자기를 다시 쓴다. 그때의 "일기에는 그를 만날 때마다 끓어넘치던 나의 과잉된 감정이 담겨 있었"(「우럭 한점 우주의 맛」, 166쪽)다는 자기 읽기는, "내가 쓴 소설들이 재희와 내가 보냈던 밤들과 썩 닮아 있다"(「재희」, 54쪽)라는 자기 쓰기와 겹쳐진다. 읽고 쓰는 자신을 다시 쓰는 퀴어 소설가

'나' 연작은 자기감정의 가동 범위를 넓히고 갱신하고 축적해간다.

> 글이라는 수단을 통해 몇번이고 나에게 있어서 규호가, 우리의 관계가, 누구도 침범할 수 없는 둘만의 특별한 어떤 것이었다고, 그러니까 순도 백 퍼센트의 진짜라고 증명하고 싶었던 것 같다. 온갖 종류의 다른 방식으로 규호를 창조하고 덧씌우며 그와 나의 관계를, 우리의 시간들을 온전히 보여주고자 했지만, 애쓰면 애쓸수록 규호라는 존재와 그때의 내 감정과는 점점 더 멀어져버리고야 만다. (……) 내 소설 속 가상의 규호는 몇번이고 죽고 다치며 온전한 사랑의 방식으로 남아 있지만 현실의 규호는 숨을 쉬며 자꾸만 자신의 삶을 걸어나간다. (……) 오직 글을 쓰고 있는 나 자신만이 남는다.(「늦은 우기의 바캉스」, 307~308쪽)

규호의 영문 이름 'Q Ho'가 "퀴어 호모Queer Homo의 줄임말"(268쪽)이라는 의미심장한 농담과 전작의 인물로 규호(와의 관계)를 설정해왔다는 고백을 겹쳐 읽으면, 이는 특정한 개인에 대한 회상에 그치지 않는다. 퀴어의 관계망 속의 '나'를 재현함으로써, 사랑의 방식과 감정 구조를 모색해온 연작소설의 서사적 욕망에 대한 진술에 가깝다. 퀴어소설가 '영'의 쓰기는 퀴어의 관계성과 감정 구조들을 발명하여 조금 다른 자신이 되어가는 자기 형성이다.

감정 과잉이 무시무시한 세계에 던져져 생존을 모색해야 하는 연약한 자신에게 겁먹은 상황을 자각하면서 생겨나는 감정이라면, 이성애 신파는 그것을 운좋게 미리 겪은 셈이다. 근대 초입 이수일과 심순애가 자본주의적 교환경제에 적합한 삶의 문법을 찾기 위해 필사적으로 애쓰는 자신에게 고작해야 성애와 관계가 주어졌다는 것을 알아차리는 순간, 신파적 감정이 등장했다. "객관적인 자기 판단 능력"이 생존 수단인 시대의 퀴어 '나'는 자기혐오를 딛고 서서 자기감정의 가동 범위를 알려 한다. 지금 퀴어 서사에서 신파적인 것이 읽힌다면 다행이다. 퀴어 '나'들은 세계 속 자신의 위치를 보고, 그 위에 서서 자신의 공간과 주변의 관계를 다르게 만들어 감각 능력을 개발해가고 있다. 이제 우리의 문학사에는 퀴어 신파라는 서사 구조와 그 감정 구조를 더 읽어내는 구체적인 퀴어 미학이 필요하다.[16]

(2020)

---

16) 퀴어성이 '차이'와 '되기'와 밀접하다는 근래의 논의들은 퀴어 미학을 창안하지는 않는 듯하다. 확정되거나 특정되지 않는 퀴어성과 낯설게 보는/되는 시적 언어는 필연히 유비되지만, 그래서 개별 텍스트에 대한 구체적인 독해 도구를 창안하지 못하는 것 같다. 퀴어라는 단어를 가리고 읽어도 시적 언어란 본디 확정되거나 특정되지 않는다. 구성적 외부라는 이젠 익숙한 구도를 반복하면서, 퀴어성의 정치적 급진성보다는 문학적 편재성을 주장하는 방향이다. 문학은 퀴어하다는 선언에 덧붙여 퀴어 문학으로서 다르게 읽는 구체적인 도구들이 더 고안되어야 하지 않을까.

퀴어 테크놀로지(들)로서의 소설
—김봉곤식 쓰기/되기

성적 실천을 통해 관계 시스템에 어떻게 도달할 수 있을까요?

동성애적 삶의 양식을 만드는 것이 가능할까요? (······)

그것은 제도화된 관계와는 다른 강력한 관계를 만들어낼 수 있습니다.

삶의 방식이 문화와 윤리를 만들 수 있다고 생각합니다.

"게이"가 된다는 것은

동성애자의 심리적 특징과 가시적인 가면과의 동일시가 아니라

삶의 방식을 정의하고 개발하려는 노력이라고 생각합니다.[1]

1. 퀴어 인식론이라는 제1원리와 퀴어 트리비얼리즘

상경 후, 내적 갈등을 끝낸 스물네 살 겨울 이후로 나는 단 한 순간도 내가 게이라는 사실을 잊고 산 적이 없었다. 과장이 아니라 내가 바라보는

---

1) Michel Foucault, "Friendship as a Way of Life", *Ethics: Subjectivity and Truth*, The New Press, 1998, pp. 157~158.

모든 사물과 사람과 사실과 사정과 사건이 내가 게이라는 걸 지시하거나 게이가 아님이 아님을 지시했으니까. 나는 그 생각에서 벗어나 사고한다는 것 자체가 불가능했다. 그건 좋았다. 정말 좋았다. 그게 내 기쁨이었다. 매분 매초, 이제껏 나를 가려왔던—내가 가려왔던 베일을 벗고 선명하게 세상을 바라보는 것.(「라스트 러브 송」, 132쪽)[2]

　김봉곤의 '나'들은 세계를 게이의 눈으로 바라보는 것이 자신의 실존과 불가분의 관계라고 선명하게 선언한다. 사랑의 시민권을 인정하고 타자를 포용하라는 '훈계'보다는, 세계와 자신의 관계를 파악하는 인식론과 존재론의 재현에 더 관심을 둔다. 남성에 대한 취향과 사랑을 세밀하게 묘사하며 "눈으로 주워 담은 새 세계의 에너지를 모—든—것에 대한 사랑으로 옮겨가기, 그걸 다시 남자에게 집중시키"는 문장들은 "세상을 여태까지와 다르게 바라보아야 한다는 강박"이다(「라스트 러브 송」, 132쪽). '퀴어'가 세계를 인식하는 방식이자 '나'의 존재를 자각하는 차원이기 때문이다. 퀴어는 다만 한 가지 난제가 추가된 것이 아니라 아예 다른 코기토로 구성되는 것이다. 김봉곤의 '나'들에게 세계에 대한 인식은 남자에 대한 사랑과 불가분하다. 퀴어적 감각으로부터 세계를 인식하고 관계를 맺기 시작한다는 자의식은 서사에 골고루 산포되어 있는, 인물 '나' 자체의 핵심적 구심력이

---

2) 이 글은 김봉곤의 다음 작품을 읽는다. 『여름, 스피드』, 문학동네, 2018(「컬리지 포크」 「여름, 스피드」 「디스코 멜랑콜리아」 「라스트 러브 송」 「Auto」); 「조각보 만들기」, 『문학과사회』 2017년 가을호; 「시절과 기분」, 『21세기문학』 2018년 봄호; 「신일」, 『릿터』 2018년 2/3월호; 「데이 포 나이트」, 『자음과모음』 2018년 여름호; 「나의 여름 사람에게」, 『현대문학』 2018년 7월호; 「엔드 게임」, 『문학동네』 2018년 가을호. 인용시 본문에 작품명과 쪽수만 밝힌다.

다. "다시 생각해 봐도 나는 남자가…… 너무너무 좋았다!"(「컬리지 포크」, 38쪽) 게이-'나'를 자기 선언하고 그런 자신의 사랑의 실재를 드러낸다. 이를 위해 김봉곤은 "나의 동성애 중심적 사고를"(「Auto」, 187쪽) 선명하게 구현하는 세계로 이성애자 독자들을 초대한다.

'나'는 욕망하는 게이 '나'가 어떤 순간에 발기하는지 적나라하게 기술한다. 이 동성애 중심적 사고는 매우 세속적인 시공간에서 세속적인 층위에서 펼쳐진다. "수많은 게이들과 직장인이 섞여 웃고 떠들고 욕하고 품평하는 그 거리의 사거리에서"(「여름, 스피드」, 73쪽) 세속화된 퀴어의 사랑을, 트리비얼리즘을 연상시키는 방식으로 제시하고 있다. 동성애자 전용 앱과 관계 맺음의 양상, 종로3가와 익선동 거리와 같은 퀴어적 도시 공간뿐만 아니라 논케, SM, 게이 포르노, 턱수염, 성기의 외양, GMPD나 베이비립 같은 남성 신체에 대한 페티시들은 별다른 설명 없이 인물 '나'의 "나의 동성애 중심적 사고" 속의 일상으로 체현된다. SNS의 1인 글쓰기를 연상시키는 퀴어적 일상성은 그 자체로 전략이다. 서사 전체를 장악한 퀴어의 욕망은 (보편적 이성애와 이형동질이라는) '순정한 연애소설'로만 환원하기 어렵게 만든다. 김봉곤은 남성 간 성애를 에둘러서 말하거나 혹은 부러 가감하지 않는다. 이를 비극이나 인물의 숭고함을 형상화하기 위해 사용하지도 않기에 김봉곤의 퀴어 '나'는 자신을 순진한 희생자로 제한하는 정치적 낭만주의로 비상하지 않는다. 김봉곤에게 퀴어는 재현당하는 대상이 아니라 재현하는 주체, 욕망하는 주체로서의 발화 위치를 갖는다.

여성의 신체를 다양한 이미지를 동원해 자연화하고 예찬함으로써 남성 화자(의 응시)가 존립했던 고질적인 한국문학의 전통에서, 김봉곤의 세속적인 남성 신체에의 응시는 당혹스러운 것에 속한다. 가부장을 향한 정치적 풍자가 아닌 물리적인 남성 신체에 대한 미적 응시, 자신의 만족스러운 자족적 향유를 위해 추동되는 남성 신체에 대한 욕망은 기성 문학에 여전히 낯선 것이다. 김봉곤에 대한 독해들이 대체로 남성 간 성애의 '외설성'을 짚으면서도 추상적으로 우회하는 경향을 보이는 것도 무리는 아닌 것 같다. 어떤 점에서 남성의 육체는 비로소 응시의 대상이 되고 있다. "아는 게 너무나 많지만 아는 게 하나도 없는 남자야. (......) 나는 언제나 그런 남자들을 좋아했고 세상엔 그보다 귀여운 존재는 없었다."(「컬리지 포크」, 46쪽) 수염과 성기, 포피와 정액 같은 남성의 신체에 대한 지극히 게이적 욕망의 개별성을 김봉곤은 특히 후각으로 포착한다. 남자의 개별적 존재를 오롯이 느끼는 순간이나 남성 간 관계 맺음의 고유한 방법론이 드러날 때 남자의 냄새가 두드러진다. "유자 냄새 그리고 청결한 남자에게서 나는 기분좋은 땀냄새"(같은 글, 34쪽)는 강렬한 성적 향유이자 그 남자가 내게 와서 의미화되는 방식이다. "혁상이 냄새"나 "당신의 고간에서 나던 달고 매운 냄새"는 남자를 기억하고 사랑을 환기하는 개별적 매개다(「라스트 러브 송」, 149쪽). 김봉곤은 퀴어의 사랑을 세속화시켜 추상적 구도(인 사실은 이성애)로 '승화'시키는 독해를 방해하며, 사랑을 정말로 남자 냄새가 나는 남자들과의 물리적인 욕망과 관계로 돌려준다. 가장 육체적인 영역이며 개별적인 감각인 후각을 통해서 남자를 기억하고 세계를 느낀다.[3] 이는 사건보다는 정념에 더 민감하고

---

3) "향과 냄새는 제게 굉장히 센슈얼한 영역인 것 같아요. 단어 그대로 관능적이고 육감적이고 감각적이라는 점에서요. 좋은 냄새가 그 사람에 대한 호감으로 나아가기도 나쁜 냄새가 제 음심을 자극하기도 한다는 것이지요. 또한 노스탤지어를 촉발하는 가장 큰 매개가 음악과 더불어 제겐 냄새인 것 같아요. 많이 중요하네요!"(김봉곤·황예인, 「인터뷰」, 『소설 보다: 봄-여름 2018』, 김봉곤 외, 문학과지성사, 2018, 48~49

풍경과 분위기에 대한 감각적인 묘사가 돋보이는 김봉곤 특유의 문체의 일환이기도 하다. 남자와 도시, 유년을 순간적으로 이어버려 시공간을 점유하는 독특한 전략이다. "권태라는 감정은 필연적으로 남자(들)를 떠올리게 하고 동시에 후각적이다. 석유난로가 타오르며 실내를 가득 채우는 냄새, 자동차 배기가스 냄새"(「Auto」, 222쪽)와 같은 유년의 도시 냄새에서 김봉곤은 남자에 대한 욕망을 느낀다. 1980년대의 진해를 완벽하게 상기시키는 쇼와 레트로로 가득한 교토에서 어린 시절 "터미널을 떠올리던 찰나 배기가스가 내 쪽으로 훅 끼쳐들었다. 그리고 그건 명백히 남자 냄새였다"(「컬리지 포크」, 25쪽). 김봉곤 특유의 레트로에 대한 매혹과 유년의 도시에 대한 개별적인 기억만큼이나 이 남자들과의 사랑도 환원할 수 없는 개별적인 감각임을 말하는 방식이다. 도시의 냄새는 남자의 기억이라는 레트로를 자극한다. 공간과 시간을 퀴어링queering하면서 게이 산책자 '나'는 퀴어적 정동과 향유의 기제를 가지고 도시를 거닌다.

2. 퀴어 테크놀로지(들)의 경합

이는 단순히 한국문학의 신선함, 다양성의 쿼터 확보에 그치는 것은 아니다. 퀴어의 오르가슴으로 충만한 자족적 향유의 일상이야말로 필연적으로 사랑의 규범과 주체의 양상을 드러낸다는 점에서 '나'의 쓰기를 더 문제적으로 만든다. 섹스를 재현하는 것은 욕망의 경제를, 주체의 생성 과정을 드러낸다. 이는 다시 그 주체 '나'를 둘러싼 규범과 수행을 재현해서 퀴어 주체의 성적 실천이 만드는 관계의 물

쪽. 김봉곤의 발언)

리학을 드러낸다.

'나'의 동성애는 외려 이성애적 섹스-젠더 시스템의 지배를 체감케 한다. 산책중 자전거 무리가 지나가면 서로의 몸을 떼어내거나 모텔에서 남자 두 명이라 거절당하지 않을지 걱정하는 순간들은 데이트 내내 반복된다.(「디스코 멜랑콜리아」) 일상의 사소한 자기 검열과 순간적인 균열들이 불쑥불쑥 난입해오고 있다. 사랑을 드러내는 순간, 규율의 내재적 응시가 날카롭게 난입한다. 남성 간의 접촉, 관계 맺음의 정도와 강도를 특정하는 행동 강령을 퀴어 개인은 내면화할 수밖에 없다. "누군가를 이렇게 현실에서 만난 건 처음이야"(「컬리지 포크」, 36쪽)라고 말해야 하는 연애 실천은 항상적인 질투와 두려움을 가질 수밖에 없다. 모교의 퀴어 포럼에 "큰 용기를 내어 찾아왔"(「라스트 러브 송」, 142쪽)다는 상시적인 불안 앞에서 사랑은 규범에 맞설 용기를 필요로 하는 일이다.

물론 이것이 김봉곤의 인물을 결정짓는 날카로운 사건으로 비화하진 않는다. '나'들은 이미 규범의 폭력적 감시를 전제로 일상 속 사랑을 꾸리는 작은 기술들을 창안해간다. "이반들의 통행 및 음란 행위 금지"라는 명령을 지극히 의식하면서 "무시하고 보란 듯이 키스하고 아랫도리를 비비"(「여름, 스피드」, 79쪽)며 공중의 시선을 의식해 신체 접촉을 하(지 않)는 것은 데이트의 강렬도를 결정하는 '밀당'에 가깝게 작동한다. '나'가 한적한 공원이나 식탁 아래에서 몰래 손을 잡을 때, 거리에서 '에하라'와 어깨동무로 비밀스러운 접촉을 할 때, 남성의 신체 접촉과 남성 간의 관계 맺음을 특정하게 규율하는 이성애 섹스-젠더 시스템은 퀴어 연인들을 강력하게 지배하는 동시에 다시 일정 정도 전복되고 있기도 하다. 김봉곤의 연애 소설은 이성애 신체 규율이 퀴어의 미시적 일상을 지배하는 동시에 퀴어들이 그것을 참조하고 불응하며 다른 연애 규범을 스스로 만들고 있음을 보여준다.

「시절과 기분」은 이러한 연애 규범(들)의 중층적 작동을 특히 문제삼는다. 현재 '해준'을 사랑하고 있는 '나'는 게이라는 사실을 알아봐 달라는 '떼'를 쓴 소설을 출간한 후 대학 시절 여자친구 '혜인'의 연락을 받는다. 이를 계기로 '나'는 혜인과의 관계에서 거리를 두는 과정이 정체성 형성에 중요한 영향을 미쳤음을 기억한다. 그런 점에서 혜인의 전화는 퀴어의 삶 자체를 되돌아보게 하는 호출이다. 퀴어의 자기 정체화 과정은 이성애 연애 대본의 자연스러운 강제력으로부터의 길항과 경합 속에서 이루어진다. 그러니 감정이 격해지면 공적으로 울고 손잡고 키스할 수 있고, 공공연히 기차역에서 작별 키스를 요구할 수 있는 혜인과의 재회는 해준에게 큰 위협일 수밖에 없다. 아무리 일상 속에서 사랑스러운 행동을 해도 '나'는 규범의 시선을 차단하고 자동차 내부로 밀어넣고서야 해준과 키스할 수 있다.(56쪽) 가시화되어서는 안 되는 키스와 오히려 가시화로 공증을 요구하는 키스가 경합할 때, 해준은 "눈을 감아도 떠도 이곳이 허공같이 느껴진다"(57쪽)고, 언제든지 추락해버릴 것 같은 "고소공포증"(56쪽)을 토로한다. 혜인을 만나러 가는 '나'를 만류하는 해준에게는 강력한 이성애 대본의 포섭력에 대한 생득적인 불안과 질투가 가득하다.

"내일 안 가면 안 돼?"/"그럴 일 아니래도."
쓸쓸한 목소리로도 통하지 않자 해준은 장난스럽게 말해왔다. 가지 마, 가지 마, 가지 말자 응? 그는 자신이 무슨 수를 쓰더라도 내가 갈 것을 알았다. 알면서도 그러는 걸 나도 알기에. (……)

해준을 위로해보라./때때로 나는 부드러운 명령형으로 생각한다. 그에
게 맞추어보라. 해준의 기분을 바꾸어보라. 해준을 사랑해보라. 해준을 사
랑하는 것이 자유가 아니라 어떤 의무처럼 느껴질 때, 적당한 압박감에 짓
눌리고 무거워지는 내 마음이 좋았다. 하지 말라는 사람 천지에 나라도 내
게 명령하겠다. 내게 내리는 그 괴이한 말투가 웃기기도 했고, 그럴 때면 해
준이 더 사랑스럽게 느껴지는 효과가 분명 있었으니까.
　해준의 불안과 칭얼거림 앞에서 나는 도리 없이 가장 원초적인 방법을
택했다. 어쩌면 그건 시작이면서 끝이지 않을까? 나는 장난을, 장난스러운
페팅을, 에로틱한 전희로 바꾸는 작업에 들어갔다.(「시절과 기분」, 57쪽)

'나' 역시 이성애자(로 저절로 간주되던) 시절로의 회항이 해준에게
큰 상처가 된다는 점을 실은 잘 알고 있다. 이성애적 연애 대본과 재
회한다는 것이 얼마나 위협적인지 알고 있기 때문이다. 강력한 힘을
가진 그것으로 동화되지 않고 맞서기 위해서 '나'는 일부러 자신에게
명령하면서 해준과 '나'에게 독립적으로 기능하는 관계와 연애의 규
범을 스스로 만들어내야 한다. 퀴어의 연애는 "하지 말라는 사람 천
지"인 금지 명령으로서만 재현될 뿐이므로, 나 혼자라도 사랑을 의무
처럼 자발적 명령으로 만들 때 비로소 "적당한 압박감에 짓눌리고 무
거워지는 내 마음이 좋"다는 아이러니한 기분이 생겨난다. 해준을 사
랑하라는 규범은 부재하므로, 퀴어의 연애는 '자기 명령문'으로 스스
로 그것을 만들어간다. "하지 말라는 사람 천지에 나라도 내게 명령"
할 때 생성되는 특유의 기분, 사랑의 느낌이라는 효과가 생겨난다. 그
런 점에서 자신의 연애가 과연 진정한 사랑이었나를 거듭 확인하는
김봉곤 특유의 회상과 복기에 대한 강박적인 태도는, 자신이 아니면

그것을 사랑으로 확정할 규범이 확실치 않은 탓이다. 그것이 사랑이 었다고, 지금 사랑중에 있다고 보증하는 것이라곤 자신에 대한 부드러운 명령문만 있기 때문이다. 이성애 연애 모델과 젠더 규범에서 탈각하면 손쉽게 평등한 유토피아적 사랑으로 고양된다고만 보기 어려운 두려움과 질투가 드러난다.[4]

이 자기 명령문은 동시에 김봉곤이 재현하는 '나'의 사랑들이 이성애 중심적 가족주의 연애 모델과 주체 규범이 상정하는 섹스-젠더 시스템의 외부에 존재하고 있음을 보여준다. 퀴어들은 이성애 섹스-젠더 시스템을 지극히 의식하고 자신의 존재와 위상이 그것과의 지속적 불화를 딛고 서 있음을 알고 있다. 정상 규범의 섹스-젠더 시스템과 대결하면서 자신을 구성해내야 한다. 김봉곤의 '나' 역시 규범 외부에서, 다른 방식으로 '나'를 구성하는 상시적 과정에 있다. 그럴 때 김봉곤이 퀴어의 연애(들)를 반복 재현하면서 만들어가는, 퀴어 주체 고유의 자기 재현/실천의 테크놀로지가 생성된다.

'퀴어 이론Queer theory'을 명명한 테레사 드 로레티스는 생물학적 성차로부터 젠더가 비롯된다는 본질주의를 부정하고, 복합적인 정치기술로서 권력 담론이 일상 속 '젠더 테크놀로지'로 작동하면서 개별적 신체에 젠더를 기입한다는 점을 지적한 바 있다.[5] 성 담론이 근대

---

4) 오혜진은 레즈비언의 성애를 평등하고 민주적인 유토피아로 가정하는 상상력이 퀴어에 대한 낭만화이고 실은 타자화일 수 있다고 지적했다.(오혜진, 「비평의 백래시와 새로운 '페미니스트 서사'의 도래」, 『21세기문학』 2018년 여름호) 영화 〈아가씨〉(2016)는 남성적 제국주의 시대에 달로 향하는 환상적 항해에서 내리지 못하고 끝맺는 낭만주의적 재현이었다. 퀴어 에로티시즘이 퀴어의 정동과 퀴어의 위상에 대한 성찰로 이어지지 않을 때의 함정을 보여준다.
5) Teresa de Lauretis, "The Technology of Gender", *Technologies of Gender*,

의 테크놀로지라는 푸코를 경유해, 언어의 재현, 미디어, 학교, 가족, 법정 등이 만들어내는 일상 속 젠더 테크놀로지가 개인들에게 젠더 규범을 내면화하게 만든다는 것이다. 하지만 지배적 담론이 강요하는 대문자 여성Woman의 표상과 불화하면서 소문자 여성들women은 자신의 삶을 기존의 젠더 규범과 다른 방식으로 창안해간다. 이로부터 출발하는 페미니즘과 같은 급진적 이론과 여성 영화 같은 미학적 실천 역시 새로운 젠더 테크놀로지가 되어 젠더 시스템을 변화시킬 수 있다. 소문자 여성들이 기존의 젠더 테크놀로지 자체를 인식하고 그것에 대해서 말하는 메타적 인식으로부터 새로운 젠더 테크놀로지가 산출된다면, 사태는 퀴어에게도 마찬가지지 않을까?

　젠더 규범/재현을 중심으로 작동하는 '젠더 테크놀로지'는 이성애적 양성 체계 속 자기 인식을 중심으로 한다. '젠더'라는 남녀 양성 체계가 자동적/암묵적으로 담보하는 이성애와 거리를 둔 실천들을 우리는 '섹슈얼리티'로 읽는다. 섹슈얼리티는 (성애로 축소해서 이해할 때조차) 관계와 사랑에 대한 자기 인식과 실천에 해당한다. 만남의 방식을 규정하고 사랑의 서열을 만드는 이 테크놀로지는 일상 속에서 정상적 관계 맺음(시스젠더 및 이성애 혼인)과 '비정상적'인 퀴어들의 범주를 주조해낸다. 섹슈얼리티, 관계 맺음, 섹스, 사랑들을 서열화하는 이 테크놀로지는 어떤 것들을 퀴어(괴물!)로 명명하면서 비로소 작동한다. 그렇다면 섹슈얼리티와 관계 맺음에 대해 작동하는 '퀴어 테크놀로지'를 제안해볼 수 있지 않을까?[6]

Indiana University Press, 1987.

6) 이 글은 젠더의 파생물로서 섹슈얼리티를 다루는 관점에서 벗어나, 퀴어는 젠더뿐만 아닌 성의 계층화 테크놀로지의 작동 아래 있다는 루빈의 접근법을 덧대어 읽는다.

이 관계 맺음의 테크놀로지는 특히 사랑의 영역(과 사랑하는 자신을 읽는 방법)에서 작동한다. 퀴어 테크놀로지는 쉽게 규범적 사랑(의 하위 호환)으로 환원되곤 하는 퀴어들의 성애와 사랑이, 실제로는 교묘하게 서열화되고 분화되어 있음을 읽게 해줄 것이다. 특히 김봉곤 특유의 사랑의 양상과 퀴어 남성 화자를 읽을 때 '젠더'라는 논리만으로는, 이성애 남성과의 차이를 충분히 설명할 수 없는 것처럼 느껴진다.[7] 김봉곤의 '나'가 만나고 사랑하는 장면들을 '젠더'가 같다는 이유로 이성애 남성 화자의 사랑과 정말 같게 읽을 수 있을까? 「시절과 기분」에서 해준의 두려움은 단순한 첫사랑에 대한 질투가 아니라 퀴어의 기분이다. 그것을 알고 있는 '나'는 '자발적인 명령문'이라는 사랑의 테크놀로지를 스스로 만들어냈다. 이 역시 퀴어 테크놀로지다.

군이 국립국어원에서 '이성 간의 그리워하고 좋아하는 마음'을 사랑으로 정의하더라도 우리의 사랑은 존재한다. 나 역시 도저히 사랑이 아니라고 할 수 없는 그것을 하고 있으며, 나와 나의 남자친구는 이 세계에서 여전히 사랑하며 살아갈 것이다. 하지만 이런 군색한 상태로 내버려둘 수는 없는 노릇이다. 그렇다면 사랑처럼 사랑을, 사랑이라는 단어를 그 어

젠더 억압 이론만으로는 성 억압과 성애 욕망을 설명하지 못한다(게일 루빈, 「성을 사유하기」, 『일탈―게일 루빈 선집』, 신혜수 외 옮김, 현실문화, 2015, 348~350쪽). 이 글이 제안하는 퀴어 테크놀로지는 실은 (작가론이므로) 남성 동성애자 중심으로 서술되었다. '관계'만으로 모든 퀴어를 포괄할 수 없음을 충분히 짚지 못했다는 한계도 당연히 매우 크다.
7) 마찬가지로 레즈비언의 사랑을 "젠더적 같음이 계급적 다름을 초월하는 사건"이라고 읽을 때 '레즈비언 섹슈얼리티'는 사라질지도 모른다. 젠더의 축만으로 사랑의 양태를 온전히 담긴 어렵다. 이은지, 「사랑이라는 역설」, 최은영, 「그 여름」 해설, 『제8회 젊은작가상 수상작품집』, 임현 외, 문학동네, 2017, 272쪽.

떤 속박에서부터 해방시키는 것이 시작이어야 하지 않을까? 사랑이 언제나 재발명되어야 하듯, 사랑에 대한 정의도 재발명, 재정의될 필요가 있다.(「Auto」, 188쪽)

이성애 섹슈얼리티와 관계 규범을 강요하면서 '퀴어(를 배제하는) 테크놀로지'가 작동될 때, 보편 규범의 구성적 외부로서 정상성을 보증하는 반례인 '비정상' 퀴어가 재현/생산된다. 이러한 대문자 퀴어의 표상을 지극히 의식할 수밖에 없기 때문에, 실존하는 소문자 퀴어 개인들의 일상은 상시적 전장에 있다. 그 전장에서 퀴어들은 특정한 자기 재현(드러냄과 감춤의 전략들)과 사랑에 대한 테크놀로지를 연마하게 된다. 퀴어(를 배제하는) 테크놀로지를 의식/재현하면서, 그것과 불화하는 구체적인 실천들은 새로운 퀴어 테크놀로지를 "재발명, 재정의"하는 출발점인 것이다. 물론 김봉곤에게 그 기술은 글쓰기와 문예다. 김봉곤이 퀴어의 사랑과 퀴어의 자기 쓰기가 밀접하다고 그토록 반복하는 선언이 여기에서 연원淵源한다. "글 읽기/쓰기와 남자, 절대로 끊을 수 없는 것."(「Auto」, 226쪽) 퀴어의 사랑과 그 재현을 병행, 반복, 변주하는 그의 작업은 기존 규범의 퀴어 테크놀로지를 전유해 새로운 '퀴어(를 해방시키는) 테크놀로지'를 쓰는 작업이다. "더이상 'Films＝영화'는 아니듯, 그리하여 언젠가는 퀴어가 퀴어가 아니게끔."(188쪽)

3. 사랑의 테크놀로지, 김봉곤식 대화들

강력한 이성애적 연애 규범의 복위 앞에 불안해하는 해준을 위로해주는 유일한 방법은 "도리 없이 가장 원초적인 방법"인 "에로틱한 전희"로, "그건 시작이면서 끝이"다. "그 어떤 말로는 그를 달랠 수 없

다."(「시절과 기분」, 58쪽) 그렇기에 게이 친구들도 이성애 연애 경험
에 대해서 원초적인 거부 반응을 보인다. "으이구 진짜 존나 흑역사
다. 너처럼 남자 밝히는 년이? 서긴 섰냐?"(60쪽)[8] 이는 애정 어린 장
난이면서도 동시에 필사적인 저항이다. 남자를 좋아하는 정욕을 확인
하면서 자신을 확립해온 지난한 '역사'를, 다시 위협하는 이 재회 사건
은 일련의 불안과 공포를 준다. 이성애 섹스-젠더 시스템의 강력한 포
섭력을 벗어나는 것은 가장 원초적인 정욕lust의 영역 때문/덕분이다.[9]
김봉곤이 적나라한 게이의 섹스와 남자에 대한 욕망을 세속화시켜 뜨
거운 열기와 기분으로 쓰는 장면들은 그래서 중요하다. 단순히 우리

8) 이 대목을 게이 "공동체성을 공유하는 집단 내에서의 혐오"가 "조롱거리"로 삼는
다는 타당한 지적으로만 읽을 때, '발기'라는 정욕의 영역을 거듭 확인함으로써만 규
범과 다른 자기를 자각/유지하는 어떤 필사적 불안이나 노력이 간과될지도 모르겠다.
게다가 성 정체성 형성 전후의 자신의 조각을 재회하는 여로 혹은 기분은 퀴어에게만
가능한 서사이기도 하다. 성적 지향과 무관하게 개별적인 존재(란 것이 과연 있다면
그)는 보편(적 이성애)으로의 환원과 얼마나 거리를 확보할 수 있을까? "자연스러운
동질함의 느낌"을 만드는, 차이 없는 "현저한 유사성"의 총량 증가로 "전체적인 혐오
를 감소"하자는 기대는 '보편' 독자가 감정 이입하기 쉽게 써달라는 요구일까? 그렇게
찾아낸 유사성은 누구를 위한 연대감일까(김녕, 「선명(鮮明)에서 창연(蒼然)으로—
혐오에 응수하는 최근 퀴어 텍스트들에 대한 스케치」, 『실천문학』 2018년 여름호,
173~174, 179~180쪽). 한편 '퀴어 서사'라는 명명에 국한되지 않고 보편성과 화해
('퀴어 서사 이상이다!')해야 한다는 근래의 비평적 호명들은 실은, 퀴어 서사를 역으
로 단일화하고 압축하는 것은 아닐까? 퀴어 서사로 '균일'하게 보지 말자는 우려야말
로 퀴어 서사 내부의 결들을 '덜' 보기 위함이 아닐까? (퀴어 서사의 특징들은 벌써 충
분히 독파된 것일까?) 퀴어 서사들 내부의 인물들, 형식들, 장르들을 더 풍부하게 독
해하고 명명해야 한다.
9) 게일 루빈이 욕정(lust)과 젠더를 구분하고 근원적 사회적 과정/제도로부터 탈각하
면서 욕정이라는 정동의 영역은 섹슈얼리티 장치가 된다(게일 루빈, 같은 책, 349쪽).
이성애 중심적 젠더 규범이 훈육하는 성욕의 모델에도 불구하고 자신이 퀴어라고 자
각하는 가장 큰 원동력은, 자신의 신체로 밀려오는 이 비규범적 욕정일 것이다.

시대 퀴어 재현의 첨단이기 때문만은 아니다. 퀴어의 구체적인 정욕
이 퀴어의 시절을, 퀴어의 속도를, 퀴어의 사랑과 글쓰기를, 퀴어의
존재론을 결정짓기 때문이다. 규범 외부에 있음에 대한 퀴어 '나'의
자기 인식이 생성/유지되는 순간의 역학을 보여준다. 보편 규범이 그
토록 가리고 부인하고 삭제함에도 끊임없이 퀴어들이 새로이 '탄생'
하는 것은, 신체와 정욕의 영역이 계속해서 규범을 뚫고 밀려들어오
기 때문이 아닐까. 정욕의 영역은 규범 밖 '나'의 위치를 끊임없이 환
기하며, 다시 그 정욕을 특정하게 수행하면서 규범 외부에 설 존재론
을 모색한다. 정욕에 관한 퀴어 테크놀로지들이 이토록 김봉곤의 과
업인 이유다. 기성 문단의 퀴어 서사/독해가 성애를 추상적으로 생략
하고 영원 불멸한 사랑으로 상징화하던 것에 비해, 김봉곤의 연애소
설은 섹스와 성적 끌림의 장면을 피하지 않고 집중적으로 반복한다.

> 그와 나 모두 올이었기에 한 번씩 주고받으며 섹스를 했다. 해본 중에
> 최고였다. 그의 작품을 읽어 보진 못했지만, 이쪽 방면으로 훨씬 뛰어난
> 건 아닐까 의심될 정도였다. 예의상, 먼저 가도 괜찮겠냐고 물어보는 그 익
> 숙한 문형이 좀 웃기고 귀여워서 웃음이 새어나왔다. 사정한 그가 웃는 나
> 를 보며 괴롭히듯 내 몸 위로 자신의 몸을 던져 꾹 비벼 눌렀다. 나도 모
> 르게 더 세게, 라고 말하고 말았다. 그래 이거, 나는 남자가 나를 터져 나
> 갈 듯, 질식할 듯 짓누를 때 가장 좋았다. (……) 포피를 살짝 깨물어 짓이
> 겨 보고는 그게 마침표라도 되는 듯 고개를 들어 그의 옆에 누웠다. 다시
> 생각해 봐도 나는 남자가…… 너무너무 좋았다! 그의 머리를 조심스럽게
> 들어 팔베개를 해주었다. 나는 지금보다 그가 훨씬 좋아질 거라는 예감이
> 들었다. 그건 미처 예상하지 못한 일이었다.(「컬리지 포크」, 37~38쪽)

이러한 다정하고 안온한 섹스의 장면은, 향유의 개별적 규범을 성실하게 합의하고 창안하면서 상대의 신체에서 열락을 느끼고 이를 되돌려주는 과정이 얼마나 아름다운지를 보여준다.[10] 규율 자체를 성실하게 합의해가는 대화의 방식으로 사랑을 구축하는 것이다. 김봉곤이 보여주는 퀴어적 정동과 그 관계 맺음이 이성애 규범과 달라 놀랍다는 독해는 그간 자동화된 남성의 젠더 권력이 사랑에서 일방적 쾌감만을 산출해왔음을 역으로 발견하게 하기도 한다.[11] "작가에 따라 독

---

10) 이런 퀴어적 기쁨(Queer Pleasure)은 타인을 향한 열림이면서, 이성애 규범이 금지하는 접촉을 통해서 신체를 재형성한다. 이렇게 재형성된 퀴어의 쾌락은 강제적 이성애 대본이 신체를 형성하는 사회적 형식과 공간에도 영향을 다시 미쳐, 타자와 공존하는 다른 삶의 방식의 가능성을 만든다. Sara Ahmed, "Queer Feelings", *The Cultural Politics of Emotion*, Edinburgh University Press, 2014, p. 165.

11) 「컬리지 포크」가 "둘 다 게이이니 젠더 권력상의 위아래도 없"다는 황현경의 독해는 유의할 만하다. "더구나 둘 다 '올'이라지"라는 근거(?)는 (이성애 규범에 익숙한 독법에서 삽입 섹스가 젠더와 거의 등치되는 중요한 표지물임을 환기하는 동시에) 김봉곤의 새로운 관계 맺음이 퀴어의 정동에서 기인함을 읽게 해준다. (물론 '올'의 균등한 '삽입' 때문이 아니라) 섹스/정동의 영역에서부터 규범을 매번 협상하고 논의하는 과정 자체가 이성애 규범에서 대부분 생략되는 일방적 섹스-젠더 시스템인 데 비해서, 김봉곤의 연애소설에서는 그 자체가 사랑을 생성하는 중요한 위상을 차지하고 있기 때문이다. 마찬가지로 이성애적 관습법 외부에서 "연애를 하려면 상대방과 매번 새롭게 협상할 수밖에 없"어 퀴어의 연애가 신선하다는 심진경의 중요한 지적도 김봉곤이 만드는 새로운 사랑의 역학을 짚게 한다. 하지만 퀴어의 연애와 그 협상이 민주적 '결단'을 계기 삼는 것은 아니다. 필연적으로 불안정한 위상으로 인한 정동이며, 이성애 대본과의 필사적인 경쟁 속에서 이루어진다는 점도 유념해야 한다. 기실 김봉곤 소설 안에는 협상의 지반으로 이미 기능하는 기존의 퀴어 내부의 규칙들, 테크놀로지의 역학들이 있고 이를 바탕으로 관계를 맺는다는 점에서 완전한 공백의 출발로 전망하기 어렵기도 하다. 황현경, 「사랑밖에 난 몰라—김봉곤, 『여름, 스피드』」, 『기획회의』 468호, 2018. 7. 20; 심진경 외, 「좌담—미투 시대에 페미니즘은 어떻게 전개되는가?」, 『자음과모음』 2018년 여름호, 332쪽.

법이 달라지듯, 섹스 역시 상대에 따라 달라지는 게 당연한"(41쪽) 김봉곤의 연애소설 속 남성 화자는 자신의 기쁨과 상대의 기쁨을 모두 응시하고 드러낸다. 특히 상대방이 "나의 씨씨sissy함에 적어도 웃음으로 반응한다면, 아주 못난 게이일 확률은 낮아 마음이 놓인다"(「디스코 멜랑콜리아」, 102쪽)거나 "남자다운 게이를 찾는 사람치고 별 볼 일 있는 사람이 있었던지? 그런 다음이 있기는 한 것인지"(「나의 여름 사람에게」, 37쪽) 생각하는 대목은 규범적 젠더 시스템을 인식하고 거리를 둘 수 있는 남자인지의 확인이 이 협상의 중요한 참조점임을 보여준다. 이런 대화를 통해서 섹스-젠더 시스템과 퀴어 테크놀로지에 대한 메타적 인식 위에 '나'의 사랑이 생성된다.

절정의 순간에(도 배려하기 위한) 상대의 익숙한 문형/사투리가 귀엽고 사랑스럽다는 김봉곤 특유의 장면은, 그런 대화로 "찝찝함이나 불쾌감과 후회가 없는 섹스"(「라스트 러브 송」, 145쪽)를 만들어낸다. 그리고 그런 기쁨과 사랑의 테크놀로지는 퀴어가 스스로를 인식하게 하는 정동으로 이어진다. 도리 없이 남자가 좋다는 특정한 기분, 남자와의 관계가 '나'를 행복하게 해준다는 정동을 재인식하고 이에 대한 '나'의 자족적인 만족감과 향유로 쾌감보다 더 중층적인 법열에 이른다. '나'는 남자를 너무너무 좋아하는 사람이라는 기분을 통한 자기 인식, 행복한 자기 형성의 기쁨이 이렇게 발생한다. "그리고 그것을 보는 건 에로틱함이나 흥분을 넘어 어떻게 표현할 길 없는 순수한 기쁨을 내게 안겨주었다."(「나의 여름 사람에게」, 49쪽)

이를 통해 이 퀴어적 정욕이 가볍게 고양되는 유토피아적 사랑도, 해소하면 될 부박한 성욕도 아님을 보여준다. 김봉곤은 정욕이 주체 형성의 차이를 결정짓는 어떤 근본적인 정동임을 강조한다. 물론 퀴어가 '된다'는 것은 커밍아웃이라는 스위치나 빨간 알약으로 단박에 단단한 주체가 완성되는 의미가 아니다. 그 이후에도 부단히 스스로 자족적인 규범을, 퀴어 테크놀로지를 스스로 만들어가야 한다. '나'의 정욕이 다른 남자의 정욕과 어떤 방식으로 조응하고 어떤 방식으로 결합하고 어떤 화학 반응을 일으킬지 반복, 확인하길 반복해가야 한다.

그러니 김봉곤의 남성 신체에 대한 욕망은 언제나 관계성을 고민한다. 퀴어의 정동만으로 손쉽게 순정한 연애 서사가 완성되지는 않는 탓이다. 퀴어의 연애가 마냥 호혜로운 유토피아가 아님을 인물들은 모두 알고 있다.

클로짓 게이의 가슴 아프고 뻔한 스트레이트 사랑, 용기 내어 나갔던 술 번개에서 만나서는 그후로 이용만 당했던 남자, 정신을 차려 괜찮은 사람들이 있을 거라 예상하고 나간 독서 모임과 미술 강좌에서 만난 개새끼들.(「여름, 스피드」, 83쪽)

협소한 마켓에 우리를 전시하고, 잠시 동물이 되었다가, 내 몸 전체가 성기가 되어버린 듯, 성기만 있는 듯 섹스를 하고, 사랑을 증명하기 위해 정액을 삼키기도 하고, 그러고는 살짝 인간이 되었다가, 상대가 동물이 되는 것은 용서할 수 있고, 동물이 되는 것만큼은 용서할 수 없는 순간이 올 것이다. 이를 감수하고 또다른 사랑을, 나를 인정해 줄 사람을 찾아 세이렌이 되어야 한다는 사실, 그리고 그것을 절대 그만두지 못할 것이라는 사실에 벌써 피로감이 몰려온다.(「Auto」, 215쪽)

2018년의 퀴어의 연애에는 이미 축적되어 작동하고 있는 내부적 퀴어 테크놀로지가 있다. 퀴어 전용 앱이나 술 모임, 데이트 규칙이 이미 패턴임을, "우리의 문법"(「여름, 스피드」, 69쪽)임을 '나'도 잘 알고 있다.[12] 퀴어 공동체에서 수없이 만난 '개새끼'들은 익명성에 기대 책임을 다하지 않는 불성실한 남자들이었다. 소문자 퀴어 '나'는 이미 작동하고 있는 익명성의 퀴어 테크놀로지를 정면으로 인식하고 불화하고 있다. '협소한 마켓'의 '전시'로 구동하는 이 퀴어 테크놀로지의 내부적 폭력성에 맞서고 다시 그것과 협상하는 일은 피로한 일이다. 가시화에 대한 두려움과 그로 인한 익명성이 관계 맺음의 준거이기에 「나의 여름 사람에게」처럼 이름을 교환하면서 경계를 푸는 단계는 이 관계의 질을 결정한다. 「라스트 러브 송」의 '나'는 "당신은 좆같은 새끼가 빌어먹도록 흘러넘치는 이 바닥과 이 세계의 물음표 남자가 아니었다"(138쪽)는, 그래도 그가 내겐 진실했다는 안도감을 확인하고서야 애도할 수 있다. 애도에 앞서 그의 진정성을 확인하지 않으면 안 되는 취약함, 그로 인해 '형'을 불신했다는 '나'의 죄책감을 합리화하고 또 고백하면서 연인의 죽음 앞으로 나아간다. 타인에 대한 "두려움 없이 한껏 빨아들이기란 불가능하리란 걸"(152쪽) 알기에, 「디스코 멜랑콜리아」도 만남이 비극적 살인일 수 있다거나, "등쳐먹고 잠수 타는 그렇고 그런 이 바닥의 뻔한 병신"(102쪽)일 거라 부러 상상한다. 아무것도 서로를 보장하지 않는 맨바닥에서부터 사랑하기. 관계마다 협상을 처음부터 성실하게 논의(해야만)하는 것은

---

12) 강지희는 이를 관계의 패턴도 사랑으로 인정한다고 짚었고, 인아영은 그 기시감과 패턴을 변주하는 목표가 퀴어의 '자기 긍정'이라고 적확하게 의미화하였다. 「좌담―미투 시대에 페미니즘은 어떻게 전개되는가?」, 340쪽; 인아영, 「퀴어-되기를 위한 주제와 변주―김봉곤론」, 『문학과사회 하이픈』 2018년 가을호.

외려 여기에서 비롯한다. 그럼에도 퀴어 세이렌은 욕망과 사랑을 절대 그만두지 못하는 퀴어의 정동이라는 숙명을 가지고 있다. '나'는 굴하지 않고 새로운 만남과 관계 맺음의 퀴어 테크놀로지를 시험하고 찾아내려 한다.

그럴 때 연애의 회상과 복기는 김봉곤 특유의 사랑의 실험으로 반복, 변주된다. 김봉곤은 특정한 시간(여름과 밤), 공간(학교나 도시 레트로)에서 곧바로 과거의 남자, 헤어진 남자를 회상하곤 한다. 실패한 사랑 혹은 지나간 사랑의 섹스나 대화의 구체적인 장면을 계속해서 복기하는 것은, '나'를 퀴어로 정립하게 하는 정동들을 복원하여 되짚고 점검하기 위함이다. 현재의 관계를 계기로 과거의 남자를 늘 병치하면서, '나'는 지난 테크놀로지를 새삼 정견正見한다. 그로써 지금의 관계와 사랑에 관한 퀴어 테크놀로지는 좀더 갱신된다. 가령「데이 포 나이트」는 "첫눈에 반해버렸고, 그 명쾌함에 더는 고민할 것도 없이 나는 내가 게이라는 걸 순순히 인정해버리고 말았다. 괴로워할 새도 없는 깔끔한 한판승"(109쪽) 이후에 본격적인 사랑에 관한 테크놀로지의 정련이 이루어짐을 보여준다. 단순히 서툰 섹스의 기술 문제가 아니라 폭력과의 거리감을 익히는 것이다. '종인 선배'와의 정욕의 경험은 거절의 두려움과 사랑받는 매혹 사이에서 진동하면서 사랑과 폭력의 차이를 자각하게 한다. "끔찍한 기시감"(108쪽)으로 이를 회상하며 '나'는 자기 파괴적인 사랑을 거부하고 종인 선배를 "혹여라도 이해하기 위해, 애써 또하나의 필터를 만들어 내게 덧씌우고 싶지 않았다"는 결심에 이른다. "너무 아름다웠지만 내 눈을 가리던" '나'를 무조건 수용하지 않고 단절한다(124쪽).

김봉곤식 연애소설은 망한 연애의 테크놀로지들을 복기하거나 혹은 이에 대한 대화로 새로운 관계의 규칙을 협상한다. 새로운 퀴어 테크놀로지를 형성하게 해서 자기 인식을 갱신하려 하는 것이다. 「여름, 스피드」도 과거의 남자 '영우'와 재회한다. 이 재회의 형식과 내용은 흥미롭게도 영우와 '나'의 '망한 연애'의 테크놀로지들을 "토씨 하나 틀리지 않고 그대로 복기"(69쪽)하는 산책과 대화다. 익선동 골목의 금지 간판을 의식하며 무시하는 데이트, 폴로를 먹는 키스 신호, 회색 베이지색 브리프가 상대의 판타지임을 공유하는 사소한 대화를 상기한다. 관계 맺음의 테크놀로지에 대한 대화가 두 사람의 데이트의 내용이고, 그로 인해 '나'는 영우에 대한 여정餘情을 다시 알려고 한다. 새로운 관계를 시작하면서, 과거 '나'의 테크놀로지를 반추하고 현재와 비교 병치하는 김봉곤 특유의 서사 구조다. 이는 실연과 사랑의 경험들을 상기하고 기억하고 쓰면서, 자기 역사의 사초史草를 적층해가는 과정에 가까워진다. 특히 퀴어의 삶에서 차이와 반복을 종합하는 역사 서술은 필수적이다.[13]

그래서 '나'는 지금의 사랑인 "창일을 만나기 위해 그를 만나야 한다는 생각마저 하고 있었다"(「나의 여름 사람에게」, 54쪽).

---

13) 김봉곤 서사에서 '나'들은 현재의 퀴어성과 밀접한 과거를 선택적으로 소환하는데, 이는 소문자 퀴어의 삶 자체의 역사화 원리와 근접하지 않을까. 다수의 퀴어에게 자신이 언제부터 비이성애 규범적 정욕을 가졌는지 그 기원을 파악하는 것은 중요할 수 있다. 언제나 미확정적이고 유동적이지만, 그래서 더욱 현재의 자신을 위해 새로 기술되고 새로 발굴해야만 한다. 중학교의 반장? 대학의 선배? 그중에서 무엇이 나의 사랑이었고 나의 감정이었는지를 결정해야 한다. 이 과거는 필연적으로 '나'의 정체성사(史)를 쓰는 사관에게 달려 있다. 그 믿음직스럽지 못한 사관의 현재 기분에 의해서 결정되는 과거의 시절은 무수한 세초(洗草)와 정정을 반복한다. 퀴어의 '시절과 기분'은 현재의 사관(史觀/史官)에 의해 상시적으로 작동한다.

좋아하는 연예인, 이상형인 남자들의 이야기를 나누다 점점 더 술이 들어간 우리는 지난 연애들을 주워섬기기 시작했다. 그도 나도 정말로 망한 연애도 있었고, 연애라고 착각한 것도 있었고, 짝사랑에 불과한 것도 있었다. 그는 형들의 사랑을 많이 받아왔으며 조금은 관성처럼 자신의 역할을 사랑받는 쪽에, 나아가 안기는 쪽에 위치시키는 듯했다. 나는 연상만 좋아하는 줄 알았는데 동갑이랑 연애할 때가 제일 좋았고, 섹스는 나이 불문 잘하는 사람이 좋았고, 연하를 사귄 적은 없다고 말했다.

분위기를 띄우고 좀더 마음을 열어 가까워지려는 수다이자 수작이었기도 했지만, 우리는 이것이 서로의 연애관을 확인하는 작업이라는 것을 모르지 않았을 것이다. 적어도 나는 그랬다. 역시나 제일 재미있는 건 번개를 당했거나 먹버를 당한 에피소드였고, 마지막 연인을 그리는 순간에는 원치 않았지만 침울해지는 순간이 찾아오고 말았다.(「나의 여름 사람에게」, 40쪽)

남자에 대한 정욕과 취향에서부터 관계 맺음의 방식에 대한 자신의 기대와 상대와의 차이에 대해서 대화하면서 "서로의 연애관을 확인하는 작업"은 사랑의 가능성을 시험하는 사전 작업처럼 보인다. 이를 통해서 "나는 그의 말에 완전히 마음을 빼앗겨버리고 말았다"(41쪽). 창일은 연상이 아닌 남자('나')를 만나는 것을 주저하고 고민한다고 자신의 감정에 대해 '나'와 끊임없이 대화한다. 연상과 연하, 사랑을 주고 안기는 방향에 대한 이 대화를 통해서 사랑에 빠진다. 사랑하는 방법에 대한 대화로 사랑하는 것이다. (반대로 「디스코 멜랑콜리아」는 나이와 몸의 취향과 연애 테크놀로지에 대한 협상이 종내 결렬되고 말았다.) 그 과정은 관계와 사랑에 대한 새로운 테크놀로지를 함께 창안하는 과정이다. 결국 기존의 관계 맺음에서 벗어난 새로운 도전을 결심하는 창일 역시 '나'와의 이 성실한 협상에 힘입는 것이다. 그래서 "무엇보다 당신을 실-감하고 싶다"(60쪽)라는 결말은 당신을 함부로 단정하지 않고 대화하여 '나'를 갱신할 것이라는 어떤 사랑의 예비적 태도에 도달한다.

4. 커서의 글쓰기, 퀴어 댄디의 선물 상자

김봉곤이 사랑을 계속해서 다시 보는 것은 이 반복 속에서 '나' 자신의 퀴어 테크놀로지를 변주하고 갱신하려는 고집스러운 태도이기도 하다. 김봉곤의 '나'들이 봉별기의 끝 장면마다 항상 다짐하는 것은 하나다. "내가 너랑 사랑하거나 망하면 글이라도 쓴다."(「디스코 멜랑콜리아」, 190쪽) '나'는 헤어진 '테드'에 대한 글을 쓰고 싶지 않다고 생각하지만, 이미 소설로 나와버려서 독자는 읽고 있다. 「Auto」「컬리지 포크」「엔드 게임」 연작은 한 남자('형섭')에 대한 "젖떼기와 애도 그 모두에 실패"(「컬리지 포크」, 17쪽)하고 그 일지를 다시 쓰는 결말을 반복한다. '나'들은 하나같이 사랑을 상실하고, 다시 상실에 대해서 쓴다. 헤어진 남자에 대한 사랑을 써서 그에게 다시 보내(지 못하)는 결말들. 실연에 대한 글을 쓰는 '나' 자신을 바라보며 소설(영화)을 쓰는 결말들. 이는 사랑의 보고서라고 할 법한 어떤 태도를 상정하게 한다. 존재 증명이라는 점에서 사랑과 글쓰기는 같은 지위로 보인다. 김봉곤의 연애소설은 '나'의 퀴어 테크놀로지들을 실험하고 그 차이와 반복을 기록한다. 그 속에서 '나'는 현재의 사랑과 과거의 사랑을 동시에 복기하고, 조금씩 다른 방식으로 사랑을 대할 때 '나'의 감정과 기분을 '응시'한다.

이럴 때 글쓰기는 '나'의 관계의 패착에 대한 내성적 성찰의 도구이기도 하지만, 또한 인물 '나'를 다시 쓰는 소설가 '나'의 자기 재현이기도 하다. 성찰하고 형성중임을 쓰는 결말들은 글쓰기 도중의 자기 형성 자체를 다시 재현의 대상으로 바꾼다. '나'의 실패와 허망함은 도달한 결론이 아니라 다시 출발점이 된다. 흔들리며 형성중인 '나' 마저도 고백하는 김봉곤의 모험에 독자들이 같이 흔들리게 된다. 반짝이는 김봉곤의 커서가 책을 읽는 독자들에게도 여전히 보이기 때문이다. 김봉곤이 결말마다 흔들리며 느끼는 '기분'은 어떤 특정한 반성도 결단도 윤리도 아닌, 그 분화 이전의 기묘한 상태다. 이를 김봉곤은 "글을 쓰고 싶은 기분"이라고 한다.[14] 글을 쓰고 싶은 기분은 다시 '내' 감정을 재현하는 소설을 쓰는 결심으로 이어진다. "나는 그것을 알아야겠다. 내가 무엇을 정말 쓰고 싶었는지를, 그때 내가 느낀 감정의 형태를" 꼭 알고자 다시 소설쓰기를 결심한다(「엔드 게임」, 87쪽). 이 소설을 쓰며 '나'를 다시 보고 싶은 '기분'에 도달하(게 만드)는 것이 김봉곤 서사의 목표가 아닐까.

그런 자기 재현을 쓰고 싶은 기분에 도달하기 위해 김봉곤은 독특한 시제를 만들어냈다. 결말 장면들에서 소설가 화자들은, 지금 독자가 읽고 있는 문장을 쓰고 있음을, '커서'가 깜빡이는 중임을 소설에 각인한다. 그러면서 사랑을 기억하며(과거) 그것이 해당 작품이 될 것임을(미래) 지금 쓴다는 흥미로운 시제를 사용한다. 소설 본래의 '서사적 과거시제'는 순간적으로 '서사적 미래시제'가 된다.

---

14) 김봉곤은 '기분'을 통해 '감정'을 재현하는 구도라고 이를 구분하고 있다. "그렇다면 글을 쓰고 싶은 기분, 이 되어 그때의 감정을 되살리려 글을 써본다, 가 될 수도 있겠어요."(「인터뷰」, 같은 책, 47쪽, 김봉곤의 발언)

[실연 후—인용자] 사 일이 지나 월요일이 되었고, 나는 글을 쓰기 시작한다. 고작 사 일이 지났고, 글을 쓰기 시작한다. 사 일이 지났기에 글을 쓰기 시작한다. 아직은 쓸 수 없어—이제는 써야 해, 사이의 어디쯤에서. 더 멀리 달아나기 전에—아니, 조금은 놓여난 후에, 어딘가 사이쯤에서 나는 글을 쓰기 시작한다. 시작했다.(「Auto」, 184쪽)

나는 소설을 쓸 것이다.

소설을 쓰던 중 그와 그에 대한 기억을 떠올리다, 여전히 형섭을 사랑했었다는 사실에 나는 경악하게 될 것이다. 동시에 에하라 선생님을 진심으로 사랑한다는 것도 깨달을 것이다. 사랑한다고 끝내 말하지 못한 것을 나는 아쉬워한다. 글을 쓰던 어느 날, 형섭이 쿠마를 내게 안겨주고 떠났을 때 눈물을 쏟게 될 것이다. 한동안 나는 쓰지 못한다. 그리고 다시 쓰기 시작했을 때, 당신의 사진을 보았던 날 내가 느낀 감정은 분노를 가장한 흥분이었다는 사실을 나는 인정해야 할 것이다.

(……) 가을이 시작되기 전 당신은 내 소설에 pass or fail로 답신해올 것이다.(「컬리지 포크」, 49쪽)

하지만 휘갈기듯 바로 앞의 챕터를 쓰다, 나는 그와 헤어지고 처음으로 그에게 이별을 선고받았을 때처럼, 그가 내 연인이 아니라는 사실에, 다시는 그 시절로 돌아갈 수 없음에 완전히 무너져 내렸다. (……) 그 시간은 오직 글을 쓸 때에야 비로소 열린다는 사실에 감당할 수 없을 만큼의 부당함을 느낀다. 모니터 하얀 화면 위, 그리고 핸드폰의 액정 속 혹은 하얀 종이 위 오직 글자로만 존재하는 그는, 당연한 말이지만 터무니없이 옹색하다. (……) 그리하여 나는 그것을 알아야겠다. 내가 무엇을 정말 쓰고 싶었는지를, 그때 내가 느낀 감정의 형태를, 그와 나의 눈물의 이유를 나를 무너뜨린 마음의 정체를, 되찾을 풍경과 열린 시간 속의 그의 모습을 나는 꼭 알아야겠다.(「엔드 게임」, 86~87쪽)

소설을 쓰려고 책상에 앉는 현재의 '나'가, 지나간 과거의 감정을, 앞으로 쓸 미래의 시간에 사랑했었다고 깨닫고 경악하게 될 것이라는 문장들은 기묘하다. 「컬리지 포크」를 다 읽은 독자에게, 그것을 지금 '나'는 쓰는 중이라고 '커서'를 드러내는 이런 시제는 김봉곤이 일찍부터 고민하던 전략으로 보인다.[15] 지금까지 독자가 읽은 실연의 과정을, 곧이어 화자가 소설로 쓰겠다는 결심을 하는 장면에서 이 시제의 교묘한 장난은 오토픽션의 한 표지가 된다. 일반적으로 투명해지는 서술자의 상황과 위치를 역으로 부각하는 원동력이다. 이를 통해 사건을 겪은 '나'만큼이나 소설을 쓰는 '나'를 독자 앞으로 드러내서, 쓰는 '나'의 감정과 기분이라는, 자기 형성이 '진행중'임을 강조한다. 그러면 소설은 그 자기 형성의 결과물, 정기 결산보고서가 된다. 화자 '나' 역시 "바로 앞의 챕터를 쓰다"가 읽었고, "글을 쓸 때에야 비로소 열린" 감정이 충분하지 않아서, 나는 다시 나의 감정과 마음의 정체를 꼭 알아야겠다고 다짐한다. '나'에 대해서 알기 위해서 쓰고 있음, 쓸 것임을 강조한다. 쓴다. 고로 '나'는 존재한다. 김봉곤 특유의 커서를 드러내는 시제는 '나'에 대한 앎의 열망이다.[16] 이런 자

---

15) "모든 것이 시간의 문제로, 내가 몰두해야 할 것은 시제, 새로운 시제를 생각하거나, 존재하지 않는 시제를 만들어내거나, 아오리스트를 더 잘 이해할 수 있다면 궁극적으로 하고자 하는 그것―밝힐 수 없는―을 해낼 수 있을 것 같았다."「Auto」, 231쪽.

16) 윤경희는 예술학도의 교양소설로 김봉곤을 독해하면서 "미적 학습에 운용하는 금욕적 자기 훈육인"인 화자가 게이로서의 삶을 재조형해야 하고 "자기 이미지를 형성

기에 대한 앎의 열망은 더없는 자기 배려의 태도다. 자신에게 필요한 진실을 재활성화하기 위해 자기라는 대상에 대해 쓰는 것은 대표적인 자기 배려의 테크놀로지기도 하다.[17]

그러니까 나는 너에게 이 계절을 주고 싶다, 날씨를 주고 싶어, 그건 내가 아는 최고의 선물이고

당신과 나 사이 가로놓인 마이크 쥔 사람들의 간절한 기도 속에 나도 간절히, 너에 대한 글은 쓰고 싶지 않다고, 제발 너에 대한 글을 쓰게 하지 말아 달라고, 끊임없이 밀려드는 버스 뒤에서 너는 보였다가 사라졌다 다시 보이고, (……) 그런 나를 내가 보는데, 그건 다시를 다시 하는 사람의 모습이었고, 당분간 병이 들 사람의 모습이었지만, 그래도 그건 어제 오늘 본 것 중에 가장 아름다웠지, 그리고 그런 내가 정말이지 오랜만에 싫지 않았다.(「디스코 멜랑콜리아」, 120~121쪽)

에하라 선생님의 책 위로 가후와 바르트의 책을 포갰다.

나는 지난 몇 달간의 기억을 되살리며 글을 쓸 것이다. 이제 와서 그들처럼 쓸 수 없었지만, 그들만큼 아름답고 싶었다. 하지만 드러내지 않고서는 왜 배길 수 없는 것인지, 무언의 안온함을 왜 견딜 수 없는 것인지 나는

하고 재현하는 방도를 발굴"해야 함을 적확하게 짚었다. 그럴 때 문학은 "소수자가 자기의 다른 삶과 사랑을 바깥을 향해 말할 수 있도록 장려한다."(윤경희, 「긴 여름이 끝날 즈음」, 『문학동네』 2018 가을호, 95~97쪽) 그런 점에서 인아영도 "글쓰기를 통해 퀴어로서의 '나'를 의미화하는 과정"을 퀴어의 "진정한 나 되기"라는 성장 서사로 독해했다.(인아영, 같은 글, 169쪽) 이러한 '자기 배려'의 독해에 힘입어 이 글은 퀴어적 주체가 김봉곤 특유의 쓰기 양식과 만나는 지점을 모색하려 한다.

17) 미셸 푸코 외, 「자기의 테크놀로지」, 『자기의 테크놀로지』, 이희원 옮김, 동문선, 1997, 51쪽.

알 수 없다.(「컬리지 포크」, 49쪽)

그렇게 글을 쓰는 기분은 아름다움의 경지에 도달한다. 테드를 만난 이후로 "어제 오늘 본 것 중에 가장 아름다웠"는데, '나'의 사랑에 대한 글을 쓰는 '나'는 사랑을 하던 때보다 아름답기 때문이다. 아름다워진 "내가 오랜만에 싫지 않았다". 에하라와 함께 나가이 가후를 읽고 교토의 강가를 걷던 퀴어적 야행夜行의 기억을 쓰는 '나'는 아름다워진다. '나'의 기억을 되살리며 "그를 축성할 방법"(「엔드 게임」, 86쪽)인 소설은 '나' 자신을 아름답게 만들어준다. 소설을 쓰기로 결심할 때, '나'는 스스로를 아름답게 만들고 긍정할 수 있다. 소설쓰기는 자기 자신을 아름다운 작품으로 만드는 행위인 것이다. '나'에 대해서 쓸 때, 그리고 그것을 다시 스스로 응시하고 그 응시함을 다시 소설로 재현할 때, (그것이 김봉곤식 서사의 큰 얼개인데) '나'는 아름다워지고 자신을 사랑할 수 있다. 그럴 때 '나'의 신체와 정욕과 비밀과 실연과 향수와 사랑은 아름다워진다. 자기 스스로를 예술적 과업으로 다시 응시하고 자신에 대한 미학적 재현으로써 존재하는 것이다.

그럴 때의 '나'는 댄디dandy가 된다. 푸코에게 댄디는 표면적 패션의 의미가 아니라, 미학적 자기 배려와 자기 재현의 태도를 통해 자신을 만들어가는 주체다. 스스로 자기 자신과 맺는 관계를 형성하는 태도, 자신의 신체와 행위, 느낌과 정열, 생각과 감정의 방식, 즉 실존과 맺는 관계를 자발적으로 예술작품처럼 만드는 (에토스의) 태도다.[18]

---

18) 푸코는 현대성을 스쳐지나가는 순간들 속에서 자신을 그대로 수용하는 것이 아니라 스스로를 세련되게 만들어야 할 '대상'으로 여기는 '태도'라고 제시했다. 보들레르의 댄디적 태도를 그 예로 든다. Michel Foucault, "What is Enlightenment?"

주어진 세계의 속박에서 단호히 벗어난 주체 자신을 선언하려는 댄디의 자기 재현과 창출은, 특히 예술과 문예를 통해 이루어진다. 그런 점에서 김봉곤의 '나'는 자신의 사랑과 감정을 지극히 미학적으로 재현하고 응시하는 소설가 댄디가 된다. 게다가 내포 작가 김봉곤이 스스로 자신의 모습을 닮은 소설가 화자를 창출하는 오토픽션의 구도 역시 자신을 예술작품으로 제시하는 댄디의 구도와 다르지 않다. 그러므로 회상하면서 '나'가 쓰는 사랑과 감정들은 풍부해진다. "나는 이게 내 배역이란 생각"(「여름, 스피드」, 91쪽)으로 "마침 기다린 사람처럼 처량함을 연출해 한탄하고 비통에 빠진 나를 감상"(「라스트 러브 송」, 139쪽)하는 태도로 자기의 미학적 관조에 도달한다.

이런 '나'를 쓴 소설을 선물로 주고 싶다고 반복하는 김봉곤식 결말의 증여는 의미심장하다. '나'는 헤어진 "너에 대한 글"을 "최고의 선물"로 만들어줄 것이다. '나'는 소설 속 사랑의 상대와 함께한 시간인 계절과 "날씨를 주고 싶어"하는데 "그건 내가 아는 최고의 선물이"다. '나'보다 더 아름다운 '나'를 주기 때문이다. 그래서 '나'와 함께 보낸 계절을 의미화해서 다시 돌려주는 것이다. "그와 함께했던 봄과 여름이 쏟아져들어왔다"(51쪽)라는 「컬리지 포크」의 마지막 문장은 이 소설 자체를 단순히 에하라에게 제출할 과제가 아니라 아름다운 선물, "그때 하지 못한 답례"(50쪽)로 만든다. 형섭에게도 혜인에게도 소설은 다시 되돌아갈 것이다. 그것은 너로 인해 촉발된 너에 대한 "내" 감정이기에 실은 '나'를 주는 것과 다름없다.

그런데 '소설 주기'를 쓰는 '나'는 자신을 "드러내지 않고서는" "배

Ethics: Subjectivity and Truth, The New Press, 1998, p. 309, p. 312.

길 수 없는" 충동에 힘입는 것도 고백한다.(49쪽)

> 뜯어도 뜯어도 새로운 지요가미 포장지로 둘러싸인 선물 상자. 내게는
> 바르트가 쓴 글의 대부분이 자신의 존재, 동성애자인 자신의 존재 증명을
> 뒷받침하는 작업으로 보였다. 자신을 알아봐달라는 상냥하고 끝없는 시그
> 널, 중심 없음, 푼크툼의 설명 불가해함, 비인칭과 영도, 코드와 환상. 내겐
> 이 모든 것이 바르트 자신의 퀴어니스를 지적-감정적으로 증명해 건네는
> 선물 상자였다.(「컬리지 포크」, 32쪽)

소설을 "최고의 선물"로 줄 때, 자신을 드러내야만 하는 충동의 결
과인 이유를 바르트를 유비해 드러내고 있다. 바르트의 글이 "선물
상자"인 것 역시 "자신의 존재 증명"을 주기 때문이다. 자전적 퀴어
성을 담은 "글까지 아름다운 사람"(32쪽)인 바르트가 그러하듯이, 화
자는 "자신의 퀴어니스를 지적-감정적으로 증명해 건네는 선물 상
자"로서의 소설을 쓴다. 자신의 존재를 지적-감정적으로 포장하고 창
출해서 "결정적인 아름다움"(같은 쪽)으로 만들어내는 글쓰기를, 바
르트도 화자도 하고 있다. 이 순간 소설가 댄디의 자기 쓰기는 퀴어
댄디의 방법론이 된다. "알아봐달라는 상냥하고 끝없는" 존재 증명
을 "그렇게 읽는 건 당연"하다.(같은 쪽) "게이란 사실을 (……) 제발
좀 알아달라고 봐달라고 온갖 떼를 다 써놨는데 모를 수가" 없는 선
물 상자로서의 소설이기에(「시절과 기분」, 55쪽).
　'나'는 비밀과 증명을 직조하며 자기 재현의 결단을 반복하는 퀴어
되기를 써 보인다. 범박한 세계에 대한 단절과 이후의 자기 삶을 창안
하는 과정이 필수적인 퀴어 되기의 단계다. "상경하고 얼마 지나지 않

아 촌스러운 내 옷들과 함께 내 말투를 버"(「시절과 기분」, 74쪽)리며 새로운 자신을 창출하는 과정으로 상경이 인식된다. 대도시로의 공간적 전환은 많은 퀴어 서사에서 커밍아웃 서사와 병행, 유비된다. 폐쇄적인 지역사회의 노출에 비해 대도시의 익명성이 제공하는 자유와, 대도시 하위문화로 존재하는 기존의 퀴어 공동체가 제공하는 퀴어 테크놀로지가 있기 때문이다. "고향을 떠난 것이 결정적인 변곡점"인 것은 이런 탓이다. "내가 없어지는 쪽을 택했다. 내가 선명해지는 동시에 내가 사라지는 기분은 아주 근사했다."(「시절과 기분」, 74~75쪽) 이렇게 퀴어로서의 자기를 응시하고 만드는 '나'는 댄디의 모습과 겹쳐진다. 항상적으로 자신의 실존을 형성하고 있는 중임을 자각하고, 특정한 삶의 테크놀로지들을 만들어 가(야만 하)는 퀴어의 삶은 댄디적 수행으로 가득하다. 이성애 규범에 길항하는 "동성애자인 자신의 존재 증명을 뒷받침하는 작업"을 지적으로 감정적으로 창출하고 이를 다시 아름다운 것으로 응시하는 이 순환 속에서, 김봉곤의 '나' 쓰기라는 테크놀로지는 퀴어적 삶의 한 양식mode이다. 퀴어 댄디는 "알아봐달라는 상냥하고 끝없는 시그널"을 담은 선물 상자가 된다.

다른 "그 누구의 글도 나를 위로하지 못했다." "오로지 내가 이 글을 쓰고 있다는 사실만이, 쓸 수 있다는 사실만이, 하얀 화면에 쌓여 가는 글만이, 정말이지 아주 조금 나를 위로해주었다."(「Auto」, 218쪽) '나'에 대한 '나'의 응시와 쓰기가 실존을 위로해준다. 내 스스로 승인할 수 있는 나를 찾아내고, 그런 나에 대해서 쓰는 것. 김봉곤이 상실 이후 '나'들에게 글쓰기를 거세게 몰아붙여 묻는 것은 이 생경한 가능성이다. 그리고 그것은 사랑(동성애)의 유효한 가치를 대타자에게 증명받는 인정 투쟁이라는 존재 방식만을 타진하던 기성 문학을 넘어선다.

자기 응시를 통해 자기를 창출하는 퀴어 댄디의 존재론이라는 새로운 가능성이 열린다.

5. '퀴어-픽션'에서 '오토-퀴어'로

일종의 문학적 자기 선언인 「Auto」에서 '나'는 "정도의 차이일 뿐, 때로는 모든 글이 나에겐 오토픽션으로 느껴질 때도 있다"며 "명백하게 나이지만 나는 나와 관계없다, 는 아슬아슬하고 은밀한 줄타기"(「Auto」, 226~227쪽)로서의 글쓰기를 즐긴다. 그러니 "현실과 글쓰기, 현실과 환상, 현실과 자신의 소설이 뒤섞여 직조되는 소설은 언제든 유효"(「컬리지 포크」, 20쪽)하다는 에하라의 문학 수업은, 김봉곤 읽기에 대한 수업처럼 보인다. 김봉곤의 '나'들은 다분히 생활인 김봉곤의 언저리에 있다. 예술학교 출신이거나, 영화 전공을 오가는 소설가 화자들은 봉감독, 곤씨로 불리는 상경한 경상도 해안 도시 출신의 삼십대 남자다. 선호하는 남자 스타일과 체형도 공유한다. 이런 화자 '나'들의 일관성은 오토픽션의 표지가 된다. '나'들은 "글 읽기/쓰기와 남자, 절대 끊을 수 없는 것"이라는 인식을 공유하기에 "언제나 문학과 남자로 수렴되고 마는 나의 편협함에서 생기는""오토픽션을 쓸 때의 부끄러움"(「Auto」, 225쪽)을 딛고 서 있다. 지독하게 반복되는 '나'와 김봉곤의 거리는 범상치 않다. 독자들은 반복적인 정보를 겹쳐가며 내포 저자의 상을 추정하고, 내포 저자를 특유의 단일한 감수성을 가진 사람의 실체로 해독하기 위해 접근해가기 때문이다.[19] 특히 유사한 특성(퀴어성)을 전면화하는 화자 '나'를 반복하며

---

19) 오토픽션은 흔히 부분적/전체적으로 자전적인 픽션으로 정의되는데 김봉곤의 경우 인물=화자의 동일성은 확실하지만 작가=화자, 작가=인물의 동일성은 절반 정

소설을 변주할 때, 이는 내포 작가의 그 특성을 지속적으로 유비하고 환기시키는 효과를 만들어낸다. 내포 작가 김봉곤이라는 표지를 유지하는 한, '나'의 자기 재현 전략은 퀴어 작가의 '오토'라는 '실재'를 노출하(려는 태도를 통해 실은 실재를 '환기'하)는 전략이 된다.[20] 그때, '나'는 무엇인가 스스로 된다, 고 쓴다.

> 오토픽션의 곤란함은 부끄러움과 그리 멀지 않다. 더 좋은 질료로 더 나은 가공을 할 수 있음에도 엄격한 잣대를 들이대어야 하는 피로함, 혹은 질료를 가공할 수 없다면 더 좋은 질료를 가져야 한다는 강박. 그러니까 지금 내가 살아가는 시간 속의 무언가가, 내가, 기억될/할 만한 글의 질료가 되어야 한다는 것의 곤란함이다. 다시 말해 쓰일 수 있을 '나'가 있어야 한다는 것.(「Auto」, 226쪽)

도만 확보될 것 같다. 김봉곤은 단일한 화자 '나'의 지배적인 목소리로(단일성), 화자-작가의 유사한 특징을 반복하면서(정체성), 화자와 작가가 같은 가치-퀴어성을 공유하여(신뢰성) 화자 '나'와 작가를 연결하는 표지를 제공한다. 김봉곤의 오토픽션은 화자, 인물, 작가의 유사성을 '퀴어'와 '소설가'에서 찾는다. 인물은 조금씩 작품마다 다르지만, 내포 작가는 거의 동일해 보이는 일관성을 유지한다. 물론 직접적인 지시는 감추기 때문에, 실제 김봉곤의 구체적 행적 확인보다는 특유의 정념과 분위기를 갖춘 내포 작가의 자의식을 추정하게 된다. H. 포터 애벗, 『서사학 강의—이야기에 대한 모든 것』, 우찬제 외 옮김, 문학과지성사, 2010, 167쪽; 수잔 랜서, 「보는 이의 '나'—애매모호한 결합과 구조주의 서술론의 한계」, 『서술이론 I—구조 대 역사 그 너머』, 제임스 펠란피터 · J. 라비노비츠 엮음, 최라영 옮김, 소명출판, 2015.

20) "나를 적극적으로 드러내"는 "이러한 글쓰기를 지향하는 이유는 결국 제 정체성과 닿아 있다고 생각합니다. 숨기거나 거짓말하고 싶지 않기 때문이에요. 오히려 불필요하다고 느낄 정도로 실재를 들이밀고 노출시키고 싶습니다. 등단작에서 그런 성향이 가장 강했고요."(「인터뷰」, 같은 책, 51~52쪽, 김봉곤의 발언)

그렇기에 내포 작가이자 화자이자 인물인 '나'는 자신의 글쓰기와 동시에 "내가, 기억될/할 만한 글의 질료가 되어야 한다는 것의 곤란함"을 인지한다. 글쓰기의 재료가 될 만한 '나'라는 대상을 창출한다는 이 의식은 사소설적인 기행보다는 자신의 '되기'를 살펴보는 것으로 이어진다. 그것은 스스로를 좀더 나은 자아로 만들어가는 '오토-퀴어' 되기로 나아감을 의미한다.[21] "산문과 나 역시 그 어떤 인과와 당위도 없지만, 나는 또 한번 서로가 서로를 보증한다는, 해주기를, 착란에 가까운 기원에 기대어버린다."(232쪽) 이는 '산문'으로 스스로를 보증하고 창출하는 '오토-퀴어'라는 새로운 문학적 주체를 생산한다.

이를 통해 '나'는 발화 위치를 고민한다. 고통의 재현이 유행하던 것을 보며 '나'는 "세월호 속 인물을 1인칭 시점으로" 혹은 "안산 단원고 학생의 1인칭 시점으로" 쓴다는 것에 대한 절대적인 염오감을 토로한다. 세월호 에어포켓 속 인물을 일인칭으로 쓰라는, 타인의 고통을 '참칭'하는 글쓰기를 과제로 내주는 창작과 교수가 있다. "말할 수 없는 것에 대해서는, 이런 끔찍한 상황에 대해서는 침묵하거나 비명을 지르는 방법이 있"다고 '글쓰기의 테크닉'을 이야기하자 '나'는 그가 "맛이 갔다고 생각했다"(192~193쪽). 고통받는 몸에 그대로 작가의 입이 겹쳐진다는 기성 문학의 이 믿음이 폭력이라고 생각한 것이다. 보편타당한 감정이입이 전능한 방법론임을 설파하는 오만함 앞에서, '나'는 자신의 언어를, 발화하는 위치를 의심하지 않는 문학을 배교한다. 고통을 온전히 재현할 자격을 가진 작가의 위치에 대

---

21) 작품 속에서 추정되는 내포 작가의 상은 훌륭하게 '보이려는 것'이 아닌 훌륭하게 '되려는' 작가의 열망이기도 하다. 웨인 부스, 「암시된 저자의 부활—왜 성가실까?」, 『서술이론 I』, 162쪽.

한, 그 대상/고통을 온전히 이해하는 언어라는 윤리적 기대들이 실은 폭력과의 공모라는 의혹이다. 이는 타자에 대한 무지를 전혀 상상하지 못하는 문학적 자아에 대한 '나'의 불신을 보여준다. 타자를 대신해서 말할 수 있다는 재현에 대한 믿음을 이제 김봉곤은 거부한다고 선언한다. "타인의 고통을 제 것으로 삼아 내 목소리인 척 말하지는 않겠다고 다짐했다."(「조각보 만들기」, 221쪽) 고통을 말하는 저 말이 누구의 입에서 나오는가가 말만큼이나 중요하다고 일찍부터 선언한 것이다.

그래서 창작수업 교수가 요구하는 미니멀리즘, 그러니까 규범적인 "글쓰기의 기본인 행동하기, 보여주기, 외화外化"(「Auto」, 193쪽)를 오만이며 강요라고 생각한다. 그래서 '나'는 사건('픽션')을 보여주기보다는 말하는 자신('오토')의 '쓰고 싶은 기분'을 쓴다. "그것은 어쩌면 Auto를 위한 변명일지도, 나만의 엄격이었는지도 모르겠다."(248쪽) '나'에게 '오토'는 그러한 최소한의 윤리를 따르는 유일한 서사 전략인 것처럼 보인다. 자신과 글쓰기 사이의 "거리감의 상실이 언젠가 나를 완전히 소진시키고 말 것이란 두려움 속에서도 그것을 멈출 수 없"(217쪽)다며 개별적인 정념과 감정을 절제하지 않고, 자신의 나약함과 두려움을 기꺼이 드러내는 글을 쓴다. "이 글을 쓰며 내가 행동한 일이라고는 그에 대해 생각하고, 기억하고, 떠올리고 그것을 잇는 것이 거의 다였다. 그리고 그것이 나에게는 진짜였다."(같은 쪽) 세속적인 퀴어 '나'의 사랑, 이를 향한 '나'의 진짜 정념을 드러내는 것이 진짜 글쓰기이고, 그럴 때만이 '나'는 진정한 '나'가 될 수 있다는 것. 그것이 퀴어-오토픽션의 전략이다.

이러한 '오토-퀴어'의 산출은 『여름, 스피드』 혹은 등단작 「Auto」

로 추정되는 퀴어 소설이 등장해 '오토'를 보증하는 근작들에서 더 강렬해진다. 그 퀴어 소설을 쓴 화자가 등장하는 순간 내포 작가 김봉곤과의 거리는 더없이 근접한 것으로 환기된다. 그리고 화자 '나'는 쓰기를 통해서 소설 속 인물을 다시 재회하면서, 자신의 과거와 그의 관계를 돌아보고 응답한다. 형섭에 대한 소설을 쓰다가 그에 대한 재현의 종결을 지연시키고 그와 나의 감정의 정체를 다시 알려고 하는 「엔드 게임」, 화자와 작가를 뒤섞어 쓰는 소설가가 '신일'에 대해 첫 소설을 썼고 군 시절 정체화할 용기가 없어 외면했던 신일에게 죄책감을 사후에 고백하는 「신일」이 그러하다. 「시절과 기분」은 정체성의 형성기에 혜인에 대한 감정을 내몰았다는 염려를 돌아본다. 혜인과 헤어진 이후 그녀를 지워내면서 정체화했다는 점에 대해 부끄러움을 느낀다. 이를 성실히 응대하기 위해 자신의 책에 "미안하고"라고 쓰는 "진심"의 전사前史를 살펴보는 것이다.(76쪽) 퀴어-오토의 책에 '나'를 담아 혜인에게 건네며 기다린다. "읽고 이야기해. 이번엔 내가 기다릴게."(77쪽) 스스로 퀴어-오토 '나'의 지난 문학적 작업 자체를 타인과의 관계 속에서 다시 성찰하고, 그 관계를 곱씹어보며 그 이후의 '나'를 또다시 쓰는 무한한 과업이다. 이는 자신을 정체화하는 과정에 몰두하는 것이 아니라 역으로 그 과정에서 자신이 초래한 한계와 과오를 숨김없이 드러내는 퀴어 서사의 새로운 결이다. 퀴어를 사회적 비극에 처한 타자로 재현하는 '퀴어-픽션'이 아니라 역으로 자신의 윤리적 취약함마저 고백하고 책임지는 '퀴어-오토'다.

그래서 김봉곤-'나'들에게 삶은 글쓰기와 동의어다. "재미있는 것은 그 모든 가능한 미래에 영화와 문학이 없는 순간은 없다는 것이다. 끔찍하고 행복하다."(「Auto」, 209쪽) 끔찍하고 행복한 퀴어의 오토픽션. 자신의 삶 그 자체로서의 쓰기/되기. 퀴어-오토가 되는 세이렌의 숙명: "쓰일 수 없는 내가 있었지만, 정확하게 그것에 대해 써야 했다."(250쪽) 그것이 퀴어 픽션에서 탈주한 김봉곤이 '퀴어-오토'에 고집스레 거는 가능성이다. 종내 '나'는, 독자-당신에게 '나'를 내민다.

> 당신, 이 글을 읽고 있는 당신의 지금을 나는 모른다, 는 사실은 나를 고통스럽게도 하지만, 어쩌면 이 문장은 또 매끄럽게 이어져 있고, 매끄럽게 읽히고, 우 리 는 가 끔 이 어 져 있 기도 하고, 당신은 이어주었고, 나도 다시금 힘을 내어 잇기를 계속한다. 나의 글쓰기만큼 내밀한 사랑을 당신이 이해해줄 수 있을까? 나의 사랑만큼 내밀한 글쓰기를 당신이 이해해줄 수 있을까? (……) 당신과 내가 이어져 있음을, 이어져 있었음을, 그 환희의 순간을 나는 잊지 못하고 글을 쓴다. 그를 쓴다.(「Auto」, 212쪽)

(2018)

한국 퀴어 소설에 나타난 자기 반영적 서술 전략

들어가며

지금 한국문학장의 특징을 '페미니즘 리부트'와 '퀴어적 전회'로 집약할 수 있을 만큼, 근래 퀴어 페미니즘적 주제의식을 갖춘 텍스트들이 다수 생산되고 독해되고 있다. 그런 만큼 퀴어 서사에 대한 비평과 연구 역시 증가하는 추세지만, 대개 텍스트의 소재나 상황을 한국 퀴어의 현실과 연결하는 독해로 집중되고 있다. 이는 물론 중요하고 필수적인 독해이나, 퀴어 서사의 서사 형식에 대한 독해는 다소 지연되어온 것은 아닌지 점검해봐야 한다. 따라서 이 글에서는 텍스트의 자기 반영성을 중심으로 근래 퀴어 서사의 형식과 전략을 살펴보고자 한다. 그간 개별 작가론이나 주제론을 중심으로 퀴어 서사의 서술 전략에 대한 산발적인 독해가 있었으나, 역으로 서술 전략을 중심으로 현재 한국 퀴어 서사의 특징에 집중해볼 필요가 있다.

이를 위해 다음의 도식으로 널리 알려진 채트먼의 서사 담화 구조를 통해 퀴어 서사의 서술 전략을 살피는 기초 작업을 시도한다.[1]

```
┌─────────────────────────────────────┐
│              서사 텍스트 내부           │
실제 작가 ─ │ 내포 작가 ─ 서술자 ─ 수화자 ─ 내포 독자 │ ─ 실제 독자
└─────────────────────────────────────┘
```

물론 이러한 구조적 도식화는 서사 각각의 고유성은 다소 간과하기 마련이지만, 그럼에도 자기 반영적 서술 전략이 현재 개발·갱신하고 있는 서술적 특징을 일관성 있게 파악하여 비교하기 수월하게 해준다는 장점이 있을 것이다. 한편 리몬 케넌은 채트먼이 목소리를 가진 인격체만이 서술자라고 다소 협소하게 간주한 것을 비판한다.[2] 서간, 일기, 인물 간의 직접적 대화만을 제시하는 경우에도 그 상위에 서술상의 필요에 의한 행위자로서 서술자가 존재한다고 지적한 바 있다. 이는 내포 작가를 담화의 참여자라기보다는 내포적 규범으로 간주하는 입장이다. 이러한 비판을 통해 표면적인 인격체 이상의 서술자를 받아들일 필요가 있지만, 그럼에도 채트먼이 '작가-내포 작가'를 분리하고, '서술자의 관점-인물의 시점'을 분리하여 이를 모두 미학적 기획의 생산물로 규정했다는 점은 의미 있는 시사점을 제공한다.[3]

이 글은 한국 퀴어 서사들에서 내포 작가, 서술자, 인물이 각각 정교하게 기획된 '행위자'로서 상호작용하는 양상을 분석한다. 근래 한국 퀴어 서사에서 자기 반영적 메타 서사 기법이 자주 독해된다는 전

---

1) 시모어 채트먼, 『이야기와 담론―영화와 소설의 서사구조』, 한용환 옮김, 푸른사상, 2003.

2) 박진, 「채트먼의 서사이론―서사시학의 새로운 영역」, 『현대소설연구』 19호, 2003, 372쪽.

3) 박진, 『서사학과 텍스트 이론―토도로프에서 데리다까지』, 소명출판, 2014 ; S. 리몬 케넌, 『소설의 시학』, 최상규 옮김, 문학과지성사, 1985, 6장 참조.

제를 바탕으로 텍스트 자체의 자기 반영적 운동성을 살펴보고자 한다.

연작을 통한 퀴어 소설가 '나' 연속체의 창출 전략

'연작소설집'임을 명시한 박상영의 『대도시의 사랑법』(창비, 2019)[4]은 삼십대 게이 '나'가 자신이 겪은 우정과 사랑의 경험을 후일 소설가가 되어 쓴 것이라 드러내는 표지들을 통해서 연작소설의 구심력을 만든다. 「재희」는 대학생 시절 동거하며 여성혐오와 퀴어혐오에 맞선 우정을 나누었던 '재희'와의 경험을 서사화하는 자신을 관찰한다. 돌이켜보니 "내가 쓴 소설들이 재희와 내가 보냈던 밤들과 썩 닮아 있다"(54쪽)라는 것을 발견하는 것이다. 「우럭 한점 우주의 맛」의 화자는 자기혐오를 앓던 연인에게 보냈던 자신의 일기를 소설가가 된 이후 되돌려받는다. 이 사건을 계기로 화자는 자신의 과거를 쓰기 시작한다. "나는 핸드폰의 메모장 앱을 켰다. 그리고 나는 한 문장을 적었다. 5년 전, 나는 그를 엄마에게 소개하려 했었다."(73쪽) 그때의 "일기에는 그를 만날 때마다 끓어넘치던 나의 과잉된 감정이 담겨 있었"(166쪽)다. 퀴어와 여성/가족의 관계 및 퀴어의 자기혐오에 얽힌 경험을 쓰고, 그렇게 쓰는 자신의 감정을 다시 관찰하는 퀴어 소설가 '나'의 연작이다. 퀴어적 경험을 기입하는 자신의 행위와 이 자기 기술에 반응하는 자신의 감정 작동 범위를 알고자 하는 수행적 과정이다. 이러한 쓰기 작업을 서사적 주요 특성으로 가시화함으로써 자기 형성에 영향을 준 주변 사람들과의 관계망 속에서의 자신을 응시하고, 다시 그들과의 관계를 정립하는 퀴어 주체의 상을 만드는 것이다.

---

4) 이하 인용시 본문에 작품명과 쪽수만 밝힌다.

『대도시의 사랑법』은 인물 '나'의 경험과, 이를 스스로 서사화한다는 퀴어 소설가 화자 '나'의 자의식을 겹침으로써 연작소설의 응집력을 만든다. 앞선 소설에 등장한 에피소드와 인명이 다른 소설에도 등장하는 방식으로 연속적 관계를 설정하고 있다. 이러한 방식으로 인물과 화자 사이의 경험-쓰기의 연속성을 창출한다. 소설가 화자는 이를 종합하고 통제하는 위치에 도달함으로써, 스스로 이 소설집의 내포 작가의 위치에 세운다.

　　—명희가 네 책 재밌다더라. 지금까지 나온 건 죄다 봤대. 개가 우리 중에서 제일 똑똑하잖니. 숙대도 나오고. 네 글 보더니 애가 아주 착하게 큰 것 같대.
　　지난 3년 동안 쓴 소설이라고 해봤자 술 먹고 물건을 훔치고, 군대에서 계간鷄姦을 하고, 성매매를 하고, 바람 피우는 사람들 얘기가 전부였는데 도대체 뭘 보고 착하다는 건지.(「우럭 한점 우주의 맛」, 75쪽)

　　내 소설 속에서 규호는 여러 번 죽었다. 농약을 마시고, 목을 매고, 교통사고를 당하고, 손목을 긋고……
　　규호는 헤테로 남자가 됐다 게이도 됐고, 여자가 되기도 하고, 아이도, 군인도 되고…… 아무튼 인간이 될 수 있는 거의 모든 것이 다 되었다가 결국 죽는다.
　　죽은 상태로 내 사랑의 대상이 되고, 추억의 대상이 되고, 꿈의 대상이 되며 결국 대상으로 남는다.(「늦은 우기의 바캉스」, 272쪽)

소설가 화자는 자신의 소설 내용과 등장인물을 반복해서 요약하고 자평하는데, 그 내용이 전작 『알려지지 않은 예술가의 눈물과 자이툰 파스타』(문학동네, 2018)에 실린 단편들의 얼개와 같다는 점에서, 독자는 실존하는 소설가 박상영과 겹쳐 읽게 된다. 작중 소설가 화자 '나'의 이름이 '영'이라는 설정도 내포 작가의 자기 반영적 특성을 강조한다. 물론 '나'의 이름은 한자로 "높은 곳에서 빛나다"라는 뜻으로 설정해 생활인 작가 박상영朴相映과 다르다. 따라서 이러한 연속성은 소설가(지망생)라는 직업적 특성을 환기함으로써 자기 반영적 쓰기 모드를 강조하고, 또 이를 유도하는 참조적 표지로 간주해야 한다.

이러한 연작 형식은 내포 작가 '나'의 일관성과 통합성을 강화하는 작업이면서, 동시에 앞선 단행본의 실존하는 작가로 보다 '실재화'하는 효과를 낳는다. '나'에 대한 유사한 정보를 일관되게 반복함으로써 개별 단편소설 속에서 사건을 경험하는 인물 '나'와 전체 단행본 소설집을 쓰는 화자 '나'를 동일한 역사를 가진 인물로 추정하게 만든다. 그 연속성에서 독자는 내포 작가에 대한 상과 인물/화자 '나'를 겹쳐 읽게 된다. 이처럼 작품 속 인물-화자 '나'들의 일관성, 연속적 에피소드 등이 퀴어 소설가 '나'의 연속체를 구현하는 것이다.

작가-내포 작가-서술자-인물-수화자-내포 독자-독자
퀴어 소설가 '나' 연속체

물론 이러한 일관성은 실재하는 것이라기보다는 독서에 따라 체감되는 서술적 효과로서 창출된다. 생활인 작가와 화자/인물의 일치 여부를 확인할 수도 없고, 그럴 필요 역시 없지만 다만 작품들 사이의 일관된 소설가 화자를 창출하고 그 일인칭 화자를 통해 추정되는 내포 작가의 형상을 유도하는 서사 전략은 주목할 만하다. 이는 '나'가 서사 한 편의 가상세계에 국한되지 않도록 자신을 실존하는 인물로 창출하기 위하여, '나'의 이야기라는 자기 선언과 자전적 정보를 여러 텍스트 사이에 산포하여 서로 참조하도록 하는 것이다. '나'의 배후에 실존하는 작가라는 환상을 계속해서 삽입하고 노출시킨다. 소설가 화자 '나'는 스스로 자신이 실존하며 재현하는 현실감 있는 존재가 되고자 하는 것이다.

그리고 이러한 내포 작가로서 퀴어 소설가 '나'의 실존을 창출하는 전략은, 전작과 해당 소설집을 일관된 기획 의도로 묶어낸다. 소설쓰기를 퀴어 소설가 화자가 연인 '규호'와의 관계를 보존하고 명명하는 다른 언어를 스스로 개발하는 노력으로 의미화하는 것이다. 특히 전개상 에필로그에 해당하는 「늦은 우기의 바캉스」는 "규호와 만날 때에도 글을 쓰고 있"었고 "규호와 헤어진 후 나는 책을 한권 냈"(271쪽)다고 강조한다. 소설가 화자의 소설 창작을 자신이 만든 현실적 영향에 대한 개입과 대응으로 기입함으로써, 자신의 쓰기를 단편 텍스트 하나 속 세계로 완결·한정하지 않는다. 이를 통해 자신의 작품에 대한 개입과 반응을 축적하게 된다. 이는 '나'의 (재현이라는) 수행이 만든 효과와 반응에 대한 지속적인 '독서'와 연쇄적 응답이라는 퀴어적 삶의 원리를 서사적으로 구조화하는 것처럼 보인다.

때때로 그는 내게 있어서 사랑과 동의어이기도 하다. 그러니까 내게 규호의 존재를 증명하는 것은, 규호의 실체에 대해 말하는 것은 사랑의 존재와 실체에 대해 증명하는 과정이기도 하다.

나는 지금껏 글이라는 수단을 통해 몇 번이고 나에게 있어서 규호가,

우리의 관계가, 누구도 침범할 수 없는 둘만의 특별한 어떤 것이었다고, 그러니까 순도 백 퍼센트의 진짜라고 증명하고 싶었던 것 같다. 온갖 종류의 다른 방식으로 규호를 창조하고 덧씌우며 그와 나의 관계를, 우리의 시간들을 온전히 보여주고자 했지만, 애쓰면 애쓸수록 규호라는 존재와 그때의 내 감정과는 점점 더 멀어져버리고야 만다. 내 소설 속 가상의 규호는 몇 번이고 죽고 다치며 온전한 사랑의 방식으로 남아 있지만 현실의 규호는 숨을 쉬며 자꾸만 자신의 삶을 걸어 나간다. (……) 오직 글을 쓰고 있는 나 자신만이 남는다.(「늦은 우기의 바캉스」, 307~308쪽)

소설가 화자는 자신의 소설쓰기가 퀴어의 존재 증명이자 사랑의 언어를 개발하기 위한 기획이라고, 자신의 재현을 통해 의도한 퀴어적 수행성을 강조한다. 이러한 자기 규정적 고백은 특히 작중 규호의 영문 이름 'Q Ho'가 "퀴어 호모Queer Homo의 줄임말"(268쪽)이라는 '나'의 농담을 다시 곱씹게 만드는데, 특정한 개인의 층위를 넘어 퀴어적 관계망 속에서의 글쓰기라는 맥락으로 확장하게 해준다. 이 연작소설집 자체가 퀴어의 감정과 사랑의 언어를 개발하려는 서사적 기획임을, 텍스트가 스스로 설명하는 것이다. 이처럼 '나'가 현실의 실존 인물로 읽어달라고 요청하면서 소설 창작 자체의 수행성을 강조해서 읽도록 유도하고, 소설집 자체가 가진 기획 의도를 의미화함으로써, 퀴어 소설가 화자는 자신이 위치한 세계에 적극적으로 개입한다. 이는 자신에 대한 소설을 씀으로써 좀더 나은 '나' 자신이 '되기' 위해 노력하는(상을 제시하는) 자기 형성의 방법론이기도 하다.

소설가 화자의 재현에 대한 자의식과 퀴어의 미래

연작의 형태는 아니지만, 화자들이 자신의 보고 겪은 일을 서사화하는 일에 대한 자의식을 드러내는 계열의 퀴어 서사 역시 살펴볼 수 있다. 소설가 화자는 자신이 등장하는 해당 소설을 집필하는 행위를 통해 퀴어(적) 정치에 어떠한 효과를 가질 수 있는지를 의식한다. 소설가 화자가 퀴어의 경험을 재현하는 자신의 행위가 갖는 정치적 의미를 고심하면서, 쓰기의 방향을 스스로 결정하고 의미를 부여하는 과정이 소설의 결말부에서 두드러지는 계열이다.

이현석의 「그들을 정원에 남겨두었다」(『다른 세계에서도』, 자음과모음, 2021)[5]는 의사이자 소설가인 화자 '나'가 가족 구성권을 박탈당하는 게이 연인의 수난을 지켜보며, 이를 소설로 재현하면서 겪는 곤혹을 다루고 있다. 응급수술을 받아야 하는 '이시진'을 위해 그의 동성 연인이 남동생이라고 거짓말을 하여 수술 동의서에 서명을 했다가 가족에게 들켜, 혐오 발화를 들으며 추방되고 말았다. 이시진의 딸 '유나'는 가족의 혐오에 동조해선 안 된다고 생각하면서도, 이혼하고 뒤늦게 자신의 정체성을 찾아간 아버지에게 배신감과 연민을 느낀다. 그런 유나의 고민을 곁에서 보고 들으면서 '나'는 자신이 쓰고 있는 소설에 대해 말해준다. "노인정에서 만나 단짝이 된 두 노인. 누구라도 먼저 죽을 때가 다가오면 서로의 곁을 지키자고 약속한 두 노인이 있"(10쪽)었다. 그런데 갑자기 연락이 두절되어버린 그 친구를 찾아 나서는 소설이라고.

---

5) 이하 인용시 본문에 쪽수만 밝힌다.

나는 그 노인의 뒤를 좇았다. 슬프고도 웃긴 모험이 눈앞에 펼쳐지자 전과 달리 이야기가 술술 풀려나왔고 그들을 떠올린 밤부터 일주일가량 나는 틈나는 대로 정신없이 써 내려갔다. 당연히 빨리 마무리되리라 생각 했으나 그들이 만나야 할 결말부에 이르니 예의 난처한 기분이 밀려들었 다. 노인은 단짝이 입원한 병원 앞에서 한 발자국도 움직이지 않았다. 나 는 노인이 병원 안으로 들어가도록 쓰고 지우길 반복했는데 늘 지우는 데 서 멈췄고 다시금 교착에 빠진 나는 그 이야기를 써야겠다고 생각했을 때 부터 그랬던 것처럼 한밤중에 5병동으로 내려가기 시작했다. 그곳에 누워 있는 이시진 씨의 존재가 이 소설에 당위를 부여해주지 않을까, 라는 일말 의 기대 때문이었다. (⋯⋯) 나는 나만의 방식으로라도 그들을 만나게 해 주고 싶었다. 그리하여 해갈되지 않은 먹먹함에서 벗어나길 바랐다.(「그들 을 정원에 남겨두었다」, 11쪽)

소설가 화자는 퀴어 연인이 의료 제도의 이성애 가족주의에 의해 위기에 처한 상황에서, 자신만의 방식으로 재회시켜주고 싶다는 마 음에 그들을 '단짝'으로 설정하여 이야기를 다시 쓰고자 하는 기획이 라고 고백한다. 그러나 '단짝'의 재회로 다시 쓰는 일은 계속 실패한 다. "등장인물의 나이를, 성별을, 젠더를 바꿔보았고 배경과 상황과 디테일을 바꾸기도 했으며 국적과 시대도 바꿔보았다. 그러나 어떻 게 바꿔도 찜찜한 마음이 가시지 않"(10쪽)는다.

게다가 이시진의 수술을 집도했던 동료 의사 '수연'이 이시진의 연 인이 병원에서 쫓겨나는 비극을 밝히면서 이런 일이 반복되지 않길 바란다는 글을 게시하고, 이 글이 SNS에서 폭발적인 지지를 받은 사 건으로 인해 더 큰 고민에 빠진 상태다. '나'는 그 글에는 왜곡된 부분

이 있고 환자의 동의도 구하지 않고 게시했다고 수연을 비판한다. 그
러자 수연은 자신의 글이 소설과 다를 게 뭐냐며, 외려 자신은 공론
이라도 부르지 않았냐고 반박한 뒤, 화자 역시 과거에 수연을 모티프
로 한 소설을 쓰면서 동의를 구하지 않았었다는 사실을 상기시켜준
다. 대학 시절 수연이 자신에게 커밍아웃을 하자, "내가 비밀을 존중
할 줄 아는 사람으로 보이는구나, 라는 어설픈 충족감"(22쪽)을 느꼈
다. 그리고 수연을 모티프로 소설을 썼다.

> 나는 번듯한 성공에도 정체성으로 인해 환대받지 못하는 상황에 흥미
> 를 느꼈고, 인정투쟁에 골몰하다 권위의식에 찌들어버린 레즈비언 외과의
> 는 그런 이야기에 더없이 잘 어울리는 캐릭터일 거라고 생각했다. 어쩌면
> 수연이 그 작품을 읽었다는 사실을 알았을 때, 수연이 아니라고 스스로에
> 게 최면을 걸었던 이유는 결국 수연이 아닐 수 없음을 알고 있어서가 아니
> 었을까.(같은 글, 23쪽)

수연이 SNS에 올린 글이 대중의 정치적 각성과 공론을 불러일으키
기 위해 "지나치게 적나라"(14쪽)하게 묘사했다는 불만을 가진 화자
지만, 실은 그 역시 '환대'라는 윤리적 성취를 위해 퀴어 당사자들의
삶을 박탈당한 존재로 확정하며 써온 것이다. 살아 있는 현실 속 인물
들의 목소리보다는 쓰는 이의 기획을 위한 글이라는 점에서 실은 같
은 구도 속에 있다. 끝내 병원의 연인은 재회하지 못한 채 사망하고,
화자도 재회 장면을 완성하지 못한다. 결말에서 화자는 '친구'가 입
원한 병원 앞에서 더 나아가지 못하는 인물을 생각하며 "내가 두 노
인을 정원 저편에 남겨두었다는 것을"(26쪽) 곱씹는다. '친구'로라

도 재회하게 해주는 '온정적인' 재현이 현실의 퀴어들에게 미치는 영향력을 고민하는 것이다. 이는 소설가의 미학적 기획을 담은 재현이, 동시에 현실의 인간에게 영향력을 발휘한다는 점을 고려하도록 쓰기 행위의 의미를 옮겨놓는다. 소설가가 인물을 장악하고 지배하는 소설 문법의 (재)승인보다는 자신의 수행이 (자신을 포함한) 현실의 인간들에게 미치는 영향력을 고려하며 쓰기의 원점으로 돌아오는 순환적 구성이다.

특히 같은 문제를 겪되 다른 관점을 가진 인물들과, 자신의 소설에 대한 대화를 나누며 지금의 재현 행위가 어떤 정치적 효과를 생산할 수 있을지 점검하면서 쓰(지 못하)는 자의식을 적극적으로 드러낸다. 인물 '나'가 자신의 재현이 동시대 퀴어 정치에 미치는 영향을 의식함으로써 화자 '나'의 소설관을 갱신하고, 그 갱신의 자의식을 소설의 결말부를 통해 드러낸다. 그러한 소설가 화자의 갱신된 재현이 해당 소설로 도래하여 지금 독자가 읽고 있는 것처럼 연결됨으로써, 소설의 내포 작가 역시 소설가 화자와 연결된다. 소설가 인물/서술자 '나'의 재현관의 갱신 과정이 해당 소설의 창작으로 이어졌다는 순환성을 다음과 같이 간략히 정리해볼 수 있다.

작가-내포 작가-서술자-인물-수화자-내포 독자-독자
소설가 '나'의 갱신 과정

황정은의 『디디의 우산』(창비, 2019)[6] 역시 소설가 화자 '나'의 자

---

6) 이하 인용시 본문에 작품명과 쪽수만 밝힌다.

기 읽기와 쓰기의 순환 구조를 갖고 있다. 『디디의 우산』은 연작소설이라는 표제를 달고 있으나 소설 사이의 서사적 연계는 다소 느슨하다. 「d」「아무것도 말할 필요가 없다」 두 작품은 촛불 혁명과 탄핵 선고 당일까지의 한국사회를 배경으로, 그간 배제되어온 정치적 주체들의 감정 구조와 담론을 성찰한다는 점에서 주제적인 연작성을 띠고 있다. 특히 「아무것도 말할 필요가 없다」의 소설가 화자 '나'는 자신이 성장하면서 겪어온 경험을 쓰면서 촛불 혁명 이후 이어져야 할 혁명의 방향을 모색하고 있다. 화자는 1987년 6월 항쟁, 1996년 연세대 한총련 사태를 비롯해 서울 광장의 촛불 혁명에 이르기까지 한국사회의 민주주의 운동/담론장이 여성과 퀴어, 장애인에 대한 혐오와 배제 위에 구축되어왔음을 성찰한다. 직장에서 반복되는 성차별과 성폭력, 진리를 추구하는 대학(원) 사회의 젠더적 위계와 남성 연대, 양육과 교육 과정에서 계속 강요되는 이성애 정상성과 고정적인 젠더 역할 등을 짚는다. 화자는 민주화 이후 세대로서 자신의 일상적 경험으로부터 그간 한국의 민주주의가 누락한 주체들을 추출해낸다. 이는 광장의 혁명과 민주화 운동의 담론장이 그간 민주주의를 이야기했지만, 정작 일상 속의 민주화는 간과하면서 구축한 한국사회의 남성 중심적 인식론과 감정 구조에 대한 날카로운 지적이다.

그런데 이러한 역사적 경험과 성찰을 바탕으로 화자는 자신의 소설쓰기의 방법과 목표를 스스로 기획한다. 화자 '나'는 「아무것도 말할 필요가 없다」의 서두에서 더이상 "누구도 죽지 않는 이야기를"(151쪽) 완성하고 싶다는 소설가로서의 과제를 설정하고 있다. 그런 소설을 쓰기 위해서 노력하고 실패해온 경과를 고백하면서, 지금 식탁에서 책과 노트북을 펼쳐 다시 한번 더 이야기를 쓰고 있는 화자

의 상황을 드러낸다. 화자의 집에 있는 식탁에서 글쓰기를 시작하는
자의식으로 시작한 소설은, 탄핵 선고가 방송되는 당일 오후의 식탁
으로 결말을 맺는다.

> 누구도 죽지 않는 이야기 한편을 완성하고 싶다. 언제고 쓴다면, 그것의
> 제목을 '아무것도 말할 필요가 없다'로 하면 어떨까. 그것을 쓴다면 그 이
> 야기는 언제고 반드시 죽어야 할 것이므로. 누구에게도 소용되지 않아, 더
> 는 말할 필요가 없는 이야기로.
> 그것은 가능할까.
> 오후 1시 39분.
> 혁명이 도래했다는 오늘을 나는 이렇게 기록한다. (……)
> 아무것도 아닌 일에도 깔깔 웃으며 서둘러 식사를 준비하고 다 같이 먹
> 고 올리브잎 차도 한잔씩 마셨다고. 남자는 울지 않는 법이라며 구석에 숨
> 어서 우는 아이를 말하고 그 아이에게 어떤 이야기를 들려주며 살아야 하
> 는지를 걱정하기도 하면서. 쌤 스미스의 커밍아웃을 말하다가 보편성과 특
> 수성에 대해 회원들과 작은 언쟁을 벌이고 만 일을 말하기도 하면서. 헌법
> 재판소로 들어가는 재판관의 머리칼에 핑크색 헤어롤 두개가 말려 있는
> 것을 우리가 보았으나 그런 것은 하나도 중요하게 여겨지지 않아서 그것에
> 관해 별말을 하지 않았다고.(「아무것도 말할 필요가 없다」, 316~318쪽)

글을 쓰는 식탁으로 시작해서 세계를 읽는 식탁으로 끝나는 순환
적 구성이다. 탄핵 선고로 끝나는 결말은 당일 오후에 소설을 쓰기 시
작한 서두로 다시 이어진다. 이러한 구성은 소설을 쓰고 있는 소설가
화자가 자신이 위치한 시공간을 가능한 한 구체적으로 자각하면서,

자신이 쓰고자 하는 이야기가 미칠 효과를 기획하고 의식하고 있다는 표지가 된다. 소설가 화자가 자신이 쓰고 있는 소설의 제목을 짓는 장면은 독자가 현재 읽고 있는 해당 소설의 내포 작가로, 이 소설가 화자 '나'를 연계해 읽게 만든다. '아무것도 말할 필요가 없다'라는 제목에는 젠더 폭력과 퀴어 혐오에 대한 이야기가 더이상 필요하지 않아 소멸될 시간을 위해 나아간다는 기대와 의도가 담겨 있다. 소설가 화자가 고민하던 재현의 목표를 그대로 담은 이 제목이 해당 소설 텍스트 자체로서 실현된 셈이다. 이러한 기획-재현의 자기 반영적 순환 구조를 통해 소설은 세계와 삶에 개입하는 소설의 수행적 운동 에너지를 구현한다.

소설가 화자가 이러한 소설/이야기의 목표와 의미를 스스로 고민하는 것은, 자신이 읽고 쓰는 언어에 대한 통찰에서 기인한다. 홀로코스트 시기 동성애자 추모관, 2차 세계대전 이후의 일본 애니메이션, 니체의 철학을 가능하게 한 타자기 등을 되돌아보면서 소설가 화자는 문학사, 지성사, 문화사 속에서 작동하는 사유의 '툴tool'을 생각한다. 촛불 혁명 시기에 시위대를 관리하는 '차벽'은 시위와 저항을 국가의 재산에 대한 손괴 행위로 간주하게 한다. "운동이 아닌 관리자의 방향으로 대중의 공감이나 이입이 이루어지도록"(189쪽) 함으로써, 사람들에게 관리자의 툴을 주고, 관리자의 입장에서 생각하게 만드는 것이 권력의 작동 방식인 것이다. "툴을 쥔 인간은 툴의 방식으로 말하고 생각"하고 "어찌된 영문인지, 툴을 쥐지 못한 인간 역시 툴의 방식으로"(189~190쪽) 생각하고 만다. 민주화 탄압 과정에서 벌어진 여성에 대한 폭력과 "惡女 OUT"(304쪽)이란 표어를 내건 촛불 광장까지의 한국사회가 젠더 폭력과 퀴어 혐오를 만들어왔던 툴을 되돌아본다. 그럴 때 소설가 화자는 이야기가 사유를 주조하는 툴이라는 점에 주목한다. "산다는 것은 (……) 우리보다 먼저 존재했던 문장들로부터 삶의 형태들을 받는 것"(211쪽)이라는 롤랑 바르트의 말을 빌려, 화자는 소설/이야기의 수행성을 만들어간다. 이야기는 단순한 재현이 아니라 세계와 삶에 개입하는 툴이기 때문이다.

어쨌거나 어머니가 모성을 말하고 아버지가 금기를 말하는 이야기는 싫다. 그런 이야기를 도취된 채로 아이들에게 읽어주는 어른도 싫다. 정진원은 그것보다는 좋은 이야기를 읽고 자랐으면 좋겠어. 왜냐하면 독서의 경험이란 앞선 삶의 문장을, 즉 앞선 세대의 삶 형태들을 양손에 받아드는 경험이기도 하니까.(같은 글, 211쪽)

삶의 형태는 곧 독서를 통해 구성되기에 젠더 역할을 고정하고 혐오를 재생산하는 이야기를 멈춰야 하는 것이다. 분홍색 양말을 신은 조카 '진원'에게 또래 남자아이들은 때리겠다는 위협을 가한다. 어린이집의 교사는 "여자 같은 자세로 오줌 눈다"(251쪽)고 지적하며 그래서 폭력의 대상이 된 거라거나, 여자끼리는 결혼할 수 없고 "상식적으로 결혼은 남자와 하는 거"(252쪽)라고 가르친다. 이처럼 진원이 기초적인 사회화 과정에 들어가자마자, 이성애 중심주의와 젠더 이분법이 '상식'이라는 툴로 강제된다. 이를 지켜보며 화자는 진원과 이후의 세대에게 다른 도구를 남겨주고 싶어서 다른 이야기를 쓰고자 하는 것이다. 이러한 자의식은 "정진원은 우리를 어떻게 기억할까./김소리와 서수경과 나를. 지금 이 집에 모인, 그의 어른들을"(227쪽)이라는 자문으로 이어진다. 자신의 삶과 자신이 쓰는 이야기가 이후 세

대의 삶과 독서를 정초하는 도구로써 어떤 효과를 생산할지 의식하는
것이다.

> 그는 김소리에게 어른을 요구했지만 그 자신도 김소리에게는 어른이었
> 으면서, 그는 김소리의 아무것에도, 김소리의 어른 됨에 아무런 책임을 지
> 지 않고 비난만 하고 갔어. 그의 어른 됨은 김소리를 관찰하고 김소리를
> 판단하고 사후에 다가와 비난할 때에만 유용하게 작동했는데, 어른 됨이
> 그런 것이라면 너무 편리하고 야비하지 않나.(같은 글, 240~241쪽)

그러므로 '나'에게 '어른 됨'과 이야기를 남긴다는 것은 둘 다 (자
연적인 현상이 아니라) '되기'를 의식한 수행적 과정이다. 특히 어른/
이야기가 자신이 개입하는 시간/대상에 책임을 지지 않고 사후적으
로 비난만 하는 '윤리/지성'에 대한 분노는, "누구도 죽지 않는 이야
기 한 편을 완성하고 싶다"(316쪽)라는 화자의 소설관으로 이어진다.
이는 그간의 서사 속에서 남성 화자/소설가의 미학적·윤리적 자기
성찰을 위해 여성과 퀴어들을 비극적으로 죽이거나 사라지게 만든
소설 문법에 대한 자의식이다. 소설가 화자는 그간 주어졌던 기성의
담론과 언어를 갱신하는 퀴어 페미니즘적 이야기를 쓰고자 한다. 이
제부터 자신의 새로운 재현 언어가 이후의 세대에게 다른 툴이 될 수
있다라는 자기 수행적 역사철학이다. 이것은 재생산 미래주의[7]를 비

---

7) 재생산 미래주의(reproductive futurism)는 아이를 미래와 희망을 의미하는 표상
으로 제시함으로써, 이성애 가족에게 선형적인 시간관의 주체이자 절대적으로 특권
적인 지위를 제공하는 이데올로기다. 공동체와 관계 맺음의 담론/형식을 장악하여,
재생산을 하지 않는(다고 간주되는) 퀴어를 사회적인 죽음 충동으로 한정한다. Lee
Edelman, "The Future Is Kid Stuff", *No Future : Queer Theory and the Death*

롯하여 퀴어의 시간을 자기 폐쇄적인 단절이나 죽음 충동적 향유로 한정하는 기성의 독법에 대한 적극적인 대타 의식이기도 하다. 레즈비언 양육자 인물 '나'이면서 동시에 소설가인 화자 '나'는, 퀴어의 존재를 재현하고 다른 삶과 관계를 기획하는 언어를 스스로 만드는 내포 작가 '나'의 수행인 소설쓰기로, 혁명을 혁명하고 있다.

이종異種 텍스트의 병치를 통한 재현물의 상호 대화적 구조

김병운의 『아는 사람만 아는 배우 공상표의 필모그래피』(민음사, 2020)[8]의 경우 한 편의 소설에서 다양한 장르를 교차하면서 장편 특유의 다각적인 시선을 구축하고 있다. 소설은 크게 1장 '가진 게 많은 사람은 쉽게 떠날 수 없고'와 2장 '우리는 이 좁아터진 집에서만 연인인데' 그리고 부록 '배우 공상표의 필모그래피'로 구성되어 있다. 옷장 안에서 두 벌의 셔츠가 서로 연결되어 부둥켜안고 있는 이 책의 표지 그림(김두은, 〈One〉, 2014)처럼, 1장과 2장의 제목은 벽장 안의 퀴어 연인들을 가시화하고 그들이 겪는 문제들을 집약한다. 소설의 1장은 유명한 젊은 배우 '공상표'(본명 강은성) 주변에서 그를 데뷔시키고 연예 산업계에 종사해온 어머니 '김미승', 누나 '강은진', 매니저였던 '양병진' 등을 초점 화자로 삼아 공상표의 커밍아웃을 계기로 벌어진 사태를 다룬다. 공상표가 누나에게 커밍아웃을 한 이후, 당시 현장에 있던 사람들에 의해 소문이 퍼지자 가족은 연예 기사의 부정적인 영향력을 감쇄시키기 위해 노력한다. 열애설을 퍼뜨릴 여성 배우를 물색하고, 공상표가 연인과 헤어지도록 종용하는 등 1장의 전개는 가

Drive, Duke University Press, 2004, pp. 2~11.

8) 이하 인용시 본문에 작품명과 쪽수만 밝힌다.

족과 재현 산업의 욕망을 대리 실현하면서 살아온 공상표의 삶을 보여준다. 자신의 솔직한 욕망을 말하지 못하도록 강제하고, 발화하더라도 손쉽게 사실이 아닌 것으로 만들 수 있는 가족 담론과 재현 산업의 규범에 둘러싸여 있기에 공상표는 '은폐'를 위해 자신이 아닌 어떤 배역만을 계속해서 연기하며 살았던 것이다.

2장에서는 공상표의 '탈은폐'를 본격화하기 위하여 공상표와 그의 연인 영화감독 '김영우'를 초점 화자로 설정한다. 공상표는 김영우를 만나면서 차츰 자기에 대한 부정과 혐오에서 벗어난다. 그는 김영우의 퀴어 영화 시나리오를 읽고 제작하는 과정을 통해서 자신의 정체성을 인식하고 언어화하기 시작했던 자신을 재발견한다. 이는 기존의 재현물에 대한 '독서'를 통해 퀴어적 정동을 발견하고 습득하는 훈련 과정을 연상시킨다. 2장의 서사는 공상표의 자기 인식/발화에 작용하는 독서의 원리를 전개하는 동시에 그가 읽거나 재현한 것으로 설정되는 창작물을 병치 삽입하고 있다. 이것은 중심 서사를 매개하는 삼인칭 서술자를 잠시 정지시키고, 그 자체로 하나의 완성된 재현물의 형식을 빌려 삽입된다. 2장에서부터 공상표의 필모그래피를 비롯해 인터뷰, 인터뷰 자료집 제작을 위한 펀딩 공지문, 신문 기사 등 중심 서사와 직접 연결되진 않지만 공상표의 독서/재현과 연결되는 하위 서사물을 삽입하는 것이다. 이를 통해 공상표와 김영우라는 인물은 마주한 텍스트를 읽고 반응하고 이를 기반으로 다른 재현물을 생산하거나 발언하는 상호작용의 과정 속에 배치된다. 2장의 서두에는 실제 출판을 위한 펀딩 웹페이지의 공지문과 같이 편집된 다음의 내용이 중심 서사와 별개로 등장한다. 이를 통해 (서사 안에) 인물이 개입하고자 하는 현실세계를 직접 창출한다.

카테고리 〉출판 〉논픽션

이태원 클럽 방화 참사 희생자 6인을 위한

추모 인터뷰집 『여기에 함께 잠들다』

펑크펑크펑크

모인금액	남은 시간	후원자
14,142,000원	1일	397명
141%		

(……)

오늘 선공개하는 인터뷰의 주인공은 바로 배우 공상표 씨입니다.(우리가
익히 아는 그 공상표를 말하는 거냐고 되묻는 듯한 여러분의 목소리가 여기
까지 들리는 것 같은데…… 정말이지 그 공상표가 맞습니다!) 상표 씨는 이
태원 클럽 방화 참사의 희생자 중 한 명인 독립 영화감독 김영우 씨와 각
별한 사이였는데요. 생전에 김영우 씨가 연출한 세 편의 단편 영화에 모두
출연했을 뿐만 아니라 미발표 유작인 단편 〈작별의 계절〉의 시나리오 작업
을 하기도 했습니다. (……)

덕분에 이번 인터뷰는 자신의 자리에서 묵묵히 퀴어 영화를 만들고자
노력했던 감독 김영우 씨에 대한 인터뷰이자, 오랫동안 자신을 부정하고
감춰왔던 배우 공상표 씨의 공식적인 커밍아웃 인터뷰로 완성되었고요.
(……) 후원자 여러분에게도 제가 느꼈던 상표 씨의 용기와 긍지가 온전
히 전해졌으면 좋겠습니다.(『아는 사람만 아는 배우 공상표의 필모그래피』,
147~148쪽)

공상표는 자기부정과 자기혐오를 넘어서는 계기가 자신이 촬영하던 "영화 속에서 '진짜 나'를 발견"(193쪽)하는 과정이었음을 인터뷰를 통해 밝힌다. 그 이후 김영우 감독과 연애를 시작한 계기 등은 중심 서사의 삼인칭 화자를 통하지 않고, 작중의 '인터뷰집'의 대목을 여러 부분 삽입하면서 서술된다.

영화 속 '강은성'은 게이니까 상표 씨가 게이 같아 보이는 건 그리 이상한 일이 아니었을 것 같은데요.

그렇죠. 저는 주어진 역할을 제 방식대로 소화해낸 거니까요. 그런데 그걸 알면서도 게이인 내 모습을 마주 보는 게 힘들더라구요. 화면으로 '진짜 나'를 마주하는 게 너무 거북했어요. 왜냐하면 저는 그때까지도 내가 게이라는 사실을 완전히 받아들이지 못하고 있었으니까요. 마음 속 깊은 곳에서는 여전히 게이인 나를 비관하고 혐오하고 있었으니까요.(같은 책, 193~194쪽)

이를 통해서 공상표라는 인물이 자신의 커밍아웃과 영화에 대한 발언이 관객 및 영화 산업 종사자들에게 어떻게 받아들여질지를 의식하면서, 자신이 마주한 현실에 개입하기 위해 인터뷰에 응하고 있음을 적극적으로 드러낸다. 특히 2016년 미국 올랜도에서 발생했던 게이 클럽의 총기 난사 사건을 모티프 삼아 이 소설에서는 이태원의 게이 클럽에서 혐오 방화 사건이 일어났다고 설정한다. 이러한 사건을 중심 서사의 화자가 직접 서술하기보다는, 인터뷰 등의 하위 텍스트들을 통해 전달하고 있다. 이는 공상표와 김영우가 기반해 있는 '현실세계'를 창출한다. 이를 통해 서사의 필요와 서술자의 매개에

의해 설정된 '배경'이라기보다는 실존하는 '현실'로서 퀴어혐오를 그
려내고, 이에 응답하고 반응하는 인물들의 관계성과 수행성을 강조
하는 것이다. 공상표의 필모그래피와 김영우의 영화에 대한 인터뷰
등은 작중인물들이 제작한 재현물과 그것이 제출되는 시공간을 실존
하는 것으로 창출하고, 그 하위 텍스트들을 인물들의 의식적인 활동
이자 현실에 대한 개입 행위로 만든다. 일반적인 소설의 서술 문법이
가정하는 가상의 내부 세계를 초과하는 현실적 참조물을 창출하고,
다시 그것에 기반한 메타적·자기 반영적 하위 텍스트들을 병치하는
것이다. 층위가 다른 서사물들이 서로를 참조하면서 인물과 세계 사
이의 역동적 관련성을 드러낸다. 특히 부록은 실존하는 배우처럼 배
우 공상표의 여러 작품의 필모그래피가 제시된다.

> 작별의 계절
>
> 김영우 | 2014 | 32분
>
> 주연—강은성 역
>
> 영화감독을 꿈꾸는 김영우에게는 남들에게 말하지 못하는 비밀이 하
> 나 있다. 바로 인기 배우 강은성과 자신이 연인 관계라는 것. 김영우는 평
> 생을 클로짓 게이로 살아온 강은성에게 연민을 느껴왔으나, 언젠가부터
> 자신의 존재가 지워지고 삭제되는 것 같아 서운하다. 그리고 그러한 감정
> 의 저변에는 강은성의 갑작스러운 성공에 대한 시기와 질투도 깔려 있다.
> 김영우는 그동안 기꺼이 감싸 안았던 강은성의 결점들을 더는 견딜 수가
> 없다.(같은 책, 281쪽)

이 필모그래피에서 소개되는 영화는 『아는 사람만 아는 배우 공상

표의 필모그래피』의 인물로서 공상표와 김영우가 겪은 연애와 거의 동일한 얼개를 지니고 있다. 이런 공상표의 필모그래피의 가장 마지막에는 2020년 2월 20일 개봉 예정인 〈여름과 비밀과 가을〉이라는 영화가 있다. 여기에서 공상표는 감독이자 김영우의 배역을 맡아 자신의 연애와 재현을 다시 응시하고 있다. 이 영화가 2014년 작품인 〈작별의 계절〉을 모티프로 한 재창작물이라는 점까지 밝히면서, 이 장편소설은 끝맺는다.

이처럼 『아는 사람만 아는 배우 공상표의 필모그래피』는 하위 텍스트를 교차함으로써 퀴어 혐오 테러를 비롯한 중심 서사가 실존하는 사건이라는 현실감을 창출하고, 이에 대한 인물들의 의식적인 활동을 현실에 대한 개입으로 의미화한다. '현실'과 '개입'을 상호 보증하는 효과가 생기는 것이다. 이러한 하위 텍스트에서 공상표는 김영우를 비롯한 테러의 희생자들을 추모하기 위한 다큐멘터리와 인터뷰에 개입하고 참여하고 있다는 자의식을 적극적으로 드러낸다. 추모 인터뷰를 통하여 공상표는 공적 커밍아웃을 감행하는 자신의 각오를 이야기하고, 혐오범죄에 희생된 전 연인 김영우가 만들고자 했던 유작 〈작별의 계절〉을 이어 제작하려는 기획까지 드러낸다. 이 유작은 김영우와 공상표의 자전적 영화로, 공상표는 김영우의 역할로 등장한다. 직접 자신의 이야기를 재현하는 작업을 통해 자신의 생애사를 다시 쓰는 것이다. 이러한 결말을 통해 이 소설 자체가, 공상표가 제작한 자전적 영화로도 읽히게 만든다. 그럴 때 소설의 마지막에 배치된 필모그래피는 공상표가 다른 재현관을 향해 나아가는 궤적을 드러내며, 선행하는 소설 속 공상표의 경험과 자의식을 다른 재현물(에 대한 재현)로 상호 보증한다.

작가-내포 작가-서술자-인물-수화자-내포 독자-독자

인물의 수행 ↔ 재현물의 수행

그간 서술자-인물-수화자-내포 독자의 층위에서 소설은 독립된 가상의 사건으로 간주되도록 거리를 유지해야 한다는 재현/독서 규범이 있었으나, 이 퀴어 소설은 퀴어 인물이 마주한 자신의 세계에 개입하고 대응하는 창작물을 끊임없이 병치함으로써 그 미학적 거리를 유동적으로 만든다. 물론 독자가 정말로 이 사건이 실재했다고 여기지는 않겠지만, 서사 구성의 원리 면에서 '(서사가 창출한) 현실에 반응하는 (내부) 서사'라는 텍스트의 자기 반영성이 생겨나는 것이다. 중심 서사의 삼인칭 서술자를 정지시키고, 인물이 일인칭으로 직접 발화하게 하는 하위 재현물, 중심 서사와 아무런 연결 표지 없이 제삼의 이종 텍스트를 병치하여, 서술자와 인물의 층위가 계속해서 재조정된다. 또한 그러한 서술 위치의 재조정은 중심 서사의 내포 독자 (서점에서 단행본을 구입할 독자)와 하위 텍스트의 수화자(추모 인터뷰 펀딩 참여자/공상표의 영화 관객)를 의도적으로 혼용하게 한다. 소설 텍스트가 독자를 어떤 구체적인 (서사 내부의) 현실적 위치로 호명하는 것이다. 서술자↔인물, 내포 독자↔수화자 사이의 자기 반영적 순환이 만들어내는 텍스트의 운동성이다.

나가며

이 글은 근래 퀴어 서사에서 (소설가를 포함해) 재현을 직업으로 가진 일인칭 화자가 자신의 삶을 재현하는 서사 전략이 자주 사용된다는 점에 착안하여, 자기 반영적 텍스트의 특성을 퀴어적 전략으로 보고자 하였다. 이는 퀴어 서사를 윤리적 · 정치적 메시지로 국한하는 독법에 저항하면서, 지금의 한국 퀴어 서사가 새로운 형식을 실험하고 새로운 서사 전략을 제안하고 있음을 실증하려는 시도이기도 하다.

인물로서의 자신을 관찰하고 재현하는 소설가 화자는, 자신의 과거와 현재를 인식하고 그것에 대해 쓰는 상황을 소설 안에서 강조하여 드러내고 있다. 이는 퀴어 재현에 대한 자의식을 소설 안에 기입하는 것이며 미학적인 기획을 스스로 형성하고자 한다. 이를 통해서 그동안 퀴어에게 제한되어온 재현의 언어와 정치를 갱신하는 서사적 형식의 창안이 지금 퀴어 서사의 목표임을 스스로 선언하는 셈이다.

이러한 자기 반영적 서술 전략이 강조하는 것은 '인물의 수행성'과 '재현물의 수행성'의 상호 순환 관계다. 소설 밖 현실을 지극히 의식하는 소설 내부의 현실세계, 인물의 독서와 창작에 대한 반응을 재창작하는 텍스트다. 이러한 자기 반영적 순환성의 전략은 특기할 만한데, 재현물에 대한 반응과 독해를 통해 자신의 퀴어성을 인지하고 표현하는, 퀴어의 자기 형성 원리를 서사 자체의 전략으로 만든 것이다. 기성의 재현 규범에 대한 의식적인 독해와 교섭, 전유라는 퀴어적 수행의 원리를 서사 형식 자체가 구현하고 있는 것이다. 이는 소설이 독립적인 가상의 완미한 세계라는 규약을 통해서 심미성을 인정받던 기존의 서사 문법과 달리, 현실에 개입하(고자 하)는 텍스트의 역동성과 쓰기의 에너지를 부각하고 강조함으로써 정치 미학을 창출하는 것이다.

물론 퀴어 서사 이외의 문학에서도 이러한 자기 형성과 자기 반영적 메타 전략을 자주 발견할 수 있다. 그럼에도 불구하고 그간 자전소설과 사소설이 예술가 소설과 사상(전향) 소설에 치우쳐 있다는 점을 감안할 필요가 있을 것이다. 개별 예술가의 소외와 고독 혹은 유미주의적 자의식을 주로 표출하거나, 사상적 전향을 계기로 윤리적 자기 '해명'에 치우쳐 있는 장르였던 것이다. 자기 반영적 쓰기가 주로 이성애자 기혼 지식인 남성의 예술적, 윤리적 자의식을 형성하는 전략이었기에 내면성과 진정성의 크기를 과시하곤 했다. 이 글이 살펴본 퀴어 서사의 자기 반영적 특성은 세계에 대한 수행과 반응을 의식하고 지향한다는 점에서 결이 다른 것으로 생각된다. 이 글은 퀴어의 자기 형성의 원리와 서사 전략의 연계를 모색하기 위한 시론이다. 종적으로 퀴어 서사의 자기 반영적 서술의 문학사를 검토하는 것은 이어질 과제로 남긴다.

(2021)

정확하게 실패하는 패리스와 비아그라, 아무것도 아닌 농담의 온도
―박상영론

1. 우리는 세상의 작은 점조차 되지 못했다!

　　우리는 세상의 아주 작은 점조차 되지 못했다. 점은커녕 그 어떤 것도 되지 못했다. (……) 이토록 철저한 실패는 영화에서도 찾아보기 힘들 정도다. 우리는 망했다. 망해먹은 채 아무것도 되지 못했다. 우리는 웃고 떠들고 술 먹고 섹스하다 죽을 줄이나 아는 동성애자들일 뿐, 그 이상의 아무것도 되지 못했고, 되지 못할 것이다. 우리는 애초에 아무것도 아니었고, 아무것도 아니며, 그러므로 영원히 아무것도 아니다.
　　정말, 아무것도 아니다.(「자이툰 파스타」, 215쪽)[1]

---

1) 이 글은 박상영, 『알려지지 않은 예술가의 눈물과 자이툰 파스타』(문학동네, 2018)를 읽는다. 「중국산 모조 비아그라와 제제, 어디에도 고이지 못하는 소변에 대한 짧은 농담」은 「제제」로, 「알려지지 않은 예술가의 눈물과 자이툰 파스타」는 「자이툰 파스타」로 약칭한다. 이하 인용시 본문에 작품명과 쪽수만 밝힌다.

박상영의 소설에서 우리가 의미를 찾아야 할 가장 중요한 장면이 있다면, 바로 이 망하는 장면이다. 게이, 성 노동 여성, 직장인, 영화감독, 예술가 지망생, 아이돌 연습생에 이르는 모든 인물들은 결국 망해먹었다. 일말의 가능성이 있었던 시기를 기억하고 있지만 이제 과거일 뿐 아무것도 아닌 삶을 살아간다. 다들 예술가를 꿈꾸거나 사랑을 꿈꾸었지만 완전히 실패해버리고 말았다. 이를 스스로 잘 알고 심지어 앞으로도 망할 것이라 선언까지 한다. 사태가 이러하다면 아무것도 아니라는 선언이 패배자들의 자조나 도피 이상의 무엇이지 않을까 되물을 수밖에. 이미 망해먹은 인간들이 왜 자꾸, 굳이 자신이 정말, 아무것도 아니라고 말하는 걸까.

그런데 하필 소설이 망하게 만드는 것은 같은 위기들이다. 어떤 '이름'을 강요당하거나 혹은 자신의 이름을 스스로 말하지 못하는 박탈이 서사 전체를 좌우한다. 표제작 「자이툰 파스타」에서 "세상에서 동성애를 가장 잘 이용하는 이성애자"(173쪽)인 '오감독'은 동성애자 '박감독' 자신의 일상을 그린 퀴어 영화가 오히려 현실성이 없다며, "별 고통 없이 정체성을 받아들이는 인물이 동성애자인 게 너무 이상하고 어색해"(179쪽)다고 비판한다. 퀴어가 "얼마나 공허하고 고통스럽게 살고 있는지"(182쪽)를 다루고, "성적 소수자의 고통을 잘 형상화해 동성애를 보편적 사랑의 경지로 끌어올"(178~179쪽)려 타자화해야 "퀴어 영화다운 그런 지점"(180쪽)이 된다. 오감독의 비평은 퀴어 재현을 호모 사케르의 윤리적 비극으로 한정하던 맥락을 정면으로 상기시킨다.

이름의 문제는 인물의 실존을 직면케 한다. 「패리스 힐튼을 찾습니다」에서 잃어버린 개 '패리스'를 '소라'는 반려견, '나'는 애완견이라고 부르는 것은 단순한 이름의 문제가 아니라 두 사람의 존재론과 그 위기를 드러내는 사건이다. "애완견 숍에서 산 애완견을 애완견이라고 부르는 게 무슨 문제가 된다는 건지"(64쪽) 이해할 수 없지만, 개를 산 날로부터 "아주 조금씩, 천천히 뭔가가 바뀌어버렸"(63쪽)음은 자각하고 있다. 그래서 "반려견이나 패리스가 아닌 나의 개"(71쪽) 찾기를 멈춘다. '나'는 개를 어떻게 부를 것인가의 문제가 사실 소라와 자신의 존재론을, 그들의 관계를 드러냄을 알게 된 것이다. 「조의 방」에서 성 노동 여성, '수'는 자신의 '진실'이 무엇인지 안다는 고객을 만난다. "그들은 나를 위해 물을 뿌렸고, 울었고, 나에게 슬픔과 죄를 고백하라"(224쪽)고 강요했다. "별달리 고백할 게 없었던 나"(같은 쪽)는 억지로 그들이 원하는 고백을 해왔다. "모든 게 거짓인 세상에서" "수 씨의 진짜를 원"(234쪽)한다는 고객은 인간의 본질에 닿아 있다는 거창한 의미를 부여하며 똥을 달라고 애원한다. 원하는 진실을 듣지 못한 그의 설득은 애원으로, 강요로, 다시 폭력으로 변한다. 수는 그가 요구하는 찬란한 크리스털 변기와 같은 "진짜를, 진정성 있는 삶"(234쪽)인 똥으로서의 자신을 전시해야 한다. 수는 실은 "남자는 내게 똥뿐만 아니라 그런 진실을 강요"(239쪽)하고 있다는 것을 깨닫는다. 그들이 원하는 진실성으로 보여야 한다는 깊은 절망은 "애초에 난 누구도 아니었"(244쪽)다는 존재의 궁핍함에 대한 자각으로 이어진다. 스스로를 부를 말을 상실하고 일방적으로 재단당하는 폭력은 인물들이 매일 당면하는 고난이다. 이에 맞서 「세라믹」은 혀를 깨문다. 화자인 소년은 자기 말을 상실하고 대신 혀를 조금씩 베어내고 있다. 모친인 '은주씨'는 "4단지 재개발 착수 봉헌 미사"(282쪽)를 위해 일하며 "검둥이와 여급들"(315쪽) 그리고 모든 이교도들을 무찌르는 것이 "주님의 뜻인 재개발"(같은 쪽)이라며 신의 뜻을 대신 말한다. '나'는 은주씨의 "신처럼 압도적인 힘"(287쪽)과 폭력 앞에서 무력하다. 은주씨는 언제나 내 몫까지 말해버리기 때문에 '나'는 말을 하지 못했다. 무슨 죄라도 고백해야 하는 성당에서 은주씨가 대신 말한 회개는 '나'의 이름을 '죄'로 바꾸어버린다. 그녀로 인한 자학을, 은주씨는 다시 탕아를 보살피며 겪는 희생으로 바꿔 말한다. '나'는 결국 혀의 상처를 깨물고 씹으며 말을 잃은 시간을 견딜 뿐이다. 그럴 때 "어느새 아무것도 아닌 게 돼버"(293쪽)려야만 하는 '나'의 의식은 강렬한 서사의 온도를 만들어간다.

그들이 강요하는 이름과 '진정성', 보고 싶은 대로 재현하는 보편 언어의 특권이 박상영의 서사가 주목하는 곤경이다. 기존의 언어 밖으로 내몰릴 때, 이들은 스스로를 무엇이라고 지칭할 말과 증명할 방법을 잃었기에 아무것도 아닌 자가 되어버릴 수밖에 없다. 그래서 '나' 스스로 아무것도 아니라고 말하는 것은, 사실 혀와 이름을 박탈당한 자들이 마주한 폭력의 결과이기도 하고, 또 그 박탈에 대한 명확한 직시이기도 하다.

2. 이름 없음을 견디는 소진, 패리스와 비아그라의 방법론

소설집을 펴는 순간 처음 눈에 띄는 것은 유난히 길게 나열된 제목들이다. 인물들 역시 정주하지 못하고 부유하는 것처럼 보인다. 일관된 문제의식이 없는 파편적인 취향의 전시에 몰두하는 인물들. 이를 소비 자본주의의 반영이나 소셜 네트워크에 대한 동시대 감각으로만 읽기는 다소 진부해 보인다. 제목만큼이나 파편적인 취향을 나열하는 인물들의 욕망에서 역으로 서사가 그 구심력을 얻기 때문이다.

강아지를 '패리스'라 이름을 짓는 소라와 '패리스 박'이라는 별명을 가진 '제제'는 같은 영혼이다. 소라는 "자신을 모델이자 영화감독, 에세이스트이자 소설가, 여행 작가라고 소개"(58쪽)하지만 무엇 하나 재능은 없다. 소라에게 "인스타그램은 유일한 자아실현의 장이자 인생의 진열대"(73쪽)다. 그렇기에 패리스의 실종은 가장 먼저 인스타그램에 전시할 만한, 자신의 동물 애호가로서의 면모를 전시할 호재가 된다. "패리스 힐튼과 그의 애견 김치"(66쪽)를 선망하는 소라는 자신이 특별한 존재임을 증명하기 위해, 자신의 삶이 주목받아 마땅함을 증명하기 위해 살아간다. 제제 역시 술과 명품, 남자를 좋아하는 패리스 힐튼을 본받아 "소비를 위해 존재하는 사람 같"(「제제」, 45쪽)다. 그러나 성형수술과 호텔 데이트 같은 모든 그의 '허영'은 "누구를 좋아하지 않으면 안 되는 병"(37쪽)의 증상이다. 제제는 마치 "단 한 순간도 어딘가에 현혹되지 않고서는 견딜 수 없는 것처럼 매일 사랑을 하고 살았는데 꼭 가당치 않은 대상들을 골라 사랑"(27쪽)한다. 사실 "제제가 진심으로 사랑하는 것은 누군가를 좋아하는 자기 자신의 모습뿐"(28쪽)이다. 제제의 사랑과 소유는 그 대상을 경유해 자신을 사랑하고, 자신의 존재를 세계에 입증하려는 열망의 형식이다.

무용 콩쿠르에 전패해 자신의 존재를 증명하지 못했고, 정체성을 두고 고투하는 '왕샤'는 몸에서 냄새가 나는 것 같은 강박에 시달린다. 그는 자신을 가리기 위해 늘 샤넬 향수를 뿌린다. "멸칭을 가질 만한 조건을 갖춘 죄로 스스로를 완벽히 가려야 한다는 강박에 시달"(「태어나긴 했지만」, 웹진 비유 2018년 4월호)리는 것이다. 하필 왜 샤넬을 고집하냐는 물음에 왕샤는 답한다. "샤넬이니까. 나는 그런 게 좋아. 그냥 이름만 들어도 알 수 있는 거. 다른 걸로 대체될 수 없는 것들."(156쪽) 왕샤와 소라와 제제가 사랑하는 대상들은 실은 대체될 수 없는 이름의 형식이다. 샤넬을 쓴다고 네가 샤넬이 되는 건 아니잖냐는 '나'의 냉소를 익히 알면서도 이름을 가진 존재가 되길 갈구한다. 이들도 실은 "특별해지고 싶다는 건, 특별하지 않다는 증거"(「햄릿 어떠세요?」, 270쪽)임을 어렴풋이 알고 있다. 상실한 개의 이름이 "원래부터 패리스였고 항상 패리스이고 영원히 패리스일 거야. 내가 지은 이름이니까"(64쪽)라는 일갈은 실은 자신들의 이름에 대한 고집이다.

이러한 패리스들의 갈망이 기실 '현혹'임을 냉소하는 것은 화자 '나'들이다. 소라를 보는 '나'도, 제제를 보는 '나'도, 왕샤를 보는 '나'도 유치한 속물 취향을 속으로 얼마간 냉소한다. 그런데 이 냉소의 웃음은 결정적인 순간에 항상 풀이 꺾여 방향을 돌릴 수밖에 없다.

> 진부하고 지루한 삶을 지나 이제 나 행복해지러 간단다.
> 유서를 쓰다 눈물을 흘렸는지 간단다, 라는 글씨가 번져 있었다. 소라가 취했을 때의 말투와 너무나도 흡사해 괜히 웃음이 나왔다. 소라를 깨우지 않기 위해 입을 막고 웃음을 참는데 이상하게 눈물이 났다. 나조차도 왜 우는지 알 수 없는, 실로 당혹스러운 눈물이었다. 나는 내가 울고 있다는 사실이 웃겨 웃다가, 웃음을 참으며 울기를 얼마간 반복했다.(「패리스 힐튼을 찾습니다」, 77~78쪽)

박상영 소설 특유의 경쾌한 문체와 유머를 담당하는 것은 화자 '나'들의 신랄한 조롱이다. 그러나 '나'는 소라의 가장 진부하고 유치한 흔적들을 가감없이 보고 난 뒤, "당혹스러운 눈물"을 흘리고 만다. 화자는 "소라와 헤어지기로 마음먹었으면서도 우는 소라에게 사랑한다고 말하는 것과 비슷한 마음"(81쪽)을 갖는다. 이유를 알 수 없는 이 이상한 눈물들은 패리스의 일기, 유부남과의 실연, 점을 그리는 무용이라는 '진부하고 지루한 삶'의 재현 직후에 등장한다. 소라에 대한 웃음과 눈물이라는 양가적인 반응이 동시에 터져나오는 것은, 서로가 이형동질임을 확인한 탓이다. 패리스들의 취향에 대한 갈망은 화자 '나'들이 자신의 삶을 소진燒盡/消盡하는 것과 같은 연원을 갖는다.

패리스들이 모든 것을 사랑하고 갈망한다면, '나'들은 인생에 대한 기대 없이 그저 하루하루 섹스를 해나갈 뿐이다. '나'들은 취향과 인생을 진열하지 않고, 인생을 소진한다. 이성애자든 동성애자든 이들에게 SNS를 통한 익명의 섹스는 단순한 욕구의 해소로 보이지 않는다. "가장 적합한 삶의 방식을 찾아왔고 찾아갈 것"(「패리스 힐튼을 찾습니다」, 74쪽)이기 때문이다. 「제제」의 화자가 잠을 자기 위해서 섹스를 해야만 하는 불면증은, 대상에 대한 성욕이 아니라 행위 자체가 목적이자 어떤 확인임을 보여준다. 그래서 '나'는 조금쯤 기이하게도, 정체성의 고난을 토로하며 치킨을 먹는 트랜스젠더 BJ의 '조금 웃긴' 눈물을 보면서 비아그라를 삼키고 발기한다. 대상에 대한 욕망이 아닌 삶의 태도로서의 섹스다. "나는 그의 애널에서 우주를 느꼈다. 그것은 넓고, 공허했다."(35쪽) 그것은 공허하지만 중단할 수가 없는 삶의 형식이다. 만성 전립선염이 콘돔 없는 섹스로 인해 촉발된다는 점을 알면서도, 무의미하고 보호받지 않는 섹스를 통해서 삶에 "별다른 기대를 하지 않는 것"(20쪽)을 반복한다. 자신의 생명을 소진하려는 것이다. '나'가 공허해지기 위해 섹스를 하는 이유는 이름이 없는 연인 'Q'의 자살이다. 군 복무중 동반 자살을 기도했던 연인 Q를 남겨두고 살아남은 악몽은 지난해 군내 동성애자 색출 사건(A 대위 사건)과 같은 퀴어의 패배와 우울을 연상시킨다.[2] '나'는 상시적인 패배와 죄책감을 매일 밤 상기하기 위해 무의미한 섹스를 하고 겨우 잠들어 그를 다시 만난다. 조울증과 불면을 견디기 위한 섹스와 이어지는 꿈들은 "도대체 인생이 어디서부터 어떻게 잘못된 건지 반추"(18쪽)하게 한다. 게다가 그 꿈은 퀴어 Q의 사랑과 죽음을 비밀로 간직해야 함을, 말할 수 없음을 늘 상기시킨다. 결국 '중국산 모조 비아그라'는 수면제이며, 이름 없는 존재인 '나'와 Q의 궁핍함과 곤경을 매일 되새기는 강박이자 자기 학대다.

이들에게 실패는 인간을 성숙하게 하는 선형적 서사의 전개도, 패착을 분석해 극복하고 넘어설 장애물도 되지 못한다. 실패가 자기 자신의 내부를 응시하게 하는 탓이다.

실패는 인간을 성숙하게 한다.

개소리다. 실패는 인간을 한껏 구겨지고 쪼그라들게 만든다. 날카로운 끄트머리로 살갗을 찢어 낱낱이 해부해버린다. 보지 않아도 될 내장 속 시 꺼먼 부분까지 기어이 들여다보게 만드는 것이 실패라는 경험이다.(「햄릿

---

2) 당시 육군 참모총장의 지시에 의해 다수 동성애자 군인의 의도적 색출 및 불법 수사(아웃팅)가 시행됐고 합의에 의한 관계임에도 군형법 92조 6항의 '계간죄'로 색출된 군인들을 처벌했다. 2017년 4월 군인권센터가 밝히면서 알려진 사건이다. 결국 A 대위는 징역 6월(집행유예 1년)을 선고받아, 퀴어의 시민권에 대한 제도적 삭제가 드러났다. 박상영은 「자이툰 파스타」의 창작이 이에 대한 소설적 응답임을 밝혔다.(http://moonji.com/monthlynovel/14018/) 여성 성소수자 군인에게는 '교정 강간'이 무참히 자행되는 한국사회에서 상시적이었던 군내 퀴어의 우울과 죽음이 「제제」에서도 겹쳐져 있다.

어떠세요?」, 252쪽)

실패는 지금 발 딛고 선 자리를, 거기 선 자신의 시꺼먼 내장을 들여다보게 해부한다. 그러니 자기 학대로서의 섹스와 강박적인 상처의 복기는 호흡처럼 멈출 수 없는 삶의 응시다. 「자이툰 파스타」의 '나'는 '잠든 근육 청년 탐하기'를 검색하는 일로 삼십대를 소진하고 있다. 수는 스스로 '조'가 몰래 찍은 동영상을 매일 밤 인터넷에 업로드하며 자기 소진과 자기 학대를 반복해왔다. 이로써 수는 자신을 배신한 연인 조와의 사랑이 사실은 진실이 아님을 매일 상기한다. 쓸데없는 찌꺼기를 남긴 채 자신이 비어버렸음을 자각하고, 그 찌꺼기들과 함께 녹아내리고 싶어한다.

「부산국제영화제」는 패리스와 비아그라들의 동질성으로 한 발짝 더 나아간다. 「패리스 힐튼을 찾습니다」에서 '김'이 소라를 조롱하던 비아그라였다면, 후속작 「부산국제영화제」는 소라의 시점에서 그녀가 패리스인 동시에 비아그라였음을 보여준다. 소라는 남자친구 김의 섹스와 조롱을 모두 알고도 모른 척해왔고 그녀 역시 '태혁'과 공허해지기 위해 만나고 있었다. 삶이 기만임을 알면서도 그 형식을 서로 공모하는 인간들에게 필요한 것은 모든 것을 정지할 용기지만, 이를 너무 잘 알면서도 더 나빠질까봐 두렵기만 하다. 소라에게 남아 있는 것은, 자신이 사랑하고 싶은 자신을 SNS에 올림으로써 그 이름을 절대로 가질 수 없다는 것을 반복해서 확인하는 일뿐이다. "이런 내가 역겹지만 어쩔 수 없었다. 숨쉬는 것을 멈출 수는 없잖아."(131쪽)

'나'의 자학과 소진이 내밀한 주체의 의례임을 「세라믹」은 보다 날카롭게 벼려낸다. '나'는 성당과 어머니의 말들이 자신의 존재를 대

신하는 상황에 처할 때마다 눈썹 칼로 혀에 상처를 내고, 혀를 씹으면
서 배어나는 "죄의 맛"을 느낀다.

　아물지 않은 어제의 상처 위로 오늘의 칼자국이 겹쳐졌다. 피가 입 전체
　로 퍼져나갔다. 이것은 죄의 맛. 혀에 감도는 비리고 씁싸름한 고통을 느끼
　며 나는 생각했다.
　　잊지 말자. 하루는 원래 이런 맛이다.(「세라믹」, 296쪽)

　이 "죄의 맛"은 '나'에게로 은주씨의 폭력의 말들이 육박해올 때,
그리고 은주씨가 강요하는 원죄의식과 성당이 강요하는 회개 앞에서
내가 침묵을 지키고 혀를 깨물 때, 그 부재를 견디는 맛이다. 은주씨
와 신부가 원하는 '진실'을 강요하는 말 앞에서, '나'가 할 수 있는 유
일한 대응은 침묵이다. 내 말을 잃은 '나'는 스스로 혀를 자학한다. 그
리하여 이 자기 학대는 말을 잃은 자신의 존재를 확인하는 행위이자
하루하루를 견디게 하는 어떤 각성의 의미를 갖는다. "잊지 말자"라
는 다짐은 자신의 고통과 이름 없음의 상태를 매일같이 각인하기 위
한 의식이다. 아무것도 아닌 지금을, 말을 잃은 하루를 매일 혀에 새
기는 의례.
　샤넬을 전시하는 패리스들과 자신을 학대하는 비아그라들을 박상
영이 늘 같이 묶는 이유가 여기에 있다. 보편 언어가 강요하는 진실
의 추궁 앞에서 섰을 때, 거짓을 말하지 않는 두 가지 방법인 것이다.
과도하게 삶을 사랑하거나 또는 과도하게 삶을 소진하거나. 대체될
수 없는 이름들을 환유換喩로 갈구하거나 또는 혀를 깨물면서 자신의
곤경을 매일 상기하거나. 박상영의 '찌질'한 인물들을 독자가 미워할

수 없는 것은, SNS를 할 때의 우리와 불면에 시달릴 때의 우리도, 그
진자 운동 사이 어딘가에서 원래 이런 하루의 맛을 느끼기 때문이다.

3. 반격들, 그리고 완벽한 실패

미친놈. 똥은 그냥 똥이지.

내가 어떤 모습으로 똥을 싸든, 어떤 이름으로 똥을 싸든 그건 그냥 똥
이었다. 하긴 어떤 이름으로 불려도 나는 나다. 단 한 순간도 내가 아니었
던 적이 없었고 앞으로도 나일 수밖에 없을 것이다. 남자는 내게 똥뿐만
아니라 그런 진실을 강요했다. 내 앞에 누워 있는 것은 그에 대한 대가였
다.(「조의 방」, 239쪽)

하지만 때때로 자신의 말을 되찾는 반격을 시도한다. 특히 「조의
방」은 한 방의 반격이다. 사이버 성폭력 피해 촬영물에서 수의 진짜
를 봤다며 "진짜를, 진정성 있는 삶"(223쪽)을 공급해달라는 남자의
강요된 진실 앞에서 "이상하게 오기"(235쪽)를 느낀다. "남자의 세계
에 균열을 만들고 싶어져버렸다."(237쪽) 그래서 수는 "진정성 같은
소리 한다"(238쪽)라고 비꼬며 그에게 일격을 날린다. 반격으로 남자
가 쓰러진 뒤, "나는 이제 유나도, 바니도, 그 무엇도 아닌 채"(239쪽)
어떤 이름으로 불려도 자신의 존재를 대체할 수 없음을 선언한다. 저
들의 진정성에 자신을 빼앗기지 않겠다고 불타는 분노 속에서 다짐한
다. 그러나 그 분노의 일격에도 크리스털 변기는 끝내 부서지지 않고,
오직 '나'의 발만 부상을 입을 뿐이다. "그가 만들어놓은 세상 역시 티
끌 하나 바뀌지 않은 채 그대로였다."(240쪽)

「자이툰 파스타」는 진정성을 강요하는 폭력적 재현을 다시 재현하면서 응전한다. 진보 정당의 윤리인권위원 오감독의 "소수자들을 따뜻한 시선으로 다루는 영화"(172쪽)란 퀴어의 입장이 아니라 그것을 바라보는 "감독의 성찰"(180쪽)의 자기만족이다. 오감독은 보편 담론이 기대하는 고통의 '진정성'을 증명해야 '진실'한 재현이라고 한다. 퀴어를 '비일상'으로 제한하는 일방적인 '진정성'에 분개한 박감독은 "동성애를 훈장처럼 전시하지도, 대상화해 신파로 소모해버리지도 않는 순도 백 퍼센트의 퀴어 영화"(147쪽)를 만들겠다며 "일기나 다름없는" '나'의 일상으로 반격한다. 그러나 자전적 영화 〈알려지지 않은 보편의 사랑〉은 "주인공이 게이라는 것 말고는 아무런 특색도 가치도 없는 그런 영화"(207쪽)로 실패하고 만다. 보편 언어(이성애자 남성)의 폭력을 아는 것만으로, 쉽사리 그것을 대체할 언어나 예술 형식이 완성되는 것은 아니기 때문이다. 자신을 재현할 언어를 새로 획득한다는 것은 너무도 지난한 일이다.

여기서 잠시 서사의 겹을 더듬어보자. 인물 박감독의 실패는 메타적으로는 이를 재현하는 서사 자체의 성취로 수렴한다. 서사는 현재의 '나'를 (오감독의) 영화 시사회가 시작되자마자 잠들게 했다. 그 영화가 들어갔어야 할 자리에는 박감독 자신의 과거(자이툰 부대에서 왕샤와의 사랑)를 삽입했다. 액자 서사 속 그와 왕샤의 첫 경험과 결별, 늦은 커밍아웃 같은 삶의 단면들이 다시 "너무 싸구려 퀴어 영화의 내러티브"(202쪽)로 자각된다. 퀴어 '나'의 삶과 퀴어 재현에 대한 반론을 액자 서사로 반복 병치하는 구조는, 퀴어 영화의 '진정성' 담론에 대한 대응이 박감독의 삶 자체임을 추정하게 한다. 그렇다면 박감독의 자전 영화의 자리에 실은 '나'와 왕샤의 삶이 일종의 미장아

빔으로 구동한다. "맨날 술이나 처먹고, 섹스나 하고 그런 거. 영화 보는 내내 꼭 네가 나한테 말을 걸고 있는 것처럼 느껴"져서 "영화가 꼭 너 같"아서 재밌었다는 왕샤의 감상평은 이를 보여준다(209쪽). 박감독은 자신의 영화를 보고 "나는 정말 아무것도 아니"(207쪽)라고 절망하지만, 작품 밖의 독자-왕샤들에게, 지상의 퀴어들에게 언어의 박탈과 그에 맞선 자기 재현의 반격들은 일상으로 다가온다. '퀴어를 재현하는 퀴어'에 대한 재현이라는 새로운 형식은 서사 자체의 층위에서는 성공한다.

다시 박감독에게로 돌아가보면, 그는 "성공은 개뿔. 이천만원으로 관객 수 일곱 명짜리 영화를 찍"었고, 왕샤에게 "관객의 규모가 아주 순수예술인데? 진짜 예술가는 내가 아니라 너다"라는 비아냥을 들을 뿐이다.(210쪽) 낄낄대며 서로 비웃는 두 퀴어 예술가는 언어의 탈환에 완전히 실패해버린 것일까? 아직 우리에겐 왕샤가 있다. 왕샤는 흥미로운 이름의 충돌을 시도한다.

"너희 이성애자들은 정신상태가 글러먹었어. 감독 새끼는 술 두어 잔 먹고 뻗어버리고, 넌 멀쩡한데 집에 가겠다고 난리네. 오늘부터 나 이성애 반대한다. 걸핏하면 집에 가버리고, 못생긴 애나 싸지르는 더러운 이성애를 결사반대합니다."(「자이툰 파스타」, 187쪽)

"그거야, 미자가 이성애자니까. 또 이성애자들이 애를 낳으니까. 우린 못 낳잖아."(같은 글, 188쪽)

"성매매 안 했다고 이리 푸대접을 한단 말이야? 이성애자들 진짜 안 되

겠네. 다 죽여버려."(같은 글, 191쪽)

"전범국의 차를 모는 매국노 새끼들아! 더러운 이성애자들아!"(같은 글, 212쪽)

왕샤는 이성애자와 동성애자라는 '범주'를 역전하고 충돌시킨다. 동성애자를 특수한 멸칭으로 묶던 언술구조를 전유해, 그동안 들을 일이 없었던 보편자("너희 이성애자들")에게 되돌려주는 전략이다. 비겁하게 '가족'으로 도망가고 성매매라는 이성애 남성성을 자연화하는 이성애를 결사반대한다. '번식'이라는 흔한 혐오의 근거를 (자학적이지만) 역으로 사용하고, 퀴어를 배제하는 근거로 가정되는 본질적 속성(음란함)을 이성애자들(성매매)에게 그대로 되돌려주는 것이다. 그럴 때 "더러운 이성애자들아!"라는 외침은 보편과 그 하위 항목의 특수의 구도를 무너뜨리고 범주 대 범주의 이름으로 만들어버린다. 중립적인 보편이라고 가정되었던 이성애 특권 집단 역시 특수한 한 집단임을, 차이를 기준으로 나뉘는 한 범주임을 확인해 상대화시키는 반격이다.[3] 문제는 특수성이 아니라 오만한 세계 인식에 있다. "아무튼 이성애자가 연루되면 뭐 하나 제대로 되는 일이 없었

3) 구체적인 퀴어 문학의 언명들은 이성애가 중립적이고 보편적인 것이라는 가정을 무너뜨리고 사실은 상대적이고 특수한 개념임을 상기하게 만드는 효과가 있다. 피억압 집단의 독자적인 고유성을 주장하는 것은 "지배문화의 상대화"를 만들어, 지배집단이 암묵적으로 확보한 보편성과 중립성을 "지배규범의 특수성"으로 해체한다. 보편-특수 관계가 아니라 범주적 '차이'에 불과함을 드러낸다. 피억압 집단 특유의 경험에 대한 긍정은 문화제국주의적 자기 비하에서 벗어나는 문화정치적 가능성이다. 아이리스 매리언 영, 『차이의 정치와 정의』, 김도균·조국 옮김, 모티브북, 2017, 358~361쪽.

다."(179쪽)

이 언어적 반격은 성매매를 하지 않는다고 홀대하는 노래방에서 "동성애자의 품격을 보여"(191쪽)주기 위해 마이크(말)를 훔치는 장면으로 이어진다. 그러나 이성애자들의 말을 전유하여 "한 방을 먹였다는 희열은 잠시뿐이었다"(193쪽). 왕샤의 시도는 이내 들켜 노래방 주인에게 역으로 속아버리고 만다. "동성애자이면서 제대로 동성애를 하지도 못했고 그것도 모자라 이성애자들로부터 마이크 하나조차 제대로 훔치지 못했다."(215쪽) 제제도 마이크를 끝끝내 갖지 못한다. 자신의 차례가 돌아오지 않는다고 울면서 마이크를 훔치려는 제제의 시도 역시 발각되어 버린다. 아무리 노력해도 제대로 된 동성애도, 일도 하지 못해 절망한 제제 역시 "더이상은 아무것도 할 수가 없다고"(50쪽) 우는데 그 순간 '나'는 어디에도 고이지 못하는 오줌이 되었다며 낄낄댄다. 이는 다시 처음의 장면을 상기시킨다. 마이크를 뺏긴 패배의 순간, 왕샤가 "마치 샴페인 잔으로 건배를 하는 것처럼 소주병을 치켜들"고 외치던, 또다시 "우리는 세상의 작은 점조차 되지 못했다!"(215쪽)

4. 정말, 아무것도 아니게 되면 무엇이든 될 수 있는

모든 반격이 실패로 돌아간 직후에 "왕샤를 위로하는 방법은 언제나 하나", 몸짓이다. "절도 있는 안무였고, 내가 다 눈물이 날 것 같았다."(214쪽) 왕샤와 내가 몸을 접었다 펴며 "세상의 작은 점"(215쪽)이라는 아무것도 아닌 마침표가 되는 것처럼, 제제를 잃은 '나'는 캐리어 안으로 몸을 접어 넣는다. "내 몸이 이 리모와 캐리어였으면 얼마나 좋았을까. 방탄 소재로 만들어져 다칠 일도 없고, 쓸데없는 병에 걸리지도 않을 테고 농약을 들이부어도 끄떡없을 텐데."(52쪽) 연인 Q를 두고 혼자 살아남았다는 죄책감으로 자신을 소진하던 지금까지의 삶이 아닌 다른 존재가 되려 한다.

이 단절과 정지를 위한 '마침표' 되기는 처절하고 필연적인 실패들이후에 찾아온다. 「조의 방」에서 수는 '진정성'을 강요하던 고객을 때려눕힌 분노의 반격 직후, 조가 찍은 동영상을 마지막으로 공유 사이트에 업로드하고 파일을 지워버린다. "그 시절의 우리가 조용히 봉인됐다."(248쪽) 이제 수는 자학을 멈출 것이다. 그 '봉인'의 순간 수는 자학의 강박을 넘은 새로운 신체, 녹아내린 액체가 되는 신체를 생각하며, 아무것도 아닌 상태로 녹아내린다. "바닥이 잠기고 나를 감싸고 있는 모든 것들이, 세상이 잠기게 될 것이다. 녹아 없어질 것이다. 그 속에서 우리는 모두 하나가 될 것이다."(같은 쪽) 「패리스 힐튼을 찾습니다」 역시 도시 아래로 가라앉고자 한다. 개 '패리스'를 찾는 데 실패하고 인스타 맛집에서 가져온 족발 뼈를 한강에 던져버린다. 물에 가라앉은 뼈를 생각하며 강아지 패리스가 차라리 완전히 도망가길 바란다. 「부산국제영화제」에서 자신의 휴대전화를 물속에 던져버리고 해운대 바닷가를 걷는 소라 역시 가라앉으려는 단절에 이른다.

인물들이 아무것도 아니게 되고자 하는 장면이 분노의 반격 직후, 다시 이어지는 완벽한 실패의 순간이라는 점은 범상치 않아 보인다. 주어진 이름, 강요된 진실성을 모두 벗은 날것의 몸은 아무것도 아닌 상태다. 그러면 스스로를 표현할 언어와 이름을 잃는다. 당연한 일이다. 지금까지 주어진 이름은 보편 언어(그러니까 상징-언어들)의 형태였는데, 언어를 벗어난 날것의 몸을 무엇이라고 명명할지는 막막할 일이므로, 아무것도 아닌 존재가 될 수밖에. 그러나 아무것도 아닌 상태를 기꺼이 감수하고 그것을 향해 치달아가는 인물들의 온도는, 아무것도 아니려고 할 때 비로소 무엇인가 새로운 존재가 될 가능성을 발견한다.

「세라믹」의 은주씨가 그동안 '나'를 체벌할 때마다 "죄를 지었으면, 죗값을 치러야 하니까"(319쪽)라고 말했던 회개의 논리를, 유치장에 수감된 그녀에게 되돌려준다. 그리고 뒤돌아서 나온 그 단절로 '나'는 "무언가를 증명한 것 같았는데 도대체 무엇을 증명한 것인지는 알 수 없었다"(320쪽). 존재의 증명은 폭력의 상환으로 충분하진 않다. '나'는 피 나는 혀로 세라믹 구슬을 모았던 단지를 끌어안고 세라믹 조각을 삼킨다. 그것은 아무것도 아닌 내가 가진 유일한 것, "M과 내가 보낸 시간"(322쪽)이다. 내가 혀를 깨물며 견뎌갈 때, 은주씨가 '이단'이니 멀리하라고 말한 'M'만은 유일한 의미로 존재했다. '세라믹'은 위로나 구원보다는 좀더 존재론적인 변화의 순간을 현현한다.

> 비릿하고 뜨겁고 더러는 피 맛이 나기도 하는 그런 액체. 눈을 감았다. 나의 온몸이 그녀의 일부로 흡수되어버린 것 같았다. 우리는 함께 뜨겁게 끓었다. 한참을 그렇게 끓다가 사라져버렸다. 어느새 아무것도 아닌 게 돼버렸다. (……) 발바닥에 붙은 것을 손으로 떼어내보니 회색빛의 동그란 세라믹 구슬이었다. 이것은 몇 도에서 끓었던 구슬일까. 나는 세라믹 구슬을 입에 집어넣었다. 비릿하고 씁쌀하고, 더러는 짠 것 같기도 한 맛이 느껴졌다.
> 이것이 우리가 보낸 시간의 맛.(「세라믹」, 293~294쪽)

내가 은주씨와 성당의 폭력의 언어에 말을 빼앗길 때마다 곱씹던 혀의 피는 이제 M과 하나의 액체가 되었다가 다시 "아무것도 아닌 게"(378쪽) 된다. 박상영 소설에서 자신의 상처를 이해하거나 박탈당한 서로를 인식하는 순간은 액체가 되어 가라앉고, 아무것도 아닌 게 돼버리는 체험으로 이어진다. 그 순간들은 늘 뜨겁게 끓고 녹는 '온도'에 이른다. 세라믹 공장주의 딸 M의 주위에는 언제나 세라믹 조각들이 있고, '나'는 그것을 하나씩 입에 머금어 모으고 있다. '나'와 M이라는 초라한 존재들을 이어주는 세라믹은 아직 살아 있음을 알리기 위해 헨젤과 그레텔이 떨어트리는 빵 조각으로 유비된다. '패리스'들이 대체될 수 없는 '샤넬'을 떨어트리며 아직은 살아 있다는 사실을 타인과 자신에게 알리려고 하듯이. 아무것도 아니게 녹아내린 온도의 결과물인 세라믹 조각을 자해한 혀(조각난 말)로 모으면 삶의 증명이 된다는 역설이다. 아무것도 아닌 자들의 삶을, 그들의 언어를 모았을 때 새로운 '나'가 된다.

> 너 사람이 죽으면 어떻게 되는지 알아?
> 아니.
> 아무것도 아닌 게 되지.
> 뭐 어쩌라고, 하는 마음이 들었다.
> 아주 높은 온도에서 구우면 사람도 흙이나 도자기나 다름없어져.
> 무슨 소리야?
> 높은 온도에서는 살과 내장이 다 타 없어져. 그러면 뼈만 남아. 그걸 어떻게 하는지 알아?
> 아니.
> 믹서기에 넣는 거야. 넣고 가는 거지. 곡식을 빻는 것처럼, 그걸 만져보

면 흙이나 세라믹이나 뼛가루랑 똑같아. 너무 웃기지 않냐.

하나도 웃기지 않았고, 그녀의 말을 이해하지 못해 고개를 갸우뚱했다.

세라믹은 흙으로 만들어지잖아. 흙도 인간도 모두 지구에서 나오는 거니까, 다 같은 성분인 거야.

그렇다면 M과 나도 같은 성분으로 만들어진 것일까, 생각했다.(「세라믹」, 299~300쪽)

아무것도 아닌 자들은 다 같은 성분이다. 그래서 M이 손바닥을 비벼 "흙 굽는 냄새"(300쪽)가 난다고 코에 대자 희미한 미소를 짓는다. 두 사람이 합일로 끓어오르는 순간과 사람이 죽는 순간은 모두 "높은 온도"에 이른다. 인물들이 삶을 증명하기 위해 모든 것을 사랑하거나 삶을 다 소진할 때, 모두 높은 온도를 가지게 된다. 둘 모두 아무것도 아니게 되기 위한 예열이다. 삶의 증명은 사실 동일한 방법론, 강렬한 열도가 된다.

"아주 뜨거운 온도에서 끓어오르면 그것이 세라믹이 되는 거야. 무엇이든 될 수 있는 세라믹. M의 목소리가 떠올랐다."(306쪽) M의 말은 자신을 소진하는 태도가 가진 가능성을 응축하고 있다. 스스로 아무것도 되지 않았(겠)다고 말할 때 인물들의 강렬도는 정점에 달한다. 녹아내려 액체가 되고, 아무것도 아닌 점이 되는 인물들은 새로운 몸이 되고자 한다. "우리가 그리는 미래에 시꺼먼 폐수, 시꺼먼 외국인들과 부랑자가 가당"(315쪽)치 않다는 주님의 뜻, "은주씨를 용서해주고 구원해준 신"의 이름을 거부하려고 혀를 곱씹었다.(284쪽) 대신 아무것도 아니게 된 혀로, '나'는 세라믹을 모았다. 결말에서 '나'는 그들의 말 앞에 침묵하여 피가 엉긴 혀 위에 스스로의 영성체(세라믹)를 올린다. 어떤 다른 신의 대속도, 약속의 말도 없이 새로 태어나는 몸. 상처 난 혀로 스스로 부여하는 내 몸의 자격 증명. 혀를 곱씹던 뜨거운 온도를 삼킬 때, 아무것도 아닌 나는 무엇이든 될 수 있다. 이것이야말로 존재를 현현하는 태초의 말이며 다시 온전히 나만의 살과 피, 누구도 대신 말할 수 없는 '나'의 몸이다.

5. 서로를 바라보며 기다리는, 그래 짧은 농담들이 있었지

무엇이든 될 수 있게 하는 세라믹이 "M과 나도 같은 성분으로 만들어진"(300쪽)다는 존재론은 아무것도 되지 않는 것에 걸린 단 한 가지 조건이다. "우리 기억의 맛."(322쪽) 그래서 「제제」의 '나'도 캐리어에 몸을 접어 넣고 중국산 모조 비아그라를 췄던 제제를 기다리고 있다. 섹스 없이 잠들지 못하는 '나'의 자기 소진 앞에서, 제제는 어떤 비난이나 충고로 쉽게 넘어가지 않는다. 다만 스스로를 아무것도 아닌 것으로 만들 수 있도록 중국산 짝퉁 비아그라를 준다. '나'도 제제도 서로가 삶을 소진하는 중임을 안다. 그리고 서로의 방법이 솔직히 조금쯤 한심하다고 생각하면서도 작은 점 되기를 반복하고 지속하는 상대의 곁에 다만, 있을 뿐이다.

나 한심하지.

응. 그러게. 진짜 한심하네. 근데 사람 사는 게 다 그렇지 뭐.

나, 정말 네가 필요해.

뭐래. 순정 만화 너무 많이 봤니?

정말 필요해. 내 삶에.

너 왜 계속 반말해. 내가 너보다 한 살 더 많잖아?

나는 웃으며 곰곰의 목에 감긴 샤워 타월을 풀었다. 곰곰이 내 손 위에 자신의 손을 포갰다. 그리고 잠시 아무 말도 하지 않은 채 나의 눈을 바라 보았다.(「햄릿 어떠세요?」, 262쪽)

진짜 한심하다고 솔직히 말하면서도, 동시에 그게 서로의 최선의 삶임도 안다. 그래서 '나'는 자살을 시도한 '곰곰'의 목에 감긴 타월을 풀어준다. 손과 눈을 마주하고 서로가 필요하다고 말한다. "나를 필요한 사람이라고 얘기해준 것은 그가 처음이었다."(263쪽) 대체될 수 없는 '나'를 불러준 곰곰에게서 "살아가는 것이 무엇인지 새롭게 배우는 것 같은 기분"(같은 쪽)을 느낀다. 손을 마주잡은 "지금 이 순간이 내 삶이라는 사실을"(같은 쪽) 배운다. 대체될 수 있는 '샤넬'이 아니라, 다만 서로에게 필요할 뿐인 그래서 아무것도 되지 못하는/않는 방법을 비로소 처음 본다. 그러곤 불면의 밤을 지새우는 곰곰과 제제와 농담을 나눌 뿐이다. 그 농담은 '나'와 같은 실패에 관한 것(모두가 너를 떠나는 "올리브유", 53쪽)이다. 자신의 실패한 하루에 대한 제제의 농담은 패리스적인 삶에 대해서, 그것이 매일 어떻게 실패하는지의 일지를 비아그라 '나'와 나누는 것이다. 몸을 접은 상태로 패배의 농담을 생각하는 박상영식 결말들은 기다림이다. 아무것도 아닌 자들이 서로의 실패를 기대도 충고도 없이, 다만 웃음으로 나누는 기다림은 다시 예열이다. "Q는 죽었고 나는 살아서 오줌을 쌌다./또 무슨 얘기가 있더라. 그래. 짧은 농담들이 있었지."(52~53쪽)

제제가 우리 집에 살기로 했을 때 내가 말한 조건은 하나였다.
하루에 한 번, 잠들기 전까지 웃긴 얘기를 해줄 것.(「제제」, 11쪽)

죽어버린 게이 포르노 배우와 Q와 사라져버린 제제를 생각하면서 하루치의 농담을 나눈다. 어디에도 고이지 못하는 하루에 대한 짧은 농담을. 농담은 하루를 견디고 살아 잠들기 위한 조건이다. 고통스러운 혀로 웃긴 얘기를 할 때 생기는 삶의 단 하나의 조건/가능성. 이제 '나'는 "인생을 걸고 했던 일들은 모두 아무것도 아닌 것들이 되어버"(「자이툰 파스타」, 215쪽)림이 우리의 일임을 안다. "입꼬리가 활짝 올라가는 그의 미소는 내가 잘 아는 모습이었다. 내일 모든 걸 다 잃어버릴지라도 일단은 웃고 보자는, 대책 없이 해맑은 그 얼굴."(「자이툰 파스타」, 211쪽) 이 절망적인 상황에서 농담하는 퀴어의 존재론은 우는 서로의 앞에서 춤을 추고, 서로가 아무것도 아니라고 낄낄대며 눈물을 흘린다. 세계의 폭력에게 정면으로 패배하고 있으면서도 그것에 기필코 함몰되지 않으리라는 '각오'만 남은 자들이 가진 것은 서로의 농담뿐이다. 이 대책 없는 웃음은 세계가 강요한 진실에 함몰되지 않고 기필코 서로를 새롭게 부르려는 자세이기 때문이다. 농담은 아무것도 아님을 서로가 나누게 하여 망해버린 것을 넘어서게 만든다. 반동의 시대에 홀로 있는 것은 너무 두려운 일이지 않겠는가. 그러나 아무것도 아닌 자들이 농담을 나눌 때 용기는 혼자 감당할 몫을 넘어서게 되며, 잔혹한 혀와 말을 웃음거리로 만들어 두려움을 무너트릴 것이다.[4] '우리'끼리 조롱하는 농담은 저들이 강요한 진실('너

---

4) 혐오(disgust)라는 감정은 원초적으로 인간 육체의 결함과 필멸성, 나약함과 의존성에서 비롯한다. 자신의 육체적 취약성에 대한 불쾌감의 투사가 혐오의 형식이다. 이름을 빼앗고 강요하는 혐오 발화는 실은 그들 자신의 나약함에 대한 것이기도 하다. 자신의 취약함을 연상시키는 것을 보편/남성 주체 밖으로 배제하는 것이다(마사 누스바움, 『혐오와 수치심―인간다움을 파괴하는 감정들』, 조계원 옮김, 민음사, 2015, 2

는 아무것도 아니다')이 차지할 공간을 미리 선점하고 예열의 온도로
바꿔('우리는 정말, 아무것도 아니다') 점유해두는 힘이 된다. 혐오 발
화를 받아안는 농담은 보편 언어의 수행력을 허물고, 그 권력이 가진
감성 형식을 전복한다. 그리하여 혐오 발화를 내재화하는 수치심을
다시 아무것도 아니게 해준다. 너는 '취약한 존재'라는 호명을 가볍
게 선취하는 순간 그 호명이 의도했던, 상처를 주고 제한하려던 수행
적 효과는 무너진다. 주권자의 언어란 너는 아무것도 아니라고 말하
는 권위의 순간에만 존재한다. 저들의 호명은 그 발언 효과에서 비껴
나도록 재가공한 박상영의 농담 앞에서 패배한다. 그 사이의 공간을
점유하면서 농담은 더이상 자조(비하)가 아닌 힘을 가진다.[5]

박상영의 인상적인 결말들은 자기 존재 증명을 갈구하지만, 결국
실패한 자들이 자신이 아무것도 아님을 시인하는 장면에서만 생겨날
수 있는 어떤 아이러니한 표정을 만든다. 그래서 자기의 몰락을 직시
하고, 그 몰락 이후의 농담을 생각한 순간, 서사를 종결시킨다. 서사는
자신의 증명 방법이 실패로 돌아갔음을 자각하는 표정을 짓는다. 그런
표정을 짓는 사람과 마주보고 함께 패배를 웃는다. 그리고 서로의 부
재를 다만 기다려줄 뿐이다. 우리가 아무것도 아니라고 자조하는 농담

장). 박상영은 "멸칭의 세계는 넓고도 오묘하여 가난이나 장애, 질병, 여성을 의미하
는 단어들이 주로 사용되었고, 호모나 게이 같은 단어 역시 그 영역에 속"함을, 그것
을 쓰레기통으로 축출하며 청소년들이 이성애/남성적 정체성을 형성하는 과정을 짚
기도 했다. 「태어나긴 했지만」, 웹진 비유 2018년 4월호.

5) 상처를 주는 말에 대한 미학적인 '재연'은 권력에 관해 되물을 수 있도록 언어의 비
어 있는 순간을 환기한다. 발화행위와 상처 사이의 그 공간을 박상영의 농담이 딛고
서 있다. 주디스 버틀러, 『혐오 발언』, 유민석 옮김, 알렙, 2016, 189쪽; 이 책에 수록
된 「2018, 퀴어 전사—前史, 戰史, 戰士」, 50쪽을 참조할 것.

들은 녹는점에 도달한다. 여기에서 아무것도 아닌 자들은 다시 새로운 이름을 모색할 것이다. 서로를 기다리는 짧은 농담으로부터.

(2018)

역사를 읽는 인물을 읽는 소설
─한정현의『줄리아나 도쿄』

역사가는 사건들의 순서를 마치 염주처럼 손가락으로 헤아리는 일을 중단한다.
그는 그 자신의 시대가 과거의 특정한 시대와 함께 등장하는
성좌구조Konstellation를 포착한다.
그는 그렇게 해서 메시아적 시간의 파편들이 박혀 있는
'지금시간'으로서의 현재의 개념을 정립한다.[1]

1. 이상한 소설, 우연한 사람들

이렇게 말할 수 있을까. 이것은 추리소설로 시작해서는 증언소설을 거쳐 역사소설로 끝맺으면서, 여성과 퀴어의 사랑법을 읽는 서정소설이라고. 느닷없이 자신이 게이라고 고백하는 직장 동료만큼이나 마찬가지로 느닷없이 한국어를 말하는 능력을 잃었다고 고백하는 여성 청년이 등장하더니만 곧장 살인 피의자를 찾는 경찰의 전화가 걸

---

1) 발터 벤야민,『역사의 개념에 대하여/폭력비판을 위하여/초현실주의 외』, 최성만 옮김, 길, 2008, 382쪽.

려온다. 국적도 젠더도 섹슈얼리티도 학력도 모두 다르기에 서로 만날 일 없이 무관해 보이는 두 남녀, '한주'와 '유키노'가 우연히 만나 동거인이 되는 이상한 관계라니. 이 섣부른 사람들이 만드는 우발적인 사건들만큼이나 『줄리아나 도쿄』(스위밍꿀, 2019)[2]에는 주인공들의 핵심 사건과는 사실 무관한 낯선 사람들이 돌입해 들어온다. 자신의 삶의 내력을 한참 이야기하는 '유키노의 어머니 이야기'와 한주가 찾아간 논문 발표장에서 조우하는 '김추의 이야기'의 장章들은 타인들을 소설의 (초점)화자로 대뜸 불러들인다. 이로써 소설은 오키나와의 미군 기지촌에서 버블 경제기의 도쿄까지, 다시 한국의 여성 대학원생들의 삶에서 김추자의 노래까지 오간다. 우연히 만나는 낯선 인물들은 이토록 많은 역사를 종횡하며 무엇을 하려는 것일까.

『줄리아나 도쿄』가 남성적 폭력에 맞서 퀴어와 여성의 연대를 보여준다는 호평들이 다소 묵인했던, 소설의 우연적 인물들과 단절적 형식을 문학평론가 선우은실이 적실하게 짚고 있다. '소외된' 인물들이 세계의 폭력을 명확하게 해석하기에는 자신의 고유한 해석적 판단력이 부족하므로, 타자의 역사들을 관련성 없이 산발한다는 지적이다. 인물들이 "수많은 우연을 빙자하여 그들을 돕는"[3] 탓에 역사적 정보들의 연결 고리가 다소 추상적으로 처리되고 말았다는 염려다. 요컨대 이 인물들은 뚜렷한 시대 의식이 없어 역사적 사건에 맞서 행

---

2) 이하 인용시 본문에 쪽수만 밝힌다.

3) 선우은실, 「해석적 판단과 직접 확인, 자기와의 대결」, 『문학과사회』 2019년 여름호, 268쪽. "'소외된 자에게 목소리를 되돌려주는 이야기'라고 말하기 위해서는 소설의 많은 층위 안에서도 '소외된 자'가 강력한 구심력을 가져야 한다. 그러한 점에서 볼 때 이 소설에는 다소 많은 사회·역사적 맥락이 부여되"(267쪽)었다는 평가는 '문제적 개인'이 역사적 주체가 되어 '핵심 모순'을 선별해 투쟁해야 한다는 어떤 규범을 환기한다.

동하지 않았다는 것이다. 이 소설은 분명히 인물의 의식적 행동으로 역사적 폭력을 사건화하기보다는, 다만 지나간 시대의 사후적 자료로 연관성 없이 난삽하게 개입해 들어오니, 논리적이지도 필연적이지도 않다는 이 지적은 타당하다.

그런데 문제적 개인의 총체적 역사의식을 중심으로 핵심적 투쟁을 선별해야 한다는 재현의 규준은, 기성 장편 역사소설의 (무)의식과 리얼리즘의 특권적 서사 주체를 여전히 유지하고 있는 것은 아닐까. 시대 의식과 조응하는 영웅적 인물/화자라는 대문자 역사의 '보편적 재현자'의 틀을 유지한 채로 그 빈칸의 인물을 여성/퀴어로 역전하는 것만으로는 '소외된 자에게 목소리를 되돌려주는 이야기'의 새로운 상상력이긴 어렵지 않을까. 그렇다면 역으로 『줄리아나 도쿄』는, 행동하는 인물이 만드는 사건에 대한 독법이 아닌 새로운 해석적 도구의 개발을 요청하는 것은 아닐까. 그것은 타인과 우발적으로 조우하는 순간, 사소한 개인들이 이를 감당함으로써, 자신의 삶에 타인의 역사를 불러들이는 해석학의 아름다움이다. "우연히라도 서로의 존재를 알아차릴 수 있"[4]는 한정현의 하찮은 사람들은, 그 우발적인 조우라는 사태를 해석하려고 할 때, 고단한 사랑에 대한 아름다움의 감각으로써 서로를 보려 한다.

걸음을 빠르게 옮기며 한주는 생각했다. 뒤를 돌아보니 남자는 아직 그 자리에 박힌 듯 서 있었다. 그 역시 그녀를 바라보고 있었다. 이상한 순간이었다. 모르는 채로 나란히 서서 같은 건물을 보며 아무도 듣지 않을 말

---

4) 인아영, 「여기 있다」, 『릿터』 2019년 4/5월호, 188쪽.

을 중얼거리던 시간. 그 중얼거림이 서로에게 가닿은 듯 한동안 마주보고
신호를 흘려 보내던.(56쪽)

한정현은 서로를 읽어내는 다른 신호들을 역사, 특히 일상사에
서 찾아왔다. 김추자의 노래와 오키나와의 근대사 사이의 연관을 찾
고 그것을 연결해내는 「괴수 아키코」(『문학과사회』 2018년 가을호)와
「대만호텔」(『문학들』 2018년 가을호)의 화자들은 과거의 기록물을 다
만 발견하지 않고, 역사를 지금 다시 사는 마법적인 황홀함에 흠뻑
빠져든다. 그것은 국가 폭력의 시대를 견디던 여성들이 듣던 음악을
'우리 시대의 문학'으로 다시 읽을 때 가능해진다. 그렇다면 이번에
는 무엇을 다시 읽을까? 실은, 무엇으로 다시 살까?

2. 낯설어진 언어, 원하는 제자리

"유키노 씨는 도쿄에 사신 지 오래되었나봐요."
한주의 말에 그는 입술을 뾰족하게 만들어 무언가 생각하는 듯하더니
잠시 후 장난스레 웃어 보였다.
"말투에서 티가 하나도 안 나죠? 원래는 도쿄가 고향이에요. 오타루에
제일 오래 살기는 했지만. 그리고 원래 홋카이도 쪽은 사투리가 심하지 않
은 지역이래요." (……) 사실 한주에게 유키노의 억양을 평가한다거나, 도
쿄를 다른 지역보다 우위에 두려는 의도는 전혀 없었다. 하지만 의도란 말
하는 사람이 결정하는 게 아니라는 생각이 들었다. 잘못을 인정하는 아이
처럼 고개를 숙이고 사과의 말을 고를 때였다. 그녀의 대답을 기다리던 그
는 무언가를 깨달은 듯한 표정이 되더니 이렇게 덧붙였다.

"오타루엔 게이들을 위한 공동체가 좀 빈약하거든요. 친구들 많이 만나 보고 싶기도 해서 사 년 전쯤에 왔어요."(14~15쪽)

무언가를 불러들이기 위해 우선 잃을 것은 '언어'다. 한주를 처음 만난 유키노가 한국어로 말을 걸어온다. 서로 인사를 나누는 순간부터 언어는 국적과 지역을, 실은 중심과 주변의 위계를 결정짓고 개인들의 위치를 고정한다. 서로를 부르(며 언어를 사용하)는 순간, 언어가 도리어 유키노와 한주의 위치를 결정짓는 것이다. 유키노와 한주가 서로를 알아보게 한 신호는 '남성-언어-제국주의'의 위상을 읽는 감각이다. 자신의 의도와는 무관하게 언어가 서로의 몸에 작동하는 권력임을 알 아차린 순간, 그것을 서로가 읽었다는 것을 깨달은 순간 유키노는 자 신이 오타루에서 도쿄로 온 이유를 덧붙여 말한다. 자신은 오타루에서 도쿄로, 게이 친구들을 만나기 위해서, 퀴어로서 자신의 위치를 스스 로 결정하기 위해서 이동했다고. 그러니까 주어진 경계에 굴하지 않고 자신이 원하는 곳으로, 다른 언어를 찾아 옮겨왔다고. 언어가 자신에 게 강제하는 위치로부터 벗어나 자신이 원하는 제자리를 찾아 헤매는 것은 한주도 마찬가지였다. 한주도 "누구든 원하는 곳이 제자리인 거 같"(15쪽)다고 응답한다. 그 응답을 통해 도리어 한주가 "마음속에 세 워둔 어떤 벽이 무너지는 것을 느"(16쪽)끼고, 들을 수 있는 사람을 오 래 기다려온 말을 할 수 있게 된다. "한국어를 잃어버려서 일본에 왔 어요. 하나도 알아들을 수가 없어요, 한국어를요."(같은 쪽)

한주는 대학원에서 박사 선배인 남자친구에게 지속적으로 폭행과 그루밍 폭력을 당하다 극단적인 자해에서 살아남은 뒤, 한국어를 상 실하고 말았다. 그는 자신의 기분이 내키는 대로 한주에게 폭행을 가하면서도 일상의 소음 속에 한주의 비명을 교묘히 묻곤 했다. 단순히 신체적 폭행이나 폭언에 그치는 것이 아니었다. 한주가 사용할 수 있는 언어를 제한하는 일이었고, 이는 세계와 한주가 맺는 관계 자체를 고정하는 일이었다. **"너 같은 애들 때문에 사람들이 대학원 아무나 오는 줄 아는 거야."**(27쪽, 이하 강조는 원문) 한주의 박사과정 지원서와 연구 계획서를 면전에서 찢어 흩뿌리는 그는 선배로서의 지적 권위를 사용해 한주의 역능을 막고 스스로를 무력화하도록 유도한다. **"박사과정 안 올 거지? 네가 선택해, 네가 말해"**(28쪽)보라고 한주의 머리를 툭툭 치며 강요하는 물음은 선택의 형식을 취했지만, 한주로 하여금 자신의 무력화를 승인하도록 강제한다. "한주는 자신에 대해 부정적인 어휘를 너무 자주 떠올린다고 느낀다. 그러나 막상 아니, 라고 대답해본 적은 없다."(같은 쪽) 정작 지도교수가 한주의 지적 가능성을 인정하자 그는 말을 바꾼다. **"나도 네가 아예 재능이 없는 건 아닌 거 같아. 뭐 공부에는 여러 가지가 있으니까. 그런데, 알잖아. 우리 둘 다 공부를 하면, 우리 결혼 못해. 너도, 알지?"**(33쪽) 그는 '공부'라는 자신의 지적 권력을 위해/통해서 한주의 감정을 이용하고 협박한다. 한주의 시간과 감정과 지성을 지속적으로 자신에게 이전시키면서 자신을 확인하는 그의 언어들은, 이성애 연애와 정상 가족의 닫힌 구조가 얼마나 효과적으로 여성을 정서적 착취의 언어로 훈육해왔는지를 보여준다.[5]

---

5) 한 집단의 노동과 에너지가 지배 집단으로 이전되는 항상적 과정이 억압을 산출한다는 영의 지적을 연애 관계(의 패턴)에도 적용해도 될 것 같다. 젠더 착취는 물질적 노동뿐만 아니라 정서적 생산력, 양육 및 성적 에너지를 이전하여 받는 사람의 지위를 높여주는 체계적인 과정이다. 지속적인 이전 과정은 자기를 결정할 권한이 없는 무력한 자들을 양산하고, 자신을 열등한 이미지로 저평가하고 대상화하는 문화적 지배를

글자보다 먼저 배운 그림을 포기해야 했던 순간, 그럼에도 단 한 번 "싫어, 나 이거 하고 싶어" 말하지 못했던 날들. 어릴 때에도 어렴풋이 알고 있긴 했다. '싫어' 혹은 '아니'라고 하면 미안한 마음으로 가족들과 멀어지고 말 거라는 사실, 그래서 차마 그렇게 말하지 못했다는 걸.

그러니까 한주에게는 좋아하는 것들을 지켜낼 힘이 없었다.(46~47쪽)

착한 딸이 되어야 한다는 강박과 죄책감, 자신이 가족을 망칠지도 모른다는 두려움은 유년 시절부터 한주를 옭아매왔다. 여성의 선택이 사랑을, 가족을 망쳐버린다는 지속적인 자기혐오와 불신이 기본적인 사회의 언어일 때, 주체의 가능성은 무력해지고 만다. 자신과의 미래를 위해 지도교수의 권위에 복종하는 선물을 사오라는 요구를 실망시키자, 그는 한주에게 **"다 망가졌잖아!"**(81쪽)라는 한마디만을 반복한다.

그 말을 들은 유키노는 자신의 연인인 "한수도 한 가지 말만 할 줄 알"(같은 쪽)았다는 것을 자각한다. '한수'는 자신이 원하는 대로 행동하지 않으면 유키노가 자신을 오해한 것이라고 거듭 말하며 유키노의 독자적 선택은 자신과의 관계를 망쳐버릴 것이라고 협박해왔다. "그런데 확신을 못하겠어. 혹시 한수에게 내가 정말 잘못한 건 아닐까."(82쪽) 유키노 역시 한수로부터 지속적인 정서적 착취와 폭행을 당하고 있었던 것이다. 자신의 수치와 결핍을 유키노에게 전가하면서 한수는 유키노의 불안과 무력감을 '실수'로 규정하고 용서해준

내면화하게 한다(아이리스 매리언 영, 『차이의 정치와 정의』, 김도균·조국 옮김, 모티브북, 2017). 이는 감정의 양상이 젠더화되어 나타나는 과정에 은폐된 정치경제학을 드러낸다.

다. 유키노가 한수에게 매달리는 것은 실은 자신이 제자리에 있지 못하고, 제대로 된 길을 가지 못한다는 불안에서 기인한다. 그 불안은 퀴어의 불안이기도 했다.

그는 사람들이 자신에게 기대하는 역할을 빠르게 알아차렸다. 자신의 성정체성을 숨기지 않게 되면서부터였다. 사람들은 유키노에게 불편함을 내색하진 않았다. 다만 그가 조금이라도 다른 모습을 보이면, 역시나, 하는 표정이 되었다. 그 '역시나'는 불쾌일 때도, 동정일 때도, 동경일 때도 있었다. 유키노는 사람들이 원하는 모습에 자신을 최대한 맞춰서 보여줬다. 자신을 감추고 때에 따라 맞는 옷을 입어 보이는 것이 답답했지만, 사람들 사이에 섞일 수 있었으므로 나쁘지 않았다. 그래야 별나다는 소리를 듣지 않을 수 있었으니까.(136쪽)

유키노는 퀴어로서 자신을 드러내는 일이 은밀한 혐오와 폄하의 언어를 예민하게 감각하는 일을 수반한다는 점을 알아차린다. '커버링'하지 않는 순간의 자신을 재단하고 판단하는 언어를 감각하는 일상은 "자신이 정말 유별난 것은 아닌가 돌아보"(131쪽)는 자기 검열을 통해 가시화를 차단하고 더 효과적으로 주류 언어의 기대/편견에 부응하도록 훈육한다. 이러한 자기혐오에서 벗어나기 위해 "자신이 주저하는 삶의 어떤 면들을 확고하게 만들어주는"(같은 쪽) 한수에게 매달려왔다. 항상 유키노를 모자란 사람이라고 실수를 지적하는 한수는 "유키노를 늘 용서해주고 제대로 된 길을 가르쳐주는 사람이 되었다"(같은 쪽). 그래서 유키노는 "관계에서 생기는 우위가 있다면 그건 모두 한수에게 실어주"(같은 쪽)며 "그가 없는 자신을 상상하지 못했다"(132쪽). 유키노를 향한 폭행과 정서적 착취와 무력화는 비단 이성애 구조의 여성에게서만 일어나는 일이 아니라 어떤 관계에서도 일어날 수 있음을, 퀴어들의 사랑이라고 해서 마냥 민주적이고 대안적인 유토피아가 아님도 짚어낸다. 이로써 소설은 한주와 유키노가 스스로를 무력하게 언명해가는 자기혐오의 과정이 주류 집단이 비주류 집단을 불신과 자조의 언어로 규정하게 만들어온 구조들의 연쇄라는 점을 말한다. 그러므로 한주가 스스로를 무력하게 만든 한국어 자체를 거부하며 일본으로 오고, 유키노가 한국으로 가서 한수에게 반격하는 이 대칭적 이동은 자신을 무력하게 하던 기성의 언어를 벗어나 '원하는 제자리'를 찾으려는 필사적인 노력이다.

3. 낯선 서로를 읽는 일, 자신을 돌려받는 일

소설의 중핵은 두 사람의 우발적인 만남이다. 실은 그 우발적인 만남을 찾아다니는 소설에 가깝다. 한주가 한국어를 떠나 도쿄에서 처음 만난 사람은 거리에서 꼬치를 굽던 노인이다. 폭염 속 거리를 걷던 한주는 노인이 건넨 시원한 물을 마신다. 노인이 "지금은 꼬치구이를 팝니다. 그리고 인생의 어떤 시절엔 문학을 공부했습니다."(39쪽)라고 말하자, 한주는 "문학을 공부하고 싶었습니다", 그리고 "계속, 공부하고 있을 줄 알았습니다"(40쪽)라며 오래 운다. 그런데도 "노인은 첫날 이후 아무것도 묻지 않았다. 그녀 역시 뭘 묻지는 않았다. 다만 책을 읽듯 노인을 지켜보게 되었다"(41쪽). 우연히 만난 인물을 '읽는' 이 장면은 한정현의 인물들이 어떻게 작동하는지를 집약한다. 물한 잔의 호의와 예상치 못한 배려에 대한 감동만은 아니다. 한주가 낯선 사람 앞에서 갑자기 우는 것은 자신의 취약함을 먼저 말하는 사람들에게 필연적으로 이끌리기 때문이다. 책과 문학, 기억을 매개로 한 정현의 인물들은, 서로가 '원하는 제자리'에서 어떻게 박탈당해왔는 지를 읽을 수 있다.

유키노가 제자리를 찾아 오타루에서 도쿄로 왔다고 먼저 한주에게 말하면, 한주도 제자리를 잃고 여기로 왔다고 말하듯이. 그리고 한주와 유키노는 그런 서로를 오래 들여다보며 '읽는다'. 그러니 한주와 유키노는 '직접 확인'하는 질문으로 상대를 판단하기보다는, 서로를 읽어내는 순간의 자신을 읽는다. 한주가 읽던 책을 들여다보며 유키노는 무슨 내용이냐고 묻는다. 자살 시도를 하는 소설의 남자 "주인 공은 살고 같이 시도한 여자만 죽어요." 그러자 유키노는 "최악"이라고 단언한다. "부인이 피부병에 걸리는데 남편에게 못생겨 보이는 걸 부끄러워하다가……"라는 소설의 줄거리(다자이 오사무, 「피부와 마음」)도 "어휴, 최악 확정"이라고 단언한다(69~71쪽). 남성에 의해서 목숨이 처분되는 여성의 순종, 남성에게 사랑받기 위해서 자기를 처벌하는 여성을 '아름다운 사랑'으로 읽어온 규범적 근대문학사를 향해, 유키노는 한숨을 쉬며 최악이라고 단언하는 것이다. 그러자 한주는 박수를 치며 웃음을 터트린다. 실은 한주 자신이 겪었던 문제를 유키노가 대신 읽어주는 것이다. 서로의 취약함을 읽어줄 때, 자신이 보지 못했거나 유예하던 것을 서로를 통해 보는 것이다. 덕분에 한주는 다시 자신을 감각하고 확장하는 능력을 회복한다. 자신이 접은 비뚠 종이학을 교정하려 들지 않고 가만히 두고 바라봐주는 유키노의 모습에 한주는 마음이 차분하게 가라앉는 것을 느낀다. 이제 한주는 더 이상 귀퉁이와 매듭을 반듯하게 접지 못한다는 것을 들키지 않으려 애쓰지 않는다. 그런 한주를 유키노는 다시 읽어준다.

유키노는 한주의 석사논문을 제본해서 가지고 왔었다. 한 문단을 한국어 그대로 읽은 후 심호흡을 한번 했고, 그다음엔 그 문장들을 일본어로 번역해서 들려줬다. 대체 얼마나 오랜 시간을 들여 저 문장들을 옮겨 적고, 또 얼마나 자주 입에 맞게 연습해본 걸까. 한주는 한손으로 가슴께를 움켜쥐었다.

유키노가 서장을 모두 번역해 들려주었을 때, 그녀는 천천히 자신의 논문을 받아들었다. 마치 처음 보는 책인 것처럼 한 장 한 장 넘겨보았다.(78쪽)

유키노는 한주가 자신의 힘으로 일군 성취를 잊지 않도록 애써 일본어로 다시 읽어준다. 여성들의 역사를 읽었던 한주 자신을 잊지 않도록, 한주의 제자리를 잊지 않도록, 유키노가 읽어주는 것이다. 한주의 논문에 유키노는 "나의 친구 한주의 생일을 축하해. 눈의 요정이 너를 지켜줄 거야"(78쪽)라고 적어 되돌려준다. 그 독서 행위야말로 유키노가 한주에게 주는 가장 큰 선물이다. 그로 인해 한주 역시 다시 타인의 자리를 읽어줄 수 있다. 유키노가 한수의 그루밍 속에서 자신이 정말 잘못한 것일까 자신을 의심하고 회의할 때, "유키노 네가 오해한 건 없어"(82쪽)라고 단언해준다. 유키노의 등뒤에서 한주가 우는 것은 유키노의 모습에서 자신과 닮은 모습을 보기 때문이다. 유키노가 일터까지 찾아온 한수 때문에 다시 자신을 의심할 때 한주는 글자 하나하나에 힘을 불어넣듯 말해준다. "제자리에 있어주세요, 유키."(142쪽) 두 사람은 서로에게서 자신의 부족한 용기와 빠듯한 사랑을 읽어내고, 각자를 대신해서 그것을 채워 돌려준다. "예전

에 한주씨가 나한테 그랬잖아요. 그 사람이 있고 싶은 곳이 제자리라고요."(143쪽)

서로를 읽고 그것을 되돌려주는 일. 그 되돌려 받은 낯선 자신을 통해 용기를 내는 일. 한정현은 우정이 서로에 대한 해석학의 형식임을 안다. "노인을 만난 뒤 자신의 삶이 잘 모르는 이들의 호의에 의해 흘러가고"(62쪽) 있고 "이쪽에서 먼저 요청하지 않았는데도, 저쪽에서는 도움의 손길을 내미는 상황"(같은 쪽)에서 감사와 불안과 조바심과 우정을 느낀다는 한주의 적확한 자기 인식은, 제자리를 잃은 취약한 사람들에게 이끌리는 것, 그 우발적인 만남을 충실히 감각하는 한주의 감정이 정확히 이 소설의 구조임을 의미한다. 우리의 독서가 정말 우연히 만난 타인의 전연 무관한 이야기를 읽고, 조금쯤 스스로 달라지는 과정이듯이. 그래서 '한주의 이야기'와 '유키노의 이야기'에서 '한주와 유키노의 이야기'로 나아가는 소설의 구성은 (초점)화자를 계속 전환하지만, 목소리들의 경합이나 불협화음을 드러내기 위한 것은 아니다. 서로 교차하는 목소리의 장章들은 서로라는 거울을 통해 자기의 발견을 거듭하는 관계를 형성케 한다.

4. 역사를 인용하는 일, 제자리의 계보들

그렇기에 유키노의 어머니도 마치 준비해놓은 것처럼 취약한 자신을 먼저 말하고 제자리를 찾아왔던 삶의 궤적을 한주에게 들려준다. 오키나와 미군 기지촌에서 겪었던 성폭력과 성범죄, 미군에 대한 동아시아 국가들의 어떤 묵인들, 일본어라는 주류 언어와는 다른 오키나와 사투리의 위계, 미혼모 여성에 대한 이중적 배제들, 제국과 남성의 공모들. 유키노의 어머니의 이야기는 최고의 호황을 구가하던 일본 내부에서 여러 겹으로 배제된 여성의 삶을 채록에 가깝게 들려준다. 한수의 폭력 때문에 사라져버린 유키노에 대한 단서를 찾아온 한주는 유키노의 정체를 찾는 일이 '제자리'를 찾는 사람들의 계보를 보는 일임을 본다.

> 클럽에서 여성들이 미군에게 맞을 때면 모두들 숨을 죽였다. 여성들은 소리도 없이 죽어나갔다.
> "한주씨, 가장 공포스러운 순간엔 소리가 나오지 않는다는 걸 그 순간 알게 되었습니다." (……)
> 캬바쿠라와 클럽은 이제껏 한주가 상상조차 해본 적이 없는 세계였다. 그럼에도 불구하고 한주는 '가장 공포스러운 순간에 제일 먼저 없어지는 건 소리'라는 말을 이해했다. 그녀가 공부했던 한국의 여성 노동자들을 통해서였다. 자신의 목소리를 낼 수 없게 된 여성 노동자들은 온몸을 던져 말하려 했다. 말할 수 없는 존재로 만들어버린 작업복을 벗어버리고서. 그러나 그 과정에서 그녀들은 강간과 폭행을 당하고 만다. 겨우 낸 목소리가 또다른 폭력으로 사라졌다는 뜻이다. 열악한 노동환경과 형편없는 저임금에 항의하며 알몸으로 거리에 나섰던 여성들의 그 시위는 단 한 장의 사진으로조차 남지 않았다.(93~94쪽)

소설의 미덕은 우연히 만난 그 삶의 이야기를, 그 시대와 장소에 붙박인 기록물로 내버려두지 않는다는 점에 있다. 유키노 어머니의 이야기를 들으면서 한주는 자신이 할 수 있는 최대한의 독해를 해내려 한다. 자신이 읽은 것과 겪은 것을 통틀어 연관 짓는 확장적 독서의 방법으로서 유키노 어머니의 삶은 한주의 삶에 개입해 들어온다.

한주가 한국에서 문학을 읽었고, 공부를 원했던 것은 1970~1980년
대 여성 노동자들의 수기와 소설, 기지촌 문학에 대한 이끌림 때문이
었다. "임금이 너무 낮아서 성매매를 겸했다는 여성 노동자들의 고
백"(46쪽)이나 〈영자의 전성시대〉(1975)에 매혹된 것도 "한주에게는
좋아하는 것들을 지켜낼 힘이 없었"고 "단란한 모습의 가정에 집착
했었"(47쪽)기 때문이었다. "국가와 남성들의 폭력에 의해 희생당하
는 여성 노동자들의 꿈이 어째서 한결같이 결혼을 하고 가정을 갖는
것인지 그 수업에 참여한 모두가 의아해할 때, 그녀는 그 마음을 쉽
게 이해할 수 있었다."(같은 쪽) 그렇게 남자들에게 당하고도 "남자
에게 맞으면 그것 역시 자기 잘못이라고 자책하며 마치 죗값을 치르
듯이 자신을 파괴하는 여성들"(107쪽)이 원했던 것은 "자신만의 가
족"(같은 쪽)이었다. 그저 남편과 자식이 아니라, "서로의 이야기를
온전히 들어주고 감싸주는, 좋은 일을 함께 나누고 의지할 수 있는 관
계를"(같은 쪽) 원했던 것이다. 자신이 무엇을 원하는지 묻고 들어주
는 관계를 가져보지 못한 여성들의 목소리를 한주는 이해한다. 한주
가 정말 원했던 그 소망이 역으로 데이트 폭력을 감내하도록 만들었
기 때문이다. 단 한 장의 사진으로도 남지 못한 목소리를 복원하려는
한주의 읽기는 기실 자신에 대한 읽기이기도 하다. 한주는 그들의 삶
을 읽어내고 그것을 자신의 시간에 불러들여 자신의 삶과 교차시킨
다. 역사 속에서 자신의 목소리를 내지 못한 사람들을 찾아 읽고 제자
리를 돌려주는 일이 한주 자신을 다르게 만들 수 있기 때문이다.

그래서 한주는 묻는다. "자리를 끊임없이 선택하지만 그곳에 완벽
히 소속되지는 못하는 삶들. 어째서 모든 선택들이 전부 '진짜'가 될
수는 없는 걸까."(188쪽) 그것은 여성들의 '선택'을 제약해왔기 때문

이다. "강간을 당하고도 캬바쿠라에서 일하다니 정말 대단하네. 결국 돈 때문 아니겠어? 그러니까 다 본인들의 선택이지."(91쪽) 여성들이 주어진 조건들 속에서, 국가와 남성들의 폭력 앞에서, 더이상 갈 곳이 없어 "혼자 힘으로 살아가기 위해 어쩔 수 없이 찾"(92쪽)는 '선택'을 '본인들의 선택'이라고 할 때, 젠더 폭력의 구조는 취약한 개인들의 몫으로 전가되고 구조는 다시 안온해진다. 미혼모에 대한 철저한 차별과 박탈을 방치하는 국가로 인해 채무와 성매매에 빠지는 구조를 묻지 않기 때문이다. "'난 이곳이 좋아' 하고 말하지만 사실은 좋아해야만 하는 것"(같은 쪽)이다. 한주는 역사적 주체들의 필연적이고 합리적인 선택이라는 관점으로는 보지 못하던, 역사 '읽기'의 다른 가능성을 열어낸다. 그렇게 본인의 선택이라고 생각하게 만드는 언어는 한주와 유키노, 여성들과 퀴어들이 "자신에게 화살을 돌리는 건 아주 익숙한 일이"(120~121쪽) 되도록 무력하게 해왔다. 그래서 한주는 공부로 자신의 언어를 되찾고 싶다고, 그리하여 "**내 인생의 주인공이 되고 싶다고, 너에게서 벗어나서**"(108쪽). 그리고 "**나도 줄리아나 도쿄에 가보고 싶어**"(106쪽).

5. 역사를 읽는 지금의 단상, 지금의 단상을 읽는 역사

줄리아나 도쿄는 유키노의 어머니에게 단지 클럽만은 아니었다. 사람들의 환호와 박수 속에서 단 한 번, 주인공이 되게 해준 공간이었다. 국가와 남성들이 강제한 '선택'으로부터 벗어나서 여성들이 스스로 인생의 주인공이 된 순간을 소설은 '줄리아나 도쿄' 클럽에서 읽는다. 한주는 '김추'의 「두 개의 단상, 줄리아나 도쿄와 전공투」라는 논문 발표를 통해 줄리아나 도쿄가 1990년대 여성 노동자들에게 '제

자리'였음을 알게 된다. 김추는 단일한 정치적 구호를 외치는 한 덩어리로 표본화되지 않고 온전히 개인으로 설 수 있는 공간이 단상檀上이라고 설명한다. 도쿄의 공업지구에서 낮 동안 작업복과 유니폼을 입고 제도 안의 노동을 성실히 수행하지만 밤이 되면 줄리아나 도쿄의 단상에 올라 "과감한 무대의상을 입음으로써 전혀 다른 정체성을 드러낼 수 있었던 여성들"(224쪽). 그러나 춤을 추는 여성들을 촬영해대는 남성들로 인해 경찰들이 여성의 옷차림을 단속하기 시작하면서 여성들은 다시 현실 속 자기를 검열하게 된다. 김추는 '전공투'처럼 줄리아나 도쿄 역시 외부의 검열이 주체들의 내부 검열을 만들어낸 사례였다고 설명한다. 설명을 들은 한주는 손을 들고 질문한다. 그러자 사회자가 어느 학교인지 소속을 밝히라고 요구한다.

> "저는 한주입니다. 소속은, 소속은 없어요."
> 모두들 소리 없이 웅성거렸다. 추는 손을 내리고 질문자를 바라보았다. 그녀의 무릎 위에 놓인 손이 옷자락을 움켜쥐고 있었다. 그녀는 결심한 듯 다시 한번 말했다.
> "저는 그저 한주입니다."
> 그 순간 추는 한주라는 이름의 그녀가 단상 위에 올라 서 있는 것 같다고 생각했다.(227~228쪽)

손을 든 한주는 지금껏 여성들에게 주어진 언어가 자기를 의심하게 만들었던 것처럼, 검열의 힘은 실은 남성들이 여성을 검열하는 기제이며, 이는 중립적이고 보편적인 기제가 아니지 않냐고 질문한다. 전공투에서 남성들이 공적인 발언을 하는 단상이 외부의 국가 폭력에 의해서 사라진 것과 달리 줄리아나 도쿄의 여성들의 단상은 지극히 남성적인 시선과 언어에 의해서 사라진 것이라고. 그때, 역사를 기록하고 읽어내는 언어의 '중립'적인 시선을 문제삼는 그때, 한주는 자신을 설명할 다른 언어 없이 그저 한주라는 자신의 이름만으로 제자리를 만들어낸다. 역사 속의 폭력과 역사를 읽는 담론장의 상동성에 대해서, 일상 속 언어의 '주인'과 역사 기록의 자격 요건의 닮은 구조에 대해서, 한주는 자신의 단상에 서서 말한 것이다. 남성들의 기존 언어와 권위의 체계에서 벗어나 온전한 자신의 이름만으로 서는 한주의 모습은, 자신의 권위 '없음'에 굴하지 않고 제자리에 서서 자신의 목소리를 낸다. 다른 여성들의 역사와 자신의 삶을 읽어낸 결과, 이제 역사를 다른 독법으로 전환하는 주체가 되는 것이다.

동아시아적 근대의 기원/규범에 자리한 제국-남성 주체들의 언어가 비주류-여성 주체들을 탈역사화하는 역사적 장면들을 읽는 한정현의 메타적 독서 양상은, 근래 한국 소설이 천착하는 여성사의 축적에 대한 문제의식을 공유한다. 제국의 하위 남성 주체들이 내부의 여성을 식민화하면서 중심/제국의 담론에 도달하려는 그 도저한 욕망의 폭력성들을 되비추는 재현들의 계보를 읽는 소설. 한국 여성 청년들이 일본의 여성들을 만나는 최근의 여성 서사의 경향이 재현하려는 제국-남성-언어의 기원을 한정현 역시 짚고 있다.[6]

시간과 국경을 넘어 희미하게 잔존하는 여성들의 단상의 연쇄를 우연 속에서 발견하고 그것을 다르게 읽어내는 행위는, 역사를 이제

---

6) 김금희, 박민정, 최은영을 포함하여 1980년대생 여성 작가들이 일본 여성 혹은 일본 대중문화를 만나며, 여성을 (혹은 여성이) 재현하는 언어를 부단히 추적하는 양상은 보다 주목되어야 한다.

부터 다르게 만드는 것이다. 한주가 우연히 김추의 논문을 알게 된 것도, 김추가 줄리아나 도쿄를 알게 된 것도 우연히 '셀럽 파이브'의 무대를 접하면서였다. 유키노의 어머니가 줄리아나 도쿄의 단상에 올랐던 이래로 우연들이 겹쳐서 김추는 줄리아나 도쿄의 역사를 발견하고, 한주는 김추가 읽어낸 역사에 재차 자신을 읽어낸다. 던져진 시간 속을 사는 개인들이 제자리를 찾아가며 우연히 서로를 만나고 최대한의 감응을 해내는 삶이, 사후에 역사적 필연이 되어가는 과정을 보여준다. 소설은 인물들의 만남 이전에 역사적 필연성이라는 사후적 가상을 전제하지 않고, 그 우연성 자체를 서사화하고 축조하면서 인물들이 역사와의 우연한 조우에 자신을 기입하는 것을 본다. '역사 의식'을 갖춘 남성 동성 사회적 주체의 단선적이고 '필연'적인 '선택' 행위가 아니라, '제자리'를 찾아가는 여성과 퀴어들의 혼성적인 사회성의 우발적 독해와 연속적 기입으로서의 역사다.

그러니 단상에 올라 진짜 목소리를 내는 한주와 그런 한주를 본 김추의 논문 다시 쓰기야말로 실은 작가의 방법론에 가까워 보인다. 타인의 역사를 읽어내 자신을 변화시키고, 그에 힘입어 다시 역사의 독법을 갱신하는 것. 재현의 불가능성에 대한 상투적인 반성과 윤리적 투항이 이미 진부해진 시대에 역사를 재현하는 방법이 달라져야 한다면, 그것은 역사를 '지금' 읽으려 하고 쓰려 하는 우리 시대의 문학으로 재현할 때 가능할지 모른다. 한정현의 역사를 읽는 소설은, 역사를 읽으려 하는 오늘의 인간을 다시 읽는다. 이제 한주는 망설이지 않고 걸음을 내딛는다. "나, 이제 할 말이 있어."(257쪽)

(2019)

연습하는 몸
─돌기민의『보행 연습』

1

'무무'는 외계인이지만 외계인들이 으레 그러듯이 지구를 정복하러 온 것은 아니다. 지구인에게 더 높은 차원의 지식을 전해주러 온 것도 아니다. 전쟁으로 파괴된 고향을 떠나 지구로 불시착한 무무는 십오 년 동안이나 고장난 우주선에 살며 가망 없는 귀향의 꿈을 버리지 않고 있다. 완전히 혼자만의 힘으로 살아남아야 하는 무무는 망명 중인 난민 외계인인 셈이다. 대개의 외계인 설정이 인간의 인식 바깥의 거대한 존재를 상기시켜 외경심을 유발하거나, 초-인간적 힘을 통해 지구에 대한 겸손한 애착을 회복하게 하지만, 무무에 대한 서술에서 그런 거대한 목표는 전혀 찾아볼 수 없다.

무무의 가장 큰 목표는 인간 사회에 들키지 않고 섞여서, 하지만 동시에 인간을 먹으며 하루만큼 더 살아내는 것. 그렇기에 무무는 눈에 띄지 않는 '일반'적인 몸으로 패싱되어야 하고, 가장 내밀하고 인간적인 관계를 맺어야 하면서도 결코 완전히 동화되지는 않은 낯선 시선으로 인간 사회를 본다. 그 낯선 시선으로 무무가 남긴 일지『보행 연습』[1]은 인간 사회에서 어떤 몸을 유지하는 것이 생존 그 자체와 같음을 보여준다. 무무는 인간의 규율에 따를 때, 자신의 몸이 느끼는 이질적인 감각에 집중한다.

불행 중 다행으로 무무는 인간과 유사한 외형으로 몸을 바꿀 수 있다. 하지만 영화 속의 외계인이나 히어로들이 재빠르고 완벽하게 신체를 변형하는 것과 달리 무무에게 신체 변형은 엄청난 고통을 동반한다. 인간의 신체를 따라 외형을 바꾸고 이족 보행을 하기 위해서는 '보행 연습'이라는 제목처럼 수차례의 신체 조형 및 동작 연습이 필요하다. 손쉽고 자유로운 신체의 전유가 아니라 고통스럽고 간절한 생존의 몸짓이다. 특히 무무는 '평범한 일상'에 녹아드는 일이 일회적인 노력으로 그치지 않고, 상시적인 신체적 부담과 정신적 긴장을 요구한다는 것을 절실하게 느끼고 있다. 그래서 무무의 생존 일지 대부분이 고통스러운 몸에 대한 기록이다. 우리가 일상이라고 여기는 모든 순간에도 몸에 대한 상시적이고 자동적인 규칙이 중력처럼 작동하고 있음을 드러낸다. 무무의 '인간 되기'는 공간이 요구하는 규범과 몸 사이의 상시적인 갈등과 경쟁을 의미한다.

어디에나 도사리고 있는 가파른 계단에 오르기 위해선 균형을 잡는 연습을 해야 하고, 한국 도로의 성급한 운전 습관에 따른 관성과 반작용에 익숙해져야만 적절한 탑승자가 될 수 있다. 지하철 문이 열리고 닫히는 속도에 맞추어 재빨리 움직이지 못하는 몸은 순식간에 넘어져 다치거나 혹은 주변 탑승자들에게 배척과 조롱의 대상이 될

---

1) 돌기민,『보행 연습』, 은행나무, 2022. 이하 인용시 본문에 쪽수만 밝힌다.

수 있다. 높은 층을 오를 때면 누군가의 활동 보조가 절실한 무무는
이 공간이 전제하는 몸의 형태를 생각한다. 이는 단지 외계인 무무만
의 이야기가 아니다.

> 한편 노인도 항상 자리에 앉아서 가진 못합니다. 지하철이 미어터지면
> 어쩔 수 없이 서 있어야 해요. 내 처지와 흡사합니다. 인간은 나이를 먹으
> 면서 자연스레 나를 닮아갑니다. 나는 노인이 자리 하나를 차지하기 위해
> 모르는 사람의 등을 떠밀며 새치기를 일삼고, 계단을 오르내릴 때 손잡이
> 를 잡으려 홀로 발악하는 모습을 종종 지켜봅니다. 그들에게 왠지 모를 동
> 료 의식을 느낍니다. 그들에게서 내 모습을 발견하곤 합니다. 그들은 나보
> 다 훨씬 어리지만 때로는 나만큼이나 힘들어하는 것 같습니다.(93~94쪽)

노인에 대한 상투적인 혐오가 주로 공공장소에서의 '진상'을 근거
로 대지만, 사실 공간의 규칙과 불화하는 몸의 생존을 위한 행동임을
무무는 동병상련의 마음으로 간파한다. 공공장소에서의 올바른 예의
범절과 윤리 역시 특정한 몸을 통과해서 구현된다. 공공 교통을 비롯
한 공적 공간이 시민 모두를 위한 평등한 공간처럼 보이지만, 실은 특
정한 속도, 움직임, 동작, 외양, 감정 표현 능력 등을 갖추지 못하면
공적 공간에서 온전한 시민이 될 수 없다. 즉, 시민은 정치적·사회적
주체를 일컫는 개념이지만, 암묵적이고 자동적으로 특정한 프레임을
통과한 몸만을 자연스럽게 선별하고 있다. 활동 보조 인력이나 기구
없이 혼자서 독존적으로 자립 가능한 몸, 자기 신체를 통제할 근력을
갖춘 아프지 않은 몸을 이용자/시민으로 상정하고 공간의 질서가 구
성되어 있다.

무무가 느끼는 상시적인 통증은 무무의 몸의 문제가 아니다. 그 상시적인 선별 기준에 억지로 자신을 끼워맞추기 때문에 생기는 고통이다. 그런 점에서 무무의 통증은 장애나 노화로 인해 규범적 몸의 규칙을 지키지 못한 사람에게, 일상적 공간의 질서가 얼마나 기이하게 감각되는지를 보여준다. 장애나 노화, 만성질환 역시 문제가 되는 것은 그 몸 자체가 아니라 공간의 규칙 때문이다.

2

무무가 이족 보행을 하는 비장애 '정상 신체'에 몸을 맞추는 과정은, 이분화된 젠더 중 하나로 패싱되도록 자신의 몸을 규율하는 과정과 동시에 진행된다. 무무가 관찰한 대로 "성별을 알아내고 나서야 상대방을 동등한 존재로 대할지 말지 결정하는 것"(14쪽)이 한국 사회에서 유달리 강고한 문화적 규범이자 관계 맺음의 기초다. 그런 "폐쇄적인 인식 체계" 속에서는 "시야에 들어온 존재가 여자 혹은 남자인지 단숨에 판단할 수 없으면" 상대의 "몸(짓)을 도저히 해독할 수 없을뿐더러 어떻게 대해야 할지—이를테면 어떤 호칭으로 불러야 할지—결정하"지 못하고 "금방 초조해"진다(같은 쪽). 이런 불안과 초조는 인간이 서로의 몸을 인식하고 관계 맺는 과정이 무척 젠더화되어 있기 때문이다. 그 젠더 이분법적 규범이 대화 상대로서의 정상 시민과 배제 대상으로서의 비정상적인 몸을 분할한다. 이때 불안과 초조는 의식적인 판단의 결과라기보다는 순간적이고 반사적인 느낌에 가깝다. 상대를 특정한 정체성으로 패싱하는 "성별 구분은 의심의 여지없이 너무 빠르게 이루어져서 그 과정을 세세히 의식하기 어렵"(같은 쪽)다.

당신은 성별 맞추기 게임의 숙련자입니다. 뛰어난 능력을 부정할 생각은 없습니다. 아주 어릴 때부터 옷으로 몸을 가린 사람들의 가려지지 않은 나머지 특성으로, 그들의 성기 모양과 그에 대응하는 성별을 추측하며 살았을 테니까요. 항상 정답을 맞혔다고 확신하면서. 하지만 당신이 저지른, 앞으로도 저지를 실수를 인정하지 않는 게 문제입니다. 이 게임을 시작한 것 자체가 실수임을 아무도 모릅니다.(15쪽)

옷으로 가린 외부를 보면서 상대의 젠더를 파악하고, 그 젠더에 맞추어 상대방의 성기를 상상하는 연습. 이러한 맞추기 게임을 자동적으로 할 수 있도록 숙달하는 훈육이 한국사회에서 성장하는 데에 필수적인 과업이며, 규범적 시민권을 획득하기 위한 요건이다. 그렇게 이분화된 성의 하나로 누군가를 배정하는 "성별 맞추기 게임"은 언제나 정답만을 확인할 뿐이다. 그 판단이 틀리면 자신의 판단이 아니라 '틀린' 사람의 몸을 처벌하기 때문이다. "장소를 불문하고 나의 인간성을 의심하는 표정과 언행으로, 내가 나를 차츰차츰 뜯어고치도록 만"(124쪽)드는 것이다. 그렇게 자기를 의심하는 타인의 시선을 내면화하고 스스로의 비규범성을 수치스럽게 여기도록 규율함으로써, 어떤 성별을 성공적으로 연기하게 된다. 그런 매일의 노력을 통해 정상 시민으로 간주될 수 있다.

그 기준이라는 게 무엇인지 알아내느라 10년에 가까운 시간을 투자했어요. 내 결론은 기준 따위 없다, 였습니다. 그런데 마치 기준이 있는 것처럼 행동하는 법을 배웠습니다. 몸(짓)의 주류적 경향을 읽을 줄 알게 되었달까요. 경계가 흐릿하고 유동적인 두 경향성. 설명할 수 없지만 설명할 수 있다고 착각하는 법을 습득했습니다. 규범은 유리 같은 것입니다. 사람들이 규범을 떠받들어 떨어뜨리지 않는 이상, 그것은 깨지지 않고 굳건히 유지됩니다. 나는 그들과 함께 사기를 치면서 이곳의 생태계에 조금씩 적응해나갔습니다. 그렇다고 긴밀한 소속감을 느끼진 않지만, 적어도 밥은 안 굶습니다. 그게 어딥니까.(124~125쪽)

아주 애매하고 유동적인 구분이지만 그래서 틀림없이 자주 실패하지만, 실패에 대한 처벌이 있다는 두려움은 이를 구분할 수 있다는 믿음을 유지한다. 무무가 배운 것처럼, "머릿속에만 존재하는 환상"(124쪽)을 유지하는 것은 그런 것이 있다는 믿음뿐이다. 믿음에 대한 믿음. 상시적이고 일상적이어서 잘 인식하지 못하지만, 그런 자기 수행적 사기가 모두를 연기에 몰입하게 만든다. 그리고 서로의 연기에 대한 믿음이 인간의 생태계를 유지하고 있다.

성별이 아무런 상관도 없는 순간조차, 가령 은행에서 계좌를 만들 때부터 어떤 직업을 갖거나 학교에 진학할 때도 젠더-성기-신분증의 일치 여부에 따라 우리는 밥 먹을 자격을 부여받는다. (적어도 지금 한국사회에서) 젠더 규범은 한 인간을 설명하는 특성 중 하나 정도로 치부할 수 없다. 인간과 괴물을 나누는 인식론적 체계와 늘 병행되기 때문이다. "내게 주어진 역할을 제대로 수행하지 못하면 한낱 괴물 나부랭이로 취급받으니까요. 괴물이 되지 않게 노력하기. 여기에 나의 일과 생존이 걸려 있습니다."(16쪽) 장애가 있는 몸, 젊지 않은 몸, 퀴어한 몸, 아픈 몸, 내국인(지구인)이 아닌 몸에게 일과 생존은 얼마나 괴물 나부랭이로부터 멀어져 있느냐에 달려 있다. 규범적 몸

의 이미지로부터 어긋나는 부분을 최대한 용인 가능한 범위로 조정
하여 보여주는 일에 생존이 달린 것이다.

그런 암묵적인 몸의 규칙은 활자라는 무성적이고 무차별적인 것처
럼 감각되는 매체에서도 마찬가지로 작동한다. 그래서 무무는 일부
러 이렇게 묻는다.

> 당신. 당신은 내 성별이 무엇인지 궁금한가요. 어쩌면 불안을 조금 느끼
> 는지도 모르겠습니다. 혹시 내가 한 말이나 말투에서 단서를 모조리 찾아
> 화자의 성별을 알아맞히려고 몸부림쳤나요? 그래서 그것이 실제로 맞든
> 틀리든 간에, 어떤 결론에 도달했는지?(13~14쪽)

일인칭 화자에 대한 정보를 바탕으로 소설세계를 이해하는 것이
통상적인 소설 독법이다. 무무는 독자가 지금 『보행 연습』을 읽고 있
는 독해 과정 속에 실은 젠더화된 몸에 대한 규칙이 이미 전제되어 있
지 않느냐고 묻는다. 무무는 독자를 향해 지금 이 독서의 순간에도 작
동하는 언어의 상시적이고 자동적인 젠더 편향을 의식하면서 읽어주
길 요청하는 것이다.

3

무무는 규범적 몸의 이미지와 그것이 실재한다는 믿음을 (외계)인
류학적으로 관찰하면서 몸을 둘러싼 의미 경제를 익히고 있다. 무무
가 '몸'을 그토록 예리하게 파악하는 것은 바로 그 몸을 먹어야 하기
때문이다. 무무는 인간을 도살하고 요리해 먹는 일련의 과정을 마치
'먹방'이나 '쿡방'처럼 보여준다. 『보행 연습』은 식인을 당연한 전제

로 설정함으로써, 인간의 몸을 물질적 대상으로 전환한다. 무무의 식인이 어쩐지 불쾌하다면 이는 단순히 문화적인 금기를 넘기 때문만은 아닐 것이다. 인간의 몸에 대한 인식론적인 금기도 넘어서기 때문이다.

세계를 감각하는 과정에 몸은 끊임없이 개입하지만 대개는 자주몸의 매개를 잊고 지낸다. 마치 투명한 유리 갑옷을 입고 잊어버린 것처럼, 몸을 거치지 않고 '직접' 세계를 인식하고 관계 맺는다고 여기는 것이다. 인간이 사물을 지칭하는 언어도, 인간이 서로 관계를 맺는 방법도 모두 몸을 매개로 하지만, 그 매개는 너무 당연하고 자연스러운 것으로 간주되어 특별히 의식되지 않는다. 따라서 그 매개로서의 몸이 규범적인 (이족 보행과 자기통제가 가능하며 아프지 않고 섹스와 젠더가 일치하는 비장애) 신체라는 점 역시 특별히 의식되지 않는다. 특별히 의식하지 않아도 된다는 바로 그 점이, 언어와 담론의 '기본값'으로서 규범적인 몸이 갖는 인식론적 특권이다.

하지만 무무의 식인은 인간의 신체 역시 단백질과 무기질로 구성된 물질임을, 그것이 인간의 기본적인 조건임을 다시 보게 한다. 인간의 몸(을 둘러싼 규범)이 갖던 관념적 특권을 남김없이 해체하는 것이다. 그렇게 고기로 분해된 인간은 "형태만 인간일 뿐, 사실상 정육점 갈고리에 걸린 소나 돼지의 신체 부위와 크게 다를 바 없어"(47쪽)진다.

처절한 비명이 제거된 죽음으로 인간과 사물의 경계를 흐려버립니다. 그들이 자신의 죽음을 체감하지 못한다고 확신하는 한, 나는 그들을 얼마든지 배 속에 집어넣고 소화할 수 있습니다. 그들과 나의 차이를 부각할 때 식육에 대한 부담은 줄어듭니다. 그들이 나와 같다면 난 그들을 못 먹습니다. 그들이 나와 같은데도 불구하고 본질적인 수준에서 다르다고 믿으면, 그들을 거리낌 없이 맛있게 먹을 수 있습니다. 믿음이 깨지는 순간…… 힘들게 먹거나 토하게 됩니다. 나는 나의 식사, 나의 생존을 빚고 있는 인간, 두 팔과 두 발 달린 모습으로 전형화된 생명체, 살기 위해 창밖으로 몸을 던질 수 있는 생물을 생각하고 있습니다.(112~113쪽)

유일하게 차이가 있다면 몸을 둘러싼 믿음이라는 점을 무무는 잘 알고 있다. 그들과 나의 몸이 본질적인 수준에서 다르다는 믿음이 다른 생명체의 살을 고기로 만든다. 몸들을 나누고 구분하는 것은 그렇게 구분된다는 믿음뿐이다. 무무 역시 이 순환적 자기암시에 실패하는 순간, 육식에 실패하게 된다. 생명체와 고기를 나누는 기준 역시 모호하고 유동적인 것이다.

무무는 인간을 "에너지 낭비 없이 사냥하는 요령"(112쪽)을 소개해준다. 인간 사냥의 정석은 "번개 상대와 끈적한 섹스를 치른 직후에 그것이 방심한 틈을 타서 머리를 삼키고 피를 빼는 것"(같은 쪽)이다. 낯선 곳에 혼자 떨어져 있을 때 데이팅 앱을 켜는 것은 이제 대도시의 기본적인 생존 매뉴얼이기도 하다. 무무가 통상적인 성애의 규칙을 사냥의 요령으로 활용하듯, 성애의 규칙과 사냥의 과정은 유사한 점이 많다. 신체적 힘(매력)을 축적하고, 이를 폭발적으로 드러내는 과정에서 상대의 의도와 움직임을 예측하면서 자신의 발톱과 촉수를 내밀어야 한다.

성애-사냥의 과정에서도 몸을 둘러싼 규범들이 첨예하게 부딪힌다. 데이팅 앱에서는 각자의 몸을 수치화하고 욕망받는 외양만을 선택적으로 드러내야 한다. 자신이 젠더적으로 규율되고 건강한 규범적 신체의 형태를 잘 인지하고 있으며 그것과 닮아 있음을 드러내야 한다. 자신의 몸과 상대의 몸을 어떻게 다룰지에 대한 전략과 선호하는 성애 관습을 파악해야 한다. 이렇게 규범만으로 시작한 추상적인 관계 맺음은 역설적이게도 상대의 몸으로부터 즐거움을 얻는 단순한 기쁨이라는 간명한 원론으로 이어진다. 무무는 여러 섹슈얼리티를 넘나들면서 가장 물질적인 몸의 관점으로 사랑–성애를 본다. 그래서 사랑–성애에 대한 낭만적 믿음이나 관습이 자주 생략하는 어려움을 직면한다. 혹시 자신의 존재를 단속하는 경찰일까 두려워하면서도, 무참하게 혐오 폭행을 가할지도 모르는 낯선 타인에게도 욕망받기를 욕망하길 반복하는 무무는 지구의 퀴어와 닮아 있다. 공적 공간에서 마저 언제 닥쳐올지 모르는 성추행과 추근거림, 이웃들의 소문을 감당할 때의 무무는 지구인 여성을 닮기도 한다.

그 위험과 부담을 감수해가면서 타인을 만나러 가는 것은 "체온을 가진 존재로서 누구에게든 내 몸이 이롭게 쓰이는 감각이 필요"(191쪽)하기 때문이다. "사회의 일원이 되고자 하는 욕망이 그들의 질서에 포섭되는 굴욕감을 번번이 압도"(167쪽)하기에 무무는 규칙과 규범에 자신을 맞추어야 했다. 그런 점에서 무무가 식욕과 성욕을 동시에 느끼는 것은 거대한 고독에 대한 정직한 대면이기도 하다. 자신을 채우고 싶은 욕망. 정체를 들키면 안 된다는 3킬로미터의 원칙을 무시한 자신을 자책하면서도, 무무는 혹시라도 고립된 이곳에서 "매일같이 되풀이되는 악몽의 레퍼토리를 들어줄"(188쪽) 동족이길 간절히 상상한다. 그런 자신이 어이가 없다며 자조하는 웃음은 마냥 식욕만으로 움직이는 것은 아니라는 자각이기도 하다. "보잘것없는 인간이 가짜 똥구멍을 쑤셔대도 마냥 즐거운 나의 뿌리 깊은 의존성"(191쪽)이

컸다는 고백이다. 그래서 무무는 혼자 죽는다는 것을 깨닫는 마지막 순간, 자신의 이름을 알려주며 귀여워해달라는 말을 유언처럼 남긴다. 그가 그간 몸에 대한 규범을 어렵게 연습하고 익히며 끝내 살아남으려는 것은 모두 "체온을 가진 존재로서 누구에게든 내 몸이 이롭게 쓰이는 감각"으로 이어지는 것이었다.

우리 역시 지구를 떠나지 못하기에 지구에서 살아남는 법을 익혀야 하므로, 각자 매일 생존 연습을 하고 있다. 비록 좀더 능숙해지면서부터 타인의 연습을 미처 몰랐던 것처럼 자주 잊어버리게 되지만. 원래 몸에 대한 규칙은 서로에게 자신의 몸이 이롭게 쓰이는 감각을 일깨워주어야 한다. 사람을 먹고 싶고 또 사랑받고 싶은 외계인 무무는 불평과 투덜거림 속에서, 실은 체온을 가진 모든 몸에게 이롭게 쓰이도록 규칙과 규범이 맞추어야 하는 것이 아니냐고 묻는다. 생존을 위해 연습하는 몸이 아니라, 몸을 위해 규범이 연습하도록.

(2022)

3부

혐오의 공간학과
사랑의 정치학

우리는 어디서든 길을 열지. 집게 손의 나라에서도[1]

　2021년 여름 도쿄 비장애인 올림픽을 전후해서 K-문화 굴기는 또다른 차원에 진입한 모양이다. 국내 한 방송사는 선수단이 입장할 때 각국의 1인당 GDP 같은 국력의 위계에 더해 코로나19 백신 접종률과 사회적 참사 사진을 병치해 소개하여 세계적인 지탄을 받았다. 인종과 국적을 떠나 몸만을 사용하는 스포츠의 세계에서조차 '몸'은 평등하게 기재되지 않는 것이다. 독일 여자 체조 선수팀은 하반신 노출이 많은 기존의 유니폼 대신 전신을 가리는 유니타드 유니폼을 입어 화제가 되었다. 그러자 노르웨이 여자 비치 핸드볼팀이 비키니를 강요하는 규정을 거부해 유럽 핸드볼 연맹이 벌금을 부과했던 사례도 다시 회자되었다. 트랜스젠더 선수를 향한 불공정 시비는 말할 것도 없다. IOC를 비롯한 많은 스포츠 거버넌스는 선수들의 정치적 의사 표현을 금지하며 공정하고 중립적인 경기를 보장하려 하지만, 실

---

1) 코로나19로 열리지 못한 서울퀴어문화축제를 대신하여 닷페이스가 주최하고 많은 시민이 참여했던 온라인 퀴어 퍼레이드의 구호 '우리는 어디서든 길을 열지'를 빌렸다.

상은 스포츠 대회의 개최지와 선수단을 둘러싸고 국가, 지역, 인종, 계급, 젠더, 기업 단위의 정치가 무수히 펼쳐지지 않는가. 게임을 중립적으로 운영하려는 노력이 도리어 게임(과 그 매체·주체·공간)을 중립적이지 않게 유지하는 것이다. 요컨대 온전히 '순수한 게임'이란 그저 믿음의 효과에 가깝다.

특히 이번 올림픽 기간에 온라인상에서 벌어진 여성혐오 폭력은 사회적 현상으로 큰 주목을 받았다. 안산 선수가 쇼트커트를 하고 여대를 다니고 특정 지역 출신이며 마마무를 좋아하고 세월호 추모 배지를 달고 '남혐 밈'을 사용한 페미니스트이므로 금메달을 박탈해야 한다는 백래시에 많은 사람이 매우 놀랐다. 이는 '남혐'(이라는 불가능한 환상)이 얼마나 자의적인 정의를 바탕으로 하는지를 드러낼 뿐 아니라, 그런 자의적 기준을 바탕으로 어떤 시민을 색출할 권리가 자신들에게 있고 자신들을 위협하는 존재로 지목된 대상은 마땅히 배제되어야 한다는 "매카시즘"[2]적 논리였다. 그 근간에는 '모두가 즐거워야 할 올림픽'을 '정치적으로 이용'하는 페미니즘(과 여성 주체)에 대한 분노가 있다. 즉, 누구나 노력하면 인간승리가 가능하고 모두에게 즐거움을 주는 순수한 스포츠의 세계가 있고, 그 외부에서 페미니즘의 정치적 요구와 음모가 불순하게 끼어들어 이를 오염시켰다는 인식이다. 물론 많은 시민이 안산 선수를 향한 혐오 폭력을 제지하고 비판했음을 잊어서는 안 될 것이다. '안산 선수가 사과하게 만들지 말라'는 대한양궁협회를 향한 요구가 대표적이었다. 또한 "소리 내지 않으면 우리는 또 '사과'를 강요받게 됩니다"라는 문구가 인상

---

2) 박경준, 「野대변인 "안산 논란 핵심은 남혐용어" 장혜영 "매카시즘 향기"」, 연합뉴스, 2021. 7. 31.

적인 '안산 지킴이' 릴레이 포스터는 계속되는 백래시로부터 서로를 지키기 위한 연대의 경험이 축적되었음을 보여준다. 백래시가 반복되면서 제도화되는 것만큼, 그에 대한 대응 역시 순발력 있고 능동적으로 변해가는 것이다(다만 이를 능력 있는 선수가 백래시를 이겨냈다는 '사이다' 서사로 간주하는 일부 언론의 프레임은 능력을 갖추면 여성차별을 극복할 수 있다는 식의 능력주의와 공모한다는 점 역시 간과해선 안 된다).

이러한 백래시가 느닷없이 나타난 것은 아니다. 2016년에는 일군의 남성 게임 유저들이 한 여성 성우가 페미니스트 티셔츠를 입은 사진을 SNS에 게시해서 게임이라는 순수한 즐거움의 세계를 오염시켰다고 고발하자 배급사인 넥슨이 서둘러 사과하고 성우를 교체한 일이 있었다. 이후로 페미니즘 도서나 영화에 대한 감상을 남긴 여성 가수와 배우들이 연달아 사과해야 했다. 순수한 게임(예술, 예능, 경영……)의 세계를 오염시키는 페미니즘을 색출하여 제거하려는 매카시즘의 정동은 올해 상반기에 정점에 달했다. 홍보물에 담긴 집게 손 모양이 한국 남성의 성기가 작다는 의미의 '남혐' 표현이라는 주장이 나오자 GS25, 카카오뱅크, 스타벅스, 서울이랜드FC, 경찰청, 국방부 등의 대기업과 공공기관이 앞다퉈 사과한 것이다. 진심어린 자기연민으로 어디서든 '소추'를 찾아내는 한국 남성 청년들과 이를 정치적 의제로 승격하는 '소시지 정당'은 전 세계에 한국 문화를 널리 알리는 성과를 거두었다.[3] 집게 손은 'K-aegyo'와 'K-oppa'의 뒤를

3) "South Korean men say 'small penis' sausage ads are offensive and sexist", *South China Morning Post*, 2021. 5. 29; "Sausage party: Young men in South Korea feel victimised by feminism", *The Economist*, 2021. 6. 19.

이어 여성혐오적 문화 한류의 새로운 지평을 열고 있다. '남혐' 표현을 사용했다고 주장하는 한국 남성 청년들의 목소리에 기업과 정부가 진지하게 귀를 기울이고 재빠르게 사과를 하는 일련의 과정은 세대를 막론하고 남근에 대한 실존적인 기투企投가 정말로/여전히 남성 주체를 정초한다는 깨달음을 주었다. 한국적 남성 주체의 폭력적 면모와 자기중심적 태도를 풍자하는 밈을 보고 이토록 진심으로 분노하는 것은 지금 그것 말고는 다른 주체의 상을 상상할 수 없다는 절박한 불안의 자백이기도 하다. 기성 세대와 같은 가부장적 자아상에 도달할 수 없다는 불안을 폭력으로 전이시킬 때마다 공적 담론장이 그 불안을 충분히 성찰하게 하거나 그 폭력을 제지하는 대신 이러한 억지 논란을 공론장으로 끌고 와 대응함으로써 그들로 하여금 정치적 효능감을 느끼게 하고 승리의 경험을 축적하게 해주었다는 것은 큰 문제다. 기성 정치 담론은 이 효능감을 재빨리 착취해 백래시를 특정 세대 전체의 정동으로 과잉 대표하여 비-이성애 남성과 페미니스트 남성의 목소리를 삭제했을 뿐만 아니라, 자신의 아들들이 시민적 주체에 미달한 미성숙한 보호 대상이라고 공인했다. 이는 공정한 경쟁과 순수한 즐거움을 방해하는 (여성가족부로 과잉 대표되는) 외부를 제거하겠다고 나서면서 한국 남성 청년들에게 계급적·젠더적 기득권을 계승해주겠다고 약속하는 것이다. 백래시는 이렇게 정동적 자원과 정치적 자원을 찾아내며 권력을 창출한다.

이에 대해 우경화된 일부 '이대남'의 온라인 혐오 테러가 표층적으론 과격할지 몰라도 실은 신자유주의 시대의 위기감과 양극화에서 비롯한 슬픈 현상이라는 인문사회학적 성찰이 다수 제시되었다. 물론 타당한 말이지만, 남성 청년의 백래시를 서둘러 대변하려는 이 익숙한 시도는 어딘가 이상하다. 그러한 성찰은 구조적 증상이라고 해서 정당화될 수는 없는 욕망 그 자체에 대해서는 말하지 못하도록 만들기 때문이다. 아버지들이 여성을 착취하면서 유지해온 의미 경제에 도달하려는 이들의 욕망에 대해서는 말하지 않거나, 심지어 그것을 은밀히 자연스러운 원리로 승인하는 것이다. 이 글을 쓰는 지금도 대선 예비 후보의 아내나 관련 여성 인물을 수치와 모욕의 이미지로 재현하거나, '군필 후보'를 선별해 지지해야 한다면서 여성과 장애인은 자신의 대표자가 될 수 없다는 혐오를 노골적으로 드러내는 이들이 있다. 세즈윅의 통찰처럼 '비-남성'을 경유하지 않고는 남성 간의 의미 경제가 형성되지 못하는 것이다.

그런데 젠더 문제는 왜 유독 청년 세대에서 더 부각되는 것일까. 단순히 미래 세대에 대한 걱정 때문이라기엔 어린이와 청소년에 대한 근래의 사회적 혐오와 방치가 더 긴급해 보인다. 더 노골적인 위 세대의 여성혐오나 자신을 보호할 수단이 더 적은 아래 세대의 백래시는 덜 주목하는 반면, 왜 청년 세대의 젠더 문제는 대리전의 형상까지 띠면서 강조하는 것일까. 그간 세대론적 청년 담론에 대한 비판이 적지 않게 나왔지만, 청년의 절망이 곧 사회의 위기라는 전제 자체는 별달리 부정된 바가 없다. '청년 세대'라는 개념의 특권적 지위는 청년이 생물학적 신체가 완숙하여 재생산에 가장 적합한 연령대이고 이성애적 생애 주기에서 결혼 및 출산에 가장 적합한 시기라는 합의와 떼어놓고 설명하기 어렵다. 젠더 갈등은 대개 연애와 결혼, 취업과 양육의 영역에서 가시화되고, 청년의 고충을 이해한다는 사회·정치적 제스처는 (예비) 이성애 가족의 위기를 타개할 담론·정책으로 이어지곤 한다. 갈등 이전 혹은 이후의 '정상 청년'이란 안정적인 재생산 능력을 갖춘 이성애 가족 주체로 여겨지는 것이다. 이렇게 백래시는 그 자체가 폭력을 수행할 뿐만 아니라, 백래시 이전/이후(의 원래적 상태로 간주되는) 세계에 대한 상에도 영향을 미친다. 표면적인 젠더 갈등의 이면에서, 능력주의와 성과주의의 이면에서, 계급 양극화의 이면에서, '공정'은 이성애 남성 가부장의 생애 주기를 자연화하는 효과가 있다. 위로와 힐링에서 공정과 경쟁으로 청년 담론이 바뀌는 동안에도 이성애 가족을 이뤄야 온전한 주체로 거듭날 수 있다는 전제는 변하지 않았다. 그러니 공정에 대한 청년 세대의 호소 중에서도 남성 청년의 목소리는 비교 불가능할 정도로 신속하게 선별되고 철저하게 대의된다. '남혐'을 고발하는 '이대남'의 열패감과 이를 승인하는 기성 정치권의 연민은, 서로가 이성애 가부장을 계승할 기회의 공정함에 대해 말하고 있음을 잘 알고 있기에 완벽하게 결속한다. 젠더 갈등의 본질은 계급 양극화라는 분석이 뜬금없이 중산층 (가부장을 계승할 기회의) 회복으로 젠더 문제를 해소할 수 있다는 성장국가론으로 귀결되곤 하는 것은 이 때문이 아닐까.

여성 청년들, 퀴어 청년들, 장애 청년들이 더 오랜 기간 차별금지법이나 장애인의 탈시설과 이동권 같은 최소한의 공정을 요구해왔음에도 그것은 언제나 '나중'으로 미루어졌다. 그것이 가족 단위로 구획된 '청년'과 '생애'의 의미망 자체를 갱신하려는 수행임을 모르지 않기 때문이다. 젠더 폭력과 혐오는 진정한 문제가 아니라 구조적 위기의 파생물일 뿐이니 그런 갈등에 매몰되지 말라는 대승적 분석만이 되돌아왔다. 이러한 봉합의 시도는 지금의 분할선과 싸움을 문제로 등록하지 않겠다는 강력한 거부에 다름 아니다. 하지만 우리는 전으로 돌아갈 수 없다. 청년이라는 단어 위의 분할선을 없애거나 숨기는 것은 무용할 뿐만 아니라 불가능하다. 지금 갈등이 더 늘어난 것 같아 보인다면 그것은 그간 은폐되었던 전선이 좀더 드러났기 때문일 따름이다. 지금 갈등이 폭발하고 있다고 느낀다면 반가운 일이다. 이제야 우리는 더 많은 갈등을 다루는 능력을 계발할 수 있게 되었다. 오드리 로드의 표현을 빌리자면, 갈등을 말해서 분열이 생기는 것이 아니다. 오히려 갈등을 알려고 하지 않기 때문에 분열하는 것이다.

*

문화계와 문학계에서도 순수한 세계와 이를 오염시키는 퀴어-페미니즘이라는 대립 구도는 낯설지 않다. 예술에는 본디 순수한 이데아적 상태가 있다는 믿음과 누구에게나 통하는 보편적인 재미가 있다는 근대문학의 정언명령이 새삼 자주 회자된 것도 페미니즘 리부트 이후의 현상이다. 작금의 페미니즘은 이 보편타당한 아름다움의 세계에 편파적인 정치적 메시지를 삽입하고 더 많은 사람과 만날 수 있는 예술의 가능성을 감소시키므로 올바르고 중립적인 페미니즘을 지향해야 한다는 것이다. 이런 주장에는 대개 사회적 약자인 여성이나 퀴어를 부각하는 것의 시대적 의의는 인정한다는 단서가 달려 있다. 현실세계의 폭력은 인정하지만 문학·예술의 세계는 예외라는 논법이다. 순수와 오염의 이분법 뒤에는 거의 예외 없이 양자를 종합해야 한다는 '건설적인 제안'이 따라붙거나 더 배우고자 질문한다는 식으로 자신의 순정한 의도를 변호하는 부연이 이어진다.

지난 계절로만 한정해도 이런 사례는 쉽게 찾아볼 수 있다. 올해 백상연극상을 수상한 〈우리는 농담이(아니)야〉(2020)는 트랜스젠더의 자기 발화를 중심으로 수어 통역을 연극적 요소로 중요하게 사용하는 등 누구도 소외시키지 않는 예술형식을 탐색한 작품이었다. 그런데 트랜스젠더로서 당당히 목소리를 내던 극작가 이은용이 차별과 혐오로 인해 안타깝게 세상을 떠난 상황에서, 한 비평가는 이 작품에 주목해야 하는 이유를 이렇게 의심한다.

> 그저 공연의 예술성만이 유일한 판단 기준이라면, 대중성을 무시한 맹목적 결정이다. 이 상을 통해 연극계가 뭔가를 얻고자 한다면, 수상의 감동을 함께하는 관객 수를 최대치로 끌어올리는 전략은 필수적이다.
> 그럼에도 이 작품이 올해 수상작이 되어야 할 이유가 따로 있을까? 해당 극작가의 비극적 죽음이 수상쩍은 선정에 암묵적으로 영향을 미친 것은 아닌지 하는 불경한 가정은 과도한 억측으로 처리하겠다. 작품의 예술성을 따지는 심사에 작품 외적 사연이 개입할 리가 있겠는가.[4]

여러 문제를 차치하고라도, 대중성을 근거로 들면서 작품의 예술성을 작품과 관련된 정치적 요소로부터 철저하게 분리해야 한다고 주장하는 강력한 이분법이 눈에 띈다. 작품이 대중적/감동적이지 않음에도 작품 외적인 정치적 의미를 감안해 과도하게 주목한 것이 아니냐는 (그래서 공정하지 않다는) 의혹은 유독 퀴어 페미니즘 예술을 향해 거듭 제기된다. 퀴어 페미니즘이 예술성의 아브젝트 혹은 구성적 외부로서 호출되면서 제한적으로 가치를 인정받는 것이다.

---

4) 백승무, 「심사위원은 그 공연을 봤을까?」, 『공연과이론』 2021년 여름호, 7쪽.

게임을 비롯한 대중문화들에 관심이 많은 편인데, 그와 관련된 커뮤니티들을 탐독하고 있자면 다음과 같은 주장들을 자주 만나게 된다. 요즘 게임들은 '페미니즘'이나 '정치적 올바름'의 색채가 강해 재미가 없다는 주장이다. 이와 같은 주장을 간략하게 정리하자면 다음과 같다. 페미니즘이나 정치적 올바름의 세례(?)를 받은 게임들은 과도한 정치적 올바름을 추구하는 탓에 캐릭터의 디자인이나 플롯의 구성에 있어 너무 평면적이다. 구체적으로 말해 특정한 경향에 대한 제작자의 과도한 몰입이 스스로 만든 세계관의 개연성이나 핍진성을 해치고, 결과적으로는 작품의 재미를 해친다는 것이다. 이는 단지 게임에서만 제기되는 문제가 아니라 서사를 가질 수 있는 모든 장르에서 동일하게 제기된다.

(……) 나는 내가 휴식을 취하기 위한 수단으로서 택한 작품에서 윤리가 재미를 압도하는 광경을 목도하고 싶지 않으며, 그러한 압도가 나의 휴식을 방해하는 것을 끔찍하게 싫어하기 때문이다. 나는 작가의 창조물을 통해 재미를, 휴식을 취하고 싶은 것이지, 그에게서 어떤 가르침을 받기를 원하는 것이 아니기 때문이다.[5]

이것이 특정 온라인 공간의 적극적 반지성주의를 추수하거나 예술(가)의 메타적 자의식과 언어적 불연속성 등을 탐구하는 일군의 소설과 시를 과감하게 휴식의 영역에서 배제하려는 주장은 아닐 것이라 믿는다. "위에서 제시한 '급전急轉'의 사례들은 단지 '재미'가 없는 작품일 따름이며, 그것은 정치적 올바름이나 페미니즘의 '세례'로 인한 것이 아니라 단지 작가의 역량이 부족할 따름"(병기는 인용자)이라

---

5) 임지훈, 「너의 불완전함만이 우리를 구원할 거야」, 문장 웹진 2021년 5월호.

는 논리로 페미니즘 자체는 나쁜 게 아니라고 변호하려는 선의로 읽을 수 있을 듯도 하다. 그럼에도 지금의 게임 또는 예술에 대해 재미(대중/휴식/몰입/내적 창조물)와 페미니즘(제작자/방해/가르침/외적 명령)으로 이분화해서 접근하는 인식 틀은 마찬가지다. 누구의 언어·정동인지 따지지 않고 '재미'는 당연히 보편적, 자연적이라고 믿는 것이다. 그렇기에 이 글은 "평론가는 이러한 재미의 메커니즘과 그것의 가치에 대해 나름의 해석과 평가를 내리는 사람"이라고 정의하고 있음에도 불구하고 "재미라는 것이 단순화시킬 수 없는 것이라고 주장"하는 사변으로 이어질 뿐, 재미없는 페미니즘 게임/예술의 사례를 분석하거나 "문학적 재미" 자체가 무엇인지 정의하지 않는다. 그러면서 특정한 경향을 옹호하지 말고 "그것이 정말 합당한 재미를 가지고 있음을 적확한 언어를 통해 표현해야 한다"라는 상식적인 동어반복에 도달한다.

이러한 순환 논리는 개별적 사례에 그치는 것이 아니라 페미니즘 리부트 이후 한국사회에서 강력하게 작동하는 페미니즘 예술 전반에 대한 일관된 폄하의 정동을 대표한다. 물론 작가의 역량이 부족한 페미니즘 예술이 있을 테지만, 그런 사례를 분석하거나 비평함으로써 '재미'를 탐구하는 것이 아니라 갑자기 페미니즘 예술 전체의 현황을 진단하는 패턴이다. 다른 경우라면 작가론이나 하위 장르에 대한 탐색으로 향했을 법하지만, 유독 퀴어 페미니즘 작품에 대해서는 낯설고 이질적인 면모를 곧바로 사상·사조 자체의 실패로 신속히 추상화하여 연대책임을 묻는 것이다. '페미니즘 미학'과 '퀴어 서사학'의 확장·분화에 주목하지 않고 퀴어-페미니즘이 그저 도덕적 명제라고 단언하는 이러한 논리는 많은 독자들이 페미니즘 문학에서 실제로 느끼고 있는 재미를 분석하는 데 무능하다. "개연성이나 핍진성을 무시한 채 작품 외적 사상에 기반을 둔 급전을 취하"는 작품에서 "나의 휴식을 방해받는 기분"이 든다면, 현실적 개연성 없이 페미니즘의 승리로 '급전'해 낭만화되는 서사에서조차 (바로 그렇기에) 휴식을 얻는 쾌락은 상상할 수 없다. 현실의 고통을 호소하는 데 그치지 않고 행복한 페미니스트를 재현함으로써 생겨나는 새로운 서사적 형식은 진정한 재미가 아니라고 위계를 두는 것이다. '페미니즘 좋은데, 좀더 재미있게 하면 승인해주겠다'는 식의 지도 비평은 소수자를 향해 너희의 존재이유를 너희가 입증해보라는 반복적인 명령과 그리 멀지 않다.

이처럼 페미니즘의 반대편에 자리하고 있는 바로 그 '재미'가 무엇인지 구체적으로 해명하지 않으면서 페미니즘이 재미가 없다고 주장하는 논법은 스스로에 대한 설명 없이도 (실은 그 생략을 통해서만 성립 가능한) 의혹을 제기할 수 있는 (이성애자 남성 지식인의) 확신을 보여준다. 이는 서사의 플롯에 대한 평가 기준은 고정불변하고 역사·매체·장르를 초월하는 것이며, 따라서 재미의 요건 역시 고정되어 있다는 고전주의적 전제 위에서만 가능한 주장이다. 그 '재미'를 느끼는 자신이 세계를 대표하는 주권자였기에 그 요건을 물을 필요가 없었고, 그래서 자신을 설명하기 위한 자원이 별달리 축적되지 않은 탓이다. 최근 문학장이 다수 독자의 의식적 지향을 따라갈 뿐 문학의 절대 정신을 외면한다는 (젠더화된) 우려는 페미니즘 미학으로 인해 더 분화된 문학적 형식과 독자들이 지금 느끼는 미감의 다층성을 알지 않으려는 노력이다. 이는 재미와 휴식의 범주를 스스로 축소하고 문학의 일을 언어적 테크네의 영역으로 위축시키는 것이 아닐까. 현실과 분리된 전문적인 게임 공학에서 순수한 쾌락을 얻고자 하는 이 열망이야말로 '문학 강령'을 수호하려는 도덕적 강박증에 가깝다. 다행히도 그런 순수한 문학 정신이란 없다. 있다 해도 그것을 교란하고 오염시키는 것이 퀴어 페미니즘의 특장점이기도 하다.

문학은 살아 있기에 계속해서 변한다. 퀴어 페미니즘으로 인해 문학이 변했다면 이를 해석하고 그 의미를 찾아 고민하는 것이 문학 매체의 중요한 역할이라고 우리는 믿는다. 우리는 퀴어 페미니즘 예술을 윤리적 당위로 한정해 기성의 예술 지식을 독점하려는 권력의지에 속지 않을 것이다. 우리는 말하지 않아도 아는 그 문학성 말고, 기존의 예술적 성취를 계승하면서도 그것을 전유하고 확장하는 아름다움을 더 알고자 한다. 그리하여 더 넓고 다양한 쾌락과 휴식의 장으로 모두를 초대할 것이다. 그것에 연루되고 그것으로부터 전이되어 세계를 더 풍부하게 설명하고, 선행하는 다른 싸움과 더 열심히 연대할 방법을 찾을 것이다. 우리는 우리가 잘하는 것을 더 잘하게 될 것이다. 더 재미있고 즐거운 언어로.

(2021)

지금, 인간에 대해 말할 때 일어나는 일
―혐오의 정치적 자원(화)에 대하여

혐오는 지금 한국사회를 움직이는 가장 강력한 힘의 하나다. '페미니즘 리부트'는 오랜 시간 동안 이성애자 시스젠더 남성성이 여성혐오와 젠더 권력을 통해 주체가 되어왔음을 드러냈다. 페미니즘이 폭력의 원형적 형태를 가시화하면서 젠더와 섹슈얼리티, 인종과 장애, 계급과 연령 등을 매개로 다양하게 연계되어 작동하고 있던 혐오의 양상 역시 가시화되었다.[1] 이는 그동안 혐오스러운 '비인간'을 대상화하는 동시에 그것을 재인식하는 '인간'을 만들어온 방법론이었다. 페미니즘의 동력에 힘입은 독자들은 그간의 아름답고 윤리적인 재현이 특정한 '문학적 인간'을 만들어왔다는 의혹을 짚고 있다. 동시에 지금 대중 정치의 장에서 혐오는 '무임승차'하는 이름을 나열하면

---

1) 한국적 '여성혐오'는 '미소지니(misogyny)'에 정확하게 대응되지 않으며, '혐오'는 '역겨움(disgust)'과 '비천함(abject)'의 의미 사이에서 진동하고 있다. 그럼에도 한국 사회가 특정한 맥락 속에서 호명해온 '혐오'라는 용어가 비평적 확장성과 교차성을 가질 수 있다는 점에 주목하려 한다. 손희정, 「혐오 담론 7년」, 『문화/과학』 2018년 봄호.

서 내부의 적들을 적발하는 원동력이기도 하다. 인간이 되는 기존의 약속이 위협받는다는 불안을 토로하며 집결하는 남성 청년들의 자기 비하와 젠더적 혐오를 새로운 정치적 자원으로 삼기 위해 기성 정치가 그에 접속하는 양상은 혐오 담론이 일정 정도 전유되어버린 사태를 보여준다.[2] 그럴 때 혐오를 발화하는 일은 자신이 평범하고 일반적인 '보통 사람'임을 입증하는 전략이 된다. 혐오는 각자의 일상 속에 정치적 정동으로 자리잡아 '인간'이 되는 서로 다른 방법을 만들고 있다. 이제 그 '인간/비인간'의 분할선을 독해하는 일은 더 정치적이게 되었다.

인간 법정과 페미니즘

김경욱의 「하늘의 융단」(『문학사상』 2019년 1월호)[3]과 우다영의 「창모」(『실천문학』 2018년 겨울호)가 그려내는 비인간의 형상은 페미니즘 리부트 이후 등장한 어떤 정치적 주체의 문제적 양상을 잘 보여준다. 두 소설 모두 혐오스러운 신체가 공적인 처벌을 받는 법정의 상황을 예비하고, 그 구도로써 윤리적인 문제를 제기하고자 한다. 문제는 그 법정이 어떻게 마련되는지, 누가 누구를 심판하는지를 통해 드러나는 주권 권력의 배치도다.

「하늘의 융단」의 '곽춘근'은 평범한 교사 생활을 하던 중 갑자기 스쿨 미투의 대상으로 고발당하면서 법정으로 소환된다. 곽춘근에게

---

2) 박정훈, 「『맥심』 인터뷰한 이준석, '라이언 잠옷'이 문제가 아니다」, 오마이뉴스, 2019. 7. 25. http://www.ohmynews.com/NWS_Web/View/at_pg.aspx?CNTN_CD=A0002556755

3) 이하 인용시 본문에 쪽수만 밝힌다.

여학생의 하복에 붙은 머리카락을 뒤에서 떼어주는 것은 그저 화단의 벌레를 잡는 것과 같아서 "억울하기야 했지만 남학생보다 오히려 여학생을 대할 때 성적 긴장감에서 자유로운 까닭을 밝힐 수는 없었다"(180쪽). 소설은 성추행을 저지를 '의도'가 없었다는 것을 밝히지 못하는 그의 사정에도 불구하고 그 고백을 강요하는 법정을 퀴어에 대한 폭력으로 형상화한다. 그때부터 기혼의 중년 게이 곽춘근의 몸은 "어디선가 양파 썩는 냄새가 훅 끼쳐"(182쪽)오고 신발엔 은행 냄새가 달라붙어 악취의 근원이 된다. 청년 시절, 곽춘근은 젊은 제화공에게서 양파를 많이 먹으면 "발뒤꿈치까지 팽팽하고 촉촉해"(177쪽)진다는 이야기를 듣고 그에게 내밀 발을 관리하려고 양파즙을 먹어왔다. "낮고 외로운 인생에 저주처럼 찾아든 한 줄기 빛"(175쪽)인 제화공을, 정년을 앞둔 지금까지 남몰래 사랑해온 것이다.

은밀한 사랑의 기호이던 양파와 은행의 악취는 혐오스러운 신체로의 반전을 강조한다. 여학생이 곽춘근을 고발하며 "제가 너무 예민충인가요?"(184쪽)라는 내용의 글을 올리자, 그는 "예민충? 네가 벌레면 나야말로 춘근이 아니라 충근이다"(185쪽)라고 분노한다. 서사는 '충근'이 학생들에게 조롱받고 모욕당하도록 만들면서 학생과 교사의 위계를 뒤집고 교사로서의 평생의 자부심을 잃게 한다. 스쿨 미투가 그를 혐오스러운 신체로 판정하는 것은 그가 남성 동성애자라서 겪어온 공포와 등치된다. 정기검진으로 혈액검사를 할 때마다 "붉은 피가, 한 움큼도 안 되는 신체의 일부가 인생 전체를 비정상으로 판정해버릴까봐"(188쪽) 겁을 내온 그는 제화공에 대한 오랜 애정을 들켜 아내에게 별거를 통보받았던 것이다.

그런 자세한 사정도 모르면서 그를 조롱하는 "키보드 판관들의 낙인"(183쪽)과 "남녀 성비까지 반반으로 균형을 맞춘 진상조사위원단"(185쪽) 앞에서 그는 "재판정에라도 불려 나온 기분"이다(186쪽). "교직생활 삼십여 년, 아니 육십 평생이 저울에 올려졌다"(같은 쪽)고 느끼는 것이다. 그가 동성애자라는 낙인을 두려워해온 결과 스쿨 미투의 가해자라는 비인간의 낙인이 찍히고 수업권과 노동권을 박탈당함으로써 소설은 퀴어와 성폭력에 대한 두 가지 인간 법정을 등치시킨다. 그가 자신의 몸을 "원래부터 그렇게 생겨먹은 나무"(187쪽)로 비유하는 것은 여학생을 성추행할 '의도'가 있을 수 없는 '무해한' 게 이라서 자신이 '무고'함을 강조하고, 그 생득적인 속성을 감히 판정하는 권력의 부당함을 강조한다. 서사는 "'게슈타포' 네 글자"(176쪽)의 자리에 스쿨 미투를 위치시키고 추방된 남성 퀴어의 혐오스러운 형상에 힘입어 그를 비극적 피해자로 전환한다.

곽춘근은 여성 장학사에게 잔인한 추궁을 받고도 끝내 커밍아웃을 하지 않음으로써 재현 불가능한 비인간의 지위를 고집한다. 부당한 모욕과 박해를 감내하면서 "한 걸음, 한 걸음 능욕의 현장으로 이끌리듯 다가가"(181쪽)고 퇴직을 통해 순교자가 된다. 그는 결말에서야 비로소 "진실의 첫마디를 신중히 고르"(194쪽)며 딸아이와의 추억을 환기한다. 재판정에서 자신의 '미필적 고의'에 대한 최소한의 변론도, 피해 학생에 대한 사과 한마디도 없이 끝끝내 피해자이길 고수하면서 다정한 아버지로서의 책임만은 다한다. 이는 개인의 자세한 사정을 고려하지 않고 남성을 잠재적 가해자로 몰아가는 페미니즘이라는 불공정한 법정을 향한 강렬한 불복을 함축한다. 부당한 박해에 굴하지 않고 비밀을 지켜낸 곽춘근의 숭고한 순교는 연민과 죄의식을 불러일으킨다. 여성과 퀴어 사이의 성 정치와 소수자 사이의 갈등이 작동하는 지금, 스쿨 미투와 게이 남성의 위상을 경쟁시키는 소설의 구도는 퀴어의 '배제'를 명분 삼아 페미니즘의 실천에 제동을 걸 맹아를 품고 있을지도 모른다.[4] 「하늘의 융단」은 성폭력에서의 위계를 가해자의 순수한 '고의'를 입증하는 문제로 축소하고 특히 중년 남성 교사와 여성 청소년 학생의 젠더적, 사회적, 연령적 권력 격차를 반전하기 위한 도구로 퀴어를 불러온다. 남성 동성애자를 무력하고 무구하게 만들기 위해 퀴어의 신체를 둘러싼 젠더적, 사회적, 연령적 위계와 맥락을 무화하고, 동성애자라는 사실을 절대 들켜선 안 되는 '비밀'로 다루면서 그것으로 그의 일생을 한정한다. 말할 수 없는 '천형'으로서 퀴어를 소모하며 문학적 진실을 성찰하는 기성 문법을 반복하면서, 퀴어의 신체(성)는 다시 게토에 갇힌다.

혐오스러운 신체를 낙인찍는 인간 법정에서 역설적으로 연민과 자기 성찰의 계기를 마련하는 것은 「창모」[5]에서도 가장 큰 서사적 목표다. 화자인 '나'가 학창 시절 만난 '창모'는 모두가 피하는 아이였다. "창모의 비합리적인 분노와 악랄함을 한 번이라도 눈으로 보고 나면 십중팔구 그애를 꺼림칙하게 여"(68쪽)기게 되는데, 갑작스러운 분노와 절제할 줄 모르는 창모의 "비상식적인 사고방식"(69쪽)과 폭행

---

4) 곽춘근의 사례를 인용해 "독자가 수행한 반성(reflection)이 무엇과 연결되기 쉬운지"를 우려하는 시선 역시 페미니즘에 대한 서사적 재판의 구도가 생산하는 정치적인 정동을 짚어내는 것으로 보인다. 소설이 "어떤 독서의 회로"와 접속하는 효과에 주목하는 지적은 긴요하다(김미정, 「아리아드네의 실─독서할 수 있는/없는 시대의 회로 속에서」, 『문학과사회 하이픈』 2019년 여름호, 9~10쪽). 지금 남성 청년들의 열패감과 억울함의 정동이 스스로를 박탈당한 약자로 간주하고 여성/퀴어에 대한 혐오를 '보통 사람'의 마땅한 자기방어 수단으로 전유하는 맥락과 가까워지고 있기 때문이다.
5) 이하 인용시 본문에 쪽수만 밝힌다.

은 혐오스러운 짐승의 형상에 가깝다. 서사는 그 불가해한 창모를 관찰하는 '나'의 내면에 주목한다. 가족 사이에서 소외감을 느끼고 돌봄이 결핍된 가정환경에서 자란 창모는 어느 날 폭행으로 응급실에 가게 되는데, "엄마도, 누나도 아무도 오지 않"아서 "더 상처받은 얼굴을 하"는 것으로 그려진다.(79쪽) 반복해서 여성의 정서적 돌봄(의 결핍)을 자신의 폭력성의 배경이자 해결책으로 상기시키는 것이다. 모성의 결핍을 강조하는 이러한 사연은 그를 연민하는 여성 화자 '나'의 서사적 필요성을 만들어준다.

다른 이들이 창모를 비판하고 그와 거리를 둘 때마다 '나'는 "창모의 비합리적인 행동에서 논리를 발견할 수는 있"(69쪽)고 "창모의 논리에서 그건 진실"(70쪽)이라는 식의 기묘한 입장을 취한다. "창모에게 있어서 자신을 건드린 사람은 남녀노소 잘잘못에 상관없이 그저 보복해야 할 대상이 되는 것 같았다. 상황의 넓은 맥락과 이해관계를 파악하기보다 자신이 한순간 감각한 위협에 모든 의미를 집중했다"(71쪽). 그것은 창모의 폭력성을 '무차별적'인 것으로, 이성적 판단의 결과가 아닌 타고난 동물적 본성으로 자연화하고, '고의'가 없는 본성을 윤리적으로 단죄해선 안 된다고 변호하는 것이다.

그러나 '나'의 변호에도 불구하고 창모가 폭행하는 대상은 장애가 있는 친구, 계속 '알짱거리는 여자애', 퇴근 시간 만원 버스의 임신부, 토끼같이 순진하고 놀랄 만큼 겁이 많은 '훈기' 등 자신보다 '만만한' 신체들이다. 팔을 반복적으로 움직이는 틱 장애가 있는 친구를 철봉에 테이프로 묶고는 "팔이 이상하게 움직이잖아. 거슬려서 그렇게 해둔 거야"라고 말하는 창모는 "마땅한 벌을 내리는 집행관의 태도로" 장애 학생에 대한 '신체형'을 주관하는 자신의 주권을 또래 남학생들에게 전시한다(67쪽). 자신의 신경을 거스르는 여학생이나 우산을 치워달라고 요구하는 임산부를 향해 폭력을 휘두르는 장면은 창모의 폭력이 가진 사회적 선별을 정확히 보여준다. "애 가진 게 벼슬이라 눈에 뵈는 게 없"(71쪽)어서 거슬리는 "그 여자가 나를 화나게 한 거지"(72쪽). 피해자들이 자신을 먼저 무시해 모욕감을 느끼게 했으므로 "마땅한 벌을 내리는 집행관"이 되어 자신의 훼손된 명예에 상응하게 보복하는 혐오범죄의 기제가 작용하는 것이다.[6] 그러나 창모는 걸걸한 욕설과 거친 손길의 훈기 외할머니에게는 '나'의 염려와 반대로 넉살 좋게 군다. 자신에게 칼국수를 끓여주는 모성은 거슬려하지 않는 것이다. 창모가 휘두르는 폭력의 젠더 역학에 애써 눈감는 '나'는 폭력의 수행을 통해 '남성성'을 취득하는 패턴도 무화시킨다.[7] "창모가 가지고 있는 폭력성이 피부처럼 가까워진 연인에게 어떻게 작용하게 될지 두려운 마음이"(76쪽) 들면서도 창모의 폭력이 무차별적이라는 입장을 고수하는 '나'는 데이트 폭력의 젠더 역학을 무화하고 창모가 "생각보다 평범"(67쪽)하게 연인의 '변덕'에 상처받는 모습을 연민한다. (여성의) 안전과 (남성의) 고독감을 경쟁시키는 것이다.

---

6) 혐오범죄의 피해자는 특정한 신체/속성을 가진 집단 안에서 대체 가능하다. 혐오범죄의 가해자는 자신이 그 대상을 규제하고 지배할 권리가 있는데 그들이 자신의 의도대로 행동하지 않는다고 느껴 분노하고 '벌받아 마땅한' 대상 집단을 처벌하면서 자신의 위계를 회복하려 한다. 남성(성)을 위협한다고 간주한 '모욕'에 맞서 폭력으로 자신의 '명예'를 복원하는 '명예 문화'는 사회적으로 습득된다. 허민숙, 「젠더폭력과 혐오범죄」, 『한국여성학』 33권 2호, 2017.

7) 이는 여성혐오 범죄로 제기된 젠더 폭력의 문제를 '무차별' 범죄의 프레임으로 대체하고, 정신질환에 대한 혐오를 부추겨 속죄양을 만든 '강남역 사건' 이후 한국사회의 담론장과 맞닿는다. 김민정, 「'묻지 마 범죄'가 묻지 않은 것」, 『한국여성학』 33권 3호, 2017.

'나'는 창모를 배제하고 그와 거리를 두는 다른 사람들과 달리 "처음부터 하나의 인간을 온전히 파악하는 건 불가능하"므로 "누군가를 어떤 사람이라고 정의하는 것은 반드시 틀린 말이 될 거라고, 그것만이 분명한 진실이라"고 생각한다(79쪽). 이 '문학적 진실'은 이해받지 못하는 남성의 고독으로부터 윤리를 추출하고, '나'의 도덕적 확신은 창모를 속중들의 편견과 선입견의 피해자이자 혐오받는 제물로 전환한다. "내가 조금만 도와주면 아무 일도 일어나지 않을 테니까. (……) 사람이 사람을 돕는 세상은 이런 식으로 이루어진 게 아닐까?"(77쪽) 창모의 폭력적 성향의 원인으로 교육의 실패나 사회적 안전망의 부재를 생각하기보다는 자신이 정서적으로 감싸주지 못한 탓이라며 먼저 자기의 역할을 찾는 이 기이하게 거대한 죄책감은, 실은 '나'에게 혐오스러운 타자가 필요했기 때문에 생겨난 것이다. 문학적 진실(문학성!)을 찾아 헤매는 '나'에겐 자신이 구원할 타자가 필요하다. 이로써 창모는 이해할 수 없고 더러워서 모두 돌을 던지는 절대적 타자라는 신학적 상징의 지위에 도달한다. "내가 그동안 창모에게서 벗어나고 싶어했다는"(84쪽) 데서 기인한 원죄를 상기하고 반성하기 위해서다. 세속적 성공을 이루고 정상 가족을 완성한 뒤 느닷없이 재회한 창모는 잊고 있던 '나'의 양심을 응시한다.

그는 나와 정확히 눈이 마주쳤지만 조금도 놀라거나 주저하지 않고 지독하게 증오하는 눈길로 나를 쳐다봤다. 남자들에게 제압을 당하며 뺨이 땅에 긁히고 팔이 등뒤로 묶이면서도 마치 사람이 아니라 짐승이 내는 소리처럼 으르렁거리며 나를 위협했다. 그건 원한이 있는 사람을 보는 시선 같기도 하고 전혀 모르는 사람을 보는 시선 같기도 했다. 나는 그때 처음으로 한 가지 사실을 깨달았는데, 창모가 단 한 번도 나를 공격하려 한 적이 없다는 것이었다.

(……) 그러나 그들이 정말 그를 보고 있는 것인지는 알 수 없었다. 사람들은 그저 저 이상하고 위험한 것을 어서 치워버리길, 그것이 시야에서 완전히 사라지길 가만히 기다리고 있었다.(「창모」, 86쪽)

"웃통을 벌거벗고 맨발로"(85쪽) 남자들에게 쫓기다 제압당하는 창모는 벌거벗은 짐승의 형상으로 등장한다. 그가 출현하기가 무섭게 "'나'는 "속으로 그가 천사가 아닐까 생각"(같은 쪽)한다. 그리고 "천사가 나에게 무언가 메시지를 주기 위해 다가오고 있다는 막연한 느낌"을 받는다(같은 쪽). "어째서 잘못한 사람은 창모인데 내가 죄책감을 느끼"는지 알 수 없으면서도 "그가 나를 탓하고 있으며 여전히 용서하지 않았다는" 계시를 끝내 받는다(84쪽). 벌거벗은 인간이 제기하는 최후의 심판에서 '나'는 반성적 윤리라는 올바른 회개를 한 보답으로 천사의 메시지를 받는다. 실은 창모가 한 번도 자신만은 공격한 적 없었다는 깨달음. 속중들에게는 가장 혐오스러운 짐승의 형상이지만, '눈뜬' '나'에게는 숭고한 천사의 형상으로 재림한 창모는 절대적 타자에게 왼쪽 뺨도 내밀었냐고 심문하는 '환대의 법정'을 연다. 속중들이 "그저 저 이상하고 위험한 것을 어서 치워버리길" 기다리는 동안 홀로 윤리적 인간 되기의 시험을 통과한 '나'는 반성적 고양에 도달한다. 유구한 한국 남성(성)의 유아적 폭력에 우발적인 타자의 성스러운 얼굴을 부여하면서, 젠더 정의의 시스템 대신 윤리적 계약을 복원해낸 개인의 도덕적 자족감에 이른다.[8]

이런 구도들은 몰락한 남성의 혐오스러운 신체를 비인간의 형상으로 만들고 그 비인간을 배제하는 폭압적 치안 권력의 자리에 페미니즘을 앉혀 이 둘을 대치시킨다.[9] 이는 위계를 생산하는 권력 자체를 문제삼는 페미니즘의 독해력을 무화시킬 뿐만 아니라 기성 권력의 폭력에 페미니즘을 대입함으로써 구조를 볼 수 있는 역능을 스스로 반환하고 만다. 더 복잡하므로 더 인간적이라는 윤리적 판결을 자부하지만, 실은 인간/비인간의 분할을 생산하는 혐오 경제의 작동을 기꺼이 대리 수행한다. 혐오스러운 신체에 대한 페미니즘 법정의 판정에 맞서 그들 역시 좋은 인간일 수 있다는 비밀스러운 사정을 곡진하게 주장하고 그에 따라 연민과 자기반성을 산출한다. 무고한 자들이 (파면과 체포로) 법적 생명을 박탈당하는 예외 상태를 맞이하는 결말은 독자에게 반성을 촉구한다. 억울한 박탈에 맞서는 윤리적 결단을 요구하면서 새로이 공정한 주권자로 독자를 호명하는 것이다(이는 지금 한국사회의 여성혐오적 정동이 '공평함'의 감각으로 결집하는 양상과 접속될 수밖에 없다는 점에서도 근사近似한 정치적 퇴행이다). 그리고 보다 관대하게 '망명'과 '시민권'을 심사할 것을 호소한다. 타자를 심

---

8) 창모를 "반사회적 성격장애"(96쪽)로 진단하면서도, 소설을 "우연이라고 인식되는 불행을 마주하는 우리 태도를 바꿔야 한다는 뜻"(108쪽)으로 읽으려는 윤리적 독해는 사회심리적 현상을 '타자성'으로 추상화시켜 개인의 도덕적 책임으로 전가하는 것은 아닐까. 허희, 「우연은 항상 여기에」, 『창모』 해설, 아시아, 2019.

9) "정치적 올바름은 정치가 아니"므로 페미니즘은 "정치를 가장한 치안"이라고 단정하는 논의들도 페미니즘과는 무관한 개인적 '박탈'의 체험으로부터 '정치적 올바름'을 유추한다. 따라서 페미니즘도 폭력적이라고 '상상'하면서 페미니즘을 '법정'으로 축소 인식하는 경향을 보인다. 더 인간적인 문학을 통해 더 복잡한 세계를 보고 있다는 문학적 자의식은 인간 법정의 선의와 멀지 않다. 복도훈, 「신을 보는 자들은 늘 목마르다— 2017년 한국문학과 '정치적 올바름'에 대한 비판적 단상들」, 문장 웹진 2017년 5월호: 이은지, 「문학은 정치적으로 올발라야 하는가」, 문학3, 2017년 3월.

판하는 주권자가 된다는 감각과 그 심판이 도덕적이라는 확신은 정치적 효능감을 낳는다. 그 속에서 인간/비인간을 나누는 기제 자체를 보는 일은 요원해진다. 개인의 선함과 그에 비례하는 박해의 크기를 비교하는 인간 법정은 기존의 인간(성)으로 편입될 만한 가치를 입증하는 서사를 만든다. 그리하여 인간을 분할하는 권력 자체를 인식하지 못하게 하는 '고통 경쟁'이 종국적인 도달점이 되고 만다.

화해하는 퀴어-가족, 환대하는 소설의 쾌락

박탈당한 자들을 포용하려는 의무감이 '가족'에게서 먼저 발현되는 것은 여전히 가족이 한국사회에서 작동하는 윤리/정치의 기초 단위이기 때문일까. 최근 한국문학장에는 퀴어라서 배제된 가족원과 재회하는 서사가 꾸준히 등장하고 있다. 이 서사들은 혐오스러운 신체가 난입하면서 생긴 가족의 붕괴와 그 회복을 다루기 위해서, '나'의 무지를 기꺼이 고백하며 상대의 혐오스러운 신체를 마주보고 환대하고자 한다. 그런데 흥미롭게도 가족의 이름으로 환대할 때, 이해와 화해의 과정은 특정하게 패턴화된다.

최은영의 「상우」(『악스트』 2018년 5/6월호)[10]는 동생 '상우'가 얼마나 사랑스러웠는지를 돌아보는 누나 '정아'의 회상으로 시작한다. 상우는 "부모의 장점만 물려받아 키가 크고 호감 가는 인상"(134쪽)인데다 성격도 느긋하고 "친구들 사이에서 인기가 있었고 타고난 공부 머리"(같은 쪽)까지 있고 달리기와 수영도 잘하는 덕에 누나를 자랑스럽게 만든다. 젠더 규범적 성장 서사에 균열을 내지 않고 모범

___

10) 이하 인용시 본문에 쪽수만 밝힌다.

적이던 소년의 유일한 문제는 게이라는 점인데, 그럼에도 불구하고 "젊고 아름다운 상우"(137쪽)는 부지런히 취업 준비를 해 광고 회사에 들어간다. 윤이형의 「마흔셋」(『문학동네』 2018년 여름호)[11]의 FTM(female-to-male) 트랜스젠더인 '재윤' 역시 다소 무계획하게 인생을 사는 화자 '재경'과는 달리 "태어날 때부터 남자의 정신을 갖고 있어서 (……) 자궁을 들어내겠다는 장기 계획을 세우고 그에 맞춰 치밀하게 직장을 구하고, 누구의 도움도 받지 않고 돈을 모으는 작은딸"(128쪽)로 그려진다. 이들은 퀴어라는 '비극' 이후에도 그로 인해 '몰락'하지 않고 모범적인 시민의 역할을 성실하게 수행하면서 퀴어를 '병행'한다. 심지어는 정체성에서 비롯되는 문제가 화자의 걱정거리가 되지 않게 모범적으로 자기 관리를 한다. 경제적, 정서적으로 유능해서 사랑받을 준비를 마친 이들에게 남은 문제는 가족의 인정뿐이다. 이렇듯 퀴어를 모범 시민으로서 재현하는 것은 퀴어성을 인정 투쟁의 문제로 국한하며 퀴어가 겪는 사회적 차별의 물질적 관계를, 거주와 빈곤, 직업과 안전의 문제 등을 별개의 외부적 변인으로 간주하게 할 위험이 있다. (주로 남성 퀴어) 개인의 경제·문화적 역량을 입증해 가족 구성권/시민권을 협상하는 주체화 방식은 신자유주의적 퀴어 문화정치의 한 양상이기도 하다. 퀴어가 맺는 사회적 관계와 문제를 축약시키고 가족의 인정 여부로 퀴어의 존재론을 집약하는 재현의 패턴들은, 퀴어라는 부수적 조건만 이해해주면 그들이 충실하게 정상 가족의 일원이자 모범 시민이 될 수 있다는 설득력을 만든다. 필연적으로 화자들은 그들에게 가족의 자격을 회복해주기 위

---

11) 이하 인용시 본문에 쪽수만 밝힌다.

해서, 인간의 자격을 입증해주려 직접 나선다.

그 자격에는 물론 가격이 매겨져 있다. 상우는 커밍아웃 이후 정아에게 연인을 소개시켜준다. 귀엽게 "사랑싸움을 하는 모습이 정아의 눈에는 그저 예뻐 보였다. 그애들은 계산이 없고 자유로웠고 대화가 잘 통했다"(135쪽). 정아는 이성적이고 합리적이라고 믿었던 (이성애) 결혼의 계산적 공리에 배반당한 자신과 달리 "진짜 삶을 살고 있"(같은 쪽)는 상우를 부러움과 사랑이 섞인 마음으로 지켜본다. "재미로 이 사람 저 사람 가볍게 자고 다니는 애들 나도 별로야. 네가 그렇게 안 놀아서 좋아."(136쪽) 정아의 이 말을 듣는 상우는 묘한 표정을 짓고, 그리하여 서사는 파국으로 나아간다. 상우는 자신이 HIV 감염인임을 밝히고 정아에게 자신을 사랑한다고 자신할 수 있냐고 묻는다. 그런 상우로 인해 자신의 혐오를 심층적으로 되돌아보고 곱씹는 정아는 최선의 책임을 다하는 것처럼 보인다. 그런데도 상우는 정아가 자신을 이해한다고 응원하는 말에 분개하고 만다. "누난 항상 그런 식이었어. 날 안다고, 난 착한 애라고, 좋은 애라고, 그렇게 말하면서 누나가 보고 싶은 부분만 보려고 했잖아."(146쪽) 상우는 정아의 기대와 달리 자신이 모범적인 일대일 장기 연애라는 유사 이성혼 관계가 아니라 낯선 사람과 안전하지 않은 방식으로 만났다고, 재미로 가볍게 만났다고 화를 내며 고백한다. 결국 상우는 이성애 정상가족처럼(혹은 그것을 대리 보충하는) 규범적인 돌봄과 부양의 애정 공동체를 만들 수 있어서 기쁘다는 정아에게 '커버링'을 해왔던 것이다. 정아는 상우가 "세상 사람들이 선호하지 않을 만한 자기 모습을 감추는 것에 능할 뿐"(148쪽)이라고 연민하지만, 실은 상우가 가장 의식하는 대상이 자신임을 간과한다. 상우가 겹겹의 커밍아웃을 통해 문제삼는 것은 자신이 '모범적인 퀴어'의 선을 지킬 때만 가족으로 인정받을 수 있는 환대의 구도다.[12]

혐오스러운 신체들에게 가족의 자격을 회복해주기 위해서는 우선 가족원으로서의 면모를 복원해야 한다. 혐오스러운 신체들을 환대할 수 있다는 믿음은 그들도 한때 정상 가족이었다는 동질감을 회복하면서 생긴다. 정아는 "기분좋은 냄새가 나는 아주 작은 아기"(134쪽)였던 상우의 모습과 자신이 국민학생 때부터 상우를 돌봐준 기억을 떠올리면서 결말의 화해를 암시한다. 「마흔셋」 속 재윤의 신체를 향한 재경의 환대도 재윤과 함께한 유년의 '모험'으로 완성된다. 걸스카우트에서 하이킹을 갔다가 어두운 밤 산에서 길을 잃고 헤맸을 때 재경이 느꼈던 재윤에 대한 책임감과 의무감의 기억은 중요하다. "잘 모르겠지만, 그때 할 수 있었으니까 어쩌면 지금도 할 수 있지 않을까."(138쪽) 하지만 어린 동생에 대한 과거의 책임감이 지금의 동생을 다시 이해하고 환대하는 방법이 되리라는 기대는 현재의 차이와 균열보다는, 그것이 존재하지 않(았다고 탈성화시키)는 유년기의 '정상'적인 기억에서 서사적 동력을 얻는다. 지금 화해가 필요하다면 그것은 현재의 파열 자체를 직시하고 그에 감응하여 자신도 변하려는 태도에서부터 가능할 텐데, 변하지 않는 가족의 기억에 의존하는 화

---

12) 그간의 퀴어 서사가 부모의 절대적 부정으로 인한 비극을 중핵으로 하던 것과 달리, 퀴어 가족을 무조건적으로 이해하려는 '누나/자매'들의 환대가 주요해진 서사가 연이어 등장했다는 점은 '전환'의 단계에서 '커버링'의 요구로의 전회를 시사한다. 퀴어의 신체를 '치료'하려는 전환이나 존재를 사적 영역으로 숨기길 요구하는 패싱에서, 공적 커밍아웃은 허락하되 주류 규범의 질서에 반하는 이질성은 드러내지 말라는 커버링으로의 '이행'은 많은 소수자가 겪어온 역사이기도 하다. 켄지 요시노, 『커버링—민권을 파괴하는 우리 사회의 보이지 않는 폭력』, 김현경·한빛나 옮김, 민음사, 2017.

해는 실은 불가항력적인 가족의 질서로 재귀하는 위태로운 봉합일 수 있는 것이다. 누나로 설정된 화자들이 돌봄의 대상을 추억함으로써 가능해지는 화해의 패턴은 그 대상이 온순하게 화자를 따를 때에만 환대의 자리가 마련된다는 것을 보여준다.

비로소 화해에 성공해 서사가 고조점에 이른 순간, 화자들은 퀴어 가족과 함께하며 달라질 이후의 삶보다는 그 화해의 절정에 도달한 자신의 마음을 비추려 멈춰 선다. 퀴어를 환대하는 누나들의 목표는 약자/타자에 숨겨진 '정상성'을 다시 회복하는 내면적 스펙터클이다.[13] "너를 이해하는 게 당연한 건 아니라고까지 거칠게 말하고 싶었던 건 아니었"지만 "그런데도 불안해져, 두려워져, 정아는 어쩔 수 없는 기침을 하는 사람처럼 말을 뱉었다"(148쪽). 상우를 이해하는 일이 얼마나 고단한 일이었는데, 상우는 충분히 사의를 표하지 않는다. "어떻게 네가 내 앞에서 이렇게 당당할 수 있"(146쪽)는지, 정아는 화가 나고 서운하다. "내가 너 이해하는 거, 당연하게 생각하지 않았으면 좋겠어. 물론 너에 비할 바는 아니겠지만, 내가 느꼈을 충격, 무시하지 마."(같은 쪽) 상우를 이해하고 환대하려는 그간의 노력이 당연한 것이 아니라 내적 고투의 과정이었음을 얼마간 뿌듯하게 응시하면서 정아는 상우를 다시 사랑하겠다고 다짐한다. 자신을 향한 상우의 부당한 평가마저 끝내 용서하는 진정한 환대에 이르는 것이다. "눈물나도록 흔해빠졌지만 사실은 세상에 딱 하나뿐인

---

13) "가차없는 자기반성을 독자 앞에 가장 강력한 사건이자 스펙터클로서 전시"할 때, 퀴어 인물은 목소리를 잃고 화자에게 "영감을 주는 사건"으로만 남게 된다. 오혜진, 「지금 한국문학장에서 '퀴어한 것'은 무엇인가」, 『지극히 문학적인 취향—한국문학의 정상성을 묻다』, 오월의봄, 2019, 401~402쪽.

이야기, 오직 나, 무심하고 또 무심했던 장녀만이 독자로 설정된 서사였다"(128~129쪽)라는 「마흔셋」 속 재경의 자각은 기실 정아에 대한 정확한 지적이기도 하다.

그래서 소설은 암으로 사망한 엄마에 대한 애도(「마흔셋」) 혹은 이혼의 상처(「상우」)를 병치하면서 곡진한 가족의 드라마를 강조해온 것이다. 화자들은 재윤과 상우가 그들의 문제(퀴어)에 몰두하느라 상대적으로 엄마(가족)의 고통에 대해선 무지/무감했다는 점과, 반대로 그들을 인정하려는 자신들의 노력은 다소 저평가되어 제대로 사례를 받지 못했다는 점을 은밀히 대조한다. 자신의 "커밍아웃을 마음으로는 받아들이지 못했"(129쪽)던 엄마에게 상처를 받아 재윤이 단절을 선언한 그 시기에 엄마는 자궁암 투병중이었다. 가족의 고통에 무심했던 재윤의 과오가 퀴어성에서 유발되었다는 사실에 죄책감을 더하기 위해 재경은 그 비밀을 폭로한다. "너 몰랐지? 너 가슴 수술한 날, 엄마 왔다가 가셨었다, 잠깐. 너 자고 있을 때."(131쪽) 이로써 재경은 트랜스젠더의 혐오스러운 신체를 거부한 엄마를 희생적 모성으로 다시 역전하면서 퀴어에게 가족에 대한 원죄를 부여한다. 이를 엄마가 죽고 난 뒤에 맞닥뜨린 재윤은 "누나, 엄마 말야. 나 때문에 암에 걸렸던 거지, 역시?"(129쪽)라고 묻는다. "어떻게 내가 떼어버리겠다고 마음먹은 바로 거기에서 시작이 됐냐고. 나 때문에 그런 거 아니냐고. 내가 말을 해서."(130쪽) 자궁의 '등가교환'에 대한 죄의식은 퀴어와 가족이 화해하는 단초가 된다. 엄마의 고통에 대한 재윤의 무지와 재윤의 신체에 대한 재경/엄마의 무지가 교차 반복된다. 그러면서 상호 대등한 무지의 연쇄가 화해의 조건을 마련한다. 엄마가 암 투병 사실을 함구한 것과 트랜스젠더의 신체에 대한 가족의 무지와 추방을 동일선상에 놓아 그 위상의 차이를 무화함으로써 화해하는 것이다. 「상우」 또한 이혼으로 인한 정아의 고통과 엄마의 암 투병에 무심했던 상우에 대한 서운함을 상우의 자기혐오와 교차한다. 이로써 모두가 고통받고 상처받은 나약한 사람이라는 조건을 확인하고 그것을 견디게 하는 가족애를 통해 화해한다.

그러나 그러한 가족의 회복이 화자의 일방적인 기대에 불과하다는 것이 드러날 때 환대의 양상은 전혀 달라진다. 장희원의 「우리畜舍의 환대」(『악스트』 2019년 3/4월호)[14] 역시 자랑스러운 아들 '영재'의 모범적인 유년을 화해의 계기로 삼는다. 영재는 "공부도 곧잘 했고, 축구를 좋아해 어릴 때부터 공 하나만 가지고도 온 동네 아이들과 어울"리며 "어디를 가도 눈에 띄는 아이"였다는 아버지 '재현'의 회상으로 등장한다(209쪽). 어린 아들과 함께 프리미어 리그 경기를 관람하던 기억이 아들과의 재회중에 반복해 삽입된다. "너무 좋아서 가슴이 두근거려, 아빠"(같은 쪽)라던 앳된 목소리가 재현으로 하여금 아들을 만나러 가게 하는 동력이다. 그러나 「우리의 환대」는 사랑스럽던 축구 소년의 두근거림으로는 충분히 덮이지 않는 퀴어의 생활 세계로 내려간다. 재현은 영재가 포르노를 보는 것 같다는 아내의 걱정에 웃어넘겼지만, 영재가 "근육질의 두 남자가 뒤엉"(같은 쪽)킨 모습에 집중하는 것을 목격하자마자 혐오 폭행을 하고 만다. "그후로 그들 부자는 이 일을 입 밖에 꺼내지 않았"(210쪽)고, 재현은 영재가 별 탈 없이 자기 몫을 하는 '정상인'으로 잘 자랐다고 믿는다. 그런데 재현이 아내와 함께 호주에 있는 영재의 집에 찾아갔을 때 영재는 뜻

14) 이하 인용시 본문에 쪽수만 밝힌다.

밖에도 흑인 노인과 살고 있다. 재현은 최소한 "아들이 또래 남학생과 함께 살고 있다고 생각했"(214쪽)는데, 나이도 인종도 다른 흑인 노인과 아들이 친밀하고 성적인 신체 접촉을 하는 모습을 보는 건 견디기 어렵다. 제대로 된 직장도 없이 변기 닦는 일을 하면서도 수치를 모르는데다, 자신의 신체를 아무렇지 않게 드러내는 어린 여자애까지 같이 산다는 걸 알게 된 재현은 이 이상한 가족이 당황스럽기만 하다. 그런 상황에서 재현은 영재의 환대를 받으면서도 집안에 낡은 물건들이 지저분하게 널브러져 있어서 신경이 계속 거슬린다. "이 지저분한 난장판이 그들에겐 제자리라는 것을 깨달았"(213쪽)지만 그 제자리는 "생각했던 것 이상으로 정리정돈조차 안 된 더러운 모습"(216쪽)으로 감각되고, 재현은 "끝내 기괴하고 불편한 기분을 떨칠 수 없었다"(같은 쪽). 영재가 집에서 자고 가도 괜찮다는데도 재현은 "아들과 아들의 친구들을 불편하게 하고 싶지 않"(211쪽)다면서 마다하지만, 가장 불편한 것은 재현이다. 퀴어 아들의 생활을 날것으로 볼 때 밀려오는 이질감을 견딜 수가 없다. 재현은 "자신의 인생에 있어서 가장 낯선 곳으로 떠밀려"(209쪽)와서 영재가 "자신들이 도저히 좁히지 못할 어떤 경계선을 기어이 넘어버렸음을"(220쪽) 깨닫는다. 영재는 재현과 아내를 환대하기 위해 음식을 대접하지만 모두 미적지근하고 밍밍해서 입안을 텁텁하게 만들 뿐이고 급기야 재현은 음식을 토해내고 만다. 음식을 삼키면 무언가에 전염이라도 될 듯 재현은 구역질을 하며 환대에서 뛰쳐나간다. 영재의 초대는 재현이 바라던 방식으로 이뤄지지 않았다. 환대란 환대를 받는 사람이 견딜 수 있을 만큼의 타자성의 수위를 유지할 때만 가능한데, 영재는 그 수위를 넘어 자신의 날것을 계속해서 노출하고 마는 것이다. 영재에게 필요한 것들이라며 아내가 온갖 고생과 소동 끝에 가져온 상자는 끝내 전달되지 않는다. 중산층 이성애 부부의 삶의 양식을 담은 그 선물이 아들의 삶에 들어갈 틈은 없다.

재현은 영재가 사는 집의 건너편 집들을 바라보며 "아들이 저런 곳 중 한 곳에 살고 있을 것이라고 생각했다. 재현은 자신이 지금 너무나도 저쪽으로 가고 싶어한다는 것을 깨달았다"(217~218쪽). 자신의 공간에 근사성과 종속성을 전제한 저들이 방문해 오는 형식이어야 하는데 그 환대의 우위가 무너지고 만 것이다. 퀴어라는 동물 '우리'로 온 소설은 규칙을 역전했다. 역전된 환대의 자리에서 재현은 내내 혐오감만을 느낀다. 영재를 찾아 멀리 왔다는 사실만으로 "그래, 난 분명히 용기를 냈어"(218쪽)라고 자부하는 재현은 실은 조금도 변하지 않았다. 지저분한 난장판에는 그토록 민감하면서도, 아직도 툭하면 침울해지는 영재의 오랜 상처에는 무감하다. 아들이 여기에서 행복해 보이고 눈부시게 빛난다는 것을 어렴풋이 느끼면서도 끝내 황망해하는 아버지의 모습은 적실하다. 애초에 환대라는 형식으로는 퀴어의 일상과 만나는 방법을 찾을 수 없음을 소설은 보여준다.[15]

박선우의 「고요한 열정」(『자음과모음』 2019년 여름호)[16]은 퀴어 가

---

15) 퀴어에 대한 "사회 전체의 인식을 전진시키려는 공적 영역의 노력이 부재한 탓에 감각의 낯선 변화 속에 방조되어, 당혹감 속에서 '일단 거부'를 선택하게 되는 개인의 조건"으로 재현의 혐오를 읽는 독해는 물론 타당하다(김녕, 「다시, 부패된 조건들을 바라보며」, 『창작과비평』 2019년 여름호, 413쪽). 다만, '혐오'의 최종 원인으로 '공적 영역의 미숙'을 심문하는 지적 관성은 결과적으로 '가족 이데올로기'가 가진 공적 속성/권력을 간과하여 약자를 자임하는 '보통 사람'에게 무책임할 수 있는 자격을 제공하는 것은 아닐까. (이성혼에 충실한) 아버지와 (이성혼과 불화하는) 누나라는 환대(못)하는 가족원의 젠더/세대라는 사회적 속성이 만드는 차이도 살펴야 한다.
16) 이하 인용시 본문에 쪽수만 밝힌다.

족원을 바라보는 화자의 환대의 내면을 집약해 보여준다. "게이인 걸로도 모자라 가난하기까지 하면"(187쪽) 안 되니 "너 자신을 보호"(같은 쪽)하라고 커버링을 요구한 누나로 인해 사라진 게이 남동생의 삶을 이해하기 위해 추적하는 서사다. 탐문 끝에 동생이 사랑하던 남자가 시각장애인임을 알게 되는 '애틋한' 발견은 화자인 '연수'에게 충격을 준다. 앞이 보이지 않는 그 남자가 어린 아들의 손에 의지해 퇴근하는 모습을 아련하게 바라보다 연수는 난데없이 콧등이 쩡해지는데, 이는 현재 한국문학장에서 퀴어성과 장애성이 약자의 기표로서 얼마나 쉽게 호환 가능한지 보여준다. "그러한 통증이 지금의 자신에게 긴요하리라는 예측도 있었다. 그녀는 아프고 싶었고, 울고 싶었다."(194~195쪽) 그래서 서사는 네 명의 인물들에게 네 가지 타자성의 배역을 균형 있게 배분한다. 이혼하고 조기 폐경까지 진단받은 연수는 사라진 게이 남동생의 불가능한 사랑을 추적하던 끝에, 장애인 생계 노동자인 한부모 아버지와, 의젓한 아이로 구성된 성聖 가족을 발견한다. (정상 가족을 이루지 못해) 결핍된 자들이 결속하는 수난극이 현현하자 연수는 준비해둔 감동을 펼쳐 보인다. 도달할 수 없기에 숭엄해지는 가족의 별자리가 환대의 길을 가리킨다.

유년의 사랑스러운 공동 기억이 소환하는 가족의 정동은 중립적이고 보편적인 인간애를 통해 혐오와 박탈이 일어나는 지금의 구체적 장면을 무화하고 만다. 가족에 대한 무심함과 무지를 반성하면서 보편적 가족애라는 안전망이 가진 구속력을 다시 퀴어에게 씌워 용서의 드라마로 붙잡는다. 혐오의 구조 속 자신의 위치를 보기보다는 환대의 자리를 마련해온 내적 정반합을 보는 화자는 자신에게 감격한다. 파티의 성공 여부와 무관하게, 퀴어에게 가족-시민권을 발부하는 이 초대장은 함정에 가까워 보인다. 퀴어를 인간으로 만들려는 초대장의 선의가 손님을 다시 법정에 세우고 만다. 결국 환대에 감동하려는 우리 시대의 준비된 열망이 충분히 안전해진 손님을 접대하는 쾌락을 위한 것은 아닌지 되물어야 한다. 초대장을 하필이면 어떤 퀴어에게 즐겨 발송하는 어떤 문학장에게 문제를 반송해야 한다.

혐오 경제의 탄생기, 관리되는 여성의 신체

이제 사태는 혐오 자체가 인식의 기본값이 되는 데에 이르렀다. 혐오스러운 타자에 대해 윤리적 책임감을 갖기는커녕, 자신의 신체와 존재가 혐오스러운 대상임을 발견하는 여성 청년들이 등장했다. 이들은 자신의 몸을 혐오하는 상대와도, 자기 자신과도 섣불리 화해하려 하지 않는다. 대신 자신을 향한 혐오가 어디에서부터 어떻게 유래하는지 알려 한다. 그것은 죽게 내버려두는 주권 권력이 아니라 도리어 자신에게 생명을 불어넣고 보살펴오던 힘에서 비롯되었다. 가부장의 억압적 폭력이 아니라 자신을 살려온 엄마(들)의 삶에서 혐오가 시작된 것이다.

김유담의 「이완의 자세」(『창작과비평』 2019년 봄호)[17]는 출세해달라는 엄마의 간절한 "환호성을 받으며 출루했지만 맥없이 아웃을 당한 타자처럼 집으로 돌아"(194쪽)오는 청년 세대의 실패기다. 그 패배 앞에서 '나'는 자신의 성공을 원했던 엄마에게로 시선을 돌려 그간 무엇이 자신의 삶을 추동해왔는지를 돌아본다. 엄마는 명문 여상 출신도 아니고 성적도 좋지 않았지만 "용모가 특출나게 단정했기 때

17) 이하 인용시 본문에 쪽수만 밝힌다.

문에"(197쪽) 명동 중심가 백화점의 화장품 매장에 취직할 수 있었다. 그리고 "가장 눈에 띄고 중심이 되는 자리에 매일 서 있으면서 엄마는 주목받는 삶을 동경하고 갈망하게 되었다"(198쪽). 남편을 잃고 홀로 딸을 키우면서 엄마는 주목받는 삶에서 이탈하지만 노동계급의 기혼 여성들 사이에서 다시 주목을 받을 수 있는 방법을 찾아낸다. "유라 엄마는 어쩜 그렇게 젊어 보여?"(196쪽) 엄마는 별거 아니라며 손을 내저었지만 "지금의 몸 상태를 유지하기 위해 얼마나 노력하는지, 그리고 그걸 얼마나 자랑스러워하는지 나는 잘 알고 있다"(같은 쪽). 피부 관리실을 차린 엄마의 "유일한 밑천이 몸"(232쪽)인 것은 성공하기 위해 가장 중요한 건 "마사지 실력이 아니라 원장의 피부"(198쪽)이기 때문이다. 피부 관리실이 망하고 '때밀이 아줌마'로 영락해도 여전히 여성의 신체를 관리해주는 노동의 핵심은 자신의 신체를 먼저 전시하는 일이다. 모두가 벌거벗는 목욕탕에서 붉은 "속옷을 입고 남의 몸을 씻겨주는 유일한 사람"(232쪽)인 엄마는 사람들이 "가장 유심히 보는 대상"(같은 쪽)이 된다. 엄마는 자신의 젊고 아름다운 신체를 다른 여성들에게 열망의 대상으로 판매한다. 그러므로 "여자들은 엄마에게 몸을 맡기면서 묘한 흥분과 우월감을 느끼고 있는지도 모른다"(232쪽)라는 '나'의 통찰은, 자기 관리에 대한 열망이 거래 대상으로서의 여성 신체에 대한 선망과 그것을 통한 계급 상승의 가능성에서 기인한다는 사실을 정확히 보여준다.

「이완의 자세」는 신체를 자원으로 삼아야 하는 노동계급 여성의 생존주의가 어떻게 가족주의 서사와 접합되어 딸에게 전이되는지 구체적으로 살펴본다. 차가운 여탕에서 어린 '나'를 벌거벗겨 세신 연습을 하던 엄마는 '나'가 울자 다음과 같이 협박한다. "내가 누구 때문에 이렇게 사는데! 나도 너 할머니 할아버지한테 보내고 팔자나 고치면 속 편하지. 너 때문에 못하는 거야."(203쪽) 생존주의가 유일한 삶의 목표를 자식으로 상정하고 그를 위해 모든 것을 희생하는 가족적 방법론을 불러올 때, 가족의 생존을 벗어난 모든 길은 죽음으로 선포된다. "이것도 못 견디면 둘이 같이 나락으로 떨어지는 거야. 그냥 여기서 우리 같이 죽을래?"(201쪽) 엄마의 유일한 희망은 딸의 계급 상승이다. "딸년 대학 잘 보냈다고 기고만장해가지고는. 평생 남의 때나 밀어주고 살아라!"(225쪽)라는 험담이 정확하게 엄마의 인생을 건 열망을 짚는다. 딸이 자기처럼 "컴컴한 지하가 아닌 밝은 무대에서 박수받고 살기를 바랐"(232쪽)던 엄마는 육체노동의 자원인 자신의 몸보다 더 주목받을 수 있도록, 딸의 몸을 무대화하여 무용가로 출세시키려 한다.

그러나 딸의 몸은 그 열망을 단호히 거부하고 만다. 여탕에서 신체관리와 생존에 대한 엄마의 열망을 보며 성장했던 시간은 '나'에게 몸에 대한 "수치와 모멸감"(202쪽)의 시간으로 각인된다. 가난으로 인한 수치심과 신체 관리에 대한 자부심이 역전된 형태로 딸에게 전이된 것이다. 그래서 '나'는 신체를 가장 극적으로 전시해야 하는 무용을 전공하면서도, 타인에게 몸을 드러내거나 타인과 접촉하는 순간 몸이 굳어져버리고 만다. "자라면서 몸이 여자의 꼴을 갖춰갈수록 내 안에서는 망설임과 두려움이 커져갔고, 내 춤은 점점 더 무거워졌다."(220쪽) 자신의 몸을 전시하는 법을 훈육받아온 한국사회의 여성 청년에게 몸은 자신을 표현하는 장치라기보다는 가족의 생존권을 담보하고 가족이 열망하는 삶에 편입하기 위해 자신을 관리하라는 시선의 매개물에 가깝다. 타인과 타인이 "서로의 몸을 통해 기쁨을 주고 위안을 나눌 수 있다는 서사는 도처에 널렸지만 내 몸과는 너무 멀리 떨어진 이야기였다"(238쪽). 자신의 몸을 혐오하는 자에게 타인의 몸을 사랑하는 일은 애초에 낯선 일이기 때문이다. "나는 나 자신인 채로 살아본 적이 없는 사람"이고 "한 번도 자기 자신을 온전히 가져보지 못한 사람"이라 "자신을 제대로 내어주지도 내려놓지도 못한다"(239쪽).

그러니 '나'는 다시 처음을 돌아본다. 여성의 신체를 자원으로 삼는 방법으로 자신을 길러낸 엄마에게 묻는다. 엄마에게 사랑은 어떤 것이었냐고, 대체 뭐가 중요했냐고. 그러나 엄마는 "내가 누구 때문에 지금껏 이렇게"(242쪽) 살아왔는지를 상기시킬 뿐이다. "누가 엄마더러 이렇게 살라고 했어? 내가 엄마한테 그러라고 했냐고!"(같은 쪽) 자신의 몸을 사랑하기 위해서가 아니라 살아남기 위해서 몸을 사용(해야)하는 여성의 생애를 보며 자란 '나'는 자신의 몸을 혐오하게 되었고, 결국 자신이 주인공 심청으로서는 무대에 오를 수 없음을 자각한다. "무용을 잘하는 게 가장 큰 효도라고 강조했던 엄마를 나는 결국 배신해버렸다."(228쪽) 엄마에 대한 연민과 증오 모두에 얽매이지 않고 엄마의 열망대로 살지 않기 위해서, '나'는 다시 자신의 맨몸을 오래 들여다보고 몸과 새로운 관계를 맺으려 한다. 오롯이 혼자가 되어 "누구의 딸도, 대단한 무용가도 아닌 아무것도 아닌 채로 살고 싶다고 생각하"(243쪽)며 엄마의 여탕에서 '이완의 자세'를 취하는 '나'는 자신의 생명을 관리해온 엄마를, 그리고 자신의 몸을 낯선 눈으로 돌아본다. 자신을 위해 그토록 희생해온 엄마의 삶이야말로 여성 청년이 자기 혐오를 내면화하게 만든 한 기제였다는 것을 간파하면서부터, '나'는 자신의 몸을 둘러싼 혐오를 천천히 벗을 수 있다.

여성 청년의 자기 혐오를 둘러싼 한국사회의 장치들을 면밀하게 살피는 천운영의 「금연캠프」(『창작과비평』 2019년 여름호)[18]는 여성의 몸을 관리하는 '생애 주기'의 생명 권력을 집약해 보여준다. 다양한 나이대의 여성들 여덟 명이 "중증 흡연자들을 위한 전문 금연캠프"(224쪽)에 참가한다. 그들은 "자발적으로 이곳에 와 갇혔다. 4박 5일 동안의 자발적 감금 상태"(같은 쪽). 참가자들은 "타인의 생명까지 위협하는 범죄 중의 범죄. 악의 근원"이자 "한국표준질병·사인 분류표에 명시된 질병"을 앓고 있다고 인정하고 "금연캠프에 제공되는 진료, 상담, 교육에 성실히 임할 것을 서약"한다(같은 쪽). 몰래 마른오징어를 싸 온 참가자를 통제하는 등의 소소한 소동은 병원의 촘촘한 관리 체계가 건강한 몸을 만들어준다는 믿음을 강화한다. 금연캠프에서는 매일 참가자들의 혈압, 체온, 체내 일산화탄소, 혈당 등을 체크하고, 특히 참가자들에게 "열 페이지가 넘는 심리평가 설문지"(225쪽)를 작성하게 해 그들이 중독된 신체에 굴복했음을 승복하도록 만든다. 자신의 신체를 병리적인 상태로 인정하는 내면화 과정을 통해 참가자들은 병원의 생명 정치와 자발적으로 계약한다. 캠프의 주된 목표는 신체를 경영하는 주체의 산출이다.

여러분은 잘못이 없어요. 담당의가 사람들과 하나하나 시선을 맞추며 말했다. 온화하고 다정한 목소리였다. 그냥 잘못 배웠던 것뿐이에요. 제대로 배울 기회가 없었던 거예요. 스트레스 회복 능력, 자기조절 능력, 문제 대처 능력, 이런 건 그냥 저절로 얻어지는 게 아니에요. 발달시켜야 하는

---

18) 이하 인용시 본문에 쪽수만 밝힌다.

거예요.

(······) 여러분은 단순하게 생각하고 오셨겠지만, 제 목표는 여러분들의 생활양식을 근본적으로 바꿔보는 거예요. 이 기회에 내 생활을 돌아보고, 금연을 수단으로 해서 여러분 삶의 질을 다르게 만들고 싶은 거예요. (······) 여러분은 어린애처럼 다시 배워가시는 거예요.(「금연캠프」, 232~234쪽)

캠프를 학교로 비유하는 의사는 참가자들에게 스스로를 훈육하는 능동적인 자기 경영의 주체가 되기를 요구한다. 의료 담론은 자신의 신체를 관리할 수 있는 주체를 건강한 신체로 간주한다. 따라서 캠프에서는 참가자들이 부족했던 자신의 신체 통제 능력을 돌아보도록 그룹 상담을 통해 자기혐오를 공유하게 하고, 참가자들은 자신들이 흡연을 시작한 계기와 금연을 결심한 계기에 대해 고백한다. 그러면서 소설은 여성들의 흡연과 금연의 계기가 여성의 생애 주기와 관련되는 맥락을 집중적으로 보여준다. 사업가 혹은 노동자로서의 스트레스를 관리하기 위해 흡연을 시작한 경우도 있지만, 대부분은 출산과 양육으로 인한 스트레스와 신체 변화, 가족에 대한 돌봄노동과 남편에 대한 부채 의식, 경력 단절 등이 주된 계기이며, 금연을 결심한 이유 또한 손자나 남편을 돌봐야 하는 필요성이 대두되면서다. 생계 노동과 돌봄노동을 패턴화하자 여성의 신체적 시간을 재생산과 가족의 시간으로 재편하는 힘이 드러난다. 이는 기혼 여성의 삶을 구술생애사적으로 드러내는 동시에 반대로 여성들이 금연을 통해 스스로를 노동과 돌봄의 주체로 재기입하는 패턴도 드러낸다. 참가자들이 캠프 내내 나누는 대화 대부분이 건강과 재산 관리에 대한 것이라는 점

또한 캠프가 더 나은 돌봄노동과 생산노동을 하는 건강한 인간을 만드는 프로젝트임을 시사한다. 이 '인간 되기'의 열망을 공유하는 것이 캠프의 주요한 목적이다. 그룹 상담으로 금연 결심을 고백한 것만으로도 서로 위안받기에 참가자들은 "일종의 동지애"(237쪽)를 느낀다. "같은 문제를 가진 사람들이 합심해서 역경을 헤치고, 어려움을 극복하여 목적을 달성할 수 있으리라는 신뢰와 믿음. 그것이 바로 모든 캠프의 존재 의미"(같은 쪽)인 것이다.

"하지만 윤다영은 거기 포함되지 않았다. 윤다영은 외면하고 싶은 어떤 것이었다."(같은 쪽) 경제적 주체 혹은 돌봄의 주체로서의 신체를 회복하려는 병원에서 최연소 참가자인 '윤다영'은 이질적인 인물이다. 처음 병실에 들어설 때부터 윤다영에게서는 다른 흡연자도 "종종 찾는 곳이지만 결코 오래 머물고 싶지는 않은" 흡연구역의 재떨이 냄새 같은 "익숙하면서도 불쾌한" 냄새가 풍긴다(223쪽). 윤다영이 모두에게 혐오스러운 존재로 여겨지는 이유는 그가 그룹 상담 시간에 고백한 삶과 관련된다. 중학교 1학년 때부터 할아버지의 담배를 훔쳐 피우다가 나중에는 "돈 모아서 아저씨들한테 사달라고" 하는 "담배 구걸하는 계집애"였다는 윤다영의 고백은 학교 부적응 청소년의 비행과 성매매를 연상시킨다(232쪽). 쓰레기통을 뒤지며 꽁초를 모아 피우던 자신이 "정말 더러웠"다는, "쓰레기년이 된 것 같았"다는 윤다영은 엄마에게 수치스러운 존재로 취급받으며 자기혐오 속에서 흡연을 반복했다(같은 쪽). "직장이요? 저 같은 쓰레기년을 누가 채용해요. 편의점 알바 한번 했었는데, 담배 때문에, 자꾸 왔다갔다하니까"(같은 쪽) 쫓겨났다는 회상은 윤다영이 노동 주체로도 가족 주체로도 통합되지 않는 프레카리아트 비혼 여성 청년임을 보여준다.

다른 여성 참가자들이 돌봄노동의 부담감이나 사업/직업의 생존경쟁 속에서 흡연을 하던 것과는 달리, 윤다영은 생산노동에도 돌봄노동에도 관심이 없다. 정상 가족 속 여성의 생애 주기를 따르지도 않고 그것을 열망하지도 않는 윤다영은 다른 참가자들에게 새롭고 낯선 여성 청년에 대한 불안감과 위협감을 불러일으킨다. "듣자 하니 부모 피나 빨아먹고 사는 기생충이 분명"(238쪽)하다는 계급적, 세대적 단언은 이성애 결혼 제도 속 여성의 생애 주기에서 이탈한 이 여성 청년의 형상이 다른 참가자들에게는 최고의 악몽임을 보여준다.

그래서 다른 참가자들은 남편 몰래 담배를 피우던 자신을 '쓰레기'라고 생각하던 과거를 상기하거나, 그간 윤다영과 비슷한 냄새가 났을지도 모른다는 불안에 시달리며 자기의 몸냄새를 새삼 확인하곤 한다. 경력 단절과 양육 및 돌봄노동에 대한 스트레스로 인해 수면중에 자신의 손을 물어뜯던 서희주는 윤다영의 손 역시 흉터로 가득한 것을 보고 "저런 쓰레기 같은 애랑 같은 습관을 가지고 있"(237쪽)다는 것에 충격을 받는다. 가족 주체의 영역으로부터 이탈하면 윤다영의 혐오스러운 형상과 닮게 될지도 모르기 때문이다. 이금순과 오명자 역시 제 자식들이 약물에 취해 일탈하거나 무능력해서 윤다영과 비슷한 면이 있다는 점을 누가 알게 될까 두려워한다. 일반적인 여성의 생애 주기를 성공적으로 따라온 서로를 상호 보증해주는 동료 참가자들과 달리 윤다영은 그 생애 주기에서 일시적으로 탈각했던 상흔을 상기시키는 것이다. 그러므로 참가자들이 윤다영을 보며 혐오감을 느끼는 모습은 윤다영이라는 실패를 구성적 외부로 배제하면서 주체가 되는 당대 '청년 세대'론의 여성적 작동을 보여준다. 즉, 비인간, 비여성을 규정하는 내면의 법정이 건강하다고 공증받은 여성 주체상을 생성하는 필연적 과정인 것이다. 윤다영(들)을 향한 혐오가 한국사회 여성(들)의 내부에서 자기 인식과 (재)구성의 역학으로 작동하는 셈이다. "저런 쓰레기 같은 애"와 자신 사이에 어떤 상동성이 있지만, 그래서 기분이 더러워지므로, 윤다영과 달리 자신은 반드시 담배를 끊어 건강한 신체로 거듭나기로 결심한다.

　그러나 정작 윤다영은 자신을 매개로 작동하는 혐오 경제에 무관심하다.[19] 뿐만 아니라 윤다영은 금연을 결심하는 참가자들의 다짐들을 다 듣고는 이렇게 소리친다. "저는요, 내일이면 담배를 피울 수 있다고 생각하니까, 너무 행복해요."(242쪽) 모두 일제히 "아, 저 씨발년"이라고 생각하도록.(같은 쪽) 여성 주체를 산출하기 위한 국가/병원의 생명 정치에 포섭되지 않는 윤다영은 인간 되기를 향한 최소한의 의지도 보이질 않는다. 외려 자기 충족적인 쾌락과 동물성을 포기하지 않아 혐오스러운 모습을 유지한다. 물론 윤다영이 국가/병원의 훈육을 의식적으로 거부하는 것은 아니다. 4박 5일간의 금연캠프를 수료한 참가자들이 각자의 가족과 지인들에게 전화를 걸며 헤어질 때, 윤다영은 혼자 병원 입구에 남는다. 갈 바를 정하지 못한 탓이다. 윤다영은 정상적 삶으로의 편입 열망을 묻는 금연 설문지를 들고 끝까지 고민한다. "지금 당장 담배를 피우고" 싶은지, "가능하다면 지금" 담배를 피우고 싶은지, 그 차이를 구분하는 것이 너무 어렵다(244쪽). 윤다영은 "자신이 어디쯤 있는지도 자신할 수 없었다. 매우

---

19) 자아 이상의 미달로 인한 수치심이 아니라 이데올로기적이고 사회적인 기제에 의해 "훈련되고 양성되는" 여성 청년의 자기혐오를 읽는 독법은 보다 확장될 수 있다(인아영, 「자기혐오라는 뜨거운 징후—이주란의 최근 소설을 중심으로」, 『실천문학』 2018년 여름호, 182쪽). 특히 그 자기혐오를 해소하기 위해 노력하기보다는 혐오 자체를 냉철하게 보는 여성 청년 인물들의 최근 경향을 염두에 두고자 한다.

와 매우 사이 어디쯤일지"(같은 쪽).

가족을 향해 흩어지는 금연캠프 수료생들 사이에서 윤다영만이 홀로 남는 결말은 결국 혐오스러운 타자를 향한 윤리를 회수하는 법정을 세우지 않는다. 손자와 남편을 위해서 금연을 결심한 다른 참가자들의 모습은 특별히 악하다고도 할 수 없고 오히려 인간적이다. 그들이 윤다영을 홀로 남겨두는 것은 그저 더 나은 인간이 되고자 한 결과일 따름이다. 국가와 가족의 공모 속에서 각자 최선을 다해 인간이 되려고 한 결과이다. 인간이 되는 기존의 방법 자체를 낯설게 보는 여성 청년은 자신이 어디에 서 있는지조차 알지 못해 어리둥절해한다. 그런 여성 청년의 등장 앞에 당혹해하는 소설의 허망한 결말은 윤다영이 어디에 서 있는가의 문제로 시선을 돌리게 한다.

지금 여성 청년들은 독자에게 죄책감을 불러일으키거나 서사적으로 고양하지 않고, 도리어 응축된 감정을 산산이 흩어버린다. 독자의 윤리적 결단이 이들을 구원하지 못하도록 이들 자신이 멈춰 선 탓이다. 이는 대의되는 죄책감으로는 이 여성 청년들을 인간으로 만들 수 없음을, 이들 스스로가 자신의 위치를 보지 못하는 한 사태가 해소될 수 없음을 현시한다. 이제 질문은 가족/젠더/계급/세대론 모두를 관통해 여성 청년의 위치와 자세를 묻는 것으로 전환된다. 인간을 만들고 그 생명을 유지시켜온 기제 자체를 다시 보는 이 인물들은 자신의 몸을 돌아보면서 자기혐오에서 벗어나는 좀더 정확한 방법을 찾아내고 있다. 자신이 자라온 한국사회를 낯선 눈으로 돌아보는 지금의 여성 청년 독자들이 소설을 경유해 미리 찾아냈던 그 방법을.

(2019)

가족, 사적 돌봄, 국가의 공모 그 이후

(……) 관계의 질서에 대해 지금 예상할 수 있는 것은 주로 우리가 부정적으로 여기는 것들로서, 대부분 소멸하는 것들에 국한된다. 과연 무엇이 새로 나타날 것인가? 그것은 새로운 세대가 성장했을 때 결정될 것이다. (……) 이들은 오늘날의 사람들이 그들이 해야만 한다고 믿는 것을 전혀 개의치 않고 행하게 될 것이다. 자신의 실천을 스스로 만들 것이고, 이에 근거해 각 개인의 실천에 대한 여론을 스스로 만들 것이다. ─이것이 전부다.[1]

출생신고부터 사망신고까지 우리는 공동체에게 자신을 가족의 일원으로만 증명할 수 있고, 국가는 개인을 가족관계의 일부로서만 주체로 등록한다.[2] 이성애 일부일처 가족을 모든 삶의 기초 단위로 설정

---

1) 프리드리히 엥겔스, 『가족, 사적 소유, 국가의 기원』, 김경미 옮김, 책세상, 2007, 137~138쪽.
2) '가족관계의 등록 등에 관한 법률'은 개인의 생애와 국가의 관계를 가족을 통해 매

한 사회에서, 삶의 궤도를 생각하는 것은 우선 이성애 혼인과의 길항부터 상상하지 않기가 어렵다. 가족을 구성하게 하는 우리 당대 한국사회의 공인된 제도로는 이성애 일부일처 혼인이 유일하다. 나의 삶을 계획할 때, 타인과의 관계 맺(지 않)음을 상상할 때, 성장과 교육과노후라는 생애 전반을 둘러싼 돌봄의 필요/요구들을 생각할 때, 결국가족/결혼 제도와 자신과의 거리를 떠올리게 되는 것이다. 어째서 가족의 중력은 항상 강력하게 자연화되어 있을까? 내가 허락하지 않은이 위력 행사를 다시 들여다보는 소설들이 있다. 그리고 이 소설들은새로운 관계의 질서를, 그간 생산노동의 '잉여'로 간과했던 바로 그영역인 돌봄에서부터[3], 자신의 실천을 통해서 스스로 만들고 있다.

가족의 잉여가치, 돌봄노동(자)

어린이집 입소 대기나 사립 유치원 비리 사태는 더이상 한국사회가 돌봄을 기성 가족 모델 내부의 역량으로 감당할 수 없음을 극적으

개하며, 이성애 일부일처 '정상 가족'으로부터의 '예외'를 인정/거부할 때도 기본적으로는 가족 모델의 문법 안에 둔다. 개개인들의 욕망일 뿐이던 성애는 이 가족 모델을통과하는 순간 위계로 변한다.

3) "현대의 개별 가족은 아내의 공공연한, 혹은 은폐된 가내 노예제에 기초하며, 현대사회는 이런 개별 가족들을 분자로 해서 구성된 집단"이므로 "모든 여성이 공적 산업으로 복귀"하고 가사노동을 공적 산업으로 대체하면 부르주아 남편으로부터 해방된다는 서사는 여전히 강력하다(프리드리히 엥겔스, 같은 책, 124~125쪽). 생산노동의전면화로 우리는 정말 해방될까? 이 서사는 인간의 필수불가결한 재생산, 돌봄노동을생산노동에 대한 '잉여'로 위계화시키고 돌봄을 여전히 사적인 것으로 만든다. 생산노동으로 편입된 돌봄노동 역시 젠더화/계급화되어 있다. 오랜 젠더 지배와 억압의 제도들, 생산노동 현장에서의 젠더 분할, 특정 젠더와 섹슈얼리티의 특권화 등을 경제적분배의 정의로 단순화시킨다는 비판적 독해들은 가족과 돌봄의 관계를 새로 상상할것을 주문한다.

로 현시해준 바 있다. 양육과 돌봄노동의 사회적 분담과 공공성에 대한 이슈가 제도권 정치에서도 첨예한 문제다. 여전히 큰 틀에서는 이를 개별 가족/부모의 문제로 우선 규정하고 정부, 지역사회가 '지원'하는 방식으로 진행되고 있다. 가부장의 가족 임금의 상실로 인한 여성 노동력의 적극적인 요청은 맞벌이라는 새로운 가족 규범을 만들어냈다. 맞벌이하는 가족이라는 생애 모델은 여성들에게 보다 넓은 노동의 기회를 만들지만, 그간 무보수로 가족 내의 '잉여가치'를 생산하던 여성의 돌봄노동에는 공백이 생긴다. 그것을 '자본'으로 해소하려고 할 때 사태는 어떻게 되는가? 이는 곧 다른 여성 노동자들에게 '하청'된다. 이 여성 돌봄노동자들은 새로운 규범이 된 맞벌이 부부를 보완하는 가족의 '잉여'로 기능한다.[4]

우리 시대의 '모범적인 정상 가족' 모델이 어떠한지, 그 모델의 첨예한 문제가 무엇인지를 손보미의 「임시교사」(『우아한 밤과 고양이들』, 문학과지성사, 2018)[5]부터 시작해보자. "고급 아파트가 모여 있는 동네"(85쪽)의 유학파 미술관 큐레이터인 아내와 대기업 법무팀에서 일하는 남편, 그리고 천진하고 유순한 아이의 모습은 아름다운 장식장과 "그 안에 순전히 장식용으로 넣어둔 티 세트"(89쪽)처럼

---

4) 금융 자본주의의 세계사적 지배 이후 가부장의 가족 임금이 축소되고 '맞벌이 가족'이 현대적 이상형으로 규범화된다. 사회복지에 대한 국가의 역할이 감소하면서 돌봄을 가족 외부로 상품화하고 여성을 유급노동력으로 충원한다. 자유주의와 젠더 평등을 흡수한 이데올로기는 "남성과 평등하게, 특히 생산 부문에서 자신의 능력을 현실화할 동등한 기회를 보장받는다고 간주"하고 "반대로 재생산은 후진적 잔재로서 진전을 방해하는 것으로, 해방을 위한 길을 다지는 데 제거되어야 할 것으로 간주"한다. 돌봄을 저평가하면서 생긴 공백을 다른 여성들이 채우는 '돌봄 사슬'이 생겨난다. 낸시 프레이저, 「자본과 돌봄의 모순」, 문현아 옮김, 『창작과비평』 2017년 봄호, 348쪽.
5) 이하 인용시 본문에 쪽수만 밝힌다.

등장한다. 그런데 중산층의 모범적인 "이 가족—잘생기고 예의 바른 젊은 아버지와 아름답고 우아한 젊은 엄마와 귀엽고 똑똑해 보이는 아이"(같은 쪽)는 자족적으로 존재할 수 없다. 부부가 아이를 키우는 게 힘들지 않고 행복했다고 말할 수 있는 것은 '보모'인 'P 부인'이 매일 이 가족을 찾아오는 덕분이다. '독박 육아'를 하지 않아도 되는 경제력은 아내의 신체와 경력을 유지하게 해준다. '워킹맘'임을 알게 되면 사람들은 "그녀의 겉모습에 깊은 인상을 받게 된다. 왜냐하면 그녀에게서는 아이를 낳고 키운 여자의 흔적을 전혀 찾을 수 없기 때문이다"(87쪽). P 부인은 아이의 육아를 전담하여 부부가 자신의 직업에서 보람을 느낄 수 있게 도울 뿐만 아니라 직장생활로 점차 성글어가는 정서를 서로 연결할 수 있도록 배려하고 도와준다. 부모를 기다리는 아이와 시간을 보내고, 업무를 버거워하는 부부에게 차를 타준다. 게다가 갑작스럽게 닥쳐온 할머니의 알츠하이머에 의연하게 대처하고 보살펴주면 "두려움과 슬픔에 빠져 허둥거리던 그들 부부는 P 부인의 도움을 받으며 조금씩 평정심을 되찾"(105쪽)는다. 부부는 "자신들이 방금 재난에서 구조된 것 같다고 느"(107쪽)끼게 된다. 가족의 위기마다 "그냥 아주머니 생각이 났어요"(108쪽)라고 호출하면 P 부인은 부부가 "울음을 멈출 때까지 그들을 돌보아주었다"(110쪽). 절실한 돌봄과 감정노동을 전담하는 P 부인이 있기에 "아까와는 전혀 다르게 정돈되고 깔끔하고 우아한 모습으로"(107쪽) 가족은 유지된다. P 부인 역시 "다섯 살짜리 사내아이의 손을 잡고 함께 거리를 거닌다는 것이 자신에게 얼마나 순수한 기쁨을 주는 행위"(85쪽)인지 감격하고, 이 가족을 "가장 아름다운 것"(90쪽)으로 만드는 보람을 느끼고 부부를 언제나 사랑한다. 돌봄의 관계 속에서 자기 존엄을 확인하는 노동의 가치를 P 부인은 느낀다.

처음엔 이 가족과 일하면서 "그 집에 있는 사과 한 알도 먹은 적이 없"(91쪽)고 자신의 도시락을 먹고 자신이 챙겨온 책만을 읽던 P 부인은 점차 가족과 정서적 유대를 나누며 "남의 집이라고 **생각하지 마세요**"(같은 쪽, 강조는 원문)라는 말을 믿기 시작한다. 다만 급여로 계산되지 않는 가족으로서의 유대감을 느끼지만, 이제 가족은 위기가 극복된 이후 P 부인의 존재를 이질적으로 느끼게 된다. 임시교사에게 해고를 통보하면서 완벽한 가족은 더욱 완벽해지게 된다. 이십여 년의 직업 일생을 임시직으로 버림받길 반복하는 자신에게 "그게 바로 세상의 이치"(90쪽)라고 말하는 P 부인은 체념의 반복으로 인한 달관의 아이러니에 이른다. 우리 시대의 모범적인 이성애 맞벌이 가족이 현실적으로 가능하기 위해 의존하는 여성 노동자들이 가족의 여러 기능을 수행하면서도 가족의 근삿값에 도달하는 일은 금지되어 있음을 「임시교사」의 쓸쓸한 고독이 보여준다. 이 여성 노동자들은 감정노동, 돌봄노동을 분담하면서도 동시에 '임시'적으로만 존재하는 기묘한 지위에 있다. 돌봄노동 자체는 필수적이지만 돌봄노동자는 배제되어야만 '가족'이 유지된다. 돌봄을 외주화하면서 생산노동에서 얻은 소득(자본)만을 공유하는 최소 집단이 된 '생존 가족'의 보편화를 보여준다. 특히 이러한 가족과 돌봄노동의 관계는 가족 내외의 돌봄노동(자)의 지위를 취약한 것으로 만든다.

박민정의 「숙모들」(『문학의오늘』 2017년 겨울호)[6]은 가족의 일부로 돌봄을 전담하는 노동자의 기묘한 자리를 좀더 예각화한다. 서사는

---

6) 이하 인용시 본문에 쪽수만 밝힌다.

강남 일대 "아파트 베이비시터의 노동조합"(171쪽)에 대한 관찰지에 가까워 보인다. 화자의 고모는 이혼 후 비숙련 비정규직으로 직장을 옮겨다니다 맞벌이 부부의 베이비시터를 하게 된다. 고모와 같은 여성들은 "이 아파트 문화"(169쪽)에 따라 '숙모'라는 "그런 호칭으로 불리"(175쪽)고 있다. "아기띠를 하고 유모차를 끌며" 회전목마처럼 "빙글빙글 단지를 돌며 서로에게 안부를 묻는 숙모들"은 화자 주변의 지인들도 베이비시터를 고용하는 시대의 일상적 장면이다.(171쪽)[7] 가족의 고유한 영역/책임으로 간주되었던 돌봄노동은 적극적으로 외주화되어 전문적으로 전담하는 노동자층이 생겨났다. 화자는 "문득 언젠가부터, 아기를 안은 여자들이 전부 오십대 이상의 나이든 여자들"(같은 쪽)임을 깨닫는다. 돌봄노동을 당연한 가족의 역할로부터 분리시켜 임금노동으로 만든 이후에도 여전히 "고모 또래로 보이는 장년 부인"(같은 쪽)인 여성 노동자들이 전담하는 것은 육아와 돌봄을 모성적 특성으로 규정하고 여성의 양육 경험에 의탁하고 있음을 보여준다. 분명 정기적으로 출퇴근하는 '노동자' 여성들에게, '숙모'라는 유사 가족의 지위를 주(었다가 손쉽게 다시 박탈하)면서 비정규직의 문제적 위상을 희석하고 있다. 여성의 돌봄노동을 저평가하는 가족적 전통을 중장년 여성 비정규직의 위상으로 이어가는 것이다.

서사는 고모가 어린 시절 '나'에게 느꼈던 사랑과 보람의 장면들을 현재 베이비시터의 자긍심과 병치한다. 병아리를 보며 새빨갛게 얼굴이 달아오르는 어린 '나'를 보던 고모의 마음은 현재 돌보는 '지웅이'가 블록을 쌓는 동영상을 찍어 보는 마음으로 이어진다. 어린 시

---

7) 이용권, 「맞벌이가구 44% '영유아 돌봄 사적서비스' 이용」, 문화일보, 2018. 7. 6.

절 화자를 대하던 것처럼 고모는 지웅이가 매일 자라는 모습을 찍어 "이건 꼭 너 같다"(같은 쪽)는 메시지를 붙여 보낸다. 화자가 고모와 주고받던 애정과 추억은 지금 지웅이를 뿌듯해하는 마음과 다르지 않다. 지웅이는 무해하고 아름답지만 그런 아이의 옷에는 부모가 다 니는 "재벌 로펌"(175쪽)의 로고가 있고, 부모가 단 CCTV의 시선을 지극히 의식하면서 아이를 돌봐야 한다. 돌봄노동은 필연적으로 아이와 유대감을 쌓고 성장을 지켜보는 '가족적' 성격을 띤다. 그러나 이는 동시에 고용주의 시선과 노동시간의 규율(근로 감독) 아래의 임금노동이면서도 "노동자성"(174쪽)을 인정받지 못하는 아이러니도 만들어낸다. 고모는 예전에 보험회사의 영업 사원으로 일했을 때 자영업자로 취급해 퇴직금을 주지 않는 사측과 싸웠다. 그때는 정해진 시간에 규칙적으로 출근했다는 문자를 통해 "노동자성"을 인정받았는데, 과연 이번에도 지웅이의 양육자이면서도 노동자인 새로운 지위를 인정받을 수 있을까? '숙모'들은 기성 가족의 기능과 역할을 분담하고, 그것으로부터 정서적 유대와 보람을 느끼면서도 동시에 바로 그 이유 때문에 노동자가 될 수 없는 사각지대에 있다.[8] 양육/돌봄이 '가족'의 몫으로 신비화되는 한, 그것은 젠더화되고 다시 공적인 노동으로 충분히 인정되지 못한다. 돌봄을 여성 가족의 호칭으로 얼버무리고 그 노동의 가치는 평가절하하면서 저렴한 '임시' 노동력으로 해소하는 이 기묘한 상황은 '가족'이 당면하고 숨겨온 문제를 정확하게 현시한다.

---

8) 근로기준법 제11조는 그 적용 범위를 "가사(家事) 사용인에 대하여는 적용하지 아니"한다며 '가족'의 '사적' '역할'인 돌봄노동을 공적 노동의 범주에서 제외하고 있다.

공동체의 호의, 국가와 가족의 여성 거래

거리에서 우연히 마주친 아이가 넘어졌을 때, 그 아이를 일으켜 세워주는 것은 "숭고한 인류애씩이나 필요한 일이"(89쪽) 아니라 누구나 할 법한 호의다. 그러나 아이를 일으켜 세워주면서도 '서영'은 이상한 불안감을 느낀다. "행간이 지워지고 문맥이 잘린 채 전염 증식하여 SNS라는 구천을 떠도는 각종 사진들"(90쪽)이 혹시라도 자신을 "비정한 무개념 여성"(같은 쪽)으로 낙인찍을지도 모른다는 불안은 호의의 이면에 잠재되어 있다(「지속되는 호의」, 『단 하나의 문장』, 문학동네, 2018)[9]. 구병모는 연민과 호의가 자연적 감정이라기보다는 주조되는 것임을 바라본다. 특히 아이를 대하는 여성은 공동체의 시선을 지극히 의식하며 자기의 마음을 검열하게 된다. 「한 아이에게 온 마을이」는 공동체가 호의롭게 다가올 때 특정한 모성의 역할을 강요하는 역학을 본다. 임신중인 '정주'는 남편의 전근을 계기로 산골 마을로 이사하면서 이웃들의 '호의' 어린 덕담을 받기 시작한다. "요즘 젊은 여자들이 그렇게들 애들 안 낳는다며. 아주 못돼가지고들. 새댁은 애를 갖다니 정말 장하네."(53~54쪽) '못된 여자들'과 달리 출산이라는 여성의 '본분'을 다하는 '장한' 새댁에게 이웃들은 공동체와의 관계를 강조한다. 통째로 없어질 뻔했던 마을이 "조금씩 인구 늘어나서 잘살게 된"(54쪽) 신문 기사를 인용하며 "한 아이를 키우는 데에는 온 마을이 필요하다"(같은 쪽)고. 마을이 잘살기 위해서는 아이가 필요하고, 아이를 키우기 위해서 온 마을의 도움이 필요하다는 이 호의적 거래는 '저출산' 시대의 국가적 어젠다와 공명한다. "이웃

---

9) 이하 구병모의 『단 하나의 문장』에 수록된 소설을 인용시 본문에 쪽수만 밝힌다.

들은 사흘이 멀다 하고 직접 만든 음식이나 재배한 채소를 들고 찾아왔다."(65쪽) 마을 공동체의 호의는 정주를 무시로 찾는다. "그 호의에 미소 짓다가도 정주는 (……) 나물을 데치고 무치는 일들 위주로 재편되는 자신의 삶을 인정하고 싶지 않았다."(68쪽) 이 공동체의 호의는 정주의 삶을 출산과 돌봄노동으로 재편하려 든다. 이웃들은 아이를 가졌다는 이유만으로 정주의 배에 스스럼없이 손을 대고, "조상 잘 모셨으면 고추"(53쪽)라고 '축복'한다. 정주의 "이루 말하기 힘든 감정"(52쪽)에는 관심이 없는 마을 사람들은 정주의 삶과 일상을 재단하고 모성을 가르치려고 든다. 남편이 피땀 흘려 번 돈을 산후조리원에 낭비하지 말라며 "살림이나 뱃속 아이에 대해 참견"(65쪽)한다. "집과 관련된 자지레한 일들이 당연히 아내 몫이라고 여기"(56~57쪽)는 이웃들 덕분에 "언젠가 작업 방으로 쓰고 싶었던 창고에 출산 물품이 쌓이는 걸 보면서 정주는 가능한 한 미니멀하게 살고 싶었던 소망을 아이의 탄생과 함께 접을 수밖에 없음을 알았다"(69쪽). 경력 단절을 피해보려던 정주의 노력은 호의에 대한 배신으로 지탄된다. "아이한테 고작 그만한 정성도 못 들여서 어미 노릇을 어떻게 하느냐"(같은 쪽)라는 힐난이 호의의 이면으로 따라오는 것이다. 결국 정주는 이 공동체의 호의에 무심한 남편에게 지쳐, 결혼 자체의 '책임'과 이혼의 '리스크'를 고민하기 시작한다. 결혼과 공동체 사이에 어떤 공모가 있는 것은 아닐까? 서사는 부부 관계나 가족의 경제 형편이라는 개별적인 문제뿐만 아니라 공동체의 호의 역시 여성의 삶에 막중하게 작동하고 있음을 본다.

출생률을 높여야 한다는 (미심쩍기 짝이 없는) 국가의 어젠다는 '가임기 여성 지도'를 만들어 여성 신체를 관리와 거래의 대상으로 보고 있음을 드러냈다. 이를 이어받은 지자체들은 '여성 통계'와 출산 지원 정책을 경쟁하고 있다. 그런 시대에 『네 이웃의 식탁』(민음사, 2018)[10]은 가족의 '재생산'을 둘러싼 국가/젠더 권력과의 상호작용을 예리하게 해부한다. 서사는 "꿈미래실험공동주택"(18쪽)을 통해 국가의 '복지'와 이성애 핵가족 제도의 공모가 여성 개인들에게 어떤 방식으로 작동하는지를 보여준다. 공동주택에 거주하는 조건은 적정 규모의 재산과 성실한 납세, 특히 "인구 생산 능력이 증명된 만 42세 미만의 한국 국적을 지닌 이성 부부에 한정"(41쪽)된다. 맞벌이를 금하며 십 년 이내에 자녀 세 명을 출산하겠다는 자필 서약을 내야 한다. 이 모욕적인 겁박 앞에서 '효내'는 "서울 중심가에서 버티기 힘든 전세금"(40쪽)을 생각하며 "불안을 위안으로 포장"(43쪽)한다. 국가는 청년 세대의 생존 위기라는 기회를 포착해, 거주 공간이라는 생산 수단을 무기로, 노동력 대신 '출산력' 잉여 가치로 착취하는 것이다. 국가가 '가족 주체'를 '재생산 노동자'로 재호명할 때, 여성들은 자·타의적인 책임(감)에 시달린다.

공동주택에서 네 쌍의 부부들은 가사노동을 분담하는 동시에 공동 육아로 돌봄노동을 분담하면 진취적이고 호혜적인 관계를 만들 수 있으리라 믿는다. 균등하게 '공동'의 책임을 분배하려 하지만, 이상하게도 점차 무게 추가 기울어지고 만다. 가계를 책임지는 '요진'과 프리랜서 일러스트레이터인 효내의 남편들인 '은오'와 '상낙'이 아이를 돌보고 있다. 남편들은 "하하, 제가 능력이 없다보니 이 사람이 밖에서 일하죠"(13쪽)라며 자신을 낮추고 아내를 칭찬하는 방식으로 자신들

---

10) 이하 인용시 본문에 쪽수만 밝힌다.

을 소개한다. 그런데 이것은 "남자가 집에 있고 여자가 일을 나간다는 그리 보편적이지 않은 상황"(17쪽)에 대한 "열등감"과 "자격지심"(같은 쪽)인데, 남편의 돌봄노동은 "말로만 듣던 상팔자 셔터맨"(14쪽)이라는 농담거리가 된다. "이 상황에서는 요진이 아니라 은오가 이 일을 하는 게 합리적이겠지만 은오는 다른 많은 남자들이 그렇듯 결혼 전은 물론 시율이가 태어나고도 요진이 약국에 나가기 전까지는 제 손으로 요리 한 번을 해본 적 없었다."(88쪽) 육아를 전담하고 나서도 남편들은 "오늘도 여지없이 시율이의 양말이며 간식이나 어린이 치약의 위치를 물었고, 그것은 평소 그 물건들에 누가 더 자주 손대는지를 알려주는 표지"(49쪽)다. 남편들은 돌봄노동에 무능하게 살아온 자신에 대해 별다른 문제의식을 여전히 느끼지 못하면서 이를 자연적인 성차로 변명한다. 아이들에게 감기약을 먹이는 용량과 시간을 냉장고에 크게 붙여뒀는데도 "참을성 있게 설명해줘야지 안 그러면 몰라"(76쪽)라며 당당하게 모른다고 말하는 남편들은 진화심리학을 평계로 "남녀의 집중력과 뇌 구조의 근본적 차이를 정당화"(73쪽)한다. 그 차이가 실은 아이들의 호출과 가스레인지와 다리미의 소리에 온통 신경을 분산해야 하는 아내들이 돌봄노동을 전담받은 결과임을 보지는 않는다. 자신의 무관심을 자연적 속성으로 환원하면서 돌봄노동에 대한 무능력을 정당화하는 이 남편들은 실은 한국적 가족 제도가 만들어낸 주체다. 아이에게 작은 사고가 발생하자 시어머니는 "효내에게 완곡하게 보호 책임을 물었고"(37쪽) 효내의 어머니도 "엄마가 돼갖고" "돈도 안 되는 그림 처 그릴 때"냐고 힐난하면서 죄책감을 모성으로 치환한다(38쪽). 돌봄노동은 모성의 책임이라고 하며 생산노동을 하는 "자신이 이 세상에 대해 총체적 유죄를 저지르고 있는 듯한 느낌"(69쪽)을 만들어낸다. 이 구도 속에서 여성들은 양육과 돌봄에 대한 강박과 죄책감을 가지게 된다. '교원' 같은 전업 주부의 돌봄은 "무보수 노동"(137쪽)으로 치부된다. "당연한 줄로 여기고 품을 들였던 매순간의 노동과 의무가 10원어치의 의미도 없다고 선고받기란 자주 있는 일"(136쪽)이다. 아내의 돌봄노동은 당연한 몫으로 저평가되고 남편들이 담당할 때는 과잉 상찬된다. 이 상반된 돌봄이 균등한 '공동 가족'을 가능하게 한다. 국가로부터 '신성 가족'의 가장 중요한 임무인 출산을 위임받아 효율적이고 평등하게 공동의 육아와 주거를 분담하면서, 부부들은 평등한 대화와 합리적인 토론을 통해 가장 현실적인 선택지를 택한다. 그러나 우리 사회의 공리들 속에서 개인들의 합리적 선택은 결국 양육, 돌봄노동을 젠더화하고 만다. 그럴 때 '공동주택'은 표면적으로는 "맞춤과 양보라는 그럴듯하고 유연한 사회적 합의를 지시하는 언어들"(174~175쪽)로 분담하지만 실은 여성들을 무보수 '재생산 노동자'로 '합리적'으로 편입해가는 새로운 시스템이다. 국가의 요구를 정확하게 수행하는 셈이다. "그것이 공동주택의 취지이자 본질 그 자체인지도 몰랐다."(175쪽) 이 가족을 기본 원자로 현대의 국가 공동체가 구성된다.

이렇게 곪아들어가던 공동주택은 '신재강'이 요진과 출근길 카풀을 하는 내내 벌인 성희롱을 계기로 "기묘한 악취"(160쪽)를 풍기며 흩어지고 만다. 요진은 은오를 보며 "이 공동주택에 들어오게 된 결정적인 원인은 가계와 육아에 무관심했던 당신에게서 비롯"(175쪽)된 것임을 상기하고 공동주택을 탈출한다. 공동주택이 필연적으로 실패하는 것은 가족/부부 내부에서 작동하는 권력에 대한 근원적인 재분배 없이 물리적인 공간 제공을 '지원'했기 때문이다. 양육 · 재생산 노동의 편중, 성적 위계/위협, 안전 감수성을 고려한 마음의 젠더 역학에 대한 성찰 없이 다만 집(과 같은 생산 자본)을 분배하는 재생산 미래주의의 프레임 속에서[11] 국가는 가족의 사적 영역으로, 사실은 여성 개인에게로 책임(감)을 다시 전가할 따름이다. 국가와 가족의 공모 사이 공백에서 그것을 메우는 여성에게 무엇이 요구되는가. 우리 시대의 가족에 대한 정책과 담론들이 구병모에게 빚진 것은 이 질문이다.

피고인 '결혼'과 그 인질들의 석방

이 지점에서 정세랑의 상상력은 결혼 제도를 상대화하여 가족 각본을 재구성하는 여성 청년들의 동시대적 실감을 본다. 「웨딩드레스 44」(『옥상에서 만나요』, 창비, 2018)[12]는 파편적인 장면들을 연쇄하여 결혼 제도에 대해 분산되어 있던 인식을 종합하게 한다. 서사는 웨딩드레스를 대여하는 여성 청년들을 따라 결혼(식)에서 작동하는 한국사회의 가족적 규범을 다층적으로 부감하면서, 당사자인 여성 청년들이 느끼는 거리감을 클로즈업한다. 결혼식이 여성을 "어리고 깨끗"(13쪽)한지 평가하는 제도임을 드러내는 동시에 "내 몸은 내 거야.

---

11) 사회 정의를 경제적/물질적 재화의 분배 문제로 고정시키는 '분배 패러다임'은 제도의 맥락을 은폐하면서 사회적 관계와 과정, 문화와 상징마저 물화하여 파악하게 한다. 또 가족을 배분의 기본 단위로 상정하여 젠더 노동 분업이라는 제도와 행동 양식에서의 정의가 간과된다. 국가기관을 매개로, 항상적으로 여성의 성적-정서적 "에너지가 이전되는 사회과정"에서 공적 가부장제가 생겨난다. 재화의 정의로운 분배 문제로 접근할 때, 돌봄을 여성적인 노동으로 (저)평가하는 문화적 인정, 노동 분업, 그에 기반한 관계의 문제를 푸는 일은 난망해진다. 아이리스 매리언 영, 『차이의 정치와 정의』, 김도균·조국 옮김, 모티브북, 2017, 57~58쪽, 126~131쪽.
12) 이하 『옥상에서 만나요』에 수록된 소설을 인용시 본문에 작품명과 쪽수만 밝힌다.

결혼을 한다고 해도 내 몸은 내 거야"(14쪽)라는 자각을 겹쳐 보인다. 한국사회의 부모들이 결혼에 개입하여 집안끼리 여성을 어떻게 거래하는지 제시하면서 결혼식을 "해본 중 가장 큰 파티라고 생각"(같은 쪽)할 뿐 아무것도 아니라고 말하는 여성들을 충돌시키는 구도다. 이 제도와 개인의 분리는 "젊은 세대의, 충분히 개인주의자"(24쪽)들의 달라진 감각을 드러낸다. 이 여성 청년들은 결혼을 여성의 삶에서 당연한 과정으로 만드는 세상의 각본을 의심하고 다시 묻는다. "내가 내 부모에게 속았나? 이것이 당연한 삶이라고 오랫동안 속아서 똑같은 삶의 궤도를 선택해버렸나?"(22쪽) 결혼을 앞두거나 결혼을 이미 해버렸지만, 점차 "결혼을 통해 스스로에게 관습에 순응하는 면이 있"(34쪽)는지 "기성세대의 언어를 그대로 답습"(24쪽)하는지 자신을 자주 검토하여 지금부터 변하려 한다. 정세랑의 여성 청년들은 웨딩드레스라는 제도를 들고 그 무게감을 견주며 벗어던지려 한다.

물론 결혼이 사랑하는 "맨살과 맨살 사이의 온기, 그것을 위해"(23쪽) 기능할 수도 있다는 점을 안다. 그렇지만 문제는 아무리 '선한' 개인을 만나더라도 결혼 제도 속에서 여성에게 작동하는 패턴, "그런 시간들이 계속, 평생에 걸쳐 쌓인다는 거"(30쪽)다. "쌓이다보면 큰 차이가 나는 거고."(같은 쪽)

> "가장 행복한 순간에도 기본적으로 잔잔하게 굴욕적이야. 내 시간, 내 에너지, 내 결정을 아무도 존중해주지 않아. 인생의 소유권이 내가 아닌 다른 사람들에게 넘어간 기분이야. (……) 남편이 문제가 아니야. 내가 제도에 숙이고 들어간 거야. 그리고 그걸 귀신같이 깨달은 한국사회는 나에게 당위로 말하기 시작했지."(「웨딩드레스 44」, 18쪽)

남편은 "그래도 당신은 나랑 결혼해서 다행이지? 나는 전혀 가부장이 아니잖아"(30쪽)라며 자신이 선한 개인이라고 자부하지만, 평생에 걸쳐 조금씩 쌓이는 가부장제의 패턴은 "기본적으로 잔잔하게 굴욕적"이다. 부계 혈통을 위한 "효도를 하청 주"(30쪽)기 위해, 여성의 돌봄노동력을 거래하여 "양쪽 집안 다 한 재산 챙기"(32쪽)는 것이다. 세금, 아파트 당첨, 체류 비자를 걸고 결혼 제도는 '나'들을 구속해온다. 그러니 "결혼을 해야 어른 취급받는 건 너무 이상하"(29쪽)다. 그것이 여성들을 가부장제하의 돌봄노동으로 할당하는 구조임을 인물들은 깨달아간다. 자신의 삶이 존중받지 못하는데도 그 당위에 익숙하게 만드는 결혼이 스스로에 대한 방임임을 직시한다. 게다가 현재의 결혼 제도는 퀴어들의 혼인 평권을 박탈함으로써 이성애 '정상 가족'에 '특권'을 부여하기에 이 다정한 여성들은 동성애자 친구에게 미안해하기도 한다. "언젠가 결혼이, 아무도 안 해도 되지만 모두가 할 수 있는 그런 게 되면 좀 다를 수도 있겠다. 미안해."(21쪽) 이성애 결혼에 부여된 특권은 여성에게 출산을 강요하는 구속의 이면이다. 결혼을 했다는 이유만으로 "왜 다른 사람의 생식과 생식기에 대해 그렇게 편하게 이야기하는 것인지 기이"(24쪽)하다고 느낀다. 이 이질감은 여성의 생애를 돌봄과 출산이라는 삶의 궤도에 끼워맞추는 제도로부터 이탈하는 감정이다. 그럴 때 밑반찬 요리법을 배우라는 남편들의 요구에 화를 내면서도 별로 미안하지 않을 수 있다.

가문의 거래-효도-가부장제-가족-결혼-돌봄의 연쇄를 정확히 보는 이들은 지금의 가족 제도가 자신에게 미치는 힘을 정지시킨다. "결혼 제도가 산산이 무너져내리고 교체되길 바랐"(21쪽)다. "요즘 비혼 이야기 많이 나오는 거 반갑"고 "생활동반자 보호법이 빨리 통과되"길 기대하면서 "결혼이 아니라 법의 보호를 받는 동거"를 상상하려 한다(같은 쪽). 이 상상력에 힘입어 사랑과 제도를 구분하면서부터 "사실 하지 않아도 되는 숙제"(28쪽)의 구속으로부터 걸어나갈 수 있다. 그런 점에서 「이혼 세일」과 「효진」은 가족 제도의 외부로 나가는 여성이 비참하거나 불행하지 않다고 말한다. 사실 결혼은 "부동산으로 유지되는"(「이혼 세일」, 222쪽) 것이고 다만 주택 대출을 "같이 갚으면서 유지되었을 뿐인 게 아닐까"(같은 쪽). 그것을 정지시키고 홀쩍 떠나는 여성 인물의 경쾌한 발걸음에 주목한다. 결혼생활에서 모았던 물건들을 홀가분하게 나눠주며 이들은 친구들의 축복을 받고 웃음을 나눈다. 한국사회의 가족 제도가 자신의 행복을 결정하도록 내버려두지 않고 다른 삶을 여는 것이다.

윤이형은 제도와 개인이 맺는 관계를 사회적 상상력으로 밀고 간다. 「그들의 첫 번째와 두 번째 고양이」(『문학사상』 2018년 11월호; 12월호)[13]는 '희은'과 '정민'의 이혼기다. 순하고 무른 두 사람의 만남과 헤어짐의 과정에서 생겨나는 파열음을 통해 서사는 결혼 제도를 심문한다. 희은과 정민은 "두 개인을 원래의 모양과 형질대로 온전히 놔두면서 지속되는 결혼의 모범 사례라는 것을 별로 보지 못했다"(172쪽) 정민은 "가족의 성실한 사랑이라는 도그마로 그를 질식시켜온 부모"(같은 쪽)로부터 멀어져 "아이들이 이 갑갑한 세상에서 제대로 숨을 쉬며 살아"(173쪽)가도록 돕는 교사가 되려 했다. 반대로 희은은 진보 진영의 연구소장으로 추앙을 받는 아버지가 어머니

---

13) 이하 인용시 11월호의 경우 본문에 쪽수만 밝히고, 12월호는 호수를 병기한다.

를 '동거인'으로 등록해 양육비도 보내지 않고 거짓말을 일삼아왔기에 "가족이라는 개념에 양가감정을 지니"(같은 쪽)고 있었다. 성실해서 갑갑한 가족과 무책임한 가족의 폭력 모두에 환멸을 느끼며 "결혼을 피해 다녀야 한다는 사실"(172쪽)을 자명하게 생각했지만, 초록이 태어나자 사태는 달라지고 만다.

"결혼이 너무도 싫었지만, 결혼을 하지 않고 아이를 키울 수 있는 방법은 아무리 생각해봐도 없는 것 같았다."(176쪽) 두 사람은 결혼과 제도에 대해 느끼는 의문과 실망과는 별개로 가족과 부모됨을 통해 성숙한 어른이 된다는 환상을 받아들인다. 자신의 부모들과 달리 "책임을 지는 부모"(177쪽)가 되어 "자신이 나은 사람"(같은 쪽)임을 확인받으려는 갈구는 돌봄의 윤리를 통해 좀더 나은 주체가 되려는 태도기도 하다. 그러나 좋은 사람이 되려는 둘의 노력은 '초록이'를 만나는 순간부터 한계에 봉착한다. 희은의 신체는 모유 수유를 위한 도구로 다뤄지고, 정민의 모든 꿈과 시간은 아이를 위해 희생된다. 아이를 "처음처럼 사랑했고, 영원히 사랑할" "헌신적인 부모"지만 "어떻게든 계속하고 싶어서 힘든 것들"의 가능성은 애초부터 차단되기에 둘의 마음은 말라간다(183쪽). 처음 "희은과 정민은 사랑이라는 스케치북에 연필로 서툴게 우주선의 모양을 그려 넣은 다음 거기에 오르기로 결정했"(178쪽)다. 둘은 위기 대처 시뮬레이션 과정도 질량 체크도 모두 생략하고 뒤늦게야 자신들이 올라탄 것을 보기 시작한다. 결혼이라는 이성애 생애 각본과 양육 모델이 순하고 무르던 희은과 정민마저 지치게 만든 것이다.

비행사들을 훈련시키는 항공 우주국은 있는데 부모 되기에 관한 정보

를 구체적으로 가르치고 훈련시키는 기관은 없는 것일까. 왜 국가는 부모
의 세계라는 우주가 환상적이고 아름다운 곳이니 모두 함께 가자는, 승무
원이 되면 혜택을 주겠다는 모객 광고를 조잡한 팸플릿에 인쇄해 수없이
뿌려대면서 그 우주가 어떤 곳인지, 승무원 생활이라는 게 대체 무엇인지
에 대해서는 함구하는 것일까. (……) 해보고 합리적이지 않으면 그만두
는 일, 중간 점검을 거치고 승무원 각자가 지닌 물리적 정신적 자원을 따
져 적절한 방식으로 재분배를 하는 일, 선내 환경이 좋지 않아질 경우 탈
출할 수 있는 셔틀선을 미리 마련해두는 일 모두를 금기이자 해악으로 치
부할까. (……) 그리고 그것은 왜 부모만의 책임이 되는가. 문제 제기도 질
문도 어려운 그런 종교적 분위기를 퍼뜨리는 것은 누구이고 어떤 목적에
의해서인가.(「그들의 첫 번째와 두 번째 고양이」, 179쪽)

부모가 되는 법엔 관심도 없으면서, 무조건 부모 됨과 결혼의 숭고
한 "종교적 대의"(179쪽)를 장려하고 미화하는 국가는 이성애 결혼
제도를 의심하거나 재조정하는 어떠한 시도도 가능한 선택지로 제공
하지 않는다. 우리 사회에선 결혼의 중간 점검도, 승무원의 특성에 맞
는 자원의 재분배도, 탈출 준비도 금기다. 이성애 결혼이라는 단 하
나의 신성한 각본에 "문제 제기도 질문도 어려운 그런 종교적 분위
기"(177쪽)를 만들어 우주선의 "남은 공간은 낭만에서 나온 낙관과
감동, 자부심 같은 기체들로 채워넣"기만 한다(178쪽). 이성애 결혼
의 완벽함에 대한 낭만적 신화는 부모 되기를 돕기는커녕 그 몫을 부
모 개개인의 신앙심으로 전가한다. 이 국가적 공모 앞에서 희은은 결
혼을 고발한다. "결혼이라는 놈을 의인화할 수 있다면, 그렇게 해서
피고인석에 세우고" "우리에게 무슨 짓을 한 거냐고 하나하나 따져

묻고 싶어. 그런데 그 결혼이라는 작자는 우리 아기를 인질로 잡고 서 있지."(12월호, 175쪽) 좋은 사람을 엄선하면 된다는 낭만적 사랑의 프레임이 실은 삶의 재생산을 이성애 부부의 형태로 고정하는 국가/공동체의 "모객 광고"(12월호, 179쪽)임을 알아차린다.

희은은 "전형적인 이별 폭력"(185쪽)의 희생자가 된 이웃 여성의 비명소리를 듣고 충격에 빠진다. 결혼 제도, 가족 제도를 "피해자는 믿었을 것이다. 남자친구니까"(187쪽). 그러나 일상 속에서도 많은 여성이, 자신의 친구들도 데이트 폭력과 같은 가족 안의 젠더 폭력을 견디고 살았음을 희은은 상기한다. 그런 희은의 불안과 분노를 정민은 완전히 이해하지 못한다. "뭐가 그렇게 불안할 것일까. 내가 모자란 사람이어서?"(189쪽) 좀더 안도감을 주는 좋은 남편이 되면 해결할 수 있다고 믿는 정민은, 가족으로 묶는다고 젠더 권력과 그 위협감이 해소되는 것이 아님을 보지 못한다. 내 가족이란 울타리는 안온하고 안전하다는 이 믿음 속에서 더욱 강하게 느끼는 괴리감을 망각하길 요구하는 것이다. 생계 부양의 스트레스에 지친 정민이 남긴, 모두 없애고 싶다는 낙서에 희은은 두려움과 분노에 사로잡히고 만다. "여자들은 실제로 없애져. 남자들의 스트레스 때문에 실제로 없어진다고."(12월호, 177쪽) 정민은 그 구체적인 공포를 실감하지 못하고, 이 벽은 결국 둘을 갈라놓는다. 희은은 '존엄 이혼'을 선언한다. "우리가 입고 있는 이 옷은 우리에게 맞지 않"(12월호, 180쪽)으니 그것을 벗자고.

"우리는 결혼이 아니야. 결혼을 했을 뿐이지 정민씨도, 나도 결혼이 아니잖아. 우리가 미워해야 하는 것은 서로가 아니고 제도야. (……) 한 사람이 가족의 모든 것을 책임지기 위해 끌고 갈 수도 없을 만큼 무거운 짐을 어깨에 짊어지고 비명을 지르고 비틀거리면서 걸어가는 동안 다른 사람은 고립되고 배려받지 못한 채 묵묵히 시들어가야 하는 구조는 잘못이야. (……) 우리가 어떻게 한들, 역할을 어떻게 바꿔본들, 본질은 변하지 않아. 우리 중 한 사람은 짐을 떠맡고, 다른 사람은 소외되게 되어 있어. 이 구조가 너무 힘이 세서, 우린 그 안에서 결코 버텨낼 수가 없어. 서로를 존중할 수 없고, 사람답게 대할 수 없어. 이건 우리 둘 다를 병들게 만들 뿐이야."(12월호, 181쪽)

서사는 단순히 희은의 공포나 정민의 몰이해를 문제삼는 것이 아니다. 아무리 선하고 책임감이 있는 사람들끼리 만나더라도, 다른 사람들의 기준에 맞추지 않으려고 노력한 두 사람마저도, 이제 무엇인가 이상하다는 점을 알아차린다. 결혼은 두 사람의 완벽한 결합을 보증하는 형식이고 다만 거기에 맞는 완벽한 사람을 고르면 된다는 '사람'에 대한 문제에서 벗어나, 그 존재 '형식' 자체가 문제일지 모른다고 제소하는 것이다. 이는 "꿈미래실험공동주택"(『네 이웃의 식탁』)에서 '공동'으로 분담하던 '주부 남편'으로 이성애 결혼의 양육 모델의 젠더를 반전하면서 그 형식은 유지하던 것을 넘어선다. 아예 결혼과 양육의 '문법' 자체를 빠져나가는 것이다. 희은이 주로 사회적 생산노동을 하고 정민이 주로 양육을 담당하면서 젠더 역할을 전환하기도 했다. 그럼에도 '생계 부양자-돌봄 전담자'의 일대일 결합 구도 자체가 항상적인 부담과 소외를 당연하게 하며 비명과 시듦에 무디게 만들 뿐이다. 역할/감정을 분배하는 이 결혼 "구조가 힘이 너무 세서"(12월호, 181쪽) 서로를 사람으로서 존중하기 어렵게 만든다. 그러니 이혼으로 가부장의 책임감에서 벗어나고서야, 정민은 비로소 희은이 느낀 구체적인 공포에 다가서고 이해하게 된다.

결혼과 돌봄을 구분하지 않던 "환경이 변하지 않는 한, 문제 자체가, 지문 자체가, 보기 자체가 잘못되어 있었던 것이다"(12월호, 194쪽). 윤이형은 돌봄을 이성애 일부일처 핵가족의 몫으로 강제하는 사회적 제도를 짚어내면서, 돌봄과 가족을 분리하는 상상력을 제안한다. 희은은 "공유하는 것도 없는 사람들이 타인의 공간에서 타인의 아기를 돌보는"(12월호, 190~191쪽) 실험에 참여한다. 여덟 명의 남녀 지원자가 하루에 세 시간씩 아기를 돌보는 이 형태는 기존의 일대일 부부의 역할 분배를 넘어, 돌봄의 사회적인 공유 모델을 전망한다. 사회적 공유 육아를 통해 "언젠가 아기를 낳을 계획이 있는 사람"(12월호, 192쪽)들이 미리 돌봄과 육아를 체험하고 느낄 수 있으며 "자신의 아기가 태어났을 때, 마찬가지로 돌봄 서비스를 받는"(같은 쪽)다. 이는 부부-돌봄 모델의 해체를 가져온다. "양육과 결혼을 분리"하여 "돌봄은 사회 구성원들이 함께 하고, 경제적 지원은 국가가 맡"으면 "아기에게 모든 것을 올인 하지 않아" 부모 중 한쪽의 "경력이 단절되지 않아도 될 테고" 결혼으로 양육의 형태를 강요하는 "미혼모라는 말도 언젠가는 사라"질 것이다(같은 쪽). 물론 부적응들을 예상하면서도, 서사는 우리의 가족 제도가 분명히 빠르게 많은 변화를 겪어왔다는 점에서 가능성이 있다고 전망한다. 학교의 교과를 돌봄에 대한 내용으로 기울이고 "생활동반자법"과 "비혼자들을 위한 주택제도"(12월호, 193쪽)와 같은 예비적 제도들을 근미래에 갖춘다면, 돌봄의 윤리 자체가 사회의 기본적인 가치가 될 수 있을 것이라고.[14]

---

14) 이는 생산노동과 재생산 노동을 통합하고, '생계 부양자-돌봄 제공자' 모델을 해체하는 '보편적 돌봄 제공자' 사회를 연상시킨다. 낸시 프레이저, 「가족임금 그 다

그러므로 서사는 비단 결혼의 한계나 이혼의 필요에 대한 수준을 초월한다. 돌봄의 존립을 가족 제도로부터 분리해내는 제도의 재구성은 필연적으로 사회 전체의 형태를, 그로부터 생성되는 주체의 형상을 재구성하는 것일 수밖에 없다. "우리가 신체를 가지고 있는 인간인 한 생로병사와 관련된 나의 취약한 신체는 당신을 필요로 한다." 그러니 "'독립적이고 자유로운 개인'이라는 정상성"은 '비정상'을 배제하여 주체가 될 수 있다는 환상을 주는 기만에 불과하다. 돌봄은 인간의 필연적으로 타인 지향적인 '의존적 존재론'이다. 돌봄-가사 노동의 젠더화를 극복하고 "돌봄을 둘러싼 공적 부조의 원칙으로" "'사회'를 상상할 수 있다면, 그 속에서 배태되는 주체는 전혀 다른 것이 될 수도 있다"[15]라는 기획은 윤이형의 새로운 (비)가족의 기획과 맞닿는다. 그럴 때 우리는 생산노동만을 인정하는 성장의 정치경제학에서 벗어나 재생산 노동의 필연적 가치를 돌보는 다른 존재론을 상상할 수 있다. 우리 시대의 서사들은 이성애 부부(중에서도 여성)만을 돌봄의 주체로 소환하는 국가-가족의 공모를 넘어서 사회 구성원들이 모두 돌봄노동을 공유하는 기제를 상상하며 변화하고 있다. 구성원들이 모두 참여하는 돌봄은 다른 사회의 방법론이다. 제도가 우리에게 그토록 폭력과 고통을 만들어냈다면, 그것을 바꾸어냄으로써 "우리는 지금과 전혀 다른 존재들이 되어 살아갈 수도 있"(12월호, 193쪽)다.

(2019)

음—후-산업시대에 대한 사고실험」,『전진하는 페미니즘—여성주의 상상력, 반란과 반전의 역사』, 임옥희 옮김, 돌베개, 2017, 190~191쪽.

15) 이영재, 「돌봄, '함께 있음'의 노동」,『크릿터』1호, 2019, 28~29쪽.

혐오 경제의 가계도와 재개발의 감정학
―김혜진의 『불과 나의 자서전』

1

'나'는 남일동에서 태어나 자랐다. 남일동을 생각하면 등굣길에 친구들과 빵을 나눠 먹던 추억부터 떠오른다. 어머니는 친구들의 빵을 먹지 말라고 야단치곤 했다. 지금 돌이켜보면 친구들의 사정을 헤아리라는 배려라기보다 더 복잡한 마음이었다. 돈 못 버는 남편 때문에 억지로 생계 노동을 해야 해서 속이 상해 죽겠고, 자신이 돌봄을 전담하지 못해 길바닥에서 노는 딸 때문에 속상하다고 어머니는 불만을 토로했다. 그 분노와 짜증은 불안의 증상이다. 가부장의 안정적인 가족 임금과 돌봄에 전념하는 모성으로 구성된 중산계급 가족에 대한 자기 동일시가 엄마에겐 몹시 갈급하지만, 그 허상에서 (당연히) 미끄러져 남일동으로 떨어질 뿐이다. 자신의 이탈을 확증해주는 "남일동이 그 시절 어머니에게 두려움이었다"(24쪽).[1] 이 공포에 대처하기 위해서 어

---

[1] 김혜진, 『불과 나의 자서전』, 현대문학, 2020. 이하 인용시 본문에 쪽수만 밝힌다.

머니는 세계를 나눈다. "홍아, 너는 이 동네 애들과 달라."(23쪽) "가게 하는 부모들이야 가게 문 닫을 때까지 애들을 길에서 놀게 내버려둔다지만"(같은 쪽) 우리 아이는 그와 달리 일찍 귀가해 숙제를 열심히 하고 노력하면 이곳을 벗어날 것이라는 믿음. "쟤들은 가겟집 애들"(17쪽)이라는 분할을 통해 어머니는 자신을 확인하고자 한다. 한국사회는 자신의 불안을 자식에게 투사함으로써 해소하는 특정한 방식을 고안해왔다. "내가 이 동네 아이들과 비슷하게 자라게 될지도 모른다는 불안"(23쪽)은 자녀의 세계를 분할하고 제한하지만, 동시에 "나에 대한 걱정이나 사랑처럼 느껴"(같은 쪽)지기도 한다. 그 슬픔은 '나'의 죄책감을 유발하면서 전승된다. "부모의 감정이란 것은 언제나 더 부풀려지고 또렷해져서 아이들에게 가닿는 법"(24쪽)이므로. 소설은 '맹모삼천孟母三遷'으로 예찬되곤 하는 희생적 사랑의 형태가 실은 정확하게 계급적 불안에 의해 생겨나고 분할을 재생산하면서 계승된다는 점을 짚는다. 사랑하는 이들을 되짚는 이 가족사로부터 한국사회를 이루는 마음의 축조 원리가 드러난다.

2

처음 남일동이 반으로 쪼개져 중앙동으로 개편된 것은 행정적 조치에 불과했다. 그저 우연한 사건이었지만 아버지는 그 분할에 힘입어 자신의 역사를 다시 쓰기 시작한다. 은행빚을 내고 경매에 뛰어들어 중앙동에 집을 사서 남일동에서 벗어난 것이 일생에서 가장 잘한 일이며, 그건 평생의 기회를 붙잡은 자신의 과감한 결단 덕이었다고. 이는 남일동이라는 행정구역에 본질적인 속성을 부여하는 것이기도 하다. "감당도 못 할 일을 벌이고, 남의 돈을 제때 갚지 않고, 그래서 집이 넘어가는 것을 가만히 두고 보고만 있는 무책임하고 한심한 사람들"(84쪽)과 자신을 구분하는 순간 남일동에 대한 혐오가 생겨난다. 그런데 실은 아버지 역시 홀로 감당하지 못해 은행빚을 얻은데다, 두려움으로 벌벌 떨며 금액을 써낸 끝에 운좋게 낙찰받은 것이지, 별달리 유능한 능력에 힘입은 것도 아니었다. 아버지는 우연히 만난 이웃의 도움 덕분에 겨우 경매에 성공했음에도, 자신이 기회를 포착해낸 유능한 주체였다고 자부한다. 중앙동으로의 행정적 개편 없이는 평생 남일동을 벗어날 수 없었을 텐데도, 자신의 노력을 통해 계급적 분할을 넘었다는 자의식이 사후적으로 생성된다. 아버지는 그 믿음을 반복 실천함으로써 내면화한다. '남일도'(남일동의 멸칭)와 연루된 과거는 언급조차 하지 말라고, 우리는 본래부터 중앙동 사람이라 전혀 다르다고 화를 내곤 한다. 우연적 분할을 가능한 한 보지 않고 본질적 차이로 전환하고자 필사적으로 노력하는 것이다. 달산 산사태 이후 스스로 해결책을 찾지 않고, 보기 싫은 천막을 쳐서 공동체에 피해를 주는 뻔뻔한 재해민들을 향한 어머니의 말은 한국사회에서 재난의 국면마다 얼마나 자주 반복되어왔던가. 우발적인 재난은 저들의 속성으로, 우연한 행운은 자신의 노력으로 전환하면서 평범한 '시민'이 생겨난다. 누군가 반드시 탈락하도록 설정된 분할의 구조에 따른 결과를 원인으로 환원하면서 이 혐오 경제가 작동한다.

그러기 위해서는 함께 살아가는 옆 사람의 구체적인 역사를 외면해야만 한다. 그것을 일깨우는 이웃의 지적에 어머니는 밤새 체기를 느끼고 앓는다. 받아 마땅한 게으름 혹은 유능함의 결과가 아닐지도 모른다는 어렴풋한 자각은 치명적이기 때문이다. "누군가의 슬픔과 불행을 목격하는 대가로 싼 집을 구입할 때 각오해야 하는 것"(81쪽)

은 이것이다.

그럼에도 한국의 부모들이 "그토록 집을 가지는 데에 혈안이 되어 있"(120쪽)는 것은, 다른 영역의 불평등과 달리 적어도 부동산만은 '존버'하면 누구에게나 기회가 온다는 믿음 때문이다. 특히 '집'은 이 '노력 서사'를 '가족 서사'와 더없이 강력하게 결합하는 촉매다. 우리 가족의 "삶이 지금보다 나아질 수 있다는 믿음, 틀림없이 그렇게 될 거라는 확신"(72쪽)을 가질 수 있는 거의 유일한 방안인 것이다. 그러니 우리 가족의 생존과 아이의 미래를 위해, '남일동'은 반드시 그 분할선 저편에 남아야 한다. 이 황폐한 세계에서 우리 가족만은 분할선 너머로 '편입'될 자격이 있다는 굳은 믿음이 이렇게 장려되고 유통된다. 재개발은 계급적 분할을 공간 위에 직접 구현하여 혐오를 창출한 뒤에, 그 혐오의 대상을 제거함으로써 자신을 증식하는 구조다. 그 공간적 구획에 의해 사람들은 정주할 권리를 두고 경쟁하며 자신과 타인을 구분하려 한다. 그렇게 혐오는 바람직한 시민을 만들고 그에 미달하는 자들의 법적 시민권을 박탈하는 권력이 된다. 혐오라는 감정을 물질화하여 거래함으로써 자신을 확장하는 이 혐오 경제는 가족의 생존과 자녀의 미래를 담보로 잡고 있기에 누구도 쉽게 뿌리치기 어렵다.

그런 부모의 마음은 고스란히 '나'에게 전해진다. 부모의 희생을 연민하면서도 그들의 분할에 이물감을 느낀다. 이 양가적인 마음으로 인해 '나'는 알레르기를 앓는다. 병원에서도 고칠 수 없는 알레르기는 남일동 제일약국에서만 유일하게 편안해진다. 그것은 신체적 증상이라기보다, 분할선을 마주할 때 생겨나는 마음의 증상에 가깝다. 처음 알레르기를 자각한 것도 직장 내 따돌림에 맞섰던 때였다.

'박희수'씨가 혐오의 대상으로 전락한 것은 느릿느릿한 '속성'과 무능한 업무 '능력' 탓이라 마땅한 처분인 것처럼 보이지만, '나'는 더 핵심적인 혐오의 물리법칙을 찾아낸다. 작은 여행사에서 큰 여행사로 온 것이 아니라 그 반대의 경우였다고 해도 그렇게 가혹하게 대할 수 있었을까. 이는 오래전부터 체감해온 법칙이다. "내가 남일동에서 중앙동으로 온 것이 아니고, 중앙동에서 남일동으로 온 경우였다고 해도 그 애들이 그럴 수 있었을까요."(100쪽) 남일동에서 중앙동으로 전학 가는 것만으로 '남토(남일동 토박이)'라는 멸칭을 들었어야 했다. 그 혐오의 방향성은 분할의 운동에서 오는 반작용이다. 상승을 위한 운동은 필연적으로 누군가를 분할선 아래로 밀어낸다. 그것은 연쇄적 운동이어서 '나'의 이동은 중앙동 아이들이 갖고 있던 위계를 위협하는 일이다. 자신의 위치를 지키기 위한 혐오는 당연한 반응처럼 보인다. 부모님은 그것을 '나'에게 가르치고 싶어한다. 어쩔 수 없는 세계의 원리를 무시해서 "사람들을 불편하게 만든 당신들의 자식이 사람들 눈 밖에 나는 건 당연하다고"(40쪽). 그 당연한 인과율을 제대로 가르치지 못한 자신들이 오히려 정말 나쁜 사람이라고. 부모님이 가르치는 강력한 현실원칙 앞에서 '나'는 계속해서 자신을 의심한다. 자신의 학창시절과 달리, 남일동에 이사온 '주해'의 딸 '수아'에겐 꼬리표가 붙지 않도록 "남일동 아이들이 없는 중앙초등학교에 진학했으면 하는 마음이 내 안에도 있"(111쪽)음을 자각하게 될 때까지. "내 부모를 비롯한 중앙동 사람들이 비밀스럽게 공유하는 그런 마음이 내게도 분명 존재"(같은 쪽)하는 것을 볼 때까지. 외부의 침입을 방어하기 위한 면역반응이 과도하게 작동하면서 자신까지 공격하는 증상이 알레르기라는 점을 상기한다면, '나'는 부모님에게 물려받은 분할의 원리가 자신의 내면에도 침전된 것을 견디지 못하고 알레르기를 앓아온 셈이다.

3

"어쨌든 한번 정해진 것들은 쉽게 바뀌지 않"(54쪽)는 세계의 법칙을 알기에 이러지도 저러지도 못할 때 주해가 왔다. 수아를 통해 전해 받은 주해의 세심한 배려 덕분에 알레르기에 대해 처음으로 털어놓을 수 있다. 주해는 나쁜 건 나쁘다고 시원하게 말하는 사람이다. 번민하기보다는 행동하고, 주어진 조건에 책임을 다하는 주해만의 추진력은 지금껏 "내가 가져본 적이 없는 것"(45쪽)이다. 주해는 '나'에게 분할을 대하는 다른 힘을 보여준다. 주해는 남일동으로 이사 오자마자 자신의 주변 세계를 바꿔낸다. 골목의 쓰레기를 방관하지 않고 손수 치우고 어두운 골목길에 가로등을 들여온다. 방치되고 버려졌던 골목에 빛을 들여오려는 주해의 노력이 점차 성과를 내자, 남일동 사람들의 닫혔던 마음도 점차 열려간다. 다만 공간의 변화에 그치지 않고 "이곳이 달라질 거라는 믿음, 바꿀 수 있다는 자신"(161쪽)까지 만들어낸 것이다. '편입'에 대한 믿음이 아닌 '변화'에 대한 믿음은, 남일동 사람들이 스스로를 다르게 대하도록 만드는 것처럼, 즉 다른 주체가 되는 방법처럼 보인다.

그런데도 남일동 사람들의 반응은 어째 좀 이상하다. 원래 "남일동을 생각하면 애잔하고 안쓰러운 마음을 지울 수가 없"(51쪽)었다. "그곳은 한 번도 제대로 빛난 적이 없"도록 "방치되었다는 생각"(같은 쪽) 때문이다. 그런 남일동에 빛을 들여오기 위해 자신을 희생해가며 돕는 주해의 노력에도 불구하고, 남일동 사람들은 불신의 눈빛을 던질 뿐이다. 도움을 받아들일 줄 모르고 도리어 "무례와 몰상식이 몸에 밴 인간들"(57쪽)에게 '나'는 몹시 화가 난다. "그러니까 외지 사람들이 남일도, 남일도 할 때 그 남일도의 진짜 모습을 마주한 기분"(같은 쪽)이 든다. 낙인찍힌 남일동을 돕고자 하는 선의가, 은혜에 감사할 줄 모르는 남일동에 대한 (재)낙인으로 이어지는 것이다. 그런 '나'에게 주해는 종종 되묻는다. 그 호의적 연민과 정의로운 분노가 실은 중앙동에 살면서 남일동을 바라보는 위계에서 오는 것은 아니냐고. 주해는 분할선을 사이에 두고 공정히 주고받는 감정 경제보다는 그 분할이 만드는 마음의 패턴과 관성 자체를 보려 한다. "다들 여유가 없어서 그래요. 여유가 없으면 뭐든 겁부터 나잖아요."(60쪽) 저편을 향한 일방적인 선의가 아니라 지금 여기, 자신이 속한 주변 세계를 이해하고 바꾸는 행동이 주해의 방법이다. "자포자기한 심정으로 잔뜩 웅크리고 있던 사람들의 마음"(161쪽)을 일으켜세우는 잠재적 가능성은 주해 자신을 위한 것이기도 하다.

'나'에게 거듭 부탁하듯 돌봄을 분담하고, 생계 노동을 가까운 테두리 안에서 병행할 수 있는 마을 공동체라는 조건은 주해에게 중요하다. 특히 '정상 가족'에서 이탈했다는 편견과 배제가 담긴 수군거림은 구체적인 위력을 가지고 주해와 수아를 위협해온다. 그러니 거듭되는 모욕적인 반응에도 주해는 웃으며 남일동을 활기차게 바꾸고 사람들의 마음을 얻으려 한다. 그런 주해의 친절한 웃음에는 어딘지 섬뜩한 데가 있다. "난 여기서 오래 살고 싶어요. 여기 아니면 갈 데도 없고요. 알잖아요. 내가 이러는 거 사람들 좋으라고 하는 게 아니에요. 내가 필요해서 하는 일이에요. 내가 필요해서 하는 일이라고요."(95쪽) 사회적 지원 없이 홀로 딸을 키워야 하는 한부모 여성 청년에게 공동체의 포함/배제라는 분할의 문제는 절박한 사안이었던 것이다.

수아에게 더 나은 세계를 주고 싶기에 그것은 더욱 절실한 문제다. 다른 동네 아이들을 받지 않는다지만 실은 '남일동'을 골라내는 초등학교 배정은, 앞으로 수아가 견뎌야 할 많은 분할선의 첫번째 진입 장벽이다. 그래서 주해는 처음으로 분노한다. 학부모들과 동네의 '분위기'를 운운하는 교무부장에게 주해는 "저희가 남일동이 아니라 중앙동에 살았어도 이렇게 말씀하셨을까요?"(115쪽)라고 묻는다. 그간 '나'가 품어온 것과 같은 질문이다. 남일동에 산다는 이유로 벌써부터 아이의 공간과 시간을 제약하는 분할을 넘어서 수아에게 어떻게 미래를 줄 수 있을까. 수아를 향한 분할 앞에서 주해는 무엇을 해야 할까.

학부모가 된 주해는 남일동에 재개발추진위원회가 들어선다는 소식에 기뻐하며 달려온다. "수아 중학교 가기 전에 여기 아파트 들어오면 거기서 수아랑 엄마랑 살 수 있"(124쪽)을 단 한 번의 '기회'처럼 들린 것이다. 분할에 쫓겨 다니지 않고 가족과 행복하게 살 수 있다는 주해의 기대를 듣자마자 "그 순간 나는 남일동이 내 부모의 마음 깊숙이 드리웠던 감정을 떠올렸"(125쪽)다. 수아가 과거의 '나'처럼 학교에서 '남민(남일도에 사는 난민)'이라는 멸칭을 들었는데도, 주해는 속히 남일동이 재개발되어 아파트로 이사하는 것 말곤 다른 방법은 없다고 말한다. '나'의 부모가 그랬듯이 분할 저편으로 편입되기만 하면 아이의 세계도 달라질 것임을 믿기로 한 것이다. 그 익숙한 사랑의 논리 앞에서 '나'는 누구에게나 결합해오는 분할의 친화력을 절감하고 만다. 주해마저 재개발의 논리에 침윤되고 만 것이다. 그것이 "끄떡도 않고 지금껏 그대로인 남일동의 진짜 얼굴"(125쪽)이다. "여기 사는 한 그런 마음에서 결코 벗어날 수 없다는 것을. 그런 것들은 저절로 사라지지 않고, 끝없이 누군가에게 옮아가고 번지며, 마침내 세대를 건너 대물림되고 또 대물림될 거라는"(125~126쪽) 사실은 무시무시하다. 그래서 수아가 재개발 이후 남일동 아파트에 입주하는 우리 가족을 그리며 그 꿈을 계승하가는 장면은 아득하다. 한국사회 특유의 재개발이 만들어내는 감정 경제가 이렇게 반복 재생산되는 것이다. 애초부터 우연에 의한 분할에 기대려는 주해의 희망은 연약하고 위태롭다. 우연한 실수 혹은 불운한 사고는 다시 돌아와 주해를 무너트리고 만다. 이제 주해는 자신이 연루된 사태에 대한 책임이나 개입보다 재개발(추진위)로부터의 배제를 먼저 걱정한다. 주해마저 집어삼킨 재개발의 강력한 인력 앞에서 '나'의 알레르기가 다시 도져버린다.

4

결국 주해도, 주해가 일궈낸 변화와 희망도 순식간에 사라진다. 골목길에 다시 쓰레기가 버려지는 풍경은, 버려진 남일동이 절대 바뀌지 않을 것이라는 깊은 실망감을 준다. '나'는 견딜 수 없는 답답함을 안고 남일동을 내려다보며 이 무시무시한 위력을 무너뜨리고 싶다는 생각에 사로잡힌다. 지금의 남일동을 태워버리고 싶다는 뜨거운 분노는 남일동을 지배하는 원리에 지지 않겠다는 불복종이다.

그 밤 나는 정말 없애고 싶었습니다.

한 사람 안에 한번 똬리를 틀면, 이쪽과 저쪽, 안과 밖의 경계를 세우고, 악착같이 그 경계를 넘어서게 만들던 불안을. 못 본 척하고, 물러서게 하고, 어쩔 수 없다고 여기게 하는 두려움을. 오래전 남일동이 내 부모의 가

숲속에 드리우고 나에게까지 이어져왔던 그 깊고 어두운 그늘을 정말이지 지워버리고 싶었던 것입니다.(168쪽)

공동체에 우연히 생긴 경계는 서로를 경쟁시켜 바람직한 시민/주체를 생산했다. 그 분할을 자신의 본질로 설명하려는 자기 서사로부터 혐오하는 마음이 생겨난다. 자신의 노력에 대한 자부심은 분할 저편에 대한 낙인과 배제에 의해서만 가능하기 때문이다. 저쪽으로 넘어가야 한다는 불안과 이편으로 떨어진다는 두려움이 가족의 사랑을 타고 대대로 전해져왔다.

그런 마음을 만들어왔던 "남일동이 허물어지는 것을 기필코 봐야겠다는 오기"(170쪽)가 이 소설을 집약한다. 그간 가림막으로 가려온 한국사회의 중핵, 재개발을 또렷이 겨누어 보기 위해 "나는 발끝을 세우고 두 눈을 크게 부릅"(173쪽)뜨고 선다. 선득한 마음을 안고서도 발길을 돌리지 못하고 오래 맴돈다. 그러자 비로소 먼지구름 사이로 "지금껏 단 한 번도 마주한 적 없는 남일동의 풍경"(15쪽)을 볼 수 있다. 그래서 소설은 "안타까움과 미안함"(11쪽) 같은 공동체에 대한 낭만적 향수로도, "후회와 죄책감"(같은 쪽) 같은 윤리적 성찰로도 비약하지 않는다. "오히려 그곳에 서 있는 동안 내가 느낀 건 그런 실감"(12쪽)이다. 지금 내가 서 있는 곳에서 일어나는 일을, 재개발이 만들어내는 마음들을, 그것에 휘둘리며 자라온 '나'의 내력까지 냉철하게 정면으로 보는 실감을 갖고자 한다. 자기 응시를 통해 혐오를 비추는 불빛. 그 빛이 영웅 없는 이 소설의 패배가 만들어내는 뜨거운 눈빛이다.

(2020)

얼어붙은 결정론적 세계를 깨뜨리는 방정식
─김멜라의 『적어도 두 번』

운명의 물리법칙을 얼려두는 사람들

김멜라의 인물들은 추락하는 운명을 본다. 그들은 절대적이고 운명적인 물리법칙을 체감하면서 잠에서 깨어난다. 예상할 수 없는 불운은 물론 유한한 존재인 우리 모두에게 닥쳐오지만, 그로 인한 운명의 중력이 모든 삶에 평등하게 작용하진 않는다. 소설의 인물들은 그 불균등한 운명의 자기장에 휩쓸린 자신을 정확하게 알고 있다. 그런데 그들은 자책으로 대응한다. 불면의 고통에 시달리는 '해연'(「모여 있는 녹색 점」)이나 악몽에서 깨어나는 '세방'(「스프링클러」)이 그러하듯. 십오 분의 연료비를 아끼려 경로를 바꾼 조종사 탓에 '미아'가 실종된 것처럼, 작은 과실이나 우연으로부터 파국적인 재난이 벌어지고 만다. 인물들은 이런 운명의 패턴에 깊이 사로잡혀 있다. 미아의 가족에게 장례를 치르지 않는 게 좋겠다고 말하는 해연과, 어머니의 사망 보험금 수령을 오랫동안 미룬 세방은 죽음을 계속해서 유예한다. 이들이 불운한 운명에 대한 생각에 사로잡힌 것은 사랑하던 여자들의 죽음을 왜 막을 수 없었는지 자책하기 때문이다. 이 자책은 집요하고 끈질기다. 그 불운을 미리 계산할 수도 없었다는 사실은 별달리 중요하지도 위로가 되지도 않는다. 다만 미아와 마지막 통화를 하지 못해서, 스프링클러에 중고 부속품을 사용했다고 자책하면서 운명에 작용하는 물리법칙에 대해서 생각하는 것이다. 먼저 죽은 이들의 운명과 자신의 삶을 계속해서 견주고 심문하는 구도는 상실로 인한 자기 파괴 혹은 애도를 위한 자기 처벌처럼 보이지만 실은 세계의 운명으로부터 우연히 살아남은 자신을 발견하는 과정에 가깝다. 그저 죄책감을 앓는 게 아니라 운명 앞에 놓인 인간의 취약한 존재론에 사로잡혀, 그것을 망각하지 않고자 애쓰는 것이다.

그러니 이 자책은 운명에 사로잡힌다는 공포나 무기력한 순응이 아니다. 주어진 운명의 물리법칙과 불화하고 있는 자신을 발견하기 때문에 생긴 이질감이다. 주어진 운명의 길을 따라가길 거부하고, 자신이 어디에 서 있는지를 보려 하는 것이다. 세방이 "찾아야 할 것은 길이 아니라 지금 그가 서 있는 위치였다"(「스프링클러」, 190쪽).[1] 그것은 운명의 강력한 중력에 온전히 자신을 내맡기길 거부했던 여자들의 불복을 상기시킨다. 불운한 화재의 기억으로 인해 고통받으면서도 엄마는 스스로 다시 불을 질렀다. "엄만 불을 보면 너무 무서워. 너무 무서워서 살아야겠다는 생각이 들어."(197쪽) 그리고 불에 사로잡힌 엄마에 대한 기억이 다시 세방을 살게 한다. 운명에 사로잡힌 자들이 불운의 기억에 매달리는 것은 이 역설적인 작은 의지를 보존하는 형식이다. 반대로 해연의 남편 '강투'는 미아의 죽음으로부터

---

1) 김멜라, 『적어도 두 번』, 자음과모음, 2020. 이하 인용시 본문에 작품명과 쪽수만 밝힌다.

가능한 한 빨리 벗어나 일상을 회복하고자 한다. 운명에 대한 기억을 오랫동안 간직하려는 해연과 달리 강투는 미아가 사라진 후 한 번도 눈물 흘리지 않았다. 애착과 사랑을 충분히 되돌려받지 못해서 번번이 상처받는 미아를 지켜보며 같이 아파하는 해연을 강투는 이해하지 못한다. 그동안 미아는 자신의 정서적 보살핌과 성적 에너지를 남자친구들에게 제공해왔지만, 그것을 제대로 돌려받지 못해 무력해지곤 했다. 연인과 가족의 내밀한 사이에서도 정서적·성적 에너지는 여성에게서 남성으로 이동하길 반복한다. 여성의 감정을 이전받으면서 남성의 정서적·성적 에너지를 증진해온 젠더적 패턴이 만들어내는 여성의 고립감을, 강투는 이해하지 못한다.[2] 세방의 어머니 역시 감정의 젠더적 패턴으로부터 고통받고 있다. 어머니에게 평생 깊은 상처로 남은 사건은 저임금 비숙련 여성 노동자들의 기숙사에서 발생한 화재였다. 어머니는 공장에 갇히다시피 하여 노동해야 했던 여공이었고, 아버지는 그들을 감독하며 철문을 걸어 잠근 작업반장이었다. 아버지는 그 불운에 대한 생각에 사로잡힌 어머니를 이해하려 하지 않았다. 오히려 불운한 기억을 되새기고 간직하려는 노력에 무심하다. 열악한 노동환경과 실화失火가 아버지 개인의 탓만은

---

2) 모두의 자유의지로 참여하는 것 같은 사회적 관계망 속에서도, 어떤 사회집단의 노동 산물과 에너지가 타 집단에게 이득이 되도록 이전되는 지속적인 착취의 회로가 발생한다. 여기에서부터 억압이 생겨난다. 젠더 착취 역시 단순히 지위, 권력, 부의 불평등에서 그치는 것이 아니다. 여성의 양육 및 성적 에너지, 정서적 보살핌이 남성에게 이전되어 남성의 지위와 쾌락과 즐거움을 향상하는 (연애와 가족 같은) 제도적이고 일상적인 과정과 밀접하다. 이러한 지속적인 이전 속에서 하위 집단은 스스로를 열등하고 무력하게 여기도록 저평가하여 정서적으로 고립되고 의존하게 될 수 있다. 이러한 감정의 경제학이 물질적 정치경제학을 유지시킨다. 아이리스 매리언 영, 『차이의 정치와 정의』, 김도균·조국 옮김, 모티브북, 2017, 125~127쪽, 135~137쪽 참조.

물론 아니지만, 남자들에 의한 그 우연한 운명이 여자들에게는 재난이 되곤 하는 것이다. 남편과 아버지들이 가능한 한 효과적으로 여자들의 죽음에 대한 기억을 망각해버릴 때, 화자들의 마음은 차갑게 얼어붙는다. 그것이 젠더적 운명론을 응시하는 이들의 외로운 온도를 만들어낸다. 해연이 "미아의 죽음을 투명한 비닐에 담아 냉동실 어디쯤 넣어둔 것"(「모여 있는 녹색 점」, 134쪽)처럼 이들은 외로움 속에서 차갑고 투명하게 죽은 여자들의 운명을 보존하는 것이다. 이렇듯 「모여 있는 녹색 점」은 이 세계에서 고립된 여성들(과)의 친밀감과 유대감에 대한 기억을 얼음으로 만든다. "미아는 남들과 다른 지느러미 모양 때문에 따돌림을 당했고 자신과 닮은 동족을 찾아 먼바다로 떠나지만 결국 어느 바닷속 빙하에 갇혀 영원한 잠을 잔다는 것이 이야기의 결말"(141쪽)로 기억되는 것이다. "어금니로 얼음을 깨무는 소리"(160쪽) 속에서 해연은 미아와 매일 밤 재회한다. 세방 역시 아버지가 어머니를 구하기 위해서 자기를 희생했다는 영웅담이 아니라, 형이 끝내 보존하던 어머니와의 기억에서 위로를 받는다. 살아남은 후쿠시마 사람들이 기억을 잊기 위해서가 아니라 보존하기 위해서 청소를 한다는 것을 확인하는 방식으로. "형은 비록 장례식장에 오지 않았지만 살아 있는 어머니와 늘 만나고 있었"(「스프링클러」, 221쪽)다. 홀로 간직하던 얼음 속 운명에 대해 이야기 나눌 준비를 하자, 어머니의 죽음이 비로소 완성된다.

육식과 폭력의 자의식을 되비추는 말들

김멜라 소설의 남자들은 불길한 고기 냄새를 풍기거나 불운의 흉터를 육체에 새기고 있다. 고깃덩어리를 먹거나 요리(가공)하거나 심지어 그것이 직접 되는 것처럼 보이는 남자들의 '육식성'은 운명의 젠더적 패턴을 환기시킨다. 특히 「홍이」는 남성적 폭력과 밀접한 육식 문화와 윤리적 폭력과 밀접한 재현 문화 사이에서 젠더적 상동성에 집중한다. 「홍이」는 '홍이'라는 이름을 물려받은 동물들이 차례차례 잡아먹히는 과정을 도입부에 설화처럼 서술하면서 죽음과 폭력의 패턴을 그린다. 경찰인 '중경'은 '보신탕'을 먹는 직장 선배들과 함께 앉아 구역질을 참아야 했다. 닭에는 '좆이 없다'는 것이 개와의 차이점이라며 중경이 먹던 백숙을 직접 가리키는 선배들의 무례한 모습은, 유달리 '성기'로서의 자의식을 통해 주체가 되는 한국적 남성성의 특징을 드러낸다. 특정한 방식으로 도살된 특정한 육식을 애호하는 '보신 문화'를 통해 쾌락을 증진하고, 서로의 '정력'을 상호 보증하는 남성 동성 사회의 문화는 어떤 생명들을 자의적으로 줄 세워 죽여 고깃덩어리로 만들곤 한다. 이것은 남성(성)에 도움이 되는지를 기준으로 미식/재현의 대상으로 평가하는 폭력의 작동 원리와 밀접하다.

사촌 동생 홍이는 잔인하게 죽인 동물 사체를 전시하는 기이한 일을 반복한다. 그 기원에는 자신이 도살해야 하는 개들의 짖는 소리로 고통받으면서도 술에 의지해 버티던 삼촌이 있다. 버려진 개 농장에서 사라진 삼촌을 기다리던 아들 홍이의 모습. 여기에서 중경은 폭력이 승계되는 원초적인 장면을 기억해낸다. "삼촌이 키우는 개들이 팔려 가는 곳이 어디든 중경은 홍이의 상장과 사진이 걸려 있는 농장과는 상관없는 일이라 생각했다."(249쪽) 가족의 부양을 위해서라면 폭력을 수행하면서도 감내해야 한다는 삼촌의 '당위'가 아들 홍이에게서도 마찬가지로 드러난다. "사람에겐 누구나 착한 마음이 있다고. 그런데 그 마음에 더러운 게 묻어서 제대로 못 보는 거"(257쪽)라며,

어쩔 수 없이 폭력을 수행한다며 자위하던 삼촌의 자의식이 아들 홍이의 '대의'로 계승된 것이다. 홍이(개)를 잡아먹어서 불운해졌다는 삼촌의 자책은, 남성적 육식성과 폭력성이 긴밀하게 얽혀 만드는 운명에 대한 어렴풋한 자각이기도 하다.

"난 예쁜 애들만 골라 죽였어. 몸에 흉터가 있거나 못생긴 애들은 그냥 풀어줬어. 예쁜 애들을 죽여야 사람들이 더 끔찍해하니까."(239쪽) 홍이의 기이한 자부심은 사람들의 충격과 감흥을 만들어내기 위해서 아름다운 신체, 특히 여성의 몸을 즐겨 전시해온 예술의 오랜 자의식과 다르지 않다. "오랜 시간을 공들여 준비했고 자신의 행위가 어떻게 받아들여질지 치밀하게 계산"(245쪽)하는 홍이의 예술가적 자의식은 폭력의 적나라한 재현을 통해 각성을 고취한다는 고전적인 미학성에 닿아 있다. 생존을 위한 아버지들의 억척스러운 세계가 만들어낸 것은 결국 자기보다 약한 신체를 살해하고 전시하면서 미적 쾌락을 얻고, 그 윤리적인 효용을 자처하는 아들인 것이다. 폭력과 살해의 젠더적 패턴을 애써 무시하고 '사이코패스'라며 정신질환 혐오로 대체하는 사법 당국을 지켜보며 중경은 매일 섬뜩함에 휩싸이게 된다.

그리고 이것을 지켜보는 중경은 재현의 위태로움을 절감한다. "홍이의 사건 이후 중경은 상처를 드러낸 채 사진기 앞에 서는 여자들과 자신을 구분하는 선이 무너졌음을 깨달았다."(같은 쪽) 밤마다 만나게 되는 학대받는 여성들의 "상처를 사진으로 남기고 조서를 작성해 사건을 처리하는 동안 중경은 자신이 그들을 위해 진심으로 일하고 있다고 생각했다. 하지만 그것은 엄연히 바라보는 자의 입장이었을 뿐 중경과 그들은 다른 세계에 속해 있었다"(같은 쪽). 이는 폭력의 체계를 증언하고 재현하는 발화 위치에 대한 고민이다. 지옥에서 돌아온 것 같은 몰골이던 강아지를 살려내고, 지옥에 떨어진 아버지를 구하러 가는 홍이에 대한 꿈을 꾸는 중경은 그저 고깃덩어리가 아닌, 살아 있는 각자의 고유한 체온과 그리움에 대해 생각한다.

「홍이」에서 본 (젠더적) 미학화에 따른 윤리적 자의식이 내포한 폭력성에 대한 관찰은 「적어도 두 번」에서 거울상처럼 거꾸로 비춰진다. 「적어도 두 번」은 제목처럼 복합적인 독해를 요구하는 중층적인 소설이다. 소설은 시각장애인 여성 청소년인 '이테'에 대한 성적 접촉을 '변명'하는 구조로 이루어져 있다. 이테에게는 자신의 신체와 향유에 대한 접근이 겹겹이 제한되어 있었다는 화자의 인식 자체는, 장애인/청소년/여성의 몸을 무조건 '보호'해야 할 공백으로 간주하는 한국사회에서 이테가 맞서야 하는 운명에 대한 적실한 지적일 수 있다. 그동안의 재현에서 시각장애인 여성 청소년의 몸/성은 '피해자'로 기입되지 않은 맥락에서 가시화되기 어려웠다. "또 해도 돼요?"(81쪽)라고 묻는 이테의 질문은 (화자의 성폭력과는 별개로) 여성 청소년의 자기 신체에 대한 관심과 열망을 드러낸다. 하지만 무지하고 순수한 대상의 '요청'에 따라 친절한 가르침 혹은 돌봄을 수행했다는 자기합리화는, 자신이 가진 연령적·감정적·사회적 위계를 간과한다는 점에서 성폭력 가해자의 상투적인 변명의 논리와 상통하고 만다. 이것은 여성 간의 성애가 평등하고 대안적일 것이라는 근래 문화 담론의 낭만적인 기대에 반해, 위계와 폭력이 마찬가지로 작동할 수 있다는 점을 상기시키기도 한다. 그럴 때 젠더성에 대한 단순한 환원에 멈추지 않고, 폭력의 원리를 재현하고 발화하는 구도가 더 중요해진다. 그러니 자기변명의 내용이 아니라 고백이라는 발화의 형식 및 그에 대한 자의식을 살펴봐야 한다. 화자의 자기 서사를 승인할 것인가를 고민하며 함정에 빠지기보다는, 그것이 윤리적 자기 고백의 문체로 작성되었다는 점에 주목할 필요가 있다. 소설은 고백이라는 자신의 발화 형식에 대한 자의식을, "이십대 여학생이 남자 유파고에게 이런 편지를 쓴다면 사람들이 손가락질"(45쪽)할 것이라는 대화의 위계를 스스로 기입하고 있다. 그러므로 고백의 청자로 중년 남성이자 지식인 교수인 '유파고'를 앉혀두는 구도는 범상치 않다. "유파고의 죽음이란 생각"(46쪽)을 하필 '여성 인물'로 먼저 의인화해보고서야 가능한, "권위를 가지지 못한 자가 권위를 가진 자를 향해 올려보내는 고백"[3]인 것이다. 그래서 유파고(선생님)와 줄파추(아버지) 같은 인공어로 일상 속에 잠재된 권력을 일시 정지시키는 것이다.

이는 그간의 남성적 고백(체 소설)에 대한 대타적이고 메타적인 기획이다. 그래서 화자는, 미시마 유키오가 자전적 소설 「가면의 고백」에서 "인간은 절대 고백이 가능한 존재가 아니다"(50쪽)라고 했던 '자기 선언'을 여러 번 곱씹으며 '유파고의 거짓말'의 기원이라고 생각한다. 미시마 유키오와 도스토옙스키 소설이 그러하듯 남성의 자전적 고백에서 문학성을 읽어온 근대문학사의 규범을 떠올리는 것이다. 이는 남성의 죄의식/욕망에 대한 (과도한) 고백을 통해 윤리적 인간을 생산하며 형성되어온 소설 미학을 환기시킨다. '불가능한 고백'을 끝내 해내는 남성의 역설적 진정성을 인용함으로써 반대로 여성의 자기 고백은 어떤 효과를 형성하는지 대조한다. 그러니까 홍이의 고백은 곧바로 문제적 개인(혹은 실패한 영웅)의 윤리적 자의식을 향하지만, 여성적 고백체에서는 여성의 몸/성을 둘러싼 구조에 대한 질

---

3) 인아영, 「답을 주는 소설과 질문하는 소설」, 문장 웹진 2018년 9월호.

문을 반드시 거쳐야 하는 것이다. 이는 흥미로운 대조점이다. "유파고를 끌어와 저 자신에게 묻는 거죠. 저 자신에게 묻는다며 세상의 답을 기다리는 것"(같은 쪽)이라는 질문의 구도는 여성의 신체와 성에 대한 재현의 양상을 되묻는다. "여성의 지위에 대한 평가는 객관적으로 합의할 수 없는 문제이며 여성의 신체적 자유에 관한 의견 또한 신중해야"(48쪽) 한다는 언론의 무책임한 공적 언어가 제 구실을 못할 때, 소설은 여성의 자위와 클리토리스를 공백으로 남겨두는 언어적 기울기를 더 도드라지게 만들어 독자에게 내민다.

생존을 향한 열망으로부터의 메아리들

그렇게 기울어진 운명에서 벗어나기 위해 애쓰는 이 시대 여성 청년들의 절박한 양상은 「에콜」에도 담겨 있다. 이전 세대의 낙관적인 금언이던 "사람은 저마다의 밥그릇을 갖고 태어난다"(173~174쪽)라는 말이 우리 시대에서는, 태어날 때 이미 '수저'의 계급이 정해진다는 결정론적 비관으로 바뀌어버렸다. 그간 주로 조롱의 대상이던 "철밥통의 주인이 되어 철밥통이 수호하는 질서 안에서 살고 싶"(174쪽)다는 소망이 절실해진 것은 생존주의가 운명이 된 시대의 내적 풍경이다. 공부 시간을 초 단위까지 재가면서 공무원 시험을 준비하는 이유는 "타인의 무분별한 망상과 폭력으로부터 개인을 지켜주는 보호막"(164~165쪽)에 편입되고 싶기 때문이다. 공적 질서에 '보호'를 요청하고자 하는 이 강렬한 열망은 그 외부의 기울어진 일상에서는 안전감이나 효능감을 느끼기가 어렵다는 여성 청년들의 현실 인식에서 온다. 그나마 객관적인 시험 점수라는 상대적으로 공정한 선발을 통해서는 규범적인 세계에 편입될 수 있고, 그 기계적 질서 속에서라면 가난한 여성 청년 역시 최소한의 사회적 성원권을 보장받을 수 있으리라는 최후의 믿음인 것이다.

그러나 그 철밥통을 위한 비좁은 선발 과정 자체에 이미 계급적인 선별이 작동한다는 점에서, 초라한 원룸 하나를 겨우 지탱할 수 있는 이들의 편입은 계속해서 지연되기만 한다. "엄마의 돈으로 밥을 먹고 엄마의 돈으로 문구점 쇼핑을 하"(179쪽)는 수험 생활이 엄마의 희생에 빚지면서 유지된다는 자책을 견뎌야 한다. 엄마가 당뇨 합병증으로 발목을 절단했다는 소식에, 장애인 가족일 경우에 받는 가산점을 먼저 생각해버린 자신의 끔찍한 마음을 발견하면서 추락하는 점수만큼 운명의 무대에서 제 역할을 하지 못했다는 자기혐오가 커져간다. 그때 옆집에서 들려오는 것은 다른 여성들이 처한 운명에 대한 소식이다. 외부 세계를 차단하려는 '나'의 방으로 끝내 침입해 공부를 중단시키는 옆집 여자의 통화는 젠더 자체가 계급으로 작동하는 세계의 중력을 날것으로 불러들인다. 저마다의 다른 사정을 갖고 다른 인생을 꿈꾸는 여성 청년들이 '잘 노는 애'로 공공연히 거래되는 실상을 계속해서 기입하는 것이다. 계급 상승은커녕 생존 자체가 불투명해져 고시원 방에 유폐된 청년의 서사는, 이중으로 소외된 여성들의 운명론과 겹쳐지면서 폭을 넓힌다. 생존경쟁에 대한 자발적인 신화의 바로 옆에서, 조금이라도 미끄러진 여성 청년들이 너무도 쉽고 무덤덤하게 거래되고 있다. 섬뜩한 세계의 중력으로 인해 매일 추락하는 여자들의 소리를 들으며, 노력하는 개인은 철밥통에 편입될 수 있으리라는 믿음은 무너진다. 아마 민정이라는 에콜의 딸도 다른 어딘가에서 공부를 하고 있을 테지만, 그런 딸들의 옆에 다른 여성들의 숨죽인 운명들이 있음을 알게 되는 것이다. 철밥통에 편입되기 위해 스스로를 방에 가뒀던 화자는 '있어요?'를 무수히 반복하는 옆집 여자에게 대답하고 싶은 충동을 느낀다. "있어요. 여기 사람 있어요."(173쪽) 각자의 방에 갇힌 채 제 앞의 생존경쟁에 몰두해 서로의 목소리를 외면하지 않고, 여성들이 맞선 운명론에 응답하고자 하는 갈망이다.

미지의 방정식이 되어가는 아름다운 하루하루들

존재를 누락하려는 결정론적 운명에 맞서 자신의 목소리를 찾고자 하는 인물들은 「호르몬을 춰줘요」와 「물질계」에서 유쾌하게 빛을 발한다. 지금 '도림'의 가장 큰 걱정은 사춘기가 되면서 튀어나온 '버섯'이다. 도림은 남자가 될지 여자가 될지를 결정해야 한다는 고민에 빠져 있다. 나름대로 조숙한 도림이가 자신의 수술비를 준비해야 한다는 생각으로 로또에 정체성 숫자를 써내는 노력은 귀엽고 애틋하다. 이제 열세 살인 도림이는 진성'여중'에 갈지 아니면 남녀공학에 갈지를 필사적으로 고민한다. 앞으로 강제적 성별 규범으로 진입하며 성장해야 하기 때문이다. 특정 성별로 자신을 한정하지 않는 젠더퀴어나 지정 성별과 다른 성으로 살고자 하는 트랜스젠더에게, 한국사회는 노동과 교육의 권리를 제대로 제공하지 않는다. 변희수 하사의 강제 전역 사건이나 숙명여대 입학 포기 사건에서 보듯, 2020년 한국사회에서 이분법적 성 규범은 그 자체로 계급이자 시민권으로 작동하고 있다. 인터섹스 역시 태어날 때부터 의사나 부모의 자의적인 판정에 의해 특정 성별로 '지정'되어 등록되고, 그 '지정 성별'에 맞추어 신체를 '개조'당하지 않으면 '비정상'으로 낙인찍혀 온전한 일상을 누리기가 어렵다. 소설 속 '미스터X'가 말하듯, 언제나 인구의 특정 비율은 인터섹스로 태어남에도 불구하고 우리의 일상 언어는 여전히 성별 이분법을 강고하게 유지한다. 병원에서 태어날 때부터 (혹은 도림처럼 성장 과정에서) 인터섹스임을 알게 되면 쉬쉬하며 곧바로 성별 지정을 강요하기 때문이다.[4] '닥터 파이팅'은 성기 중심적 논의와는 결이 다른 것처럼 '호르몬'을 이야기하지만, 그 역시 "태아 때 결정되는데 판화처럼 한 번 새겨지면 죽을 때까지 바뀌지 않"(19쪽)는다는 본성 결정론적 설명이다. 치마 대신 축구 유니폼을 입고 다니는 도림의 젠더 수행을 다시 '뇌의 성기'로 환원하는 생물학적 이분법의 다른 버전인 것이다. 닥터 파이팅은 자신의 이분법에 따라 도림을 치료와 교정이 필요한 '병적' 상태로 분류하고, 동정의 대상으로 낙인찍어 응원하는 위치에 섬으로써 자신의 의학적 권위를 만든다. 이는 생물학적 섹스와 사회문화적 젠더가 일치하는 주체만을 '정상'적인 생명으로 승인하는 태도다. 보편타당하고 중립적이라고 간주되는 의료 담론 역시 실은 그것을 수행하는 사람의 사회문화적 판단에 의해 결정되는 것이다. 여기에서 소설은 신체의 성별(섹스)에 따라 자연스럽게 사회문화적 젠더가 정해진다는 암묵적인 정상 규범이 순환론적 허

---

4) 그래서 많은 인터섹스들이 기억하지 못하는 어린 시절, 자신이 결정하지 않은 성별을 (부정확한 정보만으로) 택해버린 의사나 부모의 강제적 의료 조치와 사회화로 고통받는다. 인터섹스 인권 운동은 자의에 반한 유아의 수술에 반대하는 것에서부터 시작한다. 한국사회는 인터섹스에게는 '지정 성별'에 신체를 맞추는 성 확정 수술을 강요하고, 트랜스젠더에게는 성별 정정의 법적 조건으로 신체적 성전환 수술을 강요한다. (얼마 전까지는 성인이더라도 부모의 동의를 얻어야 한다는 이성애 가족주의의 허락까지 거쳐야 했다.) 이런 담론은 강제적 이성애와 젠더 이분법을 정상성으로 유지하기 위해 퀴어한 신체를 '손상'과 '장애'로 병리화하고 혐오라는 사회적 구성물을 산출한다. 생물학적 성별 이분법은 외부 성기를 기준으로 성 역할을 확고히 분할하고자 하는 지독한 남근주의와 공모한다. 게다가 그 이분법의 강요로 인한 신체적 부담과 경제적 비용은 온전히 그 피해자에게만 부과된다.

구임을 드러낸다. 「호르몬을 쳐줘요」는 생물학적 신체성으로 모든 젠더 범주를 재단하려는 최근의 문제적인 담론에 시사하는 바가 많다. '감정적인 여성'과 '이성적인 남성'이라는 식으로, 이미 상투적인 젠더적 편견을 다시 생물학적인 원인으로 환원하는 어설픈 속류 과학을 우리는 얼마나 자주 접해왔던가. 기실 대부분의 사람들 역시 사회문화적 강제에 따라 자기 신체의 성별(섹스)을 인식하고 그에 따르기로 '결정'하는 것이다. 미스터X는 "성별을 결정하기 어려우면 자기처럼 뚱보가 되"거나 "로또에 도전하"(18쪽)라고 슬픈 조언을 건넨다. 이는 '정상 신체'에 대한 규범으로 인해 자기 몸의 격하 혹은 (자본을 통한) 물질적 몸 이상以上으로의 초월로 양분된 운명밖에 상상하지 못하는 청소년들의 암울한 전망에서 온다.

하지만 최전방 공격수가 맡는 '등번호 9번'임을 자부하는 도림에게는 지정 성별보다는 정강이뼈의 단단함이 더 중요하다. 도림은 바둑반이나 우쿨렐레반이 아닌 축구부를 향한 자신의 선택, 그러니까 스스로 자신의 정체성 숫자 9를 등번호로 정한 '선택'으로 움직인다. "남자와 여자의 차이보다 왼발을 쓸 수 있는지 없는지의 차이가 더 크"(10쪽)니까. 물론 이것이 도림 혼자만의 몫일 순 없다. "난 물어볼 사람이 필요하다고요. 내가 남자인지, 여자인지."(32쪽) 그래서 도림은 미스터X가 알려준 이태원의 인터섹스 모임을 찾아 모험을 떠난다. 이 여정은 문화적 전유와 수행을 향한 것이다. 김완선의 노래를 '호르몬'으로 해석하면서 "우리 같은 사람을 위한 노래"(26쪽)를 이어 부르러 가는 길. 이는 일상의 곳곳에서 유쾌한 퀴어적 정동을 찾아내고야 마는 문화적 수행의 감각과 그 역사적 계보로 이어진다. 도림이 인생을 걸고 하필 이태원을 찾아가려는 것은 퀴어적 공간과 관계

속에서 더 쉽게 퀴어적 수행과 연결될 수 있기 때문이다. 이 수행은 혼자 하는 것이 아니므로. "남자 여자 구별 없이 그냥 로봇"(22쪽)이 되고 싶은 도림에게, 여자가 되든 남자가 되든 다 좋지만 하나로 한정하지 않고 논바이너리non-binary 젠더퀴어로 살아도 좋다고 말해줄 사람이 꼭 필요하다. 그것을 자신의 삶으로 보여줄 어른들이 더더욱.

아마 도림에게 가장 적절한 말을 해줄 사람은 '레사'일 것이다. 「물질계」는 죽음이라는 운명을 오갈 수 있는 공간으로 비유하는 상상력으로부터 시작한다. '나'는 운명처럼 고정된 시간과 패턴을 바꾸어낼 가능성을 만들고자 논문을 쓰기 시작했다. 그것은 자신의 운명에 대한 대응이기도 하다. 어렴풋이 자신에 대해 알아차리자마자 "내 안의 숨겨진 무언가가 밖으로 튀어나와 나와 내 집안을 말아먹고 세상의 손가락질을 받으리라는"(97쪽) 위협 속에서 자라게 된다. 지금 한국사회는 레즈비언에게 "집안 말아먹을 년"(같은 쪽)이 되라고 저주하곤 하니까. '나'의 운명을 "꽁꽁 얼어붙은 한겨울의 산"(108쪽)처럼 만든 '사주'란, 기실 이성애로 한정된 삶을 강요하고 그 외부를 조금도 허용치 않는 가족주의적 생애 모델을 인간의 숙명으로 설명하는 언어다. 그것은 "내가 남들과 다르다는 것을"(113쪽) 알자마자, 자기 자신을 공포와 불안으로 체감하게 만들었다. '나'의 운명을 장악하고 미래를 상상하지 못하도록 "내 가슴에 거꾸로 박혀 그 어떤 빛이 와도 녹지 않을 것만 같"(112쪽)은 거대한 "내 운명의 빙하에 갇"(113쪽)히게 만들었다. 그렇게 삶을 박탈하고 얼려버리는 결정론적인 운명론에서 벗어나기 위해 누구에게나 보편타당한 과학을 공부했다. "내가 과학의 세계를 좋아했던 이유는 내 마음 따위와는 상관없이 언제나 동일한 물리법칙이 작용한다고 믿었기 때문이다."(120쪽) 세계의 운명이 확정되어 있지 않다는 불확정성의 원리로 우주의 법칙을 다르게 말해보고 싶었지만, 대학원 사회야말로 전혀 보편타당하지가 않다. 결정론적인 법칙을 벗어나는 논의를 받아들이지도 않는 교수들의 권위주의, 여성혐오적인 가십과 노동력 착취가 일상이면서도 여성 학자들의 미래를 유리천장으로 제약하는 곳이다. 이 역학易學도, 저 역학力學도 모든 인간에게 적용되는 '변치 않는 진리'라고 자부하지만, 실은 그것을 행하는 사람들을 위해서 굴러가는 것일 뿐이다.

하지만 그렇게 정해진 운명이란 없다고, 집안을 말아먹는 운명이란 사기라고 레사는 단호하게 말한다. 레사는 운명론을 매일의 삶을 통한 수행으로 전환한다. "사주팔자 명리학은 자기에게 적용하는 성찰이고 수양이지, 남에게 악담을 퍼붓는 게 아니라고 했다. 하루하루 충실하게 살면, 그게 모여 사주팔자가 된다고."(125쪽) 이는 이성(애)적으로 보편타당한 역학易學/力學의 허구를 드러내면서, 실은 매일의 수행이 자신의 운명을 만든다는 원리를 알려준다. 이는 자신을 설명하는 언어란 자신의 충실한 하루하루뿐이라는 전환으로 이어진다. 그러자 통상적인 '음양'의 이성애적 운명론은 여자들의 사랑을 여는 질문으로 바뀐다. "불의 여자랑 물의 여자가 만났으니 뭘 해야 할까요?"(117쪽) 정열적이고 시원시원한 레사 덕분에 '내 운명의 빙하'가 녹아내리는 과정은 유쾌하고 사랑스럽다. 레즈비언이 되는 사주팔자란 걸 굳이 설명할 필요가 없다고, 그러지 않겠다고 말하는 레사의 대답은, 인간의 운명을 확정하지 않고 매일 각자의 수행성에서부터 세계를 설명해가는 퀴어적 인식론을 새로운 세계의 원리로 만든다.

그렇게 미지의 방정식의 답을 구하는 매일의 과정이 훨씬 더 우리의 삶에 가깝다. 주어진 방정식의 고정된 값이 아니라 어떻게 될지 모르는 미지수 X가 되는 것. 자신의 정체성 숫자를 스스로 만들고 자신의 몸을 스스로 설명하는 방정식. 운명이 아니라 여정으로서의 삶. 저들이 확정해둔 운명이 아니라 자신의 관계성과 수행성을 충실히 살아가면서 스스로가 되는 삶. 김멜라의 소설은 방정식의 답을 이렇게 아름답게 써냈다.

(2020)

당신도 잘 아는 그 게임의 룰
―박서련의 「당신 엄마가 당신보다 잘하는 게임」

'당신'은 승자가 될 수 없다. 이 패배는 당신의 계획을 무너뜨리는 아들의 미숙함 때문일까. 아니면 아들을 나약하게 키운 당신의 지나친 교육열 때문일까. 하지만 당신은 어쨌든 승리하지 않았던가? 당신은 최선의 아이템 트리를 세웠고 전장에서 충분한 경험치를 쌓았다. 당신은 마땅한 승리를 거두었다. 그런데도 패배감을 느낀다는 아이러니. 소설은 이 역전된 구조를 통해 당신을 게임의 원점으로 다시 불러들인다.

당신은 어렴풋하나마 그 원인을 이미 알고 있다. 아이는 "가장 가까운 어른인 부모를 이겨먹고 싶기도 하고 또래에게는 더욱더 감정이입을 할 때니까"(226~227쪽).[1] 청소년에게는 자신의 시공간을 관리하고 통제하려는 어른으로부터 자신을 분리하고 그러한 권위에 도

---

1) 박서련, 「당신 엄마가 당신보다 잘하는 게임」, 전하영 외, 『2021 제12회 젊은작가상 수상작품집』, 문학동네, 2021. 이하 인용시 본문에 쪽수만 밝힌다.

전하는 과정이 필연적일 수 있다. 청소년은 어른이 떠먹여주는 대로 수동적으로 자라지 않으니까. 그러나 당신은 남성 청소년의 주체화가 젠더적 위계화와 엄마인 당신을 직접 겨누는 여성혐오를 동반한다는 것까지는 미처 예상하지 못했다. 영리한 아들들은 권위에 저항하기 위한 자원으로 자신의 젠더 권력이 유용하다는 것을 알아차렸다. 남성 주체가 되면 적어도 여성인 성인에게는 맞설 수 있다는 위계를 배운 것이다. 정체성을 형성하는 청소년기에 유독 여성/퀴어 혐오가 거세지는 것은, 그 시기가 자신의 지위를 높이기 위해서는 그 아래에 다른 사람을 배치하면 된다는 간단한 원리를 터득하는 때이기 때문이기도 하다.[2]

그런데 상위 랭크에 오르려는 그 진취적이고 자신감 있는 태도야말로 당신이 아이에게 애써 가르치고 싶었던 바로 그것이 아닌가. 아이는 당신의 의도대로 게임의 룰을 충실히 습득하고 가용 가능한 모든 자원을 동원해 경쟁 구조 속에서 성실히 레벨을 올리고 있는 것이다. 숙달된 선배인 K대생이 명쾌하게 짚어주었던 그 기초 원리를 따라서.

---

[2] 청소년 문학/독서의 젠더적 현황을 다룬 좌담 「독서들로부터—페미니즘과 청소년 독서 교육 현장」(『문학동네』 2021년 봄호)을 참고했다. 청소년이 선별된 교육 환경에 놓여 있는 동안 사회문화적 혐오를 경험할 일이 적다는 지적도 주목할 만하다. 교과 교육이 기성 사회의 젠더적 위계에 대한 정보를 누락하고, 그 사회를 평등한 경쟁의 세계로 제시하기에 생기는 간극이다. 이는 가장 중립적이고 보편적인 교과서의 서술이 실은 가장 중립적이지 않음을 드러낸다. 이러한 상황에서 남성 청소년이 상대적으로 안온한 성장에 힘쓰는 동안 여성 청소년은 자신의 젠더를 가능한 한 중화시키고, 퀴어와 장애인, 이주민 등의 소수자 청소년은 침묵과 인내를 내면화하는 것이 아닐까. 그렇다면 성년이 된다고 해서 이들이 서로를 동료 시민으로서 대하는 법을 터득하긴 어려울 수밖에 없을 것이다.

남자애가 게임 못하면 아무래도 또래 집단에서 발언권이 약해지죠. 남
자애들은 서열이 중요한 거 아시죠? (……) 요새 대한민국 십대 이십대 남
자들은 다 페이커를 숭배한단 말이에요. 왜냐, 단순해요. 게임을 잘하니까.
그게 다예요. 연봉 높지, 여자들한테도 인기 많지.(210쪽)

'서열'과 '여자'를 얻기 위한 퀘스트. 집단 내의 서열로 '성공' 여부
를 판별하는 남성의 생애 서사. 그렇게 상위 랭크에 오른 남자애들이
'보상'으로 무엇을 상상하는지를, K대생은 당신을 성추행함으로써
직접 보여주기까지 한다.

K대생과 같은 학교 출신인 당신의 남편 역시 상위 랭크에 올라 있
다. 물론 연륜이 있는 남편은 좀더 노련하게 '보상'을 다룬다는 차
이가 있다. "결혼했다고 긴장 푸는 여자들하고 달라서 당신이 좋
아."(205쪽) 아이의 체형만큼이나 엄마의 외모도 아이의 교우관계와
평판에 큰 영향을 끼치기 때문에 당신은 '자발적으로' 피부과에 간
다. 이렇게 아내에 대한 칭찬과 엄마에 대한 평가는 서로 연결된다.
여성의 신체는 남편의 위신을 높여주거나 자녀의 자신감을 올려주는
장치로 전환되는 것이다. 연령을 막론하고 또래 집단에서 '발언권'은
이렇게 생성된다. 그러니 "남편이 했던 평가와 아이가 그날 전해준
이야기가 완벽하게 포개진다"(같은 쪽).

당신은 그에 대해 인정받을 때마다 기묘한 보람과 불안을 동시에
느껴왔다. 평가가 계속될수록 당신은 더욱 철저해진다. 그런데 아이
에게 공부, 음식, 체중, 키, 운동, 교우관계, 취미, 학생회 활동 등 다
방면의 자기계발을 요구하는 최신 입시 제도는 왜 당신의 몫인 걸까.
이뿐만이 아니다. 언젠가부터 감정, 인성, 소통과 같은 학제 밖의 영

역마저 개인의 '경쟁력'으로 간주되고, 이에 대한 책임 역시 여성 보호자인 당신에게 부과된다. 교육이 계급 재생산을 위한 투자 수단으로 바뀌는 과정은, 그것이 이미 젠더적으로 분업된 재생산 노동의 일부로 편입되면서 자연스러워진다. 거주지 이름을 붙여 만드는 '××맘'이라는 명명은 (중요한 생활 공동체/공론장이면서도) '마이크로 매니징'을 상호부조하는 엄마들의 지역적, 계급적, 젠더적 동질감을 만드는 한편 엄마들로 하여금 죄책감을 느끼도록 부추긴다. "이해심 많은 엄마"가 되어야 한다는 자기검열은 스스로 감당해야 하는 과제를 자꾸 미루는 "아이 대신 자기의 부족함을 탓"(200쪽)하게 만든다. "몰라서 미안해. 엄마가 알아서 해볼게."(203쪽) 다른 가족원들이 아이의 문제를 거의 신경쓰지 않는 동안 당신은 아이의 모든 것을 관리하면서도 문제가 해결된 이유를 "당신의 노력보다는 마침내 약효가 나타"(202쪽)난 덕분이라고 생각한다. "왜냐하면 내가 너의 엄마니까."(209쪽)

당신이 죄책감을 느끼면서까지 아들을 관리하는 것은, 아이와 여성으로서 인권이 침해되었던 당신의 야만적인 과거와 단절하려는 투쟁이기도 하다. 당신 자신이 꿈꾸었던 미래를, 현재의 아이를 통해 이루려는 노력인 것이다. 당신은 "타인에게서는 보상받을 수 없는 어린 시절의 당신을 위한"(206쪽)다는 점을 정확하게 의식하며 "당신 아이가 되고 싶"(205쪽)어질 만큼 아이에게 최선을 다한다. 당신은 아무리 시대가 변해도 성장과 경쟁의 기본 원리는 동일하리라고 여겼기에 자원만 충분히 투입하면 아이를 성장시키고 경쟁에서 이기게 할 수 있다고 믿는다. 다만, 젠더가 큰 변수라는 점을 고려하지 못했던 것이다.

성장 이데올로기와 발전 신화의 중핵이면서도 표층적으로는 누락되어왔던 젠더라는 항목을 기입하자마자 불협화음이 들려온다. 이는 우리가 최선을 다해 익혀온 룰 자체의 괴물성에서 기인한다. 갑자기 낯선 무언가가 끼어든 것이 아니라 착실하게 게임의 룰을 따르며 성장해온 과정의 자연스러운 귀결인 것이다. 이제껏 한국사회는 '지금 공부하면 미래의 아내의 얼굴이 바뀌고 남편의 직업이 바뀐다'는 식의 보상 체계를 주입시켜왔다. 경쟁에서 이기면 젠더적 주체화에 성공하고 중산층 이성애 가족에 편입될 수 있다고. 아이들은 그러한 가르침을 따랐을 뿐이다. 열심히 공부해 승자가 된 K대생이 자신의 권리인 양 여성을 원하는 대로 다룰 수 있다고 여겼듯이. 당신 역시 아이에게 모범적으로 플레이하면 상위 랭크로 올라갈 수 있다는 룰을 가르치려고 애써왔지만 이제 게임 자체가 당신에게 공허한 것으로 변했다. 그 게임 속에 여성이자 엄마로서의 당신의 자리는 없기 때문이다. 소설은 이렇게 모성적 희생과 투자의 윤리가 배신당하는 순간을 날카롭게 짚어낸다. 이 역설적인 구조 속에서 당신은 피해자인 동시에 공모자다. 누구라도 이 이중적인 위치에 서지 않을 수 없도록 거대한 게임의 룰이 플레이어들을 기다리는 것이다.

당신은 여자 선생이라면 파렴치한 K대생과는 다를 거라는 판단 아래 다른 강사를 새로 구한다. 당신은 강사를 보자마자 강사가 아들에게 성적 매력이 있을지 무심코 외모를 평가한 반면, 강사는 "당신의 몸이 아니라 당신이 실제로 해낸 일"(218쪽)을 칭찬한다. 당신을 '사모님'이 아닌 '선생님'이라 부르면서, 아이나 남편의 욕구가 아닌 당신의 갈증을 채워주는 강사 덕분에 당신은 오랜만에 죄책감과 불안감이 아니라 효능감과 고양감을 느낀다.

하지만 강사와 함께 게임을 하며 연승을 거두던 중 '혜지'라는 단어를 접하면서 분위기가 달라진다.[3] "게임 못하는 사람한테 너 여자냐?라고 묻는 대신에 그냥 여자라고 단정하고 흔한 여자 이름으로 부르는"(222쪽) 이러한 혐오 표현은 실력으로 여성이 '남성적 권위'에 맞서는 것을 원천적으로 막는다. 충격을 받은 당신에게 강사는 "이 게임 입문하고서는 저보다 잘하는 사람을 만나본 적이 없"고, "남자들이 나보다 게임 못하는 건 당연"(223쪽)하다고 화를 낸다. 당신은 "여자들이 남자들보다 게임을 못하는 건 맞지 않느냐고"(222쪽) 생각하지만, 강사는 그런 말을 하는 상대를 확실하게 차단해버리거나 아니면 압도적인 실력을 갖추자고 한다. 재능 있는 여성들의 연대로 세계를 헤쳐나갈 수 있음을 증명하는, 젊고 유능한 새로운 세대처럼 보이는 강사가 믿음직스럽다. 당신은 강사를 본받아 서로를 이끌어주는 실력인 '캐리력'을 쌓아간다. 그런데 함께 실력을 쌓아서 유리천장을 넘는 통쾌한 '사이다' 서사로 나아갈 수 있는 그 지점에서 소

---

3) 현실의 젠더/섹슈얼리티 조건을 마음대로 넘나들 수 있는 판타지 세계에서조차 상대를 직접 공격하는 '딜러'와 상대를 몸으로 막는 '탱커' 역할은 암묵적으로 남성 플레이어로 간주되는 반면, 이들을 돕거나 치료하는 '서포터' 역할은 '혜지'라는 여성혐오적 멸칭으로 불리는 경우가 많다. 이는 여성은 진정한 노동을 하지 않고 무임승차한다는 인식과 관계가 깊다. 많은 게임에서 레벨이 오를수록 남성(적) 캐릭터는 갑옷을 껴입지만 여성(적) 캐릭터는 옷을 벗는다는 점도 여성을 '노동'과는 분리된 '관조'의 대상으로 재현한다. 이러한 재현이 그저 이성애자 남성의 '자연스러운' 취향이나 일시적이고 무해한 유희로 간주되는 상황에서 이 소설은 게임을 하게 된 여성 양육자를 통해 일상적 노동과 관계 맺음, 자기 재현의 젠더적 위계가 어떻게 새로운 매체로 이어지고, 그것이 어떤 식으로 다시 현실의 질서를 강화하는지에 대한 문화정치의 단면을 보여준다.

설은 전복을 거부한다. 대신 게임에서 이기기 위해 성실히 노력해온 당신이 배신당하게 한다. 그로써 중산층 기혼 여성 보호자로서 당신이 서 있는 여러 위치를 드러낸다.

당신은 전교 회장 출마를 두고 경헌과 내기한 아들을 대신해 경헌을 이겨주겠다고 약속했다. 승리의 경험을 통해 아이가 자신감을 배우길, 특히 엄마와의 유대감을 키우고 당신을 본받길 바란 것이다. 당연히 경헌은 당신의 실력을 넘을 수 없다. 그런데도 경헌은 결과에 순순히 승복하지 않고 아이에게 '돼지승'이라는 외모 비하 메시지를 보내 승리의 경험을 가로챈다. 그리고 이 승리는 뒤이어 '혜지승'과 'NGUM(느그 어미)'이라는 여성혐오 메시지를 보냄으로써 완성된다. 지금의 남성적 성장이란 무언가를 얼마나 잘하느냐가 아니라 혐오와 대상화의 언어로 여성과 '약한' 남성을 얼마나 잘 배제하느냐에 달린 것이다. 그러니 게임의 승패와 무관하게 혐오 발화를 가장 잘 사용하는 경헌이 승자가 된다. 아이와 당신이 경헌을 이기기 위해서는 그 혐오 경제를 익혀야 했던 것이다. 채팅창에서 '엄마'라는 단어가 욕설로 여겨져 블라인드 처리되고 여성이라는 명명 자체가 모욕으로 간주되는 세계에서 당신은 끝내 승자의 기분을 느낄 수 없다. 당신은 아이가 회장 선거에 나가는 것조차 민주주의의 공적 발언(권)의 수행이 아니라 자기 극복의 퀘스트와 보상의 문제로 가르쳐왔다. 그 결과 아이는 당신이나 다른 친구들을 위해 어떤 말을 해야 한다는 책임에 대해서는 배우지 못했다. 당신의 치밀한 교육도, 실력 있는 여성과의 연대도 그 룰 자체를 향해 있지 않기에 핵심을 끝끝내 비켜갔다.

물론 당신만의 책임은 아니다. 당신은 아이가 따돌림을 당했을 때 가해 학생의 부모도 만나고 담임교사에게도 얘기해보았지만, 아이가 몸담고 있는 세계의 법칙을 거스르면서 아이를 보호할 수는 없었기에 주어진 조건하에서 최선을 다하기로 했다. 한국형 성장 모델에서는 타인과 관계를 맺는 일마저 배워야 하는 지식/기술처럼 간주된다. 그래서 아들이 친구와 관계를 어떻게 맺어야 하는지 물어왔을 때 당신은 이기면 된다고 알려주었다. 아이가 외모로 인해 따돌림을 당하고 스스로를 비하할 때 당신은 아이가 놀림의 과녁에서 벗어나도록 아이의 몸을 교정했다. "지금 또래하고 어울리는 법을"(202쪽) 배워두어야 앞으로 편하니까. 이는 아이로 하여금 투자와 관리가 아닌 다른 방식으로 스스로의 몸을 인식하거나, 경쟁이 아닌 다른 방식으로 친구들과 관계 맺는 법을 상상하지 못하게 만들었다. 그 결과 아이는 모든 (정서적/지성적) 자원을 자기계발의 경험치를 올리는 데 투입해야 했다. 그러려면 젠더와 섹슈얼리티, 신체와 장애, 인종과 출신 지역, 교육 경험을 비롯한 각자의 차이를 가능한 한 무화시키고 최적화된 아이템 트리를 암기해야만 했다. 그 아이템 트리가 누구의 것인지 묻지 않은 채.

그러니 아이와 경헌이 동료 시민으로서 서로 대화하는 법은 어디서 배울 수 있을까. 타인의 욕망을 비추는 것이 아니라 자기가 원하는 자신이 되는 방법은? 질투와 모방의 대상으로서가 아니라 상대를 온전히 보는 마음은? 모든 사람이 그렇듯 아이도 혼자 노력한다고 해서 통제할 수 없는 관계망 속에서 자란다. 우리는 그렇게 우연히 마주치는 다른 플레이어와의 네트워크 속에서 자신을 만들어나갈 수밖에 없다. 우리는 모두 아이에게 강제되는 룰을 만든 공모자이지만 그렇기에 서로에게 다른 게임의 룰을 줄 수도 있다. 우리는 서로에게 더 나은 사회적 관계망을 제공하는 개발자가 될 수 있다.

소설이 호명하는 '당신'은 물론 '엄마'다. 그런데 지금 제목을 다시 본다면 이 '당신'이 다른 사람임을 알게 될 것이다. 게임을 잘하게 된 당신의 아들일까. 아니면 혹시 이 책을 읽고 있는 당신을 의미하는 것은 아닐까. 책 밖에서 매일 그런 게임을 하고 있는 당신 말이다. 박서련은 이 작은 틈새로 게임을 재부팅시킨다. 이제 독자 당신이 거대하고 일상적인 이 게임의 플레이어다. 그러니 묻자. 당신이 매일 접속하고 있는 바로 그 게임의 룰은 어떠한가? 당신은 승자의 기분을 느낄 수 있는가?

(2021)

4부

한국적 남성성의
감성 형식과
퀴어한 상상력

포스트 한남 문학의 기점과 상상력의 젠더

버추얼 리얼리즘의 생식기 유토피아

영화 〈레디 플레이어 원〉(2018)은 인간의 도구가 신체성/몸을 초과한 2045년을 배경으로 주체(성)의 진화와 그 정치경제학에 대한 상상력을 보여준다. VR 기술이 일상화되어 모든 노동과 관계가 '오아시스'라는 가상현실에서 아바타를 통해 이루어지는 근미래를 리얼하게 보여준다. VR 안경은 완전히 현실과 같은 시청각을 보여주고, 정확히 신체와 연동되는 아바타는 자유롭게 움직인다. 아바타에 닿는 촉각까지 전해주는 수트를 입으면 인간의 감각과 인지는 최후의 특이점을 넘어선다. 아바타와 신체를 밀접하게 연결하는 기술은 노동, 대화, 전투, 사랑의 모든 관계 맺음에서 물질적 몸을 넘어선다. 특히 아바타로 나이, 성별, 종족을 넘나들며 자유자재로 변형할 수 있어 몸의 한계를 넘은 자기 재현과 젠더 표현, 섹슈얼리티를 열어낸다. 주인공 '퍼시벌'의 동료 'H'는 우락부락한 남성 아바타이지만 현실에서는 여성이라는 젠더 벤딩gender bending을 보여준다. 오아시스에는 n개의 젠더와 섹슈얼리티가 이미 있다. 자유로운 자기 표현과 현실적 인지/감각을 연결하는 이 근미래의 테크놀로지는 인류의 성을 해방시킬 수도 있는 것이다. 자신의 섹스/젠더를 자유롭게 체현하고, 어떤 상대와도 자유로운 관계를 만들 수 있는 모든 테크놀로지의 가능성.

그러나 이는 누가 혁명의 주체가 되느냐에 달려 있다. 서사가 결국 성취하는 것은 이성애의 보편화와 청년 남성의 특권화다. 오아시스의 운영권을 노리는 대자본의 독점에 맞서 노동계급 출신 남성 청년이 이끄는 계급 혁명 역시도 오아시스 안에서 일어난다. 노동계급 빈민가 출신 고아로, 이모부에게 육체적 남성성을 부정당하는 그가 영웅이 되는 것은 너드nerd인 덕분이다. 엘리트 대자본에 맞서 '평범한' 청년의 혁명 무기로 전자오락과 대중문화를 제시할 때, 영화는 노동계급 이성애자 백인 청년 남성이 선호하는 하위문화를 보편적이고 평범한 노동계급의 혁명 전위로 확장한다. 혁명을 이끄는 여성 아바타 '아르테미스'를 보고 사랑에 빠진 퍼시벌에게 친구 'H'는 젠더 벤딩의 가능성을 거론해보지만, 그는 단호하게 그녀가 현실에서도 아름다운 이성애자 여성이고 자신과 사랑에 빠지고 말 것이라는 확신을 갖는다. 너드 영웅의 '근자감'은 대대로 이성애자 남성 청년들이 주체가 되어 세계를 구원하는 방법으로 계승된다. '룰'을 싫어하는 너드라서 제대로 연애 한 번 해보지 못했던 개발자 '할리데이'는 오아시스의 주인이 되는 열쇠를 숨겨두는데, 그것은 실패한 첫사랑을 후배 남성이 대리 충족해주는 게임들을 통해 획득할 수 있다. 남성 주체의 이성애 연애를 계승받으면 세계가 구원된다. 처음에 혁명 지도자로 등장한 아르테미스는 어느새 주인공의 최종 승리를 보상하는 트로피가 되어 그의 품에 안긴다. (게다가 평생 비혼을 맹세한 여신이!) 결국 계급 혁명을 완수한 주인공은 새로운 세계의 조건으로 일주일에 두 번 오아시스 접속을 금지시킨다. '진짜' 사랑이 있는 현실 세계를 대면하라는 진부한 충고를 하면서 퍼시벌은 아르테미스와 현실세계에서 키스를 나누는 '진짜' 이성애를 최후의 유토피아로 제시한다. 여전히 물질적 신체/생식기를 겹칠 때 세계는 구원되고 완성된다. 몸이 없어도 되는 유토피아(없다ou-+장소topos)를 구원해놓고도, 기껏 마련한 잠재적 테크놀로지를 끄고 결국 관습적인 이성애자 남성의 몸으로 돌아간다. 여성의 신체를 승계받는 남성 서사의 목표에 도움이 되지 않는 상상력은 사라지고 만다. 그런 점에서 미래의 테크놀로지는, 미래의 청사진을 그리는 우리의 상상력은 절대로 중립적이거나 균형적인 것이 아니다. '상상력을 권좌로' 보낼 때 어떤 상상력인가를 물어야만 한다. 그것은 항상 가장 선별적으로 작동한다.

박탈의 상상력, 불알 디스토피아 혹은 에덴의 파시즘

우리 시대 청년들의 상상력은 이원화되어 있다. 여성 청년들이 페미니즘의 감각으로 일상의 권력을 재분배하고자 하는 열망에 가득차 있다면, 이에 대한 반동으로 자신들은 기득권을 누린 적도 '없는데' 자신들의 '언어'를 왜 빼앗아가냐는 억울함의 정동으로 가득한 남성 청년들도 결집하고 있다. 촛불 혁명 이후 페미니즘의 부상으로 남성 청년들이 급격히 우경화되어간다는 우려는 다분히 사실에 가까워 보인다. '생수통'을 들어줘야 하는 역차별과 '군대'라는 불평등을 억울해하는 동시에, 가족 임금의 젠더 독점이 사라져, 아버지 세대가 손쉽게 누리던 '여성'을 박탈당했다는 열패감의 전망은 인터넷을 가득 채우고 있다. 지금의 이 억울한 열패감들은 미래를 어떻게 상상하고 있는 것일까?

이 공포를 박민규는 최악의 시나리오로 보여준다. 「보다 부드럽게, 구스~」(『자음과모음』 2018년 겨울호)[1]는 계급적 박탈에 의해서 여성과 분리된 이성애 남성들의 디스토피아를 통해 이 청년들의 정동을 대변하고 있다. "하층 계급의 남성들만 격리시켜놓은 헤일스톤은 철저히 고립된 통제지역이다."(31쪽) 아버지의 고향인 '메인 월드'에서는 여자와의 결혼이 가능했지만, 이제 그런 세대는 끝났고 "인간 남자와 인간 여자가 만나는 '결혼'이란 것은 최상위 부자들만의 전유물"(32쪽)이다. 지식인/자본가 계급의 남성들은 이성애 결혼을 하면서도, 노동계급 남성들이 주체가 될 가능성은 박탈해갔다는 열패감이다. "고향을 다스리는 높은 분들"(같은 쪽)의 농간으로 노동계급 남성들이 몰락한 탓이다. "산업의 지형 자체가 한순간 변했다 한다. 아버지 세대의 대부분이 일자리를 잃었다. 고향은 그들을 성별로 나누어 추방했다."(같은 쪽) 노동계급 가부장의 가족 임금 상실은 곧 '젠더 전쟁'으로 인식된다. "아버지는 말했다. 실은 오래전 고향에서 여자와 남자를 일부러 싸움 붙였다고……그것이 시작이었다고"(34쪽). 메인 월드의 폐기물을 처리하는 비정규직 노동 남성들만 모인 헤일스톤은 계급적 박탈(감)의 미래다. 4차 산업혁명 이후 가족 임금과 가부장의 경제적 지위를 박탈당했기 때문에 결혼도 섹스도 사라진 세계는, 계급적인 박탈을 젠더적 박탈로 체감하는 우리 시대 남성 청년들의 불만에 정확히 대응한다. 가부장에게 순종하지 않는 '꼴페미'와 결혼해서 돈 낭비 하지 말고 성매매나 섹스돌을 애용하겠다는

---

1) 이하 인용시 본문에 쪽수만 밝힌다.

'번식 탈락'의 숭고한 결단이 헤일스톤에서 완벽히 이루어진다. "이 빌어먹을 곳에 남은 것은 이제 야동과 워머노이드뿐이다."(30쪽) 가장 힘세고 싸움을 잘해서 "먹어주는 남자"(같은 쪽)인 '구스'의 삶의 목표는 하나다. "헤일스톤에서의 '삶이란' 좋은 워머노이드를 사는 것이다. 다른 이유가 존재할 리 없고, 존재할 수도 없는 곳이다."(32쪽) 처음 가진 중고 워머노이드(여성형 섹스돌)는 "사정을 하고 나서 묵묵히 렌치질을 해야 하는"(35쪽) 비참한 심정을 안겨준다. 구강성교중 "나사들이 일제히 터져나오며 싹둑"(같은 쪽) 성기를 절단당해 '커티Cutty'라는 '고자'가 될 위험이 있어서다. 그래서 구스는 머리통을 아예 떼어 내서 "머리 없는 여자"와 (그로테스크하게라도) 섹스를 할 수 있지만, 만족하지 못한다. "아무리 시간이 걸린다 해도…… 인간과 구별이 불가능한 상위 기종"을 사겠고 결심한다(같은 쪽). 구스가 '진짜 여성'을 얻기 위해 필생의 노력을 다하는 서사의 얼개가 단순히 욕구 해소 때문이 아님을 의미한다.

이는 "남자들에겐 평생 딸딸이를 쳐야 하는 천형을…… 일평생 일해 모은 돈으로 중고 워머노이드를 사야 하는 천벌을 신께서 내리셨"(33쪽)기 때문이다. 이성애자 남성의 성욕은 별다른 설명 없이 (천형, 천벌로) 자연화되고 있다. "그래, 누군들 여자가 필요하지 않았으랴."(35쪽) 이러한 이성애의 자연화는 기이한데, "헤일스톤의 그 누구도 인간 여자를 만나본 사람은 없으니까…… 하물며 지어낸 얘기조차 들어보지 못했으니, 말이다"(33쪽). 여성과 태생적으로 격리된 세계에서도 대상이 없는 욕망이 생겨날 수 있을까? 오히려 동성애가 더 자연스럽지 않을까 의문이 들지만, "무법천지인 이곳에도 한 가지 엄격한 법이 있는데 그것은 '동성애 금지'"(34쪽)라는 다소 허술한 설정으로 넘어간다. 인구 재생산이라는 최소한의 근거와도 무관한 남성만의 세계에서 '동성애 금지'라는 법적 금기는, 역으로 서사의 목표를 보여준다. 여성 부재를 통해서 남성 자신을 응시하려는 것이다. 여성이 '불필요'하고 심지어 존재하지 않는 세계에서도 여성을 향한 욕망의 크기를 경쟁함으로써만 주체가 될 수 있다. 그런데 동성애자도 커티(고자)도 아닌 '먹어주는' 남자 구스는 자신이 '남자=주체'임을 무엇으로 확인하는 걸까?

바로 "그게 시詩라는 거다/알기는 하냐?"(27쪽) 구스는 이성 섹스의 종말을 애도하고 이성애의 영원성을 상기하는 미래의 시를 인용하면서 등장한다.[2] "진짜 여자들의 사진과 문학작품들의 구절들"(30쪽)에서 "나 같은 남자들과…… 진짜 여자들이…… 술한 시련을 극복하고 사랑을 이루는"(같은 쪽) '낭만'의 가치를 알아보는 자부심이 구스를 이 세계의 주체로 보증한다. 그 "숭고한"(27쪽) 의미를 모르는 '조' 같은 놈들 때문에 이런 세상이 왔다며 한참 두들겨 패던 구스는 그가 '커티'임을 알자 '형님'이 미안하다고 사과한다. "나처럼 먹어주는 남자"(30쪽)만 시의 가치를 알기 때문이다. 그러니 "내가 결코 물 같은 남자가 아니란 사실…… 또 이 세계가 실은 이따위 시궁창이 아니란 증거"(같은 쪽)를 위해 구스가 온 삶을 다해 갈구하는 것은 "진짜 여자다. 오달리스크 101EZ다"(37쪽). 구스는 워머노이드 '마리아'를 구매하자마자 "질압을 측정했다. 그다음은 항문, 그다음 입"(39쪽)을 점검하면서 다만 일방적인 '성기'로 사용하는 동시에 "내가 시를 아는

---

2) "오, 우리가 빨았던 모든 좆들이여/우리가 빨아온 그 모든 보지여/이제 안식의 잠에 들라/풀 죽고 오므린/말라비틀어진 인간의 꽃들이여/안녕하고 영원하여라/— 2102년, 베르나르도 바르보사"(27쪽).

남자이기 때문"에 "시 구절을 그녀의 귓가에 속삭이듯 읊어주"며 "문학적으로 변모한다"(42쪽). 그러나 마리아는 정말로 인간 여성이어서 그녀에게 사기극을 당하고 만다. 전 재산을 날려 분개했음에도 구스는 스스로를 억누르며 "시적으로 말하자면 우리가 짊어져야 할 '고독'"(50쪽)이 있으니 같이 살자 한다. "말라비틀어진 인간의 꽃들에게 다시금 물을 주며" "이곳에서 당신과 문학을 논하고 싶"(같은 쪽)다고. 끝내 마리아가 자신의 낭만적 '사랑'을 거부하자 "그 순간 참았던 눈물이 흐르는"(51쪽) 적잖은 고통을 느끼면서도 구스는 호쾌하게 집으로 보내준다. 그녀의 감사 편지를 읽는 결말은 "그렇게 헤까닥 하다가 깨꼬닥 하는 것이 인생"(52쪽)이라는 성숙한 남성의 도취를 뿌듯하게 응시한다. 자연화된 이성애자 남성의 성욕을, 게다가 여성을 정당하게 '구매'한 자격마저 희생한 것이다. 에덴의 노간주나무를 연상케 하는 진을 마시며 구스는 호쾌하게 웃는다. 이로써 강간, 성매매와 낭만적 사랑의 거리를 순식간에 좁혀서 '(남성 성욕=)이성애(=사랑)'의 진정성을 입증한다. 구스는 계급적 박탈을 호쾌한 남자의 낭만적 희생으로 전환하면서 주체가 된다. 이런 세계에서 구스는 강간하거나 낭만화할 '여성' 없이는 존재를 입증할 다른 방법을 알지 못한다. 계급적 박탈을 '여성 박탈'로 체현하는 남성 파시즘이 여기서 도래한다.[3] '김치녀'를 감별하면서 '꼴페미'가 아닌 '스시녀'를 '구매'하

---

3) 정치경제학적 박탈과 세대적 패배를, 고분고분하지 않아진 여성과 페미니즘의 '불공정'을 향한 적대감으로 표현하는 남성 청년들의 감정 구조는, 기실 정확하다. '취업'이라는 자격을 갖춘 남성 가부장의 당연한 부산물이자 권리였던 '여성'을 처음으로 상실한 세대라는 점을 정확하게 본 것이다. 그리고 그 생물학적 기득권의 상실에 대한 정확한 반동으로, 소유관계를 보지 않고 이성애자 남자로서의 자기 욕망의 정당함을 표현한다. "파시즘은 새로이 생겨난 무산계급화한 대중을 이 대중이 폐지하고자 하는

는 남성 청년들은 기실 애타게 "먹어주는 남자"라는 거울을 보려 노력한다. 구스처럼 '진짜 여자'를 만나 시를 읊어주는 '진짜 남자'가 될 때만 스스로를 응시할 수 있기 때문이다.

계급적 박탈 속에서 주체가 될 유일한 방법을 "불알"에서 확인하는 디스토피아는 「우리는 남자도 아니다」(『문학동네』 2018년 가을 호)[4]도 같다. 감자 역병과 잉글랜드의 식민 통치하의 아일랜드 빈민가에서 인물들은 "길거리에 나선 그 모두가 실은 진짜 남자가 되고자 발버둥을 치는"(123쪽) 대공황 시대를 산다. 가난 때문에 아내들이 세대를 거듭해 떠나는 남자들의 디스토피아에서 중요한 것은 "불알"(106쪽)의 존재론이다. 노동계급을 박탈하는 불공평한 '룰'을 만드는 지식인과 잉글랜드는 불알이 없고, 맨주먹으로 버티는 남자들만이 불알을 간수한다. 공장에서 정직하게 노동해 가족을 부양하지 않고 공부를 택한 "백부의 불알을 터트린 것은 아버지였다"(107쪽). 지식인이 된 백부는 불알이 없는 "여왕의 개"(106쪽)로 여성화된다. "글러브 뒤에 숨어 협잡을 벌이는 현대 복싱이 아니라 자신이 아는 진짜 복싱"(114쪽)만이 '진정한 남자'의 일이다. 글러브 복싱을 거부하는 "나는 호모가 아니라 베어 너클 복싱을 하는 진짜 남자고!"(같은 쪽) 아버지는 "비록 나는 실패했지만 너는 '진정한 남자'가 되어

소유관계는 조금도 건드리지 않은 채 조직하려 하고 있다. 파시즘은 대중으로 하여금 결코 그들의 권리를 찾게 함으로써가 아니라 그들 자신을 표현하게 함으로써 구원책을 찾고자 한다. 대중은 소유관계의 변화를 요구할 권리가 있지만 파시즘은 소유관계를 그대로 보존한 채 그들에게 표현을 제공하려고 한다." 발터 벤야민, 「기술복제시대의 예술작품」, 『기술복제시대의 예술작품/사진의 작은 역사』, 최성만 옮김, 길, 2007, 147쪽, 강조는 원문.
4) 이하 인용시 본문에 쪽수만 밝힌다.

야 한다는"(116쪽) 유언을 남긴다. 그러나 진짜 남자의 시대는 저물고 점차 세련된 "퀸즈베리 룰이 복서들의 불알을 전부 터트리"(121쪽)는 시대가 되어간다. 서사는 타협하지 않고 "끝까지 베어 너클을 고집했고 죽는 그 순간까지 가톨릭 신자였던 아일랜드 남자의 묘비"(116쪽) 자체다. 맨주먹/육체노동의 절대적 '공평함'을, 노동계급 남성들이 육체적 남성성으로 모두 평등한 가부장이 되던 위대한 시대를, '불알들의 평등'을 애도하는 것이다. 권력에 편향된 '룰'이 없어 평등한 남자들의 공평한 맨주먹을 애도하면서 서사는 생물학적 본질주의에 정직함과 공평함을 부여한다. "흠뻑 서로의 땀냄새를 맡아버린 남자들 사이에서 계급과 신분의 벽이 잠시나마 무너진다"[5]라는 맨주먹의 남성성을 상호 확인할 때 자본주의적 룰의 협잡을 뛰어넘은 진짜 연대가 가능하다는 희망이다.

특히 서사는 여자 선수들도 원형적 '남근 선망'을 통해 남자 선수들과 대등하게 싸울 수 있다는 무조건적 절대적 공평함에 착목한다. "'녁아웃 퀸'을 외치는 관객들을 향해 내가 녁아웃 킹이다! 내가 남자다!"(113쪽) 라고 외치는 여자 선수들의 목적은 "실질적인 세상의 남자가 되는 것이었다"(119쪽). "나름의 공정한 룰"(127쪽)로 싸우면 "불알이라는 역전타가"(122쪽) 없어서 공평하다는 이 발상은 남녀 선수가 마주보고 서로의 생식기를 번갈아 때리는 기괴한 최후의 결투로 입증된다. 남성 선수와 여성 선수의 공정한 맨주먹 결투가 대를 이어가며 서사의 중핵으로, "이상할 정도로 종교적인 분위기" 속에 "순수한 숭배"로 재현된다(127쪽). 절대적 공평함을 입증해주는

---

5) 박민규, 「홀리랜드」, 『창작과비평』 2016년 가을호, 349~350쪽.

강한 여자 선수들에게 얻어맞으면서 사정하는 남자 주인공들은 청혼을 일삼으며 순수한 육체성의 세계에 동의하는 그녀들만을 사랑하고, 그로써 "나는 진짜 남자가 되었다"(124쪽). 하지만 원초적인 맨주먹으로 평등한 남녀의 관계는 결국 자본주의의 협잡으로 상실된다. "세상엔 여자와 남자만 있는 줄 알았지... 그런데 부자란 게 있더라구"(120쪽)라는 회한을 뒤집어보면, 계급적 박탈의 시대 이전, 몸으로서의 '여자와 남자'라는 원형적 에덴을 꿈꿨음이 드러난다. 순수하고 공정한 최후의 세계를 무너트림으로써 서사는 이 원초적 공평함을 애도한다. 육체만 남기면 절대적으로 공정해진다는 이 믿음은, 젠더라는 사회문화적 차이에 대한 감수성이 퇴각하고, 무조건적인 평등을 열망하면서 지식인들의 협잡인 룰(차별 시정 조치)의 철폐를 주장하는 우리 시대의 최고선, '형식적 평등'에 닿는다. 박탈당한 세계에서 이 정의감은 징병 '제도'가 아니라 불공정한 룰로 '보호'받는 여성을 향하고, 자신의 희생을 충분히 인정해주지 않는 사회적 룰(협잡)보다는 생물학적 본질과 이성애 부부의 고전적 성 역할에서 안온한 인정욕구를 갈망한다.[6] 결말은 여성을 박탈하는 부자와 룰을 피해 "에덴의 남쪽"(130쪽)이라는 미개척지 호주로 도주하며 스스로 기원됨을 선언한다. "운좋게 불알을 간수했으니 아일랜드 남자와 아일랜드

---

6) 그런 의미에서 맨박스(Man Box), 가부장제 때문에 남성도 사회적 억압의 '균등한 피해자'라고 설명하는 구도는 파급력이 없어 보인다. 기꺼이 계급 역투표를 하는 이 남성들은 피해의 응시가 아니라 주체가 되는 가장 손쉬운 환상을 향한다. 물론 맨박스와 가부장제로 고통을 받겠지만 그 이상의 보상을 여전히 제공하는 (것처럼 보이는) 탓이다. 기꺼이 맨박스에 갇혀, 자기통제와 억압을 감수하는 이유가 사회적 억압을 초과하는 주체가 되기 때문인데, 맨박스가 사회적 억압이라고 비판한들 여전히 주체가 될 수 있다는 전망에 대한 직접적인 타격은 되지 못하는 것이 아닐까? 그렇다면 그 보상을 통해서 도달한 주체 자체가 황량한 실패임을 이야기해야 하는 것이 아닐까?

여자의 자손이 또 호주에서 태어나겠지..."(같은 쪽) 모든 젠더가 무화된 이 물질적이고 육체적인 이성애 섹스를 신화적 기원으로 영속화하면서 결말은 다시 이어질 '불알' 가부장들의 평등에 미래를 건다.

사회문화적 매개들을 무화시키고 섹스라는 기원으로 회귀하는 상상력이, 세계를 어떻게 무너뜨리는지는 「데우스 엑스 마키나deus ex machina」(『창작과비평』 2018년 봄호)[7]가 잘 보여준다. 외계인 아포칼립스는 이미 진부하지만, '나뭇잎'으로 남근을 가리지 않고 나타나 지구를 뜯어먹고 캘리포니아를 강간하는 거대한 신은 '남자의 종말론'을 보여준다. "처음 신의 얼굴을 보았을 때 나는 절로 경식이 아저씨를 떠올렸다."(179쪽) '경식이 아저씨'는 "동네의 유일한 독신남"으로 다소 바보 같고 순진한 사람이었는데 "새댁을 강간하고 목 졸라 살해했다"(같은 쪽). 그런데 서사는 신이 형, 아저씨, 아버지들과 닮았다는 제보를 모아 엉클이라는 애칭을 붙인다. 순수한 경식이 아저씨처럼 엉클의 성욕 역시 독신남의 갓난아기 같은 순수하고 본원적인 욕망이 된다.[8] "여태 인류가 애써 행해온 일들을 몸소 대행하는 존재"(187쪽)인 그가 너무 인간적이라 불평할 수 없다는 화자의 체념은, 남성의 성욕을 마치 대자연의 섭리처럼 자연화한다. 세계의 멸망을 초래해온 지금까지의 욕망들을 바꾸거나 전환할 생각은 전혀 없고, 다만 그 성욕의 절대적 크기 앞에 나약한 인간 사회의 힘을 자조할 따름이다.

---

7) 이하 인용시 본문에 쪽수만 밝힌다.

8) "어떤 의미에서 그는 미워할래야 미워할 수 없는 존재였다. 아무런 악의 없이 그저 먹고, 씨를 뿌리고, 자는 게 전부인 인간을 미워한다는 것은 갓난아기를 미워하는 것과 다를 바 없는 일이라고 나는 생각했다. 그는 이제 아프리카를 열심히 범하고 있었다. 심지어는 귀엽고, 사랑스러웠다."(193쪽)

이 구도를 위해 서사는 모든 사회적 상상력을 무력화한다. 모든 사회적 관계에 이미 피로와 고립감을 느끼던 화자는, 자신의 헤르페스와 세계의 종말을 등치시키며 "인류란 건, 결국 오랜 교차 감염의 결과물"(191쪽)이라고 기다렸다는 듯 체념하고 "신의 떡방 먹방"(193쪽)을 유희한다. "신을 관찰하는 그 '앵글'에는 묘한 중독성이 있"(같은 쪽)는데 (일인칭 화자임에도) "높은 곳에서, 그를 굽어살필 수 있"(같은 쪽)는 가장 높은 시점으로 세계의 종말을 일대일로 직접 매개한다. 이 디스토피아에서 유일하게 등장하는 사회의 기능은 트럼프의 트윗과 그가 누르는 미사일 버튼뿐이다. 한 명의 독재자와 그의 트윗으로 사회적 상상력이 이렇게 빈약해질 때, 삶이라는 "지겨운 게임도 이젠 끝이다"(195쪽)라며 사회적 '룰'을 기꺼이 포기할 수 있다. 그러면 "모든 게 해결되었다는 기분도 들었다"(같은 쪽). 끝내 이름이 부여되지 않는 이웃 여자와 함께 팬티를 벗고 몸에 그림을 그리고 창을 들고 "마요네즈 잼잼"(같은 쪽) 춤을 추며 종말을 환영한다. 원초적 성욕에서 기인한 종말에 원시적 회귀로 대응하는 이 순환적 상상력은, 세계의 멸망을 담담히 수용하는 애수의 정조를 남성의 '잼잼'에게 쥐여준다. 세계의 종말을 맞아, 심장 그 자체로 '잼잼'을 하면서 시각장애인 여성에게 아름다운 동화를 들려주는(「마리, 누나와 나」, 『21세기문학』 2017년 가을호) 이 동심 가득한 남성들은 언어를 부정하면서 에덴으로 돌아간다. 시원적 육체/맨주먹으로 사회문화적인 매개를 소거한 종말에 도달한 남성 화자들은 원초적 에덴에서 타자 없이 홀로 말의 주인이 된다.

이 상상력들은 지금 여기의 사회적 상상력(룰)을 배제함으로써 여성을 쟁취하(지 못하)는 이성애 주체의 지위를 만들어준다. '룰'을 생각하면 곧바로 구토를 하며 '호모' '내시'의 것이라고 생각하는 이 청

년 남성 화자들은 자신의 고립과 박탈을 세계의 종말과 등치시켜낸
다. 자본주의적 협잡과 불공정한 '룰'의 박탈에 저항하기 위해, 절대
적으로 공평한 정의를 회복하기 위해 '나-(사회/문화)-세계'의 매개
를 제거하고 직접 세계에 맞설 때, 사회문화적 상상력 중에서 젠더
가 가장 먼저 무화된다. 박탈된 세계에서 절대적으로 공평한 섹스/맨
주먹을 '회복'하면서 처음으로 자기 효능감에 도달하기 위함이다. 이
미래에서 남성 화자들은 다소의 자기 풍자와 반어라는 사소한 균열
을 끝끝내 극복하고 제 남근을 자랑스레 만져본다. "입에 발린 대화
같은 건/하지도 않"(「데우스 엑스 마키나」, 184쪽)는 문학은 남근기의
유아어로 퇴행하겠지만 (그래서 유난히 똥, 방귀, 꼬름 따위로 모두에
게 평등한 원초적 물질성을 자부하지만) 그런 자신의 호쾌하고 솔직해
서 "먹어주는" 불알을 바라보고 애도하는 거울만은 찾아내고 만다.
계급적 박탈을 애도하는 불알의 상상력들의 장렬한 최후에는 언제나
제 얼굴이 있다. 뇌까지 생식기로 채운 '노라'의 얼굴[9]을 보면서 이들
은 비로소 자신의 뇌에 무엇이 가득차 있는지를 보고 기뻐한다. 집을
나갔던 노라를 굳이 다시 붙잡아왔다가 먼저 너그러이 놓아주는 제
모습에서 주체가 된다는 감각을 느낄 수 있기 때문이다. 불알을 비추
는 거울들은 이제 그 장렬한 최후를 비춰보고 있다.

전환의 상상력, 성차의 자연성을 넘는 '몸'

그 반대편에 지금의 사회문화적 '룰' 그 자체를 기점으로 삼는 상상

---

9) 최문선, 「인간다움이란 무엇인가… 섹스로봇이 인간에게 질문을 던지다」, 한국일
보, 2018. 10. 19.

력들이 있다. 구병모의 「미러리즘」(『단 하나의 문장』, 문학동네, 2018)[10] 과 윤이형의 「전환」(『현대문학』 2017년 6월호)은 지금 우리 당대가 보고 있는 젠더 '미러링'의 사회문화적 실천이 만들어내는 역능을 미래로 옮겨간다. 「미러리즘」은 의약 기술, 「전환」은 진화를 기반으로 생물학적 성차에 대한 사회문화적 상징과 권력을 문제삼는다. 「미러리즘」의 화자는 갑자기 병원에서 눈을 뜨고 경악한다. 여성의 신체로 깨어났기 때문이다. 갑작스러운 변신은 "불특정 남성들을 겨냥한 증오 범죄"(145쪽)로 추정되는 "주사기 테러"(139쪽) 때문이다. 카프카적 변신을 빌려, 생물학적 신체의 성별을 호르몬 주사제로 하나로 전환할 수 있게 된 근미래의 기술을 통해 몸을 둘러싸고 작동하는 '권력'을 정확히 짚어낸다. 성실한 화자는 "사지도 내장도 모두 붙어 있고 뇌도 멀쩡하며 나는 본래와 똑같이 일할 수 있다"(132쪽)라는 점을 입증하려고, 몸의 변화에 적응하기도 전에 회사로 출근하지만, 전무는 '나'를 만류한다. '나'의 건강을 우려하는 것은 전혀 아니고 여성이 된 화자를 상부와 거래처가 신뢰하지 못하는 탓이다. 김팀장은 "사람 걱정해주는 거"라고 "왜 아직도 이렇게 남자처럼 입고 다"니냐며 '충고'하지만 이는 남성의 자격이 사라진 '나'를 보면서 위화감을 견디지 못하는 혐오 발화다(148~149쪽). 브래지어와 화장을 운운하며 "딴 사람 눈 둘데도 배려해야" 한다고 "가슴을 꾹꾹 주무르며 밀어붙이는" 그에게 덤벼보지만 이제 근력에서 상대가 되지 않는다(149쪽).

'나'의 능력과 인간관계를 모두 유지한 상태로 섹스만 전환했는데, 우리 사회와 남성 동료들에게 다른 조건은 의미가 전혀 없다. 김팀장은

10) 이하 인용시 본문에 쪽수만 밝힌다.

'나'를 향해 "너 아직도 네가 팀장이고 남자인 줄 알지?"(148쪽)라며 그간의 동성 사회의 연대에서 추방한다. 군대와 사회의 '쪼인트'를 견디면 보상받는 "이 바닥에서 이 악물고 십 년을 구른 군필자"(134쪽)의 자의식으로 견뎌보려 하지만, 동성 사회성의 기준은 경험과 시간이 아니다. "근데 너 아직 그건 붙어 있냐? 아침마다 서긴 해?"(150쪽) 성취와 성과를 기준으로 공정하고 합리적으로 작동하는 줄 알았던 사회(회사)에서 누구보다 성실하게 일하면서 존재 가치를 증명하던 '나'는 남근이라는 '자격'을 상실하자마자 기존의 "성과를 가로채이고도 체념해야"(134쪽) 한다. 거래처와 동료들이 남성을 더 '편안'해한다는 지극히 합리적인 '사회생활'의 공리들의 이면인 '남근' 연대는 이렇게 '나'를 배신한다.

'나'는 어리둥절하고 억울하다. 여성 차별적인 발화도 한 적 없고 여성의 몸에 일부러 손대본 적도 없기 때문에 "여성들을 대함에 있어서 꽤 모범적이라 믿어 의심치 않"(152~153쪽)았기에 착하고 바람직한 남성이라고 자부한다. 다른 주사기 테러의 희생자들은 뒷골목 유흥가의 노래방, 안마방에서 성매매나 하던 남자들이기에 "동정의 여지가 많지 않았던 자들"이지만 "나는 그들과 다른 것이다"(140쪽). 성매매도 않고 술에 취한 여성은 건드리지도 않은 "나처럼 '올바른' 피해자는 대체 어디다 부당함을 호소해야"(같은 쪽) 좋을지 알 수가 없다. "애당초 난 무엇을 잘못해서 이렇게 된 걸까, 왜 김팀장 같은 새끼를 놔두고 하필 내가 많은 새끼들 중 랜덤으로 당첨됐냐고?"(152쪽) 이 정의로운 질문이야말로 서사의 핵심이다. 헤어진 여자친구가 그 질문에 답한다. "네가 평타 이상 치는 사람"인 것은 "이 사회가 말하는 평타의 허들이 워낙 낮아서가 아닐까"(154쪽). 그간 자부하던 정의로움이 실은 "옵션 아니고 기본인"데 "애썼다고 자부심을 피력한 부분은 사실 '고작' 내지는 '최소한'에 속하"는 것이라고(같은 쪽). 우리 사회의 척박한 토양으로 인해 페미니즘에 조금이라도 근접한 남성(의 개별적 정의감)을 과잉 대표해주던 양상을, 그로 인해 나르시시즘에 빠져버린 '선한' 남성들을 구병모는 이렇게 꼬집는다. '나'의 '개념'찬 '공평' 의식은 김팀장 같은 나쁜 사람을 선별해야지 "합당한 이유"(151쪽) 없이 남성 전체를 일반화해서 '미러링'하지 말라는 우리 시대의 억울한 정의감이다. "누구한테든 상관없이 무차별로 이루어"지고 있는 일상적 "테러리즘의 속성"에는 눈감은 채로, (아무것도 안/못 해서) 선한 자신은 무관하다고 항변하는 나르시시스트들의 정의다(158쪽).

서사는 '나'의 억울함이 여성들이 그동안 간직해온 분노와 정확히 동일한 형태임을 알려준다. "그럴 만한 일을 해서가 아니"라 "랜덤으로 당첨"되는 '김팀장'들의 폭력은 "하필 그 자리에 있던 게 가장 만만한─만만해진 너"라서 매일 밀려들어온다(152쪽). 선/악, 범죄에 대한 개별적 공정함에서 벗어나 "이런 몸이 아니었다면 체감하지 못했을 증오와 분노의 민낯"(151쪽)을 통해 폭력의 프레임으로, 권력의 문제로 전환한다. "네가 가졌으면서도 호흡만큼이나 당연한 까닭에 가진 줄도 몰랐던, 반푼어치의 권력"(154~155쪽)의 기제를 다시 응시하게 만드는 것이다.

무차별적 폭력과 대항 폭력은 마치 마주선 거울 같아서 "무한 복제되어 맺히는 전염병 같은 왜상歪像의 끝을 본 사람은 아직 이 세상에 없"(158쪽)어 보인다. 그 왜상의 끝을 보기 위해 더 많은 주사기 테러가 일어날 것이라는 결말은 암울하다. 결국에는 생물학적인 섹스에 결박된 폭력과 권력이 즉물적으로 경험되어야 서로를 이해할 수 있을까? 이에 대해 「전환」[11]은 "자연이 선사한 양성성이라는 선물"(81쪽)로 인간이 진화했다는 인류학적 상상력으로 응한다. 삼 년마다 생식기관과 "성별이 주기적으로 변화하는 영장류가 나타나게 된 것이다"(80쪽) 물론 이 '진화'만으로 충분하진 않고 '역사'가 필요하다. 인류 역사의 초기에 "신체적 힘 때문에 권력을 잡고 있던"(81쪽) 남성들은 자신들의 권력을 유지하기 위해서 "인간의 육체를 하나의 성별에 고정시키는 고착제" 주사를 개발하고, 이를 통해 "왕족과 몰락 귀족층"은 남성이 되며 "여성에게도 강제로 고착제를 맞혔다"(같은 쪽). 천 년간 지속된 불평등은 "1876년 아시아 여성들에 의해 시도된 고착제 반대 운동"(같은 쪽)이 19세기 말의 혁명으로 이어지면서 깨지게 된다. 엥겔스의 '여성의 세계사적 패배'와 여성 운동사를 연상시키는 이 설정은 섹스와 젠더의 문제야말로 곧 권력이 자의적으로 배치하는 장치임을 짚는다. 성별/섹스 '고착제'라는 물질성을 배분하는 것은 실은 사회의 젠더 고착제(도)다. 인간의 자기 인식과 세계 인식, 상호 간의 관계 맺음이 물질적 조건에 필연적으로 기반한다는 사적 유물론을 바탕으로, 섹스-몸이라는 물질적 체감의 한계를 다룬다. "만약 우리가 단성 생물이었다면" "우리의 정신 역시 극단적으로 폐쇄된 고립상태에 있었을 것"(82쪽)이며 "모든 제도는 단성 중심적으로 발달"해서 "여성과 남성은 서로의 본질을 결코 이해하지 못"하며 "평등과 상호 존중이 아닌 지배와 예속의 권력관계가 삶의 모든 곳에 스며들어 일상화되어 있었을 것이다"(같은 쪽). 그러니 "육체의 한계에 맞춰 개인의 성적 지향의 다양성에 대한 인식 역시 몹시 낮았

---

11) 이하 인용시 본문에 쪽수만 밝힌다.

을 것이며 이성애라는 한 가지 형태의 사랑이 사회제도와 관습 일체를 지배했을지도 모른다"(같은 쪽)라는 능청스러운 서두는 독자의 현실이 실은 '육체의 한계'에 고착되어 있음을 적극적으로 환기한다.

여덟 번의 성별 전환을 겪어온 서른 살의 화자 '이경'은 영화 서적 전문 출판사에서 '진희'를 만난다. 단성인單性人인 "그가 언제나 남자로 사는 사람이라는 사실이 나는 낯설었다"(87쪽). 이경은 몸이 바뀔 때마다 세계와 자신의 관계를 다르게 인식하기 때문이다. 여성일 때의 유대감과 감수성도 남성일 때의 여유와 안도감도 안다. "정신이 육체 안에 머물러 시종일관 영향을 받을 수밖에 없는 존재"(99쪽)이므로 여자/남자일 때의 감각과 인식, 행동, 안전의 감각과 행동 양태가 달라진다는 점을 이경은 체감하고 알고 있다. 그러나 진희는 그것을 알까? "자신이 갖지 않은 절반의 성별, 즉 여성의 삶과 여성으로서의 경험과 영광과 고통들에 대해서는 거의 알지 못할 것이며, 그러므로 편협한 세계관을 갖고 있을 거라는 선입견에서 완전히 자유로워질 수 없었다."(103~104쪽) 몸의 경험과 섹스/젠더적 '무지'를 대하는 양상은 주목할 만하다. 자신은 여성의 신체를 경험하기 때문에 진희가 알지 못하는 모든 것을 알고 있다고 생각하면서, 그 자의식으로부터 진희를 동정하는 자신의 위치를 만들어낸다. 진희가 '몸'을 갖지 못해 "편협한 세계관"을 가지고 있기 때문에 무지할 것이라고 가정하는 것이다.

나는 주저하다가, 단성인의 삶에 대해 잘 몰랐다고 조그마한 소리로 대답한다. 단성인 여성들이 그렇게 소위 '여성적인' 직업으로만 내몰려 답답하게 살아가고 있는 줄, 지금 여성으로 살고 있으면서도, 잘 몰랐다고, 그래서 부끄럽다고.

　그러면 진희 씨는 슬프고 커다란 두 눈으로 나를 보더니, 시선을 돌리며 이렇게 대답하는 것이다.

　'내 옛날 여자친구는 답답해하지 않았는데요. 어린이집 교사로 일했는데 그 일을 정말 잘했고, 자부심도 있었어요. …… 선배는 좀 다를 줄 알았어요. 그런데 선배도 양성인이군요. 어쩔 수 없이.'(「전환」, 104~105쪽)

　서사는 이경도 실은 "단성인의 삶에 대해 잘 몰랐다고" 고백하게 한다. "잘 몰랐다고. 그래서 부끄럽다고" 반성하는 이경의 자의식을 보며 진희는 단성인들이 고통받는 삶을 살기만 하는 것이 아니라고 대답한다. "그런데 선배도 양성인이군요. 어쩔 수 없이." 몸으로 경험하지 못하는 것은 알지 못한다고, 잘 모른다고 고백하는 것이 오히려 폭력이라고 진희는 되받는 것이다. 물질/신체적인 체험이 모든 것을 알게 한다는 이경의 믿음은 체험할 수 없는 다른 것을 배제하면서 손쉽게 자신의 책임을 방기하는 태도인 것이다. 성별 전환을 통해서 더 나은 세계를 만든 「전환」의 '진화'는 실은 생물학적 본질주의와 상통할 위험이 있다. 성별 전환만이 '이해'를 준다면, 현실세계에서 '육체의 한계'를 넘는 것은 요원하기 때문이다. 그러므로 서사는 아직은 '단성인'인 독자들에게 다음과 같이 가정한다. 만약 인류가 단성이었다면,

　어쩌면 또다른 의미에서 더 다양한 삶을 살게 되었을지도 모르는 일입니다. 또한 평생 몸이 바뀌지 않는다는 자신의 한계를 잘 알기에 상대방 성별을 이해하기 위해 더욱 많은 노력을 했을지도 모릅니다. 경험으로 알 수

없는 것들에 대해 더 많은 경외심과 존중하는 마음을 가진 존재, 조금 더 겸손한 존재가 되었을지도 모릅니다. 직관적으로 이해할 수 있는 것들의 가짓수는 지금보다 훨씬 적겠지만 이해할 수 없는 것을 이해하려는 바로 그 노력을 통해 조금 더 나은 존재가 되었을 수도 있습니다.(같은 글, 113쪽)

자신의 몸이 아닌 것을 경험하지 못한다는 인간의 물질적 한계로부터 더 나은 존재론을 찾아낼 수 있다. 윤이형은 몸의 몫을 사회의 몫으로 전환한다. 인간이 언어를 사용하는 사회적 동물인 이상, 물질적 직관이 만드는 '자기 확신'을 넘어서려는 "이해할 수 없는 것을 이해하려는 바로 그 노력"이야말로 우리의 존재를 확장시켜주는 조금 더 나은 방법이라고.

「미러리즘」과 「전환」은 태생적 몸이 제공하는 직관에 기반해 사회의 언어로 나아간다. 이는 성별 이분법을 유지한 '지금' 서로를 대하는 방식을 고민하는 전략이다.

여기에서 이종산의 『커스터머』(문학동네, 2017)[12]는 몸과 인류가 맺는 존재론을 보다 멀리 상상해 나아간다. 거대한 모래 폭풍이 지구를 덮친 재난 이후 재건된 세계에서, '수니'는 한국적 노동계급의 가부장제 가족의 특성을 강하게 암시하는 황량한 모래사막 '구설(구 서울)'에서 자랐다. 수니는 대도시인 태양시의 학교로 입학하면서 다른 계급/종족을 만나게 된다. 대대로 사회 최하층인 '웜스(벌레)' 종족 출신인 수니는 박탈감에서 완전히 자유롭지 않지만, 서사는 열패감으로 표출하거나 생물학적 본성으로 귀환하면서 해소하지 않는

---

12) 이하 인용시, 본문에 쪽수만 밝힌다.

다. 재난의 시기에 다른 사람들을 외면하고 방공호에 숨어 있다가 재건의 시기에 나와 자신들의 특권을 회복한 '비취' 종족 출신인데다 '중성인中性人'인 '안'을 만나기 때문이다. 안은 죄를 끊임없이 상기하는 자기 종족의 죄책감을 수니에게 고백하고, 수니는 경멸을 담은 '웜스'를 "강한 생명력을 가진 사람들"(79쪽)의 자긍심으로 바꿔낸다. "고착화된 계급 문제"(27쪽)가 깊기에 수니는 안의 죄책감을 이해하지 못하고, 안은 수니의 웜스로서의 소속감을 이해하지 못한다. 둘은 "예의 없는 질문"(44쪽)을 교환하고 "실망과 이해를 반복하면서"(347쪽) 서로를 끝내 알고자 한다. 서로의 몸 위에 작동하는 사회문화적 역사를 알아가는 동시에 주어진 몸의 차이에 굴복하지 않는 두 사람은 그 위에 새로운 삶을 올려간다.

『커스터머』의 가장 중요한 상상력은 신체의 외양과 속성을 자유롭게 변형하는 커스텀custom 기술이다. 수니는 정체성을 몸으로 부조해 가는 수행을 보여준다.[13] 작중 커스텀은 단순한 패션이 아니라, 수니가 자신을 체현해가는 삶-정치의 일환이다. "자신이 어떤 존재가 될지 스스로 선택한 사람./그게 커스터머다."(29쪽) 가지고 태어난 몸, 타고난 종족과 가족으로 제한받지 않고, 자신이 어떤 선택을 하고 실천을 하는지에 따라서 규정되(하)므로, **"커스터머는 직업이 아니라 정체성과 관련된 것이다"**(26쪽, 강조는 원문). 몸을 상상하고 설계하고, 그 현실적 가능성(즉 세계와 나)의 관계를 조율하는 과정을 통해 수니는 자신을 구성하는 서사를 스스로 다시 쓴다. 수니는 날개라는

---

13) 물론 정체성의 신체적 체현이 우리 당대에 수월한 일은 아니다. 트랜스 섹슈얼리티를 체화하는 의료적 시술의 신체적·경제적 부담은 여전히 상존하며, 트랜스 정체성을 의료적 시술로 '해소'하거나 그것과 '등치'하는 연상 역시 위험하다.

새로운 자신의 몸과 협응하는 과정을 통해 신체와 정체성의 대화를, 몸의 재배치를 보여준다. 그 대화의 끝에 수니는 날개를 단 새로운 몸을 긍정한다. "내 모습이 그렇게 마음이 들었던 적이 없다."(339쪽) 성별과 종족을 넘어서는 이들은 그것을 자신의 신체로 체현하고, 그런 커스터머들은 지구의 재건을 축하하는 축제를 통해, 서로의 차이를 축하하는 새로운 사회를 스스로 만들어간다. 공간적 분할과 계급적 분할을 가로지르는 축제를 몸이라는 장치 위에도 구현해내면서, 소설은 미래의 인간형을 가장 끝까지 밀어붙이고 있다.

이를 통해 이종산은 인간 성차/몸의 자연성 자체를 다시 묻는다. 커스터머들은 타고난 '규범적인 몸'과 '정상적인 젠더'의 배치에 굴복하지 않는다. 섹스 역시 문화적인 배치라는 퀴어 페미니즘의 유명한 테제로부터 출발했을 이 퀴어적 상상력은, 몸과 '나'의 관계뿐만 아니라, 몸과 인류가 맺는 관계 자체를 재배치한다. "커스터머는 신체를 바꿔서 다른 존재가 된 사람이다."(29쪽) 몸이라는 자연과 다른 관계를 맺는 인류, 새로운 '유적類的 존재'가 되는 상상력이다. 신체라는 장치를 다시 배치하는 향유를 통해 이루어지는 수니의 사랑은 얼마나 해방적인 기획인가. 이 지점에서 『커스터머』는 이제부터 도래할 상상력들의 어떤 분기점에 가까워 보인다. 이제 우리에게 필요한 이야기는 관습적인 몸으로의 자족적 회귀가 아니라 그것과 우리가 맺는 관계를 보고, 묻고, 그것을 넘어서는 상상력들이다. 더 근원적으로, 그러므로 동시에 더 멀리.

(2019)

혐오스러운 남성 신체라는
새로운 가부장의 등장과 계급 재현의 젠더 정치
─봉준호의 〈기생충〉

1. 들어가며

영화 〈기생충〉(2019)의 수상 실적이나 대중적 인지도에 대해서는 이제 덧붙여 말할 필요가 없을 듯하다. 다소 시간이 지난 지금까지도 여전히 많은 글이 제출되고 있다는 점을 고려해보면, 이후 문화 연구에서도 주요한 참조점이 될 것으로 보인다. 그런 점에서 〈기생충〉에 대한 해석의 방향을 짚는 연구 역시 유의미하다고 볼 수 있다.

지금까지의 독해들은 대개 계급 양극화라는 주제의식에 주목하고 있다. 서사 구조 분석에 집중하는 연구는 대개 기호학적 접근[1]과 정신분석적 접근[2]을 통해 인물이 대리하고 전달하는 욕망의 경제에 집

---

[1] 안영주, 「기생충과 빵부스러기─영화 '기생충'의 무계획 형상과 시리아 페니키아 여인(마르 7,23-31)의 빵부스러기 형상에 대한 기호학적 비교 분석」, 『기호학연구』 61권, 2019; 왕인순·최은경, 「그레마스 기호학으로 본 영화 〈기생충〉의 내러티브 연구」, 『애니메이션연구』 17권 1호, 2021.

[2] 김문정, 「법이라는 움직이는 이미지─영화 〈기생충〉에 대한 법정신분석학적 비평」, 『법철학연구』 23권 3호, 2020; 배선윤, 「히스테리 주체의 몰락─영화 〈기생충〉

중한다. 자본주의의 세계적 보편 구조와 한국적 로컬리티를 모두 그리는 방법으로서 공간적 배치에 주목하는 연구는 봉준호 감독의 섬세하고 디테일한 요소들이 경제적·사회적 주제의식을 어떻게 상징하고 있는지를 주로 분석한다.[3] 현대 한국사회의 양극화가 반영된 계급적 대립 구조에 주목하는 경우에는 대체로 비애극이나 리얼리즘 서사로 분석하고 있다.[4] 파국으로 치닫는 영화의 격정적인 비극과 살해가 현대사회의 계급적 양극화에 대한 경고라는 결론이다. 이러한 관점을 공유하면서도 특히 문화 자본의 재현 양상에 주목하는 연구들이 다수 발표되었다.[5] 계급에 따른 취향의 구별 짓기(아비투스)가 어떻게 재현되었는지를 독해하고, 이것이 특히 혐오라는 감정과 타자화로 이어진다는 점을 주로 분석한다.[6] 계급적 주제의식을 그리는

주요 등장인물 분석」, 『현대정신분석』 23권 1호, 2021; 손성우, 「영화 〈기생충〉의 욕망의 자리와 환상의 윤리」, 『영화연구』 81호, 2019.

3) 김용희, 「영화 〈기생충〉에 나타난 서브텍스트로서의 상징과 국가적 알레고리」, 『아시아영화연구』 14권 1호, 2021; 박진후·임대근, 「'봉준호 장르'의 가능성—〈기생충〉의 크로노토프 서사전략」, 『영화연구』 84호, 2020; 조흡, 「〈기생충〉과 국가적 알레고리」, 『대한토목학회지』 67권 10호, 2019.

4) 이다운, 「영화 〈기생충〉 연구—희비극으로 재현한 계급 공존의 불가능성」, 『어문연구』 101권, 2019; 한송희, 「가난 재현의 정치학—영화 〈기생충〉을 중심으로」, 『언론과 사회』 28권 1호, 2020.

5) 김문주, 「영화 「기생충」에 나타난 냄새의 타자성」, 『인문사회 21』 11권 2호, 2020; 성일권, 「중산층의 '계급탈락' 공포와 증오의 일상성, 그리고 상징폭력—영화 〈기생충〉에 나타난 부르디외의 구별짓기 개념들」, 『한국프랑스문화학회 학술발표논문집』, 2019; 송다영, 「영화 〈기생충〉에서 나타나는 혐오의 표현과 양상」, 『한국극예술연구』 69호, 2020; 양세욱, 「음식의 플롯, 미각의 미학—음식과 미각의 시야로 다시 보는 영화 〈기생충〉」, 『영화연구』 86호, 2020; 허만섭, 「문화자본론 관점에서 본 영화 〈기생충〉—현대적 아비투스 계급의 발견」, 『영상문화콘텐츠연구』 19권, 2020.

6) 오세은, 「영화 〈기생충〉의 공간사회학적 의미 연구—집, 계단, 창, 문 그리고 계급

영화적 재현 전략(하강과 상승의 이미지, 선의 분할 등 미장센)에 주목하는 연구들 역시 이러한 분석을 뒷받침한다.[7] 이러한 독해는 물론 영화의 표면적인 주제의식이 계급적으로 양극화된 후기 자본주의의 한국적 형상화라는 점에서 당연하고 중요한 독해였다.

그러나 계급성을 재현하는 전략에 대한 분석이 깊이와 넓이를 축적해가는 동안, 그 계급 재현과 교차하는 젠더성은 거의 언급되지 못한 것으로 보인다. 특히 '기택'과 '기우' '근세' '동익'을 중심으로 계급 분할을 살피는 연구가 다수 축적되는 동안에도, 이들의 관계가 남성적 세대성과 동성 사회성을 보여준다는 점은 언급되지 않았다. 신자유주의시대 한국적 가족의 재현이라는 지적은 있었으나, 가족의 주체로 누가 어떻게 재현되는가를 보여주는 징후적인 텍스트라는 점은 충분히 해석되지 않았다. 가족 내부의 젠더적 분할에 대한 논의 역시 찾아보기 어려웠다. 영화 속 '선'을 넘는 계급성을 풍부하게 읽는 동안에, 젠더적 선은 오히려 다시 형성되고 있다. 〈기생충〉이 그리는 혐오 형성의 메커니즘이 중요한 것은 비단 계급적 구조의 문제뿐만 아니라 젠더적 주체화의 문제를 드러내기 때문이다. 여기에서는 가부장으로 성장할 수 없는 신자유주의 시대에 자신을 박탈된 존재로 자처하는 최근의 (우경화된) 남성 청년 담론과 〈기생충〉이 결합하

<hr>

갈등의 공간을 중심으로」, 『문화와융합』 43권 2호, 2021; 정현경, 「평등의 몰락에 대한 영화적 대응과 의미 ─ 영화 〈설국열차〉와 〈기생충〉을 중심으로」, 『비평문학』 75호, 2020.

7) 권승태, 「영화 〈기생충〉의 시각 정체성과 서사 정체성」, 『문학과 영상』 21권 1호, 2020; 김종국, 「〈기생충〉(2019)의 영화색채, 검은 천사 하얀 악마」, 『만화애니메이션연구』 61호, 2020; 심영덕, 「영화 '기생충'에 나타난 상상력 연구 ─ 질 들뢰즈의 시간─이미지를 중심으로」, 『문화와융합』 42권 11호, 2020.

는 지점에 주목한다. 이를 위해 기우와 기택을 중심으로, 계급적 하위
주체의 형상이 어떻게 남성으로 재현되는지, 그 남성 주체의 세대적
교체와 계승은 어떻게 이루어지는지를 살펴보려 한다. 배제된 남성
과 혐오스럽게 전락한 그들의 신체 이미지에 대한 미학화 및 그에 내
포된 윤리적 심판의 서사 구조가, 사회경제적으로 자신이 박해받고
(역)차별을 당하고 있다는 최근 남성 담론의 인식론과 모종의 관련을
맺고 있다고 가정하기 때문이다.

크리스테바가 아브젝트abject(비천한 육체, 비체卑體)를 여성주의적
비평의 도구로 도입한 이래, 아브젝트는 대중문화 속의 여성 혹은 퀴
어 인물/서사를 논의하는 데 주요 참조점이 되었다.[8] 아브젝트는 법
의 취약성, 신체의 취약성(죽음, 불완전성, 육체의 취약함)을 상기시키
고 체계와 질서의 교란을 드러내기 때문에 혐오의 대상이 된다. 크리
스테바는 상한 우유를 토해내는 아이의 신체적 반응으로 이를 설명
하는데[9] 상상계(기호계)적 자아 동일감에서 벗어나 상징적 질서(금기
와 법)로 진입하는 계기로서 '모성'에 대한 분리/혐오를 설명하기 위
함이다. 크리스테바는 혐오와 오염 제의가 여성적 육체성을 향한 문
화적 억압과 연관된다고 설명한다. 특히 생리혈 및 출산 전후의 여성
을 대상으로 한 여러 사회문화적 오염 제의는 여성의 성차와 "출산

---

8) 가령 공포영화에서도 부권의 통제에 순응하지 않고 난입하는 동물적 여성 신체와
여성적 정동은 공포를 창출하는 중요한 재현 대상이다. 공포영화에서 여성의 신체, 성
욕, 모성, 레즈비언 섹슈얼리티 등 여성 아브젝트가 기존 질서의 경계를 넘어 거세 불
안을 유발함으로써 공포를 창출하는 양상은 바바라 크리드, 『여성괴물―억압과 위반
사이』(손희정 옮김, 도서출판 여이연, 2017)에서 흥미롭게 분석하고 있다.
9) 줄리아 크리스테바, 『공포의 권력』, 서민원 옮김, 동문선, 2001, 23~25쪽.

능력에 대한 공포"[10]를 전제한다는 것이다. 이성적이고 사회적인 남근 질서를 위협하는 비이성적이고 육체적인 여성(성)에 대한 지배를, 여성적 · 육체적 오염에 대한 혐오와 금지로 구현한다.[11]

한편 마사 누스바움은 혐오라는 감정이 어떻게 정치적 힘을 갖는지 분석했다. "혐오와 그것의 대상에 관한 교육을 통해 사회는 동물성, 유한성, 그리고 이와 연관된 젠더와 섹슈얼리티의 측면에 대한 태도를 강하게 전달한다".[12] 역사적으로 "남성들에게 유대인과 여성에 대한 혐오는 유한한 존재와 자신의 차이점을 역설할 수 있는 한 가지 방식"이었다.[13] 누스바움은 혐오의 메커니즘이 대상에 대한 '여성화' 와 '여성혐오'를 경유한다는 점을 설득력 있게 분석한다. 가령 여성과 남성 동성애에 대한 주류 남성의 혐오는 임신과 섹스 등에서 체액을 받아들인다는 이미지에 대한 남성적 공포에서 유래한다. 육체의 신성한 경계를 넘어 '침입/삽입'당하는 사람들이 유한한 동물적 육체

---

10) 같은 책, 124쪽.

11) 같은 책, 116, 126쪽.

12) 마사 누스바움, 『혐오와 수치심 — 인간다움을 파괴하는 감정들』, 조계원 옮김, 민음사, 2015, 182쪽. 누스바움은 "우리 자신의 동물성을 꺼려할 때 현저히 드러나는 유한성에서 벗어나고자 하는 감정"(170쪽)으로서 혐오를 설명한다. 혐오가 동물적 · 육체적 이미지에 더 쉽게 달라붙는 경향이 있지만, "사회적 교육과 전통의 결과"(183쪽)이므로 "매개된 형태의 혐오는 한 사회 내에서 광범위하게 공유"(189쪽)된다. 혐오의 교육은 문명적 주체의 교육과 상징화를 통해 확산되고 계승된다. "특정한 집단을 동물과 유사한 지위"(212쪽)로 "격하시키는 관심은 혐오스럽다고 생각되는 한층 더한 속성을 여성이나 게이에게 전가함으로써"(213쪽) 지배집단에서 멀어지게 만든다. "악취, 점액성, 배설물 섭취 등은 일정한 정치적 목적을 위해 특정 집단의 특징으로 투영되는 것"(같은 쪽)이다. 민족, 인종, 계급, 종교적 타자를 '여성화'하여 산출하는 혐오가 최대의 수치이자 정치적 억압이 되는 사례는 누스바움이 짚듯 현대에도 여전히 많다.

13) 같은 책, 204~205쪽.

성을 환기하기 때문이라는 것이다.[14] 남성 주체의 '문명화'를 위해 인간의 육체성을 드러내는 여성, 유대인, 동성애자, 유색인종, 하위 계급 등을 피하고자 하는 오염 제의에서 혐오가 시작되고, 그 혐오는 젠더적 분할과 그에 대한 사회적 교육을 통해 이어지고 힘을 갖는다.

그런 점에서 문화사적으로 남성 가부장은 아브젝트인 여성/퀴어 신체를 관조하거나 혐오하거나 욕망하는 주체였다. 혐오스러운 육체성을 주요 남성 인물에게 설정하거나 남성 서사의 핵심에 배치하는 사례는 상대적으로 드물었다. 하지만 〈기생충〉은 지하 생활자 근세에게 혐오스러운 신체적 특성을 부여하고, 곧이어 계급적 · 젠더적 분화를 겪고 스스로 지하 생활자가 되는 기택을 중점적으로 재현하면서 남성 아브젝트를 서사의 핵심적 요소로 만들었다. 〈기생충〉의 계급적 분할과 문화적 아비투스를 두고 해석이 집중되는 대목이 근세, 기택이라는 남성 신체에서 발생하는 '오염'과 '악취'라는 점 역시 이들을 남성 아브젝트로서 주목하게 한다.

2. 침묵하는 가부장과 가족 부양의 세대적 역전

〈기생충〉은 반지하에서 와이파이 신호를 찾아 헤매는 '기정'과 기우의 모습으로 시작한다. 일자리와 관련해서 연락도 받아야 하는데 야단났다며 와이파이 신호를 찾기 위해 분주한 자식들의 모습 저편에는, '충숙'에게 무기력하게 발로 차이는 기택이 있다. 앞으로의 계획이 뭐냐고 묻는 아내에게 남편은 대답하지 못하고 있다. 영화 전개 내내 기택은 충숙에게 힘으로 제압당하거나 대답하지 못하는 모습을 보

---

14) 같은 책, 207~212쪽.

여준다. 동익의 집에서 몰래 벌이는 음주 장면에서 아내와 격한 말싸움을 벌이는 장면이 한 번 등장하지만, 자녀들에게 아무런 감흥을 주지 못한다. 투포환 선수 출신 아내의 근력을 당해내지 못하면서도 기세 좋게 호통치는 모습은, 기성 가부장 역할에 미진함을 강조하는 패러디이자 유머임이 금세 드러난다. 요컨대 영화 초반의 기택은 전통적인 가부장의 역할을 참조하긴 하지만, 그에 도달하지 못하고, 경제적으로 무능하고 정서적으로 위축된 중년 남성의 형상인 것이다. 기택 역시 그런 자신의 위상을 순순히 인정하고 있다.

소독차의 연기를 방으로 들여서 꼽등이를 쫓아내면서도, 쉬지 않고 피자 상자를 접는 아르바이트를 하던 가족에게 피자가게 사장이 불량률을 지적하는 장면은 그런 기택의 위치를 시각적으로 강조한다. 피자가게 사장은 박스 네 개 중에 한 개꼴로 불량이 나온다면 "넷 중 하나는 불량인 거지"라고 비난한다. 그러자 등장인물들의 시선과 화면이 기택의 얼굴로 집중된다. 그는 가족 중에서 가장 '불량'으로 공인되는 것이다. 피자가게 사장이 "페널티"로 가격을 깎겠다고 하자 충숙은 적극적으로 항의한다. 아내가 억척스러운 생활력을 발휘하고 분노하는 동안, 기택은 반지하방의 창틀과 방범창에 갇혀서 그런 아내를 묵묵히 올려보고 있다. 이 모든 사태가 자신의 죄인 것처럼 인정하고 감내하는 순교자의 형상인데[15] 그는 차분하고 맑은 얼굴을 하고 조용히 눈을 감는다. 이러한 기택의 인물 설정은 한국문학에서 반복되었던 무능하지만 착한 아버지의 자의식을 연상시킨다. 역

---

15) 아내와 아들이 가게 사장에게 대들고 협상하는 동안 그는 "아버지의 이름으로 법이 되기는커녕 그냥 거기 자리만 차지하고" 있다는 점에서 "그에게는 아버지의 이름이 없다." 배선윤, 같은 글, 22쪽.

사적 질곡과 경제적 위기로 인해 무능해진 한국의 가부장은 억척스럽게 가정경제를 꾸리는 아내에게 미안해하면서도, 이를 자신의 원죄로 삼아 문화적 자산을 만들곤 하지 않았던가.

어머니의 억척스러운 분노와 아버지의 반성적 자기 연민이 대조되는 동안, 구체적이고 실질적인 성과를 만들고 서사를 이끌어가는 것은 기우와 기정이다. 오누이는 아버지의 무능이나 어머니의 억척스러운 태도에 별달리 원망이나 저항감을 갖지 않고, 부지런히 계획을 세워 위기를 극복할 계획을 만든다. 곧바로 피자 가게 사장의 언어를 따라 배워 "해고 페널티"를 수용하는 대신, 근태가 불량한 현재의 다른 알바생을 해고하라고 꼬드긴다. 그리고 자신의 일가족을 고용하면 된다고 설득하는 두 사람의 모습은, 타인의 위기를 자신의 기회로 만드는 밀어내기로만 생계를 이어갈 수 있는 제로 성장 시대의 청년상을 단적으로 보여준다. 특히 기택의 일자리를 만들어주는 것은 기정의 위기였다. 기정은 '다송'의 과외를 마치고 '윤기사'가 운전해주는 차에 탑승했다. 둘밖에 없는 고립된 상황에서 윤기사는 집주소를 알려달라고 강요하고, 기정은 불쾌감과 성적 위협감을 느끼게 된다. 여성 청년들이 감내해야 하는 일상적 성폭력을 연상시키는 이 장면에서도, 기정은 곧바로 아버지의 취업을 위해 운전기사를 내쫓을 기회를 만든다.

이처럼 새로운 시대에 적응하지 못하고 무기력한 부모 세대를 대신해 계획을 실제로 세우고 실행시키는 것은 자녀 세대다. 오누이는 기성의 자리를 빼앗아 취직하는 프레카리아트 세대의 생존 전략[16]을 부

---

16) 정현경은 지그문트 바우만과 가이 스탠딩을 경유해, 기존의 노동계급처럼 결여된 존재가 아니라 과잉되고 범람하는 잉여로서, 존엄성을 상실한 프레카리아트의 증상

모 세대에게도 전해주는 동시에 부모에게 직접 이 전략을 훈육한다.[17] 이는 자식의 교육과 성공을 위해서 근면성실하게 희생하는 부모라는 한국 특유의 전형적·원형적 가족 모티프와는 반대다. 오히려 부모의 취직을 위해서 계획을 짜는 자식 세대라는 역전된 가족 구도인 것이다. 계급적 생존과 행복이 무능한 부모 세대의 적응과 복권復權을 통해 달성되리라는 기대인데, 이는 이성애 핵가족의 상호 부양이 생존의 핵심이라는 한국적 가족 서사에 의존하면서도, 세대적 역할은 뒤바뀐 상황인 것이다. 이러한 세대적 역부양이 〈기생충〉의 전반부를 이끌어 가는 서사적 구도다. '무계획'으로 일관하는 아버지를 대신해 딸과 아들이 함께 계획을 세우면, 부모는 이를 실행에 옮긴다. 영화는 자녀들의 계획을 승승장구하게 만들어 이후 이 가족이 상실하게 되는 행복하고 안정적인 시간을 잠시 성취하게 한다. 무너질 수밖에 없는 계획을 적층시켜가는 것이다.

하지만 지하실 공개 이후 영화의 주동 인물은 기정, 기우가 아니라 기택으로 바뀌면서 그의 계급적 열등감과 성찰에 주목한다. 그래

으로 〈기생충〉을 독해한다(정현경, 같은 글, 17쪽). 이다운은 "근세 부부와 기택 가족은 서로를 살육하며 벌레가 된 인간"(이다운, 같은 글, 298쪽)의 전형으로서, 사회적 비판과 개선보다는 "'충'이 되어 모든 책임을 자신의 무능과 불운으로 돌리는 것이 더 안락한 시대"(286쪽)의 불안정한 비정규 노동자를 보여준다고 분석한다. 계급적 전망과 구조에 대한 인식보다는 개인의 운명과 능력의 문제로 치부하는 프레카리아트 계급의 특성을 보여주는 근세, 기택 가족의 특성은 유의할 만하다.

17) 오누이의 계획으로 얻게 되는 부모의 일자리 역시 가사노동자, 개인 운전기사라는 불안정하고 임시적인 일자리다. 부지런하게 계획을 짜고 타인을 밀어내도 결국 프레카리아트가 될 수밖에 없다. 잉여적 존재들에게 생존의 전략은 무한 경쟁의 내면화와 능력주의뿐이지만, 노동의 유연성과 불안정성은 한 위치에 정착하지 못하게 만든다. 정현경(같은 글, 25쪽)은 이를 '생존경쟁'으로 분석한다.

서 오누이의 계획은 이중적인 역부양이다. 우선 경제적으로 부모 세대의 취직을 위해 애쓴다. 이는 무능하고 무기력해서 어떤 의미도 생산하지 못하던 아버지의 배역에, 가족을 위해 비로소 윤리적인 결단을 할 수 있는 위치를 제공해준다. 이 의미론적 역부양을 통해 가부장의 자기희생이 다시 서사의 중핵으로 복권한다. 지하실의 공개 이후부터 후반부 서사는 자식들이 설계한 신자유주의 시대의 생존 전략이 얼마나 비윤리적이고, 쉽게 무너지는 것인지를 아버지 기택이 자신의 신체로 몸소 나서서 진정성 있게 증명하는 과정이다.

3. 아버지 없이 가부장을 계승하는 아들의 무기, 수석과 죄책감

'민혁'이 전해주는 수석은 그간 많은 비평과 연구에서 주목받았다. 기택의 가족이 어렵게 지하실에 대한 통제권을 잡고 있을 때, 기우는 지하실에 갇힌 근세를 살해하기 위해 수석을 들고 갔다가 도리어 수석으로 근세에게 공격당한다. 때문에 〈기생충〉의 가장 극적인 반전, 정원 파티에서의 살해 장면이 이어진다. 수석은 계급적 갈등을 축적하고, 기택 일가의 침입 계획이라는 표층적 서사로부터 본질적 계급 갈등이라는 심층적 서사로 전환한다. 위기를 극복한 듯 보였던 기택 일가를 가장 큰 위기에 처하게 하여 국면을 전환하는 핵심적인 장치다.

그런데 이 수석이 남성적 의미 경제의 매개물이라는 점은 아직 충분히 짚지 못한 것 같다. 수석을 받기 직전, 반지하방에서 바로 보이는 창문 앞에 술에 취한 남성이 노상방뇨를 하는 장면에서, 저 사람을 퇴치해달라는 가족의 요구에 기택은 별다른 대응을 하지 못하고 그저 변명할 따름이다. 기우 역시 모호한 태도로 대응하지 못한다. 가족원을 지켜야 한다는 고전적 가부장의 역할은 마침 수석을 전해주러 온 민혁이 대행한다. 민혁은 그저 "정신 차려! 정신!"이라는 고함과 눈빛만으로 취객을 내쫓는다. 그러자 가족은 "와, 네 친구 박력 있다" "역시 대학생이라 기세가 다르다. 기세가" "오빠랑은 다르다"라고 칭찬한다. 기우 역시 자리에서 일어나 입을 벌리고 친구의 그런 기세에 감탄한다. 이렇게 남성성과 계급적 아비투스를 모두 갖추었음을 입증하면서 영화에 등장하는 민혁은, 곧바로 남성 주체로서의 상징을 담은 수석을 전해주는 것이다.

이후 저택에 성공적으로 침입했음을 자축하는 자리에서 이 취객을 대하는 기우의 태도는 전면적으로 바뀌게 된다. 기택이 "위대하신 박 사장님께 이 자리를 빌려 감사의 기도를 드리고…… 그리고 민혁이, 야. 기우 이놈이 친구 하나는 기가 막힌 놈을 뒤가지고"라고 성공한 남성 가부장과 자신의 현재 상황을 비교하려는데, 다시 그 취객이 등장해 똑같이 노상방뇨를 하려 한다. 이번에는 기우가 기세 좋게 민혁이 준 수석을 들고 나가서, 민혁과 똑같이 "정신 차려!"라는 고함으로 그를 쫓는다. 비로소 가족에게 "오 김기우 박력 쩌는데"라고 민혁과 동등한 남성적 상징 자본을 획득했다는 확인을 받는다.

> **민혁** 기우 만나러 간다고 하니까 저희 할아버지께서 이걸 꼭 갖다주라고 하셔가지고.
>
> **기택** 아아, 이게 산수경석인가. 추상석으로 볼 수도 있고.
>
> **민혁** 아시네요. 저희 할아버지께서 육사 시절부터 이 수석 수집을 쭉 해오셔가지고. 지금은 뭐 저희 집 아래층, 위층, 거실, 서재, 이 수석들이 꽉 차 있는 상태입니다. 근데 특히 이 돌은 가정에 많은 재물운과 합격운을 몰고 온다고 하시면서……

기우 민혁아. 야아, 이거 진짜 상징적인 거네.

기택 그러게. 참으로 시의적절하다.

민혁 그죠.

기택 할아버님께 꼭 감사의 말씀을 전해드리고.

충숙 치, 먹을 거 사오지.[18]

상징적이고 시의적절하다는 말로 강조되는 것처럼, 수석은 일종의 상징 기호처럼 전달된다. 수석은 가부장에게서 손자 민혁에게 전해지고, 다시 아들 기우를 거쳐 아버지 기택의 손으로 온다. 민혁의 할아버지는 육사 출신이라는 산업화 세대 최고의 엘리트로서 수석으로 가득 채울 수 있는 큰 집(사회경제적 권력)을 가지고 있다는 설명과 함께 수석이 전해진다. 기성 가부장의 선물인 수석은 "재물운"과 "합격운"이라는 성공을 나눠주는 것이다. 그런 점에서 수석은 한국 역사상 가장 성공한 가부장적 통치성의 시대였던 산업 독재 시기에 안착한 가부장의 유산을 상징하는 셈이다. 이는 하위 계급에 대한 정치적 억압을 경제성장이라는 보상을 통해 주체화에 성공한 가부장 되기의 가능성이기도 하다. 산업화 이후의 민주화 세대로 추정해볼 수 있는 기택과 '88만원 세대'에 속할 기우가 유독 이를 반가워한다는 점이야말로 상징적이다. 무능한 남성들이 힘겨워할 때, 한국에서 가부장으로서 가장 성공했던 세대의 메시지가 회귀한 것이다. 이후 이들이 자신보다 하위 계급인 지하 생활자를 억압하고 고립시킴으로써 그나마 얻어낸 경제적 지위를 유지하려는 태도와 멀지 않다.

---

18) 이하 본문의 대사는 영화의 대사를 발췌한 것이다. 봉준호 · 한진원 · 김대환 · 이다혜, 『기생충 각본집』(플레인아카이브, 2019)을 참조했다.

민혁의 등장부터 이후 수석과 관련된 장면에서는 오로지 남성 인물들만이 수석에 관심을 보이고 수석에 대해 대화한다. 충숙과 기정은 수석에 관심을 보이지 않고 접촉조차 하지 않으며 오히려 무용한 선물이라고 핀잔을 준다. 반면에 민혁, 기택과 기우는 수석이 '상징적'이고 '시의적절'하다는 과장된 감탄과 이를 전해준 원조 가부장에게 감사하다는 대화를 나눈다. 그것이 남성 주체에게만 소용 있는 상징체계임을 남성 인물들은 공유하고 있다. 자신의 아버지로부터는 가부장이 되는 방법도, 어떤 자원도 계승받지 못했지만, 기우는 민혁으로부터 다른 방법을 전해 받는 것이다.

수석을 전해준 민혁은 곧바로 자신이 하던 과외를 소개해주는데, 이 역시 남성적 주체화와 긴밀하다. 민혁은 돈이 필요하다거나 과외를 해보겠냐는 질문으로 과외 정보를 전하지 않는다. '다혜'의 사진을 보여주면서 "귀엽지?"라고 물으면서 시작한다. 그다음에야 "부잣집 과외야. 돈도 많이 줘. 애도 착해"라는 과외의 조건을 소개한다.

> **기우** 야, 너 학교에 친한 과 친구들도 많잖아. 굳이 왜 나 같은 백수한테 부탁을 하냐.
>
> **민혁** 왜긴 왜겠냐. 난 상상만 해도 너무 싫다. 우리 과 공대생 그 늑대 새끼들이 다혜 근처에 얼씬거리는 것 자체가 기분이 너무 더러워. (침을 뱉는다)
>
> **기우** 너 걔 좋아하냐?
>
> **민혁** (웃음) 야 나 진지해. 내후년에 걔 대학 입학하면, 나 정식으로 사귀자고 할 거야. 그러니까 그때까지 잘 좀 챙겨줘라. 너라면 내가 진짜 믿고 떠날 수 있다.

백수라서, 무능해서 자신은 위축되어 있다는 기우의 말에 민혁은 도리어 바로 그것이 적임자인 이유라고 말한다. 연애의 상대로 상정하고 있는 다혜의 주변에, "우리 과 공대생 그 늑대 새끼들"이 접근하는 것은 자신의 잠재적 소유물에 대한 침범이므로 불쾌하다는 것이다. 그러니 자신을 대신해 다혜를 지켜달라고 요청한다. 물론 여기에는 민혁이 보기에 기우는 남성적·계급적 매력 자본이 없어서 경쟁자가 될 수 없다거나, 혹은 남성 친구 간의 의리가 있기에 자신의 몫을 넘보지 않을 것이라는 판단이 전제되어 있다. 이처럼 저택으로 침입하게 되는 계기인 과외는 금액 자체보다는 남성 동성 사회 속에서 '여성 교환'을 염두에 둔 맥락에서 전해진다. 기우는 다혜와의 첫 수업에서 다혜의 손목을 잡고 "실전은 기세"라고 하면서 맥박을 확인하며, "대학생이라 기세가 다르"던 민혁을 대신해 주도권을 잡는다.

기우가 저택에서 선망하는 것은 단순한 부가 아니다. 그가 처음 과외를 하러 와서 집안에 들어서자마자 놀란 눈으로 주목하는 것은, 자신만만한 태도의 동익과 그 재현물들이다.

이때 기우는 자상한 아버지의 품에 안긴 가족사진과 직업적인 성취를 모은 기사를 교차하여 본다. 유순한 아내와 귀여운 자식을 가질 수 있는 성공한 가부장이라는 이미지에 경탄하는 것이다. 남성의 주체화는 이 양자를 획득함으로써 가능하다는 것을, 자신의 아버지 기택은 갖지 못한 주체화의 기술을 동익은 모두 갖고 있음을 알게 된다. "아버지, 전 이게 위조나 범죄라고 생각하지 않아요. 저 내년에 이 대학 꼭 갈 거거든요"라며 기우가 학력 자본의 쟁취를 통해 상상했던 성공한 남성 주체의 상을 확인하는 것이다. 민혁이 진지하게 다른 남성들이 다혜에게 접근하는 것을 막아야 한다고 말했던 이유가, 바로 결혼을 통해 가부장이 될 때 남성의 주체화가 확인되기 때문이다. 그래서 〈기생충〉은 기우에게 곧바로 그 가능성을 맛보여준다. 청소년인 다혜의 입장에서 성인 남성을 만난다는 상황에 대한 문제의식은 별로 제시되지 않을 뿐만 아니라, 오직 기우 일가의 계급적 상승을 가능하게 할 어떤 매개처럼 언급될 뿐이다. 다혜와의 연애가 본격화되면서 기우는 보다 자신감을 느끼게 되고, 부모에게도 예비 가부장으로 인정받는다. 그러나 지하실이 드러나고 동익과 연교가 캠핑에서 예상보다 일찍 돌아오면서 이 전망은 순식간에 상실된다. 모든 계획이 실패로 돌아간 순간, 기우가 물속에 잠긴 반지하 집에서 건져낸 유일한 물건은 수석이다. 수석은 마치 기우에게만 보이는 상징물인 듯, 물속에서 떠올라 기우의 손으로 향한다.

> **기우** 아버지, 죄송해요.
>
> **기택** 뭐가? 임마.
>
> **기우** 다요. 전부 다. 제가 책임질게요.
>
> **기택** 뭔 소리야. 돌은 왜 그렇게 껴안고 있냐.
>
> **기우** 이거요? 애가 자꾸 나한테 달라붙는 거에요.
>
> **기택** 너 좀 자야겠다.
>
> **기우** 진짜로 애가 자꾸 날 따라와요.[19]

이 모든 사태를 누군가 책임져야 한다면, 통상적인 가족 서사에서

---

19) 각본집에서는 해당 문장이 "애가 민혁이 손에 나한테루 온 거부터가…… 상징적이지"다. 민혁을 따라 해야 한다는 기우의 강박이 더 노골적으로 드러나 있다.

가장 죄송해야 마땅한 역할은 아버지일 것이다. 그러나 무능한데다 자녀들에게 별로 미안해하지도 않는 기택은 절대 실패하지 않는 계획은 무계획이라며 자신의 무능을 합리화할 뿐이다(물론 이런 무위의 태도는 계급적 절망과 무기력의 반영이기도 하다). 그러자 기이하게도 도리어 아들이 먼저 죄송하다고 말한다. 기우가 별달리 잘못한 일은 없고 도리어 가장 부지런했음에도. 게다가 다른 가족 구성원은 제외하고 오직 아버지만을 바라보면서 고해성사를 한다. 온갖 비루한 삶들이 모여 속삭이는 임시 대피소에서, 하늘을 올려다보는 아버지를 향해 기우는 무릎을 꿇듯 웅크리고 죄를 청한다. 이 역전된 고해의 내용은 수석을 껴안고 있는 모습에서 보듯, 남성적 주체화와 가부장 지위에 충분히 진입하지 못했다는 자책이다. 앞서 살펴본 세대적 역부양 계획이 결국 위기에 처했고, 그래서 아버지를 복권시키고 자신 역시 정치적 주체가 될 기회를 상실했다는 자책이다. 폭우 속에서 쫓겨난 기우는 "민혁이라면 이 상황에서 어떻게 했을까" 생각하면서 위기에 처한 가족을 위해 희생할 동력을 얻는다. 가부장의 상징인 수석을 전해주던 민혁은 가족을 위협하는 다른 남성을 단호하고도 확실하게 퇴치했다. 민혁은 여성 거래를 통해 학력 자본을 경제적 자본으로 전환하는 데 선도적이었기에 청년 가부장의 모범이었다. 성공한 청년 가부장 민혁과 자신의 무능한 아버지 사이의 괴리를 채우기 위해 기우는 아버지가 못한 가부장의 책임을 대속하겠다고 말한다.

아무도 묻지 않았고 자신의 행동과는 연관이 없음에도 기우가 이렇게 먼저 과도하게 자책하는 것은, 가족을 부양해야 한다는 책임감을 (계승하는 데 실패했음을) 고백하는 한에서만 주체가 될 수 있는 남성 청년의 자아상을 드러낸다. 경제적 가부장 되기가 실패할 위기에 처하자, 기우는 우선 가부장의 윤리적 책임을 최대화한다. 숭고한 자기희생의 책임에 도달하지 못했다고 먼저 자책하고 고백함으로써, 도리어 그 자리에 진입하는 것이다. 아버지가 마땅히 해야 할 일을 하지 못했기에 경제적 가부장의 지위 자체가 위태롭더라도, 자신만은 계속해서 상기하고 있으며 무능한 아버지를 대속하고 있음을 적극적으로 드러낸다. 가부장이라는 자리/상징을 숭고하게 만들면서 그 역할에 미진한 자신을 발견/과시하는 것이다. 본고의 5장에서 살펴보듯, 남성 가장끼리만 공유하는 사죄와 용서는 이후 기택에 의해서도 반복되며 윤리적 숭고미를 창출한다.

다음날, 기우는 바둑판처럼 선이 그어진 2층 창문으로 화려한 정원 파티를 내려다보면서 다혜에게 묻는다. "다혜야, 나 잘 어울려?" 기우는 중산층 가족들의 사교 모임을 보면서, 자신이 앞으로 이와 유사한 위치에 잘 어울릴 수 있을지 묻는다.[20] 다혜와의 결혼을 경유해서 중산층 이성애 가부장 주체가 되려는 계획이 앞으로 적절하게 수용될지를, 그 가능성을 위해 스스로 얼마나 희생할 수 있는지를 가늠하는 것이다. 곧이어 수석을 꼭 끌어안고 밑에 내려가야 한다고 했던 기우의 말이 지하 생활자 근세를 살해하려는 결심이었음이 드러난다. 살인을 저지르기 직전, 기우는 다혜와의 감정이나 살인의 보편 도덕적 무게감에 대해서는 별로 개의치 않는다. 그는 어울릴 수 있는 자리, 중산층 가족의 가부장이 될 가능성을 지키기 위해, 비장한 표정으

---

20) 이 생일 파티는 동익과 연교가 속한 계급의 친밀감을 형성하고 분화하는 중요한 기제다. "내적으로는 사회 계급적 연대감의 확보"하고 동질감을 공유하면서 "외적으로는 다른 계급과 거리를 더 벌리는 기능"을 하고 '선'을 긋는다. 그런 점에서 그 연대감의 장소에서 자신의 자리를 허락받지 못한 기택의 모습은 "노동자와 부르주아 사이의 위화감"을 대조하게 된다. 오세은, 같은 글, 359쪽.

로 지하실에 내려간다. 지금까지 세밀하고 체계적인 계획을 세우고 가용한 자원을 철저하게 이용하던 '지성'적인 태도는 사라지고, 당장의 책임감과 당위에 깊이 몰입하여 성급하게 혼자 움직인다. 이런 기우의 변화는 가족을 지켜야 하는 가부장으로서 책임을 도맡아야 한다는 과잉된 자기 윤리에서 온다. 그래서 기우는 가족 중 아무도 묻거나 요구하지 않았고 서사적으로도 그가 책임져야 할 이유를 부여받지 못했지만, 스스로 주체화되는 자리를 마련하려는 절박함으로 수석을 들고 나선다. 남성 가부장으로서 미래를 위해 내부의 타자, 내부의 경쟁자를 응징하러 간다. 그럼에도 결국 근세에게 반격당하고 쓰러지는 급박한 반전을 통해 그의 어설픈 과잉 윤리는, 선량한 의도에 의한 '과실'로 승화된다. 비극 특유의 연민과 공포를 창출하는 셈이다.[21]

4. 가부장의 동성 사회적 친밀감과 혐오스러운 남성 신체의 자각

〈기생충〉이 기택 일가와 동익 일가의 계급적 아비투스를 드러내기 위해 사용한 섬세한 미장센은 이미 여러 번 논의되었다. 이는 기택이 동익을 살해하는 다소 갑작스러운 서사적 파국을 인과적으로 설명해 내고 그 의미를 분석하기 위함이었다. 대체로 계급적 '선'을 넘지 않던 기택이 '선'을 넘게 되면서 동익의 혐오 대상이 되었고[22] '반지하

---

21) "덕과 정의에 있어 월등하지는 않으나 악덕과 비행 때문이 아니라, 어떤 과실 때문에 불행에 빠진 인물"이 비극에서 최적화된 플롯이며, 주인공의 운명이 행복에서 불행으로 바뀌는 "원인이 비행에 있어서는 안 되고, 중대한 과실에 있어야 한다"라는 점을 상기해볼 수 있다. 아리스토텔레스, 『시학』, 천병희 옮김, 문예출판사, 1998, 74, 76쪽.
22) "기택이 틈만 나면 자신의 고용주인 동익의 '경계'를 넘나드는 것은 자신 역시 한때 중산층이었다는 사실을 확인하고 싶어서이고, 동익에게 '나 역시 너와 별 차이 없

냄새'를 통해 계급적 특성이 근세와 기택의 신체에 각인되었다는 분석이다. 기택이 근세와 자신의 유사성을 자각하고 있었으므로, 근세에게 악취가 난다는 표정을 지은 동익의 계급적 구별 짓기에 상처받고 이에 저항했다는 것이다.[23] 계급적 선을 넘어서는 순간 혐오감이 드러난다는 해석은 타당하지만, '냄새'가 부여되는 이가 누구인가에 대해서는 보충이 필요해 보인다. 기택의 살해가 서사의 가장 격정적인 파국을 만들고, 또 전체 서사의 향방을 결정한다는 점에서 그 전후의 대화를 더 살펴야 한다.

몸에서 나는 냄새는 다송을 통해서 인식된다. 다송은 기택 가족의 몸에서 '같은 냄새'가 난다는 것을 발견한다. 그래서 그들 역시 처음에는 옷을 세탁하는 세제의 냄새라고 추측하고 이를 각자 다르게 빨아서 알리바이를 만들어야 하나 고민한다. 영민한 기정이 그 냄새가 '반지하 냄새'라는 것을 지적함으로써 이 냄새는 가난과 계급의 신체적 각인으로 강조된다. 그래서 기택 가족에게서 나는 냄새가 불쾌한 반지하 냄새라는 전제가 생겨난다. 이는 차를 탄 연교, 동익이 기택의 몸에서 나는 '선을 넘는 냄새'를 불쾌한 표정으로 의식하는 장면, 그리고 동익이 그 냄새를 지하철에서 나는 노동계급의 냄새이자 행주 같은 더러운 물건의 냄새라고 평가하는 장면을 통해 확실하게 아브젝트로 굳어진다.

그러나 선을 넘는 불쾌한 하부 계급의 냄새는 사실상 기택과 근세

어'라고 말하고 싶어서였을 것이다." 성일권, 같은 글, 131쪽. 그런데 기택과 동익의 '선' 넘기 모티프에 대해서는 계급적 동일시뿐만 아니라 가부장으로서의 젠더적 동일시 역시 관련이 깊다는 점 역시 고려되어야 한다.

23) 김문주, 같은 글, 600쪽; 송다영, 같은 글, 189쪽.

의 신체를 통해서만 서사에 개입한다. 다송의 발견대로라면, 가족원 모두에게서 '같은 냄새'가 나야 하고 그렇다면 기택에게서 나는 불쾌한 냄새가 기정, 기우, 충숙에게 다 같이 나야 한다. 그렇지만 청결에 민감한 연교와 물리적으로 가까운 거리를 유지하는 충숙도, 냄새에 예민한 다송을 안기도 하면서 오랜 시간을 보내는 기정도 불쾌한 냄새와 연결된 적이 없다. 기우 역시 다혜와 성적 접촉까지 하면서도 악취로 지적받은 적 없다. 계급적 악취는 중요한 서사 전개의 도구임에도 오직 기택과 근세의 신체를 경유해서만 유효한 의미값을 가지고 서사에 개입된다. 이는 영화가 근세와 기택에게만 혐오스러운 신체라는 특성을 부여하고자 하기 때문이다.

기택은 동익에게 반복적으로 남성으로서의 친밀감과 유대를 표현한다. '선'을 잘 지키던 기택에게 호의적으로 동조하던 동익이 처음으로 불쾌감을 드러내는 것은 기택이 '가부장'으로서의 유사성을 드러내면서부터다.

기택 38선 밑으로는 골목까지 훤합니다. 핸들 밥을 30년 가까이 먹다 보니 저절로 그리되지요.

동익 저도 한 가지 일을 오래 하신 분들을 존경합니다.

기택 사실 이 직업이 단순하다면 단순합니다. 하지만 한 집안의 가장, 한 회사의 총수, 또는 그냥 뭐 고독한 한 남자와 매일 아침 이 길을 떠난다. 이건 일종의 동행이 아닐까? 이런 마음으로 하루하루 해왔습니다. 세월이 참 빠르네요.

기택 그러면 사모님이 빨리 구하셔야겠네요. 새로 집안일 하실 분.

동익 이제 클났죠 뭐. 아줌마 없이 일주일만 지나봐. 집안이 완전 쓰레기 통 되지. 내 옷에서 냄새 풀풀 날 거고. 다송이 엄마가 원래 집안일에 재능 이 없어요. 청소도 못 하고 음식 진짜 맛없고.

기택 그래도 사랑하시죠?

동익 (잠시 정적. 정색하고 쳐다보다 웃으며) 허허허허, 아이 그럼요. 사랑 하죠. 사랑이라고 봐야지.

동익이 악취에 대한 혐오감을 표하고 기택이 분개하는 상황은 하 위 계급에 대한 배제와 그에 대한 대응만은 아니다. 기택은 "한 집안 의 가장"이라면, "한 회사의 총수"와 "고독한 한 남자"로서 같다고 말한다. 계급적 차이에도 불구하고 기술·부하 직원을 책임져야 한다 는 남성 가부장의 고독한 자기 윤리라는 영역에선 다를 바 없다는 것 이다. 노동하는 남성으로서의 유사함은 웃어넘기던 동익이지만, 아 내의 역할에 미진해도 사랑하지 않느냐는 기택의 질문에는 대단히 불쾌해하며 어색하게 웃는다.[24] 가족에 대한 책임감, 혹은 남성적 주 체화의 근간인 아내와의 관계를 묻는 것은 '선'을 넘는 것이다. 한 분 야에 오래 종사한 사람, 노동 윤리의 측면에서는 충분히 공감할 수 있 다. 하지만 가부장으로서 자신과 대등한 위치에 서려는 시도는 용서 할 수 없다. 기택이 동익을 살해하기 직전, 두 사람의 마지막 대화 역

---

24) 송다영(같은 글, 189쪽)과 한송희(같은 글, 24~25쪽)는 아내에 대해 험담하는 동 익에게 "그래도 (사모님을) 사랑하시죠?"라고 질문하는 장면이 결정적으로 선을 넘 는 순간임을 지적하면서도, 사랑이라는 사적 감정의 공유를 동익이 싫어한 것이라고 분석한다. 사적 감정의 공유 시도를 동익이 거부한 것은 분명하지만, 기택이 동익에게 반복하는 이 질문이 보편적인 감정 중 하나라기보다는 아내에 대한 가부장의 책임과 보호의 의미로 한정된다는 점도 중요하다.

시 가부장으로서의 윤리적 책임을 공유하고 정서적 친밀성을 형성하려는 시도와 그에 대한 단호한 거부다.[25]

> 동익 어휴 진짜. 우리가 이 나이에 이게 뭐 하는 건지. 참. 진짜 민망하네요. 예. 정말 죄송합니다. 김기사님. 애기 엄마 등쌀에 나도 어쩔 수 없네요. (……)
> 기택 사모님이 원래 이벤트, 서프라이즈 뭐 이런 거 좋아하시나봐요.
> 동익 예에, 그런 편이죠. 근데 이번 생일에 더 유난히 심각하네. 저 사람이.
> 기택 애 많이 쓰시네요, 대표님도. 하긴 뭐 어쩝니까. 사랑하시는데.
> 동익 (정색하며) 김기사님, 어차피 오늘 근무인 거죠. 이게. 그냥 뭐 이게 일의 연장이라고 생각하시고. 예?

기택은 다정한 가부장으로서 아내와 아들을 위해 노력하는 동익을, 자신처럼 가족을 위해 애쓴다는 점에서 같은 위치로 상호 인정함으로써 동성 사회적 친밀감을 만들고자 했다. 그러나 동익은 그때마다 노동자-사용자의 계급적인 위계를 강조하며 이를 적극적으로 파

---

25) 김문정은 기택이 대타자로서의 부르주아 가족을 모방하지만 실패하여 "질투하는 자아의 생 에너지와 그 미래적 삶이 부정당한 순간 기택은 박 사장을 죽이는 방식으로 팔루스를 거세"했다고 독해한다. 기택이 팔루스와 건강한 "거리를 유지한 채 욕망할 수 있는" "합리적이고 균형 잡힌 자아"에 미달했기 때문이라는 분석이다(김문정, 같은 글, 145쪽). 기택의 동익 살해에 '남성성'이 개입된다는 점에서는 본고와 궤를 같이 하지만, 보편적 인간이라면 누구나 추종하는 건강한 자아의 문제로 접근할 때 한국 가부장 특유의 젠더적 주체화는 충분히 분석되지 못한다. 수석을 돌려보내는 기우는 도착에서 벗어난 건강한 자아로 거듭난다는 분석(같은 글, 146쪽)에서 보듯, '건강한/도착적 거리'라는 개인의 인성의 문제로 보는 것이다.

괴하고 수치를 준다. 동익의 체면과 수치심은 선택적으로 작동한다. 막내아들의 생일을 위해 다른 사람들 앞에서 다소 유치한 분장을 하는 것은 웃어넘기면서도, 가족에 대한 태도를 기택이 읽고 있다는 것은 용납하지 않는다. 중산층 이웃 친구들에게 가부장으로서 아들에게 다정하고 희생적인 모습을 보여주는 것은 다소 민망하더라도 체면을 높이지만, 반대로 기택에게 가부장으로서 다정하고 희생적이라고 칭찬을 받는 것은 매우 불쾌한 일이다. 기택이 살인까지 하게 한 계급적 분노에는 남성적 주체화를 위한 남성 간의 상호 인정이라는 의미 경제, 이에 실패하고 박탈당해서 생긴 수치심이라는 남성적 감정 경제가 긴밀하게 얽혀 있다.

도리어 기택에게 남성적 연대를 가능하게 해주는 것은 지하 생활자 근세다. 반지하의 기택과 지하실의 근세는 모두 사회경제적으로 무능하고 아내와 가족에 의존하며 자립하지 못하고 있다. 대만 카스텔라 프랜차이즈 가맹점의 연쇄도산이라는 한국사회의 스키마를 통해 기택과 근세는 몰락한 소시민 남성이라는, 같은 배후 서사를 부여받는다.[26] 근세는 아이처럼 유동식을 빨아먹으며 처음 등장한다. 문광은 그에게 바나나를 까서 내밀고 그의 배를 문질러주며 위로해주고 안심시킨다. 콘돔을 못에 박아 보관하고 있는 근세는 지상보다 지하가 편하고 좋다면서 기택에게 여기서 살게 해달라고 빈다. 남성 주체로서의 신체성은 물론 사회적 인격이 모두 거세되어 있다. 좀비와

---

26) 대만 카스텔라 가게의 실패로 인해 빚에 쫓겨 지하로 숨어든 근세의 사연을 통해, 기택 역시 같은 경험을 했음을 상기하게 된다. 대만 카스텔라를 비롯해 수많은 프랜차이즈 자영업자의 연쇄적 실패는 소상공인의 몰락을 반영한 한국사회의 전형적인 '서브텍스트'다(김용희, 같은 글, 19쪽). 그러한 문화적 맥락 속에서 순식간에 근세, 기택 그리고 관객 사이에 이해의 고리가 형성된다.

같이 마르고 늙은 신체, 마치 유령처럼 네발로 어기적거리며 계단을 기어올라 음식을 훔쳐먹는 근세의 동작은 계급적 아브젝트면서, 동시에 퇴행된 남성 젠더의 아브젝트기도 하다. 기택은 자신과 근세 사이의 모종의 사회적 계급적 유사성이 있음을 간파하면서도, 남성적 주체로서의 동질감은 거부한다. 근세를 지하실에 가두어둔 채, 끝까지 동익과 남성 동성 사회적 친밀성을 추구했다.

근세의 몸에서 악취를 맡은 동익의 혐오스러운 표정으로부터, 기택은 그동안 자신의 몸에서 나는 냄새에 대한 동익의 언급이, 계급적 구분 짓기일 뿐 아니라 남성 주체의 연대로부터의 배제이기도 했음을 깨닫는다. 기택은 자녀들의 조력과 계획에 힘입어 비로소 부양·보호하는 가부장으로서 가능성을 모색하려 했지만, 동익은 그를 철저히 남성 젠더의 아브젝트로 한정했고 그 주체화의 전망을 일절 인정하지 않은 것이다. 실패한 가부장에 대한 철저한 혐오 반응을 보고, 기택은 자신이 그간 시도한 가부장으로서의 남성적 연대가 애초부터 불가능할 수밖에 없었음을 깨닫는다. 자신의 몸에서 나는 악취를 그제야 수치스럽게 여기고 분개하는 데에는 자신 역시 젠더적 아브젝트임을 깨닫는 과정이 필요했던 것이다. 은밀히 경멸하면서 동정하던 비-주체, 비-남성 아브젝트 근세와 자신은 그래도 다른 위계에 있다고 생각했으며, 동익과의 남성적 친밀감이 가능하다고 상상했으나 그것이 철저히 부정당한 것이다.

동익은 근세를 보고 기절한 다송을 병원에 데려가기 위하여 서둘러 운전하라고 명령한다. 근세에게 찔려 기정의 목숨이 위태로운 응급 상황에서, 동익은 기택으로 하여금 자신의 딸을 지키지 못하는 상황으로 밀어넣는 것이다. 다른 가부장에의 계급적 종속이 노골적으로 드러나면서 정작 자신의 가족을 지키는 남성 가부장의 지위는 잃게 된 상황이다. 계급적 위계가 남성적 주체화마저 차단한 사태인 것이다. 기택의 급작스러운 살해는, 가부장의 자기 연민과 인정 투쟁을 위한 남성 젠더의 상징 경제가 일시에 무너져버린 총체적 위기에 대한 필사적 대응이다. 가부장이라는 상징적 자리 자체가 상위 계급의 남성에 의해서 원천 폐지당한 박탈감과, 아브젝트로서의 낙인으로 인한 수치심을 그제야 마주했기 때문이다.

기우가 근세를 살해하려 한 것도 계급적 하부의 경쟁을 막아 가부장이라는 상징적 위치를 지켜내기 위함이었다. 두 남성 인물은 계급적 분할선의 아래를 지키고 위를 뚫으려고 노력했다. 그것이 젠더적 주체화를 위해 절실했기 때문에 자신을 희생하지 않을 수 없었다. 그러니 이 부자父子만은 각자의 희생이 어떤 의미인지 정확하게 알고 있다.

5. 숭고한 음성의 젠더적 선별을 통한 가부장의 선위禪位

그간 한국사회에서 지고의 가치였던 소시민 아버지들의 가족을 위한 고투와 희생이, 근세의 죽음과 함께 중산층의 정원 파티에서 냄새 나는 시체로 전락한다. 제대로 애도되지도 의미화되지도 못하고 죽은 '남성 가부장이라는 지위'를 위해 기택은 살인하지 말라는 지상의 법을 어긴다. 동익의 혐오에 분노하고 저항함으로써 도리어 그 자신이 혐오스러운 지하 생활자의 지위에 유폐되고 마는 기택은 양가적인 윤리적 딜레마를 창출한다.[27] 이를 통해 가족이 생존주의에 매몰

---

27) 기택의 선택지는 세 가지일 것이다. 딸의 상처를 지혈하는 것, 근세와 싸우다 부상당한 아내를 보조하는 것, 동익의 혐오에 분노하는 것 중에서 "감독은 가족을 포기하고 분노를 선택하며 관객의 심리에 엇박자 갈등을 유발"한다(심영덕, 같은 글, 700

되어 저질렀던 세속적이고 풍자적인 악덕을, 양극화라는 추상적 구조에 대한 저항이라는 상징적 구도로 확정해준다. 기택 개인은 합리적인 세계에서는 살인이라는 비도덕적인 죄를 저질렀을지 몰라도, 영화를 조감하는 외부의 시선에서 기택의 행위는 구조적 불평등과 가부장들의 상대적 박탈감이라는 더 심층적인 문제에 대한 윤리적 저항으로 독해된다. 이러한 구도는 기택의 살해를 구조의 세속적 질서의 법 보존적 폭력에 맞선 신적 폭력과 유사한 지위에 놓는다.[28] 기택은 그런 신적 폭력을 감행한 결과로 (뉴스 속보와 경찰의 미행으로 대표되는) 세속 질서에 의해 범죄자로 공표된다. 혐오스러운 아브젝트인 근세가 거주하던 지하실로 유폐되면서 기택 역시 아브젝트의 지위로 내려가고 만다. 하지만 이 유폐는 기택에게 기꺼이 윤리적으로 비판받을 만한 혐오의 위치로 하강함으로써 더 보편적인 인간의 조건에 대한 심층적인 문제를 제기하는 역할을 부여한다. 역설적이

___

쪽). 현실의 상황이라면 가족을 우선하는 것이 일반적인 심리이므로, 동익을 살해하는 기택의 분노는 서사적으로 예상치 못하던 급변이다. 차분하던 기택의 성격상으로도 일관성 없는 급작스러운 행동이라 더 눈에 띄게 배치된 것이다.

28) 벤야민의 "신적 폭력은 살아 있는 자를 위해 모든 생명 위에 가해지는 순수한 폭력"이므로 물론 기택의 살인에 기술적으로 대응된다고 보기 어려울 수 있다. 다만 '영웅'의 신적 폭력은 새로운 법을 인간에게 가져다주리라는 희망을 남긴다는 점을 상기한다면, 비평과 관객들이 일제히 기택을 통해 세속법의 도덕에 맞서는 신적 폭력의 미학을 읽어내고 있다는 열망은 유의할 만하다. 신적 폭력이 특권 계층과 위계 구조를 아무 예고도 위협도 없이 파괴하지만, "신의 법정은 바로 그러한 파괴 속에서 면죄를 가져다"준다는 특성 역시 기택의 자발적인 죄(의식)와 관련이 깊다. 법의 지배에 저항하여 신적 폭력을 감행한 이는 "그 죄지음을 '속죄'하게"하여 "죄로부터는 아니고 법으로부터 면죄"된다. 기택은 구조에 맞선 신적 폭력을 감행하고, 스스로 죄를 고백함으로써 법(관객의 법 감정)으로부터 면죄된다. 발터 벤야민, 「신적 폭력을 위하여」, 『역사의 개념에 대하여/폭력비판을 위하여/초현실주의 외』, 최성만 옮김, 길, 2008, 111~112쪽.

게도 종국적인 윤리적 주체의 가능성을 얻는 것이다. 그렇기에 〈기생충〉의 해석이 가장 집중되는 대목도 이 역설적인 전환의 국면이었다.

그런데 혐오스러운 지위를 택함으로써 윤리적인 주체가 되도록 서사가 선택한 인물은, 기택과 기우뿐이다. 그간 무능한 부모에게 대책을 제공해주고 동익의 저택으로 침입하는 계획을 세우는 일은 기우뿐 아니라 기정도 함께 분담하는 일이었다. 기우를 통해 연교와 만난 이후부터는 기정이 윤기사와 가정부 '문광'을 쫓아내는 주역이기도 했다. 그런데 기우의 근세 살해 시도와 기택의 동익 살해 전후로 서사의 주동 인물은 아들과 아버지로 국한된다. 기우도 기택도 모두 독단적으로 살해를 결정한다. "절대 실패하지 않는 계획이 뭔 줄 아니? 무계획이야 무계획"이라며 무위를 주장하던 기택이 스스로 내린 유일한 자발적인 결정은 세속적 폭력에 맞선 신적 폭력뿐이다. 가족 안에서 세대에 따라 나뉘던 업무의 분할은 갑자기 젠더적 분할로 전환된다. 그래서 지하실의 발견 이후 중반부터 기정의 서사적 역할은 급격하게 축소되며 지하 생활자와의 조우 이후의 대응에 대해 기정에게는 선택지가 주어지지 않는다.

> **기정** 밑에 안 내려가봤어?
> **충숙** 아직은. 근데……
> **기정** 아무래도 그분들하고 이야기를 해봐야 되지 않을까. 서로가 다 좋은 쪽으로다가.
> **충숙** 내 말이. 어제는 씨발 다들 너무 흥분을 해가지고.
> **기정** 어휴 그니까. 아빠는 뭐 계획 어쩌구 하더니. 아니다. 그냥 내가 내려가볼게.

충숙 아, 잠깐만. 안 그래도 이거 챙긴 거니까. 갖고 가. 배고플 거 아니야들. 일단 먹고.

기정 그래, 그래.

지하 생활자 근세와 문광 부부와의 공존, 혹은 최소한의 대화 가능성이 모녀 사이에 거론되는 동안, 이미 기우는 혼자 수석을 들고 지하 생활자를 처단하러 갔고 기정은 그들과 대화를 나눌 기회를 얻지 못한다. 영화가 선택한 것은 기우의 방법이다. 그간 저택에 잠입하기 위해 기정과 계획을 함께 세웠음에도 불구하고, 이제 기우는 청년 가부장의 책임감과 부채감을 짊어지고 독단적인 결정을 내린다.

기택 저, 기우야. 거시기 왜. 윤기사, 윤씨 맞지. 원래 이 집 운전기사 하던 놈.

기우 네, 윤기사.

기택 그 친구는 지금 다른 데서 일하고 있겠지. 일자리 구해가지고.

기우 아이, 그럼요. 그렇겠죠, 뭐. 워낙 젊은 나이고. 허우대도 멀쩡하고.

기택 그렇지. 응? 더 좋은 사장한테 갔을 거야.

기정 에이, 씨발 진짜!

기우 야. 왜 이래, 또.

기정 우리는, 우리가 제일 문제잖아. 우리 걱정만 하면 되잖아. 어? 아빠! 아빠, 아빠. 우리한테 집중 좀 해줘. 응? 우리한테. 윤기사 말고 나한테! 제발 좀! (천둥 번개가 친다)

기택 야, 타이밍 죽인다.

기우 야, 기정이 꺄악, 번개 쩌르릉!

지하실의 비밀이 열리기 직전에, 기택은 느닷없이 윤기사를 걱정하는 말을 꺼낸다. 가족원 모두 저택에 잠입하는 데 성공하여 양주 파티를 벌이는 최종적 승리의 장면에서, 별다른 전후 맥락도 없이, 윤기사에 대한 죄책감을 먼저 고백하는 것이다. 그리고 기우는 그의 죄책감을 위로하고 술잔을 올리며 예우를 해준다. 이 부자의 대화는 곧 지하실이 열리면서부터 부자가 앞으로 맡을 서사적 역할을 위한 포석이다. 윤기사에 대한 기택의 죄책감이 이후 등장할 근세에 대한 기택의 친근감과 죄책감을 미리 설명해주는 것이다. 죄책감을 꺼내자 아들 기우는 곧바로 이를 무마해준다. 부자는 윤기사에 대한 죄책감을 이야기하면서, 자신의 가부장 되기를 위해서 희생되는 다른 남성에 대한 죄책감을 나눈다. 가부장이 되기 위해서 그들이 희생한 윤리적 가치를 애도하고 서로의 죄를 사해준다. 그리고 그 죄의식을 공유하면서 부자 사이의 연대감이 생성된다. 그 연대감을 나누는 대화에서 기정과 충숙은 완전히 배제되고 화면의 외곽으로 밀려나 있다. 기정이 윤기사로부터 느꼈을 위협감은 언급되지 않을 뿐만 아니라, 직접 윤기사를 쫓아냈던 기정은 과연 지금 어떤 감정을 느끼는지 질문의 대상조차 되지 못한다.

분노한 기정은 기택과 기우에게 그 가부장의 윤리적 죄책감이 무슨 의미가 있는지, 과연 그것이 지금 중요한지, 자신을 고려라도 하는지 질문하지만 전달되지 못한다. 부자는 기정의 말을 끝끝내 듣지도 응답하지도 않는다. 두 사람 모두 고개를 돌리고 무시하고 기정은 절규하며 누워버린다. 물론 술에 취한 기정의 주정처럼 보이기도 하지만 공교롭게도 기정의 말처럼, 무능한 아버지는 자신 때문에 딸이 해야 했던 일이나 혹은 문광도 아닌 윤기사에 한정해 죄의식을 느끼는 것이다. 그건 뭔가 이상하지 않냐고 절규하는 기정의 비명을 누락하고, 가부장들의 희생과 자기 연민을 공유하는 한에서만 이 가부장들은 윤리적 숭고미를 유지할 수 있다.

근세에게 공격받은 기우와 기정 중에서 기우는 살아남아 아버지의 윤리적 메시지를 계승하지만, 기정은 아버지의 눈앞에서 급작스럽고 허망하게 사망함으로써 아버지의 분노를 촉발하여 정의로운 복수의 계기가 된다. 전체 사건에 의미를 부여하고 정리하는 에필로그의 서술자는 기우가 맡는다. 우는 듯 웃는 듯 기묘한 표정을 짓는 기우의 얼굴을 클로즈업하면서 기우는 서술자로 임명되는데, 흥미롭게도 이때부터 〈기생충〉은 인물들의 대화를 거의 없애고 내레이션으로 전개한다. 외부에서 삽입되는 부자의 음성이 서술을 독점하면서, 다른 인물의 목소리, 다른 관점의 개입 가능성을 완전히 배제한다. 이는 기택과 기우 부자가 서로에게 보내는 편지로 서사 전체를 의미화하기 위함이다. 모스부호로 간신히 전해지는 기택의 편지에는 죽은 딸이나 아내에 대한 애도나 안부 인사는 거의 없다. 오직 아들을 수신자로 지목하여 자신의 윤리적 결단에 대해 해명하는 편지다. 그렇기에 편지를 처음 받고 흥분해서 집으로 달려간 기우 역시 어머니에게 편지의 소식을 전하지도 않고 곧바로 아버지에게 답을 하는 데 몰두한다. 물론 이것은 서사적 긴박감을 이어가기 위함일 수 있지만, 그 긴장이 끝까지 오직 부자 사이에서만 유통된다는 점은 특기할 만하다.

기택 아들아, 너라면 혹시 이 편지를 읽을 수도 있겠구나. 너는 보이스카웃 출신이니까, 혹시나 싶어서 이런 식으로 편지를 써본다. 건강은 좀 회복이 되었느냐. 네 엄마야 뭐 심하게 건강할 테고. 나도 여기에서 건강히 지낸다. 기정이 생각에 자주 울기는 하지만. 그날 벌어진 일들은 지금도 실감이 잘 안 난다. 꿈을 꾼 것 같기도 하고. 아닌 것 같기도 하고. 그때 대문을 나올 때, 순간 깨달았다. 어디로 가야 되는지.

그의 내레이션이 울리는 동안 기택은 손에 피를 묻히고 죄책감에 시달리며 우는 모습으로 등장한다. "박사장님, 미안하다"라고 흐느끼며 그의 사진 앞에서 속죄하고 있다는 심층적인 비밀을 수신하는 사람은 아들이다. 지상의 법적 질서와 표층적 윤리에서는 비록 유죄일지 몰라도 아버지와 아들, 가부장 사이에는 비밀스럽고 강력한 윤리적 연대가 있다. 그리고 그것은 동성 사회적 연대와 연결되는데, 빈부 격차와 계급 갈등으로 인한 비극에 대한 발화 권력은 여성에게 넘어가지 않는 것이다.

음성을 부여받지 못하는 여성 인물들은 기정처럼 죽거나, 충숙처럼 침묵하거나, 연교처럼 눈을 감게 된다. 가장 중요한 대목이기에 불필요한 '디테일'의 여지는 제거된 것이다. 지하 생활자 근세를 직접 죽인 충숙이나 남편을 잃은 연교 역시 마찬가지로 계급적 공존 불가능성을 체감했음에도 이들의 내면은 별달리 드러날 기회가 없다. 기정의 존재를 의식하면서 기우와의 관계를 가늠하고, 아버지의 권위에서 벗어나기 위해 기우의 감정을 이용하던 당찬 청소년 다혜는, 피투성이가 된 기우를 업고 달려 목숨까지 살렸음에도 다시 등장하지 않는다.

에필로그의 독백 형식은 윤리적 과실을 스스로 먼저 고백하게 함으로써 기택을 윤리적 주체로 만들어주는 중요한 기능을 한다. 마찬가지로 돈을 많이 벌겠다는 "근본적인 계획"을 통해 아버지를 구해 주겠다는 기우의 내레이션 역시 실현 불가능한 꿈과 현실의 괴리를 강조한다. 물론 가부장의 숭고한 희생에 담긴 비의秘義를 유일하게 알아차리는 아들의 윤리적 성찰에도 불구하고, 불평등한 현실로 인해 기우의 노력은 무조건 실패할 수밖에 없다고 전망된다. 여기에서 오는 아이러니가 기우에게 윤리적 숭고미를 창출해준다. 〈기생충〉의 에필로그는 기택의 다층적인 윤리적 아이러니와 기우의 꿈과 현실 사이의 아이러니를 통해 계급적·사회적 구조의 문제를 모두 살피게 만든다. 기택도 기우도 물론 서사 내의 구체적인 정황 속에서 가장 비참한 처지에 놓여 있지만, 그들은 가부장으로서의 계급적 무력함을 구조적으로 인식하고 그에 맞선 책임 의식으로 전환하는 데 성공했으므로, 윤리적 남성 주체가 되는 데는 성공했다. 그러니 유폐된 아버지의 윤리를 수신하는 데 성공한 기우는 구세대 가부장의 주체화 형식을 상징하던 수석을 되돌려놓는다. 혹은 도저히 그 방법을 감당할 수 없음을 인정한다. 경제적 계급 상승에 대한 전망을 상실했더라도, 구조적 불평등에게 철저하게 패배했다고 먼저 고백함으로써, 새로운 가부장 되기에 도달할 수 있기 때문이다.[29]

남성 가부장의 계급 초월적 연대를 거부한 동익의 극적 죽음은, 하

---

29) 한편 기택과 반대로 기우는 본래적인 인간성으로 회복한다는 분석들은 암묵적으로 '건강한 남성 청년' 주체의 회복을 '보편적 인간성 회복'으로 간주하는데, 이러한 독법은 계급 서사에서 젠더적 선별은 누락하게 된다. "산수경석을 다시 자연의 품에 돌려놓는" 것은 "기우가 위조된 삶, 타인의 욕구를 욕구하는 삶을 단절하겠다는 의미"이며 "산수경석과 하나였던 과거의 자신을 버리고 다시 태어나는 것"이라는 독해가 대표적이다. 권승태, 같은 글, 26쪽. 김문정, 안영주, 심영덕 등의 연구 역시 욕망을 적절하게 통제하여 긍정적인 정서 상태, 합리적 이성에 도달했는가를 기준으로 인물들을 구분한다.

층계급 남성 가부장들의 희생과 자기 연민을 창출하기 위해서 필연적이었던 셈이다. 그의 죽음을 통해 가부장이 되는 방법은 기존의 경제적 영역을 넘어 미학적, 윤리적인 방법으로 확장된다. 기택은 스스로를 가장 혐오스러운 위치로 유폐함으로써, 자발적이고 독단적으로 희생을 택함으로써 비로소 정치적 메신저가 될 수 있었다. 젊은 청년 가부장 기우 역시 아버지로부터의 경제적 계승은 실패했지만, 그의 메시지를 수신받음으로써 담론적·정서적 가부장의 지위를 획득한다. 그렇게 계급적 양극화에 대한 젠더화된 애도와 인정은 새로운 가부장의 존립 형식, 불가능한 가족에 대한 책임 윤리를 시도했지만 결국 혐오스러운 지위로 전락하고 만 자신을 전시하는 형식을 만든다.

한국 문화사에서 지고의 주체이던 (소)시민-아버지가 기생충을 자임하는 전환이라는 점에서 문화사적으로 주목할 만한 지점이다. 그간 억압받는 타자를 인식함으로써 시민적·윤리적 결단을 해오던 한국적 아버지(송강호)의 얼굴[30]은, 이제 기존의 방법으로는 가부장 주체 되기가 불가능하다는 프레카리아트 남성 청년들의 박탈감을 대신 짊어지고 기꺼이 혐오스러운 지위로 내려간다. 저성장 시대 한국사회의 아버지에게 남은 윤리적 선택지는 주체가 되지 못한 아들이 겪는 윤리적 비극을 통감하는 것이다. 대신 아브젝트를 자처함으로써, 계급적

---

30) 봉준호 감독은 구상 단계에서부터 기택 역에 송강호 캐스팅을 상정했다고 밝힌 바 있다. 송강호의 필모그래피는, 평범한 중년 남성이 역사적·사회적 비극 속에서 위기에 처한 자식(혹은 동생)을 위해 희생하고 고투하면서, 거대한 구조의 문제에 맞선 소시민으로서의 윤리적 고뇌를 겪는 서사를 다수 포함한다. (유사) 가족을 회복하면서 가부장으로서의 정서적, 윤리적 지위를 회복하는 패턴이다. 〈택시운전사〉(2017), 〈변호인〉(2013), 〈설국열차〉(2013), 〈의형제〉(2010), 〈우아한 세계〉(2007), 〈괴물〉(2006), 〈효자동 이발사〉(2004), 〈복수는 나의 것〉(2002) 등을 상기해볼 수 있다.

모멸을 자처함으로써 정치적 메시지를 생산하는 남성적 존재론을 신설하여 아들에게 승계하고, 아들 역시 이를 추존하는 것이다. 구조적 위기로 인한 아버지의 유폐를 유일하게 알아보고, 그의 전언을 받으면서 아들 역시 구조적 위기에 대한 인식론적, 윤리적 주체가 된다. 가장 혐오받는 자리를 자임함으로써 도리어 남성이 된다는 전략은, 과거 세대와 달리 현재는 '구조적 공평'으로부터 자신이 가장 배제되었다며 스스로를 박해받는 위치에 두려는 근래의 남성적 담론과 멀지 않은 것은 아닐까.[31] 구체적인 선악 없이 계급적 박탈의 수직적 구조만 남은 논리 체계에서, '구조적 공평'에 미달한 혐오를 통해 자기 신체를 정치적 자원으로 재현하는 것이야말로 무능한 아버지와 유산 없는 청년 가부장의 새로운 전략이 된 것이다. 무능하고 혐오스러운 남성 주체의 형상을 선취함으로써 윤리적·미학적 주체를 생산하는 재현 전략에 대한 꾸준한 관찰과 이에 대한 비평적 접근이 필요한 이유다.

(2021)

---

31) 페미니즘과 적극적 차별 시정 조치에 대해서 '역차별'이라고 비판하면서, 자신들은 기득권 남성들과 달리 젠더 권력에서 배제되었음을 강력하게 주장하는 "버림받음의 서사"는 최근 우경화된 청년 남성 담론의 핵심이다. 이는 '젠더 이퀄리즘'이라는 사이비 담론으로 드러나기도 했다.(김성윤, 「"우리는 차별을 하지 않아요"—진화된 혐오 담론으로서 젠더 이퀄리즘과 반다문화」, 『문화/과학』 2018년 봄호, 102쪽) 이러한 역차별과 반페미니즘 담론을 '청년을 위한 공정'으로 흡수하여 정치적 자산으로 삼는 아버지들의 정치가 나타나고 있다는 점에서도 유의할 만하다.

한국 게이 로맨스 장르의 서사 구조
―남성 청년의 돌봄 친밀성과 게이라는 남성 젠더의 창안

1. BL-게이 로맨스 서사의 스펙트럼

이성애적 정상 규범과의 '차이'를 강하게 드러내야 퀴어 재현의 목적에 부합한다는 '조언'을 여전히 심심치 않게 볼 수 있다. 퀴어에게 '전형'적으로 기대되는 양상이나 퀴어의 사회문화적 위기, 혹은 퀴어 혐오와 퀴어 수치심 등의 취약한 지점이 등장하지 않는다면 '고통'이 적으므로 비현실적이며 좋지 않은 재현이라는 비판이다. 대표적인 사례로, 김수연은 주류에 대한 동화 전략에 경도된 텍스트는 "광의의 퀴어 영화 아카이브에 속할 수 있을지 몰라도 대항 아카이브는 되기 어렵다"고 단언한다.[1] 그래서 〈위켄즈〉(2016)는 "주류 사회로의 동화를 꾀하"고자 "퀴어성을 포기한 퀴어 영화"라고 저평가하고, 반대

---

[1] 김수연, 「퀴어 아카이브와 아카이브 퀴어링 하기 ― 한국 퀴어영화의 도전과 과제」, 『안과밖』 49호, 2020, 251쪽. 한편 김수연은 『한국퀴어영화사』(김경태 외, 서울국제프라이드영화제 · 사단법인 신나는 센터, 2020)가 포괄적인 아카이브라는 점을 인정하고, '퀴어'를 정의하는 다양하고 모순적인 욕망을 잘 보여주는 미덕도 있다고 긍정 평가하기도 한다.

로 〈줄탁동시〉(2012)는 "대중성과 반대급부에 있는 퀴어성을 포기"
하지 않은 대항 아카이브로서 기존 담론을 새롭게 한다며 고평한다.
퀴어 영화의 '현실적'인 재현은 '사회적으로 고립된 소수자'의 고통
으로 담보된다는 제언이다. 이는 퀴어 역시 사회적 차별에도 불구하
고 결국은 이성애와 거의 유사한 사랑을 한다는 방식으로 불편하지
않게 '동일성'에 호소하는 "국내 영화계에서 만들어지고 있는" "주류
퀴어 영화의 관습"을 비판하기 위함이다.[2] 같은 맥락에서 "동성애보
다 모자 관계에 중점을 둔 평이한 BL물인 〈환절기〉(2018)가 자세히
분석되"는 반면, "동성애 욕망을 다루고 있으면서 완성도도 높은 〈시
인의 사랑〉(2017)이 메인 목록에 없"다고 비판하며, 이를 『한국퀴어
영화사』의 한계로 지적한다.[3] "아무데나 퀴어라는 이름을 붙이면 결
국 아무것도 퀴어하지 않게" 되므로 "규범적 동성애와 전복적 섹슈
얼리티의 명백한 구별이 필요"하며 그래야만 좋은 대항 서사라는 것
이다.[4] 퀴어 담론의 급진성을 유지·보완하려는 의도에는 충분히 공
감할 만하다. 하지만 대중적이고 평이한 BL(Boy's Love)과, 대중성
은 없지만 퀴어성이 높아 진보적이고 좋은 영화라는 이분법은 엘리
트주의적 가치판단 위계를 강하게 암시한다. 김수연은 두 서사 장르
를 명쾌하게 구분할 수 있으며 그 기준은 '위반적 섹슈얼리티'라고
단언한다. 하지만 퀴어 서사는 왜 반드시 대중성과 반대여야 하는지,
과연 어떤 퀴어성이 사회 비판적 실천으로 구분되는지, 성애가 덜 등
장하는 퀴어 재현은 왜 덜 정치적인지 해명하지 않는다. 게이의 모자

---

2) 같은 글, 271, 270쪽.
3) 같은 글, 259쪽.
4) 같은 글, 257~258쪽.

관계 재현은 '동성애 규범적 진보 서사'의 정체성 가시화보다 어째서 덜 정치적인가?[5] 이는 퀴어성을 이질적 섹슈얼리티(의 가시화)로 한정하고, 반사회성을 추출해 존재 가치를 인정하는 암묵적인 이성애 중심적 독해 경향의 반복일 수 있다. 또한 한국적/아시아적 퀴어 문화정치와 정동의 양태를 간과하고, 다소 도식적으로 서구적 퀴어사를 전제하는 발전주의적 도식일 수 있다.

텍스트는 당대 사회의 규범과의 관계 속에서 언제나 유동하며 어떤 독법이냐에 따라 미끄러지기에 언제나 옳은 재현 기준이란 있을 수 없다. 오히려 그 모순성 자체를 해석하는 수행/효과에 주목할 필요가 있다.[6] 권지미는 퀴어 서사와 '유사 퀴어 서사'의 장르적 구분에 대해 중요한 성찰을 보여준다. 권지미는 남성 간 연애를 다룬 팬픽을 통해 여성 퀴어로서 정체성을 자각하고 수행해온 자신의 경험 및 다른 독자의 경험을 인용하며 이성애 규범적 한국사회에서 팬픽은 '초

---

5) 브라이언 마수미를 경유하여 김경태는, 퀴어 정체성이 과소해 보이는 재현에서조차 퀴어한 관계성의 과잉, 강렬한 퀴어 정동으로 이어질 수 있다고 짚는다. 이 글은 김경태의 제안에 따라 정체성 정치보다는 관계의 정치라는 관점에서 게이 로맨스 서사를 독해한다. 김경태, 「동시대 한국 퀴어 영화의 정동적 수행과 퀴어 시간성─〈벌새〉, 〈아워 바디〉, 〈윤희에게〉를 중심으로」, 『횡단인문학』 6호, 2020, 3쪽.

6) 유독 퀴어 영화에서만 완성도의 평가 기준이 내적 정합성이 아니라 퀴어적 현실의 적확한 투영이라는 점을 지적할 수 있다. 인물이 "정체성의 정치를 기반으로 자의식을 갖춘 채 적극적으로 퀴어적 수행을 하는지와 그 수행이 '정치적 올바름'이라는 엄격한 잣대"에서 적합한지를 평가하면 퀴어적 재현이 더 좁아질 수 있다. 물론 성소수자의 명확한 가시화는 한국사회에 여전히 정치적으로 의미 있지만 "퀴어적 독해의 실천이 더 시급한 것"이다. 김경태, 「한국퀴어영화의 단상」, 『한국퀴어영화사』, 34쪽. 한편 김경태는 이 글에서 김수연의 평가와 달리, 〈시인의 사랑〉이 인물의 성 정체성에 주목했기 때문이 아니라 혈연 중심적 가족 관계를 넘는 돌봄에 주목한다는 점을 근거로 퀴어 영화로 간주한다.

보 퀴어'에게 드물게 주어진 퀴어 자원, 교본이라고 강조한다. 팬픽이 실제 성소수자의 삶을 낭만화하고 대상화한다는 비판 역시 "팬픽을 주로 소비하는 것은 시스젠더 이성애자 여성"이라는 인식을 자연스럽게 전제하기 때문은 아니냐는 반문 역시 주목할 만하다.[7] 권지미는 "실제 퀴어의 삶"은 누가 담보하는 것이며 "'실제의 퀴어답게' 묘사하는 것이 어떻게 가능"하냐는 반문으로부터, "어떤 퀴어들은 정말로 '팬픽처럼' 섹스할 수도 있다"는 관점 전환을 제시한다.[8] BL을 비롯한 비규범적 연애/관계를 다룬 판타지를 (그 '불충분'한 현실 반영에도 불구하고) 기꺼이 향유하는 퀴어(한) 관객의 욕망을 위한 텍스트로서 분석할 필요가 있는 것이다.

그런 맥락에서 김수연이 『한국퀴어영화사』 편집진과 다른 분류 기준을 자의적일 수밖에 없는 '정치적 소재'로만 제시할 뿐 서사 내적 특징으로 제시하지 못한다는 점 역시, BL 서사(팬픽, 야오이, 동인물 등의 하위 장르를 포함[9])와 '본격 퀴어 서사' 사이의 구분이 독법에 따라 늘 유동할 뿐, 사실상 모호하고 임의적일 수밖에 없다는 점을 드러낸다. 어느 정도의 섹슈얼리티 재현부터 본격적인 게이 재현이며, 어느 정도부터 이성애 중심적 규범으로 속류화된 재현이며 어느 정도

---

7) 권지미, 『알페스×퀴어―케이팝, 팬덤, 알페스, 그리고 그 속의 퀴어들과 퀴어함에 대하여』, 오월의봄, 2022, 38쪽.

8) 같은 글, 38~39쪽.

9) 남성 간 성애 서사를 중심으로 일본 대중문화사와 그 한국적 변용을 설득력 있게 분석해온 연구자 김효진은 야오이, BL, 쇼타 등의 장르를 구분해온 일본의 연구사를 설득력 있게 소개하는데, 대개 창작·배포의 매체성을 중심으로 분류된다. 현재 한국에서는 이 분류가 사실상 혼용된다는 점에 주목해 이 글에서는 엄밀하게 구분하지 않는다. 김효진, 「후죠시(腐女子)는 말할 수 있는가?―'여자' 오타쿠의 발견」, 『일본연구』 45호, 2010, 27쪽.

의 저항성 재현부터 대항적인 퀴어 재현인가? 이 글은 엄밀한 선험적 구분이 사실상 불가능하거니와 큰 의미가 없다고 판단하고, 'BL-게이 서사 스펙트럼'으로 간주하려 한다.[10]

이는 그간 남성 간 연애·성애를 재현하는 텍스트를 '여성향' 장르로 한정하던 독해 관습에도 시사하는 바가 있다. 그간 BL 서사는 텍스트 안의 남성 인물과 게이성보다는, 여성 관객·독자의 수용 양상을 중심으로 연구되었다. 여성 독자/관객의 섹슈얼리티 수행과 성적 쾌락 가시화의 젠더 정치[11], '후조시'와 '팬덤'으로 대표되는 대중문화 현상의 젠더 연구[12], 창작-소비의 매체사 및 창작-소비가 혼재된 매

---

10) 물론 재현되는 남성 인물의 외양과 연령, 성행위의 묘사 정도와 욕망의 방향, 내포 독자의 젠더/섹슈얼리티, 성정체성의 표현('나는 게이가 아니라 어쩌다보니 좋아하게 된 사람이 남자일 뿐'이라는 정형화된 표현 등), 현실 퀴어 커뮤니티의 언어/문화와의 유사성 등을 귀납함으로써 BL-게이 서사 스펙트럼에서 어느 지점에 위치하는지를 판별하는 서사 내적 기준을 논의할 수 있겠으나 이러한 기준을 확언하기 위해서는 아직은 연구의 축적이 필요할 것이다. 그러한 구분/기준은 특정 시기에 대한 문화사적 연구에는 유용한 도구가 될 수도 있지만, 종국에는 언제나 유동적일 수밖에 없으며 여전히 '현실'에 더 가까운 (그래서 더 바람직한) 퀴어/게이의 전범을 전제한다.

11) 김소원, 「BL 만화의 탈19금과 대중화 전략─여성 독자 심리와 일본 사례 분석을 중심으로」, 『인문콘텐츠』 63호, 2021; 김효진, 「여성향 만화장르로서 틴즈 러브(Teen's Love) 만화의 가능성─후유모리 유키코의 작품을 중심으로」, 『일본연구』 73호, 2017; 김효진 「페미니즘의 시대, 보이즈 러브의 의미를 다시 묻다─인터넷의 '탈BL' 담론을 중심으로」, 『여성문학연구』 47호, 2019; 류진희, 「팬픽─동성(성)애 서사의 여성 공간」, 『여성문학연구』 20호, 2008; 양성은, 「여성심리학 관점에서 분석한 남성동성애만화(Boys' Love manga)의 유희적 수용」, 『한국콘텐츠학회논문지』 18권 9호, 2018; 홍보람, 「가시성의 경제와 몸 이미지─BL은 어떻게 페미니즘의 '문제'가 되었는가」, 『여/성이론』 44호, 2021.

12) 고윤경, 「여성 아이돌을 향한 여성 팬 응시의 역동─소녀시대 여성 동성애 팬픽을 중심으로」, 『여성문학연구』 50호, 2020; 「후죠시(腐女子)는 말할 수 있는가?」.

체 환경 연구[13], 일본 대중문화의 동아시아적 수용사 비교 연구[14] 등이 대표적이다. 이러한 연구는 남성 간 연애·성애를 재현한 텍스트를 주로 이성애자 여성 문화사를 중심으로 여성 독자의 영역으로 분석하고 있다. 당연히 이는 통계적으로도, 문화사적으로도 중요한 성과를 이룩하고 있으며 페미니즘 성정치 담론 면에서도 중요한 접근법으로 축적되어왔다.

하지만 앞서 살펴본 권지미의 통찰처럼, 퀴어(한) 서사/인물을 설명하기 위해 그 배후에는 사실 여성 독자·관객의 이성애 중심적 욕망이 작동하고 있다고 설명함으로써 BL-게이 서사 스펙트럼을 이성애자 여성 독자성·관객성을 해명하는 렌즈로만 환원하는 연구 경향이 반복되고 있었던 것은 아닌지 검토해볼 필요도 있다. 수용자의 다수가 여성이라는 '수용/매체'의 귀납적인 젠더를 기준으로 남성 간 연애 서사를 BL 서사로 구분한 것이라면, 반대급부로 서사에 등장하는 남성 인물의 남성성 수행이나 게이·남성 수용자의 관점을 상대적으로 간과하게 되는 것은 아닐까. 창작자·향유층의 젠더적 편중이 매체·유통망의 폐쇄성에 의해 이루어진 것이라면, OTT와 같은 대형 상업 매체가 수용자의 젠더, 국적, 시기를 가리지 않고 남성 간 연애 서사를 공공연

<hr>

13) 김효진, 「'동인녀(同人女)'의 발견과 재현―한국 순정만화의 사례를 중심으로-」, 『아시아문화연구』 30집, 2013; 이현지, 「음란물로서의 BL 인식과 그 수용자에 대하여」, 『여/성이론』 35호, 2016; 장민지, 「BL장르 세계관 분석을 통한 가상적 섹슈얼리티 생산 가능성 연구―알파/오메가 섹슈얼리티의 페미니즘적 해석을 중심으로」, 『미디어, 젠더&문화』 35권 1호, 2020.

14) 류호현·이가현, 「트랜스 동아시아 BL 대중화 경향 연구―한·중·일 3국의 사례를 중심으로」, 『일어일문학』 94집, 2022. 위에서 언급한 김효진의 여러 연구 역시 일본과 한국의 BL 문화를 비교하는 연구다.

하게 유통하는 시대에는 수용자의 편중 역시 달라지지 않았을까.[15]

따라서 이 글은 '게이 로맨스'라는 관점으로 근래의 남성 간 연애 서사 속 남성의 돌봄과 친밀감을 분석해보려고 한다.[16] 게이 로맨스로서의 독법을 통해 작품 속 남성 인물의 수행을 중심으로, 게이성이 작용하는 양상을 분석하고 게이 남성성 재현을 분석할 것이다. 이는 BL-게이 로맨스를 불완전한 혹은 미성숙한 남성('Boy')의 연애로서 주목하는 시스젠더 이성애 여성 관객 중심적인 기존 관점을 '게이' 인물/관객의 입장으로 당겨 읽기 위한 제안이기도 하다. 이 쾌락은 비단 여성의 쾌락이기만 한 것이 아니라 남성 인물과 게이 관객의 쾌락일 수 있다. 이 글은 남성 간 연애/성애 재현물을 통해 주로 (이성애적) 여성 젠더와 여성 섹슈얼리티를 분석하던 연구 경향에서, 남성 인물과 남성 성소수자 관객의 문화정치적 의미를 읽는 독해로 확

---

15) 김효진은 일본 공중파에서 방송된 남성 간 연애 서사를 사례 분석하면서, 같은 드라마를 보더라도 성소수자 시청자들이 퀴어 차별을 전제로 전개되는 게이 로맨스에 감정이입하고 해방적 경험으로 느꼈던 것과 달리 현실의 퀴어 차별이 "제작진이나 주류 시청자들에게서는 생략되거나 배제된 채 사랑의 순수함과 진정성을 강조하는 주제로 수렴되고" 말았다는 점을 비판적으로 검토한다. 물론 차별과 혐오의 현실이 시청자에 따라 다르게 감각된다는 지적은 중요하지만, 동시에 역설적으로 같은 텍스트에서 퀴어 관객이 자신을 위한 쾌락을 생산하는 맥락에 중점을 두고 해석한다는 잠재성 역시 중요하다. 그런 점에서 김효진은 텍스트를 '보편적인 연애 서사'로 한정하려는 움직임에 반해, 남성 동성애 서사로 재해석하는 '실천'이 필요하다는 중요한 진단을 내린다. 김효진, 「남성 동성애 서사로서 〈아재's 러브(おっさんずラブ)〉 시리즈의 가능성과 한계」, 『횡단인문학』 6호, 2020, 104쪽.

16) 이문우는 '레즈비언 로맨스'를 통해 여성 사이의 관계성이 이성애적 관계에서 레즈비언적 친밀성으로 유동하는 퀴어한 양상을 읽은 바 있다. '브로맨스'와 '워맨스'를 퀴어를 비가시화하는 퀴어베이팅으로 쉽게 단언하고 비판하여 누락하지 않기 위함이다. 이문우, 「워맨스에서 레즈비언 로맨스로—〈마마〉-〈검색어를 입력하세요 WWW〉-〈마인〉에 이르기까지」, 『한국문학이론과비평』 94집, 2022.

장하는 계기가 될 수 있을 것이라 기대한다. '본격' 퀴어/게이 영화에 비해 비규범적 성애의 어려움이나 한국 성소수자의 사회문화적 현실이 다수 소거된 낭만적 연애 판타지라는 점을 고려하더라도[17], 남성 인물(과 게이 담론)의 문화정치를 분석해볼 여지가 있다. 규범적 동성애 정체성 재현의 충실도를 측정하기보다는, 이성애 규범적 혈연 가족과 남성 젠더상으로부터 벗어난 비규범적 남성성의 수행에 주목함으로써 게이 서사를 더 확장적으로 읽어낼 수 있을 것이다.

2. 성장 서사로서의 게이 로맨스와 돌봄의 변증법

이 글은 OTT라는 새로운 환경·매체를 중심으로 제작·유통되는 근래의 한국 게이 로맨스(주로 로맨스 코미디)의 서사적 구조를 분석하면서, 동시대 대중 영화에서 남성 간의 관계성과 남성 젠더를 변용하는 중요 요소로서 게이 연인의 상호 돌봄이 개입하는 양상을 읽어보려고 한다. 이는 대중 영화/서사가 게이성을 다만 상업적 코드로 소비한다는 비판적 독해의 취지에 공감하면서도, 이에 그치지 않고 나름의 문화정치 담론을 생산하고 있음에 주목하기 위함이다. 현재 대표적인 OTT인 넷플릭스에서 선별·제공하고 있는 한국 게이 로맨스 영화[18] 중 2020년 이후 작품 일곱 편을 대상으로 선정해 동시대 게이 로맨스 서사의 특징을 다음과 같이 비교하여 논의해보려 한다.

---

17) 이러한 문제의식은 현실의 당사자인 성소수자를 미화하고 대상화하는 BL이 비윤리적이라는 '야오이 논쟁'으로 발전하기도 했다. 아울러 '당사자성'의 본질주의적 비판에 대응하며 타자에 대한 진지한 접근을 모색하는 작품이 등장하고, 이는 현실의 게이 정치를 위한 자원으로 평가받기도 했다. 김효진, 「'당사자'와 '비당사자'의 사이에서―요시나가 후미 만화의 게이 표상을 중심으로」, 『언론정보연구』 56권 2호, 2019.
18) 웹드라마로 먼저 발표되었다가 영화로 재편집된 경우에는 영화로 간주했다.

주인공들은 모두 고등학교 3학년에서부터 이십대 중후반에 이르는 청(소)년 남성이다. 따라서 입사入社를 앞둔 시기의 성장이 중요한 목표로 전제되어 있다. 그런데 이들에게 성장은 정서적·경제적으로 독립적인 남성 시민이 되는 것이라기보다는, 상호 돌봄의 관계를 수용하고 인정하는 것에 달려 있다. 로맨스의 서사적 성공 여부 역시 이 상호 돌봄의 성과에 달려 있다. 상이한 세계의 두 사람이 새로운 지점에서 결합하는 로맨스를 통해 각자의 성장을 스스로 확인한다는 점에서 일종의 교양소설적 구도이기도 하다.

	미스터 하트	나의 별에게	위시유	너의 시선이 머무는 곳에	컬러러쉬	류선비의 혼례식	피치 오브 타임
직능 / 역할	진원 : 마라토너	강서준 : 영화배우, 세입자	강인수 : 가수	한태주 : 회장 아들	고유한 : 색채 감각 제공자	류호선 : 남편	이윤오 : 영혼
	고상하 : 페이스메이커	최지우 : 요리사, 집주인	윤상이 : 매니저	강국 : 경호원	최연우 : 색채 감각 수용자	최기완 : 아내	피치 : 인간·영매
문제 상황 / 위기 상황	기록 저조, 아버지의 반대	스캔들로 인한 잠적	아버지의 반대	아버지의 반대	안면인식장애, 부모의 강압	위장 혼인, 모친 병환	어머니의 강압
	사채 채무, 불법 추심	파산, 채무	회사의 강압	회장의 폭력	색채 감각 이상자에 대한 혐오	위장 혼인, 가문의 명예	윤오에 대한 죄책감
가족 / 계급	회장 아버지	이탈리아로 도주, 부유층	회장 아버지	회장 아버지	국회의원 어머니, 회장 아버지	중소 양반가	의사 어머니
	어머니의 이른 죽음	1인 가구	1인 가구	1인 가구	부모 실종, 이모와 거주	고위 관료 아버지	등장하지 않음
방해 / 매개자	효리	호민 형기	유진 최민성	혜미 필현	이모	태형	신지
동거 여부	기숙사 옆방	필현 소유 집에 동거	소속사에서 동거 요구	자취방 동거	같은 교실 옆자리	신혼방 동거	윤오 집에 투숙

표에서 보듯 게이 연인은 돌봄을 제공/수용하는 상반되는 역할로 배치된다. 한쪽이 직능적으로 보완적 기술을 제공하는 직업이거나, 정체를 숨겨야 하는 상황이기 때문에 의존하는 설정이다. 역사물인 〈류선비의 혼례식〉(박건호, 2021)에서는 가문의 상황에 따라 전통 사회의 아내 역할을 따라야 하는 위장혼을 설정했다. 판타지물인 〈컬러러쉬〉(박선재, 2021)는 세계에서 유일하게 상대 연인만이 시각적 색 인식 능력을 제공한다는 설정을 통해서, 〈피치 오브 타임〉(장의순, 2021)은 죽은 영혼 상태인 주인공을 상대 연인만이 볼 수 있고 타인과 매개할 수 있다는 설정을 통해 돌봄 제공/의존의 구도를 만든다. 상대적으로 사실적인 설정인 〈미스터 하트〉(박선재, 2020)에서는 훈련 감독의 요구에 의해, 〈위시유〉(성도준, 2020)에서는 언론의 스캔들 기사에 의해 억지로 내몰린 돌봄의 도구를 마지못해 인정하면서도 여전히 부담스러워하기 때문에 생긴 두 사람 사이에 갈등이 반복된다. 그러나 특정한 단계를 거치며 점차 서로에 대한 끌림으로 변해 가고 종국적으로는 상호 돌봄의 관계로 재정립하는 확인 의례를 통해 연인으로 공증하는 결말에 도착한다. 반강제적으로 돌봄 제공/수용의 상황으로 내몰리는 설정이 일관된다는 점은 여러 중요한 시사점을 던진다.[19)]

---

19) 연결되는 맥락에서 김경태의 주목할 만한 연구는, '베어' 게이 남성 재현이 동성애와 비만에 대한 편견을 전유하여 성애화하면서 돌봄적 관계/정동을 생산하는 대안적 남성성을 생산하는 양상을 독해한다. 특히 아시아 베어 커버 댄서의 '귀여움' 재현을 "수행자와 관객 모두를 사회적 관계 맺기의 근원인 돌봄 연속체 안으로 흡수"하면서 자본주의적 재생산에 맞서는 "이성애 규범적 시간을 거스르는 몸짓"으로 읽는다. 김경태, 「돌보는 귀여움—서투르지만 귀여운 베어 커버 댄스와 퀴어 친밀성」, 『여성문학연구』 50호, 2020, 132, 137쪽. 김경태의 연구는 꾸준히 남성 간 돌봄 행위가 생산하는 퀴어 친밀성과 관계의 정치를 모색하고 있다는 점에서 중요한 참조점이 된다. 김

'돌봄'을 제공/수용하는 역할을 거부하고 망설이다가 마지못해 인정하는 서사적 패턴 자체가, 돌봄에 내재한 상호 의존성과 연결성에 대한 남성 젠더의 경계심을 보여준다. 독립적이어야만 성숙한 이성 애적 남성 주체로 인정받는 젠더 모델과 다름을 인물들도 느끼기 때문이다. 이렇게 외부적으로 도입된 돌봄 상황은 늘 두 사람의 동거 (혹은 옆방 등)로 이어진다. 동거중 간호를 비롯한 돌봄의 경험은 친밀감을 축적하여 기존의 남성 젠더에서 탈각하는 암묵적인 훈련이 된다. 이 돌봄 과정에서 두 사람은 신체 접촉의 에로스를 축적함으로써 비로소 자신이 경험 중인 비-이성애적인 남성 간 관계에 충분한 설득력을 부여하게 된다. 즉, '자연적'인 것으로 전제되는, (독립적인 노동 주체의 형상을 한) 이성애적 남성 젠더에 도달해야 한다는 강박적 불안에서 벗어나 비-이성애적 남성 젠더와 정동을 긍정하는 데에 돌봄(에 대한 자의식)이 주요한 역할을 한다. 동거 상황과 돌봄으로 이어지는 서사적 설정은 이 남성 간 관계의 다양성을 확장하여 인물의 남성성 전환을 유도하는 것이다.[20]

3. 남성 청년의 입사 의례—독립이냐, 돌봄이냐

게이 연인의 돌봄은 각자 부모의 돌봄에 대한 대타 의식과 관련이 깊다. 영화의 중후반에 이르러 두 사람은 부모(에 대한 애증)에 대한

경태, 「동시대 퀴어 영화와 돌봄의 정치—〈그들이 진심으로 엮을 때〉, 〈시인의 사랑〉, 〈이스턴 보이즈〉를 중심으로」, 『현대영화연구』 14권 2호, 2018.

20) 그런 점에서 직업적 분할을 통한 돌봄의 도입은 게이 로맨스에서 더 강하게 드러나는 특징이다. 이성애 로맨스 서사에서도 마찬가지로 돌봄이 중요한 요소지만, 암묵적인 사회적 젠더 규범 혹은 이성혼 내의 상호부조의 차원에서 돌봄이 도입된다는 점에서 차이가 있을 것으로 보인다.

사연을 고백한다. 이는 그간 서로 이해하지 못했던 두 사람의 간극을 극적으로 좁혀주는 중요한 서사적 변환점이다. 물론 내밀한 상처를 공유함으로써 사랑을 확인하는 '믿음의 도약'으로서의 의례긴 하지만, 그렇다고 한국적 유교 가족주의 속에서 고단했던 퀴어의 공통 경험을 공유하는 것은 아니다. 중요한 것은 그 상처가 부모의 돌봄과 관련된다는 패턴이다. 연인 중 한 명의 부모는 빈곤하거나 부재했기에 돌봄 역할이 과소했고, 반대로 다른 한 명의 부모는 부유하지만 계급 재생산을 최우선적 돌봄의 형태로 믿고 강압적으로 대했다는 상반된 구도다.[21] 전자는 일찍 자립해야 했기에 정서적 의존이나 경제적 부조에 대한 거부감을 갖고 있다. 후자는 가부장의 가업 계승 요구에서 벗어나 혼자 힘으로 진로를 구축하려는 고집과 그에 따른 내적 불안을 보여준다. 계급적 배경과 돌봄의 경험은 상반되지만, 이에 대응하기 위하여 독립적 남성으로 성장해야 한다는 목표를 설정했고 이에 따른 자신만의 행동 원칙을 지키는 데서 자기 효능감을 느낀다는 점은 공통적이다.

가령 〈미스터 하트〉에서 '진원(천승호)'과 '고상하(이세진)'의 대조적인 계급적 지위와 가족 관계가 두 사람의 성장 목표에 어떤 영향을 미치는지, 강요된 돌봄 관계가 두 남성의 친밀감 형성에 어떤 영

---

21) 물론 이러한 구도가 구원자 남성과 발랄한 노동계급 여성으로 구성된 이성애적 대중 서사('신데렐라' 혹은 '캔디' 모티프)와 무관한 것은 아니지만, 적어도 계급적 가족주의로의 포섭/흡수가 아니라 기성 가족과 무관한 상호 돌봄을 통해 게이 연인만의 시공간을 전망한다는 점에서는 차이가 있다. 가족 간의 계급적 격차(로 인한 부모의 반대) 때문에 생긴 혼사 장애가 이성애 로맨스에서도 주요한 모티프지만, 끝내는 재생산 단위를 승계하고 가족주의적 화합으로 귀환하는 결말을 보여준다. 게이 로맨스의 계급 격차 모티프는, 가족주의나 재생산 미래주의와 무관한 미래를 전망한다는 점에서 차이가 있다.

향을 미치는지 살펴볼 수 있다. 진원은 청소년 시절에는 마라톤 유망주로 주목받았지만, 대학생 선수가 된 지금은 부진한 기록을 면치 못하고 괴로워한다. 불면에 시달리면서도 내색하지 않고 혼자 해결하려는데, 감독은 페이스메이커 상하를 훈련 파트너로 붙여준다. 진원은 "나 누구 도움받고 운동하는 사람 아니"라고 반대하지만, 실은 마라톤 경기마다 "어둠 속에 혼자 있는" "공포감을 느낀" 지 오래다. 진원의 공포는 독립해야 한다는 강박에서 기인한다. 영화는 초반부터 일인칭 내레이션과 회상을 통해 진원이라는 캐릭터의 핵심 동력을 설명한다. 그는 계급을 재생산하려는 가부장의 강압에 맞서려는 목표를 중심으로 진로를 선택했다. 어린 시절, 승마나 골프 같이 중산층의 체면을 지킬 수 있는 운동도 아니고 하필 마라톤같이 초라한 운동은 반대한다는 아버지에게 진원은 저항했다. "아빠가 돈으로 할 수 없고, 그냥 내 힘으로만 할 수 있는 거"라서 "마라톤을 시작했을 땐 나의 인생을 내가 결정했다는 것만으로 자랑스러웠다. 그 시절 내가 뛰는 에너지는 아빠에 대한 반항심이었고 객기였다"라고 말하며 마라톤을 택했다고 고백한다.

하지만 "스무 살이 되고 진정한 어른들과의 경쟁이 시작되자 뛰는 것이 버거워지기 시작"한다. 성인이 되었으므로, 부모의 계급적 요구에 맞선다는 분노/슬픔만으로 충분히 자기증명을 할 수 있었던 청소년기와 달라져야 한다는 강박과 불안이 진원의 궁극적 문제 상황인 것이다. 그는 부모에 대한 대타 의식에 역설적으로 의존하는 것이 아니라 진정으로 독립적인 동력을 찾아야 한다는 과제에 직면한 것이다. 그런 점에서 게이 로맨스 서사는 부모/가족으로 인해, 본디 일방적이고 과잉된 것으로 인식되던 돌봄을 거부하는 경향에서 벗어나 상호 대등한 돌봄의 가능성을 인정하는 것을 향해 간다. 원래 진원은 상하와의 첫 만남부터 "신입생 주제에 (……) 어디 하늘 같은 선배 앞을 막아. 치워!"라며 고압적으로 굴며 도움을 받는다는 것에 위기감을 느끼는 자기 불안을 드러냈다. 하지만 불안정한 페이스를 고르게 만들어주는 상하의 능력과 혼자 잘해야 한다는 불안을 달래주는 상하의 친근한 태도에 점차 마음이 누그러진다. 게다가 기숙사(1인실) 옆방이라는 설정은 '실수'로 두 사람이 한 침대에 자는 상황까지 연출하면서 상하와의 반복적인 신체적 접촉/노출과 정서적 돌봄을 통해 친밀성의 힘을 깨닫게 한다. 진원은 상하를 통해 불면증과 자기 의심을 해소한다. 제대로 달리지 못해 불안한 "어둠을 벗어나기 위한 한 줄기 빛이 필요"했던 진원은, 곁에서 별빛을 내뿜으며 함께 달리는 상하 "그 미친놈이 내 마음에 들어온" 이후로 자신의 페이스를 되찾는다. 이렇게 게이 로맨스는 계급 재생산을 중심으로 형성된 기성 가족의 가부장적 권위에 승복/저항하는 데 매몰된 남성 청년이 아니라 남성 간 돌봄을 수용하고 협상할 수 있는 남성 청년을 그리면서 진정으로 독립된 성인 주체가 되는 방법을 창안한다.

> **인수** 우리 아버지한테 보여주고 싶었어. 당신이 아무리 훼방놔도 내가 할 수 있단 걸 보여주고 싶었어. 당신 도움 없이 내 인생 살겠다고 선포하고 싶었는데. 근데 너 만나고 너랑 있으면서 깨달았어. 너랑 노래하고 너랑 음악하는 게 진짜 행복하다는 걸. 다시 나를 앞으로 나아가게 해줄래?
> **상이** 다신 말없이 사라지지 마.
> **인수** (상이의 얼굴을 잡고 키스하는 인수) 가자, 가서 우리만의 음악을 하자.(《위시유》)[22]

같은 맥락에서 〈위시유〉의 게이 로맨스도 가부장에 맞선 자의식을 전환하는 계기다. 이는 자기 자신을 위한 음악을 하겠다는 다짐과 사랑의 약속으로 이어진다. 대기업 회장의 권력으로 가수라는 꿈을 방해하는 아버지에게 보란듯이 음악으로 성공해 자기를 증명하려는 열망이 '강인수(강인수)'의 핵심 동력이었다. 하지만 '윤상이(이상)'와의 로맨스는 예술의 목적을 대타 의식에서 벗어나 음악 자체에 대한 고유한 애정으로 옮겨가게 하고, 이를 위해 자기를 형성하도록 독립시켜주는 성장의 계기로 작동하는 것이다.

마찬가지로 〈나의 별에게〉(황다슬, 2021)에서 '한지우(김강민)'가 만든 요리는 성공한 영화배우 '강서준(손우현)'이 무책임하게 어린 자신만 남겨두고 이탈리아로 떠나가버린 부모에게 느끼는 원망과 그리움을 극복하게 해준다. 〈너의 시선이 머무는 곳에〉(황다슬, 2020)에서 게이 연인은 "너 따위는 애초에 키우는 게 아니었다"며 강제로 해외 유학을 명령하는 아버지(대기업 회장)의 규율에서 벗어나 유일하게 친밀감을 느끼는 소중한 관계로 그려진다. 〈피치 오브 타임〉에서 부유한 의사지만 "미혼모"라는 자격지심에 시달리는 '이윤오(최재현)'의 어머니 '성숙(정애연)'은 대학 입시에 실패하는 "너 같은 놈 낳은 건 내 실수였다"며 모질게 입시 공부를 강요했다. 뜻하지 않게 윤오의 집에 투숙하게 된 '피치(지미 칸 크리사나판)'는 윤오와 성숙을 중재하고 인간계와 영혼계를 잇는 역할이다. 윤오에 대한 피치의 헌신적인 사랑은 윤오로 하여금 어머니에 대한 원한과 애증에서 벗어나,

---

22) 이하 대사는 모두 필자가 서취한 것이다.

성인이 되면 하고 싶었던 고유한 소원들을 달성하게 해주어 하늘나라로 떠날 수 있게 해준다. 〈컬러러쉬〉에서도 남성 간 친밀성과 연애는 '모노(신경전색맹)'에 대한 사회적 편견과 그로 인해 사라진 어머니에 대한 애증을 벗어나게 해주는 매개이다. 〈류선비의 혼례식〉에서 게이 로맨스는 아버지의 명령에 순종하며 명문가의 체통을 지키기 위해 자신을 희생하는 '가문적 주체'가 되어야 한다는 강박에서 벗어나, 순전히 자신을 위해 관계를 선택할 수 있게 해준다.

이처럼 물질적 계급을 안온하게 계승/향유할 수 있는 위치에 있는 인물들이 무엇인가 정서적으로 충족되지 않는다고 느끼는 것은 남성 청년의 성장 욕구에서 기인한다. 계급 재생산과 체면 경제를 삶의 목표로 제한하는 부모와 달리, 게이 연인은 개별적 존재로서 고유한 욕망을 발견하고 찾아가게 하는 매개로 기능한다. 이는 단순히 부모(와 그 계급성)에 대한 저항만은 아니다. 계급 재생산 과정에 암묵적/자연적으로 결부된 이성애 중심적 남성 젠더로부터 탈각하기 위해 필요한 과정인 것이다. 게이 로맨스는 인물들이 (암묵적으로) 강요된 가족에 대한 책임감 혹은 그에 대한 복수심에서 벗어나도록 한다. 이성애 가족주의에 얽매인 돌봄과 그에 기반을 두어 구축된 젠더적 감정·인식 구조로부터 분리해낸다. 남성 청년 간의 퀴어 친밀성은 각자 자신을 위한 삶으로 생애 서사를 다시 정향하게 한다. 그 과정에서 둘은 서로의 목표에 도달할 수 있도록 상호부조함으로써 진정으로 독립한 남성으로 성장하는 동력을 얻는다.

4. 믿음의 도약—초경쟁 도시 서울에서 돌보는 관계 만들기

가족(에 대한 원한)으로부터 독립하게 되는 이 서사적 패턴은 게이 연인이 서로 관계 맺는 양상에도 영향을 끼친다. 게이 연인은 친밀감을 축적하는 과정에서 각자 부모에 의한 상처를 고백하곤 한다. 이러한 서사적 패턴은 자연적인 것으로 전제되(지만 사실상 도래하지 않)는 이성애 정상 가족의 돌봄을 대신할 수 있는 게이 연인의 돌봄을 필연적이게 만든다. 연인 사이의 계급 격차가 가시화되는 갈등 상황은, 도리어 상호 대등한 남성으로서 관계 맺음을 전망하는 계기가 된다. 표에서 볼 수 있듯 두 연인 중의 한 명은 대개 부모를 일찍 잃거나 서사에 전혀 등장하지 않기에 경제적·정서적 지원을 받지 못하고 자립해야 한다. 돈을 벌어야 하므로 매니저나 페이스메이커, 경호원처럼 직능적으로 보조적인 노동자이기도 하고, 혹은 (서사적으로) 강제된 동거 상황에서 돌봄을 제공하는 역할을 맡게 된다. 이러한 고립무원의 상황은 서울과 그 근교를 배경으로, 대도시의 거대한 야경 속에서 돌봄 제공자의 위축된 모습을 배치하면서 강조되곤 한다.

돌봄을 제공하는 역할은 암묵적으로 남성 동성 사회 내부에서 위계적 구도를 만드는데 이는 돌봄 제공자의 자기 효능감/자의식에 상시적인 영향을 미친다. 혼자 생존해야 하는 열악한 상황으로 인해 이들은 돌봄에는 숙련된 능력을 갖추고 있지만, 자신이 동성 사회 내부에서 열위에 있다는 것이 가시화되는 순간 남성 주체의 자격이 손상되는 것은 아닌지에 민감하다.

누아르적 코드를 도입한 〈너의 시선이 머무는 곳에〉에서 재벌가의 후계자인 '한태주(한기찬)'와 친구 겸 경호원인 '강국(장의수)'은 종속적 관계를 전제한 돌봄 관계에서 벗어나 상호 대등한 친밀감의 관계로 나아간다. 여성과의 연애에 능숙하다고 자부하는 태주는 '필현(전재영)'을 비롯한 주변 남성 친구들에게 연애 코치를 자처하며 능동적 남성 섹슈얼리티를 과시할 뿐만 아니라, 강국에게도 능동적으로 친밀한 신체 접촉을 하며 관계를 주도한다는 자신감을 드러낸다. 데이트 기술을 "이 형님이 내일 좀 알려"주겠다며 이성애 "특별 훈련"을 통해 남성적 우위에 서려는 태주에게 맞서면서, 강국은 태주와의 동성 사회적 위계를 끊임없이 의식하고 있다. 동시에 여자친구들은 물론 남자 친구들과도 친밀감을 서슴없이 주고받는 태주의 태도에 질투를 느낀다. 자신에게 호감을 표하는 태주가 실은 감정노동과 사랑을 혼동하고 친밀성을 착취하는 것은 아닌지를 먼저 확인하려고 든다. 강국은 신체적으로 접촉하려고 드는 태주에게 "자극 좀 그만하라고!"라며 화를 낸다. 좋아한다고 고백하며 포옹하는 태주에게 "너 지금 날 너희 엄마처럼 생각해서 그런 거잖아. 괜히 착각해서 사람 짜증나게 하지 말고 적당히 하라고"라며 정서적 돌봄 결핍에 의한 "투정"은 아닌지 의심한다. 위계에 의한 감정노동 및 여타의 친밀감과 사랑을 확실하게 구분하라는 요구다. 후반부의 서사는 강국을 위해 아버지의 명령에 억지로 복종하는 태주의 모습을 확인하게 함으로써, 태주가 단순히 위계에 의해 감정적 착취를 일삼았던 것이 아니라, 자신의 미래를 걸고 사랑했다는 진심을 확인해가는 과정이다. 이를 통해 강국은 태주의 사랑에 신뢰를 쌓는다. 이처럼 진정한 어른들과의 경쟁 속에서 홀로서기를 위해서, 도움을 주려는 타인이 실은 자신을 이용하려는 것은 아닌지, 시혜적 동정을 사랑으로 착각하는 것은 아닌지 의심하는 패턴이다. 이 의문이 가시화되는 순간, 다정한 성격으로 친밀감을 자주 표현하던 남자와 반대로 독립적인 성격으로 친밀감을 잘 표현하지 못하고 무뚝뚝하던 남자 사이의 애정 표현 수위가 뒤바뀐다. 이러한 역할 전도를 통해 서로의 사랑을 확증하기 위한 극적 클라이맥스에 도달한다.

〈미스터 하트〉에서 부모가 쓴 사채 때문에 조직폭력배에게 협박당하며 쪼들리는 생활을 하던 상하는 자신을 재정적으로 도우려는 진원에게 서운함을 토로한다. "형이 더 나빴어! 난 형한테 마음을 줬는데 왜 형은 나한테 돈을 주려고 해요. 사람이 마음을 줄 때는 상대방도 마음을 줬으면 해서 하는 거잖아! 왜 말귀를 못 알아듣는 척을 해요." 자신이 가진 경제적·문화적 자본을 공유함으로써 애정을 표현하려는 '도련님'에게, 친밀감은 경제적 교환관계로 성립하는 것이 아니라고 항변하는 분노가 사랑의 위기로 그려지는 것이다. 친밀감은 감정의 교환이라는 상식적인 명제를 도입하면서도, 영화는 남성 간 친밀성에는 평등이 필수적이라는 점을 강조한다. 결말에서 진원은 "너 이제 내 페이스메이커 하지 말고, 내 라이벌 해"라고 말하면서 그 이유를 이렇게 말한다. "사랑이라는 거 서로 평등할 때 할 수 있는 거잖아. 나는 나일 때 너는 너일 때".

그래서 이 연인들은 경제적인 의존을 절대로 허용하지 않고, 상호 대등한 생계 부양자임을 확인하면서 사랑을 확증한다. 〈나의 별에게〉에서는 부모님 친구 필현의 호의로 지우가 저렴하게 거주하던 집에 서준이 갑자기 동거하게 된다. 지우는 서준에게 차츰 호감을 느끼면서도 사랑을 고백하는 그에게 도리어 화를 낸다. "내가 혹시 불쌍해? 내가 가진 것도 없고 여기저기 빌붙어서 사니까 불쌍하냐고. 김필현한테 다 들었잖아. 너도 그냥 다른 사람들이랑 다 똑같이 혼자 아등바등거리면서 사니까, 그러니까! 내가 불쌍한 거잖아." 지우는 운영하던 식당이 파산하고 친구에게 배신을 당해 어려운 상황임에도 불구하고, 자신을 향한 서준의 접근이 그저 경제적으로 여유롭고 시간이 남는 서준의 장난이나 일시적 동정이 아닌지 먼저 의심하는 것이다.

> **지우** 그러니까 왜 잘살고 있는 사람한테 와서 왜 이 난리야. 내가 놀아
> 나기 싫다고 했지? 너 어차피 곧 떠날 거잖아. 그냥 심심하고 옆에 있는 사
> 람이 나니까 장난친 거잖아! 이제 그만하고, 다 됐으니까, 잘 어울리는 사
> 람끼리 잘 살아. 애먼 사람 건드리지 말고. (한숨) 이제 다 해결됐으니까 빨
> 리 나가줄 수 있지? 그쪽 집 가면 되잖아. 나는 여기 아니면 이 돈 내고 이
> 렇게 좋은데 못사니까 빨리 나가줬으면 좋겠는데.
> **서준** 나 진짜 장난 아니고 진심인데. 그래도 진짜 가?(《나의 별에게》)

물론 이런 의심과 분노는 이내 '도련님'의 일방적인 '장난'이 아니
라 연인으로서의 '진심'임을 확인하면서, 게이 연인의 관계가 진전하
는 계기로 변하게 된다. 지우가 자신의 경제적 위기로 인한 고통을 토
로하긴 하지만, 서준의 재력에 의존하지 않고 다시 식당을 열겠다고
확언하는 결말 장면으로 영화는 둘의 대등한 연애를 전망한다.

〈컬러러쉬〉는 무채색만 보이는 특수한 색맹인 '모노'에게 색채 감
각을 부여할 수 있는 '프로브'가 세계에 단 한 명 존재한다는 세계관
설정을 통해, 프로브인 '고유한(허현준)'에게 모노인 '최연우(유준)'
가 종속되기 마련이라는 전제를 만든다. 이 세계관에서 모노는 프로
브를 만나면 광적인 집착을 보이며 납치와 감금, 살인 같은 범죄를 저
지르기도 한다. 이로 인해 모노는 사회적 혐오의 대상이다. 그래서 연
우는 일단 색채를 본 이후에는 프로브에게 정서적으로 종속되다가
결국 자신이 프로브에 집착해 범죄를 저지를지도 모른다는 불안과
자기혐오에 시달리기에 유한을 가능한 한 멀리한다. "회색빛 공간에

나만 남겨진 그런 순간의 행복이라면 무섭고 끔찍하다." 일단 만난 프로브를 다시 잃는다면 행복의 상실로 절망하여 문제를 일으킬지도 모른다는 불안이다. 그럼에도 유한은 연우를 두려워하지 않는다. 도리어 색을 알려줄 테니 '콜로레 무빙(색을 인지하는 컬러러쉬의 순간 눈이 떨리는 현상)'을 보여달라는 상호적 "거래"를 제안한다. 친밀감을 형성하려는 유한의 노력으로 연우 역시 점차 유한에게 끌리게 되는데, 결정적으로 두 사람이 연인으로서 서로를 확인하는 계기는 유한 역시 연우를 필요로 한다는 비밀이 드러나면서부터다. 유한은 안면 인식 장애가 있으며 오직 연우의 얼굴만을 인식할 수 있다는 상호적 필요가 로맨스를 완결 짓는 장치다.

이처럼 혼자인 자신을 위협하는 주변 세계에 맞서 자존감을 지키기 위해 경제적·정서적으로 자립해왔는데, 이제 와서 친밀감을 허용하면 자신이 무너질지도 모른다고 고집스레 거리를 둔다. 하지만 이런 거부는 적어도 연인 관계는 교환경제나 위계 관계와 무관하며 자신의 취약한 모습을 공개해도 된다는 깨달음으로 변해간다. 남성 간의 돌봄이 일시적인 필요에 의한 고용·종속 관계가 아니라 각자의 발전을 위해 필연적인 신뢰 관계임을 입증한다. 이를 통해 두 남자는 사회적 관계 속에서 강제되는 고용·종속에서 벗어나 상호 대등한 친밀성으로 이동한다.

그런 점에서 〈류선비의 혼례식〉은 여성을 매개로 남성 가부장 간의 자원을 교환하는 사회 체계인 이성혼 제도에 포섭되지 않고, (물론 양반 남성 간이기에 가능한 방식의) 동성 간 친밀성으로 나아간다. 결혼에 대한 두려움으로 사라져버린 누이동생을 대신하여, '최기완(이세진)'은 여성으로 분장한 채 '류호선(강인수)'과 혼례식을 올린다. 이는 기완의 아버지 '최대감'이 가문의 명예를 위해 명령한 것으로, 기완은 동생을 찾을 때까지만 가짜 결혼을 지속해달라고 부탁한다. 호선 역시 편찮은 어머니의 기쁨을 위해 혼례를 가장하는 데 동의했지만, 동거하면서 둘은 친밀감을 느끼게 된다. 도망갔던 기완의 누이동생 '화진'이 돌아왔음에도 호선은 안도하기는커녕 최대감에게 혼사를 파기하겠다고 선포한다. 혼약을 배신한 화진과 달리 "비록 사내이지만 아내로서, 며느리로서, 올케로서 신의를 다한 기완 도령을 차라리 제 부인이라고 말할 수" 있다는 것이다. 유교적 부덕婦德을 신의라는 남성 간 관계성으로 전유하면서, 호선은 결혼에서 젠더적·사회적 조건을 제거하고 정서적 친밀감이 최우선적인 요소라고 말한다. "그대는 내 정혼자는 아니었으나 내 부인이었습니다." 가문에 의해 적법한 결혼 상대로 지정된 '정혼자'와 사랑의 대상인 '내 부인'을 구분하면서 호선은 "무엇이 우리 둘에게 옳은 자리인지" "내가 그대의 무엇인지 생각해보고 대답해"달라고 청한다. 호선이 가문 간 결합이라는 사회적 위신 체계와 무관한 감정적 관계를 요청하지만, 기완은 이 가능성을 믿지 않는다. 다시 선비 복장을 하고 남성 젠더를 회복한 기완이 망설임을 극복하고 애정을 확신하게 하는 매개는 두 사람이 공유했던 책이다. 천자문千字文의 시작인 하늘과 땅의 관계처럼 불가분한 관계가 되겠다는 약속을 회상하는 것이다. 이 배타적인 신뢰는 적대적인 세계에서 서로를 돌보는 것은 오직 둘뿐이라는 생존경쟁의 상황을, 서로에게 서로만 있으면 된다는 낭만적 연애 구도로 전환한다.

결말에서 기완은 호선이 공부하는 별채로 찾아온다. 이때 기완은 "여기 같이 공부하기 좋은 동무가 있다고 해서 왔"다며 전근대 시기

글공부를 통해 형성되는 남성 간의 친밀한 관계를 전제한다. "기완입니다. 이제부터 언제나 옆에 있을 기완입니다"라고 다시 통성명하는 영화의 마지막 대사는, 대등한 남성으로서 관계 맺겠다는 명칭의 갱신이다. 이후 기완은 호선의 갓끈을 풀고 키스하며 남성 간의 친밀감을 비로소 성애화한다. 이 과정은 부모에 대한 효도와 가족의 사회적 기능 등을 통해 암묵적인 강제적 이성애와 결혼을 통해 성년이 되는 가부장적 사회문화 제도를, 오히려 게이 로맨스의 매개로 전유하지만 끝내 그 전유가 한계에 부딪히는 과정을 보여준다. 현대사회에서도 여전히 이어지는 강제적 이성애 제도에 맞서기 위해 게이 연인은 부모와의 동거에서 두 사람만의 독립된 공간을 마련하는 것이 관건임을 상기시킨다. 한국사회에서 게이 연인은 부모와의 분리를 통해 연애를 이어갈 수 있는 것으로 전망한다.

그렇기에 결말에서 서로의 애정을 확인하는 게이 연인에게 주어진 배경은, 한양의 대갓집에서 벗어나 대나무 숲에 둘러싸인 별채(〈류선비의 혼례식〉)거나 대도시더라도 아무도 없는 한적한 공원 호숫가(〈너의 시선이 머무는 곳에〉) 혹은 아무도 없는 소도시 대로변(〈미스터 하트〉) 등이다. 둘밖에 없기에 현실적 소음이 없고 서정적이지만, 한편으로는 원자화되어 여타의 사회적 연루가 사라진 곳에서 게이 연인의 미래가 전망되는 것이다. 주인공의 게이 로맨스가 점차 가시화되는 동안, 반대로 사회문화적 동성애 혐오는 별달리 서사에 개입하지 않는다. 그러니 인물들에게도 중요한 위협이 아니다. 이러한 낭만적 미래에 대한 전망은 이성애 정상 가족을 향한 중력을 소거하는 동시에 퀴어 공동체 하위문화에 대한 소속감이나 필요성 역시 소거하고 있다. 한국 게이 로맨스 영화는 한국사회에서의 남성 동성애를 향한 현실적 위협과 혐오를 적극적으로 누락함으로써 낭만적 게이 연애를 완성하는 것이다.

이는 이성애 중심적 현실이 강요하는 퀴어 수치심을 효과적으로 연성화軟性化하여 게이 로맨스 서사를 로맨스 코미디 장르 특유의 쾌락으로 끌어당긴다. 이성애에 대한 상대적 위협감이나 호모포비아가 소거된 세계이기에, 게이 로맨스는 성정체성에 대한 담론이나 이성애 중심주의에 대한 전면적 저항을 명시적으로 언급할 필요가 없어진다. 대신 남성 간의 돌봄과 게이적 관계성을 청년기 남성의 진정한 성장 방법이자 가족과 무관한 고유한 삶을 창안하는 전략으로 제시한다.

5. 남성 신체의 재맥락화—경쟁과 독립에서 돌봄과 접촉의 에로티시즘으로

기존의 퀴어 문화(사)나 한국 게이 공동체와 유리되어 있긴 하지만, 이 게이 연인들은 남성 간 성애의 긴장감을 나름대로 발견·발명해간다. 앞서 살펴본 기완과 호선처럼, 게이 로맨스 서사는 서로를 부르는 명칭의 갱신 장면을 반복한다. 이는 유교적 남성 동성 사회에서 당연히 전제되는 남성적 위계 관계를 벗어나 수평적 관계임을 확인하는 과정이기 때문이다. 한국어는 사회문화적 위계에 따라 높임말과 호칭이 발달했다. 특히 연령과 직급에 따른 호칭 정리는 한국의 남성 동성 사회 안에서 관계를 맺기 위해서 선결되어야 하는 중요한 과제다. 그런 만큼 높임말과 반말, 형과 동생의 호칭은 두 남성 간 관계의 위계/성격을 드러내는 언어적 표지인 동시에 앞으로 이어질 관계의 위계/성격을 규정하는 언어적 수행이다. 이때 흥미로운 점은 게이 로맨스 영화가 형-동생 사이의 위계를 확인하는 대화를 동성애적 끌림을 확인하는 신체적 노출 장면과 동시에 배치하는 패턴이다.

〈위시유〉는 형-동생의 위계를 정리하는 남성 동성 사회의 언어 의례를 재현하면서도 이에 균열을 내는 남성 간 성애적 긴장감과 병치한다. 인수의 전담 매니저가 되어 인수의 집에서 동거하게 된 상이에게 대문을 열어준 인수는 샤워 직후라 젖은 모습이다. 당황하면서도 성적 끌림을 느끼는 상이의 시선을 따라 카메라는 인수의 젖은 머리와 물방울이 맺힌 상체의 근육을 천천히 훑는다.

> **인수** 혹시 변태?
>
> **상이** (놀라며) 아니, 아니요, 그, 그게 아니고, 보려고 본 게 아니고. 몸이…… 정말 멋지세요.
>
> (……)
>
> **인수** 그건 그렇고, 나이가?
>
> **상이** 96년생.
>
> **인수** 96? 동갑이네. 어쩐지 처음부터 딱 끌린다 했지.
>
> **상이** 빠른……
>
> **인수** 형 해요, 그럼.
>
> **상이** 띠는 그냥 쥐띠.
>
> **인수** (웃으며) 뭐야, 빨리 골라요 그럼. 형 할 건지 친구할 건지.
>
> **상이** 저는 아무거나 다 좋아요.
>
> **인수** 그럼 그냥 친구해. 쥐띠 친구해. 잘 부탁한다. (손을 내미는 인수, 어색하게 두 손을 내미는 상이) 친구끼리 무슨 두 손이야. (웃으며 상이의 손을 당기는 인수. 두 사람의 얼굴이 가까워지고 얼굴 사이에 햇빛이 비친다)

표면적으로는 체격, 연령, 직급(가수와 매니저)에 따른 위계와 호칭을 정리하는 남성 동성 사회의 관습에 따른 대화를 하고 있으면서도, 영화는 상이의 성적 욕망이 내포된 시선을 따라 인수의 몸을 시각적으로 성애화한다. 이 병치는 남성 동성 사회의 친밀성이 기실 동성애적 친밀성과 얼마나 근접해 있는지, 일상 속에 동성애적 계기가 늘 잠재해 있다는 점을 효과적으로 드러낸다.

〈나의 별에게〉의 결말에서 지우가 다른 식당에 취직했다는 소식을 전하자, 서준은 자신의 재력을 통해 문제를 해결하라고 제안한다. 지우는 홀로 서겠다고 고집하면서 '형'의 도움을 거부한다.

> 서준 그러지 말고 내가 레스토랑 하나 차려줄까?
>
> 지우 또 헛소리한다.
>
> 서준 (볼을 꼬집으며 장난스럽게) 아이고 내가 헛소리를 했어요? 내가 헛소리했어요? (웃음)
>
> 지우 (볼을 잡은 손을 뿌리치며, 단호하게) 내가 자꾸 동생 취급하지 말랬지.
>
> 서준 (지우의 얼굴을 잡고 웃으며) 야, 너 동생 맞잖아. 아, 진짜 웃기네. 너 동생이잖아.
>
> 지우 (이불을 걷고 서준의 위로 올라타 얼굴을 가까이 댄다)
>
> 서준 오, 한판 하자고?

이후 두 사람의 키스와 섹스 장면이 이어지면서, 남성 간 위계를 담은 형-동생의 명칭은 성애화되어 본연의 기능을 상실하고 게이 에로티즘으로 변한다.

〈미스터 하트〉역시 그런 '형'의 성애화를 결말로 제시한다. 상하는 자신의 부모의 이른 죽음과 사채에 시달리는 자신의 처지를 토로하면서, 진원이 그런 위기를 극복하게 해준 선배였고 그래서 좋아한다고 고백한다. 선후배 사이의 위계를 강압적으로 내세우며 페이스메이커 상하의 돌봄을 거부하던 진원은, 자신도 모르는 사이에 이미 정서적 돌봄을 제공했다는 사실에 마음이 누그러진다. 이 고백부터 상하는 반말과 높임말을 섞어서 사용하기 시작한다. 전지훈련에서 진원은 상하의 상의를 벗기고 마라톤용 유두 패드를 붙여준다. 탈의한 상하가 부끄러워하는데도 진원은 아랑곳하지 않고 "고상하, 너여기 연애하러 온 거 아니다"라고 말한다. 이는 남성 선후배 사이의 훈육 과정이라고 현재 상황을 언급하는 것 같지만, 실은 동성 사회적 경쟁 속의 신체 접촉과 관계성이 얼마든지 동성애적 맥락으로 독해될 수 있음을 확인한다. 진원의 호감을 확인한 상하는 환하게 웃으며 "응"이라고 대답한다. 진원은 "응 아니고 예"라고 선후배의 위계를 상기시키지만, 이후부터 상하는 '선배'와 '형'을 혼용하기 시작한다. 이제 '형'은 위계를 담은 호칭에서 동성애적 친밀성을 담은 연애의 언어로 변한다. "형, 데이트 안 해봤어요?" "형, 왜 이렇게 귀여워요?" 이처럼 남성 간 위계의 언어를 (돌봄을 위한) 신체 접촉/노출과 병치하는 게이 로맨스 영화 특유의 전략은, 기성 남성 동성 사회의 위계·언어를 탈맥락화하여, 동성애적 성적 긴장감을 내포한 게이 연인의 언어로 전유하는 것이다. 또한 위계를 확인하고자 하는 남성 동성사회의 관계 맺음에 균열을 내고, 이성애적 남성성을 동성애적 남성성으로 변환하는 계기이기도 하다.

〈너의 시선이 머무는 곳에〉에서 강국은 어릴 때부터 회장 아들인 태주의 친구이자 경호원으로 자라왔다. 학교에서 싸움을 일으키는 태주 대신 싸워주는 강국을 향해 '필현'은 "너 이 새끼 꼬봉이지?"라고 묻고 강국은 눈을 치켜뜨며 "맞아, 꼬봉"이라며 분노한다. 필현은 자신의 아빠가 TB 그룹 이사라고 뻐기며 태주를 때리는데, 태주는 "어쩌냐, 우리 아빠는 TB 그룹 회장인데" 하고 웃으며 강국을 본다. 이때 태주를 보는 강국의 표정은 복잡하다. 이어지는 다음 장면에서 태주의 아버지 '한회장'은 태주를 야단치면서도 "네가 잘못하면 난 항상 국이를 때린다"며 강국의 뺨을 때려 태주와 강국의 주종 관계를 강조한다. 이러한 초반의 설정은 강국과 태주 사이의 계급적, 직능적 위계가 두 사람의 관계에 결정적 요소임을 보여준다. 태주 아버지의 명령으로 동거하면서 둘은 시도 때도 없이 주짓수 대결을 하는데, 강국은 주짓수 실력과 완력을 통해 일시적으로나마 태주보다 우위에 설 수 있다. 이는 강국의 중요한 자부심 중 하나로 그는 "어쭈, 넌 나한테 안 되지. 까불래, 한태주?"라고 남성적 우위를 확인하려 한다. 이때 태주는 "약점 공격"이라고 말하며 강국의 귀를 쓰다듬곤 한다. 성적 접촉에 놀라 태주에게 역으로 깔려버린 강국은 다른 모든 소음이 사라진 고요 속에서 미묘한 표정으로 손을 두들긴다(주짓수에서 승복의 표시). 신체적 우위를 통해 남성 동성 사회의 자존심을 만회하려는 강국의 노력은 태주의 접촉 때문에 자꾸 미끄러진다.

태주 해, 명령이야.
강국 여기선 안 되지. 내가 유일하게 개길 수 있는 장소인데.
태주 오, 평소엔 안 그렇다는 얘기로 들린다.

강국 당연히 너랑 나랑은……

태주 아, 진짜 죽일까? (장난스러운 웃음)

강국 (정색하며) 인정하면 편해. 우린 어쩔 수 없어.

태주 귀 만진다? (강국, 힘을 주어 태주 위로 올라탄다) 왜? 나 귀 만져야 안정되는 거 알면서.

강국 그래도 안 돼. (혜미가 건 전화 진동음이 울린다)

태주 야, 근데, 너 가슴 운동 그만해야겠다. 거의 이 정도면 씨…… (강국의 가슴을 만지는 태주) 허허…… (당황한 강국이 태주의 손목을 심하게 꺾는다. 비명을 지르는 태주)(《너의 시선이 머무는 곳에》)

주짓수 대결을 하던 중, 태주는 강국에게 '최혜미(최연청)'와 연애를 하라고 "명령"한다. 둘 사이의 '주종 관계'를 바탕으로 자신의 성애를 명령하는 태주에게 강국은 분노한다. 엎치락뒤치락하면서 위아래가 바뀌는 주짓수의 동작에 맞추어 두 사람의 자존심에 대한 대화가 이어진다. 그런데 강국이 계급적 열위를 인정하겠다면서 관계를 확정하려는 순간 태주는 강국의 귀와 가슴을 만진다. 강국이 남성적 우위를 확인하기 위해 신체를 드러내는 순간, 태주는 서슴없이 남성 신체를 칭찬하고 접촉하면서 동성애적 분위기를 도입하여 맥락을 바꿔버리는 것이다. 거친 호흡과 풀어 헤쳐진 도복은 경쟁적 스포츠에서 성적 긴장감의 요소로 전환된다. 이어지는 장면에서도 태주는 깁스를 핑계로 씻겨달라며 접촉을 유도한다. 젖은 교복 셔츠를 벗기고 머리를 감겨주면서 긴장한 강국의 내면처럼 카메라는 불안하게 흔들리면서도, 두 사람의 얼굴 사이에서 창밖의 밝은 빛을 포착한다.

이성애 중심주의가 강고한 한국사회는 남성 간의 신체적 접촉을 대개 스포츠와 같은 경쟁의 맥락으로 한정할 뿐, 성애적 맥락과 연결하여 상상하지 못하는 경향이 있다. 하지만 게이 로맨스 영화는 역설적으로 이 통념을 이용한다. 여성과의 신체 접촉은 이성애적 긴장을 내포하기에 일상적일 수 없고, 그래서 이성 간의 접촉 역시 특별한 의미 부여 없이는 잘 이루어지지 않는다. 하지만 상대적으로 동성 간의 신체 접촉은 별다른 의미화가 되지 않기에 일상적으로 반복 수행할 수 있다. 이러한 접촉의 젠더적 차이를 통해 게이 로맨스 영화는 기성의 독립적 남성 간의 경쟁/위계 관계가 아니라도 남성 간의 긴밀한 신체 접촉이 가능하며 이는 서로를 돌보는 친밀감의 관계 속에서 가능하다는 것을 일깨운다.[23] 〈나의 별에게〉에서 서준은 일시적 공황장애나 요리중 부상을 거듭하면서 지우로 하여금 돌봄을 위한 신체 접촉을 반복하게 한다. 〈류선비의 결혼식〉에서도 화상을 입은 기완에게 약을 발라주고 가사노동으로 인한 통증을 달래는 것은 신체적 접촉을 위한 계기가 된다. 〈컬러러쉬〉에서 연우는 유한의 얼굴에 난 상처에 연고를 발라주면서, "모노가 프로브에게 익숙해지면서 나타나는 현상"을 확인한다. 이로 인해 그간 외면해오던 유한에 대한 친밀감을 최종적으로 인정하게 된다. 이처럼 돌봄은 독립적인 남성 주체를 전제하는 동성 사회의 규범에 균열을 내어 성적 긴장감과 동성애적 친밀성으로 전환하는 서사적 계기로 자주 사용된다.

신체 접촉을 이성애적 남성 동성성의 맥락에서 탈각하는 데에는

---

23) 그런 맥락에서 게이 로맨스 영화 속 인물들은 문서 작업, 연구와 같은 정적인 노동이 아니라 운동, 요리, 노래, 연기 등의 예체능(혹은 가사노동)에 주로 종사한다. 이는 직업적 효능감을 통한 인물의 성장을 시각적으로 보여주는 동시에 예체능의 미감을 빌려 다른 남성의 신체를 향한 미학적·성애적 응시를 재현하기 위한 설정이다.

'질투' 혹은 '삼각관계'가 관여하기도 한다. 이때, 이성애와 동성애적 삼각관계 모두 서사적 갈등의 고조와 해소를 위해 사용된다. 〈너의 시선이 머무는 곳에〉에서 보조 캐릭터 혜미 역시 강국과 이성애적 긴장감을 창출하려다가도 태주와의 관계를 예상했다며 순순히 포기함으로써,24) 강국이 다만 남성적 열등감과 경쟁의식만이 아니라 성애적 감정으로 태주를 바라보고 있음을 확신하게 해준다("네 눈. 이상하게 계속 날 보고 있는데도 다른 델 보고 있는 것 같았거든"). 한편 강국은 태주가 다른 남성의 귀를 만지면 정색하곤 했다. 필현에게 친하게 지내자며 포옹하면서 장난스럽게 귀를 만지는 태주의 손목을 낚아채면서 정색하며 질투심을 드러낸다. 태주의 신체 접촉을 우정의 맥락이 아닌 자신과의 성애의 맥락으로 한정하고 싶은 것이다. 〈미스터 하트〉에서 고교 시절 상하는 진원의 사물함에 매일 몰래 우유를 가져다주었는데, 진원은 이를 '효리(라라)'가 준 것이라고 오해한다. 하지만 이내 효리는 이성애적 삼각관계에서 물러나 오히려 두 사람의 갈등을 중재하는 역할을 맡는다. 〈피치 오브 타임〉에서 아르바이트생 '신지(안다비)'도 피치에게 "사장님이 너무 제 스타일이라" 구직하러 왔다며 윤오의 질투심을 유발한다. 아울러 윤오처럼 영혼으로 떠돌던

24) 혜미 어머니는 강국과 태주를 처음 만난 순간부터 '공'과 '수'가 누구인지 묻고, 강국이 딸 혜미보다는 태주와 연애하길 바란다. 늘 만화책을 붙잡고 웃으며 강국과 태주의 연애를 응원하는 혜미 어머니는 사실상 게이 로맨스를 조망하는 관객의 쾌락을 메타적으로 인용한다. 이는 게이 로맨스를 BL의 독서 규칙과 자연스레 연결하는 여성 관객(성)을 전제하는 상업적 코드가 서사에 개입함을 드러낸다. 이성애적 긴장감을 창출하는 여성 인물의 개입과 신속한 퇴장이 기실 게이 로맨스를 심화하는 서사적 장치이자, 관객에게도 전제된 서사적 약속임을 보여준다. 그러므로 여성 인물에 대한 감정 자체가 아니라, 여성 인물을 계기로 탈-이성애적으로 변해가는 남성 간 친밀성의 양상이 중요하다.

'마리오(토미 싯티촉 푸에크풀폴)'가 신지의 어머니를 사랑했음이 드러나면서, 신지는 영혼과 인간 사이의 신체적 간극을 표면화하서도 이를 초월하는 궁극적 사랑의 매개가 된다.

〈위시유〉에서 상이가 인수에게 관심을 두고 있으면서도 접근하기를 머뭇거리고 망설일 때마다, 상사인 '이유진(수빈)'은 상이에게 성적인 접근으로 오해될 수 있는 발언을 반복한다. 곁에 앉으며 "상이씨, 엄청 귀여워"라고 말하기도 한다. 단둘이 산책하기 위해 자기만 아는 특별한 장소로 초대했다며 이렇게 말한다. "상이씨, 내가 돌려 말하는 거 싫어하니까 그냥 말할게요." "나랑 할래?" "윤상이씨 정식으로 프러포즈 할게요." 이러한 유진의 유혹적인 발언에 상이는 당황하며 거부반응을 보이는데, 그러면 유진은 인수에 대한 이야기를 꺼내곤 한다. 이 프러포즈 역시 인수를 발탁한 공로로 인턴에서 정식 채용으로 전환하겠다는 제안임이 밝혀진다. 응축되었다가 해소된 이성애적 성적 긴장감을 바탕으로 유진은 매번 상이에게 인수와 더 가까워질 것을 제안한다. 이성애적 친밀감을 거부하는 상이에게 진정으로 중요한 것이 동성애적 친밀성임을 강조하는 것이다. 유진은 상이를 이성애적 관계에서 탈각시켜 상이가 인수를 보는 시선이 다만 신인 발굴을 위한 관심이 아님을 자각하게 한다.

이처럼 '자연'적인 것으로 가정되는 이성애적 남성성 규범과 그에 기반을 둔 관계 맺음의 감정구조에서 벗어나기 위해, 게이 로맨스 서사는 '자연'스러운 여성과의 호감 표현 및 성애적 긴장이 당연한 것이 아니라, 인물의 입장에서 불편하고 작위적인 노력이 필요한 것임을 보여준다. 즉, 남성 동성 사회의 규범에 따라 여성과의 만남을 주선하거나 유도하지만 결국 실패하고, 이를 통해 남성 간 성애적 끌림을 보다 명확히 확인하는 것이다. 그런 점에서 여성 거래를 통해 서로 관계 맺는 남성 동성 사회성이 실은 동성애와 연속성을 가지기에 이를 부인하기 위해 남성 동성애를 배제한다는 이브 세즈윅의 지적이 여기에서는 반대로 작동한다.[25] 남성 동성애를 구축하기 위해 여성 거래의 실패를 확인하는 것이다.

한편, 남성 간의 돌봄을 우정과 경쟁으로 간주하는 사회적 맥락을 방패 삼아 주인공에 대한 애정을 숨겨왔던 남성 보조 캐릭터의 순정은, 남성 간의 돌봄을 성애로 전면화하는 서사적 기능을 하기 위해 필연히 실패하곤 한다. 이는 남성 간의 우정과 연애의 연속적 스펙트럼을 적극적으로 구분하여 관계가 진전되게 하는 장치다. 상이와 인수의 신체 접촉을 본격적으로 성애화하는 것은 '최민성(백서빈)'의 질투다. 인수의 무명 시절부터 함께한 오랜 친구 민성은 보상을 바라지 않고 인수의 유튜브를 관리하고 매니저를 자처해왔다. 그러면서 인수에게 접근하는 여성 팬들을 가로막으며 인수와 독점적 친밀감을 만들고 싶다고 은밀히 요청하지만, 인수는 이를 우정으로 간주하기만 할 따름이다. 하지만 인수가 상이와 무람없이 어깨동무하고 안기는 모습을 보면서 민성은 자신의 애정을 포기한다. 다정한 두 사람 사이에서 소외되면서 "둘이 아주 깨가 쏟아지는구만"이라고 질투하는 민성의 애절한 눈빛은 인수와 상이의 신체 접촉을 우정이 아닌 애정의 증표로 확증한다. 둘의 애정을 확인한 민성은 상이에게 "이놈 외롭지 않게 잘해줄 거 같"으니 인수를 잘 부탁한다는 말을 하고 서사에서 사라진다. 이 말을 들은 직후, 상이는 인수에게 키스를 시도하여

---

25) Eve Kosofsky Sedgwick, *Between Men: English Literature and Male Homosocial Desire*, Columbia University Press, 1985.

성적 긴장감을 창출하고 인수 역시 상이의 키스 시도를 알아챈다. 곧 이어 둘은 음악 작업을 함께 하며 신체 접촉을 반복하는 시퀀스로 이어진다. 자신의 음악적 자의식을 세상이 이해하지 못한다는 인수의 외로움은 상이와의 독점적 친밀감을 통해 극복하는 것이다.

마찬가지로 〈나의 별에게〉에서 서준이 매니저 '백호민(진권)'의 머리를 쓰다듬고 귀엽다고 말하는 등의 신체 접촉을 무람없이 반복하는 것을 보고, 지우는 "플러팅이 습관"이라며 질투한다. 이는 지우가 자신을 향한 접촉과 다른 남성 사이의 친밀감 표현이 어떻게 다른지를 캐묻게 하는 계기가 되고, 곧바로 서준은 지우에게 공개적으로 첫 키스를 하며 다른 사람들 앞에서 사랑을 공증한다. 역으로 서준 역시 지우와 같이 식당을 운영하는 공동 사업자 '김형기(고재현)'와의 관계를 캐묻는다. 지우에게 작별 인사를 하면서 형기는 "난 그냥 너랑 친해지고 싶었다. 이 레스토랑도 너 아니었으면 내가 어떻게 했겠냐"라며 그간의 파트너십이 실은 애정의 맥락이었다고 고백한다. 지우가 그 고백을 뿌리치고 서준에게 달려가면서 둘의 사랑이 완성된다. 〈류선비의 혼례식〉에서도 '태형(장의수)'은 여성 복장을 한 기완에 대한 짝사랑을 고백하고 기완을 위한 돌봄을 핑계로 접촉을 시도함으로써 호선의 질투를 유발해 기완에 대한 사랑을 공표하는 계기를 만든다. 종국에는 기완의 가짜 혼례라는 상황을 파악하지 못한 자신의 한계를 고백하며, 가짜 혼례의 상황에서도 진심으로 기완을 사랑하는 호선의 마음을 전한다. 기완이 진정한 사랑을 깨닫게 하는 메신저 역할이다. 다소 갑작스럽게 등장했던 태형은 두 남성의 위기(가짜 결혼)를 극복하기 위한 일시적 연루를, 지속적인 사랑으로 재의미화해주는 기능을 완수하자마자 서사에서 사라진다.

이처럼 일상적 맥락에서 당연한 (것으로 가정되는) 이성애 규범적 긴장감을 도입하는 여성 보조 인물은 질투·긴장을 유발해 남성 동성 사회적 감정을 동성애적 긴장감으로 확증해준다. 남성 보조 인물은 주인공 연인의 돌봄을 여타 남성과의 친밀감과 구별되는 독점적 관계임을 확인해주며 퇴장한다. 그간 주인공들의 돌봄을 성애적인 긴장감과 독점적인 연애 관계로 확증해주는 장치다. 이 남성 보조 인물들은 남성 동성 사회의 관계성과 동성애적 연애 감정을 구분하지 못했던 자신과 달리, 새로 나타난 상대 게이 연인은 진정으로 사랑하고 있음을 확증해주며 사라지는 것이다. 이로써 두 주인공은 우정과는 다른 독점적인 관계로서 결합한다.

6. 나가며

앞서 살펴보았듯 이 글에서 다룬 게이 로맨스는 모두 청년기 남성을 주인공으로 설정하고 있다. 그러나 한국 남성 청년의 생애 주기에 막대한 영향을 끼침에도 불구하고 군대 혹은 기업 문화 등 남성성을 주조하는 여타의 사회적 장치가 전혀 언급되지 않는다. 이는 군대와 회사같이 여성 거래를 통해 형성되는 근대적 남성 동성 사회보다는, 이성애 가족으로부터의 탈주하고 가족주의적 젠더상을 대체하기 위한 맥락에서 남성 간 돌봄에 주목하고 있음을 방증한다. 이들은 법적/혈연적 가부(모)장에게 주체로 인정받기 위해서, 가족 제도 내부의 남성 젠더 역할에 속박되었던 과거에서 벗어나려 한다. 가족에 대항하면서 성장하려는 노력이 역으로 부모 세대에게 종속되는 것이었음을 확인하는 것이다. 그래서 이 성장과 입사에는 핵가족으로부터 이탈하고 배제된 비친족 남성 청년들 사이의 친밀한 관계가 중요하

다. 어떤 종류의 가족(제도)적 매개도 없이 또래 남성 청년들이 친밀
감을 형성하는 과정 자체가 퀴어한 생애 서사를 창출하는 효과가 있
다. 초반에 당연하게 전제되는 동성 사회적 위계/경쟁 관계는 돌봄과
신체 접촉을 반복하면서 성애적 친밀감으로 변환되어간다. 이때 어
느 한쪽의 우위를 만들지 않기 위해서 둘 다 직업적·직능적 자기 효
능감을 확보하며 이는 가족 제도를 대체하는 생존 단위의 지속 가능
성을 전망하게 한다. 이러한 진정한 성장에 진입하면서, 이성애적 남
성 젠더의 위계적 의존 모델에서 벗어나 상호 대등한 게이 돌봄 모델
로 이전한다. 평등한 성장과 대등한 돌봄 속에서 게이 로맨스는 완성
된다. 결말에서 둘만의 로맨틱한 결합을 완성하는 장면은, 가족 문제
를 모두 시야 밖으로 배제하고 사회의 소음을 소거하는 낭만적 전망
으로 이어진다. 이는 사실상 동성 결혼(식)에 도착한 것처럼 보이기
도 한다. 이는 규범적 가족의 재생산 시간을 넘어 퀴어한 돌봄의 시간
이 이어지리라는 낙관이기도 하다. 이러한 시간성은 그들의 돌봄이
동정심에 머무는 일시적 '접속'이 아니라 서로의 삶을 변화시키는 인
고의 '결속'임을 확정한다.[26]

　이 청년들은 외부 세계에 자신의 영향력을 행사하거나 정면으로
저항하기보다는, 세계 내에서 생존하는 새로운 방법으로서 돌봄을
찾아내고 그 돌봄에 적합한 자기를 형성하는 데 집중한다.[27] 이들이

---

26) 김경태, 「동시대 퀴어 영화와 돌봄의 정치」, 276쪽.

27) 이는 〈너에게 가는 길〉(변규리, 2021) 같은 다큐멘터리 서사가 유사한 제재인 동
시대 청년 퀴어의 성장과 입사를 다루면서도, 부모와의 '연결'을 욕망한다는 점과 대
조적이다. 한국 청년 퀴어 당사자를 주인공으로 설정하는 서사는 부모 세대와 문화적,
정치적으로 연결되거나 혹은 그들의 이해와 변화를 추동해 세계를 변화시키고자 하는
정치적 주체화 욕구를 드러낸다. 반면, 게이 로맨스 서사는 부모 세대의 세계 질서에

함께 각자를 형성해갈 미래를 낭만적으로 낙관하면서, 게이 로맨스
는 '돌보는 게이'를 새로운/유능한 남성 젠더상으로 제안한다. 물론
여기에서 동시대 게이 섹슈얼리티와 퀴어 문화·정치적 현실을 누락
한다는 점이나 원자화된 개인의 생존주의를 낭만화한다는 점을 재삼
짚지 않을 수 없다. 그럼에도 게이 로맨스가 기성 가족 제도의 강압
적 돌봄 규범과, 그에 기반한 남성 젠더를 갱신하는 문화정치를 수행
한다고 볼 수도 있지 않을까. 그렇다면 이성애 가족을 자연화하는 강
제적 이성애 제도와, 그에 기반하여 여성을 '거래'하는 남성 주체[28]를
근간에서부터 재심하는 젠더 문화정치를 상상하는 기초적인 자원이
될지도 모른다. 남성 간 친밀성 스펙트럼과 남성의 돌봄을 확장하는
작업은, 남성 동성애를 혐오하고 분리함으로써 자신을 형성하는 이
성애적 주류 남성 문화에 대한 해체 작업으로 연결될 수 있다. 더하여
한국사회의 고질적인 이성애 가족 중심적 관계성과 그에 기초한 남
성 젠더 모델을 해체하기 위한 정동을 사유하는 밑절미가 될 수도 있
을 것이다.

(2022)

순응하지 않지만 동시에 그들을 바꾸겠다는 의지를 보이지도 않는다. 기성 세계 질서
의 변용이 아닌, 애초부터 그들과 무관한 새로운 정서를 전제한 문화적 주체에 주목하
는 것은 아닐까.

28) 게일 루빈, 「여성 거래—성의 '정치경제'에 관한 노트」, 『일탈—게일 루빈 선집』,
신혜수 외 옮김, 현실문화, 2015.

역사의 천사는 똥구멍 사원에서 온다
—김현론[1]

혁명과 수치심

그 혁명은 끝났다. 이제 조선은 지독한 수치의 시간을 감당해야 한다. 혁명 끝에 시민이 단죄한 전직 대통령을 일방적으로 사면한 일은 단적인 예시일 뿐이다. (그나마 온정적 가부장인) 페미니스트 대통령이 되겠지만 퀴어는 '나중에'라던 대통령에서, 구조적 차별은 없으니 이기적인 페미니즘을 버려야 한다는 대통령으로 바뀔 정도로 제도권 정치는 퇴행했다. 특히 서로를 한없이 미워하는 시민들의 모습은 그간 무엇을 위해서 다 함께 광장에 모였고 혁명을 운운했던 것인지 되묻게 했다. "이태원 클럽과 유흥업소 등에서 코로나19 집단 감염이 일어난 후 악의적인 보도로,/(됐고) 국민 망해라/이명박근혜 사면하

---
1) 이 글은 김현의 다음 시집을 주로 읽는다. 『글로리홀』, 문학과지성사, 2014 ; 『입술을 열면』, 창비, 2018 ; 『호시절』, 창비, 2020 ; 『낮의 해변에서 혼자』, 현대문학, 2021 ; 『다 먹을 때쯤 영원의 머리가 든 매운탕이 나온다』, 문학동네, 2021. 이하 시 인용시 시집 제목은 본문에 첫 글자로 약칭한다.

면 전두환 꼴 난다"(「큰 시」, 『낮』). 지금 여기는 망했다는 시인의 자조 혹은 자학은 미래로도 이어진다. "털보 며느리인 너는 구슬픈 목소리로/내게 미래를 발설한다//먼저 가 조선은 이미 틀렸어"(「미래 서비스」, 『호』). 도대체 조선은 언제부터 이미 틀려먹은 것일까.

"박근혜가 대통령이 되었다"(「불온서적」)라는 시대적 조건을 첫 페이지에 배치했던 시집 『입술을 열면』은 혁명과 인간을 면밀하게 탐색하는 작업이었다. "광장에서 물대포가 쏘아질 때 패배의 무기는 무기력하고 인간은 젖은 채로 서서 방패가 된다. 무기를 막지 않는다. 무기를 넘보지 않는다"(「인간」). 폭력을 막는 방패가 되기 위해서, 적과 같은 무기를 손에 쥐는 대신 맨몸으로 촛불을 들었다. 광장 도처에서 인간을 발견하고 승리까지 거머쥐었던 그 시점에, 시인은 개선가가 아니라 그 반대의 것을 말한다.

조선은 오래전에 망한 나라/우리는 자학한다//너는 우리 앞에 시간이 있다고 생각하겠지만/우리 앞에 놓인 것은 시간이 아니다//시간은 끝났다/이제 시간은 시간이다//(……)//초는 사라지고/밧줄은 불타버리는데//마음에/딱딱한 촛농이 쌓인다//조상님들을 떠올린다(「조선마음 11」)

촛불을 들고 광장으로 나섰던 인간의 마음은 혁명의 성취 이후에도 녹지 않고 촛농으로 떨어져 굳어 있다. 그때의 수치와 절망이 여전히 누군가의 몫임을 보기 위해 혁명 이전의 마음을 잊지 않으려 한다. 마음에 촛농이 쌓인 인간은 혁명의 시간을 멈춰 세운다. 그리고 지금의 조선을 만든 조상님들을 떠올린다. "조선의 시간은 어디로 갔을까?//(……)//오늘은 반드시/얼굴이 빨개지고 싶다"(「조선마음 8」)는 자문은 자학하지 않고서는 말할 수 없는 수치심에 관해 묻기 위함이다. 조선의 시간을 되돌리기 위해서는 부끄러움과 수치가 필요하다.

사랑과 혁명을 노래하던 수많은 시에 따르면 혁명은 사랑을 회복하는 것이어야 하는데, 사랑은 여전히 회복되지 않았다. 혁명에 참여했던 퇴역 군인 출 씨가 소년 이반에게 들려주는 이야기 역시 개선가가 아니다(「박물」). "이반/나는 혁명이 아니라 사랑을 들려주마". "어느 늦은 밤에 죽어가는 이반은 내게 자신이 쓴 「이반의 어린 시절」을 들려주었"고 출 씨는 이를 다시 소년 이반에게 들려준다. 하지만 이 이야기가 불길하다며 손가락질을 하는 "사람들은 이반을 장미와 가시 유리관에 가두고" 만다. '이반'이 퀴어들이 자칭하는 이름으로 사용되어온 문화사를 상기한다면,[2] 이반의 사랑에 대한 이야기를 다른 이반에게 전승하고 "끝내 이반에 관하여 쓴다"라는 시적 상황은 단지 거대 서사에 맞서 사랑을 들이미는 낭만으로 읽히지 않는다. 혁명의 공간이었던 바로 그 광장에서 여전히 너희의 이름을 지우고 감추라는 말을 들을 때, 혁명이 누락했던 인간의 이름을 다시 묻지 않을 수 없다.

그래서 시인은 승리한 자들의 역사를 다시 본다. 「어떤 이름이 다른 이름을」은 2차 대전 승전 후 연합군이 "독일 소녀를 겁탈하고/독일 노인을 깨끗하게 처리"한 하룻밤을 다룬다. 그런데 김현 특유의 각주를 통한 서브 텍스트 배치는 이 지워진 이름에 어떤 패턴을 부여한다. 시의 제목 앞에 달린 각주에는 "4·3사건의 피해자로서 그 아

---

2) 다양한 성소수자를 포괄하는 영어식 표현 '퀴어'가 활발하게 사용되기 전부터 한국 성소수자 공동체에서는 '일반(인)'과 다르다는 함의를 담은 '이반'이라는 고유한 단어가 쓰여왔다.

품을 상징적으로 대변해온 사람"의 "이름"이, 시의 끝에 달린 각주에는 "이름. 우리는 언제 지워지지 않을 수 있나요?"라는 질문과 함께 세월호 유가족을 향해 박근혜 대통령이 했던 모호하고 불확실한 '위로'의 말이 적혀 있다. 역사의 승자들이 누군가를 죽여도 되는 자로, 혹은 필연적인 희생으로 규정하고 이름을 지워버렸던 일을 연쇄적으로 배치한 것이다. 그리고 그 누락된 이름에, 어떤 책임도 지지 않는 역사와 정치의 언어를 충돌시키는 것이다. 이 혁명을 부끄럽다고 생각할 줄 모르고 승리를 자부하는 사람들이 있기에 조선의 미래는 더없이 수치스러워진다. "나이를 먹고서도/죽지 못하는 것들은 얼마나 가련한가"(「빛의 교회」).

형들의 혁명을 혁명하는

역사에 대한 수치심은 혁명의 언어를 해부한다. 「조국 미래 자유 학번」(『호』)은 "조국을 생각하는 인간"이고 "자유를 원하는 학번"인 선배들이 "조국의 미래를 쓰느라 수고가 많"았다고 회상한다. "먹고 사는 게 중요해 투표하고 민족을 생각하"였으며 "한때는 서정적 자아를 자주 생각하던" 선배들은 이제 "걸레"라는 말을 운운한다. 다시 만난 선배들은 너희들이 사소하고 작은 정치를 추구하며 "조국도 미래도 없는 자유 오직 내 자유에 투신"했기에 "오늘날 나라 꼴이 이 모양이 되었다고" 야단을 친다. 조국의 미래를 논하기 위해 "어쩔 수 없이 모든 학번이/독재자의 딸/말을 화두로 삼기도 했다". 그런데 그들 중 "누구도 이름을 제대로 입에 담지 않았다"는 점에 화자는 냉소를 짓는다. 정치적 대의와 역사적 비판의 언어 역시 부권끼리 대결하는 언어만 남기고 나머지는 지워버리는 것이다. 권력을 향한 적의에 노골적으로 여성혐오적 레토릭이 활용된다면, 문학의 언어에는 조금 더 서정적으로 여성혐오적 미학이 담기곤 했다. "조국과 미래와 자유와 학번과 크고 진실된 슴가/이런 식으로 시는 끝납니다". 여기서 민족 공동체나 민주주의적 이상향이 모성적 신체와 순수한 '처녀'의 이름으로 표현되었던 수많은 사례를 그리 어렵지 않게 떠올릴 수 있다. 정치적 진정성이 이성애적 욕망 회로와 젠더적 미학을 경유해서 문학적 진정성으로 변환되는 과정이 대개 그러했다. "오늘 쓰는 시는 진정성을 폭발시켜보겠습니다"라는 시적 화자의 너스레 섞인 각주는 이 언어적 회로의 진정성이 강렬할수록 역설적으로 우스꽝스러워지는 시차를 확보하게 한다. "남자 인간의 중년이란 얼마나 똥배인가/나 같으면 자살"할 것 같지만, 여전히 정신 차리지 못한 사람들을 위해 화자는 역사의 언어가 바뀌었다는 소식을 친절하게 전한다. "고객님! 오늘 역사의 심판을 배달할 예정입니다".

이처럼 『입술을 열면』 이후의 작업에는 혁명에 대한 수치심이 관통하고 있다. 이는 혁명의 최대 수혜자로 평가되는 특정 세대의 대학 문화와 지식인 집단의 허위에 대한 사후적 풍자로 국한되지 않는다. 특히 『다 먹을 때쯤 영원의 머리가 든 매운탕이 나온다』를 경유하며 '선배'를 바라보는 시선은 문학성과 남성성의 형식에 대한 관찰로 이어진다. 바뀐 역사의 심판을 아는 화자는 무엇이 자신에게 수치를 강요하는지 알고 그 감정 정치를 바꿀 수 있다. 「실존이 똥칠하고서」의 화자는 "형이랑 집회 대오에서 빠져 단둘이 대한문 앞에 남겨졌을 때" 커밍아웃했다. "형, 저는 물고기예요". 그러곤 "나는 물고기 차별에 반대하지만 이해할 수는 없다"라는 대답을 받았다. 이는 표면적으로는 차별에 반대하는 대의명분을 따르지만 실은 너의 삶은 수치스러운 것이므로 이해될 수 없다는 낙인이다. 세월이 흘러 중년이 된 화자는 "가령, 실존적으로 말해"라는 말을 자주 하던 형의 일생을 생각한다. 실존과 조국과 민족이라는 관념을 말하던 사람은 물고기인 '나'의 구체적인 삶을 이해하려 하지 않았다. 대신 "조국과 민족의 무궁한 영광을 위하여/자식은 둘/사십오 평 아파트와 포르쉐"를 얻고 "동남아 가서 마사지"받는 법을 배웠다. 그리고 '나'에게 "아직도 그렇게 사느냐"라고 묻곤 했다. 조국의 기초 단위를 재생산하는 가부장도 아니고 '남성적' 실존을 확보하지도 않는 삶이 수치스럽지 않냐는 질문이다. 화자는 형의 부고를 받고 되묻는다. "형은 그 나이를 먹어도 아직 똥칠이 그립던가요". "저는 형이 차별받지 않길 바라지만/이해하지는 않습니다". 그 수치심의 방향이 이상하지 않냐고, 형처럼 조국과 민족의 영광과 자신의 성공을 동일시하는 지식인 가부장의 과잉된 자아와, 여성을 거래하고 퀴어를 혐오하는 방식으로 구축된 젠더적 실존을 부끄러워해야 하지 않냐고 되묻는 것이다. 물론 사후 死後/事後에 뒤늦게 수치심을 반송하는 일관된 패턴은 그간 (세대적 친연성 때문에라도) 형들의 진정성에 감응했던 자신을 분리하고 극복하는 뼈아픈 노력을 상상하게 한다. 그렇게 손쉽게 전유할 수 있는 것은 아니지만, 그때의 형들에 대한 모종의 연민이 남아 있긴 하지만, 그럼에도 수치심의 방향을 남성적 인식론으로 바꿀 때 조선의 혁명이 더는 부끄럽지 않을 방법을 만들어낼 수 있다.

「춘양」의 화자는 "대추리에서 만났던 형"이 평택 미군기지의 "미군무원 렌탈하우스 분양 소식을 알려왔"던 일을 생각한다. 형과 시를 배우던 시절에는 이런 미래를 생각할 수 있었을까. "인문관 잔디밭에 신입생들을 앉혀놓고" 막걸리 사발을 돌리면서 "시란 말이야" 운운하며 "그때 우리/진정성 타령 좀 했는데". 이루어질 수 없는 진실한 사랑에 대한 시를 쓰던 스무 살의 형은 이제 "계급이니 노동이니 투쟁이니/시 쓴답시고" "가사와 육아는 나 몰라라 하는 새끼가" 되었다. 형들은 그간 늘 "각성하라"는 구호를 외치면서도 자신의 일상에서 반복되는 폭력과 억압에 대해 각성하지는 못했다. 화자는 형들 앞에서 애널 자위를 하며 각성하라고 외치고 싶어진다. "개의 맑은 눈동자를 보면/침을 뱉고 싶습니다/형들에게". 화자 역시 민중과 사랑을 향한 문학적 진정성이 자신의 문화적 기원이자 자산임을 인정하고 있다. 그러나 그런 진정성이 지금의 "형이 꿈꾸던 형 같은 삶"이란 미래를 만들었다면, 그런 "꿘충의 미래"와 자신은 어떻게 다를 수 있을까를 고민하는 것이다.

「토종닭 먹으러 가서 토종닭은 먹지 않고」도 서정시에는 진정성을 다하면서도 자신의 생활은 돌아보지 않는 한국적 남성성의 형성 과정을 주목하고 있다. 오라버니는 "바위처럼 살자 해놓고/삭발과 점거를 일삼아놓고"서는 "술에 취하면 때렸죠 여자를". 진보당원으로서 평화운동을 하면서 여성 후배들에게 "여긴 어디라고 들어와 씨발년아"라고 외치던 그는 스스로 "옛일을 그윽하게 회고"한다. 하지만 화자를 비롯한 여성 후배들은 "오라버니를 때때로 역겹게 생각"한다. 그는 "지금도 민족의 울분으로 젖을 찾"는 시를 쓰는 교수가 되었다. "대지, 어머니, 뽀오얀 생명의 줄기 타령이나 하시"는 그에게 화자는 "저한테 한 짓을/쓰세요 오라버니"라고 말한다. 진보적 민족주의 이념에 대한 지향을 재현하기 위해 여성을 대상화하고 국토와 동일시하던 낭만적 문학 전통에 기대어 권력을 얻은 남성 문인이 여성 후배들에게 자행한 짓을, 이를 드러낸 '조직 내 성폭력 말하기 운동'을 적극적으로 환기하는 것이다.

바로 이어서 배치된 「오월의 장미」는 그간의 문학성이 지금까지도 폭력적인 남성 생애 모델을 재생산하는 체계에 주목한다. 화자는 "그 옛날 민주화운동권으로서 노조와 물밑대화를 시도하"며 "직원들 사기 진작을 위해 경영컨설팅을 의뢰"하는 이들을 보며 격세지감을 느끼지만, 더 놀라운 일은 그들의 아들에게서 일어난다.

> 학교 나오면 꼬리표 달리고 그런 거 아무것도 없어/어차피 졸업하면 안 볼 년들임/나는 페미니스트다/겉모습이 중3인 초등학교 오학년 여자애가 욕을 하는데 예뻐서 말을 잘 못하겠다/그런 애들은 앞에서 혼내면 싫어한다/따로 보듬어주는 척하면서/예쁜 애는 따로 챙겨먹는다/2019년 교대에 재학중인 남학생들은 졸업한 남학생들과 대화를 나누었다/박제각/금희야 시는 구호가 아니고 구호는 시가 될 수 없다고 말했던/강선배 기억나니?(「오월의 장미」)

남성 동성 사회에서 여성에 대한 대상화는 남성 조직 내 선후배 간의 유대감과 밀접하다. 선배로부터 계승받은 조직적인 대상화가 일상의 미시적 권력과 만나 물리적인 폭력이 되곤 한다. 흥미로운 점은, 화자가 대학가를 비롯해 남성 동성 사회의 일상적 문화가 된 단톡방 성폭력을 드러내는 선후배 사이의 대화를 채록하고, 이를 아버지 세대 선후배의 대화 사이에 배치한다는 점이다. 여성을 '거래'하고 '관리'하는 법을 계승하는 단톡방의 대화를 "박제"한 직후 갑자기 화자는 강선배를 기억하냐고 묻는다. "냈다 하면 팔리"고 "썼다 하면 우리 시대의 서정시라"는 고평을 받는 동시에 후배에게 "뒷짐지고 소주 뚜껑에 이마를 박게 했던 그 선배"를. 이 연결은 군사주의 문화와 남성적 폭력을 계승하는 것이 우리 시대의 서정시를 쓰는 법을 가르치는 것과 별다른 충돌이 없는 상호 보충적인 관계임을 잘 보여준다. 임금을 동결하기 위해 '운동권' 인맥으로 노동운동을 무력화하려는 선배들, 아름다운 시를 쓰는 선배들이 그러하듯이. 지금의 남학생들은 그 아버지들의 언어를 열심히 습득하며 자랐다. 그간의 서정이 가려온/가꿔온 폭력적인 남성 문화가 계승되는 과정이, 혁명을 혁명하지 않고 문학을 혁명하지 않아서 이어지는 그 계보가 이렇게 드러난다. 그 계보를 찢고서 화자는 "서정이 물씬/갔다"라고, 그런 서정의 시대가 끝났다고 선언한다.

새로운 서정을 쓰기 위해선 형들이 시키는 대로 '빤쓰'를 내리던 서정을 멈춰야 한다. "빤쓰를 챙겨 입는 일로/산다는 것은 호락호락해진다"(「빛의 교회」, 『입』). 챙겨 입으려면 "두 손을 모으고/기도하는 일 따위는 잊"어야 한다. 구원과 진보의 필연적 순서를 예언하기보다는, 자신이 행하는 폭력을 돌아보는 일을 통해 '산다는 것'을 제대로 다룰 수 있다. 새로운 "서정으로/신서정으로//오는 것 중에/내가 있"으므로. 신서정은 도래할 어떤 시간이 아니라, 오늘의 '빤쓰'를 제대로 챙겨 입는 '나'로부터 온다.

신의 시점을 무너뜨리는 똥구멍 사원의 역사가

이제 시인은 무엇으로 역사를 써야 하는가. 세계를 아예 다른 시점으로 보고 시간을 다른 시선으로 쓰는 방법이 있다. 「마음과 인생」(『호』)은 과거의 개강 총회와 현재 시점 사이의 시간적 거리를 좁혀 "선배들은 미래에도/다 그렇게 고만고만하게 살다 죽어버"린다는 소식을 과거에 전해준다. 미래에서 온 '희'는 선배들의 현재와 미래를 겹쳐 본다. 지도교수들의 추태에 "상명하복으로/빤쓰를 내리"면서도 애먼 신입생들에게는 권위를 행사하는 선배들의 모습에 "동창들과 동남아로 가서 어린애들과 쓰리썸 할 생각"을 하는 그들의 미래가 겹쳐지는 것이다. 권위 앞에서 서둘러 "빤쓰를 내리"는 선배들의 미래는 세월의 무상함이나 빛바랜 청운의 꿈 같은 것으로 낭만화되지 않고, 오늘의 권위와 미래의 폭력이 연결되어 있음을 보여준다. 이러한 시간적 압축을 통해 시선의 위치가 급전하기도 한다. 화자의 시선은 개별적인 인간의 생애 단위를 넘어 인류 전체에 대한 거시적 전망으로 비약한다. "어머니/인류를 거두실 때도 되지 않았습니까". 이런 "망해가는 꼴"이 수없이 축적되며 역사를 형성해왔음을 짚는 것이다.

시간을 압축하고 시점을 급전하는 시선은 문명의 멸망과 정화에 대한 막연한 기대에 그치지 않고 역사의 기술記述을 갱신한다. 가령 「자두나무 아래 잠든 사람」(『호』)은 나무 밑에서 잠든 한 사람에게 눈이 쌓이듯 인류의 모든 역사와 사랑이 겹쳐지는 모습을 보여준다. "옛날 사람들의 발자국 위에 현대인들의 발자국 위에" "청소노동자들의 발자국 위에 고공농성 중인 이들의 발자국 위에 용역 깡패들의 발자국 위에 낭독회에 가는 이들의 발자국 위에 불이 켜"진다. 그 불빛 속에서 "조국과 민족의 무궁한 영광을 위하여, 구호들이 유령처럼 떠돌고 먹고살던 이들이 하나둘 사라"지고, "서랍에서 민주주의를 꺼내는 사람이" 나타난다. 시적 화자는 역사를 '시간적 인과'가 아니라, 같은 공간 안에서 다양한 사람들이 동시에 존재하고 겹쳐지는 '관계의 흐름'으로 쓰고 있다. 하나의 시대 의식을 위해 소용되던 순서가 아니라 모두가 동시에 존재하는 공간이 중요해지는 것이다. 단일한 공동체의 영광을 위한 구호가 사라지자 비로소 민주주의를 꺼낼 수 있게 된다. 이러한 다중 시점의 흐름을 압축하여 쓰는 "속기사는 말하는 자의 입술을 놓치지 않고 현대사를 기록하"고, "잠들었던 남자가 자두나무에 끝없는 대화를 기록해두"며, 사람들은 나무 밑에 묻은 기록을 발굴한다. 공간의 다중성으로 인류사를 다시 쓰는 시인-역사가 덕분에 나무에 빨간 자두가 열린다. 그로부터 열리는 새로운 역사는 사랑을 구획하지 않는다. "한 사내가 그 자두를 따 한 사내에게 건네주며 고백하고" "기억을 잃은 아내의 손을 열고 자두 한알을 꼭 넣어주는 아내가" 나타나고 "자두나무 아래 은박 돗자리를 까는 조합원들이" 온다. 그러자 "수레를 벗어난 나귀 두마리가 죽은 새끼를 입에 물고 인간이라는 축사를 부수"며 누가 인간인지, 누가 국민인지, 누가 역사의 주인인지 정하던 위치가 사라진다.

> 어제 이강생의 얼굴을 발굴했다. 이강생은 얼굴을 가지고 있었는데, 이강생은 그 얼굴을 가지고 아시아인의 얼굴을 하고 있었다. 아, 저게 바로 세계인의 얼굴이구나. 동성애자의 얼굴을 한 이강생의 얼굴을 보며 수많은 얼굴을 생각했다.(「애정만세」, 『입』)

역사를 대표하는 보편적 주체의 얼굴은 언제나 백인 이성애자였지만, 김현이 발굴한 역사에서 세계사의 얼굴은 아시아인 동성애자의 얼굴을 하고 있다. 그것은 보편의 예시 중의 하나로서의 퀴어가 아니라, 세계인의 얼굴을 읽는 시점으로서의 퀴어이다.

한 공간을 매개로 사연에서 사연을 타고 흐르는 서술 방식은 김현이 서사를 구성하는 특유의 방법론이기도 하다. 소설 「가상 투어」(『문학3』2021년 1호)의 화자는 가상현실을 통해 홍콩으로 여행을 떠나 죽은 게이 연인과 재회한다. 소설은 가상현실 기술이 빚어내는 혼선을 통해 1990년대 퀴어 감수성의 근간이었던 영화 〈해피 투게더〉(1997)의 배경과 연인이 끝내 헤어진 부에노스아이레스를 겹쳐놓으며, 홍콩의 우산혁명에 광주민주화항쟁과 광주퀴어문화축제를 '교차 삽입'하기도 한다. 이러한 공간의 중첩을 통한 서사는 퀴어의 얼굴과 여성의 얼굴로 혁명의 역사를 재구성하고 역사의 단계가 아닌 살아 있는 인간을 위해 소용 있는 사건을 연결한다. 「세상에 사연 없는 사람도 있나」(『문학동네』 2020년 봄호)에서 사연을 채집하는 임무를 맡은 외계인 '우르술라'처럼. 우르술라는 한 칼국숫집을 중심으로 사람들의 마음을 꿰뚫어 연속된 에피소드로 이어지는 그들의 사연을 읽고 수집한다. 사랑하고 헤어지고 욕망하고 원망하는 사람들의 욕망은 복직 투쟁과 노조 결성 같은 혁명적 순간과 구분 없이 이어진다. 여성혐오 범죄와 이에 맞선 시민들의 노력, 황혼이혼을 결심하는 부부, '털보 며느리'를 맞이하는 아버지, 촛불집회의 깃발과 태극기 집회를 모두 넘나들면서, 한 인물과 사건에 집중하지 않고 사람들의 생애사가 서로 연결되면서 역사가 발생한다. "사연이란 역시 사실"(231쪽)이고, 세계의 서사는 다양한 사연의 연결망이다. 그 사연을 만드는 이들은 선험적인 대의명분이 아니라 자신의 사랑과 욕망으로 움직인다. 그렇게 사연을 수집하는 외계의 시선으로 볼 때, 퀴어도 여성도 이주노동자도 모두 고유한 사연으로 연결되어 있고 각자가 세계사의 중심이다. 시대의 목표가 아니라 관계의 연결로서 서사를 구축하는 시선은 특정한 누군가가 사건의 주인공 자리를 차지하지 않게 한다.

김현의 시에는 인간을 내려다보는 신(혹은 우주적 이데올로기)을 거꾸로 쳐다보는 시적 화자가 자주 등장한다. 인간을 돌보지 않는 신의 신비로운 의도가 궁금한 것이 아니라, 모든 것을 내려다볼 수 있으면서 이 땅에 현현하지 않는 신의 시점이 무슨 소용인지 묻는 것이다. 이 시선은 이 땅에 이렇게 많은 이들이 다양한 고통과 다양한 사랑을 나누고 있다는 사실을 강조하고, 모든 사태를 단박에 해결할 수 있는 신의 섭리 혹은 진보란 존재하지 않는다는 인식을 드러낸다. 사랑을 숭배하던 바로 그 해변에서 난민 아이가 익사하는 사태를 본 화자는 무력한 "금발 머리 백인인 신"(「신께서는 아이들을」, 『호』)을 올려다본다. 제국에만 은혜를 베풀 뿐 아무런 대답을 하지 않는 신을 대신해 "모든 것을 알고 있"는 "아이들의 눈은/신을 주시"한다. 세계를 내려다보는 신의 무력한 시선을 대신하여 화자가 이 땅에 존재하는 모든 이들을 겹쳐 보는 것이다. "하느님을 무릎 꿇리고/눈물 흘리게 하고/보게 하"(「릴케가 본 것」, 『낮』)기 위함이다.

세계를 조망하는 시선이 아닌 죽은 아이와 겹쳐지는 시선은 고통 자체를 물신화하는 구원의 담론을 간파한다. 「대성당」(『글』)에서 휠더를린 사제는 성호를 긋는 신도들에게 자신의 몸을 채찍질하게 한다. "살찐 신도들도 자리에서 일어나 이 청교도 수도사들의 뒤를 따"라서 성수를 뿌리며 사제에게 채찍을 갈긴다. 사제가 자비를 베풀라는 기도문을 암송하며 피를 흘리면 "의자에 앉은 신도들은 손가락에 묻은 피를 성스럽게 빨아 먹었다". 사제는 "구원은 고통입니다"라고 외치며 제단 위에서 죽은 소년의 고통을 그 증거로 내민다. 도래할 미래를 향한 선한 약속은 고통을 구원의 시간을 예언하는 증례로 사용할 뿐, 고통받는 눈앞의 사람을 살리지는 않는다. 이는 신학적 구원의 형식일 뿐만 아니라 진보적 역사관의 형식이기도 하다. 벤야민의 역사의 천사는 신의 섭리가 있는 하늘로 돌아가는 대신 폐허가 된 근대의 조각들을 모아 다시 결합해보려 하지만 진보를 재촉하는 시간의 거센 폭풍 속에서 날개조차 제대로 움직이지 못한다.[3] 유토피아를 향한 구원의 바람은 눈앞의 파편을 제대로 줍지 못하고 파국을 계속 쌓아갈 뿐이다. 미래를 향한 움직임은 그 과정에서도 도달하고자 하는 미래를 체현해야 하지만, 혁명이 만든 거센 바람은 나중으로 밀려나는 존재들만 쌓아간다.

하지만 김현의 시에서 역사의 천사는 파국과 시간의 거센 폭풍 앞에서 경악하며 멈춰 있지만은 않다. 김현의 시에서 인간을 보는 천사(혹은 우주의 무한한 공간과 시간을 가로질러온 안드로이드)들은 폐허에서 멈추지 않고, 밀려난 존재들을 기록하고 그들의 목소리를 보전하는 일을 한다. "지난밤 인간들은 무엇을 할까"(「고요하고 거룩한 밤 천사들은 무엇을 할까;」, 『글』) 내려다보는 "천사들은 대화 중에 생각" 한다. "인간은 고깃덩어리야"라고. 그도 그럴 것이 지난밤 천사들이 본 인간들은 개처럼 짖고 서로를 때리며 SM적 실천을 하는 게이 커플이었다. 그런데 이들의 이름은 천사들의 이름을 딴 '마이클'과 '가브리엘'이다. 서로의 가랑이 사이로 머리를 들이밀며 "메리 크리스마스, 붓다"라고 말하는 이들을 화자 역시 "신비롭게 응시"한다. 가장 육체적인 존재들이 가장 천대받는 행위를 하며 솔직한 사랑을 나눌 때, 도리어 천사들은 거기에서 가장 신성한 이름과 평화의 인사를 발견한다. "저 먼 겨울밤이 내린 러브호텔의 잔해 위로 포옹한 두 구의 인간이 폭삭 녹아내"(「몽고메리 클리프트」, 『글』)리듯, 인간의 이름은

---

3) 발터 벤야민, 「역사의 개념에 대하여」, 『역사의 개념에 대하여/폭력비판을 위하여/초현실주의 외』, 최성만 옮김, 길, 2008, 339쪽.

군이 언급하려 들지 않는 비루한 곳에서 발견된다.

　제목처럼 『글로리홀』은 밤늦게 공중화장실과 공원에서 몰래 만나던 게이들의 은밀한 욕망의 기록이고, 혐오와 폭력을 버티고 살아남은 저항의 기록이자, 바로 거기에 "사랑의 천사"[4]가 깃들어 있음을 발견하는 기록이다. 그런 점에서 『글로리홀』의 마지막 시 「지구」에서 최후의 천사/안드로이드가 보전하고자 하는 기록(어쩌면 시집 자체)도 마찬가지일 것이다. 역사의 거센 바람에 편승하다 끝내 자멸해버린 지구에서 "가로등 로봇"인 '푸른 눈'은 자신이 유일하게 남은 존재임을 깨닫는다. 그간 수많은 삶을 지켜봤을 로봇은 "별자리 경전이 새겨진 수도원 마당"에서 "우주거미의 거미줄을 향해 노래를 읊으며 최후의 눈빛을 밝"히고 "수억 개의 속눈썹 홀로그램들"을 퍼뜨린다. 구원을 향한 약속을 기다리는 장소인 수도원에 지구의 파국이 도착하고, 천사는 역사의 바람이 멈춘 잔해 위에서 살아남은 인간(성)의 존재를 증명하는 기록을 줍는다. 우주거미가 "거미줄에 붙은 속눈썹들을 똥구멍에 가득 싣고 사라진 행성 기록 보관소를 향해" 가자 "트렌실횐나비배추벌레 떼가 몰려와 소등된 행성을 야금야금 갉"고 "번데기"라는 잠재태가 생긴다. 김현의 역사의 천사는 똥구멍으로 인간의 기록을 보낸다. 재생산과 무관하므로 버려야 마땅한, 퀴어한 욕망과 이상한 사랑으로 가득한 똥구멍으로. 역사의 천사가 노래하는 똥구멍으로부터 낡은 지구를 갱신할 가능성이 열린다.

<hr>

4) 박상수, 「본격 퀴어 SF-메타픽션 극장」, 『글로리홀』 해설, 233쪽.

조선의 퀴어 조상을 만드는 서정의 혁명

김현이 똥구멍 사원으로 보내던 역사의 기록은 『글로리홀』 이후 (적어도 퀴어 재현의 측면에서) 크게 변한다. 『글로리홀』이 서구의 게이 문화 코드와 SF를 중심으로 게이의 자기혐오가 내재화되는 원리를 살폈다면, 『입술을 열면』은 동아시아–조선의 게이 문화 코드를 중심으로 조선의 퀴어 조상과 지금 한국사회의 퀴어적 생애를 연결하는 가교를 만든다.

『글로리홀』은 게이의 생애사적 원체험을 그리기 위해 과거 미국의 게이 하위문화 이미지와 퀴어 예술가를 콜라주한다. 이는 미국의 퀴어 담론이 여러 나라의 퀴어 공동체와 개인들에게 주요한 참조물이 되어왔던 역사를 상기시킨다. 언어나 국가의 장벽과 퀴어/비퀴어의 문화적 장벽은 도리어 유용한 시적 기술의 도구로서 콜라주와 인용, 특히 각주를 활발하게 사용할 공간을 만들어준다. 「블로우잡Blow Job」과 「밤의 정비공」은 공원과 공중화장실에서의 게이 섹스 장면과 혐오 폭력을 병치하면서 앤디 워홀, 뒤샹, 피에르 앤 질의 퀴어 예술을 끌어들인다. 「블로우잡」은 작중에서 혐오 폭력으로 죽은 '앤디 할아버지'를 발견하는 소년 앤디 워홀('퀵보이')이, 자신은 나중에 앤디 할아버지가 되어 죽을 것이라고 예언하는 순환적 구성을 취하면서, "작가 주"를 통해 앤디 워홀이 실제로 제작한 영화 〈블로우잡〉(1963)에 대한 정보를 제공한다. 이어 서구의 퀴어 은어를 소개하는 "옮긴이 주"가 이어지고, "작가 선생님 대신에 이런 걸 적어도 되는지 모르겠지만, 나, 퀵보이의 생각"은 이렇다며 등장인물이 "화자 주"를 쓴다. 그리고 그 모두가 실은 작가의 서술임을 밝히듯 "화자 주에 맞춰 쓴 작가 주"가 퀵보이의 내면을 드러낸다. 이런 각주 게임은 다른 시편에서도 이어진다. 가령 「밤의 정비공」도 본문에 등장하는 피에르와 쥘의 실제 작품세계를 허구의 "옮긴이 주" 형식으로 소개한다. 이는 원작자, 번역자, 화자, 등장인물, 내포 작가 사이를 오가며 시인 김현과 실제 독자 사이에 서구 퀴어 문화사를 소개하거나 번역하는 '가상의 출판 과정'을 덧붙이는 서술 게임이다. 물론 일차적으로 이 각주는 독해를 위한 힌트다. 하지만 역사적 정보와 가공된 허구를 구별하지 않음을 노출한다는 점에서 이는 정보 자체보다는 번역문학을 읽는 독서 모드를 유도하는 기능이 커 보인다. 즉, 원본 텍스트가 존재하고 이 시집은 사후 작업을 거친 2차 저작물이라는 (가상의) 전제를 만드는 것이다. "화자 주"와 "화자 주에 맞춰 쓴 작가 주" 역시 선재하는 등장인물이 텍스트에 개입하게 함으로써 그가 시인의 자아의 산출물이라기보다는 시적 기술에 앞서 존재하는 객관적 대상임을 강조한다. 이는 시에 앞서 존재하는 퀴어의 삶과 문화를 '증언'하고 '기록'하는 겸손한 서술적 자의식을 드러내는 한편으로, 자신이 속한 퀴어 공동체의 역사를 탐문하기 위한 증언과 기록을 퀴어 제국 미국에서 '수용'하여 '재구성'할 수밖에 없는 비서구 퀴어 담론의 현황을 (은연중에) 반영한 것으로도 보인다.

하지만 두번째 시집 『입술을 열면』에서 시인은 서구 퀴어 하위문화에서 퀴어의 기원을 찾는 대신 한국적 퀴어 일상사에 집중한다. 이 시집은 모든 시편에 각주가 있지만, 이를 통해 텍스트 생산 과정에 개입하거나 대상과 시적 언술 사이에 몇 겹의 인물을 설정하지는 않는다. 대신 "'디졸브dissolve 기법'"을 통해 영화처럼 "운동하는 시"[5]

---

5) 양경언, 「궁지의 시」, 『입술을 열면』 해설, 202쪽.

를 창안한다. 이 운동성은 이미지의 운동뿐만 아니라 같은 시적 상황을 다른 시선으로 응시할 수 있는 '시점'을 보충하여 해석을 전환하는 운동성이기도 하다. 「사람의 장기는 희한해」의 본문은 고궁에서 혼자 벚나무 아래를 거닐며 "작고 하얀 어지러운 것"과 달리 "돌계단은 언제까지나 그곳에 마음을 둘 것"을 생각하며 마음을 성찰하는 시처럼 보인다. 그런데 각주가 제공하는 이야기를 덧대면 해석의 맥락은 전혀 달라진다. 첫번째 각주에서 "두 남자는 고궁을 걸었다. 손을 잡지 않고 손을 잡았다." 그리고 "두 남자는 종으로 들어갔"고 "그곳에서 입술이 맴돌았다." 두번째 각주에서는 종 밖에서 누군가 접근하기에 "두 남자가 고개를 내"리고 "청동 외피에 귀를 가져다"대면서 긴장했다가 "종소리를 짊어지고 고궁으로 나"온다. 표층적으로는 내적 성찰의 산책이지만 각주를 거치면 고궁에서 다른 사람들의 주목을 피해 손을 잡지 않은 채 은밀한 데이트를 하는 게이 연인의 존재론적 성찰이 된다. 두 층위를 겹치면 "심장이 하나인 사람"이 "하나뿐인 사람의 심장을 뛰게 했다"라는 본문이 자기 자신의 마음을 가다듬는 내적 성장의 시가 아니라 게이 연인의 이야기로 해석된다. 이러한 각주는 (비퀴어에게) 일상적인 것으로 보이는 사건과 정서에 퀴어 인물/화자의 시선을 필터처럼 덧대는 방식으로 정보 필터를 삽입하기 전후를 비교하게 하여 타인의 세계 인식 체계를 경험하게 만든다. 이는 퀴어를 비롯한 소수자들이 '보편'적 인식과 당사자의 인식을 이중적으로 겹쳐두(어야 하)는 양상을 언어적으로 재현하는 전략처럼 보인다.

「가슴에 손을 얹고」는 성별 전환과 관련하여 법정에 선 퀴어의 상황을 연상시킨다. "가슴은 참으로/불편"하여 가슴을 자르자 "가슴이 사라진 자리에서 여자는 여자로 태어"나고 "유일하게 행복"해진다. 반대로 "가슴을 얻은 남자는/그제야 아, 나는 조선의 남자구나" 하고 행복해진다. "이제부터 자기를 호명하기 위해 존재"하려는 두 사람은 그러나 한국사회에서 법적, 사회적 투쟁을 겪지 않을 수 없다. 시는 각주를 통해 "가슴 없는 꽃은 세계의 기원을 가질 수 없다"라고 지정 성별을 강요하는 재판장의 언어를 보여줌으로써 이 젠더적 호명에 맞서 "가슴을 거부합니다, 고로 나는 존재합니다"라고 고집스럽게 저항하는 주체를 전제하고 읽게 한다. 선험적 판결에 대한 거부로부터 퀴어한 존재가 시작된다. "내가 조선의 호모다"라고 자신을 드러내는 "조선 남녀들"은 존재만으로도 "자리마다 투쟁"이 된다. "투쟁은 사회적인 동물"인 '정치하는 인간'을 만들기에, "이때 역사는, 조선의 역사는/호모들을 호출"하여 역사가 시작된다. "이름 없는 것들이 이름 지어진 것들과/만연한 이름을 소환"하여 언어를 재구성한다.

이 언어적 재구성은 종족적 '전통'을 창출하기도 한다. 「조선마음 3」은 2010년대 동아시아 여러 게이 문화권의 아이돌이었던 마사키고라는 게이 포르노 배우를 일종의 종족적 기원으로 설정한다. 이런 정보를 제공하지 않기에 시는 처음에는 일종의 신화나 설화처럼 보인다. "꿈이 아니라 죽은 사람들만이 와따루를 검은 빛이라고 불렀다. 검은 빛은 배우였고 죽었던 사람이라면 누구나 검은 빛 영화를 보았다. (······) 검은 빛은 오랫동안 빛을 세우는 사람. 한번에 두번씩 빛을 발산하는 사람." 한국에서는 와타루라는 별명으로도 알려진 이 배우는 어두운 피부 톤에 뛰어난 성적 기교로 유명했다. '꿈'과 '죽은 사람'의 이중적 인식 필터를 장착하면 이 시는 음란한 유희를 숨긴 재미난 언어 게임으로 읽힌다. 그런데 시의 후반부는 "스물몇해의 생일을 맞"고 젊은 나이에 "맹장염"(에 의한 복막염)으로 사망한 그를 위한 국경을 넘은 애도에 주목한다. 그의 죽음이 "우리 모두 우리의 죽어 있는 빛을 꺼내"게 "토의"하고 "합의"했다는 점을, 동아시아 게이들이 나름의 고유한 게이 정동의 흐름과 국가적 경계를 넘는 종족적 연결감을 깨달은 순간을 강조한다. 그가 "자신의 곁에 앉은 조선 사람의 얼굴을 바라보다 눈을 감"고 "조선 냄새가 물씬 나는 조선 마음을 호위"하는 흰 호랑이 꿈을 꾸는 결말은 한국적 설화의 분위기로 그를 감싸 조선 퀴어 문화의 한 기원이 되게 한다.

여러 경계를 넘어 한국적 퀴어의 기원을 설정하는 김현의 역사철학에서 소설 「가상 투어」[6] 역시 중요한 기점이다. 공간과 사연을 수평적으로 확장하는 김현의 서사 구성은 주인공의 연애가 곧 시대의 진보적 목표를 실현하는 과정이던 근대 연애소설의 문법을 정반대로 퀴어링한다. '나'는 지금은 헤어진 연인 '영수'와 떠났던 홍콩으로의 가상현실 여행을 반복하고 있다. 두 사람은 1990년대 홍콩 영화를 보면 "왜인지 모르게 짙은 향수에 젖었"(163쪽)기 때문에 홍콩 여행을 선택했다. 〈중경삼림〉과 〈해피 투게더〉 같은, 반환 직전의 불안한 홍콩의 분위기를 담은 영화에 대한 퀴어 연인의 애착은 의미심장하다. 국가도 지방도 아니어서 자신을 재생산할 수 없는 당대 홍콩의 특이한 공간성을 바탕으로, 미래가 없이 과거에 집착하면서 파괴되는 연인들의 죽음 충동을 그린 영화이기 때문이다. 그것은 기실 '나' 자신이 영수라는 과거에 집착하는 것과 다르지 않다. 과거를 반복해 되새

---

6) 이하 인용시 본문에 쪽수만 밝힌다.

기는 사랑은 진보적 시간관에서는 발전의 방해물에 불과하다. 가장 아름다운 과거에 멈추려는 나르시시즘이기 때문이다. 하지만 "광장이라는 혁명의 도구도, 광장이라는 축제의 장도 모두 사라졌"(170쪽)는데, 시간은 어디로 나아갈 수 있단 말인가. 시간이 끝났다고 생각하는 '나'는 영수의 말을 통해 과거를 반복하는 일이 전혀 다른 맥락일 수 있음을 깨닫게 된다.

> 한국, 홍콩, 아르헨티나의 젊은 작가들이 5·18광주민주화운동을 재해석하여 만든 본인의 작품을 두고 이야기 나누는 자리였다. 영수의 관심을 끈 건 정유승이었다. 정유승은 5·18 당시 광장에 모였던 황금동 성매매 여성들을 기억하는 기념비를 붉은 네온으로 만들었는데, 영수는 5·18과 광주퀴어문화축제를 교차 삽입하는 자신의 연애극에 기념비라는 색채와 생생한 톤을 녹이면 좋겠다고 했다. 돈이 들더라도 말이다. 나는 우선 연애극에 그런 걸 왜 삽입해야 하는지부터가 의아했고, 기념비라는 색채가 무슨 말인지, 생생한 톤이란 게 굳이 꼭 실제로 보고 듣고 옮겨야만 하는 것인지 묻고 싶었으나 애써 참았다. '종족적 특성'의 말이겠거니 하고 대수롭지 않게 넘겼다.(164쪽)

극작가인 영수는 자신을 비롯한 퀴어 연인의 사랑에 전사前史를 부여하려 한다. 그래서 광장의 주체였음에도 역사 기술에서 누락된 성노동 여성들과 퀴어문화축제의 광장을 잇고자 한다. "이 더러운 변태들아, 민주주의의 성지를 더럽히지 마라, 라는 소릴 듣고 저는 광장이 지평선이 아니라 하나의 벽이나 면처럼 느껴졌어요. 광장을 점유할 수 있는 권리가 누구에게 있는지 궁금했죠. 정유승은 말했다."(166쪽)[7] '퀴어'라는 우산처럼 포괄적인 개념umbrella term에서 본다면, '성스러운 민주주의'의 성원권이 없는 '더러운 변태'로 규정되어 광장에서 추방되는 존재 모두가 같은 계보에 있다. 영수는 그 광장의 역사를 반복 체험함으로써 그것이 반복되지 않도록 하는 일을 하고자 하는 것이다. 이를 염두에 둔다면 과거의 반복은 발전의 정지가 아니라 과거에 다른 변인을 넣고 재관찰하고 재실험하여 변화의 계기를 찾는 일이다. "미래는 과거에 의해 바뀌고 과거는 현재에 의해 바뀐다."(170쪽) 그래서 소설은 가상현실 여행 기술의 '혼선'을 빌려 현재에 의해 바뀐 과거의 혁명 장면을 이렇게 쓴다.

독재 타도, 더는 안 돼, 실종자들을 산 채로 돌려달라, 모두에게 평등한 사랑을, 이라고 적힌 피켓과 현수막을 든 가두시위 행렬이 호텔 앞에 도착했다. 선봉대로 보이는 예닐곱의 여장 남자들이 시신 한 구를 들것에 싣고 걷고 있었다. 가발이 벗겨지고, 화장은 얼룩지고, 옷은 터지고, 피로 물들고, 하이힐은 한 짝뿐인, 그들이 사랑했으나 죽음을 맞은 이의 얼굴 한쪽에는 최루탄이 박혀 있었다. 그 야만의 한복판에서 그들은 행진하며 노래했다. 망자가 나가니 산 자여 따르라, 라는 후렴이 반복되는 장송곡이었다.(169쪽)

---

7) 광주비엔날레 '메이광주' 프로젝트 웹사이트에 실린 작품 소개는 다음과 같다. "〈황금동 여성들〉은 황금동 콜박스 여성들과 5·18광주민주화운동에 참여했던 익명의 시위에 대해 다룬다. 그들은 시민군에게 물과 음식을 나르고 심지어 헌혈에 동참하는 등 주체적으로 민주화운동에 참여했다. 그러나 성매매 여성이라는 이유로 그녀들은 여전히 목소리를 내지 못한 채 역사의 언저리에 머물러 있었다. 작가는 불의가 자행되었던 광주의 역사적 장소에서 음성, 사물, 기억과 같은 다양한 삶의 질감을 통해 지금까지 역사에서 배제되었던 시위대의 민주적 경험을 조명하고 기념한다."(http://www.maygwangju.kr/project/yooseung-jung/)

김현이 '형들의 혁명'을 반복하길 거부하고 갱신해내는 '사후적 기억'은 사실의 반복이 아니라 과거를 재해석하려는 현대인들의 감각에 대한 발견이다. 광장의 일부로서 '더러운 변태'들을 기록할 때 비로소 민주주의의 얼굴을 경험할 수 있으므로, 그 경험을 기꺼이 반복하는 사람으로부터 조선의 역사가 시작된다. "네가 조선의 빛이다"(「조선마음 8」).

이 시적인 장면은 성소수자 인권 운동의 기원으로 자주 이야기되는 1969년 뉴욕 스톤월 항쟁의 이미지를 환기한다. 당시 성소수자 공동체를 상시적으로 단속하고 검열하던 경찰에게 한 트랜스 여성이 하이힐 한 짝을 벗어 던지면서 시작되어, 오랜 억압에 지친 성소수자들이 얌전히 침묵하고 순응하길 거부하고 노래를 부르고 돌을 던지며 저항했던 스톤월은 성소수자 해방운동의 신화적 기점으로 널리 회자된다.[8] 그런데 김현은 관습적/자동적으로 전 세계 성소수자 운동의 선조로 여겨지는 미국적 대항문화 운동사를 한국 민주화 항쟁의 맥락 속에서 재구성한다. 역사적 사건에 다른 인물의 존재 가능성을 병치하여, 당대의 혁명운동과의 연결성을 놓치지 않으면서 한국

8) "미국과 한국의 국경을 거뜬히 횡단하는 이 초국가적인(trans-national) 기억의 퀴어 정치학은 미국이라는 특정한 지역적 맥락에서 발생한 사건을" 전 세계적 퀴어의 신화로 환원하는 "미국 중심주의 기획"과 맞물리기도 한다. "이렇게 구축된 퀴어 정치학은 전 세계적인 연대를 통해 퀴어의 힘 기르기(empowerment)에 헌신하고, 한국의 퀴어에게 잠시간의 '위안'을" 주지만, 원형-모방의 역사관을 반복하기 쉽다. "초국가적 기억의 퀴어 정치학을 구축하는 것이 아니라, '우리=퀴어'가 몸 붙이고 살아가는 바로 이 특정한 지리적 맥락"에 대한 고려가 필요하다는 제언을 바탕으로 김현을 읽을 수 있을 것이다. 백종륜, 「한국, 퀴어 문학, 역사—'한국 퀴어 문학사'를 상상하기」, 『여/성이론』 41호, 2019, 151~155쪽.

적 퀴어 운동의 기원을 만드는 이러한 전략은 조선 퀴어 종족의 (때때로 분리주의적인) 역사를 발굴하기보다는 역사의 해석 방향 자체를 퀴어링한다.9) 이는 "항문섹스도 인권이냐"(「순수문학」, 『입』)는 말 앞에서, 인간이 되기 위해 항문을 가릴까 생각하는 "인권에 대하여 항문을 고려하는 밤"을 지나게 한다. 국가가 누락해온 후장들을 문제삼는, "슬픈 조국의 후장이라는 말을 또한 해"야 한다. 항문은 퀴어만의 무덤이 아니다.10)

항문 섹스의 서정으로 짓는 방주

"땅 불 바람 물 마음의 서정 말고 항문 섹스의 서정과 동성애의 서정과 소수의 서정은 없는 걸까요? 그런 것들은 '히트다 히트' 문학적 이벤트가 될 수밖에 없을까요?"11) 이에 답하기 위해 김현은 삶의 순환에서 퀴어의 견본을 찾으려 한다. 「릉, 묘, 총」(『낮』)에서 "남자 둘"

---

9) 수전 스트라이커는 스톤월 항쟁을 백인 게이 중심으로 구성하는 역사 인식에 맞서, 스톤월 이전에 있었던 비백인 트랜스젠더 퀴어 중심의 혁명적 사건들을 발굴한다. 수전 스트라이커는 특히 1966년 샌프란시스코의 컴튼스 카페테리아 항쟁에서 주요한 역할을 했던 성 노동자 트랜스젠더 여성들에 주목하여, 역사로부터 배울 것은 '기원의 소급'이 아니라 당시 항쟁을 둘러싼 경제적, 사회적, 도시 행정적, 공간학적, 정치적 맥락들의 패턴임을 강조한다. 수잔 스트라이커, 『트랜스젠더의 역사—현대 미국 트랜스젠더 운동의 이론, 역사, 정치』, 제이·루인 옮김, 이매진, 2016.

10) 이성애 규범성은 항문 성교에서 '여성화'된 수동성을 환기하며, 수동적 섹슈얼리티를 수행하는 남성에게서 '자아의 죽음'이라는 혐오스러운 사태를 발견한다. 리오 버사니는 게이의 항문 성교에 대한 혐오는 여성적인 것으로 간주되는 섹슈얼리티에 대한 혐오임을 지적하면서도, 항문 성교를 자유와 돌봄의 실천으로 낭만화하지 말고 남성적 자아 동일시를 무너뜨리는 '해방적인' 죽음의 장소로 해석하자고 제안한다. Leo Bersani, "Is the Rectum a Grave?", Is the Rectum a Grave?: and Other Essays, University of Chicago Press, 2009.

11) 김현, 「견본 세대 2」, 『문학과사회 하이픈』 2016년 가을호, 32쪽.

은 의릉에 갔다가 "넋이 나가서" 꽃나무 한 그루를 보면서 생각한다. "나무엔 학명이 있을 테지만/서정은 그런 것으로 쓰이지 않는다/삶이라면 모를까". 특정 대상의 아름다움을 발견하고 그 아름다움에 적확한 이름을 붙이는 것보다는, 삶을 사는 것 자체로 아름다운 것이 되는 서정을 생각하는 것이다. 그래서 의릉에서 젊은 아빠가 어린 아들에게 "나무의 이름을 알려주는 풍경을/그렇게 많은 시에서 보고도/나는 쓴다". 어린 시절 자신도 아버지가 카메라를 들면 환하게 웃었던 것을 기억한다. 그런데 "나중에 보면/꼭 뒤에 묘가 하나씩 찍혀 있"다. 아버지가 아들에게 물려주는 사랑이 커갈수록, 결국 아버지의 죽음을 동반할 수밖에 없기 때문이다. 무덤을 동반하는 사랑의 숙명이 특별히 슬프거나 문제인 것은 아니다. "무덤에도 입장 시간이 있"듯이 그것은 삶 그 자체이므로 서정에 가깝기 때문이다. 다만 이미 익숙한 풍경임에도 "도무지 가질 수 없어서/아름답다 여긴다"라는 질투는 남는다. 그것은 삶과 죽음을 순환하며 이어지는 사랑의 재생산에 대한 욕망이다. 그래서 봄날의 흥을 찾는 "사진 찍는 남자 둘"은 "아들이 좋을까?/딸이 좋을까?"라는 "꿈꾸는 대화"를 나눈다. 퀴어의 가족 구성권과 재생산권을 사회운동에서 서정시의 영역으로 확장하는 김현의 연인들은 한국사회의 전형적 가족의 언어를 자신의 것으로 삼곤 한다. "여보/아버님 댁에 보일러 놓아드려야겠어요"(「손톱달」, 『호』). 기성 가족 제도에 대한 동화를 지향하는 것이 아닌, 퀴어 가족/부부의 현존하는 생활 속에서 서정을 발견하기 위함이다.

일반적으로 퀴어를 재현할 때 주로 청년기의 사랑을 다루고 그 이후의 삶을 상상하지 않는 것에 비해, 김현의 시에는 중년과 노년의 퀴어 연인들이 자주 등장한다. 이는 퀴어의 생애 '견본'으로서 삶의 한 순환 주기를 완성하는 자부심과 기쁨을 담고 있다. 「가장 큰 행복」(『호』)의 화자는 마트에서 커플 팬티와 반찬거리를 사면서 "남자들에게도/평범한 행복이란 이런 것이"라 여겼던 젊었던 시절을 회상한다. 지금은 "좋은 시절은 다 갔다고 말해도" 그때 그것이 가장 큰 행복이었다며 죽은 연인을 그리워하지만 분명 삶을 충만하게 보냈다는 자부심도 느껴진다. 「이 가을」(『입』)에서 "영광식당"의 늙은 남자들은 "늙으나 젊으나/거기에 영광이 있다는 듯이" 서로의 밥에 생선살을 발라 올려준다. "사람은 먹고/산다"는 가장 단순하고 근본적인 원리에서, 먹을 것을 나누는 소박하고 다정한 모습에서 화자는 삶의 영광을 찾아낸다. "늙은 남자가 늙어가는 남자의 굽은 등을 감쌀 때/자연의 파도란 평등하다"(「노부부」, 『입』). 퀴어 부부가 "한평생 지혜를 향해" 가는 것을 찾아낼 때, "단단하고 반짝"이는 아름다움이 보인다.

김현에게 순수문학은 퀴어의 삶의 일대기를 구술하는 장면으로부터 시작한다. "군인 둘이 휴가지에서/회 떠놓고 앉아 인생의 쌍두마차에 관하여 이야기 나누는" 장면에서 "시는 이렇게 시작된다"(「터치 마이 보디」, 『다』). 아버지가 아닌 연인이 서로의 삶의 경로를 카메라로 찍는다. 두 남자는 "내가 일병이고 형이 상병이었을 때의 흑역사를 확인"하면서 회를 먹는다. 그리고 비루한 삶을 나누면서 두 사람은 "안전하게 서로를 범"한다. "형과 내가 회를 다 먹어치울 때쯤 매운탕이 나왔다/대가리를 마주하고/우리 안의 상거지가 염불을 외웠다/나무석가모니불". 전통적으로 한국 서정시는 현재의 가난을 견디고 생애 주기를 '재생산'하는 사랑 노래에서 신성함을 발견했다. 하지만 김현은 퀴어 에로티즘을 매개로 고유한 삶을 '공유'하는 사람들에게서 신성함을 발견한다.

동성 간의 성행위(특히 항문 섹스)를 욕망의 단순한 배설과 사회적 낭비로 낙인찍는 가장 큰 명분은 무엇인가를 (재)생산하지 못한다는 것이다. 하지만 「사랑을 맛보는 혀는 어쩌나 붉은지」(『호』)에서 "아이도 없이" 사는 게이 부부는 "생명을 만들지 못하면서도 생명력을 쓴다".

> 진실로 먹고살 만하면/거리의 동물을 돌보고/남의 아이에게 덕담과 지전을 건네주고/삼촌들은 같이 살아/부부는 정기적으로 동성 캉캉(「사랑을 맛보는 혀는 어쩌나 붉은지」)

군이 제 유전자를 담은 생명을 만들지 않더라도 얼마든지 주변의 생명들과 생명력을 나누어 가질 수 있다. 그것은 주변의 생명력을 북돋는 행위다. "부부는 서로의 뱃살을 덥석 깨물어주고/등을 돌리고 기도한다". 신이 보기에도 사랑하는 행위는 어떤 것이든 아름답지 않냐고. "우리가 또한 이토록 저질이나니 이 저질 속에 복됨이 있음을 믿나이다". 부부의 음란한, 생명을 만들지 못하는 기도를 받고 "신께서 칠흑 같은 어둠 속에서" 현현한다.

「이 순정한 마음을 알 리 없으리」(『다』) 역시 비루하고 세속적인 삶의 단면들을 나누는 대화에서 순정한 서정을 찾아낸다. 먼저 죽은 '상훈이 형'을 애도하며 두 친구가 나누는 이야기 속에서 본명이 아닌 별명을 사용하는 대화, 게이 술집, 술자리 데이팅 같은 한국 게이 커뮤니티의 하위문화들이 구술사적 구체성을 띠고 드러난다. 시는 십 년 전의 낭만적이고 열정적이었던 섹스의 추억과 더불어, 자존심을 세우는 대신 성형을 하고, 명품 신발을 사며 "구차한 인생"을 넘고, "시대착오적인" 수치심으로 끝내 자살한 지인과 같은 이야기로 한국 게이의 생애사적 풍경을 조각조각 기워 만든 보자기를 펼쳐 보인다. 그런데 그 풍경에는 깊은 원한이 숨어 있다.

> 형 나는 가끔 이성애자들이 핍박받는 세상이 오길 바라/거리에서 손도 못 잡고 뽀뽀도 못하고 회사에선 전전긍긍하길/시대를 앞서가자, 우리/(……)/똥꼬충들이 설쳐대며 에이즈를 옮기려고 불나방처럼 달려든다/더러운 에이즈 캐리어/동성애는 정신병이다 정신 바짝 들도록 북한 아오지 탄광으로 보내라/시절이 그런 시절이 아니었더라면/상훈이 형

화자는 2010년대 초반 차별금지법 제정을 막기 위해 처음 등장했던 '종북 게이'라는 우스꽝스러운 조어를 연상시키는 가정문으로 상훈이 형을 부른다. 상훈이 형 역시 "그런 시절" 때문에 세상을 뜬 것일지도 모른다. 형을 잃은 슬픔 때문에 화자는 이성애 중심적 세계가 역전되는 시대를 기다린다. "똥꼬충"이라 혐오하는 이성애자 가족들의 "거리낄 것 없는 단란한 식탁 위에/똥 무더기를 쌓아올린 접시를 내가고 싶"다고. 그런데 "그러기 위해 저는 하느님을 믿고""관혼상제를 중히 여기"며 조용히 기다린다고 한다. 복수의 방법이란 별다를 것이 없다. 그러다보면 "말로에는 누구나 비참하여라/주님 메시지"가 도착하기 때문이다. "인간은 오물 주머니에 불과하니/뒤집어써라 중생이여/부처님 말씀"(「부처님 오신 날」, 『낮』).

김현은 퀴어의 세속적인 일상에서 구원의 순간을 찾아낼 뿐만 아니라, 반대로 그 일상을 향해 밀려오는 혐오 발화 속에서 신의 메시지를 발견하기도 한다. 「생선과 살구」(『호』)는 정치인에게 "저는 여성

이자 성소수자인데/제 인권을 반으로 가를 수 있습니까?"라고 물은 한 성소수자 활동가의 질문으로 시작한다. "반으로 갈라진 것을 보면" 언니는 "상하지 말고 살아"가라고 "소금을 뿌렸다". 그리고 "호시탐탐 언니와 나를 노리고 있"는 "흰 천을 뒤집어쓴 자들"에게 "총을 들고" 단호하게 외친다. "나중은 없다/지금 당장". 상처를 입더라도 스스로 상하지 않도록 빛과 소금이 되는 사람들은 "하느님의 사역에 동참하는 착한 종이 되기 위"한 삶을 살고 있다. 혐오 발화를 듣고 상처를 받은 김현의 화자들은 오히려 인간의 존재론을 생각하기 시작한다.

「항문외과 의사 이필잎을 저주합니다」(『낮』)의 화자는 항문외과에서 진찰을 받다가 "동성애 해요?"라는 질문을 받고 "동성애 안 하는 남자도 있나요?"라고 반문한다. 의연한 대처에도 불구하고 "나라는 사람"은 퀴어로서 "사계절 존재감을 염두에 두고" 있기에 "찢기는 가슴"이 된다. "그날 오물 범벅된 내 심사"를 들여다보면서 "존재의 기본"과 "인간의 오점을 헤아려"본다. 화자의 사연을 들은 친구/연인은 "개독 박멸"을 위해 "같이 저주하자"고 말하지만, 그 저주의 내용인즉슨 "부디 그들이 교만과 무지함에서 벗어나 겸손히 주님이 행하신 일을 증거하고 성령의 역사를 기대하는 존재가 되게" 해달라는 기도다. 상대를 제대로 알려 하는 대신 자신의 기준에 끼워맞추어 판정하는 것, 그런 자신의 판단에 자족하면서 기쁨을 느끼는 것이 교만함이다. 의사와 마찬가지로 그를 저주하는 대신 겸손해질 때 "나라는 존재는 어떻게 응용 발전되는가?"에 대한 답을 찾을 수 있다. 혐오에 혐오를 되돌려주는 대신 김현의 화자들은 혐오에 사랑의 기도로 답한다. "오늘 밤 우리의 사랑은/열에 아홉 손가락질당할지라도"(「생선과 살구」) 언니와 '나'는 "우리가 우리에게 잘못한 이들을 용서하듯이/우리의 잘못을 용서"해달라고 기도한다. 이는 혐오에 스스로 매몰되지 않고 사랑으로 응답하는 인간이 되려는 의지이자 자신을 사랑으로 이끄는 더 나은 존재론이다.

「개독 박멸」(『다』)도 "동성애는 자연을 파괴하는 행위"라는 혐오 발화에 맞서 "안 그런 사랑도 있나" 천연덕스럽게 되물으며 사랑에 대해서 생각한다. 사랑은 "하나를 그리고 나면 옆으로 하나씩 더 생겨나는 선한 사마리아인"같이 번지는 것이지만, "하트가 하트와 손을 잡는 해변에/꼭 한 명씩"은 "나뭇가지를 들고 다니며 남의 사랑 전선을 지우는/미련한 사람"이 있다. 자신만이 사랑을 안다고 생각하는 그런 교만한 사람에겐, 지난 연인이 헤어지며 '나'에게 했던 말처럼 이렇게 말해줄밖에. "'이 개새끼야'/'너는 너만 불쌍하지?'" 사랑을 모르는 사람이야말로 미련하고 불쌍한 사람이라는 진실을 알게 되면 사랑을 위한 기도는 더 세속적이고 비루한 곳에서 더욱더 강렬해질 수 있다. "♡에 혀를 넣었다 뺐다 하다가/손가락을 깊숙이 넣어/살살/주여 기도를 들어주소서/사랑과 은혜와 성령이 이곳에". 그러니 "형들의 사랑을 사랑이 아니라고 말하지 말아요"(「형들의 사랑」, 『호』). 똥구멍으로 하는 사랑은 욕망에 사로잡힌 가장 세속적이고 비생산적인 낭비처럼 보이지만, 실은 신의 구원에 순서Ordo Salutis, order of salvation와 위계를 두는 서정序定 신학에서 가장 멀리 있다. 그러므로 어떤 사랑도 지우지 않는 서정抒情 신학을 열 수 있다.

미래를 재생산하지 않기에 퀴어한 (것으로 간주되는) 항문의 서정은, 그렇기에 역설적으로 창세기가 된다. 「삼나무 숲에 석 삼 너구리」(『다』)는 동굴에서 다시 태어나는 토템 신화나 대지를 만드는 거인 설화를 빌려 게이 연인의 창세기를 쓴다. 태초에 '삼우'와 '두식이'는 큰 똥과 작은 똥을 누며 대지 위에 나타나 사냥을 시작하고 토기를 빚어 "신석기를 열었다". 그러나 정작 문명이 시작되자 두 사람은 자신들이 "껍데기"로 취급받기에 "용서받지 못함을 알"게 된다. 두 남자는 빛을 피해 바위굴로 숨어든다. 어느 날 굴에서 나온 두 사람은 자신들이 누었던 "인류애가 풍기는 똥" 위에서 "농사 짓고 양 치고/철도를 깔고 교회를 세우"는 후손들을 본다. 그때 두 남자 앞에 수난받는 예수의 형상이 나타난다. 인간들이 "인류의 대못"으로 "나무에 걸린 사람의 두 손바닥을 관통"하게 하지만, 그 "뜻하지 않은 변고에도 그는 태연히 변을 보았다". 그리고 그는 자신과 두 남자의 똥에 축복을 내린다. "빛나라!" 삼우와 두식이의 똥은 가장 천대받는 존재가 아니라 만나처럼 모두에게 축복을 전하는 "맛있는 것"이 된다. 둘은 그것에 "껍데기"를 씌워 마을 사람들과 나눈다. 그 나눔에 "삼라만상"이 들어 있음을 본 사람들은 그제야 "우리는 똥주머니"인 것을 알고 "두 손을 가지런히 모으고/인류는 인류사를 시작했다". 신의 이름으로 어떤 존재들을 숨게 만드는 사람들이 아니라, 숨어든 자를 위해 신이 나타난다. 이 축복을 축적하거나 독점하지 않는 진정한 사랑을 모두와 나누면서 새로운 시대를 시작하는 것이다. "구린내야말로 우리네 아름다운 속성"이므로, 세계의 기원에 퀴어의 존재와 항문의 사랑이 있었다.

「형들의 나라」(『다』)는 퀴어 신학을 구체적인 사건 속에서 재해석해 동성애자 군인 색출 사건이나 일상 속 혐오 폭력 같은 한국사회의 원죄를 살핀 뒤에 이를 집약하는 혐오 세력의 기도를 들려준다. 2018년 제1회 인천퀴어문화축제를 방해하며 "소돔과 고모라 같은 재앙이 저들에게 일어나게" 해달라거나 "부모님이 널 낳은 걸 후회"한다거나 하는 저주들이다. 국가와 가족으로부터 추방하면서도 "사랑하니까 반대"한다라는 혐오다. 이 말들에 둘러싸인 형들은 먹은 음식을 토하고 "일요일에는 교회에 가지 못"한다. 하지만 저들의 저주 어린 기도와는 반대로 형들은 진정한 사랑을 나눌 기도의 방법을 찾아낸다. 새로운 세계를 창조하는 육 일의 시간이 지난 뒤 "토요일에는 차별금지법 제정을 위한 대행진에 참여"하고 서로의 "어머님이 좋아하시는 밤양갱을 보"낸다. 더는 숨지 않고 "새롭게 태어"난 "형들의 사랑"은 새로운 시대를 여는 신화가 된다. "만물의 축원 속에서/두 사람은 신방에 들어가 표주박 술을 주고받"으며 "첫날밤"을 명명한다. 그로써 모든 "이름에 담긴 의미를 알게 되고/혼령이 깃든 것들을 귀히 여기"는 사람들의 시대가 열린다.

그런 새로운 시대의 창조를 예비하기 위해 김현의 자식들은 추상같이 묻곤 한다. "엄마 보고 있지요/(……)/거짓의 대가는 얼마나 혹독한가/엄마/엄마도 죄인처럼 사셨나요?"(「사망 추정」, 『다』) 화자는 가족 내 성폭력이 알려지자 도리어 "더러운 년을 딸로 둔 게 죽어서도 한"이라고 했던 부모를 기억한다. 부모들은 누군가를 침묵시킴으로써 가족과 국가의 아름다움을 완성했다. "서해훼리호 침몰과 삼풍백화점 붕괴와 대구 지하철 화재를 경험하며/역사적인 깨달음을 얻었습니다". 공동체의 획일적인 성장에 대한 열망, 빠른 축적을 위한 재생산에 대한 명령. 그런 선대의 신앙이 거짓이라는 점을 간파한 아이들은 그래서 "우리 거짓의 결과물이" 남아 있다면 다음 세대를 이어갈 "사평이가 어른 되는 세상은 아름다울까요"라고 묻는다. "부모는 자식의 걸림돌이라는 사실을" 알고 어른들의 믿음을 따르지 않는 다음 세대의 아이들이 조선의 시간을 회복할 것이다. "저 아이도 커갈수록/부모 알기를 개똥으로 알겠죠/참 다행이에요".

「일요일 아침 태현이는」(『입』)에서 '태현이'는 신과 맞서는 존재다. "아이는 신에게 도전하지 않는다/신을 모를 뿐"이다. "그리하여 아이들은 언제나 신의 가장 강력한 적"이다. 신에게 관심이 없으므로 시간의 폭풍을 알지 못하고, 그러므로 두려울 것이 없다. 일요일 아침에 태현이는 교회에 가지 않는다. 내키는 그림을 그리고 블록 놀이를 하면서 새로운 지형을 만드는 "전지전능"한 존재다. 그렇지만 "아이는 새로운 세계를 저장하지 않는다". 아이들은 미래를 위해서 세계를 멈추거나 축적하지 않는다. 그저 언제나 지금 보이는 자신의 주변에 원하는 "새로운 세계를/한다". 자유로운 아이들은 "에너지가 꽉 차 있다". 일요일 아침에 아이들은 "짜장면과 탕수육을 먼저 먹는" 반면, 어른들은 언제나 나중의 정리를 위해 "신문을 깐다". 아이들은 시간을 축적하는 어른들의 신앙에 결단코 관심이 없다. 그저 지금 당장 새로운 세계를 '할' 뿐이다.

"아이를 곁에 두는 일에 관하여//나는/일찍이 알지 못한다"(「미래가 온다」, 『입』). 가족과 국가의 재생산을 위한 정상 규범에서 배제된다고 해도 "동성애자는 그런 걸로 슬퍼지지 않"는다. 그렇지만 "신흥시장을 지날 때", 서로에게 통닭을 발라주지 못하는 사람이 떠올라 "어떤 생은 슬퍼지는가" 묻게 된다.

> 우는 것과 울음을 멈추게 하는 것으로/동성애자는 슬퍼질 수 있다//점점 더 개구쟁이가 되어가는 은재야/우리에게도 사랑과 축복이 있으니까//(……)//잘 자라주렴/너만은 아니지만 너로도 미래가 온다다(「미래가 온다」)

'은재'는 빛나는 미래를 상징하지도, 공동체를 재생산할 의무를 지지도 않는다. 그저 잘 자라면 된다. 은재가 슬픔을 알고 울음을 멈출 줄 아는 사람이 된다면, 기다리지 않고 다른 세계를 '할' 것이기 때문이다. "삼촌이 아가이고 수아도 아가일 때 삼촌이 눈 코 입이 없어서 수아는 슬펐어 울었어 삼촌도 슬펐어 울었어 그랬더니 눈 코 입이 생겼어/끝"(「고스트 스토리」, 『낮』). 삼촌이 '인간'이 아닌 '고스트'였을 때 '수아'는 슬퍼서 삼촌과 같이 울었다. 그 울음은 나중의 언젠가를 예비하는 것이 아니라 지금 당장의 고통을 향한다. 그 울음이 다시 만든 세계에서 삼촌은 다시 살기 시작했다. 그뿐이다. 그것이 새로운 세계를 여는 전부다. 끝.

(2022)

우리의 공포는 무력하고 우리의 일상은 강인해서

우리가 사회적 몸을 무엇으로 여기기로 선택하든,
우리는 늘 서로의 환경이다.[1]

공포가 모든 삶을 지배하는 포스트 아포칼립스 상황을 목도하며 지난 계절을 보냈다. 뜻밖에 공공 보건의 최전선으로 떠밀린 한국사회는 위기 상황에서 민주주의가 얼마나 중요하고 효과적인지와, 투명한 정보공개가 사회적 신뢰의 중핵이라는 명제를 재확인하고 있다. 그런데 한국 민주주의가 국제사회에서 주목받으며 높아진 자신의 위상에 감탄하는 사이에, 지금의 재난이 실은 일상적인 재난을 가시화하는 균열이라는 점은 간과되는 것이 아닐까. 다행히 한국사회는 의료의 공공성을 (상대적으로) 유지한 덕분에 '누가 더 죽는가'라는 질문은 어느 정도 피해 갈 수 있었지만, 대신 '누가 더 혐오받는가'

---

1) 율라 비스, 『면역에 관하여』, 김명남 옮김, 열린책들, 2016, 248쪽.

라는 질문을 노골적으로 맞닥뜨리게 되었다.

전염병으로 인한 재난은 타인에 대한 공포를 직접적으로 환기했고, 공포는 우리 사회 안에서 가장 타자라고 생각되는 존재들을 연속해서 지목했다. 안전을 위협한다고 여겨지는 이름들을 색출하는 공분의 목소리가 사회의 공적인 매체를 통해 유포된 것이다. 그리고 이는 재난의 피해자들을 특정한 방식으로 배열하고 서사화했다. 각각의 피해자들을 '종족적 특성'으로 환원하는 것이다. 처음에는 '한국'이 아닌 특정 국적에 낙인을 찍고, 그다음에는 '수도권'이 아닌 특정 지역에, 그리고 '정상 시민'이 아닌 특정 섹슈얼리티와 이주노동자에 낙인을 찍는 것으로 이어졌다. 안전에 대한 열망은 위기로 인해 피해를 겪는 사람들을 도리어 그 원인으로 전환시켜 사태를 해소하려 했다. 문제의 '원인'으로 어떤 사람들이 지목되는지 그 편향을 보며, 통계적으로 손을 잘 씻지 않는 한국 남성에 대한 혐오나 확진자의 절대다수를 차지하는 (것으로 패싱되는) 이성애자에 대한 고발은 별달리 제기되지 않았다는 것을 새삼스럽게 생각하게 됐다. 같은 기간 '룸살롱'으로 인한 감염과 'N번방'의 끔찍한 충격에도 불구하고 한국 남성(이라는 인구집단)은 왜 혐오의 잠재적 후보조차 되지 않았을까. 이 공백이 재난 이전부터 일상의 질서를 정초하는 원리였다. 바이러스가 우리 모두에게 평등하게 다가오더라도, 그로 인한 고통은 이미 각인된 회로에 따라 다르게 분배되었다.

이는 불과 몇 년 전 메르스 사태 때 '메르스 갤러리'에서 벌어졌던 여성혐오의 메커니즘을 연상시킨다. 질병과 재난의 시국에 왜 이기적으로 '명품 쇼핑'을 하러 해외에 나가느냐는 비판이 특정한 집단을 향해 (사실과 무관하고 방역학적으로도 부당하게, 그리고 계급적 열패감을 동반하여) 유독 날카롭고 빈번하게 제기됐었다. 이렇듯 '비정상'적이어서 '이기적'인 특정 집단의 욕망을 문제삼아 지금의 위기를 설명하는 패턴은 지금 다시 반복되고 있다. 누군가의 욕망과 존재를 질병의 원인으로 만듦으로써 유지되는 혐오 경제는 집단 사이의 사회적 자원과 감정적 자원을 위계화하고 그것들을 착취한다. 혐오는 무형의 감정이 아니라 살아 있는 인간들의 삶을 구체적으로 제약하는 권력이다. 물론 우리는 기억한다. 그 어두운 혐오의 국면에서 도리어 뜨거운 페미니즘이 불붙기 시작했고, 그것이 페미니즘 리부트 이후의 지금을 정초하며 더 멀리 나아가고 또 분화하고 있음을.

한편 혐오와 단죄의 서사 반대편에 용서와 대속代贖의 서사도 있다. 가장 먼저 피해를 입은 취약한 자들에 대한 처방전이 제시되었는데, 특히 여성과 청년들이라는 특정한 인구 집단이 '사이비 종교'에 빠지도록 방치한 한국사회에 대한 반성적이고도 성찰적인 (인)문학이 자주 보였다. 하지만 이러한 용서와 대속의 서사 역시 특정한 서사화 욕망을 보여준다. 용서와 대속의 서사는 대개 여성과 청년들이 취약해진 이유가 그들이 이미 취약한 집단의 일원이기 때문이라는 순환 논리를 반복하는데, 이는 한국사회의 병리적 구조를 도출하기 위해 여성과 청년들을 무기력과 결핍에 휩싸인 사회적 질병의 증상으로 간주하는 것이다. 혐오와 단죄의 서사가 어떤 인구집단을 배제하는 것처럼, 용서와 대속의 서사 역시 어떤 인구 집단을 이미 취약한 인간으로 확정하는 경향을 보인다.

여성과 청년들이 우리 시대/구조의 피해자들이라는 분석을 부정하긴 어렵지만, 그러한 분석은 모든 일상으로부터, 이미 도래해 있던 심판의 징후만을 찾아내는 선지자의 형상을 떠올리게 한다. 이미 예정되어 있던 종말을 지상의 모든 움직임에서 읽어내는 구도 속에서, 여성과 청년들은 언제나 증상을 앓는 무기력한 객체가 된다. 그렇게 예비된 증상을 확인하는 분석은 자신의 공포만을 다시 읽어낼 뿐, 매일의 일상을 살아가는 삶의 수행들에 대해서는 의외로 관심이 없는 것이 아닐까. 지금 여성과 청년들이 어떤 감정과 친밀감의 관계를 갖고 어떻게 움직이는지에 대해 관심을 갖기보다는 어떻게든 연민과 동정의 대상으로 그들을 바라보고자 하는 이 서사화 욕망은 무엇을 의미하는가. 그 욕망은 언제나 모든 사태에서 신 혹은 구조의 현현이라는 최종 답안을 읽어낸다. 가장 어두운 종말에서 모든 사태를 반전시킬 수 있는 본래적 원리로서의 자신을 찾아내려는 (인)문학적 열망이, 지금의 주체들을 증상으로 간주하고 있는 것이 아닐까. 혹시 그런 시대적 증상은 (인)문학자들의 마음에서 먼저 비롯되는 것이 아닐까. 대속하는 (인)문학이 자신의 예지豫知에 감탄할 때, 여성과 청년들은 그저 매일을 조금씩 다르게 살아간다. 기성의 담론이 주어진 세계를 해석하기만 할 때, 지금의 여성과 청년들은 자신의 일상을 스스로 변화시키려고 움직이고 있다. 그 매일의 움직임으로부터 나는 좀더 많은 것을 배운다.

*

단죄와 대속의 서사 모두 이 환원의 서사를 공유한다는 점은 범상치 않다. 왜 이토록 피해자에게서 서사를 발견하거나 그들에게 서사를 부여하려고 하는가. 질병이라는 보편적 재난/사건에 대해서 재현하고 말하는 일은 왜 자꾸 질병의 피해자로부터 어떤 원형적 속성을 추출하려고 하는가. 피해자 개인을 순식간에 본질적인 집단에 소속된 존재로 환원하는 서사들. 국적이나 젠더, 섹슈얼리티와 같은 사회문화적 특성을 생득적인 특성으로 바꾸는 것이 혐오의 중요한 기제라는 점을 새삼스럽게 상기할 필요가 있다. 이는 재난과 위기 이전에는 이 사회가 안전하고 안온했다는 미망을 전제로 한다. 낙인을 통해 질병을 타자의 원래적인 속성으로 환원하여 그것을 사회에서 분리함으로써 안전을 회복하려는 열망은, 우리의 신체가 독존적인 것이 아님을 적극적으로 망각하려 한다. 피해자 여성과 청년들을 서둘러 진단해 그들의 취약함을 신속히 대속하는 (인)문학 담론 역시 '독존적인 주체'의 회복을 강조함으로써 정상화 규범에 기여하고 있는 것은 아닐까. 두 서사는 공히 타인의 몸과 완전히 독립된 면역계를 가지고 스스로 자신의 몸을 통제하는 주체라는 형상에 기대고 있는 것이다. 내 몸의 경계 안에는 오롯이 '나'만이 존재한다는 주체의 형상에 대한 허구적 믿음으로부터, 그런 비장애 정상 규범성에 의거하여 자립하는 건강한 신체를 가진 정상 시민이 탄생한다. 온전히 제 몫을 해내는 정상 시민은 경계를 초과하여 자신에게 밀려오거나 제 경계를 지켜내지 못하고 미달되는 몸들을 견딜 수 없다. 정상 시민들에게는 신체적/사회적 면역계를 해치는 불순한 자들이야말로 제 몫을 침해하는 공포로 체감되기 때문이다. 재난은 그들을 마주하게 만들기 때문에 재난으로 등록된다.

하지만 우리는 다른 사람과 매일 체온과 떨림을 나누고 서로의 몸속에 있는 공기와 체액을 교환하면서 살아간다. 다른 사람의 몸과 접촉하는 것이 우리 몸의 필연적인 조건이다. 다만 우리의 공포는 보고 싶지 않은 신체들을, 그러니까 뒤틀리고 왜곡된 신체와 동물적인 욕망에 사로잡힌 신체들을 성공적으로 숨기고 그것을 일상이라 명명해왔을 뿐이다. 그러나 코로나19는 실은 우리가 이토록 연결된 존재라는 것을 강력하게 현시했다. 지금의 가장 큰 공포가 서로의 거리라는 점이야말로, 재난에 가장 취약한 공간이 사회경제적 게토라는 점이야말로 역으로 그런 우리의 조건을 반증한다. 그러니 지금 우리가 새삼스레 배우게 된 것은 우리의 몸이 언제나 연결되어 있어서 서로의 삶에 영향을 주고받는다는 점이다. 누군가의 일상이 공포와 두려움이 되도록 내버려두면 그것은 이내 모두의 일상으로 되돌아온다는 그 평범한 진리를 우리는 새삼 깨닫게 되었다. 이제 우리에게 필요한 것은 더 많은 민주주의와 차별금지법이다. 특정 정체성과 어떤 몸에서 재난의 책임을 찾는 환원적 논리에 갇히지 않고 일상의 관계망을 재조직할 수 있도록. 누구도 질병으로 인해 일자리를 잃을까 두려워하지 않고, 혐오와 공포 대신 사회적 지원과 감정적 연결을 먼저 떠올릴 수 있도록. 아프지 않은 몸으로 조직된 사회가 아니라 누구나 아플 수 있는 사회가 될 수 있도록. 타인에게 피해를 주지 않는 시민의 덕목보다는 서로에 대한 돌봄과 의존을 주체의 원리로 삼는 사회가 될 수 있도록. 차별과 분리와 비가시화가 절대로 코로나19 이후 우리의 일상이 될 수 없도록.

*

지난 5월 14일 독일 공영방송 도이체벨레와의 인터뷰에서 사회자가 당시 코로나19 재확산으로 인해 성소수자 혐오가 커지던 한국의 상황에 대해 묻자 강경화 외교부장관은 이렇게 대답했다. "편견과 차별은 민주주의의 근간인 인권을 매우 중시하는 우리나라에서는 용납될 수 없"지만 "성소수자와 다양한 젠더 정체성을 가진 이들의 권리에 대해 아직 사회적 합의가 없다"라는 점은 인정한다고.[2] 변화를 재촉하면 더 '해로운 백래시'를 초래할 수도 있다는 무서운 (자기실현적) 예언을 덧붙여서. 물론 이 대답이 사생활을 용인하지 않는 '아시아적 후진성'을 은근히 비난하는 서구 언론의 오만한 태도에 대한 대응이라는 점을 감안해야 하지만, 동시에 한국사회에서 퀴어(의 시민권)의 정치적 위상을 보여주는 상징적인 대답이라는 점은 틀림없다. 이는 민주주의의 근간인 사회적 합의에 대한 새삼스러운 강조 같지만, 실은 어떤 인간의 권리와 생존이 '정치'의 몫이 아니라는 공식적 선언이다. 퀴어(의 시민권)에 대한 사회적 합의를 도출하는 것은 자신의 책임이 아니며, 사회적 합의가 도래할 때까지는 현행 정상 규범을 유지하는 '치안'을 맡겠다는 것이다. 그저 죽이지 않고 살게 내버려두는 묵인만이 민주주의의 최선인 것일까. 이것은 퀴어의 일상은 언제 정치적 의제가 될 수 있느냐는 물음에 '나중에'라고 답한 문재인 대통령의 응답과 궤를 같이한다. 지난 총선 전후 '진보' 진영은 드디어 수적 우위를 점했다는 자신감을 바탕으로 촛불 혁명의 대의를 자임하면서, 자신의 역사적 책무를 대의제 권력구조의 제도적 '확충'에서 찾고 있다. 아마 어렵지 않게 달성될 것이다. 이제 민주화/586세대를 중심으로 한 정치적 담론과 구조가 한국사회에서 장기 지속되는 것일까. '국민'을 살리는 생명 통치와 나중에 도래할 사회적 합의가 결합하여 포스트 코로나 시대가 열릴까.

그러나 사회적 합의가 언젠가 도래하길 기다리지 않고, '무서운 백래시'가 온다는 위협을 두려워하지 않고 자신의 일상을 갱신하고자

---

2) 외교부 유튜브 채널, 2020. 5. 14. https://youtu.be/mB9HK4-g27Q

하는 움직임들이 있다. 그 움직임들은 거시적인 제도가 '나중에' 해도 된다며 미뤄둔 일을 지금 하고 있다. 사법당국이 오래 외면해온 온라인 성착취를 탐사하고 폭로한 여성 청년들과, 코로나19를 방역한다는 명분 아래 그저 성소수자 혐오를 유포할 뿐인 기성 언론에 맞서 공동체를 지켜내는 퀴어 활동가들은 우리의 일상이야말로 가장 중요한 정치적 현장임을 증명하고 있다. 나는 바로 그 현장들에 발 딛고 서서 읽고 쓰고자 한다. 언젠가 도래할 그 무엇이 아니라 지금 움직이는 삶에 대하여. 나중으로 미룰 수 없는 우리의 일상에 대하여.

*

어깨의 통증을 오래 참다가 결국 지난봄부터 병원에서 치료를 받기 시작했다. 의사는 엑스레이 사진을 보여주며 거북목 상태가 심각하다고 했다. 직업병이라 어쩔 수 없는 것 같다는 나의 멋쩍은 대답에 의사는 그건 변명에 불과하다고, 단단한 뼈일지라도 근육의 움직임에 따라 달라질 수 있으니 매일 자세를 바르게 하고 글을 쓰라고 충고했다. 매일의 작은 행동이 내 몸속 단단한 뼈를 다르게 만들었다는 평범한 진리는 차분하고 정직해서 변명의 여지가 없었다. 새삼 가슴을 펴고 고개를 들어 정면을 응시하며 이 글을 썼다. 우리의 공포에 대해서가 아니라 우리의 매일에 대해서 썼다. 우리의 일상이 곧 서로의 환경이기 때문이다. 그것에 대해서도 다른 변명의 여지가 없다.

(2020)

비로소 세이렌이 '나'를 위해 노래할 때[1]

세이렌의 계보를 인유하면서 시작하지만, 이 소설은 미지의 세계를 모험하며 귀향하기 위해 애쓰는 남성 독자를 유혹하지 않는다. 오디세우스에서 「무진기행」에 이르기까지, 남성 주인공이나 남성 화자를 유혹하여 그를 윤리적 시험대에 세우던 세이렌 서사는 이제 없다. 대신 "코노에 혼자 남아 소영의 긴 머리카락에서 나던 잔향이 옅어져가는 것을 맡으며 방안을 노래로 가득 채우"면서 자신의 목소리에 취하는 세이렌이 있을 따름이다. '나'는 긴머부(긴 머리카락의 부치)인 '소영'에게 매혹당하면서 그녀를 유혹하려던 노래에 스스로 취해버린다. 끊임없이 실패하면서도, 여자를 유혹하는 노래에 자신을 내던지기로 함으로써 '나'는 스스로 세이렌이 된다. 오직 자신을 위해 (아주 가끔만 여자친구를 위해) 노래하는 레즈비언 세이렌에게, 노래는 극복해야 할 유혹-장애물이 아니다. 세계를 유혹하려는 자신의 욕망

---

1) 이 글은 곧 제출될 '미래의 책'을 가정한 비평문이다.

을 더 정확하고 깊게 응시하는 방법이다. 세계의 파국적인 비밀을 내재한 탐구 대상이던 세이렌은 이제 스스로 세계의 비밀을 탐구하러 나선다. '나'는 자신이 너무 잘 아는 도시에 정주하면서도 "집에 있다는 사실을 잊어버리기 위해" 숱한 여성들을 만나 그들의 몸을 탐색한다. 여자들을 만나고 유혹함으로써 세계의 빈칸을 채울 실마리를 얻어내는 레즈비언 탐정이다. '나'는 노골적으로 사건 의뢰자들을 향한 구애와 성적 매혹의 분위기를 풍기면서도 냉혹하고 무표정한 대도시의 개별적 존재로서 살아가고 있다.

그간 주로 레즈비언 커플의 사회적 존재론이나 공동체에서의 배제를 서사화하거나, 모호하고 시적인 감각 이미지로 레즈비언의 신체와 섹스에 대해서는 온건하게 침묵해온 것에 비하면 '나'의 성적 탐닉은 노골적이기 짝이 없다. 지극히 육체적이고 속물적으로 여성들을 평가하고 성적으로 대상화하는 '나'의 시선은 레즈비언의 욕망을 무화시켜온 맥락에 대한 반격처럼 보이기도 한다. 종종 레즈비언은 척박한 현실을 강조하는 사건 혹은 가부장제와 자본주의의 결탁 밖의 다른 미래의 가능성으로 그려지기도 했다. 그럴 때 레즈비언 고유의 성적 욕망과 시선은 좀처럼 재현되지 않고, 이성애적 성적 대상화와 본질적으로 무관하고 안전한 중립지대처럼 묘사된 것도 사실이다. 예외적으로 다정한 여성들이 우연히 서로를 만난 이후부터 묘사되던 서사와 달리, '나'는 서울에 존재하는 구체적인 레즈비언 커뮤니티의 시공간 속에 서 있다. 그 위에 서서 소설은 농밀하고 노골적으로 교환되는 레즈비언의 정욕과 서사적 언어를 계발하는 것이다. 물론 이러한 독해 역시 '나'의 욕망을 손쉽게 여성 해방과 레즈비언의 승리라는 성취로 간주하는 단선적인 비평적 의도에 도달하기 쉽다.

그러므로 '나'의 음성에 내재된 불안과 혼란을 읽어내는 독해를 통해, 역사의 진보로 단정하지 않도록 내적 복잡성을 추적해야 한다. 소영의 흔적을 찾는 '나'의 추리처럼 '나'의 노래에서 변주되는 떨림을 추리하면서.

'나'는 "연애소설의 주인공이 되기는 죽기보다 싫"어하는데, 사랑은 '나'의 정확한 "판단력을 방해하는 인간적 오류를 불러"일으키기 때문이다. 냉철한 탐정이 되려는 직업적 소명의식처럼 서술되지만, 실은 '사랑'과 '연애'라고 발화하는 순간 생겨나는 관계의 패턴에 자신의 욕망을 국한시키지 않으려는 의지에 가깝다. 이는 지금 사랑에 대한 믿음의 언어가 이성애적 관계성에게 과점당한 퀴어의 조건에서 오는 것처럼 읽히기도 하지만, 도리어 믿음의 언어를 비단 독점적 관계로 제한하지 않을 수 있다는 (불명확한) '나'의 낙관에서 오는 것이기도 하다.

세이렌답게 '나'는 술에 취한 채 주변의 여자들을 끊임없이 유혹하지만 '나'는 관계에 몰입하지 않는다. 이럴 때의 '나'는 '여성 누아르'의 '나쁜 레즈비언'처럼 보인다. 자신의 욕망과 그 대상인 소영에 대해서 알려고 하는 '나'의 탐색은 이기적인 나르시시즘은 아니다. 자신의 욕망을 탐구하는 이 세이렌을 만난 이후, '지수'와 '민영' 같은 다른 여성 인물들 역시 자신의 욕망을 찾기 때문이다. 자신의 성적 욕망을 독자에게 털어놓길 전혀 거리끼지 않는 이 악당의 자기 진술은, 끝내 여성 독자들로 하여금 자신의 몸에 대한 욕망을 불러일으키게 하여 그것과 대면하게 만들기도 한다.

유혹하는 세이렌이라는 전통적 모티프에 익숙한 나머지 어떤 독해들은 이 소설을 실패한 유혹을 계기로 성적 타락으로부터 빠져나오는 서사로 읽기도 했다. 그러나 그런 독해야말로 실패한 유혹에 빠진 것이다. 이 레즈비언 세이렌에게 유혹은 타인을 시험하기 위한 것이 아니라, 우선 세이렌 자신의 욕망을 만드는 것이기 때문이다. 그러니 단순히 기존의 모티프를 유지한 상태로 성역할을 반전했다는 평가는 다소 단선적이다. 특히 노래하고 말하는 역할의 젠더를 반전하는 일은 기존 서사성에 편입되는 것일 수 없다. 이 반전만으로도 서사의 욕망 경제 자체가 다르게 구성되기 때문이다. 그간 새로 발견한 미지의 대상(여성)을 알려는 노력에 실패하는 서사, 그럼에도 기죽지 않고 한 발자국 더 나아가는 남성(적) 서사에서, 사랑/관계는 자기 자신의 성숙을 무한히 증식하기 위한 도구였다. 죽거나 사라진 여성들을 통해 세계의 불가해성을 경탄하고 경외하는 숭고 미학. 이는 자신의 욕망 자체는 그대로 두고, 세계에 대한 패배를 인정할 줄 아는 진정한 윤리를 응시하는 서사성이었던 것이다.

그러나 '나'-세이렌에게 미지의 대상/인물은 성숙을 위한 담보물이 아니라, 세계와 자신이 관계 맺는 방식 자체를 조금쯤 갱신하기 위한 계기를 만들어준다. 그것은 세이렌 자신의 욕망이 그 대상/인물에게 어떤 영향을 미쳤는지가 점차 서사의 중핵으로 떠오르는 후반부에서 명확해진다. "내가 불렀던 노래들이 소영에게 어떻게 들렸을까"를 궁금해하는 '나'에게 소영은 노트를 남긴다. 특히 팬픽 "소설을 쓰면서 팬픽 이반이 되는 것을 두려워하지 않을 수 있었"다는 청소년기에 대해 쓴 소영의 노트는, 이성애 여성의 욕망과 자신을 대조하면서 레즈비언적 욕망의 언어가 파생되고 벼려지는 역사를 보여준다. 자신의 성장 과정에 긴요했던 팬픽물과 백합물 등의 대중문화적 요소들에 주목하는 최근 일인칭 여성 서사의 경향을 상기시키면서도, 청소년 레즈비언의 목소리를 회고하는 공간을 창출한다. 그 회고를 읽는 '나'의 추적은 중요하다. 그 성장의 계보를 자신의 경험과 대조해가면서 복합적인 퀴어 일대기를 제시하는 역할도 있지만, 추리소설 고유의 문법과 쾌감을 퀴어성의 새로운 서사 원리로 묶어냈기 때문이다. 소영의 목소리로 남긴 비밀의 단서들이 '나'가 소영에게 비춘 욕망을 소영의 입장에서 다시 반사시켜주면, 이 레즈비언 탐정은 그 실마리를 따라 소영을 다시 찾아낸다.

소영의 실종과 그에 따른 소문의 전파 과정은 레즈비언의 존재를 위협하는 사회적 불안과 혐오 폭력의 공포를 상기시킨다. 이는 일정 부분 2010년대 중후반부터 특히 주목받은 여성 스릴러에 대한 문학사적 응답이기도 하다. 여성 스릴러는 여성의 시선으로 기존의 세계를 탐색하자마자 드러난 균열과 불화를 인식하는 공포의 정동을 그려왔다. 여성의 일상 속에서 느끼는 불안과 긴장을 통해, 스릴러는 결혼이나 모성으로 완성되는 이성애 생애 주기에 따른 서사(성)가 더이상 세계와의 갈등을 봉합할 수 없다는 점을 드러냈다. 젠더적 불평등과 이성애 중심적 언어체계에 대한 여성 스릴러의 인식이 한국문학장의 공통감각으로 등록된 전후의 맥락을 고려해본다면 이 여성 탐정 소설은 의미심장한 시점에 등장했다. 스릴러가 드러낸 불확실한 세계의 공포와 모순, 그로 인한 여성의 존재론적 불화라는 문제에 응대하는 장르인 셈이다.[2] 여성 탐정은 그러한 세계에 불복하고 대응

---

2) 물론 이러한 적극적인 대응을 선취해 (여전히) 보여준 장르로 SF도 있다. 우주를 가로질러 사랑의 다른 방법을 배워오고, 뱀파이어가 되어 남성들에게 복수하고, 젠더를 유동하는 약물/기술을 통해 질서를 재구성하는 방법을 모색해온 것이다. 그런 점에서 여성 SF는 세계를 구성하는 만유인력 자체를 바꿔내면서 대안적 세계 구성 원리를 상상케 하는 일로 특히 주목을 받았다.

하는 대표적인 인물형이다. 탐정 세이렌은 자신의 의지와 능력을 통해 주변의 공간에 일관성과 질서를 다시 부여하는 일을 하는 것이다. 불가해하던 세계의 폭력을 탐색하면서 '나'는 젠더적 폭력이라는 배후의 작동 원리를 다층적으로 드러낸다. 그럴 때마다 소영이 '나'에게 조금씩 다가온다. 소영은 폭력의 피해자라는 추상적 원리로 상징화되길 거부하고 현실의 인간으로 돌아온다.

'나'는 "의뢰인들이 돌아간 후에야 무엇인가 미적지근하게 남은 마음"을 느끼곤 한다. 이성애자 여성인 고객들의 사건을 해결하고도 남은 씁쓸한 현실의 결락까지 홀로 들여다보는 것이다. 고객들이 자신의 사건과 '나'의 소영에 대한 추적을 견줄 때마다 미묘한 긴장감이 고조되는 것이다. 이것은 '여성-퀴어'라는 단어에 아직 남아 있는 어떤 긴장감을 이내 해소하지 않고 독자의 몫으로 남기는 것이다. 물론 이는 지금 독자들이 이 문제를 함께 고민해줄 것이라는 믿음에서 기인한 요청처럼 보인다. 그 긴장감으로부터 레즈비언 탐정의 다음 사건이 시작될 것이다.

(2019)

1부 페미니즘 독자와 퀴어 비평이 지금

2018, 퀴어전사—前史·戰史·戰士『문학동네』 2019년 가을호

소설의 젠더와 그 비평 도구들이 지금『문학과사회 하이픈』 2019년 가을호

비평의 젠더와 그 사적 패턴들이 지금『문학동네』 2020년 여름호

「2020, 퀴어 역학—曆學·力學·譯學」을 위한 설계 노트 1 『문학동네』 2020년 겨울호

구조가 우리를 망쳐놨지만, 그래도 상관없다『문학에스프리』 2020년 겨울호

2부 퀴어 서사의 미학과 테크놀로지

'퀴어 신파'는 왜 안 돼?—퀴어 서사 미학을 위하여『크릿터』 2호, 2020

퀴어 테크놀로지(들)로서의 소설—김봉곤식 쓰기/되기 문장 웹진 2018년 12월호

한국 퀴어 소설에 나타난 자기 반영적 서술 전략『요즘비평들』 1호(자음과모음, 2021)

정확하게 실패하는 패리스와 비아그라, 아무것도 아닌 농담의 온도—박상영론『학산문학』 2018년 겨울호

역사를 읽는 인물을 읽는 소설—한정현의『줄리아나 도쿄』『학산문학』 2019년 가을호

연습하는 몸—돌기민의『보행 연습』돌기민 장편소설『보행 연습』(은행나무, 2022)

3부 혐오의 공간학과 사랑의 정치학

우리는 어디서든 길을 열지. 집게 손의 나라에서도 『문학동네』 2021년 가을호

지금, 인간에 대해 말할 때 일어나는 일—혐오의 정치적 자원(화)에 대하여 『문학동네』 2019년 가을호

가족, 사적 돌봄, 국가의 공모 그 이후 『실천문학』 2019년 봄호

혐오 경제의 가계도와 재개발의 감정학—김혜진의 『불과 나의 자서전』 김혜진 중편소설, 『불과 나의 자서전』(현대문학, 2020)

얼어붙은 결정론적 세계를 깨뜨리는 방정식—김멜라의 『적어도 두 번』 김멜라 소설, 『적어도 두 번』(자음과모음, 2020)

당신도 잘 아는 그 게임의 룰—박서련의 「당신 엄마가 당신보다 잘하는 게임」 『2021 제12회 젊은작가상 수상작품집』(전하영 외, 문학동네, 2021)

4부 한국적 남성성의 감성 형식과 퀴어한 상상력

포스트 한남 문학의 기점과 상상력의 젠더 『모티프』 3호, 2019

혐오스러운 남성 신체라는 새로운 가부장의 등장과 계급 재현의 젠더 정치—봉준호의 〈기생충〉 『대중서사연구』 27권 3호(대중서사학회, 2021, 발표 당시 제목은 '남성 아브젝트라는 새로운 가부장의 형상과 계급 재현의 젠더 정치—영화 〈기생충〉을 중심으로')

한국 게이 로맨스 장르의 서사 구조—남성 청년의 돌봄 친밀성과 게이라는 남성 젠더의 창안 『대중서사연구』 28권 3호(대중서사학회, 2022)

역사의 천사는 똥구멍 사원에서 온다—김현론 『문학동네』 2022년 봄호

우리의 공포는 무력하고 우리의 일상은 강인해서 『문학동네』 2020년 여름호

에필로그

비로소 세이렌이 '나'를 위해 노래할 때 『자음과모음』 2019년 봄호

문학동네 평론집
우리는 사랑을 발명한다
ⓒ김건형 2023

초판 인쇄 2023년 3월 15일
초판 발행 2023년 3월 19일

지은이 김건형
책임편집 김봉곤 | 편집 이민희
디자인 이현정 유현아 | 저작권 박지영 형소진 오서영
마케팅 정민호 김도윤 한민아 이민경 안남영 김수현 왕지경 황승현 김혜원
브랜딩 함유지 함근아 박민재 김희숙 고보미 정승민
제작 강신은 김동욱 임현식 | 제작처 한영문화사

펴낸곳 (주)문학동네 | 펴낸이 김소영
출판등록 1993년 10월 22일 제2003-000045호
주소 10881 경기도 파주시 회동길 210
전자우편 editor@munhak.com
대표전화 031) 955-8888 | 팩스 031) 955-8855
문의전화 031) 955-2696(마케팅) 031) 955-2660(편집)
문학동네카페 http://cafe.naver.com/mhdn
인스타그램 @munhakdongne | 트위터 @munhakdongne
북클럽문학동네 http://bookclubmunhak.com

ISBN 978-89-546-9109-3 03810

www.munhak.com